DROEMER

CHARLOTTE
ROTH

DIE WINTERGARTEN-FRAUEN

Die Sehnsucht brennt

Roman

DROEMER

Besuchen Sie uns im Internet:
www.droemer.de

Aus Verantwortung für die Umwelt hat sich die Verlagsgruppe Droemer Knaur zu einer nachhaltigen Buchproduktion verpflichtet. Der bewusste Umgang mit unseren Ressourcen, der Schutz unseres Klimas und der Natur gehören zu unseren obersten Unternehmenszielen. Gemeinsam mit unseren Partnern und Lieferanten setzen wir uns für eine klimaneutrale Buchproduktion ein, die den Erwerb von Klimazertifikaten zur Kompensation des CO_2-Ausstoßes einschließt. Weitere Informationen finden Sie unter: www.klimaneutralerverlag.de

FSC www.fsc.org
MIX
Papier aus verantwortungsvollen Quellen
FSC® C014496

Originalausgabe September 2023
Droemer Hardcover

Ein Imprint der Verlagsgruppe
Droemer Knaur GmbH & Co. KG, München

Ein Projekt der AVA international GmbH
Autoren- und Verlagsagentur, München.
www.ava-international.de
Redaktion: Silvia Kuttny-Walser
Covergestaltung: ZERO Werbeagentur, München
Coverabbildung: Collage von ZERO Werbeagentur, München
unter Verwendung von Motiven von © ILINA SIMEONOVA /
Trevillion Images und Shutterstock.com
Illustration im Innenteil: denisik11 / Shutterstock.com
Satz: Adobe InDesign im Verlag
Druck und Bindung: GGP Media GmbH, Pößneck
ISBN 978-3-426-30886-8

2 4 5 3 1

Zum besseren Verständnis zeithistorischer und lokaler Begriffe enthält dieser Roman am Ende ein Glossar.

Für die aus Riga

*»Alles andere findet sich. Oder auch nicht.
Solange man am Leben bleibt, Herzing,
ist der Unterschied gar nicht so groß.«*

Jenny Alomis

»Und nun zum zweiten Mal, meine Damen und Herren, mein höher als hoch verehrtes Publikum – willkommen in der Welt der Wunder!«

Das ist ein Zitat aus dem ersten Band meiner *Wintergartenfrauen*. Direktor Neugebauer begrüßt damit nach der Pause die Gäste in seinem Varieté.

Ich hoffe, Sie alle haben die Pause gut überstanden, Ihnen wurden Getränke serviert und Sie haben sich angeregt unterhalten. Dass Sie den zweiten Roman meiner *Wintergarten*-Reihe gekauft haben, freut mich immens, denn das muss ja wohl bedeuten, dass Sie den ersten gemocht haben (oder dass Sie ihn gar nicht gelesen haben und dieser hier Ihnen aus Versehen unter die Einkäufe gerutscht ist, aber diese Möglichkeit lasse ich jetzt mal außer Acht).

Dieses Varieté hat die Pause ebenfalls überstanden, denn dazu sind Varietés schließlich da. Sie sind die Stehaufmännchen der Unterhaltungswelt und haben keinen anderen Zweck, als Sie zum Staunen zu bringen, Sie aus den Widrigkeiten Ihres Alltags zu reißen und Sie gnadenlos zu amüsieren. Falls morgen die Welt untergeht, wollen wir heute immerhin noch einmal unseren Spaß gehabt haben.

Diesen Spaß möchte ich Ihnen gerne bereiten. Bitte lassen Sie mich wissen, ob es mir gelungen ist – und wenn ja, was Sie besonders erfreut hat, und wenn nicht, was Ihnen mehr Vergnügen gemacht hätte. Auf Instagram, Twitter und Facebook sowie auf meiner Website www.charlotte-lyne.com freue ich mich jederzeit über Ihren Besuch.

Wen aus der Schar, die ich vor Ihnen aufmarschieren lasse, es tatsächlich gegeben hat und welches Kaninchen ich aus meinem eigenen Hut gezaubert habe, lasse ich Sie dieses Mal selbst herausfinden.

Sie sind ja clever, haben zweifellos Google und Nachschlagewerke zur Hand, und ein bisschen Geheimniskrämerei passt zur magischen Aura des Varietés.

Eine aber hat es gegeben und gibt es jetzt nicht mehr:

Christine Steffen-Reimann.

Sie war meine Lektorin, meine Mentorin, meine Freundin und eine der großartigsten Frauen, die ich kannte. Ja, dieses Varieté hat die Pause überstanden, aber es ist nicht länger vollzählig. Die Frau, die es ins Leben gerufen hat, ist nicht mehr da.

Können wir einen Herzschlag lang zusammen schweigen und der Erinnerung Raum geben, ehe wir uns ins Vergnügen stürzen?

Ich danke Ihnen von Herzen.

Und damit geht der Vorhang auf.

Charlotte Roth,
London, Frühling 2023

AUFTAKT

Irgendwo in den Untiefen eines Europa,
das sich verloren hat
und Generationen brauchen wird,
um sich neu zu erfinden.

Februar 1919

1

Also standen sie wieder dort. Noch ein letztes Mal, auch wenn der vertraute Ort nicht länger derselbe, sondern fast nicht mehr zu erkennen war.

Fort war das Geschäftige, das ständig Bewegte, das Riga ausgemacht hatte, eine Stadt, die stolz auf alles gewesen war, was sie im Laufe ihrer fast acht Jahrhunderte langen Geschichte erreicht hatte, und umso stolzer entschlossen, in der Zukunft noch weit mehr zu erreichen. Sie war ein Bienenhaus, ein Verschiebebahnhof von einer Stadt gewesen und war jetzt still, verwaist, wie unbewohnt. Nur hin und wieder hastete eine graue Gestalt vorüber, die in einem der wenigen geöffneten Geschäfte ein paar der noch erhältlichen Waren eingekauft hatte und sie in höchster Eile heimtrug, darauf bedacht, von niemandem gesehen zu werden.

Am Ufer des Flusses war ihr Treffpunkt gewesen, dort, wo der Lauf des Wassers sich teilte, sich aus den Wohngebieten hinausschlängelte und die Prachtstraßen der Vorstadt mit ihren malerischen Fassaden und schmiedeeisernen Toren hinter sich ließ. Im Schneetreiben standen sie einander gegenüber, er auf seinem Pferd und sie in ihrem einstmals eleganten Mantel, die Hände in den Taschen vergraben und dennoch zitternd vor Kälte. Alles, was sie auf der Welt noch besaß, steckte unter diesem Mantel, und über dem Bauch bekam sie ihn nicht mehr zu, doch sie trug ihre wollene Stola und ließ die Enden wie zufällig über der Knopfleiste baumeln.

Im Kaschieren war sie immer schon gut gewesen, auch wenn Madame Mireille, die Erbarmungslose, ihren Elevinnen gepredigt hatte, dass Kaschieren sinnlos war, weil auf Dauer nichts, auch nicht die kleinste Schwäche verborgen blieb. Dabei hatte die Meisterin selbst immerhin jahrelang verbergen können, dass sie nicht umhüllt von französischem Flair, sondern mit dem Namen Miroslawa zur Welt gekommen war – zumindest vor einer Hühnerschar kleiner

Ballettschülerinnen, die zu viel Angst vor ihr hatten, um auch nur ein einziges ihrer geheiligten Worte anzuzweifeln.

»Schenja«, sagte er. Er musste vom Pferderücken zu ihr herunterrufen, um sich trotz des Abstands zwischen ihnen Gehör zu verschaffen. Das kleine Wort kam ihr vor wie ein Spielball, der auf seiner weißen Atemwolke tanzte.

»Nenn mich nicht mehr so«, sagte sie, wohl wissend, dass es sinnlos war und im Grunde ja auch keine Rolle spielte.

»Ich will nicht, dass du gehst, Schenja. Es ist zu gefährlich.«

»Hierzubleiben wäre gefährlicher.«

»Hier kann ich dich schützen«, sagte er. »Ich nehme dich mit ins Quartier, irgendeine Möglichkeit, dich dort unterzubringen, wird sich schon finden.«

»Zu deinen Genossen?« Sie warf den Kopf auf und wunderte sich darüber, dass sie lachen wollte, obwohl nichts komisch war. »Ich nehme an, die sind ausgehungert genug, um darüber hinwegzusehen, wenn das Flittchen, an dem sie sich schadlos halten, eine Deutsche ist.«

»Schenja!« Seine Hand fuhr an den Sattelknauf. Er sah aus, als wollte er vom Pferd springen, sie an den Schultern packen und schütteln, bis all die Worte, die ihn empörten, aus ihr herauspurzelten, damit sie sie nicht länger aussprechen konnte.

Aber das hatte keinen Sinn mehr. Nichts hatte mehr Sinn. Sie fand nicht einmal die Kraft, zu ihm aufzublicken und ihm durch den fallenden Schnee ins Gesicht zu sehen. Sie musste nur eines: von hier wegkommen. Das hatte sie sich vorgenommen, hatte es sich die ganze Nacht hindurch eingehämmert: Du darfst ihn nicht wiedersehen. Musst von hier weg und nie mehr zurückkehren, musst alles andere verdrängen, bis du irgendwo in Sicherheit bist und es dir leisten kannst, zusammenzubrechen. Sie hatte so viel von der Stimme des Blutes reden hören, hatte sich darüber lustig gemacht und nicht gewusst, was damit gemeint war, aber jetzt wusste sie es, weil die Stimme des Blutes zu ihr sprach: Zum Teufel, beeil dich – du musst hier weg.

Er zügelte sein Pferd, seinen tänzelnden fuchsroten Wallach vom Don, wie um sich selbst am Riemen zu reißen. »Bei mir würde dir nichts geschehen, das weißt du«, sagte er mühsam beherrscht. »Ich würde niemandem erlauben, dich anzufassen, ich würde jeden töten, der es versucht.«

Sie blickte jetzt doch auf. »Kommt eigentlich irgendwann der Tag, an dem ihr genug getötet habt?«, fragte sie. »Oder bezahlen wir unaufhörlich weiter jeden Tod mit noch einem Tod, bis keiner mehr übrig ist – keiner, der das Töten erledigt, und keiner, den man noch töten kann?«

Sie spürte die Kälte, die sich wie ein Grab um sie schloss. Sie wusste, dass er die gleiche Art von Kälte spürte, wann immer sie so mit ihm sprach, und dass er ein Recht dazu hatte.

»Es war Notwehr, Schenja«, zischte er. »Du weißt es doch – wer sonst, wenn nicht du? Ich habe ihm zugeschrien, wer ich bin, ich habe mir die Mütze heruntergerissen, damit er mich erkennt, aber er war wie taub und blind und hat gezielt.«

Etwas in ihrem Innern, unter dem Mantel, der sich nicht schließen ließ, tat so sehr weh, dass ihr für kurze Zeit die Luft wegblieb. Sie musste sich vornüberbeugen und streckte die Hand nach dem Laternenpfahl aus, dessen Laterne nie gebrannt hatte, sooft sie hierhergekommen waren.

Sie hatten sie »unsere Laterne« genannt.

»Heute Abend an unserer Laterne.«

»Wenn es dunkel ist?«

»Wann denn sonst? An unserer Laterne ist es doch immer dunkel.«

Über was für alberne, hohle Dinge man lachte, wenn man verliebt war, wenn man jung war, wenn man glaubte, dass Furcht und Sorgen für andere Leute da waren, während sich für einen selbst jeder Stolperstein in Wohlgefallen auflöste.

»Wie auch immer«, sagte sie zu ihm. »Es lässt sich ja nichts mehr ändern. Ich muss hier weg. Zumindest für ein paar Tage. Mit meinen Leuten kann ich nicht gehen, sie würden mich eher erschlagen, als mich in ihrer Nähe zu dulden. Und falls ich noch hier bin, wenn eure Nachhut einrückt, blüht mir wohl kaum ein besseres Schicksal.«

»Nicht alles, was geredet wird, ist wahr, Schenja.«

Sie glaubte zu spüren, wie der Schnee die Schichten ihrer Kleider durchdrang, wie die eisige Nässe ihr bis auf die Haut sickerte. Sie wollte nach Hause, egal, wo das war. Unter ein Dach, in ein Bett, hinter eine Tür, die sie verriegeln konnte, mehr war von ihrer Vorstellung von einem Heim nicht übrig geblieben.

»Ja, eine Zeit lang kann es zu Unruhen kommen«, fuhr er fort. »Wo gehobelt wird, fallen Späne, aber die Bolschewiki sind hier, um für das Volk zu kämpfen, nicht dagegen. Die Lage wird sich beruhigen. Nicht lange, dann können die Leute in ihre Häuser zurück.«

Sofern die Häuser noch stehen, dachte sie. In Riga hatte man stets in verschwenderischer Üppigkeit mit den herrlichen Hölzern der Gegend gebaut, die wie Seide schimmerten, wenn Lettlands blasses Sonnenlicht darauf fiel, und wie Zunder brannten, wenn eine Granate in den Dachstuhl schlug.

»Ich bin nicht das Volk, Kirjuscha«, entfuhr es ihr, obwohl sie seinen Namen nicht mehr in den Mund hatte nehmen wollen. »Für meinesgleichen kämpfen deine Bolschewiki nicht, das weißt du besser als ich. Sollte sich die Lage tatsächlich beruhigen, wie du sagst, werde ich ja davon erfahren, und dann werden wir sehen, was sich machen lässt. Für den Moment aber muss ich zusehen, dass ich davonkomme, solange man mich noch gehen lässt.«

Schnee schlug ihm ins Gesicht, blieb in dem sandfarbenen Gestrüpp seines Bartes hängen. »Und wo willst du hin?«

Sie zuckte mit den Schultern. »Richtung Litauen. Kaunas. Zu Verwandten.«

Sie hatte im ganzen Baltikum und darüber hinaus keinen Verwandten mehr, dessen Tür ihr offen stand, und vermutlich war ihm das klar.

»Und wie willst du hinkommen? Es gibt keine Züge, keine Wagen, nicht einmal Postverkehr.«

Trocken schluckte sie. Jetzt kam es darauf an. »Gib mir dein Pferd.«

»Bist du verrückt?«

»Falls ich es bin, bist du daran nicht ganz unschuldig, oder?«

»Was, glaubst du, wird mir passieren, wenn ich zurück ins Quartier komme und erkläre, ich hätte unterwegs mein Pferd verloren?«

»Du bist Bataillonskommandeur, richtig? Dir wird schon keiner mit der Knute die Haut abziehen.«

Sie sah, wie er zögerte, überlegte. Flugs spannte sie die Schultern an und fügte hinzu: »Außerdem war ich der Meinung, dass du kein Feigling bist. Dass du zumindest hilfst, den Dreck, den du verursacht hast, aufzuwischen.«

Er überlegte noch immer. Aber sie hatte ins Schwarze getroffen.

»Du kannst nicht reiten«, wandte er ein, doch sie schüttelte den Kopf. Sie mochte es nie gelernt haben, doch bisher hatte es nichts gegeben, das sie ihrem Körper nicht abverlangen konnte. Reiten durfte nicht ausgerechnet das Erste sein.

»Ich bin in keiner Lage, in der ich mir erlauben darf, etwas nicht zu können«, sagte sie. »Ich bin als Kind geritten. Mit Georg und Johann.«

Auch dieser Schuss traf ins Schwarze. Mit einem tiefen Atemzug hob und senkte sich sein Brustkorb. »Jetzt gleich?«

Sie nickte.

Er beugte sich vor und berührte kurz die Grube zwischen Kiefer und Hals des Tieres. »Avgini, mein Pferdchen«, flüsterte er in seiner Muttersprache. »Ich darf es nicht tun, also gib du dein Bestes, um sie mir zu behüten.« Es klang wie ein Gebet. Dann packte er den Knauf des Sattels und sprang ab. Mit ein paar Griffen prüfte er die Satteltaschen, nahm sein Geschirr und eine Schachtel mit Munition heraus. Den blechernen Kranz mit Hammer, Stern und Schwert, das Emblem der Roten Lettischen Schützen, riss er vom Leder.

»Lass mir den Proviant«, sagte sie. »Kann sein, dass ich eine Weile unterwegs sein muss.«

»Viel ist es nicht. Tee. Zwieback. Ein bisschen Büchsenfleisch.«

Sie nickte. Dann überwand sie sich, trat so dicht an ihm vorbei, dass sie die Wärme seines Körpers spürte, und hob einen Fuß in den Steigbügel. Ihr Körper protestierte, wehrte sich, als versuche sie, eine Puppe in eine Stellung zu zwingen, für die sie nicht gemacht war. Dieser Körper begehrte endlich auf, nachdem sie ihn von früh bis spät, alle Tage und Nächte lang gedreht und gedehnt, gekrümmt und verbogen hatte, ohne dass ihm ein Wehren gestattet gewesen wäre.

Die Stimme des Blutes.

Wie unglaublich das war.

Es geschah, was sie hatte vermeiden wollen und was doch unvermeidlich war: Seine Hände schlossen sich um ihre Taille, um ihr in den Sattel zu helfen. Sie streckte den Rücken durch, versteifte sich, schrie leise auf.

»Ich bin kein Unmensch«, sagte er verletzt, stemmte sie hoch und ließ sie gleich wieder los. »Hilft es dir, mich wie einen zu behandeln?«

Sie suchte Halt in den Steigbügeln, die zu lang für sie waren, versuchte, sich daran zu erinnern, wie man am sichersten auf einem Pferd saß. Was er bei seinem Zugriff gespürt hatte, konnte sie nicht wissen, er, der ihre Taille Hunderte von Malen mit seinen Händen umspannt hatte und sie besser kennen musste als seine eigene. Mit starren Fingern nahm sie die Zügel auf und schloss die vor Kälte steifen Schenkel um den Leib des Pferdes.

»Alles Gute«, sagte sie.

Der Fuchswallach setzte sich in Schritt, trug sie langsam, gegen den Wind und das Schneegestöber, den Uferweg hinauf.

»Wo auch immer du hingehst, Schenja!«, rief er ihr hinterher. »Ich komme und hole dich zurück.«

Sie hatte die verlassene Straße erreicht, versuchte panisch, mit hackenden Stiefelabsätzen, das Pferd in Trab zu treiben.

»Wir werden wieder zusammen sein«, rief er. »Du und ich. So wie immer. Uns kann nichts trennen, Schenja. Ich erlaube es nicht.«

ERSTE NUMMER

In der eine Ente einen Walzer quakt
und manch anderer einen Tanz aufführt.

Berlin
Februar 1929

2

NINA

Und? Was sagen Sie? Ist das nicht großartig?« Direktor Ernst-Egon Neugebauer richtete sich zu voller Größe auf und ließ den Westenknopf los, an dem er fortwährend wie an einem Lichtschalter gedreht hatte. »Sie wissen ja: Bei uns im *Wintergarten* bieten wir vom Guten nur das Beste. Aber diesmal, das müssen Sie zugeben, haben wir uns selbst übertroffen.«

Nina von Veltheim nickte lediglich. Sie hatte nichts dagegen, dergleichen zuzugeben, wenn es Direktor Neugebauer den Tag verschönte. Zwar bezweifelte sie, dass der überlebensgroße Programmdirektor des Varietés bei dem umfangreichen Umbau, den die neuen Inhaber in Auftrag gegeben hatten, eine relevante Rolle gespielt hatte, aber sie wusste, dass Neugebauer das anders sah. Fragte man ihn, so war er für jedes einzelne Detail, dem der *Wintergarten* seine Stellung als eins der führenden Varietés Berlins verdankte, persönlich verantwortlich. Ob es um die Gestaltung der Terrasse mit den exklusivsten Plätzen, die Ausleuchtung eines Schwebeaktes auf der Vorbühne oder die Beschwörung einer indischen Brillenschlange ging – Ernst-Egon Neugebauer war überzeugt, der Mann zu sein, bei dem all diese Fäden zusammenliefen.

Nina störte sich nicht daran. In den bald fünf Jahren, die sie beim *Wintergarten* unter Vertrag stand, hatte sie sich an Neugebauer und seine Eigenheiten gewöhnt. Solange dieser sich mit ein bisschen Bauchpinselei zufriedengab und ihr in ihr eigenes Handwerk nicht hineinpfuschte, kamen sie friedlich miteinander aus.

»Es ist wirklich beeindruckend«, lobte sie. »Der Umbau hat sich gelohnt. Wie viele Zuschauer finden jetzt Platz, sagten Sie?«

»Dreitausend!«, rief Direktor Neugebauer begeistert. »Das sollen uns die Banausen von der *Scala* erst einmal nachmachen!«

Die *Scala* im ehemaligen Eispalast der Martin-Luther-Straße war ihr größter Rivale, das einzige Varieté in der vor Vergnügungsstätten sprudelnden Hauptstadt, das sich mit dem *Wintergarten* messen konnte. Aus sicherer Quelle wusste Nina, dass in der *Scala* ebenfalls dreitausend Zuschauer Platz fanden, aber warum hätte sie dem stolzgeschwellten Neugebauer deswegen in die Suppe spucken sollen?

Sie hatten sich zusammengerauft. Das war anfangs nicht leicht gewesen, doch inzwischen hatten sie gelernt, einander so zu nehmen, wie sie waren. So wenig Ähnlichkeiten sie sonst auch aufwiesen, hatten sie eines immerhin gemeinsam: Sie liebten den *Wintergarten.* Wenn auch aus unterschiedlichen Gründen.

Für Neugebauer war das Varieté der Ort, wo er seinen Hunger nach Ruhm stillen konnte, sich im Glanz des Rampenlichts sonnte und eine Wichtigkeit verspürte, die ihm in anderen Bereichen seines Lebens versagt blieb. Er war mit der Erbin einer New Yorker Bankiersfamilie verheiratet, die Gerüchten nach unter seinem Dach ein strenges Regiment führte. Für die Schmach, sich als Pantoffelheld zu fühlen, trat er dafür im *Wintergarten* wie Gottvater persönlich auf.

Für Nina hingegen war der *Wintergarten* der Ort, an dem sie ihren Traum ausleben konnte. Als kleines Mädchen hatte sie Handpuppen, Hauskaninchen, Nachbarskinder und ihren talentlosen Bruder Carlo dazu verdonnert, in ihren extravaganten Inszenierungen die Schauspieler zu geben, und in gewisser Weise tat sie das bis heute. Nur verfügten die Künstler, die sie inzwischen auf die Bühne brachte, über mehr Begabung. Ihr eigenes Ensemble, *Die Wunderweiber,* das sie buchstäblich aus dem Nichts aufgebaut hatte, gehörte zu den Kompanien, um die sich sämtliche Etablissements rissen. Und die handverlesenen Talente, die sie darüber hinaus als Künstleragentin betreute oder aus dem Ausland anwarb, sorgten ausnahmslos für Furore.

Vor allen anderen vertrat sie ihre beiden Freundinnen, sozusagen ihre besten Pferde im Stall: Jenny Alomis und Sonia Spielmann, die Schlangenfrau und die Schnellmalerin, die jeder in der nach Sensationen süchtigen Stadt kannte.

Über Jenny schrieben die Kritiker der Zeitungen, sie treibe mit ihrer Darbietung Kraft und Schönheit über die Grenze des Möglichen – und in solcher Euphorie überschlugen sich selbst die Snobs, die über die Niederungen des Varietés für gewöhnlich die Nase rümpften.

Dass Neugebauer sich Jenny erbeten hatte, um auf der neu ausgebauten Bühne einen Probe-Auftritt hinzulegen, war kein Wunder. Jenny war wie ein Kaleïdoskop, ihre Persönlichkeit ein Geheimnis in tausend Facetten, das in glitzernde Splitter zerfiel, um sich gleich darauf zu einer strahlenden Lohe neu zusammenzusetzen. Jenny konnte auf den Zehen eines Fußes Spitze tanzen, während sie auf der Sohle des anderen ein Glas Champagner balancierte. Ohne einen Tropfen zu verschütten, versteht sich, und ohne die Zigarettenspitze aus dem Mund zu verlieren.

Aber das war nicht alles. Mit ihrer Ausstrahlung schaffte sie es spielend, den erweiterten Bühnenraum – angeblich den größten Europas – zu füllen. Dabei war sie, in ihren eigenen Worten, nicht mehr als »eine mit Glitzerpailletten beklebte Frau, die sich verbiegt«. Sie war eine Kontorsionistin, eine Künstlerin, die ihren Körper in flüssiges Eisen verwandelte und atemberaubende Skulpturen daraus schmiedete. Sie war eine Tänzerin, der weder die eigenen Knochen noch die Gesetze der Schwerkraft Grenzen zu setzen schienen, und wohl darin bestand der Kern ihres Zaubers.

Jenny verkörperte die Grenzenlosigkeit, von der das taumelnde Berlin träumte, die Weigerung, etwas als nicht menschenmöglich hinzunehmen.

Im Augenblick absolvierte sie ein sogenanntes spanisches Netz, einen Akt, der hoch über der Bühne stattfand. Das Gerüst, an dem die Scheinwerfer befestigt waren und das ihr zum Aufstieg diente, war vollständig hinter einem Vorhang aus schwarzem Samt verborgen. Mit einer Hand hielt sich Jenny an der Schlaufe eines unsichtbaren Seils, das von der Decke hing, fest und bog ihren schwerelosen Körper zu *Shimmy*-Rhythmen, die nur sie selbst hörte. Es war unglaublich schön. Selbst für Nina, die sich rühmen durfte, Jenny entdeckt zu haben, und die sie seit sieben Jahren kannte – auch verkatert im uralten Morgenmantel, mit einer waffenscheinpflichtigen Kodderschnauze und beim Verzehr von fingerdick bestrichenen Leberwurststullen. Solange sie tanzte, war die durch und durch diesseitige, prosaische Jenny nicht von dieser Welt, sondern schien geradewegs aus dem Sternenhimmel aufzutauchen.

Aus dem Sternenhimmel des *Wintergarten.*

Der war ebenfalls rundum erneuert worden, weil die alte Konstruktion durchgerostet war und kurz vor einem lebensgefährlichen Zusammenbruch gestanden hatte. Wochenlang hatte Nina gebangt und war nun heilfroh, dass das neue künstliche Himmelszelt genauso funkelnd, unwirklich und wundervoll war wie das alte.

»Goldene Lügen im himmelblauen Nichts« – so hatte irgendein Zeitungsschreiber die mit unzähligen Glühbirnen bestückte, blau bemalte Glaskuppel über dem *Wintergarten* bei der Eröffnung genannt, und präziser hätte er es nicht ausdrücken können: Der echte Himmel blieb ausgesperrt, weil der falsche so viel strahlender, sensationeller und schlichtweg überwältigend war.

»Überwältigend«, murmelte jetzt auch Direktor Neugebauer, der zu Jenny und dem Flechtwerk ihrer Gliedmaßen hochstarrte. »Atemberaubend, wirklich atemberaubend, meine liebe Freiin.« Ninas Titel war wie so vieles mit dem Ende des Kaiserreichs hinfällig geworden, doch Direktor Neugebauer ließ sich nicht davon abbringen, ihn zu benutzen. »Ich denke, zur Eröffnung sollten wir mit Frau Alomis wieder einmal eine ganz neue Nummer einstudieren, meinen Sie nicht auch?«

Direktor Neugebauer studierte keine Nummern ein, und Jenny hätte sich schlichtweg geweigert, auch nur eine einzige Probe in seiner Gegenwart zu absolvieren. Auch das gehörte jedoch zu den Dingen, die sich stillschweigend ignorieren ließen, um das Schnürchen, an dem alles lief, nicht zu gefährden. Das Leben war schön in diesem zehnten Jahr der Republik, die verfeindeten Kräfte hatten sich zusammengerauft wie Ernst-Egon Neugebauer und Nina von Veltheim, Kultur und Künste blühten, und so sollte es gefälligst bleiben.

»Wir haben bereits etwas in Vorbereitung«, erklärte sie dem Direktor. »Ich melde mich in den nächsten Tagen bei Ihnen, um Einzelheiten zu besprechen.«

»Erfreut, das zu hören, meine Liebe. Höchst erfreut. Lassen Sie sich von Fräulein Haselsteng einen Termin geben. Sie kennt meinen Kalender besser als ich, haha.«

»Ich bedanke mich.«

Nina wollte sich Jenny zuwenden, um ihr in der Zeichensprache, die sich zwischen ihnen entwickelt hatte, zu bedeuten, dass sie in ihrer Stammkneipe, dem *Salamander,* auf sie warten würde. Zwar hatte sie Anton versprochen, rechtzeitig daheim zu sein, wenn er von seiner dreiwöchigen Tournee durch Deutschland nach Hause kam, aber für einen Drink mit Jenny musste einfach immer Zeit sein. Gerade in diesem Moment kam allerdings ein junger Mann mit weizenblonder Bürstenfrisur aus der Tür gefegt, die den Trakt mit den Garderoben, Lagerräumen und Büros vom Bühnenraum trennte. Seinen Gebärden nach wollte er eindeutig etwas von Nina.

Emil, der Laufbursche.

Er war schon so lange Laufbursche im *Wintergarten,* dass sich vermutlich niemand mehr daran erinnerte, wie er im Alter von fünfzehn Jahren hier angefangen hatte. Aber Nina erinnerte sich, denn sie hatte ebenfalls zu jener Zeit im *Wintergarten* anfangen wollen, war abgewiesen worden, und der kleine Emil hatte zu der Handvoll Menschen gehört, die sie getröstet hatten. Er würde wohl noch hier sein, wenn sein blondes Haar grau wurde, und so wie niemand bemerkt hatte, dass er vom Jungen zum Mann geworden war, würde auch niemand bemerken, wenn aus dem Mann ein Greis wurde.

»Fräulein von Veltheim?«, rief er außer Atem. »Der Herr Generaldirektor tät Sie gern sprechen wollen. Er empfängt Sie in seinem Büro, zweiter Stock, in den neuen Räumlichkeiten. Ich tät Sie hinbringen können, wenn Sie wollen.«

»Der Herr Generaldirektor?«, fragte Nina verwirrt. »Aber der ist doch hier.«

»In der Tat.« Neugebauer räusperte sich und drehte am obersten Knopf seiner Weste.

»Nicht der vom *Wintergarten*«, erklärte Emil eilfertig. »Der neue Herr Generaldirektor vom *Central-Hotel*. Der Herr Aschinger.«

»Und was will der von mir?«

Das Hotel, dessen imposantes, sich über hundert Meter erstreckendes Gebäude den *Wintergarten* beherbergte, hatte einer obskuren, kaum je in Erscheinung tretenden Gesellschaft namens Hotelbetriebs-AG gehört, die sich finanziell offenbar verkalkuliert hatte. Zwar war Berlin eine Weltstadt, in die neuerdings sogar wieder fremde Staatsoberhäupter zu Besuch kamen, aber die Konkurrenz war einfach zu groß. Unter den Luxushotels war das *Central* an der geschäftigen Friedrichstraße zwar noch immer das größte, aber den Rang als erstes Haus am Platz hatten ihm der *Kaiserhof* und vor allem das elegante, weltoffene *Adlon* längst abgelaufen.

Anders stand es um den *Wintergarten*. Der war eine Goldgrube und würde es in der brandneuen Aufmachung umso mehr sein. Die Hotelbetriebs-AG hatte sich die aufwendige Modernisierung der maroden Gebäudeteile nicht leisten können, der gesamte Komplex war unter den Hammer gekommen, und zugegriffen hatte der Erbe der Aschingers, die um die Jahrhundertwende die Hauptstadt mit ihren Stehbierhallen und Billigrestaurants überzogen hatten.

Wer je als Habenichts nach Berlin gekommen war, um hier sein Glück zu machen, hatte garantiert mehr als einmal Aschingers Löffelerbsen genossen, hatte sich von den Schrippen, die es umsonst dazu gab, in jede Manteltasche eine gestopft und damit einen weiteren Tag dem Hungertod getrotzt. Jenny, Nina und Sonia hatten es in ihrer ersten Zeit in Berlin darin zu wahrer Meisterschaft gebracht und verwandten auf Aschingers Restaurationen auch heute noch manch liebevollen Gedanken.

Mit dem Prunk des *Central-Hotels* und dem Glamour des *Wintergarten* waren die verrauchten, überfüllten, nach billigem Fleisch und verbranntem Fett miefenden Speisehallen allerdings schwer in Einklang zu bringen. Offenbar strebte der Erbe, der nach dem frühen Tod der beiden Gründer zum alleinigen Inhaber geworden war, nach Höherem: Er hatte bereits das *Bristol* und weitere Hotels der Luxuskategorie in seinen Besitz gebracht und versuchte es nun mit dem traditionsreichen *Central*.

Nina war das alles herzlich gleichgültig. Sie erwartete von der neuen Hoteldirektion, dass sie sich in die künstlerische Arbeit des *Wintergarten* so wenig einmischte wie die alte und Entscheidungen dessen Direktor – Ernst-Egon Neugebauer – überließ. Der wiederum überließ das Wesentliche Nina. Zwar musste sie ihm ab und an gestatten, aufzutrumpfen und auf seinen Rang zu pochen, doch das kratzte sie wenig, solange sie alles, woran ihr gelegen war, durchsetzte.

Dass jetzt dieser Aschinger sich hier, im neuen Verwaltungstrakt des Varietés, ein Büro eingerichtet hatte und dass er sie obendrein postwendend in jenes zitierte, schmeckte ihr nicht. Und es gab noch eine, der es nicht schmeckte oder die zumindest auf der Stelle misstrauisch wurde: Jenny Alomis, die Schlangenfrau mit den Elefantenohren. Was ihr entging, das entging der Welt.

Mit einem Rückwärtssalto löste sie sich von der unsichtbaren Schlaufe und landete so sacht auf ihren Füßen, dass man kaum einen Aufprall hörte. Sie war eine hochgewachsene Frau mit prachtvollem schwarzen, zu einem Helm geschnittenen Haar, gertenschlank, obwohl sie ständig Nahrungsmittel in sich hineinstopfte, und ihr Gang war so geschmeidig, als könne sie gar nicht anders als tanzen. Selbst jetzt, wo sie zu Nina hinüberhechtete und herausplatzte: »Der Aschinger? Was will denn der von dir?«

Dass Menschen die Spucke wegblieb, wenn sie vor ihnen stand, konnte Nina niemandem verdenken. Ihr Kostüm, das aus einer schwarzen Balletthose für Männer und einem schwarzen, mit Pailletten besetzten Trikot bestand, umschloss ihren Körper wie das Fell eines schönen Raubtiers, und die laszive Sinnlichkeit ihrer Ausstrahlung war ganz und gar nichts für Feiglinge. Sie entsprach dem modernen Typ Frau, der androgyn war, der das Reizvollste beider Geschlechter in sich vereinte, sie konnte fluchen wie ein Mann, und nur ein Lebensmüder hätte versucht, ihr die Butter vom Brot zu klauen. Aber dessen ungeachtet war sie durch und durch Frau. So intensiv und so ungeniert, dass Direktor Neugebauer, der sie seit sieben Jahren kannte, in ihrer Nähe hektische Flecken im Gesicht bekam.

»Keine Ahnung, was er von mir will«, beantwortete Nina ihre Frage. »Wenn ich nicht dumm sterben möchte, gehe ich lieber und finde es heraus.«

»Soll ich auf dich warten?«, fragte Jenny. »Vermouth bei Alfred?«

Alfred war der Wirt des *Salamander*, wo sie einander in einer eisigen Frühlingsnacht des Jahres 1921 kennengelernt hatten.

»Muss aber ein schneller sein«, antwortete Nina. »Anton kommt mit dem Abendzug aus Hamburg, und ich habe ihm versprochen, ein Festmahl zu kochen.«

»Kochen? Du?« Jenny hob die geschwungenen Brauen. »Bist du sicher, dass Anton das überlebt?«

»Frau Brenneisen kocht«, gab Nina zu. »Aber ich hatte zumindest geplant, Kerzen auf den Tisch zu stellen, nach Art der liebenden Hausfrau Blumen zu arrangieren und mich in Schale zu schmeißen.«

Frau Brenneisen war die Haushälterin, die Anton in ihre Beziehung eingebracht hatte. Sie hatte sich geweigert, ihn zu verlassen, weil sie fürchtete, er werde verhungern.

Jenny verzog den Mund zu einem wölfischen Grinsen. »Die Art der liebenden Hausfrau würde ich mir schenken, und dein Anton steht auf dich ohne Schale mehr als mit. Das mit den Kerzen machst du mit links, also bleibt massig Zeit für unseren Vermouth.« Sie warf Nina einen Luftkuss zu und wirbelte herum. »Ich halt dir deinen kühl.«

Verfolgt vom Blick aus Direktor Neugebauers Stielaugen, schwebte Jenny aus dem Saal, während Nina einen knappen Gruß murmelte und hinter Emil aus der Tür ging.

3

Der schmale Korridor, der sich hinter dem Durchgang auftat, hatte bis vor Kurzem zu sämtlichen Verwaltungsräumen und Garderoben des Varietés geführt. Seit dem Umbau aber verteilten sich diese Bereiche über drei Etagen, und es gab einen brandneuen Lift. In dem fühlte sich Nina zwar, als hätte man sie in den Speisenaufzug gequetscht, aber laut Emil war das Ding »rasant wie eine Mondrakete« und sauste im Nullkommanichts in den zweiten Stock.

»Bitte sehr, die Dame. Da wären wir schon.« Emil verbeugte sich und wies nach links in einen frisch renovierten Gang, in dem noch der Duft nach Tapetenkleister hing. »Halt!«, rief er, als Nina weitergehen wollte. »Der Chef von't Janze sitzt gleich hier, hinter der ersten Tür.«

Die war gewaltig und aus wuchtiger Eiche. Sie schüchterte ein und war vermutlich genau zu diesem Zweck an diesem Raum in die Angeln gehängt worden. Nina aber war auf einem Brandenburger Rittergut aufgewachsen, wo nicht nur solche Türen gang und gäbe waren. Sie hatte den Niedergang von all dem Geplustere und Gehabe miterlebt und war mit Schein ohne Sein nicht zu beeindrucken. Ohne anzuklopfen, drückte sie die Klinke herunter. »Danke, Emil! Man sieht sich.«

»Oh!« Der Mann hinter dem Schreibtisch erschrak und sprang auf. Nina hatte ein wahres Ungetüm von Möbelstück erwartet, wie es sich Direktor Neugebauer in sein Empfangszimmer hatte stellen lassen, doch die Einrichtung dieses Raums war zweckmäßig und modern. »Zweckmäßig und modern« hätte als Beschreibung auch auf den Mann gepasst, der weder groß noch klein war, weder breit noch schmal und weder blond noch dunkel. Er trug einen Straßenanzug, der in einem eigentümlich metallischen Grau glänzte, und das schüttere, leicht gewellte Haar war eher praktisch als militärisch kurz geschnitten.

»Freiin von Veltheim? Angenehm. Fritz Aschinger.« Er kam um den Tisch und streckte ihr die Hand entgegen.

»Fräulein Veltheim tut's auch«, erwiderte Nina lapidar und ergriff die Hand, die überraschend weich und wie eine Kinderhand gepolstert war.

»Das soll mir recht sein«, sagte Aschinger. »Meiner persönlichen Ansicht nach zählt das, was ein Mensch sich erarbeitet. Nicht das, was er ererbt.«

Aha, dachte Nina und ließ die Hand des Mannes los, der eines der größten Vermögen der Stadt geerbt hatte. »Darf ich fragen, was ich für Sie tun kann?«, erkundigte sie sich.

»Oh, eine ganze Menge«, antwortete Aschinger. »Aber setzen wir uns doch.« Er wies auf einen niedrigen Tisch unter dem Fenster, auf dem eine Karaffe mit Wasser und zwei Gläser bereitstanden. Die beiden Stühle dazu wirkten unbequem.

»Um ehrlich zu sein, ich bin ziemlich in Eile«, sagte Nina. »Ich bin heute nur vorbeigekommen, weil Herr Direktor Neugebauer mit meiner Künstlerin die neuen Bühnenvorrichtungen ausprobieren wollte, aber ich werde bereits anderswo erwartet.«

Fritz Aschinger, der im Begriff war, sich zu setzen, hielt inne und drehte sich zu ihr um. »Das ist interessant. Sie werden anderswo erwartet?«, fragte er und ließ eine seiner feinen Brauen zucken. »Nun, dann werden die Leute, die Sie anderswo erwarten, sich wohl daran gewöhnen müssen, dass Sie künftig andere Prioritäten haben. Ich bin von jetzt an Ihr Chef, werte Freiin. Und während ich mich für einen Mann halte, der in den meisten Fragen mit sich reden lässt, missfällt es mir erheblich, wenn man es mir gegenüber an Respekt fehlen lässt.«

Nina wollte ihn stehen lassen und gehen. Dafür, dass sie sich und die Frauen, die sie vertrat, von niemandem kleinmachen ließ, stand sie ein, darauf konnten ihre Leute bauen. Sie alle hatten sich viel zu lange geduckt, hatten sich von Männern, die weit weniger Talent und Esprit zu bieten hatten, auf die hinteren Plätze verweisen und sich mit Almosen abspeisen lassen.

Von Jenny hatte Nina gelernt, dass man auf diese Weise nicht weiterkam. »Wenn dir einer ein Plätzchen am Bühnenrand anbietet, sag ihm, du willst das ganze Theater«, lautete ihre Devise. Die Wunderweiber waren begehrt, konnten es sich leisten, Forderungen zu stellen, aber Nina hatte verinnerlicht, dass man eine solche Position gar nicht erst erreichte, wenn man seinen eigenen Wert nicht kannte.

Sobald ein Mann versuchte, seine Macht auszuspielen, hieß es, ihm eine Abfuhr zu erteilen. Ein anderes Engagement für ihr Ensemble bekam sie im Handumdrehen. Jules Marx von der *Scala* rief laufend bei ihr an, ließ seinen nicht unbeträchtlichen Charme spielen und überbot die Gagen, die Neugebauer ihnen zahlte, um Längen.

Aber das hier war nicht irgendein Engagement.

Es war der *Wintergarten.*

Ihr Wintergarten. Das Schatzkästchen unter dem Sternenhimmel, in dem die zusammengewürfelte Schar von Frauen sich neu erfunden hatte und seither in ihrem Element war. Ihren Namen, ihren Ruf, ihren Zauber verband man mit diesem Veranstaltungsort, und zuweilen kam es Nina so vor, als liege irgendwo unter dem spiegelnden Parkett eine geheime Quelle verborgen, aus der ihre Kraft sich speiste.

Aber das spielte keine Rolle. Wer glaubte, sie wie ein Lehrmädchen behandeln zu können, musste sich eine Dümmere suchen. Außerdem war das letzte Wort nicht gesprochen. Dieser kleine Gernegroß, der nicht viel älter als sie selbst sein mochte, würde zur Besinnung kommen, um Entschuldigung bitten und in Zukunft den Betrieb des *Wintergarten* wieder Neugebauer überlassen.

Ihr Herz klopfte trotzdem. Sie war schon fast an der Tür, als er sie zurückrief. »Würden Sie mir bitte mitteilen, wo Sie jetzt hinwollen, Fräulein Veltheim?«

»Das habe ich Ihnen doch gesagt«, antwortete Nina. »Ich werde anderswo erwartet. Und nur, um das klarzustellen: Mein Chef sind Sie keineswegs. Ich bin eine freiberufliche Künstleragentin und Dramaturgin, ich suche mir meine Kunden aus, und wenn ich mit jemandem einen Termin vereinbare, dann kann er sich darauf verlassen, dass ich ihn einhalte.«

»Oho.« Dem jungen Herrn Wichtigtuer geschah etwas, das Nina

so noch nie beobachtet hatte: Er lief tiefrot an. Dass er verlegen dabei lächelte, verlieh ihm etwas beinahe Sympathisches. »Wenn ich Sie gekränkt habe, tut es mir leid«, versicherte er. »Sie haben natürlich recht. Ich bin noch nicht Ihr Chef, allerdings würde ich es gern werden. Herbestellt habe ich Sie, weil ich vorhabe, Ihnen ein Angebot zu machen, das Sie unmöglich ablehnen können.«

»Unmöglich?« Nina furchte die Stirn.

»Wollen wir uns nicht bitte doch setzen? Ich verspreche, ich halte Sie nicht länger als unbedingt nötig auf.«

Nina hätte ihn ganz gerne noch etwas zappeln lassen, doch sie war inzwischen neugierig geworden. »Fünf Minuten«, warnte sie und setzte sich ihm gegenüber auf einen der unbequemen Stühle. »Länger kann ich meinen Kunden nicht hinhalten.«

»Das spricht natürlich für Sie. Aber es soll Ihr Schaden nicht sein.« Er strich sich über die Stirn, während die tiefe Röte nur langsam aus seinem Gesicht wich. »Sie haben ja heute gesehen, was wir aus den altersschwachen Räumlichkeiten dieses Etablissements gemacht haben, nicht wahr? Eine Bühnenöffnung von sechsundzwanzig Metern, wie man sie in ganz Europa nicht findet. Vierhundert Quadratmeter, auf denen Ihre Artisten sich austoben können, dazu modernste Beleuchtung, eine Dampfmaschine, Wassersprinkler, einen Apparat zur Projektion von Wolken – es gibt nichts, was es im neuen *Wintergarten* nicht gibt. Ihre Künstler haben Garderoben mit voll ausgestatteten Duschräumen auf drei Ebenen zur Verfügung, kaltes und warmes Wasser, und die Stallungen für Tiere sind vollständig belüftet. Kurzum – wir haben aus einer langsam verfallenden Sentimentalität das modernste Varieté des Kontinents gemacht. Nur eines ist nicht modern, und das missfällt mir. Das missfällt mir sehr.«

»Und was wäre das?«, fragte Nina, darauf gefasst, eine weitere ausufernde Tirade zur Antwort zu bekommen.

»Direktor Neugebauer«, kam es wie aus der Pistole geschossen. »Der Mann gehört meinetwegen in ein Museum, aber nicht auf die Bühne einer Weltstadt.«

Streng genommen hatte er damit nicht einmal unrecht, aber

trotzdem konnte Nina die Schmähung nicht auf Neugebauer sitzen lassen. Der Mann hatte auch sie schon zur Weißglut getrieben, doch daran war Rudolf Kante schuld gewesen, nicht Neugebauer selbst. Er besaß das Urteilsvermögen einer Blindschleiche, aber niemand konnte ihm vorwerfen, dass er das Varieté nicht mit ganzer Seele liebte und ihm alles gab, was er besaß. »Direktor Neugebauer führt den *Wintergarten* bereits seit zehn Jahren, und das Haus ist allabendlich ausverkauft«, sagte sie. »Besucher aus dem Ausland lassen sich ihre Karten auf Monate im Voraus reservieren – ich wüsste also nicht, was Sie an der Arbeit des Direktors auszusetzen haben.«

»Geschenkt, geschenkt.« Aschinger winkte ab, als verscheuche er einen kompletten Schwarm Fliegen. »Ich bin darüber informiert, dass der Mann privates Geld in die Finanzierung der Aufführungen steckt und dass man ihn daher nicht absägen sollte. Meiner persönlichen Ansicht nach ist Geld immer ein gutes Argument. Also sägen wir ihn nicht ab, sondern stellen ihn kalt, indem wir ihm einen Intendanten vor die Nase setzen. Jemanden, der für die gesamte Programmgestaltung verantwortlich ist, sie mit mir abspricht und sich vom werten Herrn Neugebauer letztendlich nur noch eine Art Stempel abholt.«

Nina hatte das Gefühl, als krieche ihr etwas den Rücken hinunter. Meinte der Mann das ernst? Wollte er ihnen, den Leuten, die den *Wintergarten* besser kannten als ihr eigenes Innenleben, wirklich jemanden aufs Auge drücken, der entweder vom bürgerlichen Theater herstammte und daher von Tuten und Blasen keine Ahnung hatte, oder womöglich gar aus der Bier- und Wurstwelt von Aschingers Schnellrestaurants kam? Das Leben eines Varietés war ein fragiles Gebilde, weil es fragile, kapriziöse, hoch komplizierte Geschöpfe waren, die sein Gerüst bildeten. Aber es funktionierte, wenn man ein Gespür dafür hatte, es funktionierte für sie selbst schon seit mehr als fünf Jahren!

Der Mann, den Aschinger ihnen schicken wollte, würde wie ein Elefant in ihren Porzellanladen trampeln und nichts als Scherben hinterlassen.

»Sie sehen aus, als wäre Ihnen nicht ganz wohl, Fräulein Veltheim«, sagte er.

»Mir ist auch nicht wohl«, erwiderte Nina unverblümt. »Ich mache mir Sorgen darum, was mit diesem Theater geschieht, wenn hier ein Intendant eingesetzt wird, der – mit Verlaub – von der Materie nichts versteht.«

»Oh, keine Sorge.« Wieder wedelte Aschinger seinen unsichtbaren Fliegenschwarm fort. »Der Intendant, den ich einzusetzen gedenke, versteht jede Menge von der Materie.«

»Und darf ich auch noch erfahren, wer dieser illustre Intendant ist?«, blaffte sie.

»Aber natürlich, Fräulein Veltheim«, antwortete er galant. »Deshalb habe ich Sie ja hergebeten, nachdem mein Bekannter, der Ihnen höchst zugetane Regisseur Rudolf Kante, diesbezüglich eine Empfehlung aussprach. Der Intendant sind Sie.«

4

Die beiden armlangen, elfenbeinfarbenen Kerzen brannten in den hohen Silberleuchtern und tauchten den Raum, das viel geliebte Berliner Zimmer, das die Wohnung in zwei Hälften teilte, in ein dramatisch flackerndes Licht. Frau Brenneisen hatte den uralten Tisch in die einzige blütenweiße Damastdecke des Haushalts gehüllt und die kalten Delikatessen, die sie vorbereitet hatte, mit silbernen Hauben abgedeckt. Nina hatte auf dem Heimweg rasch an Gehrkes Blumenstand gehalten und überteuerte Treibhaus-Gladiolen gekauft, die in der ebenfalls silbernen Vase, die sie im Wandschrank gefunden hatte, überraschend viel hermachten.

Keiner der leicht verstaubten und verbeulten Gegenstände, deren Schadstellen das Dunkel gnädig verbarg, gehörte ihnen. Die Wohnung in der Jerusalemer Straße, sechs Zimmer zwischen Seitenflügel und Hinterhaus, war das im Grundbuch eingetragene Stockwerkseigentum der Offizierswitwe Elfriede Rottenheimer. Zumindest behauptete Friedel Rottenheimer, die Witwe eines Offiziers zu sein und die Wohnung von dem verblichenen Gatten, der einmal Carl und dann wieder Theodor oder auch Herrmann hieß, geerbt zu haben. Dass das nicht ganz stimmen konnte, hatten Nina und Jenny schnell herausgefunden, aber es gehörte zu den ungeschriebenen Gesetzen ihrer Gemeinschaft, das, was ein Mensch über sich erzählte, hinzunehmen und keine überflüssigen Fragen zu stellen.

Schließlich stimmte bei so manchem von ihnen nicht alles. Berlin war ein Sammelbecken. Nachdem der Krieg Europa in Brocken zerschlagen hatte, war eine Flutwelle darüber hereingebrochen und hatte aus sämtlichen Himmelsrichtungen Menschen angeschwemmt. Was sie getan hatten, um mit heiler Haut davonzukommen, hatte mit dem, was sie für gewöhnlich taten, oft kaum etwas gemein. Nicht wenige hatten gute Gründe, vor die Welt, aus der sie gekommen waren, einen undurchsichtigen Schleier zu ziehen.

Leute wie Ninas Bruder Carlo, die klar wie Quellwasser waren und ihr ganzes Leben auf Gut Neu-Mahlen in der weltentfernten brandenburgischen Uckermark verbracht hatten, konnten so etwas nicht verstehen.

»Was könnte es denn geben, das sie vor mir verbergen muss?«, hatte er Nina mehr als einmal gefragt und dabei natürlich von Jenny Alomis gesprochen. »Sie wird schon niemanden umgebracht haben – und bei allem anderen wüsste ich nicht, wo das Problem sein sollte.«

Aber Nina wusste es. Sie hatte es in den Jahren, seit sie nach Berlin gekommen und in Friedel Rottenheimers Wohnung ein Zimmer gemietet hatte, gelernt. Wenn ihre Vermieterin eine Offizierswitwe sein wollte statt einer zähen Frau, die sich mit allerlei wenig salonfähigen Tätigkeiten durchs Leben geschlagen hatte, dann war sie eben eine Offizierswitwe, und Nina war die Letzte, die daran rütteln würde. Und Jenny war Jenny. In einer kalten Frühlingsnacht war sie in Ninas Leben geschneit, als hätte sie geahnt, dass in Ninas Leben nichts so sehr fehlte wie eine Jenny.

Alles andere war nebensächlich. Woher sie kam, was sie hierhergetrieben hatte und wer sie vorher gewesen war. Das Leben, das zählte, war das Hier und Jetzt, der Augenblick, der sich nur auskosten, nicht aber festhalten ließ. Jenny war eine Meisterin darin, und wenn Carlo sich in ihrem atemlosen Rhythmus, der keinen Blick zurück erlaubte, nicht zurechtfand, war ihrer Liebe auf Dauer kein Glück beschieden.

Und was ist mit meiner Liebe?, fragte sich Nina.

Sie ließ ihren Blick über den formidabel gedeckten Tisch schweifen. Für gewöhnlich aßen sie und ihr Liebster nicht derart aufwendig zu Abend. Anton Wendland gehörte zu den gefragtesten Schauspielern der Republik, und sie selbst wünschte sich häufig, ihr Tag hätte achtundvierzig Stunden. Sie hatten kaum je Zeit und noch weniger Ruhe, stopften meist im Stehen irgendetwas in sich hinein, im Vorübergehen, wobei sie einander küssten und zuwinkten. Anton hatte des Öfteren seine Bereitschaft erklärt, daran etwas zu ändern, und Nina hatte jedes Mal versprochen, darüber schnellstmöglich nachzudenken, doch bisher war alles geblieben, wie es war.

»Ich vermisse dich«, pflegte er ihr durchs Telefon ins Ohr zu raunen. Sie vermisste ihn auch, aber zwischen ihrem Leben und seinem schien ein drittes – ihr gemeinsames – nicht mehr als einen halben Fußbreit Platz zu haben.

Warum es ihr so wichtig gewesen war, heute Abend anlässlich seiner Rückkehr den Tisch zu decken wie in einem großbürgerlichen Heim, war ihr selbst nicht ganz klar. Wäre Jenny hier gewesen, hätte sie vermutlich gefragt: *Was willst du damit beweisen – und vor allem, wem?*

Dass sie ihn liebte, benötigte keinen Beweis, denn das wusste er, nicht anders als sie. Allerdings hatte er um ihrer Liebe willen weit mehr aufgegeben. Weil Nina in der Wohnung in der Jerusalemer Straße um jeden Preis hatte bleiben wollen, hatte er seine gekündigt und war zu ihr gezogen. Von den Gagen, die sie inzwischen bezogen, hätten sie sich spielend ein eigenes Haus leisten können, aber weil Nina an diesem Provisorium als Frau Rottenheimers Untermieterin hing, hatte er kurzerhand die ganze Wohnung gemietet. Seine Haushälterin, Frau Brenneisen, die mit ihm eingezogen war, hatte sich mit Frau Rottenheimer angefreundet. Ein wenig betrugen sich die beiden wie Ninas Oma Hulda, die über das Gebaren der Jugend zwar gelegentlich die Stirn in Falten legte, auf einen Kommentar aber nicht ihre Zeit vergeudete.

Oberflächlich betrachtet ging es bei ihnen nicht viel anders zu als in einer Familie. Aber sie waren keine. Wenn das für Nina kein Problem war, so wiesen mehr und mehr Anzeichen darauf hin, dass es für Anton eines zu werden drohte.

Die Türglocke schellte. Anton hatte natürlich einen Schlüssel, den er brauchte, um die Durchfahrt des Vorderhauses aufzuschließen, aber er liebte es, wenn Nina ihm nach einer Zeit der Trennung an der Tür entgegenkam.

Sie liebte es auch.

Sie hatte das elfenbeinfarbene Seidenkleid angezogen, das sie gemeinsam gekauft hatten, und trug ihr wildes Haar offen, wie Anton es am liebsten mochte. Während sie zur Tür lief, kam es ihr vor, als wehe alles hinter ihr her.

Er hatte schon aufgeschlossen, als sie in den Windfang stürmte, lächelte und breitete die Arme aus. »Nina.« Sein Gesicht war von der Kälte gerötet, das dunkle Haar zerzaust, und den Hut hielt er in der Hand.

Sie verliebte sich neu in ihn. Jedes Mal, wenn sie ihn wiedersah. Vielleicht nahm sie deshalb ihre Trennungen leichthin in Kauf, weil diese Wiedersehen sie so glücklich machten. Er war ein schöner Mann. Ihr schöner Mann. In seinen Augen spiegelte sich ihr Lachen, und während sie ihm in die Arme flog, kannte sie einen Moment lang auf der Welt keine Sorge. Sie küssten sich lange und innig, ehe er sein Gepäck in die Wohnung zerrte, und falls Frau Rottenheimer und Frau Brenneisen hinter ihren Zimmertüren lauschten, so gönnte Nina es ihnen von Herzen.

Er ließ den Koffer unausgepackt, machte sich nur rasch im Bad ein wenig frisch, ehe er zu ihr ins Berliner Zimmer kam.

»Was für eine Pracht«, konstatierte er verwundert. »Es fiel mir schon bei der Begrüßung auf – haben wir etwas zu feiern?«

Nina hatte eine Flasche Champagner, den ihr irgendein Verehrer hatte zustellen lassen, aus dem Kühler genommen und wollte ihn entkorken. Sie hielt inne, sah das plötzliche Leuchten in Antons Augen und erschrak.

»Nina. Meine liebste Nina. Gib das her, lass mich das machen.« Er umschlang sie von hinten und nahm ihr die Flasche weg. »Von heute an werde ich dich auf Händen tragen, hast du gehört? Und wenn es dir auf die Nerven geht, wirst du dich gefälligst damit abfinden müssen.«

Er rupfte die Silberfolie vom Hals der Flasche und drehte den Draht vom Korken.

»Lieber Himmel, Anton.« Sie wandte sich in seinen Armen um. »Es ist nicht, was du denkst. Ich bekomme kein Kind.«

Es war, als hätte sie einen Schalter umgelegt, damit ein Licht erlosch. Sie sah ihn schlucken, sah ihn die Hände ineinander verschränken, wie es seine Gewohnheit war, wenn er verzweifelt versuchte, sich zu fangen und zu beherrschen. Er war Schauspieler. Und zwar einer der besten. Keinen Herzschlag später zog er sich seine Enttäuschung wie eine Maske vom Gesicht und setzte das Lächeln wieder auf. Für dieses Lächeln lagen ihm Scharen von deutschen Theaterzuschauerinnen zu Füßen, sahen sich seinetwegen expressionistische Kuriositäten von Autoren wie Barlach und Toller an, von denen sie nie zuvor gehört hatten, und hätten zweifellos ihr letztes Hemd gegeben, um an Ninas Stelle zu sein.

Ihr tat es weh. Er machte es ihr so einfach, stellte keine Forderungen, hatte kaum je Wünsche – und diesen einen, großen, den er hegte, erfüllte sie ihm nicht.

Er griff wieder nach der Flasche, die er auf den Tisch gestellt hatte, drehte an den Resten des Drahtes, obwohl der Korken längst freilag. »Nun ja«, sagte er. »Was nicht ist, kann schließlich noch werden, oder nicht?« Es war nicht seine Art, Plattitüden von sich zu geben, doch Nina erkannte unschwer, wie hart er um Worte rang.

Der Gedanke an ein Kind war irgendwann im Zuge des Glücksrauschs, durch den sie taumelten, als eine Art Schnapsidee aufgekommen. Ging es ihnen nicht blendend? Die politischen Verhältnisse hatten sich stabilisiert, auch wenn seit dem Tod von Reichspräsident Ebert der konservative und zudem halb vergreiste Hindenburg auf dessen Stuhl saß. Beruflich flogen sie von einem Erfolg zum nächsten. Anton konnte sich die Rollen aussuchen, konnte spielen, was immer ihn reizte, und bei seiner Ablehnung, einen Film zu drehen, bleiben. Trotzdem verdiente er noch immer weit mehr, als sie brauchten, und Nina erging es nicht anders. Sie waren gefragt, waren, ohne es zu merken, in die Reihen der begehrten Leute in Deutschlands Republik aufgestiegen. Mit ihren zwei Ersatzmüttern, die sich rührend um sie kümmerten, teilten sie sich eine Zimmerflucht, die die herrlichste in ganz Berlin sein musste. Und was das Wichtigste war:

Sie liebten sich.

Sie stürmten Abend für Abend nach Hause, um einander in den Armen zu liegen, und konnten noch immer kaum einen Blick tauschen, ohne sich zu wünschen, übereinander herzufallen. Ihre Nächte waren pure Seligkeit, und wenn sie nicht gerade Liebe machten, redeten sie. Nina wie ein Wasserfall und Anton wie ein ruhiger Strom, in den der Strudel sich mit Lust hineinstürzte. Manchmal taten sie auch beides gleichzeitig, und zwischendurch aßen sie in Würfel geschnittenen Käse und tranken französischen Rotwein aus dem größten Glas, das Friedel Rottenheimers Vitrine hergab.

Oder sie mixten *Mojitos,* die jedoch nie so gut gelangen wie die, die ihnen Hieronymus Haase im *Wintergarten* servierte.

Das Leben war schön.

Und wie ein Abend im Varieté, der von Nummer zu Nummer erregender wurde, verlangte es nach einem Höhepunkt. Es war nach der Premierenfeier von Ninas Frühjahrsprogramm gewesen, nach einem grandiosen Erfolg, bei dem ihre Wunderweiber darauf bestanden hatten, sie auf die Bühne zu zerren und wie eine Trophäe in die Luft zu heben. Dem Sternenhimmel entgegen. Auf der Feier hatte es einen Champagnerbrunnen gegeben – prickelndes Gold, das an einer kopfstehenden Eisskulptur von Jenny herabperlte, einer

Jenny, die immer dünner, immer ätherischer wurde und sich schließlich in Luft auflöste. Die Gäste, nicht zuletzt Jenny selbst, hatten sich königlich amüsiert.

Für die Heimfahrt hielt ihnen Anton eine Taxe an, obwohl sie beide kaum zum Trinken gekommen waren.

»Fahren kann ich nicht mehr. Ich bin wie besoffen von dir.«

»Und ich kann mich an dir nicht satt trinken.«

Schon im Windfang begannen sie, sich zu lieben, stolperten ineinander verschlungen in ihr Schlafzimmer, in das ein Nachtlicht vom Hof schien, und fielen im Höhepunkt auf das Bett. Hinterher lagen sie atemlos still, Nina auf dem Rücken, alle Glieder von sich gestreckt, und Anton über sie gebeugt, sein Blick unverwandt auf ihrem Gesicht ruhend.

»Bin ich verrückt?«, hatte er sie gefragt. »Oder haben wir gerade ein Kind gemacht?«

»Du bist verrückt«, hatte Nina gesagt. »Aber ich bin es auch.«

Die Idee, mit ihm ein Kind zu haben, das wie Jennys Viktor mit ihnen allen aufwachsen würde, hatte in jenem Augenblick einen Zauber ausgeübt, dem sich keiner von ihnen beiden entziehen konnte. Sie hatten Pläne geschmiedet, in denen sie mit ihrem Kind um die halbe Welt reisen wollten und aus ihrer Zweisamkeit eine Dreieinigkeit wurde. Als Nina ein paar Wochen später festgestellt hatte, dass sie doch nicht schwanger war, war sie enttäuscht gewesen, und Anton hatte sie getröstet.

»Für mich ist es trotzdem, als wäre unser Kind schon ein bisschen bei uns«, hatte er gesagt. »Weil mir jetzt klar ist, wie sehr ich mir wünsche, es kennenzulernen, und weil du es dir auch wünschst.«

Sie hatten flüchtig davon gesprochen, zu heiraten, und Nina war glücklich gewesen, weil er das wollte: sich zu ihr und ihrem Kind bekennen, ganz zusammengehören. In der bürgerlichen Gesellschaft galt es noch immer als Schande, ein uneheliches Kind zur Welt zu bringen, aber in ihren eigenen Kreisen aus Künstlern, Gauklern und Freigeistern kannte sie etliche Frauen, die ein Kind ohne Vater aufzogen. Die meisten von ihnen waren von irgendeinem

Schnösel im Stich gelassen worden, als es ihm zu ernst und zu eng wurde. Noch immer, allem Kampf um die Frauenrechte zum Trotz, hinderte niemand einen Mann daran, sich derart aus der Affäre zu stehlen.

Anton hingegen lag solches Verhalten fern. Er wünschte sich ein Kind mit Nina und ein Leben mit ihnen beiden. Nina freute sich darauf. Ihre Liebe war eine Kette wunderbarer Abenteuer gewesen, die jedem von ihnen halfen, sich zu entwickeln und seinen Weg zu gehen. Dieses neue Abenteuer nun würde das aufregendste von allen werden.

Aber das Abenteuer ließ auf sich warten. Allem Wünschen und jeder Menge Nächte voller Liebe zum Trotz stellte sich keine Schwangerschaft ein.

Es hatte andere Ereignisse gegeben, die sie ablenkten, fesselten, für sich beanspruchten. Erfolge, Herausforderungen, Tourneen, Premieren. An manchen Tagen hatte Nina das Kind vergessen, und in letzter Zeit hatten sich diese Tage gehäuft. Heute war einer dieser Tage. Sie war nicht einmal auf den Gedanken gekommen, dass Anton mit der Möglichkeit rechnete, sie könne schwanger sein.

»Du hast dir mit dem Essen solche Mühe gemacht«, sagte er noch immer mit jenem Lächeln, das auf seinen Zügen nicht recht haften wollte. »Also sollten wir es nicht verderben lassen. Und den Champagner schon gar nicht. Immerhin haben wir ja unser Wiedersehen zu feiern. Ist das etwa kein Grund? Für mich ist es Grund genug. Ich liebe dich.«

Er zog sie an sich, ließ seine Hände ihren Rücken hinuntergleiten und küsste ihre Lider.

»Das Essen hat Frau Brenneisen gemacht«, sagte sie, als seine Lippen sich von ihren lösten. »Der Champagner ist ein Geschenk von Dehmel, aber dass du wieder da bist, ist auch für mich genug Grund zum Feiern. Und vielleicht habe ich ja noch einen weiteren Grund. Ich bin mir nicht ganz sicher.«

»Erzähl.« Verblüffend langsam ließ er den Korken aus dem Flaschenhals gleiten, hielt die Flasche dann sofort über eines der Gläser und füllte es, ohne einen Tropfen zu verschütten. Galant rückte er Nina einen Stuhl zurecht und stellte das Glas vor sie hin.

Auf einmal überwältigte es sie. »Es tut mir so leid, Anton«, rief sie, sprang noch einmal auf und zog ihn an sich. »Es tut mir so furchtbar leid.«

Ein wenig überrumpelt schloss er die Arme um sie. »Es ist doch nicht deine Schuld. Und es ist auch nicht das Ende der Welt. Wir sind noch nicht alt, du sowieso nicht und ich höchstens ein bisschen angegraut. Wenn es diesem Herrn Sohn oder dem Fräulein Tochter von uns gefällt, sich noch ein bisschen zu zieren, dann werden wir uns eben noch eine Zeit lang in Geduld üben müssen.«

»Ich weiß nicht, Anton.« Er hatte sich von ihr gelöst, um sich selbst ein Glas zu füllen, und sie setzte sich wieder. »Vielleicht ist es ja doch meine Schuld. Manchmal denke ich, ich bekomme kein Kind, weil der *Wintergarten* mein Kind ist.«

»Dass das Unsinn ist, weißt du, oder?« Er hob sein Glas und stieß es sachte gegen ihres. »Zu unserem Glück leben wir in einem Zeitalter, in dem die Wissenschaft solchen frauenfeindlichen Humbug ausschließen kann.«

»Bist du dir sicher, dass es Humbug ist?«, fragte sie, weil sie sich selbst nicht mehr sicher war.

»Nina«, sagte er und hob die Haube von einer Platte mit kresseverziertem Eiersalat. Die Kresse zog Frau Brenneisen in Wattebetten auf ihrem Fensterbrett. »Tu mir einen Gefallen und vergiss das Ganze. Lass dir dein Abendessen schmecken. Ich habe mich getäuscht und war schneller mit dem Mund als mit dem Hirn, aber das sollte uns das Wiedersehen nicht verderben.«

Nina ließ sich die Platte zuschieben und nahm eine Portion, bediente sich an Käse, kaltem Fleisch und Schillerlocken, sagte jedoch kein Wort.

Anton nahm sich nichts, sondern verschränkte die Hände über seinem Teller. »Wir beide kennen jede Menge Frauen, die in ihrem Beruf erfolgreich sind und Kinder aufziehen«, sagte er. »Jenny ist eine davon. Else Lasker, Käthe Kollwitz, Asta Nielsen – keine von ihnen hat die Mutterschaft an ihrer Arbeit gehindert. Meine Mutter dagegen kümmerte sich mit all ihrer Fürsorge um nichts als meinen Vater und den Haushalt, und dennoch musste sie zwanzig Jahre warten, ehe sie schließlich doch noch ein Kind bekam. Wir versuchen es erst seit einem Jahr. Es wird schon passieren, wenn es so weit ist, ohne dass du dir deswegen Sorgen machen musst. In Ordnung?«

Nina sah ihn an, ohne etwas zu sagen.

»Und jetzt will ich wissen, was du heute zu feiern hast.«

Sie trank Champagner. »Wie gesagt, ich bin mir nicht sicher. Ich habe ein Angebot bekommen. Und ich weiß nicht, ob ich mich in der Lage fühlen werde, obendrein an ein Kind zu denken, wenn ich es annehme.«

Er sah sie ebenfalls an. Als eine Weile lang nichts weiter von ihr kam, sagte er: »Ich warte.«

»Fritz Aschinger will mich als Intendantin für den *Wintergarten*«, sprudelte sie heraus. »Er will Ludwig Schuch für Verwaltung und Finanzen und mich für den gesamten künstlerischen Bereich.«

»Ludwig Schuch?«, fragte Anton nach. »Aber der ist doch an der *Scala*.«

»Nicht mehr«, erwiderte Nina. »Aschinger zufolge gab es dort ›Querelen mit dem Judenvolk‹, weshalb Schuch ausgeschieden ist.«

»Mit dem Judenvolk meint er Jules Marx?«, fragte Anton verwundert. »Ich hätte nicht gedacht, dass Schuch ein Antisemit ist.«

»Vielleicht ist er ja keiner, sondern hat für seinen Weggang ganz andere Gründe«, sagte Nina. »Fest steht jedenfalls: Aschinger ist einer. Er ist ein Rassist, wie er im Buche steht, aber einer, der eine Registrierkasse verschluckt hat. Solange er die in seinem Bauch klingeln hört, ist ihm alles egal.«

»Und für so einen Menschen willst du arbeiten?«

Nina zuckte die Schultern. »Ich arbeite ja so oder so für ihn. Es war mir nur nicht bewusst, dass bei diesem Männchen von höchstens dreißig in Zukunft die Fäden zusammenlaufen. Dass ich ihm unseren *Wintergarten* nicht allein überlasse, steht für mich fest. Die Frage ist nur: Will ich von Programm zu Programm um jeden gewagten Schritt, den meine Frauen sich einfallen lassen, kämpfen, oder setze ich mich an die Spitze der Pyramide, streiche ein dickes Gehalt ein und bestimme selbst, wie die Puppen tanzen.«

Anton schwieg eine Weile mit noch immer verschränkten Händen. »Ich kenne diesen Aschinger gar nicht«, sagte er dann. »Kannst du mir erklären, warum es mir trotzdem vorkommt, als höre ich gerade ihn sprechen und nicht dich?«

»Das ist ungerecht«, fuhr Nina auf. »Du warst nicht dabei, du weißt nicht, worüber wir geredet haben.«

»Dann erzähl es mir.«

»Ich habe ihm gesagt, dass ich Evelyn Dove im *Wintergarten* haben will«, sagte Nina.

»Die schwarze Britin, die singt wie Josephine Baker?« Anton pfiff durch die Zähne.

Nina nickte. »Ich will ihre *Chocolate Kiddies* und meine Wunderweiber zu einem einzigen großen Spektakel mischen, einem ineinanderfließenden Schachbrett, dass den Leuten die Augen übergehen. Aschinger habe ich meine komplette Vision davon ins Gesicht geschleudert, weil ich ihn provozieren, ihm beweisen wollte, dass ich nicht die Art von Frau bin, die er als Intendantin will. Ihm sind die Züge entgleist, als stünde er kurz davor, mir sein Frühstück vor die Füße zu spucken, aber gleich darauf hatte er sich wieder in der Gewalt. ›Mir schmeckt das nicht‹, hat er gesagt. ›Meiner persönlichen Ansicht nach kann ein Mensch mit gesundem Empfinden an diesen äffischen Visagen nichts anziehend finden, aber wissen Sie was? Wenn es Geld bringt, soll es mir recht sein. Solange Sie sich merken, dass Geld für mich ein gutes Argument ist, kommen wir blendend miteinander aus.«

»Äffische Visagen?« Anton schob die Platte mit dem Fisch, von der er sich eben hatte bedienen wollen, von sich weg. »Und das hast du so stehen lassen? Ausgerechnet du, die mit ihrer Arbeit die unzähligen Facetten von menschlicher Schönheit feiert, die in jedem ihrer Programme herausstellt, was uns bei aller Verschiedenheit verbindet?«

»Ich habe ihm gesagt, was ich von seiner persönlichen Ansicht halte«, erwiderte Nina gereizter, als sie beabsichtigt hatte. »Aber im Gegensatz zu dir bin ich für eine ganze Menge Menschen verantwortlich. Ich kann nicht riskieren, dass deren Einkommen von heute auf morgen wegfällt, weil ich dem neuen Inhaber ins Gesicht gesprungen bin. Außerdem hat niemand etwas davon. Wenn ich dagegen Evelyn Dove herhole und die Berliner ihr zu Füßen liegen, könnte das genau die Wirkung haben, die Leute wie Aschinger vermeiden wollen.«

»Und dafür akzeptierst du, dass er reizende Leute wie Jules Marx und seine Geschäftspartner als Judenvolk beschimpft, ihnen die Mitarbeiter wegkauft und ihnen womöglich den Ruf ruiniert?«

Einen Augenblick lang maßen sie einander wie zwei Gegner im Ring, wie sie es in ihrer Anfangszeit oft getan hatten. In solchen Augenblicken hatte Nina das Gefühl gehabt, er ziehe ihr den Boden unter den Füßen weg, bringe sie zu Fall, um sie anschließend in seinen Armen aufzufangen und als Ritter in glänzender Rüstung dazustehen. Noch nach Monaten hatte sie das Gefühl nicht abschütteln können, dass er insgeheim von einem solchen Szenario träumte, weil es letztlich doch alle Männer taten – oder etwa nicht?

Er hatte unendlich viel Geduld aufgebracht, um ihr zu beweisen, dass er ihre Arbeit, ihre Ziele, ihre Träume respektierte, nicht anders, als wäre sie ein Mann. Er mischte sich in ihre Entscheidungen nicht ein, sagte seine Meinung nur, wenn sie ihn danach fragte, und mit den Jahren hatte sie gelernt, ihm zu vertrauen.

Und jetzt?

Warum versuchte er, sie zu beeinflussen, ohne Verständnis für ihren Zwiespalt aufzubringen?

Und wenn sie ganz ehrlich zu sich war, fragte sie sich auch, warum er kein bisschen Freude darüber an den Tag legte, dass ihr ein solches Angebot gemacht worden war.

Gab es in Berlin eine weibliche Intendantin?

An einer führenden Spielstätte?

Nina war noch keine dreißig Jahre alt, sie kam aus keiner der großen Theaterfamilien und hatte ihren Weg allein, ohne Beziehungen und Unterstützung gemacht. Sie fand, sie hatte ein Recht, auf einen solchen Ritterschlag stolz zu sein, selbst wenn ihr Aschinger so wenig gefiel wie ihm.

Die Kerzen flackerten. Gegen die Fensterscheiben stürmte der Nachtwind, als wollte er herein.

»Nina.« Er stand auf und trat zu ihr, legte die Hände auf ihre Schultern. »Ich mache mir Sorgen. Das ist alles. Es bedrückt mich, dass diese Nationalisten mit solcher Macht in den Kulturbetrieb drängen und Einfluss darauf nehmen. Alfred Hugenberg von der DNVP hat zu all den Zeitungen, die er schon besitzt, die UFA aufgekauft, und jetzt erzählst du mir das von diesem Aschinger-Erben. Was geschehen kann, wenn Kultur missbraucht wird, haben wir während des Krieges erlebt, und ich möchte nicht, dass gerade du dazu benutzt wirst.«

»Und du traust mir zu, dass ich mich dazu benutzen lasse? Für was hältst du mich? Für eine heimliche Nationalistin oder für eine dumme Gans?« Sie schüttelte seine Hände ab. Was sie am wütendsten machte, war die Tatsache, dass Jenny ihr im *Salamander* ganz ähnliche Dinge gesagt hatte. Unverblümter allerdings. Nicht wie Anton mit Samthandschuhen, sondern nach Jenny-Art mit dem Holzhammer, aber mit genau dem gleichen Inhalt.

»Du willst einem Nazi die Galionsfigur machen?«, war sie herausgeplatzt. »Damit der überall herumschreien kann, dass er die wilde Nina Veltheim von den Wunderweibern gezähmt hat und sie fortan nach seiner Pfeife tanzt?«

»Was für ein Quatsch«, hatte Nina zurückgeschossen. »Kunst interessiert ihn überhaupt nicht. Er will nur Geld, in alles andere mischt er sich nicht ein.«

»Aber er könnte es, wenn er wollte. Wenn du bei ihm unter Vertrag stehst, hat er dich für seine Nazis in der Hand.«

»Nazis gibt es doch überhaupt nicht mehr«, sagte Nina. »Bei den Wahlen im letzten Jahr sind sie sang- und klanglos untergegangen. Diese ganze ominöse Hitlerbewegung hat sich als das entpuppt, was sie von Anfang an zu sein schien: Viel Lärm um nichts.«

»Doch, es gibt welche.« Nina und Jenny waren herumgefahren

und hatten hinter sich Sonia entdeckt, die einen leiseren Gang als jede Katze besaß. »Es ist wie mit den Ratten. Man sieht sie nur selten, man denkt nicht an sie, doch ohne es zu ahnen, ist man nie mehr als drei Schritte von einer entfernt.«

Sonia war Jüdin. Die Angst vor irgendwelchen Halbstarken, die *Juda verrecke* an Hauswände schmierten, wurde bei ihr nachgerade zur Besessenheit. Jenny und Nina hatten nicht länger über Aschingers Angebot diskutiert, sondern sich bemüht, die Stimmung aufzuhellen und Sonia zu beruhigen, was dadurch erschwert wurde, dass diese so gut wie nie Alkohol trank. Sie unterhielten sich über ihre Pläne fürs Wochenende, amüsierten sich über Jennys komische Verzweiflung: Sie würde am Samstag mit dem Frühzug in die Uckermark fahren, obwohl ihr das Landleben ein Graus war.

»Ich mach's nur wegen dem Kleining«, behauptete sie. »Wegen der guten Luft und so weiter. Obwohl ich mich manchmal frage, ob der Kleining nicht genauso süchtig nach verqualmter, alkoholgeschwängerter Berliner Kneipenluft ist wie seine Mutter und er mir da draußen bei Fuchs und Hase wie eine Primel eingeht.«

Der Kleining war ihr Sohn Viktor, der inzwischen nicht mehr ganz so klein, sondern neun Jahre alt, hoch aufgeschossen und dünn wie ein Zaunpfahl war. Nina und Sonia sowie das ganze *Wintergarten*-Volk verwöhnten und vergötterten ihn. Er mochte keinen Vater und keine handelsübliche Familie haben, aber er wurde von einem begeisterten Rudel selbst ernannter Tanten und Onkel umschwärmt.

»Nur Viktors wegen?«, fragte Sonia in ihrem ruhigen Tonfall, in dem nie Spott mitschwang. »Nicht auch, weil du dich danach sehnst, ein paar Tage mit Carlo zu verbringen?«

Nina mochte sie schrecklich gern. Sie ging keine Umwege, war nicht diplomatisch, sondern sprach einfach und ohne jeden Hintergedanken aus, was ihr am Herzen lag.

Jenny wurde verlegen und zog ihre prachtvolle Nase kraus. »Ich nehme an, völlig falsch liegst du nicht«, bekannte sie. »Obwohl die Sehnsucht bedeutend größer wäre, wenn der Herr Rittergutsbesitzer sich bequemt hätte, stattdessen zum Wochenende nach Berlin zu kommen, wo außer guter Landluft, Milch und dem Aroma von Pferdemist auch noch ein bisschen Amüsemang im Angebot ist.«

Ein Rittergut war Neu-Mahlen schon lange nicht mehr, sondern ein moderner Zuchtbetrieb für Trabrennpferde, und von ihrem Bruder Carlo wusste Nina, dass er nach Berlin kam, wann immer es ihm irgend möglich war.

Er liebte Jenny. Liebte sie mit Haut und Haar, wie eine Frau wie sie geliebt werden musste, und hätte nichts lieber getan, als sie zum Altar der Maria-Magdalenen-Kirche von Templin zu führen. Und Viktor zu seinem Sohn zu machen, ganz egal, was die Leute sagten. Aber Jenny war durch und durch Stadtmensch, Künstlerin und getrieben von einem Freiheitsdrang, der es ihr manchmal unmöglich machte, sich in geschlossenen Räumen aufzuhalten. Ein Leben auf Neu-Mahlen stand für sie außer Frage, und Carlo war sich dessen bewusst, auch wenn es ihm das Herz brach.

Sie redeten noch eine Weile, dann musste Nina aufbrechen. An der Tür, ehe sie sich aus der verrauchten Wärme der Kneipe in die Kälte wagten, hielt Jenny sie noch einmal zurück.

»Pass auf dich auf«, sagte sie. »Ich bin mindestens so geldgierig wie dein Aschinger und würde meine Großmutter verscherbeln, wenn sich irgendwo eine auftreiben ließe. Aber nicht an einen von den Hasspredigern, die wollen, dass alles, was unser Leben ausmacht, in Flammen aufgeht. Da behalte ich die Oma lieber selber. Und dich erst recht, Herzing.«

Sie hatte Nina auf die Stirn geküsst und sie stehen lassen, und genauso ratlos, wie sie anschließend in der Tür des *Salamander* gestanden hatte, fühlte sie sich auch jetzt noch. Es machte sie wütend, dass sie alle recht hatten – Jenny, Sonia und Anton. Aber hatten sie denn wirklich recht? Gab es nur eine einzige Art, die Dinge zu betrachten? Es machte sie ebenso wütend, dass ihr Traum überhaupt nicht zählte. Als grünes Mädchen vom Land hatte sie einst einem Theaterleiter auf die Frage, was sie werden wolle, »Intendantin« geantwortet. Daheim auf Neu-Mahlen, vor der improvisierten Bühne, die sie sich auf dem Dachboden zusammengezimmert hatte, hatte sie von ihrem eigenen

Theater geträumt, von einer Plattform, auf die sie all die kunterbunten Gestalten stellen konnte, die ihr bei Nacht durchs Hirn tanzten, und zusehen, wie ihre Visionen zum Leben erwachten.

War sie ein gewissenloser Mensch, gab es Grund, an ihrer moralischen Haltung zu zweifeln, weil sie jetzt, wo die Erfüllung dieses Traums zum Greifen nah war, nicht einfach mit den Achseln zucken und verzichten konnte?

»Nein«, hörte sie Anton wie als Antwort auf ihre stumm gestellte Frage sagen. »Nein, ich halte dich nicht für eine Nationalistin, im Gegenteil. Und ich dachte, du wüsstest, dass ich dich für alles andere als eine dumme Gans halte. Aber ich halte Menschen grundsätzlich für verführbar. Mein einstiger Freund Rudolf Kante pflegte zu sagen: Käuflich ist jeder. Es ist lediglich eine Frage des Preises.«

Nina zuckte zusammen. Wie kam er jetzt plötzlich auf Kante? Sie hatte seinen Namen nicht erwähnt, hatte weder Anton noch Jenny und Sonia erzählt, dass angeblich Kante ihr eine Empfehlung ausgesprochen hatte. Das war das Vertrackteste, das Unheimlichste an der ganzen Angelegenheit: Rudolf Kante hasste sie. Oder zumindest hatte er sich vor Jahren, während ihrer Anfangszeit in Berlin, in einen Hass auf sie hineingesteigert und jede Gelegenheit genutzt, um ihr zu schaden. Weshalb hätte ausgerechnet er sie für eine lukrative Position empfehlen sollen, von der er wusste, dass sie mit Macht verbunden war und dass sie Ninas innersten Wünschen entsprach?

Damals hatte er dafür gesorgt, dass Direktor Neugebauer ihr die Tür des *Wintergarten* vor der Nase zuschlug, und es hatte sie ein langes, zähes Ringen gekostet, bis sie ihr Ziel schließlich doch noch erreicht hatte. Dass er ihr jetzt auf dem Silbertablett den Posten vermittelte, den sie immer gewollt hatte, schien ein Ding der Unmöglichkeit.

Ja, das alles war lange her, und es war durchaus denkbar, dass Rudolf Kante sich inzwischen beruhigt und besonnen hatte, wie die meisten Leute es taten. Schließlich waren sie alle älter und erwachsener geworden, und kein vernünftiger Mensch, schon gar nicht ein gefragter Regisseur wie Kante, vergeudete allzu lange seine Kraft mit uraltem Hass.

Sicher dachte Kante nur höchst selten daran, dass eine Nina Veltheim überhaupt existierte und dass er ihr einst Feindschaft bis aufs Blut geschworen hatte.

Ihr Gefühl sagte Nina jedoch, dass dem nicht so war.

Männer wie Kante vergaßen nichts. Sie trugen einen Schmerz mit sich herum, der so groß war, dass er sie umgebracht hätte, wenn sie kein Ventil fanden, um sich Luft zu machen. Wut war ein gutes Ventil. Der rasende Zorn auf einen Sündenbock. Dass Kante dieses Ventil aufgegeben hatte, um sich seinem Schmerz zu stellen, konnte Nina sich beim besten Willen nicht vorstellen.

Sie stand auf. Die Lust auf Champagner und kalte Platten war ihr vergangen. »Dass du alle Menschen für käuflich hältst, erscheint mir reichlich zynisch, aber das ist dein Problem, nicht meines«, sagte sie. »Ich jedenfalls werde meine Entscheidung treffen, ohne mich von dir manipulieren zu lassen. Ich lasse mir auch nicht von dir einreden, ich wäre ein schlechter Mensch, wenn ich mich anders entscheide, als es dir gefällt. Du hast kein Recht dazu, Anton. Wir leben zusammen, aber das bedeutet nicht, dass du mir deine Sicht der Welt aufzwingen kannst.«

Sie nahm ihr Gedeck und ihr Glas, um es in die Küche zu tragen. Halb erwartete sie, hinter sich Schritte zu hören, die anzeigten, dass er ihr folgte, doch als sie ausblieben, hielt sie an und drehte sich noch einmal um.

Er stand beim Tisch, blies sich das schwarze Haar aus der Stirn und sah sie an. »Darum geht es in Wirklichkeit, nicht wahr?«, fragte er. »Um deine Angst, ich könnte dir etwas vorschreiben oder dir meine Meinung aufdrücken?«

Nina sagte nichts. Sie spürte, wie ihr Nacken und ihre Schultern sich versteiften.

»Ist das der eigentliche Grund, warum du mich nicht heiraten willst?«, kam es von Anton wie ein Schuss. »Weil ich vor dem Gesetz dann ein Recht dazu hätte, und weil du mir allen Ernstes zutraust, von diesem Recht Gebrauch zu machen?«

5

JENNY

Jenny Alomis war ein Luxusgeschöpf, das für ihren Komfort ohne Hemmungen Geld zum Fenster herauswarf. Ein Salonwagen im Orient-Express wäre nach ihrem Geschmack gewesen, ein Kühler mit Champagner, der im vor Samt strotzenden Abteil auf sie wartete, und ein Zugkellner, der alle halbe Stunde mit exquisiten Häppchen vorbeikam. Wenn sie jedoch mit Viktor und Darius reiste, buchte sie grundsätzlich die vierte, die sogenannte Holzklasse, weil es in den oberen Klassen nicht gestattet war, Tiere zu transportieren.

Auf den ungepolsterten Bänken des letzten Wagens drängten sich Bauersfrauen, die in Einkaufstaschen lebende Hühner auf dem Schoß hielten, Händler mit Ziegen, die Schaufel und Eimer für das Geschäft ihres Viehzeugs bereithielten, und zwischen klappernden Milchkannen stapelten sich Kisten mit Küken. Einmal war Jenny sogar mit einem leibhaftigen Kalb gereist, das die ganze Fahrt über so jämmerlich geschrien hatte, dass sich ihr das Herz umgedreht hatte. Kurzerhand hatte sie es dem Besitzer abgekauft und es mit nach Neu-Mahlen genommen.

In einem spontanen Einfall hatte sie behauptet, es sei ein Geschenk für Carlos Tante, die Gundula hieß, jedoch von allen Sperling genannt wurde und keine Kreatur auf Erden leiden sehen konnte. Liebevoll hatte Tante Sperling das Tier aufgepäppelt, und als inzwischen ausgewachsene Kuh namens Mathilde lebte es noch immer geliebt und umhegt auf dem Gut. Die edlen Trabrennpferde der Veltheimschen Zucht hatten es allem Anschein nach als ihresgleichen akzeptiert.

Jetzt saß Jenny eingezwängt zwischen ihrem Sohn und Darius, dem Mann, mit dem sie ihre Wohnung und in gewisser Weise auch ihr Leben teilte. Jedenfalls mehr als mit Carlo, durchfuhr es sie. Sie war dankbar für das Rattern des Zuges, denn das machte es unmöglich, ein Gespräch zu führen, und erlaubte ihr, ihren Gedanken nachzuhängen. In ihrem wilden, übervollen Alltag war dafür kaum je Zeit, und genau so gefiel es ihr. Für gewöhnlich war ihr alles recht, was dabei half, sich vor allzu schwerem Denken zu drücken, doch diese Sache mit Carlo konnte sie nicht ewig verdrängen. Irgendwann musste sie sich der Frage stellen, wie es weitergehen sollte.

Carlo von Veltheim war ein feiner Kerl.

Ein verdammt feiner Kerl, vermutlich der feinste, der ihr in ihrem Leben unterkommen würde.

Er hatte es nicht verdient, dass sie ihn auf ewig hinhielt, und dass er der Bruder ihrer engsten Freundin war, machte die Sache nicht besser.

Im Grunde genommen waren Carlo und sie seit bald fünf Jahren ein Paar, auch wenn sie nicht zusammenlebten, sondern er auf seinem Gut blieb und sie in der Kreuzberger Dachwohnung, die sie nach ihrem Auszug aus der Jerusalemer Straße gemietet hatte. Zusammen mit ihrem Sohn und mit Darius, dem Pontosgriechen aus Istanbul, der sich als »Darius der Löwenbändiger« einen Namen gemacht hatte, in ihrem Haushalt jedoch die Aufgaben eines Kindermädchens versah. Der Löwe, den er bei seinen Auftritten zu bändigen versuchte, war der Grund für ihre Reise in der Holzklasse und thronte auf seinem Schoß. Er hieß Ypsilantis, stammte wie Darius aus dem untergegangenen Osmanischen Reich und war die größte Katze, der Jenny jemals begegnet war.

Ihre häusliche Gemeinschaft mit Darius, der keine Forderungen stellte, Viktor, der sich selbst genügte, und Ypsilantis, der sie hoheitsvoll ignorierte, war so unkompliziert, wie sie es wollte und brauchte. Der Rest war schließlich kompliziert genug. Ihr Beruf, von dem sie nicht wusste, wie lange sie ihn würde ausüben können, wie lange ihre Glieder sich nach Belieben drehen, biegen und schrauben ließen und ihr Rücken der Belastung standhielt. Sie war nicht mehr ganz so jung, wie die meisten glaubten. Die dreißig hatte sie überschritten, und nicht nur ihre Knochen hatten genug für das Doppelte an Jahren hinter sich.

Kompliziert war auch ihre Beziehung zu Carlo.

Von Anfang an hatte er keinen Hehl daraus gemacht, dass er sich mehr von ihr wünschte als alle paar Wochen eine Handvoll paradiesischer Tage entweder in ihrer Berliner Wohnung oder in seinem eigentümlichen, museumsartigen Gutshaus, bei seiner Familie, die Jenny wider Erwarten ins Herz geschlossen hatte. Gemeinsam verreist waren sie auch. Paris, Wien, Venedig. Viel gesehen hatten sie von keiner dieser Städte, weil sie aus den Betten ihrer Luxushotels kaum herausgekommen waren. Es war schön mit Carlo. Schön, weil er genau wie seine Schwester eine Hingabe an den Tag legte, die bedingungslos und überwältigend war. Schön aber auch, weil er im Gegensatz zu Nina ruhig und besonnen war und Jenny damit einen Halt gab, von dem sie nicht gewusst hatte, wie wohl sie sich damit fühlte.

Carlo war klug und aufrichtig, er hatte in seinem Leben nichts zu verbergen. Wenn Jenny mit ihm zusammen war, schlief sie tief und traumlos bis in den Morgen, wie es seit ihrer Kindheit nicht mehr geschehen war. Vermutlich hatte sie nicht einmal als Kind so geborgen und furchtlos geschlafen und war nie mit einer solchen Verwunderung darüber erwacht, wie erholt sie war. Er tat Dinge für sie, die kein Mann zuvor für sie getan hatte: Achtete darauf, dass sie gut aß und sich warm genug anzog, vergewisserte sich unentwegt, dass es ihr an nichts fehlte, und fragte sie jeden einzelnen Morgen, an dem sie zusammen erwachten, wie es ihr ging.

Als sie ihn einmal darauf ansprach, hatte er erstaunt erwidert: »Tun das nicht alle Leute? Will nicht jeder wissen, dass es dem Menschen, den er liebt, gut geht?«

Carlo wollte es wirklich wissen, er wollte alles wissen, was Jenny betraf. Andere Männer stellten halbherzig Fragen nach ihrem Befinden, ihrem Beruf und ihren Wünschen, bis sie sie in ihr Bett bekommen hatten, doch bei Carlo beruhte es auf ehrlichem Interesse. Das Verblüffendste an Carlo war jedoch, dass er nichts Patriarchalisches, nichts Herrschsüchtiges an sich hatte und keine Machtspiele spielte. Er wollte mit Jenny leben, und er wollte, dass sie glücklich war.

Die meisten Leute, die sie kannte, begriffen beim besten Willen nicht, wo daran das Problem war.

»Der Kerl is' hübsch wie'n Jemälde, er liecht dir zu Füßen, und wieso du dir den nich' krallst und zum Standesamt zerrst, is' mir 'n Rätsel«, hatte Else Wiener bekundet, die einst im *Wintergarten* als Souffleuse fungiert hatte und jetzt für die Wunderweiber tanzte.

Ihre Kollegin Berthe, die von der Reinemachefrau zum Varieté-Star avanciert war, hatte frei nach Shakespeare gefragt: »Liebste ihm oder liebste ihm nich' – dit is' hier die Fraje, oder? Und wennde ihm liebst – denn versteh ick nich', wieso du ihm nich' heiraten tust.«

Wenn es doch nur so einfach gewesen wäre, dachte Jenny mit einem Seufzen. Wie schwer es tatsächlich war, verstanden vermutlich nicht einmal Nina und Sonia, auch wenn sie zumindest kaum je Fragen stellten. Um alles zu verstehen, hätten sie alles wissen müssen, und das gestattete Jenny nicht einmal ihren besten Freundinnen.

»Wenn ich ein offenes Buch bin, bist du ein vernageltes Kabinett«, hatte Nina einmal zu ihr gesagt, nicht ahnend, dass es noch wesentlich schlimmer war.

Jenny war kein Kabinett, sondern ein Sarg, in dem verborgen lag, was nie mehr ans Licht kommen durfte.

»Alles in Ordnung?« Von der Seite warf Darius ihr einen seiner prüfenden Blicke zu. Er musste ihr Seufzen gehört haben. Der Zug fuhr jetzt geschmeidiger, das Rattern war nicht mehr so laut. Die zwei Marktfrauen mit den klappernden Milchkannen waren ausgestiegen.

»Alles bestens«, behauptete Jenny. »Ich kann nur nicht aufhören, darüber nachzugrübeln, was dieser Fritz Aschinger vorhat. Aber das wird mir schon gelingen, sobald wir auf Neu-Mahlen sind und das Geschwader der Veltheim-Damen über uns herfällt. Tante Sperling mit ihren Taschentüchlein, Fritzi mit ihrem Eintopf, Otta mit ihrem Bierkutscher-Organ und Oma Hulda mit ihren Stellungnahmen zur Lage der Nation.«

Fritzi war keine echte Veltheim-Dame, sondern ursprünglich als Hausmädchen zu Carlos Familie gekommen. Mit dem verlorenen Krieg hatten die Zeiten des Überflusses für die Brandenburger Gutsbesitzer jedoch ein jähes Ende genommen, und die verwitwete Freifrau Ulrike von Veltheim hatte den größten Teil des Personals entlassen müssen. Fritzi war geblieben, weil sie mit ihrer patenten Art in die Familie hineingewachsen war, und versah fortan auch die Aufgaben einer Köchin. Das kam ihr zupass. Der Platz am Herd war ihr Element und der Rührlöffel ihr Zepter. Nicht alles, was sie fabrizierte, war *Haute Cuisine,* aber wie Oma Hulda stoisch bemerkte: »Bisher ist noch keiner von uns einer Vergiftung erlegen, und mit der Zeit härtet sich so ein Magen ab.«

Fritzis Gugelhupf war richtig gut, und ihren Kohleintöpfen konnte man entgehen, indem man bedauernd vorgab, an Blähungen zu leiden.

Jenny mochte die vier Frauen von Neu-Mahlen und Carlos zwölfjährige Schwester Otta schrecklich gern. Bis auf Fritzi waren sie alle dafür geboren und erzogen worden, ein Leben in sorglosem Luxus zu führen, doch die vollkommen anders geartete Karte, die das Schicksal ihnen zugespielt hatte, nahmen sie ohne Gejammer hin. Sie schlugen sich durch. Und sie weigerten sich, sich die Freude am Leben nehmen zu lassen. Die Idee zu den Wunderweibern, mit der Nina in irgendeiner Nacht am Kneipentisch herausgeplatzt war, beruhte auf dieser Erfahrung: Auf der erstaunlichen Stärke von Frauen, die sich in der Verwüstung des Krieges zurechtfinden mussten, Kinder aufziehen, Essen auf den Tisch bringen, Trauer herunterschlucken und dabei auf die Pauke hauen, weil sie gelernt hatten, wie erbarmungslos der Tod war und wie kostbar das eine Leben.

»Über die Absichten des Herrn Aschinger nachzugrübeln, lohnt sich vermutlich nicht«, sagte Darius. »Wie immer sie aussehen, er wird sie durchsetzen, und was immer deine Freundin Nina tun will, wird sie tun.«

Ohne Frage, dachte Jenny. Nina war geradezu besessen von der Furcht, sie könne als junge Landadelige im Theaterbetrieb nicht ernst genommen werden, und alle Welt brenne darauf, ihr dreinzureden. Vermutlich deshalb war das Angebot, mit dem Aschinger ihr vor der Nase herumwedelte, so unwiderstehlich für sie. Unbegründet war diese Furcht natürlich nicht. In ihrer Anfangszeit hatte kaum jemand Nina für mehr als ein drolliges Püppchen gehalten, das mit seinen hochfliegenden Träumen für Gelächter sorgte. Auch Jenny selbst nicht. Nina aber hatte sich im Handumdrehen Respekt verschafft, weil sie nicht nur massenhaft Talent, sondern darüber hinaus den Biss einer Bulldogge besaß. Was sie einmal wollte, das ließ sie nicht mehr los, und wer in ihrem Windschatten lief, den riss sie mit.

Vielleicht der Einzige, der schon vom ersten Tag an keinen Zweifel gehegt hatte, dass Nina eine der Großen ihrer Zunft werden würde, war Anton Wendland gewesen. Zu jener Zeit hatte ihm bereits die Theaterwelt zu Füßen gelegen, er hatte die Wahl unter Berlins schönsten Frauen gehabt und keinen Grund, der streitbaren kleinen Brandenburgerin auch nur einen zweiten Blick zu schenken. Dass er es dennoch getan hatte, war ihm hoch anzurechnen, und Jenny hatte nicht lange gebraucht, um zu erkennen, dass in dem schönen Anton nicht wie vermutet ein hohlköpfiger Lackaffe, sondern ein Kerl zum Pferdestehlen steckte.

Aber ich war auch nicht in ihn verliebt, dachte sie. Für Nina war es ungleich schwieriger gewesen: Sie wollte es nicht auf irgendeine Bühne schaffen, weil sie die Geliebte eines namhaften Schauspielers war, sondern ihre Ziele aus eigener Kraft erreichen. Auf jeden Versuch Antons, ihr eine Tür zu öffnen oder einen Stein aus dem Weg zu räumen, hatte sie mit zorniger Ablehnung reagiert, und so leid es Jenny für Anton tat: Sie konnte die Freundin verstehen. Anton hatte Geld, Erfolg und Anerkennung, Nina dagegen stand mit leeren Händen da. Es war alles andere als leicht, eine Liebe zu leben, wenn man sich dem anderen derart unterlegen fühlte, und es hatte ja auch niemand den modernen Frauen beigebracht, wie man das anstellte: eine moderne Frau zu sein. Mit den alten Geschlechterrollen zu brechen, war bei Weitem leichter, als neue zu entwickeln, für die es keine Vorbilder gab.

Für Nina musste die Stellung, die Aschinger ihr anbot, wie der

Beweis aussehen, den sie glaubte, sich und der Welt noch immer schuldig zu sein: *Ich habe es geschafft. Ich bin zu den Sternen aufgestiegen, wie es sonst nur Männern gelingt, und ich habe dazu niemandes Hilfe gebraucht.*

Wie konnten sie alle von ihr verlangen, dass sie auf einen derartigen Triumph verzichtete, nur weil der Mann ihnen nicht ganz koscher vorkam und weder schwarzen Jazzsängerinnen noch jüdischen Konkurrenten zugetan war? Das hatte er schließlich mit gewiss einem Drittel des deutschen Bürgertums gemein, und soweit Jenny wusste, betätigte er sich nirgendwo politisch, sondern scheffelte lediglich Geld. Dass er Nina freie Hand lassen würde, hatte er ihr bereits zugesichert.

Wo also lag das Problem?

Vielleicht bin ich es, dachte Jenny. Vielleicht hockt irgendwo ganz hinten in meinem Kopf noch immer ein zu Tode erschrockenes Wesen, das nicht anders kann, als hinter jeder Straßenecke Gefahr zu wittern. Statt erhaben zu sein. Statt über Gestalten wie diesen Löffelerbsen-Aschinger zu lachen, ihm zusammen mit Nina seinen Laden zu schmeißen, wie nur die Wunderweiber vom *Wintergarten* es konnten, und auf seine Kosten Champagner zu saufen.

Sie schüttelte sich. Sah hastig aus dem Fenster und erkannte die ersten, wie dem Schaufenster eines Zuckerbäckers entsprungenen Häuschen von Templin.

»Darius und ich haben uns gerade überlegt, wer es dir sagt«, ließ sich Viktor vernehmen, der mit Worten so sparsam umging wie ein Krämer mit Kupferpfennigen. »Wir sind gleich da. Wenn du nicht aufwachst, verschläfst du den Bahnhof.«

»Aber ich schlafe doch gar nicht«, verteidigte sich Jenny.

»Doch«, erwiderte Viktor und sah mit seinen beinahe schwarzen Augen, die zu dem hellen Schopf noch dunkler wirkten, zu ihr auf.

»Meine Augen sind offen.«

Viktor blieb unbeeindruckt. »Das hat nichts zu sagen. Ypsilantis schläft auch mit offenen Augen. Aber er verpasst nie den Bahnhof. Er verpasst überhaupt nie was.«

Du auch nicht, dachte Jenny und stand auf. »Also los. Schnappen wir uns unser Gepäck und sehen zu, dass wir nichts verpassen. Freust du dich auf vier Tage Pferde, Hunde und Scharen von reizenden Damen, die dich bis dorthinaus entzückend finden?«

»Oma Hulda findet mich nicht entzückend«, sagte Viktor. »Sie findet, Kinder sind eine Landplage, die man sich nur anschafft, damit man sich seinen Sarg nicht selbst zum Friedhof schleppen muss.«

Jenny entfuhr ein Prusten, während die Frau gegenüber, die mit einem Regenschirm ihre Gans vor Ypsilantis' Krallen schützte, ihr einen angewiderten Blick sandte.

»Ich mag Oma Hulda«, fügte Viktor im Brustton der Überzeugung hinzu, stand ebenfalls auf und zerrte die Reisetasche, die er eigenhändig gepackt hatte, unter der Sitzbank hervor.

Wie ist uns eigentlich dieser Kleining so vorzüglich gelungen?, fragte sich Jenny. Vielleicht konnte man nichts Besseres tun, als Kinder einfach ins Kraut schießen zu lassen, vielleicht war es die ganze Herumerzieherei, die aus pfiffigen kleinen Jungen Widerlinge wie diesen Aschinger oder weit Schlimmeres machte. Ehe sie sich weiter in diesen Gedanken verrennen konnte, fuhr der Zug in den Bahnhof ein, und an der Straße, gleich hinter dem Gleis und dem verschlafenen Häuschen mit dem Blechdach entdeckte sie den verbeulten, aber blitzblank aufpolierten Landauer von Neu-Mahlen. Wie immer war er mit den beiden prächtig im Futter stehenden Braunen bespannt, deren gestriegelte Kruppen in der Wintersonne glänzten, und kein Mensch bewachte ihn. In Templin war das nicht nötig. Jeder kannte jeden, und hätte ein Unbefugter sich am Wagen der von Veltheims zu schaffen gemacht, wäre die halbe Ortschaft über ihn hergefallen.

»Da ist Carlo«, konstatierte Viktor und wies auf den breitschultrigen dunkelblonden Mann im Tuchmantel, der am Gleis stand und mit beiden Armen winkte. Glücklicherweise gehörte Jennys Sohn nicht zu den Kindern, die jede männliche Person in ihrem Umkreis Onkel nannten, und er betrieb auch keine offensichtliche Suche nach einem Ersatzvater. Aber er mochte Carlo. Die beiden hatten so etwas wie eine Freundschaft auf Augenhöhe, die zwischen Kindern und Erwachsenen selten war.

Mit Carlo war so ewas möglich, weil er alle Geschöpfe ernst nahm. Selbst wenn er sich mit Ypsilantis unterhielt, schien er den stummen Antworten des Katers mit echtem Interesse zu folgen, und sooft er Jenny nach Neu-Mahlen einlud, war es für ihn selbstverständlich, nicht nur Viktor, sondern auch Darius einzuschließen.

»Ich denke, Herr Triantafillidis und sein Löwenkater könnten ein paar Tage Erholung gut brauchen«, pflegte er zu sagen und war damit obendrein einer der wenigen Menschen, die sich die Mühe machten, Darius' Familiennamen korrekt auszusprechen.

Ich mag Carlo auch, dachte Jenny und verspürte ein wohliges Kribbeln im unteren Bauchbereich, während sie den anderen durch den Gang folgte. Für eine kleine Weile waren alle Sorgen und Bedenken vergessen, und Jenny vermochte sich ganz dem eigentümlichen Reiz ihrer Besuche auf Neu-Mahlen hinzugeben, von denen sie einst geglaubt hatte, sie würden sie zu Tode langweilen: Hier war alles harmlos, hier war alles hell, hier gab es keine Leichen im Keller, und niemand hegte Hintergedanken, sondern jeder barst vor guten Absichten.

Wie üblich ließen sich Darius und Viktor nicht vom allgemeinen Gedränge anstecken, sondern schritten ruhig und gemessen hinter dem Pulk her. Jenny verkniff sich ein Lachen. Wer den zweien zusah, musste sie einfach für Vater und Sohn halten, trotz der tintenschwarzen Locken des Mannes und des sandblonden Haarschopfs des Jungen. Beide gingen sie mit schnurgeradem Rücken und stolz erhobenem Kopf, blickten mit erhabener Gelassenheit geradeaus, und seit Darius mit Viktor einkaufen ging, trugen sie auch noch die gleiche Art von Kleidung: Darius ein Tweedsakko mit wenig dezenten Karos über einem zitronengelb gemusterten Hemd und aquamarinblauer Fliege, Viktor ein Hemd mit schwarz-weißem Zackenmuster zu Halstuch und Clubjacke in Burgunderrot.

Kaum erreichten sie die Tür des Waggons, empfing sie schon Carlo, der nicht den geringsten Hehl aus seiner Freude machte.

»Viktor, wie schön, dass du endlich wieder einmal nach Neu-Mahlen kommst. Fritzi steht schon am Herd und brät Plinsen – für Herrn Triantafillidis mit Apfelmus und für dich mit Sauerrahm und Schnittlauch.«

»Und für mich?« Carlo hatte Darius die schwerere der beiden Taschen abgenommen, weil Viktor grundsätzlich darauf bestand, seine selbst zu tragen, Darius zog Viktor taktvoll ein paar Schritte weiter, und Jenny trat hinter ihnen in die Tür.

Carlos strahlendes Begrüßungslächeln wich etwas anderem. Seine Augen schienen sich zu verdunkeln, und die Sehnsucht, die darin aufglomm, war unverhüllt. Er stand mitten in einem Sonnenflecken, die Luft war kalt, glasklar und stank nach Pferdemist. Er streckte ihr die Hand entgegen.

»Für dich kocht Fritzi seit drei Tagen Leberwurst«, raunte er in einem Ton, als bitte er sie hier und jetzt, mit ihm ins Bett zu steigen. »Heute Abend gibt es Schlachtplatte mit Sauerkraut und Wellfleisch. Und alles, was du sonst noch willst, Jenny. Weißt du das nicht? Dass du von mir haben kannst, was immer du dir wünschst?«

6

Als Jenny das erste Mal nach Neu-Mahlen gekommen war, war sie sicher gewesen, binnen kürzester Zeit an Langeweile zu sterben. Spaziergänge über das flache Land zwischen winterlich verschneiten Stoppelfeldern, endlos sich ziehende Mahlzeiten, die auf einem mindestens hundertteiligen Service mit blauem Zwiebelmuster serviert wurden, und Nachmittage zwischen Kamin und Schaukelstuhl, in denen Tante Sperling häkelte und Freifrau Ulrike Tee in zerbrechliche Tässchen schenkte, gehörten nicht gerade zu den Dingen, mit denen sie in ihrem Berliner Leben für Kurzweil sorgte.

Ihre Freizeit, die sich zumeist auf die Nachtstunden nach ihren

Auftritten beschränkte, spielte sich hinter den glitzernden Lichterfassaden der Tanzdielen und Bars zwischen Friedrichstraße und Unter den Linden ab. Hasardeure und Hochstapler, Halbweltgelichter und große und kleine Ganoven, Abenteurer, Lebenskünstler, Feuerschlucker und Akrobaten stellten die Gesellschaft dar, in der sie sich bewegen, die Klaviatur, auf der sie spielen konnte. Brandenburgs Landadelige hingegen erschienen ihr unendlich viel fremder als die bunten Vögel aus aller Herren Länder, die ihr in ihrem Beruf täglich unterkamen.

In der Jerusalemer Straße, wo sie mit Nina und der gesamten Bagage drei Jahre lang gewohnt hatte, gab es ein Geschäft, in dem sie sich morgens frisch die Haare legen und die Fingernägel maniküren lassen konnte, während zugleich ihr Kleid gereinigt, bei Bedarf geflickt und aufgebügelt wurde. So aufpoliert und gestärkt von einem Schuss Brandy im Kaffee, spazierte sie in die Matinee, in der sie ihren Adagio-Akt hinlegte, fuhr anschließend in einer Autodroschke heim, umarmte ihr von Darius abgefüttertes Kind und schlief drei Stunden, ehe sie zur Abendvorstellung in den *Wintergarten* aufbrach.

Auf Neu-Mahlen hingegen ging man zeitig zu Bett und schlief sich gründlich aus, um anderntags mit frischen Kräften sein Tagwerk anzugehen. Man setzte sich zivilisiert zu Tisch, um gut und reichlich zu essen, und falls man abends zu gesellschaftlichem Verkehr aufbrach, so traf man sich mit den Leuten, mit denen man sich schon sein ganzes Leben lang getroffen hatte und deren Großeltern die eigenen Großeltern kannten.

Es war eine Welt, in die Jenny Alomis nicht passte, und sie hatte erwartet, fortwährend irgendwo anzuecken. Zu ihrer Verblüffung war es ihr jedoch gelungen, sich in diesem absonderlichen Museumskosmos zurechtzufinden, und nicht nur Carlo, sondern auch seine Verwandten hatten es ihr leicht gemacht.

»Meine Tochter erklärte mir, Sie sind eine Verbiegungskünstlerin«, hatte die bemerkenswerte Oma Hulda, unter deren seidenem Rocksaum die ungeputzten Kappen ihrer Reitstiefel hervorlugten, bei ihrem ersten gemeinsamen Abendessen das Gespräch eröffnet. »Nun ist mir bewusst, dass meine Tochter vollkommen weltfremd und eine wandelnde Quelle für Missverständnisse ist, weshalb ich die Auskünfte, die sie an mich weiterreicht, nicht zwangsläufig für bare Münze nehme. Auf der anderen Seite klingt mir Verbiegungskünstlerin aber nach einem äußerst vernünftigen Beruf für eine Frau. Wir fangen im besten Fall schon in der Wiege mit dem Üben an und können uns glücklich schätzen, wenn wir die Zeit bis zur Bahre ohne Knoten im Rückgrat überstehen.«

Jenny hatte lauthals darüber lachen müssen, und allem Anschein nach störte sich auf Neu-Mahlen niemand an lautem Gelächter, auch wenn die zauberhafte, nie beleidigte Tante Sperling dezent zusammenzuckte. Es störte sich auch niemand daran, dass Viktor die Schäferfiguren aus Meissener Porzellan vom Kaminsims nahm, um damit auf dem spiegelglatten Parkett eine Varietényummer nachzuspielen, oder dass der langfellige, ständig haarende Ypsilantis sich auf einem der zierlichen Brokatsofas räkelte, wobei er die beeindruckende Pracht seiner Männlichkeit präsentierte. Vielleicht hatten diese Frauen, die den Zusammenbruch ihrer Welt überlebt hatten, einfach keine Kraft mehr, um sich über Lappalien zu echauffieren. Vielleicht haben wir alle dazu keine Kraft und auch keine Lust mehr, dachte Jenny und wunderte sich wieder einmal darüber, wie sehr sie das Leben auf Neu-Mahlen genoss und wie schnell die Tage verflogen.

Als Gutsherr, Mitglied des Landrats und Pferdezüchter hatte Carlo natürlich alle Hände voll zu tun. Auf Neu-Mahlen verlief das Leben jedoch frei von Hektik, und das, was man zu tun hatte, drohte nicht wie in Berlin zu verpuffen, wenn man es einmal um ein paar Tage verschob.

»Gut Ding will Weile haben.« Das war der Lieblingsausspruch von Leibdiener Max, der sich, weil kein Mensch mehr einen Leibdiener brauchte, inzwischen das »Mäxchen für alles« nannte, und nach demselben Motto lebte auch Carlo.

Er nahm sich Zeit für Jenny.

»Ich habe nicht so viel Mühe darauf verwandt, dich endlich wieder einmal hierherzubekommen, um dich dann wie in Berlin nur zwischen Tür und Angel zu sehen«, sagte er, lieh ihr eine Reiterkluft von Nina und nahm sie mit an die Trainingsbahn, wo die jungen Traber auf die Saison der Verkaufsrennen vorbereitet wurden. Ferdi, der Stallknecht, hatte bei Trainer Wackermann durchgesetzt, dass Viktor an diesem Nachmittag in einem Sulky mitfahren durfte, und Jenny freute sich, dass ihr sonst so stoischer Sohn bei der rasanten Fahrt um die Bahn wie jedes andere Kind vor Begeisterung jauchzte. Otta, die mit ihren zwölf Jahren und jeder Menge Pferdeverstand bereits einen temperamentvollen Hengst allein lenken konnte, fuhr ihm natürlich in einer Schneewolke davon, aber Viktor war keiner, der sich daraus etwas machte.

Er verglich sich nicht mit anderen. Er war durch und durch er selbst.

»Gib zu, dir gefällt es auch«, sagte Carlo mit einem Lächeln und kaum verhohlenem Stolz.

»Natürlich gefällt es mir«, bekannte Jenny. »Ich bin eine Theaterfrau, ich stehe auf dramatisches Spektakel – wie sollte es mir also nicht gefallen?« Der Anblick der dunklen, dampfenden Pferdeleiber, die mit hämmernden Hufen aus den Nebelwolken auftauchten, hatte etwas Magisches, dem man sich schwer entziehen konnte. »In die Nähe eines Pferdes bekommst du mich trotzdem nicht«, verwies sie Carlo. »Schon gar nicht, wenn der Gaul einen Sattel trägt und du die Absicht hast, meinen Luxushintern da hinaufzuhieven.«

»Warum versuchst du es nicht wenigstens einmal?«, fragte er mit hörbarer Enttäuschung. »Ich nehme dich an die Führleine, du bist so sicher wie in Abrahams Schoß. Ich bin selbst kein großer Reiter und würde weder dich noch mich jemals auf einen vierbeinigen Vulkan wie Ninas Palü setzen. Aber ein Ausritt durch frisch gefallenen Schnee auf unseren zwei alten Schwarzwäldern ist märchenhaft schön. Vermutlich weigerst du dich nur deshalb, es auszuprobieren, weil du Angst hast, du könntest auf den Geschmack kommen.«

»Im Leben nicht«, beschied sie ihn. »Dass ich mit dir zu Fuß durch deinen frisch gefallenen Schnee stapfe und mir nasse Zehen hole, ist das höchste Zugeständnis, zu dem ich fähig bin, und darauf darfst du dir etwas einbilden. Wenn du um jeden Preis auf zwei Zossen durch deine Puderzuckerwelt schweben willst, musst du dir eine andere Gefährtin suchen.«

»Ich suche mir keine andere Gefährtin«, sagte Carlo, legte ihr den Arm um die Taille und führte sie von der Bahn fort in Richtung Wald. »Ich habe die eine und einzige Gefährtin bei mir, mit der ich meine Puderzuckerwelt teilen möchte, und wenn die sich partout weigert, sich in einen Sattel zu setzen, dann geht Carlo von Veltheim eben zu Fuß.«

Ehe sie sich an einer unter dem Schnee verborgenen Wurzel stieß, nahm er sacht ihren Arm und führte sie hinüber. Er war so unglaublich gut erzogen. Dass es Galanterie gab, die in exzellenter Kinderstube wurzelte, hatte Jenny so gut wie vergessen. Sie hatte vieles so gut wie vergessen. Wenn sie einen Erinnerungsfetzen nicht schnell genug abschüttelte, kam er ihr vor wie eine Geschichte, die aus den verblassten Bildern uralter Kinderbücher aufstieg.

»Allerdings wüsste ich gern, warum du dich so vehement sträubst«, kam es unvermittelt von Carlo. »Soweit ich weiß, hast du weder vor Brillenschlangen noch vor tanzenden Elefanten und nicht einmal vor Ypsilantis, der Riesenkatze, Angst, die selbst unseren Doggen Respekt einflößt. Weshalb also ausgerechnet vor Pferden?«

»Ich habe keine Angst!«, protestierte Jenny. »Ich mag nur nicht reiten.«

»Ach komm«, seine Hand umfasste so kraftvoll ihre Taille, dass sie sie durch den Stoff der gefütterten Jacke spürte. »Wenn es nur darum ginge, wäre es mir längst gelungen, dich bei deiner Neugier zu packen. Aber wie lange versuche ich jetzt schon vergeblich, dich zu einem Ausritt zu bewegen? Vier Jahre? Demnächst werden es fünf, und ausgerechnet du, die zu keinem Abenteuer Nein sagen kann, probierst es ohne einen handfesten Grund nicht einmal aus? Oma Hulda würde dazu sagen: ›Das kannst du einem erzählen, der keine Krempe am Hut hat.‹«

»Ich erzähle es aber dir, und was du am Hut hast oder dir dransteckst, ist mir egal«, sagte Jenny, packte seine Hutkrempe und zog sie ihm ins Gesicht. Dann schlängelte sie sich aus seinem Arm und lief ihm davon, hinein in den lichten Wald. Schnee wirbelte auf, und die kahlen Birken wiegten sich im Wind. Jenny lachte, doch es fühlte sich an, als wollte das Lachen ihr im Halse stecken bleiben. Sie war zuvor schon mit Carlo in den Wäldern gewesen, die die Koppeln und Felder von Neu-Mahlen umringten, sie hatten im Sommer an einem der Wildbäche ein Picknick abgehalten und im Herbst Schlehen gepflückt, aus denen Fritzi blauschwarze, köstliche Marmelade kochte. Der Ort war ihr vertraut. Er hatte nichts Sinistres, nichts Bedrohliches an sich, sondern barg vergnügliche, harmlose Erinnerungen.

Aber die Birken, die silbrig schimmernden, entlaubten Weißbirken.

Bleiche Tänzerinnen, die der Sturm bei den Haaren packte, Bäume der Erkenntnis, Achsen der Welt.

Etwas in ihr zog sich zusammen.

Sie rannte weiter, hörte hinter sich Carlos Schritte, und im nächsten Augenblick griff er nach ihrem Arm. »So leicht entkommst du mir nicht. Du magst eine der schnellsten Frauen von Berlin sein – aber ich züchte Rennpferde.«

»Na und? Läufst du mit denen etwa um die Wette?« Sie hätte sonst etwas darum gegeben, sich so schnoddrig zu fühlen, wie sie klang.

Er zog sie an sich und küsste sie. »Ich bin nicht ganz sicher, mit wem ich um die Wette laufe, aber dass ich gewinnen muss, weiß ich, denn in diesem Rennen geht es um dich.«

»Mich kann man nicht gewinnen. Höchstens wie in der Pfandleihe tageweise ausborgen.« Jenny wollte sich wieder entwinden und davonlaufen, wollte den Ernst, den sie spürte, ignorieren und das Ganze zu einem Spaß umdrehen, aber Carlo schloss die Hand um ihren Oberarm und hielt sie fest.

»Ich will, dass du das weißt, Jenny Alomis: Es gibt kein Pfand, das ich nicht hinterlegen und nie wieder einlösen würde, um dich behalten zu dürfen.«

Sie versuchte, ihn zu unterbrechen, aber er hob die Hand und sprach diesmal schneller weiter, als sie den Mund öffnen konnte. »Nein, du brauchst nicht in Panik zu geraten. Ich will das nur aussprechen dürfen. Es hängt kein Ultimatum daran, keine moralische Erpressung, nichts. Habe ich dir im Übrigen schon einmal gesagt, dass ich deinen Namen liebe? Ich könnte ihn ununterbrochen vor mich hinsprechen, ich könnte ihn sogar singen, obwohl Nina davon überzeugt ist, dass nicht einmal eine Krähe so wenig Gesangstalent besitzt wie ich. Jenny Alomis, Jenny Alomis, Jenny Alomis. Deine Eltern müssen dich gekannt haben, noch bevor du auf die Welt gekommen bist, denn sie haben dafür gesorgt, dass du genau den richtigen Namen bekommst.«

Ein Windstoß schüttelte die Kronen der Birken, und eine Ladung Schnee ergoss sich über ihre Köpfe. Jenny trug keine Mütze. Die eisigen Kristalle bohrten sich wie Nadelspitzen in ihre Kopfhaut. Es ist ein Künstlername, hätte sie sagen können. Immerhin gelte ich ja als eine Art Künstlerin, also habe ich wohl das Recht, mich zu nennen, wie es mir passt.

Aber sie sagte es nicht.

Ihn hätte es zweifellos erschreckt, dass er ihren richtigen Namen nicht kannte. Er hätte darauf bestanden, ihn zu erfahren, und ihm zu versichern, dass sie ihn selbst immer häufiger vergaß, hätte nichts genützt.

»Ich liebe dich«, sagte er. »Alles, was es an dir zu lieben gibt. Mit den paar Facetten, die du geruhst, mir zu zeigen, gebe ich mich nicht zufrieden, Jenny. Den Rest will ich auch.«

»Welchen Rest?«

Er strich ihr das Haar fort, das nass an der Stirn klebte. »Du bist wie aus dem Nichts in mein Leben geschneit und hast es von Grund auf umgekrempelt. Eine Zeit lang war ich für jeden Brosamen von deiner Tafel dankbar und habe mich damit begnügt, dass du eben Jenny, das große Geheimnis, bist, das aus dem Nirgendwo stammt. Aber es genügt mir nicht mehr. Ich will wissen, wo dieses Nirgendwo liegt, ich will wissen, wer derjenige war, der dir deinen schönen

Namen gegeben hat, von wem du dieses nachtschwarze Haar hast und wer dir Angst vor Pferden eingejagt hat.«

»Ich habe keine …«

»Pssst.« Er legte ihr den Finger auf den Mund. »Du hast mir einmal erklärt, du könnest lügen wie ein Gesandtschaftsattaché. Dabei hast du noch untertrieben, denn gegen dich ist der komplette diplomatische Dienst ein Verein von Wahrheitsverfechtern. Mir macht es nichts aus. Von mir aus können wir all deine Lügen zum Evangelium erklären. Nur warum du eines Tages damit begonnen hast, dich in diesen Kokon von Lügen einzuspinnen, das wüsste ich gern.«

In Jennys Unterleib zog sich etwas zusammen, verkrampfte sich und ballte sich zur Faust. »Ist dir schon einmal der Gedanke gekommen, ich könnte meine Vergangenheit mit ein paar hübschen Lügen aufbauschen, weil die Wahrheit stinklangweilig ist?«, presste sie heraus. »Übrigens tun das die meisten Leute. Zumindest die Leute, die nicht in der Uckermark hausen und allabendlich Fuchs und Hase gute Nacht wünschen.«

»Das mag für die meisten Leute schon zutreffen«, erwiderte Carlo ungerührt. »Aber nicht für dich.«

»Und woher willst du das wissen?«, fuhr sie ihn an.

»Ich verbringe gelegentlich die Nacht neben dir«, sagte er. »Manchmal schläfst du so tief wie ein kleines Kind und schnarchst dabei wie ein alter Mann, was ich hinreißend finde. Allerdings sind diese Nächte selten. In den meisten anderen gleichst du weder einem Kind noch einem Greis, sondern einer jungen Frau, die von Dämonen gehetzt wird. Ich würde sonst etwas dafür geben, dich in diesen Nächten zu beschützen, Jenny. Die Dämonen zu packen, ihnen die Masken vom Gesicht zu reißen und sie ein für alle Mal zum Teufel zu schicken.«

»Falls du Wert darauf legst, in Zukunft noch einmal neben mir zu schlafen, kann ich dir nur raten, deine nächtlichen Bespitzelungen einzustellen«, blaffte Jenny und riss sich so heftig aus seinem Arm los, dass er zurückwich. »Mir war nicht bewusst, dass ich hier unter einer Art psychoanalytischer Beobachtung stehe. Der ganze Psycho-Humbug schert mich einen feuchten Kehricht, und ich wüsste nicht, dass ich mich bereit erklärt hätte, als Versuchskaninchen zu dienen.«

Sie schwang herum, wollte zurück zur Bahn laufen und Viktor in seinem Sulky zuwinken oder im Haus nach Darius suchen und sich seine Pläne zur Umgestaltung ihres Haushalts anhören, irgendetwas Vertrautes, Harmloses tun, das in ihre Gegenwart gehörte. Stattdessen stand sie still, wie in der Kälte erstarrt. Als Carlos Hand ihren Nacken berührte, zuckte sie zusammen.

Sie drehte sich nicht zu ihm um. »Falls du vorhast, so weiterzumachen, fahre ich besser schon heute und nicht erst am Dienstag nach Hause«, sagte sie. »Es hat mir Spaß gemacht, mit dir hier zu sein. Ich hatte auch Spaß, wenn du nach Berlin gekommen bist, und überhaupt fand ich, wir beide hatten eine ziemlich spaßige Zeit zusammen. Aber das ist alles, worum es mir geht, Carlo: um den Spaß. Wenn jetzt der Ernst an der Reihe ist, findet der ohne mich statt. Dann nehme ich die Beine in die Hand und mache mich vom Acker.«

Seine Hand glitt über ihren Nacken, ihren Hals hinauf bis an den Haaransatz. »Sobald es ernst wird, nimmst du Reißaus, habe ich recht? Immer und überall.«

»Ja, das tue ich. Und warum sollte ich auch nicht? Was hat es denn all denen, die das Leben tödlich ernst genommen haben, eingebracht? Ich amüsiere mich wenigstens, bevor ich ins Gras beiße, und meine Freunde amüsieren sich mit mir. Wem das nicht passt, dem steht es frei, zu gehen.«

»Und dein Sohn?« Carlo hörte nicht auf, sie zu streicheln. »Wenn er dir eines Tages in allem Ernst die Frage stellt, die du mir nicht beantworten willst, wenn er zu wissen verlangt, wer sein Vater ist – steht es ihm dann auch frei, zu gehen?«

Jennys Herz schlug wie eine Pauke. »Das geht dich nichts an!«, rief sie und löste sich endlich aus ihrer Erstarrung. »Du bist es jedenfalls nicht, und wenn du dir so sehnlichst wünschst, jemandes Vater zu sein, ist es vielleicht an der Zeit, dass du dich in deiner kleinadeligen Nachbarschaft nach der passenden Mutter umsiehst.«

Schwerfällig setzte sie sich in Bewegung. Sie hätte sich längst dazu durchringen müssen, ihn zurück in sein Leben zu schicken und sich an das ihre zu halten, das zu seinem nicht passte. Das Spiel, das sie mit ihm trieb, war nicht fair und brachte ihn um die Chance, mit einer anderen Frau die Familie zu gründen, die er sich ohne Frage wünschte.

Aber sie wollte das doch gar nicht! Bei dem Gedanken, heute Abend nach Berlin zu fahren, ohne die Aussicht, ihn wiederzusehen, wurden ihr die Knie erstaunlich weich. Ihre Beziehung mit ihm war viel anstrengender und komplizierter als sämtliche Affären, in die sie sonst schlitterte, doch eine Wärme, wie sie sie in seiner Nähe empfand, hatte sie nie gekannt. Keinem der Männer, mit denen sie sich in Berlin für eine Handvoll Nächte vergnügte, hatte sie Zutritt zu ihrem Leben gewährt, Zugang zu Viktor und Darius, einen Schritt über die Schwelle, hinter der sich ihr Reich verbarg. Carlo hingegen hatte sich sacht und unmerklich Zoll um Zoll weiter durch den Türspalt geschoben, und ehe Jenny sichs versah, hatte er mitten im Raum gestanden und sie in seine kraftvollen Arme gezogen.

Was er ausstrahlte, womit er sie umgab, trug einen seltsamen Namen: Geborgenheit. Jenny hatte nicht für möglich gehalten, dass ihr an so etwas lag, dass sie daran noch glaubte und sich sogar danach sehnte. In Carlos Gegenwart aber war ihr manchmal zumute, als könne sie sich fallen lassen, als löse sich die ständige Verspannung ihrer Glieder, und ihre steinharten Muskeln würden schlaff und weich.

Und gerade das war gefährlich. Gerade das hätte sie warnen müssen, ihr nahelegen, sich aus dem Staub zu machen, ehe es zu spät war, statt fünf Jahre verstreichen zu lassen, einen verschneiten Waldweg hinunterzustapfen und sich nicht sicher zu sein, ob sie ohne Carlo von Veltheim leben konnte.

»Jenny!«, rief er. »Geh nicht weiter. Komm zurück.«

Jenny Alomis, die Ungehorsame, die auf jedes Kommando hin das genaue Gegenteil tat, blieb stehen.

»Dass ich mehr als Spaß von dir will, weißt du«, sagte er. »Es hätte nicht den geringsten Sinn, es zu leugnen. Aber wenn mehr von dir zumindest hier und jetzt nicht zu bekommen ist, nehme ich das, was du geben willst. Es ist ein bisschen angsteinflößend, nicht sicher zu sein, wer der Mensch eigentlich ist, den ich liebe, aber an meiner Liebe rüttelt das nicht. Und mit der Angst kann ich leben. Im Gegensatz zu meiner Schwester Nina, die Angst nicht zu kennen scheint, bin ich daran gewöhnt.«

Oh doch, dachte Jenny. Deine Schwester Nina kennt Angst genauso wie du. Nur ist bei ihr wie bei mir die Angst vor der Angst zu groß, um das so gelassen einzugestehen.

»Ich war siebzehn Jahre alt, als mir mitgeteilt wurde, dass mein Vater nicht mehr nach Hause kommen würde«, fuhr Carlo fort. »Im selben Atemzug wurde mir mitgeteilt, dass der Herr über dieses Gut mit seinen einundfünfzig Lohnabhängigen und seinen sechs Familienmitgliedern von nun an ich sein werde. Und dass das Gut pleite sei. Nicht länger geschäftsfähig. Du kannst mir glauben, dass mir das höllische Angst gemacht hat. Aber hier stehe ich, ich trage noch immer meinen Kopf auf dem Hals und bin meistens guten Mutes. Also werde ich wohl auch damit fertigwerden, dass die Frau, die ich liebe, mir nicht sagen will, wer sie eigentlich ist.«

Wie ohne ihr Zutun drehte Jenny sich um. Carlo trat auf sie zu, sodass die warme, weiße Wolke seines Atems ihre Wange streifte. Wieder schlang er den Arm um ihre Taille und ging Seite an Seite mit ihr den Weg zurück. »Lassen wir also die haarigen Themen, sammeln Viktor und Otta ein und gehen nach Hause. Dry Martini am Kamin? Klingt das nach einem Weg zur Versöhnung?«

»Zumindest vorübergehend«, sagte Jenny. »Ich kann dir allerdings nicht versprechen, dass der eine Martini sehr lange vorhält.«

»Das ist kein Problem«, versprach er. »An mir ist ein Barkeeper verloren gegangen. Meine Geduld beim Mixen von Cocktails kennt kein Ende.«

»Und deine Geduld beim Verkneifen dummer Fragen?«, entfuhr es Jenny. »Bist du dir wirklich sicher, dass du so weiterleben und auf deine sogenannten Wahrheiten verzichten willst?«

Er war ein ehrlicher Mann. Wie man an einer solchen Ehrlichkeit festhalten konnte, war Jenny ein Rätsel. Mit einer Lüge wäre es so viel leichter gewesen, sich aus der Affäre zu ziehen. »Nein, ich bin mir nicht sicher«, antwortete er. »Es kann sein, dass ich dir morgen wieder Fragen stelle und den zerbrechlichen Frieden zwischen uns zerstöre, und ich kann dir auch nicht versprechen, dass ich nicht grüble und versuche, mir selbst auf alles einen Reim zu machen. Versprechen kann ich dir aber, dass meine Angst, dich im Grunde nicht zu kennen, verschwindend klein wird im Vergleich zu der Angst, dich zu verlieren. Denn ich kenne dich immerhin gut genug, um zu wissen: Du bist die Frau, mit der ich leben will, Jenny. Mit keiner als mit dir.«

Sie wusste, sie hätte sich darauf nicht einlassen dürfen, hätte ihm sagen müssen, dass es mit ihr kein gemeinsames Leben gab, sondern höchstens von Zeit zu Zeit ein Sich-Streifen, wie das Signal zweier Schiffe, die sich nachts begegneten. Er aber zog ihr den nagelneuen, von Tante Sperling gestrickten Schal hinauf bis über den Kopf, weil der Schneefall dichter wurde, und lächelte so einladend zu ihr hinunter, dass sie eine eherne Standfestigkeit hätte besitzen müssen, um ihm zu widerstehen.

Jenny Alomis besaß keine eherne Standfestigkeit.

Sie war so leicht verführbar, dass sie nach ihrer Mutter Eva hätte heißen müssen und jedes Paradies in ihren Händen rettungslos verloren war.

»Beeilen wir uns, damit wir ins Warme kommen und vor dem Essen noch Zeit für unseren Aperitif haben«, sagte er. »Wir müssen heute nämlich auf die Minute pünktlich bei Tisch sitzen. Oma Hulda erwartet Besuch.«

»Besuch?«, fragte Jenny. »Wer kommt denn Illustres?« Vielleicht war das gut. Ein paar neue Gesichter an der Tafel, ein Gespräch, das sich um etwas anderes als Jenny Alomis und ihre Vergangenheit drehte.

»Ach«, sagte Carlo. »Nur eine Handvoll jener Damen, die sich als Freundinnen meiner Großmutter bezeichnen, obwohl selbige steif und fest darauf beharrt, keine von ihnen leiden zu können. Freundinnen hat sie nicht, sagt sie, und Schmarotzerinnen kann sie nicht brauchen.«

»Und warum lädt sie sie dann ein?«, fragte Jenny, dankbar für Oma Huldas Schrulligkeiten und die herbeigesehnte Ablenkung.

»Das darfst du mich nicht fragen.« Carlo zuckte mit den breiten Schultern. »Sie sagt, sie hat sie überhaupt nicht eingeladen, sondern es war Tante Sperling. Und die hat sie wie üblich irgendwo aufgegabelt, wo sie sich besser nicht herumtreiben sollte.«

Das Problem mit Carlos Tante war, dass sie mit jeder Kreatur, ob sie kreuchte oder fleuchte, aus tiefstem Herzen Mitgefühl empfand. Das war verhältnismäßig harmlos, solange es sich bei den armen Geschöpfen, die sie zur Rettung ins Herrenhaus schleppte, um aus dem Nest gefallene Vögel, in Fallen geratene Feldhasen oder zur Not auch um verletzte Ringelnattern handelte. Das menschliche Treibgut, das sie auflas, war jedoch zwielichtiger und hatte sich in der Vergangenheit bereits mehrmals als gefährlich erwiesen. Tante Sperling glaubte nicht nur an das Gute im Menschen, sondern hielt das Böse schlicht für ausgeschlossen, was dazu führte, dass alle erdenklichen Subjekte bei ihr leichtes Spiel hatten.

Jenny nahm Carlos Hand. »Wo genau hat sie sich denn diesmal herumgetrieben?«, fragte sie.

»Sie sagt, die Damen hätten sie in der Kirchengemeinde angesprochen«, antwortete er und sandte ihr ein Grinsen, das ihr Lust auf die Nacht mit ihm machte. »Sie sind Zugezogene, ›Heimatvertriebene‹, wie Tante Sperling es ausdrückt, aber ihre Bekanntschaft mit Oma Hulda reicht angeblich bis in deren Kindheit zurück. Ganz koscher klingt das alles nicht, und seit sich bei uns im Landrat die Anhänger der Nazis mehren, fühle ich mich ständig wie auf der Hut. Aber selbst ich muss zugeben, dass drei Damen über siebzig sich nicht gerade nach einer Bedrohung anhören.«

»Nazis?« Jenny horchte auf. »Ausgerechnet im verschlafensten Winkel der Republik? Ich dachte, hier wäre noch nicht einmal angekommen, dass wir inzwischen keinen Kaiser mehr haben.«

»Das mag ein Teil des Problems sein«, erwiderte Carlo. »Hierher dringt nichts vor. Sich vor die Leute hinzustellen und ihnen Unfug zu erzählen, ist wesentlich leichter als in Berlin, wo sofort jemand aufspringt und das Gegenteil behauptet. Schon allein deshalb war das letzte Wahlergebnis von Hitlers Splitterpartei bei uns auf dem Land leider deutlich besser als in der Stadt.«

»Wie unappetitlich«, bemerkte Jenny.

»In der Tat.« Carlo zog sie an sich und küsste sie auf die Schläfe. »Aber den Abend brauchen wir uns davon nicht verderben zu lassen. Dafür, dass sich bei mir schon die Nackenhaare sträuben, wenn ich das Wort ›Heimatvertriebene‹ nur höre, gibt es nämlich nicht den geringsten Grund. Euer gesamter kunterbunter Kreis in Berlin ist schließlich heimatvertrieben – und über jeden Verdacht, mit Nazis zu kungeln, erhaben, oder nicht?«

Was du nicht sagst, dachte Jenny und nickte stumm. Ihre Nackenhaare sträubten sich ebenfalls, doch sie war nicht ganz sicher, aus welchem Grund.

7

CARLO

Und Sie sind also die künftige Freifrau von Veltheim?« Adele Baronesse von Harras spießte etwas von ihrer Vorspeise aus feinem Rindertatar und Wildkräutersalat auf die Gabel und starrte Jenny dabei ungeniert an. »Die liebe Freiin Gundula hat ja schon etwas von einer Verlobung angedeutet, aber ob es sich bereits schickt, zu gratulieren, ist mir nicht recht klar geworden.«

Falls Tante Sperling, die in ihrem rosengemusterten Spitzenkleid viel zu zart und dezent für eine »Freiin Gundula« wirkte, derglechen tatsächlich angedeutet hatte, so handelte es sich um reines Wunschdenken, das Carlo, wie er zugeben musste, teilte. Jenny allerdings würde diese Seifenblase mit einem einzigen Nadelstich zum Platzen bringen. Mit ihrem gesunden Appetit, den er göttlich fand, hatte sie ihre Vorspeise bereits in sich hineingestopft. Fritzi servierte ihr grundsätzlich doppelte Portionen, aber das hielt Jenny nicht davon ab, ihren Teller ohne jedes Zieren und schneller als alle anderen zu leeren.

»Es schickt sich nicht«, entgegnete sie unverblümt und hielt dem Blick der Baronesse stand. »Carlo und ich sind zwei Geheimniskrämer. Wir ziehen in Erwägung, zur Hochzeit nach Schottland durchzubrennen, obwohl wir uns fragen, ob das inzwischen nicht ganz fürchterlich aus der Mode ist.«

Er hätte sie küssen wollen. Hier und jetzt, vor der gesamten Tischgesellschaft und beileibe nicht nur züchtig auf die Wange. »Ist sie nicht wundervoll?«, wäre er am liebsten herausgeplatzt. Sie vermochte den gekünstelten Ton seiner Klasse perfekt zu imitieren, spreizte den kleinen Finger von der Gabel und schürzte mädchenhaft ihre prachtvollen Lippen, während sie die frappierendsten Unverschämtheiten vom Stapel ließ.

Am meisten aber liebte er sie in diesem Augenblick, weil sie der Behauptung, mit ihm verlobt zu sein, nicht widersprochen hatte. Stattdessen hatte sie tatsächlich das Zauberwort *Hochzeit* in den Mund genommen, auch wenn es nur geschehen war, um die Baronesse zu verulken.

Die Besucherinnen waren zu dritt: eine ledige Baronesse Harras, ihre Schwägerin, eine verwitwete Baronin mit dem Vornamen Hedwig, und ihre Cousine, eine ebenfalls verwitwete Juliane Edle von Brackel. Tatsächlich war die Familie mit der von Oma Hulda, die eine geborene von Holtzendorff war, weitläufig bekannt. »Dein Herr Großvater stand einmal kurz davor, mir einen Antrag zu machen«, hatte die Baronesse Adele Carlo sozusagen zur Begrüßung erklärt. »Wir sind also in gewisser Weise verwandt, auch wenn die liebe Hulda am Ende die der Familie genehmere Partie war.«

Das grenzte an Beleidigung, aber Oma Hulda hielt sich mit solchen Kinkerlitzchen nicht auf. »Wenn wir in gewisser Weise verwandt sind, können wir uns die förmliche Vorstellung ja sparen und uns zu Tisch setzen«, war alles, was sie dazu von sich gegeben hatte.

Carlo hatte dann immerhin Jenny, Viktor und Darius vorgestellt, und die Baronesse Adele hatte sich über den Namen Triantafillidis überhaupt nicht mehr beruhigen können.

»Ein Grieche, zweifellos ein Phanariote, nein, wie außergewöhnlich! Ein Gast von der Wiege der abendländischen Kultur. Sehr erfreut, Ihre Bekanntschaft zu machen, Herr Tinontofantidis. Ich bin sicher, Sie sind Philosoph oder Staatslenker oder etwas anderes, was Sie über uns gewöhnliche Sterbliche erhebt.«

»Löwenbändiger«, hatte Darius zur Antwort gegeben, und danach war die Baronesse mindestens zwei Minuten lang still gewesen.

Jetzt aber lief sie zu einem neuen Angriff auf, und diesmal hatte sie Jenny im Visier. »Eine Bekannte aus der hiesigen Kirchengemeinde war kürzlich in Schottland«, behauptete sie. »Ihrem Bericht nach hat Edinburgh durchaus gewisse Reize, doch es gibt dort nichts, das die exorbitanten Preise rechtfertigt. Im Übrigen will mir nicht einleuchten, weshalb Sie für Ihre Hochzeitsreise ein derart entlegenes Ziel anstreben. Nahe läge es doch, Ihrem Bräutigam die Stadt zu zeigen, der wir beide entstammen und mit der ohnehin so rasch keine andere wird mithalten können. Fraglos nicht das laute und aufdringliche Paris, ganz zu schweigen von Venedig, das wie eine Kloake stinkt.«

Fritzi hatte Jenny als Zwischengang ein Körbchen mit knusprigem, frisch gebackenem Weizenbrot, eine Schale gelbe Butter und eine Untertasse voll Lachskaviar vorgesetzt. Jenny war im Begriff gewesen, sich darüber herzumachen, ließ jetzt jedoch das Buttermesser sinken. Ihre Haut war ohnehin sehr weiß, was zu den pechschwarzen Brauen und Wimpern großartig wirkte, aber jetzt sah Carlo sie vollkommen erbleichen. Tante Sperling, die wie üblich endlos über die Tischordnung nachgesonnen hatte, hatte ihn und Darius zwischen die Besucherinnen platziert, damit jene in den Genuss eines Tischherrn kamen. Carlo wünschte, er hätte sich dem nicht gefügt, sondern darauf bestanden, wie sonst an Jennys Seite zu sitzen.

Sie war stark wie eine Trakehnerstute, sie schaffte alles allein und bat nie jemanden um Hilfe, aber in diesem Augenblick glaubte Carlo zu spüren, dass sie ihn brauchte. Was genau vor sich ging, wusste er nicht. Aber dass es an die Wunde rührte, die Jenny in ihrem Innern hermetisch verschloss, hätte auch ein Wildfremder erkannt.

»Was meinen Sie damit – die Stadt, der wir beide entstammen?«, fragte sie scharf.

»Nun, der liebe Freiherr Carl-Otto hat doch vorhin bei der Vorstellung klar und deutlich verlautbart, dass Sie ebenso wie ich gebürtige Riganerin sind.«

»Sie … Sie kommen aus Riga?«, stammelte Jenny.

Mit einem Schlag fühlte Carlo sich schuldig. Hatte er es tatsächlich versäumt, Jenny gegenüber zu erwähnen, dass die Besucherinnen Baltendeutsche waren? Das war kein Versehen, erkannte er. Seine Schwester Nina mochte ihn für reichlich vertrottelt halten, aber ein solches Versäumnis wäre ihm nicht unterlaufen, wenn er es nicht insgeheim gewollt hätte. Vielleicht hatte er befürchtet, Jenny könne das gemeinsame Abendessen ablehnen, wenn sie erfuhr, woher die Gäste stammten, vielleicht hatte er unbewusst geahnt, was ihm jetzt klar und deutlich vor Augen stand: Es war diese Stadt, in der Jennys Dämonen hausten, diese Stadt, die sie ihm verschwieg, weil das, was sie dort zurückgelassen hatte, selbst für die todesmutige Jenny Alomis zu entsetzlich war, um sich dem zu stellen.

Waren es nicht immer Städte, bei all diesen Entwurzelten, die der Krieg über ganz Europa verstreut hatte? Die wenigsten Menschen verließen ihre Heimat aus freien Stücken, sosehr Jenny auch bemüht war, den Anschein zu erwecken, dass sie nie etwas anders als aus freien Stücken tat.

»Und ob, meine Liebe, und ob«, flötete Adele von Harras. »Meine Heimat ist unsere schöne, verlorene Perle des Baltenlandes genau wie die Ihre. Übrigens kamen Sie mir sofort vertraut vor, als Sie vorhin mit dem lieben Freiherrn Carl-Otto den Raum betraten. Ich bin sicher, unsere Familien pflegten gesellschaftlichen Umgang miteinander. Wo befand sich denn Ihr Stadtwohnsitz? In der Livländischen Vorstadt doch sicher? Unweit des Theaters? Wir hatten dieses reizende Haus in der Bärentöterstraße, sahnegelb verputzt und mit dem süßen Zwerchhaus an der Traufe. Erinnern Sie sich? Ach, was für herrliche, unwiederbringliche Zeiten. Wer hätte gedacht, dass all dies einmal von Barbaren ausgelöscht werden könnte, wo es seit achthundert Jahren festen Bestand hatte?«

»Ja«, murmelte Jenny ausdruckslos und stierte ins Leere. »Ich erinnere mich.«

»Die Löwenapotheke war zwei Häuser weiter«, plapperte die Baronesse unbekümmert weiter. »Und dann das rote Haus, wie wir es nannten, dieser majestätische Bau aus dem Holz unserer Rigaer Birken, mit den geschnitzten Verzierungen an den Dachgiebeln, das der Familie von Siver gehörte. Der Senior, Waldemar, stand dem Börsenkomitee vor und war Ältester der Gilde, und von seinen sieben Söhnen war Eduard, der das Haus übernahm, der Liebling und durfte werden, was er wollte. Arzt ist er geworden. Ich bin sicher, den werden Sie auch noch kennen, die ganze Vorstadt ging ja mit ihren Zipperlein zu ihm.«

»Ja«, sagte Jenny wieder, in dem gleichen ausdruckslosen Tonfall, der Carlo einen Schauder über den Rücken jagte. »Ich kenne ihn.«

»Eine so feine und propere Familie«, sagte die Baronesse. »Und die Frau Doktor, was für eine durch und durch vornehme Dame und was für eine wunderbare Mutter. Wie kleine Püppchen, wie Prinz und Prinzesschen hat sie ihre Schar herausgeputzt, und nichts war für das hübsche Dreigespann gut genug. Ist es nicht eine unsägliche Grausamkeit des Schicksals, dass eine solche Familie alle drei Kinder verliert? Es hat ihr das Herz gebrochen, dem armen Mutting, der armen Frau von Siver, und wer kann es ihr verdenken? Ich weiß nicht, ob Sie überhaupt noch von dieser Tragödie gehört haben, meine Liebe – wann sind Sie denn von Riga weg?«

»Vor einer Ewigkeit«, sagte Jenny.

»Ja, so kommt es einem manchmal vor, nicht wahr?« Die Baronin legte die Gabel nieder und wischte sich über die Stirn. »Als hätte unser Leben dort sich in einer anderen Zeit abgespielt, die der Rest der Welt einfach vergisst. Schon deshalb ist es wichtig, dass wir Baltendeutschen zusammenhalten. Ihr Name sagt mir allerdings nichts. Alomis, Alomis – ich nehme an, Ihr verstorbener Mann war Lette oder Litauer? Dagegen ist ja nichts einzuwenden, wir mussten schließlich alle zusehen, wie wir zurechtkamen. Darf ich aber fragen, was Sie für eine Gebürtige sind?«

»Alomis«, sagte Jenny mit ihrer ausdruckslosen Geisterstimme. »Ich bin Jenny Alomis und sonst nichts.«

»Und damit ist es genug«, fuhr Oma Huldas Stimme dazwischen wie mit der Sense. »Deine Sentimentalitäten in allen Ehren, Adele, aber selbst dir dürfte nicht verborgen geblieben sein, dass deine Fragerei Carlos Gast den Appetit verdirbt. Das ginge mir, nebenbei bemerkt, ganz genauso. Soweit ich mich erinnere, tauscht man beim Essen die unvermeidlichen Belanglosigkeiten, aber man bombardiert einander nicht mit Fragen wie bei einem Polizeiverhör.«

»Oh, ich bitte vielmals um Entschuldigung!«, fuhr Adele von Harras pikiert auf. »Ich war lediglich erfreut, in der Fremde einer Landsmännin zu begegnen und ein paar Erinnerungen tauschen zu können. Hätte ich gewusst, dass ich mich damit bei der ungekrönten Königin des Hauses unbeliebt mache, hätte ich mich selbstredend nicht so weit vorgewagt.«

»Na bestens«, brummte Oma Hulda. »Fritzi, Sie können dann den Fischgang auftragen.«

Es wäre meine Pflicht gewesen, einzuschreiten, dachte Carlo. Meine Liebste in Schutz zu nehmen, nicht zu warten, bis meine Oma es für mich tut.

Und warum habe ich es nicht getan?

Weil ich noch hundert Mal mehr als diese impertinente Heimatvertriebene darauf brenne, zu erfahren, was Jenny verbirgt, gestand er sich ein und schämte sich.

Fritzi kam mit der großen Servierplatte, auf der auf einem Bett aus Lauch ein Zander angerichtet war. Jenny, die für gewöhnlich Stielaugen bekam, sobald ein neues Gericht auf dem Tisch stand, starrte weiter teilnahmslos ins Leere.

»Bei dem Verlauf, den das Gespräch nimmt – wäre es nicht angebracht, die Kinder ins Bett zu schicken?«, fragte die Baronesse Adele und nickte vielsagend in Richtung Otta und Viktor, die mit großen Augen dem Geschehen folgten. Carlos kleine Schwester war eine Plaudertasche vor dem Herrn, während Viktor, der bis zu seinem vierten Lebensjahr kein Wort gesprochen hatte, die Dinge schweigend in sich aufnahm. Jetzt aber hatte sich seine ältere Freundin ihm angeschlossen. Die beiden Kinder saßen da wie zwei Salzsäulen.

»Ach, weißt du«, bemerkte Oma Hulda, die sich vom gebutterten Kartoffelstampf auflegte, »als die Herren beschlossen hatten, vor unserer Haustür einen Krieg vom Zaun zu brechen, war es leider schon zu spät, die Kinder ins Bett zu schicken, und seither fragen wir uns: Was soll sie jetzt noch schrecken?«

»Vor Ihrer Haustür?«, rief die Edle Juliane, deren zartes, spitzes Stimmchen nicht zu dem mächtigen Resonanzkörper ihres Brustkorbs passte. »Sind vor Ihrer Haustür etwa blutige Gefechte ausgetragen worden? Ganz sicher nicht, denn hier blüht und gedeiht ja alles. Die Eingesessenen leben wie die Maden im Speck, und keinem von ihnen ist der eigene Grund und Boden unter den Füßen weggerissen worden.«

Zu seinem Entsetzen sah Carlo, dass der kleinen, kugelrunden Frau die Tränen über die Wangen strömten.

»Ach, Julianchen, mein Herzing, nun gräm dich doch nicht. Dass Hulda und die Ihren nicht verstehen, was wir haben durchmachen müssen, ist doch kein Wunder. Wir waren schließlich Frontstadt, nicht sie. Auf unsere Straßen, auf unsere schönen, schönen Häuser mit ihren prächtigen Fassaden und den Läden mit den so herrlich gefüllten Schaufenstern sind wirklich Granaten abgefeuert worden, und uns hat man evakuiert, wie einen Strom von Verbrechern oder Vieh aus der eigenen Stadt getrieben. Nie hätten wir uns vorstellen können, dass wir nicht wiederkommen würden, dass uns die erbarmungslosen Bolschewisten die Heimat und alles, was wir unser Eigen nannten, auf immer rauben würden.«

»Vor unseren Augen«, jammerte das Julianchen weinend, »vor den Augen meiner armen Mutter haben sie das Porzellan aus ihren Schränken gerissen, all ihre Hochzeitsgeschenke und die Erbstücke von den Schwiegereltern, und unter Gelächter zerschellen lassen. Und warum? Haben wir nicht seit Generationen in Frieden mit den Russen gelebt? Wir sind unter uns geblieben, wir Deutschen auf der deutschen Seite und die Russen auf der russischen Seite, getrennt durch das deutsche Theater mit seinen wunderbaren Opernaufführungen und dem Ballett, in dem auch so mancher Russe nichts dagegen hatte, sich einen Platz reservieren zu lassen. All die Jahre ist es so gegangen. Wir haben in unserem ganzen Leben keinem Russen etwas getan, keinem Bolschewisten und auch niemandem sonst.«

»Und wo war die lettische Seite?«, fragte Carlo. Warum er jetzt, wo das Kind längst in den Brunnen gefallen war, auf einmal den Mund aufmachte, hätte er niemandem erklären können.

»Die lettische Seite?« Die verschwägerte Baronin hob die dünnen Brauen.

»Die lettische Seite von Riga«, erklärte Carlo. »Ihre Cousine hat uns von der friedlichen deutschen und von der Opern liebenden russischen Seite erzählt, aber Riga ist, soweit ich weiß, doch eine lettische Stadt. Also muss es ja wohl auch eine lettische Seite gegeben haben?«

Die drei Damen tauschten Blicke und gestikulierten, doch eine Antwort gab ihm keine. Stattdessen war es Jenny, die sich ihm halb zuwandte und in kaltem Ton sagte: »Darüber haben wir uns damals keine Gedanken gemacht. Wir waren ja überzeugt davon, dass Riga uns gehörte, denn wir waren schließlich vor acht Jahrhunderten ins Land marschiert und hatten all die gottlosen Heiden missioniert. Wichtige Leute, die Letten waren, gab es nicht in unserem Riga. Keine Adligen, keine Großgrundbesitzer, keine Bankiers, keine Ärzte, kein Großbürgertum. Höchstens wenn man einen Handwerker brauchte oder auf dem Markt seinen Fisch auswählte, kam man gelegentlich mit Letten in Berührung, aber wo die hausten, haben wir uns nicht gefragt.«

Sie hatte gesprochen, ohne jemanden anzusehen. Die weiß schimmernden, filetierten Fischstücke, die Fritzi ihr fürsorglich auf dem Teller ausgebreitet hatte, hatte sie nicht angerührt.

»Wir haben niemandem etwas weggenommen!«, rief die Baronesse Adele empört. »Das Gegenteil ist der Fall – unseren angestammten Besitz haben die Russen *uns* weggenommen, und zwar schon, bevor an das Bolschewisten-Pack überhaupt zu denken war. Zwanzigtausend Hektar Ackerland hat mein Vater im Kurländischen besessen, ein Teil davon war zu meiner Mitgift bestimmt, und was ist daraus geworden? Der Zar hat es sich einverleibt, um seinen Krieg gegen unsere eigenen Landsleute zu führen. Unsere Brüder und Verlobten hat er in seine Armeen gezwungen, damit sie gegen ihr eigenes Volk kämpften!«

»Du hattest doch gar keine Brüder«, sagte Oma Hulda, doch sogar sie klang einigermaßen aus dem Konzept gebracht. »Verlobte haben auch nicht gerade Schlange gestanden, soweit es mir in Erinnerung ist …«

»Den Sohn vom Doktor von Siver haben sie in eine von ihren Garnisonen verschleppt!«, rief Adele geradezu triumphierend. »Zu genau den Truppen, die später unser Riga beschossen haben. Aber der Georg von Siver, der war ein echter Deutschbalte, der ließ sich nicht zum Verräter am eigenen Vaterland machen. Lieber hat er sich mit seinem Rasiermesser die Kehle durchgeschnitten, und sein armes Mutting, die schöne Ewa von Löwis, hat's ertragen müssen. Und das Mädchen? Ihr süßes Töchting, ihr Püppchen, das eine solche Hoffnung war? Die Kleine haben die Bolschewisten geschändet, dass sie im Kopf nicht mehr richtig war und sich auf grausigste Weise gegen die eigene Familie gekehrt hat.«

Kurz war es so still, dass Carlo die Frauen neben ihm schwer atmen hörte. Dann meldete sich Jenny mit eisiger Stimme von Neuem zu Wort.

»Nicht geschändet«, sagte sie. »Das holde Töchting hat sich aus freiem Willen mit den bösen Bolschewisten eingelassen. Muss aus durch und durch verdorbenem Material gewesen sein, das Flittchen, aber so was kommt eben in den besten Familien vor.«

Der triumphierende Ausdruck rutschte der Baronesse vom Gesicht. »Dann haben Sie das also doch noch miterlebt?«, fragte sie. »Die Tragödie der armen Familie von Siver?«

»Die Tragödie der armen Familie von Siver«, wiederholte Jenny.

»Alle drei Kinder!« Die Baronesse warf die Arme in die Luft. »Kein Wunder, dass ein Mutterherz darüber zerbricht.«

»Ach, ihr Lieben«, ließ sich jetzt die stille kleine Tante Sperling vernehmen. »Das sind doch gar zu traurige Themen für ein geselliges Tischgespräch. Wollen wir uns nicht anderem zuwenden? Es ist schließlich eine solche Freude, die jungen Leute heute bei uns zu haben, unseren Carlo und unsere Jenny und Herrn Triantafillidis aus Berlin. Vielleicht sind Sie so freundlich, uns ein wenig zu erzählen, was es Neues gibt vom Leben in der Hauptstadt. Mir kommt ja Berlin immer noch vor wie die Stadt aus diesem bemerkenswerten Film von dem Herrn Lang – wie hieß er doch gleich?«

»*Metropolis*«, half Carlo ihr aus und wunderte sich einmal mehr über das, was Tante Sperling neben all dem Häkeln, Sticken und Stricken mit ihrer Zeit anfing.

»Oh, ja, richtig, *Metropolis*. Alles rollt und läuft und funktioniert automatisch, in der Nacht ist es so hell wie am Tag, und in der Straße, in der unser Ninchen wohnt, haben sie jetzt ein Telefonhäuschen errichtet. Darin braucht man nur ein paar Münzen in einen Schlitz zu werfen und hat auf einmal die halbe Welt am Apparat.«

Sie gab sich solche Mühe, und Carlo liebte sie dafür. Seiner Mutter schien es ähnlich zu gehen, denn sie nahm Tante Sperlings Hand in ihre und drückte sie. »Wir müssen unbedingt bald wieder einmal hinfahren und Ninchen besuchen, nicht wahr? Mögen Sie Berlin, Baronesse? Ich finde es einfach überwältigend. Meine Tochter ist dort am Theater tätig, am Varieté, um genau zu sein, wie Frau Alomis übrigens auch. Als ich im Alter unserer Nina war, wusste ich nicht einmal, was ein Varieté überhaupt ist, und heute leitet meine

Tochter eine Kompanie an einem der berühmtesten Etablissements Europas. Dem *Wintergarten*. Haben Sie davon gehört?«

»Wir sind ins Varieté nie gegangen«, erwiderte die Baronesse. »Ich wüsste auch nicht, dass es in unserem Viertel so etwas gegeben hat. Kleinkunst, Tingeltangel, mehr nacktes Fleisch als Talent – das war nicht unsere Welt. Im deutschen Theater hingegen waren wir unter unseresgleichen. Das Ballett-Ensemble konnte es spielend mit dem Bolschoi aufnehmen, und in den Logen traf man zu den festlichen Premieren alles, was in der Stadt Rang und Namen hatte. Ich sehe das Glitzern der großen Lüster noch heute in den Nächten, in denen der Schlaf sich nicht einstellen will. Dann quäle ich mich mit grauenhaften Vorstellungen von dem, was aus alledem wohl geworden ist.«

Jenny stand auf. Kerzengerade erhob sie sich vor der Frau, die sich im Pfuhl ihrer Erinnerungen suhlte, und nur wer sie sehr gut kannte, bemerkte das leise Zittern ihrer angespannten Schultern. »Aus Ihrem deutschen Theater ist das lettische Nationaltheater geworden«, sagte sie. »Die Unabhängigkeit der Republik Lettland ist dort ausgerufen worden. Das war vor mehr als zehn Jahren, was aber offenbar nicht bedeutet, dass es mittlerweile bei allen Ewiggestrigen angekommen ist. Damals kam es auch nicht sonderlich schnell bei allen an. Es hat noch gut anderthalb Jahre gedauert, in denen Sowjetrussen und die Eiserne Division der Deutschen sich bis aufs Blut bekriegt haben, ehe der Frieden von Riga schließlich unterzeichnet worden ist. Und damit wünsche ich Ihnen allen noch einen schönen Abend. Darius, kümmerst du dich um den Kleining? Ich denke, es ist jetzt wirklich an der Zeit, die Kinder ins Bett zu schicken.«

Sie drehte sich um und wollte das Speisezimmer verlassen.

»Aber nicht doch, Frau Jenny!«, rief Fritzi, die mit einer frischen Servierplatte in der gegenüberliegenden Tür stand, entgeistert. »Ich habe extra für Sie *Kommmorgenwieder* gemacht, die essen Sie doch so gerne!«

Jenny wandte den Kopf, und ihr eben noch eisiger, zynischer Ton wurde geradezu liebevoll. »Das ist wie immer ganz zauberhaft von Ihnen, Fritzi. Ich fürchte aber, mich noch länger an diesem Tisch zu behalten, wäre so, als lege man sich eine Zeitbombe in seinen Blumenkübel. Ich weiß Ihre Mühe zu schätzen und werde Ihre *Kommmorgenwieder* für immer in schmachtender Erinnerung behalten.«

Damit ging sie schnellen Schrittes aus dem Zimmer, dass die Absätze ihrer Schuhe auf dem Parkett des Korridors klapperten.

Carlo hatte auf seinem Platz gesessen wie gelähmt. In dem Augenblick, in dem Jenny den Raum verließ, schoss er jedoch wie von der Sehne geschnellt hoch und eilte ihr hinterher.

»Jenny, warte!«

Sie wartete nicht, sondern rannte die Freitreppe hinunter, quer durch die Halle und zur Vordertür hinaus. Der Schnee lag bereits kniehoch, doch noch immer fiel neuer und erhellte die Nacht mit seinem Glitzern. Vor dem Portal, auf der obersten Stufe blieb Jenny stehen, scherte sich nicht um das Vordach, das sie vor dem Niederschlag geschützt hätte, sondern ließ sich nass schneien. Das blau und silbern schimmernde Satin-Ensemble, das sie trug, war bereits durchnässt. Steif und fahrig zugleich fingerte sie unter dem Rocksaum ihre zerknautschte Schachtel *Eckstein* hervor, die zu ihrem silbernen Feuerzeug und der Zigarettenspitze aus Elfenbein so gar nicht passte.

»Echt und recht«, lautete der auf die Packung gedruckte Werbespruch der Marke, und in diesem Augenblick konnte Carlo sich nichts vorstellen, das mehr nach Jenny klang. Auch wenn sie log wie ein Hauptdiplomat, wenn sie ihr halbes oder ihr ganzes Leben verschwieg und verschleierte, wenn sie wie auf Eiern tanzte, um nicht preiszugeben, wo sie verletzt worden war. Die Substanz, aus der sie gemacht war, war echt und recht. Sie stopfte die filterlose Zigarette in die Spitze, zündete sie an und zog am Mundstück, als hinge ihr Leben davon ab. Tief sog sie den scharfen Rauch in die Lunge und blies eine weiße Wolke in die Schwärze der Nacht.

»Jenny.«

Sie drehte sich nicht um.

Carlo zog das Jackett seines Smokings aus und legte es ihr um die Schultern.

»Das ist kitschig, Carlo«, sagte sie.

»Es ist warm«, sagte er. »Bitte komm mit mir ins Haus, ehe du hier draußen erfrierst. Ich verspreche dir, du brauchst zu den reaktionären Drachen nicht zurück. Nie mehr. Ich spreche dieses eine Mal ein Machtwort und verbiete, die drei noch einmal einzuladen. Ich verschanze mich mit dir im Arbeitszimmer, lasse dich alles blau rauchen, hole dir Champagner und *Kommmorgenwieder* und Fritzis *Berliner Luft* mit heißen Himbeeren, ich stopfe dich voll, bis dir schlecht wird und du diesen ganzen grauenhaften Abend vergisst.«

Sacht nahm er sie bei den Schultern, und endlich drehte sie sich zu ihm um. »Das hat doch keinen Sinn, Carlo«, sagte sie, zog an der Zigarette und blies den Rauch aus.

Fassungslos sah er, dass ihr Tränen über die Wangen liefen, während sie mit ruhiger Stimme sprach.

»Doch«, sagte er. »Hat es. Alles, was wir zusammen tun könnten und was dich wieder ein bisschen froher macht, hat Sinn. Keinen Sinn hat, was diese fürchterliche Baronesse und ihre Verwandten dort oben veranstaltet haben, ohne dass ich sie daran gehindert hätte. Ich bitte dich um Verzeihung, Jenny. Hätte ich es gewusst, hätte ich dir nie und nimmer diese Gesellschaft zugemutet.«

Aus ihren dunkel schillernden Augen sah sie ihn an. »Du hast es doch gewusst«, sagte sie. »Dass die drei Grazien aus Riga stammen, werden dir deine Großmutter und deine Tante ja wohl kaum verschwiegen haben.«

»Nein, das nicht«, gab er zu. »Aber ich wusste nicht, dass sie sich wie die Aasgeier auf das Thema stürzen würden.«

»Warum sollten sie nicht?«, fragte Jenny. »Sie sind zum Platzen voll mit diesen Erinnerungen, sie brennen darauf, sie über jemandem auszuschütten, und allzu häufig wird ihnen ja kein Landsmann aus Riga begegnen. Sie verhalten sich ganz normal und so, wie man es von ihnen erwarten würde. Ich bin es, die nicht normal ist.«

»Das ist nicht wahr, Jenny. Du bist …«

»Natürlich ist es wahr«, schnitt sie ihm das Wort ab. »Welcher normale Mensch verdient schon sein Geld damit, dass er sich so weit verbiegt, bis er sich selber auf den Arm nehmen kann?«

Carlo hätte so gern gelacht. Er liebte es, mit ihr zu lachen, und er wünschte sich in dieser eisigen, finsteren Nacht nichts sehnlicher als die erleichternde Wirkung von Humor.

Aber nicht einmal Jenny lachte. »Mit mir wirst du nie ein auch nur annähernd normales Leben führen können, lieber Freiherr Carl-Otto«, sagte sie. »Nicht einmal einen einzigen Abend mit ein paar verschrobenen Besucherinnen lang.«

»Und wenn ich das gar nicht will?«, fragte er. »Wenn ich auf die sogenannte Normalität von Rückwärtsdenkenden, die die Hetzparolen der Nazis nachplappern, verzichten und mich mit dir in dein wildes, verrücktes Leben stürzen will, weil es mir so viel menschlicher und echter vorkommt?«

»Ach, Carl-Otto.« Sie ließ zu, dass er sie hielt, dass er die vor Kälte starren Arme um sie breitete, doch sie erwiderte die Umarmung nicht. »Du willst das normale Leben ja doch, auch wenn es dir vor den drei baltendeutschen Granatenwerferinnen graut. Du willst mit einer Frau ins Standesamt gehen oder sogar vor den Altar treten. Mit einer Frau, die dem Beamten ihren Taufnamen nennen kann, die zu dem Kind, das sie mit in die Ehe bringt, zumindest eine Herkunft anzugeben hat, die nicht in Hysterie ausbricht und flüchtet, wenn ein paar Gäste an der abendlichen Tafel sich gelinde danebenbenehmen und ihr zwei, drei unbequeme Fragen stellen. Du willst selbst gern die sogenannte Wahrheit wissen und die Leichen aus dem Keller der Frau Alomis ausgraben, die im Übrigen ein Fräulein ist und weder einen Letten noch einen Litauer oder sonst einen Kerl als verblichenen Ehemann vorzuweisen hat.«

»Das macht mir nichts aus«, erklärte Carlo kämpferisch, während ihn zugleich ein Gefühl von Panik und eine rasant wachsende Traurigkeit ergriffen. »Viktor ist ein Pfundskerl, dem ich mit Freude ein Vater sein würde, wenn ihr beide es mir erlaubt. Ich könnte ihn adoptieren, ihn offiziell als meinen Sohn anerkennen, dann bräuchtest du dich künftig nicht mehr darum zu sorgen, dass das mit der unehelichen Geburt herauskommt.«

»Ich sorge mich darum ja gar nicht«, sagte Jenny. »Aber du bist der netteste Mann auf der Welt.«

Unvermittelt reckte sie sich auf die Zehenspitzen und küsste ihn mit ihren eiskalten Lippen auf den Mund. »Es hat wirklich keinen Sinn, Carling«, sagte sie dann, zog sein Jackett aus und hängte es ihm zärtlich über die Schultern. »Wie du heute bemerkt haben dürftest, habe ich mehr zu verbergen als ein Kind ohne Vater, das bei einer Kleinkünstlerin des Jahres 1929 ja schon beinahe zum guten Ton gehört.«

»Du bist keine Kleinkünstlerin!«, rief er und streckte die Arme nach ihr aus, griff aber schon ins Leere. »Warum nimmst du dir irgendetwas, das diese Giftschlange von sich gegeben hat, zu Herzen?«

»Das tue ich nicht«, sagte sie, ging im Bogen um ihn herum und blieb an der Tür noch einmal stehen. »Vielleicht habe ich ja gar kein Herz. Wer weiß. In jedem Fall packe ich jetzt meine Sachen, meinen Kleining und meinen griechischen Philosophen und fahre morgen mit dem ersten Zug dorthin zurück, wo ich hingehöre.«

»Jenny, nein, tu nichts Übereiltes!«, rief Carlo. »Lass uns reden, lass uns diese Probleme gemeinsam aus dem Weg räumen …«

»Es ist ja nicht übereilt«, sagte sie. »Ich hätte es längst tun sollen, und es lastet auf meinem ansonsten ziemlich abgehärteten Gewissen, dass ich es nicht getan habe. Mach's gut, hübschester Freiherr von Brandenburg, sieh dich nach etwas Besserem um. Ich habe es überraschend genossen, von euren zwiebelgemusterten Erbstücken *Kommmorgenwieder* zu essen und von einem echten Kavalier umworben zu werden. Aber ich komme trotzdem nicht wieder, denn dazu ist der Kavalier zu schade. Höchstens wenn du mich zu deiner Hochzeit einlädst – dann führe ich extra für dich und deine Braut einen meiner Kleinkunstakte vor.«

8

NINA

SEPTEMBER 1929

Das Programm war grandios. Die Wunderweiber hatten sich selbst übertroffen, auch wenn noch hier und da an den Details gefeilt werden musste und eine Menge Proben ins Land gehen würden, ehe die Nummer ab Anfang Dezember vor Zuschauern gezeigt werden konnte. Nina, die an einem der begehrten Tische auf der Terrasse saß und beim Zuschauen zwei weich gekochte Eier im Glas verspeiste, stand auf und spendete ihren Artistinnen Applaus.

»Großartig gemacht. Wer nach dieser Vorstellung nicht wieder ans Christkind glaubt, bei dem ist Hopfen und Malz verloren.«

Die beleibte Berthe lachte auf. »Dit soll mal eener wajen – dem komm ick aber mit der Rute, dat dit kracht im Karton!«

Sie lachten alle. Die Stimmung war heiter und gelöst wie immer, wenn sie nach Wochen harter Arbeit mit dem Ergebnis zufrieden waren und sich das Feiern verdient hatten. Die erste Probe auf der Hauptbühne des *Wintergarten,* die noch dazu mit allem Drum und Dran stattfand, war etwas Besonderes. Erst wenn die Lichter des Sternenhimmels den Raum in ihren strahlenden Glanz tauchten und nichts mehr verhüllt werden konnte, zeigte sich, ob das, was sie am Reißbrett geplant und in etlichen Einzelschritten einstudiert hatten, sich zu einem Ganzen zusammenfügte und den Zauber entfaltete, der die Zuschauer aus ihrem Alltag entführte. Trotz aller Erfahrung waren Nina und ihre Truppe vor missglückten Ideen nicht gefeit. Wenn aber etwas sich als so rundum gelungen erwies wie das neue Weihnachtsprogramm, löste sich allgemeine Erleichterung in Lärm und Gelächter auf.

»Schampus für alle?«

»Aber sicher doch!« Jenny tänzelte bereits mit der Flasche herum, aus der sie selbst den ersten, übersprudelnden Schluck nahm, und Sonia verteilte Gläser. Wie gewöhnlich bildeten die beiden das Herzstück der Show. Jenny, in hautengem Gold und Grün, verbog sich in der Mitte der Bühne zu Kränzen und hängte sich so an den meterhohen Weihnachtsbaum aus Metallstreben, und Sonia zeichnete Gäste in weihnachtlicher Montur auf Karten mit dem *Wintergarten*-Briefkopf. Manchmal sprang sie dabei von der Bühne und trat so dicht vor den Gast, den sie zum Zeichnen ausgewählt hatte, dass er sie hätte berühren können. Das war so ihre Art. Ihre Eigenheit. Wen sie zeichnete, bestimmte ausschließlich sie selbst, da half kein Betteln und keine Bestechung. Die Berliner mochten sie so, wie sie war. Die Karten mit ihren Zeichnungen erfreuten sich einer enormen Beliebtheit und verkauften sich auf einer Art Schwarzmarkt zu erstaunlichen Preisen.

Die zwölf Frauen, die mit ihrem Tanz einen Rahmen um Jenny und Sonia bildeten, trugen knappe, flatternde Tutu-Kostüme in der Farbe von Champagner, dazu eine Art Heiligenschein und auf dem Rücken ein Paar durchscheinende Flügel. Wie immer hatte Sonia die Kostüme entworfen und dabei einmal mehr den Nagel auf den Kopf getroffen. Die Gewänder waren sexy, frech, provozierend wie die ganze Nummer. Diese bunt durcheinanderwirbelnde Schar von Engeln hatte ganz und gar nichts Heiliges an sich, doch sie hatte auch nichts mit den Nackttänzen gemein, auf die immer mehr kleinere Varietés sich verlegten, um Zuschauer in ihre halb leeren Säle zu locken.

Die goldenen Jahre, in denen all diese Bühnen wie Pilze aus dem Boden geschossen und Abend für Abend ausverkauft gewesen waren, hatten ihr Ende erreicht. Zwar hatte die Vergnügungssucht der Berliner nicht abgenommen, sondern trieb weiterhin allabendlich Scharen auf der Jagd nach immer wilderer, abenteuerlicherer Unterhaltung auf die Amüsiermeilen der Hauptstadt, doch die Konkurrenz war größer geworden.

Da war der Rundfunk, die *Funkstunde Berlin,* die seit drei Jahren regelmäßig ihr buntes Unterhaltungsprogramm ausstrahlte und inzwischen ein eigenes Orchester unterhielt. Da war das Kino, die großen Lichtspielhäuser, die Menschen regelrecht in sich aufsaugten. Seit im vergangenen Jahr zum ersten Mal einer der brandneuen Tonfilme auf einer deutschen Leinwand gezeigt worden war, hatten etliche Theater ihre Pforten schließen und neuen Kinos weichen müssen.

Die beiden großen, international berühmten Häuser, der *Wintergarten* und die *Scala,* hielten sich weiterhin an der Spitze, doch sie lieferten sich einen erbarmungslosen Konkurrenzkampf. In diesem Jahr nun war aus heiterem Himmel ein drittes Haus hinzugekommen. Im Gebäude des einstigen Ostbahnhofs hatte das *Plaza* eröffnet, das seine Karten billiger anbot und die Arbeiterschaft als neues Publikum umwarb.

Fritz Aschinger schäumte darüber vor Wut. Nicht nur, weil er selbst geplant hatte, billige Stehplätze für Arbeiter anzubieten, sondern weil es die jüdischen Eigentümer der *Scala* waren, die das neue Etablissement gegründet hatten.

»*Vom* Plaza *dürfen wir uns hoffentlich ein wenig Frische erhoffen*«, hatte ein launiger Kritiker nach der Eröffnung im *Berliner Tageblatt* geschrieben. »*Im altehrwürdigen* Wintergarten *hingegen setzen inzwischen selbst schon die berühmten Glitzersterne eine fingerdicke Staubschicht an.*«

Am Morgen darauf war Aschinger explodiert. »Ich verlange von Ihnen, dass Sie ausschließlich hochmoderne Akte unter Vertrag nehmen«, hatte er den armen Direktor Neugebauer angebrüllt und ihm die Zeitung vor die Füße geknallt. »Nie Dagewesenes. Sensationelles. Von mir aus vollkommen Sittenwidriges, solange es noch nie anderswo gezeigt worden ist.«

Neugebauer überragte ihn um fast einen Kopf und war bald doppelt so breit, aber er sank vor ihm zusammen wie ein verängstigter Hund. »Aber Herr Aschinger!«, wagte er sich leise zu wehren. »Sittenwidriges bei uns im *Wintergarten?* Das kann ich nicht absegnen, bei aller Liebe. Sie kennen doch unser Motto – *vom Guten nur das Beste.* Wir haben schließlich einen Namen zu verlieren.«

»Solange Sie aufhören, mein Geld zu verlieren, können Sie sich Ihren Namen und Ihr Motto stecken, wohin Sie wollen«, hatte Aschinger geschrien, sich auf dem Absatz umgedreht und war aus Neugebauers Büro gestampft.

»Kein feiner Mann«, hatte das altgediente Fräulein Haselsteng, Neugebauers Sekretärin, entrüstet von sich gegeben, während der Direktor, der Sprache beraubt, nur dagestanden, seinem Vorgesetzten hinterhergestarrt und am obersten Knopf seiner Weste gedreht hatte.

Das Klima war rauer geworden, daran gab es nichts zu deuteln. Eine täglich wachsende Zahl von Artisten, die bei den kleineren Theatern keine Arbeit mehr fanden, standen am Bühneneingang des *Wintergarten* Schlange, um sich zu bewerben. Noch immer butterte Neugebauer vom Geld seiner Frau zu, um sich den einen oder anderen Akt, der es ihm angetan hatte, leisten zu können. Im Großen und Ganzen aber ließ sich Aschinger über alles, was Neugebauer plante, ausführlich in Kenntnis setzen, und das meiste schmetterte er gnadenlos ab. Für den selbstgefälligen Direktor, der sich so gern im Glanz seiner Zirkusuniform gesonnt hatte, war das eine Demütigung sondergleichen. Er hatte den Spaß an der Arbeit verloren, und dass er Aschinger nicht einfach alles hinwarf, zeigte nur, wie sehr er den *Wintergarten* liebte.

Nina hingegen war von Aschingers Kontrollmaßnahmen ausdrücklich ausgenommen. Der Feuilletonist des *Tageblatts* hatte nämlich eigens darauf hingewiesen, dass er sie in seine vernichtende Kritik nicht einbezog: »*Die exquisiten Wunderweiber der Zauberin Nina von Veltheim ziehen dagegen immer wieder ein neues Kaninchen aus dem Hut und präsentieren sich heute noch so verblüffend, sinnlich und erregend wie bei ihrer Premiere vor sechs Jahren. Und das alles, ohne in einen erotischen Kitsch zu verfallen, wie wir ihn in der unsäglichen* Weißen Maus *geboten bekommen, oder sich auf billige Weise anzubiedern wie in den Revuen des Herrn Kante im* Admiralspalast.«

Die Revuen, die Rudolf Kante für den keine hundert Schritte vom

Wintergarten entfernten *Admiralspalast* inszenierte, mochten in der Tat billig und anbiedernd sein, doch sie waren zugleich ungeheuer erfolgreich und fanden etliche Nachahmer. Nina war froh, dass niemand sie in eine solche Richtung drängte, sondern dass Aschinger ihr weiterhin freie Hand ließ. Sie konnte nur Programme inszenieren, die sie begeisterten, und um sie zu begeistern, musste ein Programm eine Geschichte erzählen. Es war Ninas tiefste Überzeugung, dass Menschen Geschichten brauchten, um sich selbst und ihre Welt zu verstehen.

Sie hatte mit dem Schlimmsten gerechnet, nachdem sie sich dazu durchgerungen hatte, sein Angebot abzulehnen. Tatsächlich hatte Aschinger hörbar mit den Zähnen geknirscht und ihr hingeworfen: »Sie müssen ja wissen, was Sie sich erlauben können.« Tage später hatte er ihr für ihr Ensemble jedoch ein neues Angebot unterbreitet, das das alte weit in den Schatten stellte.

Und das, ohne noch einmal an die Intendanz, für die er sie gewollt hatte, zu erinnern. Und ohne in den Vertrag für das Ensemble eine einzige Bedingung aufzunehmen, die das Künstlerische betraf!

»Trollt euch, ihr Schönen«, sagte Nina zu den Frauen, die noch immer lachend und johlend Champagner tranken. »Heute und morgen habt ihr frei, also geht feiern, dass die Schwarte kracht. Aber vergesst nicht: Ab Freitagabend stehen wir wieder auf der Bühne.«

Der Sommer war zu Ende, die Berliner kehrten von der Ostsee oder wohin es sie sonst über die paar Ferientage verschlagen hatte, in ihre Stadt zurück, und die Theater brannten darauf, ihnen ihre Pforten zu öffnen.

»Auf ein winzig kleines Glas ins *Salamander* kommst du wohl nicht mit?«, fragte Jenny mit dem Unterton einer Verführerin.

»Fräulein Nina muss sich schonen.« Das war Hieronymus Haase, der Oberkellner, der wie aus dem Boden gewachsen auf einmal hinter ihr stand. »In ihrem Zustand ist das *Salamander* kein geeigneter Aufenthaltsort, und außerdem hat sie ihre Eier noch nicht aufgegessen.« Mahnend wies er auf das Glas mit dem Gemisch aus gelbem

Dotter und geschmolzener Butter, das er ihr auf einem silbernen Tablett serviert hatte.

Nina lachte. Sie war schwanger und würde, so unglaublich es klang, kurz nach Weihnachten ein Kind zur Welt bringen. Einen kleinen Jungen wünschte sie sich. Vielleicht, weil sie Viktor so liebte. Oder weil Otta, obwohl sie nächstes Jahr dreizehn wurde, darauf beharrte, sie wolle das einzige kleine Mädchen im Leben ihrer großen Schwester bleiben.

Es war, als hätte ein penibel aufrechnendes Schicksal sie dafür belohnt, dass sie der Versuchung nicht erlegen war, sondern Aschingers Angebot abgelehnt hatte. Ein paar Wochen später war ihr in ihrem üblichen hektischen Alltag auf einmal aufgefallen, dass sie schon eine ganze Weile ihre Blutung nicht mehr gehabt hatte. Zum Arzt gegangen war sie erst, als sie während eines Wochenendbesuchs auf Neu-Mahlen nicht mehr aufhören konnte, sich zu erbrechen.

»Ich weiß, Fritzis Butterrübeneintopf ist eine Zumutung«, hatte Oma Hulda gesagt. »Wenn meine Enkelin Nina allerdings auch Fürst-Pückler-Eis und Burgunderwein wieder von sich gibt, bereite ich mich besser auf das Dasein einer Urgroßmutter vor.«

Drei Tage später hatte Jenny durch den gesamten Künstlertrakt des *Wintergarten* posaunt: »Unsere Nina ist schwanger! Im Winter gibt's Zuwachs bei den Wunderweibern!«

Seither kochte Hieronymus Haase ihr nicht nur fortwährend Eier, sondern behandelte sie auch wie eines. Und zwar wie ein rohes. Er und Fridolin Pätznick, der Türsteher, der bereits in der Spielwarenabteilung von Wertheim bergeweise Geschenke kaufte, waren eindeutig Kandidaten für die Rolle der Taufpaten. Derer gab es etliche – und dabei stand noch nicht einmal fest, ob, wann und wo der »Veltheimsche Kleining«, wie Jenny das Kind nannte, überhaupt getauft werden würde.

So vieles stand noch nicht fest. Würden Nina und Anton heiraten? Würde Nina reibungslos weiterarbeiten können, während Friedel Rottenheimer und Guste Brenneisen einen Teil der Kinderpflege übernahmen? Würden sie es schaffen, nicht nur Riesen-Plüschgiraffen, Kinderklaviere und Mobiles mit tanzenden Bären, sondern alles Notwendige beizeiten zu besorgen? Und würden sie überhaupt gute Eltern sein?

Nina hatte erwartet, dass all diese Fragen sie belasten würden, doch stattdessen verspürte sie eine innere Ruhe, wie sie sie nicht von sich kannte. Alles würde sich finden. In ihrem Beruf hatte sie gelernt, dass etwas nicht perfekt zu sein brauchte, solange es gut und lebendig war. Sie und Anton hatten keine finanziellen Sorgen, sie liebten einander, und sie liebten ihr Kind. Was sollte also schiefgehen?

Noch immer aufs Neue verwundert, stellte Nina allmorgendlich fest, dass sie auf eine bisher nie erlebte Weise glücklich war.

Sie hatte das Weihnachtsprogramm früher als sonst auf den Weg bringen wollen, damit sie in den letzten Monaten ihrer Schwangerschaft nicht in Bedrängnis geriet. Ihre *Asphalt-Engel* übertrafen in jeder Hinsicht alle Erwartungen, und von nun an konnte sie es sich erlauben, die Dinge ein wenig ruhiger angehen zu lassen.

Wenn sie es wollte.

Wenn nicht, würde sie bis zum letzten Moment vor der Geburt die Bühnenluft auskosten, die ihr Lebenselixier war, und erfüllt von der besonderen Energie, die das Theater ihr schenkte, ihrem Kind hinaus in ihre Zauberwelt helfen.

Sie legte Hieronymus die Hand auf den Arm. »Ich bin schwanger. Nicht krank. Solange ich auf keinem Tisch tanze, denke ich nicht, dass das *Salamander* eine nennenswerte Gefahr für mich und meinen Nachwuchs darstellt.«

»Meiner bescheidenen Erfahrung mit Kinderaufzucht nach verkraftet das Kleingemüse das *Salamander* besser als wir Alten«, führte Jenny ins Feld. »Ein Tropfen Wodka ist der Intelligenz förderlich, aber wenn darin das Problem besteht, lassen wir Nina von Alfred eben Milch servieren.«

Hieronymus Haase sah noch immer missbilligend drein, also half Nina ihm aus seiner Not: »So gerne ich mit euch feiern würde und sosehr ich euch allen zustimme – heute wird es nichts mit dem *Salamander.* Ich erwarte noch ein paar Bewerber für unser Rahmenprogramm, und hinterher muss ich schnellstmöglich nach Hause.«

»Dann kommen wir eben zu dir«, entschied Jenny. »Daheim kannst du dich als Diva auf den Diwan betten, wie Doktor Hieronymus es angeordnet hat, und wir können uns vom schönen Anton bedienen lassen und uns gratis besaufen.«

»Das könnt ihr gerne machen«, erwiderte Nina gelassener, als sie sich fühlte. »Aber der Grund, weshalb ich so schnell nach Hause muss, ist Carlo, der mit dem Abendzug aus Templin kommt. Er besucht uns für ein paar Tage. Wenn dir das nichts ausmacht, seid ihr herzlich eingeladen. Früher oder später werdet ihr euch ja ohnehin über den Weg laufen.«

Es war der wunde Punkt, der Tropfen Wermut in ihrem Glückscocktail. Nina hatte versucht, sich keine Illusionen zu machen. Die Liebe zwischen ihrem Zwillingsbruder und ihrer Herzensfreundin war immer eine wackelige Angelegenheit gewesen, ein Drahtseilakt, bei dem nicht feststand, dass beide unverletzt im Sicherheitsnetz landen würden. Das war es ja, was das Varieté dem Leben allen Sensationen und Raritäten zum Trotz so ähnlich machte: Es fand ohne Sicherheitsnetz statt. Bei jedem Auftritt unter dem Sternenhimmel des *Wintergarten* riskierte Jenny, sich die Knochen zu brechen, und bei ihrem Auftritt im Leben ihres Bruders hatte dieser sich das Herz gebrochen.

Nina hatte es abgeklärt betrachten, hatte Carlo trösten und ihm erklären wollen, dass ihrer beider Vorstellungen vom Leben letztlich nicht zusammengepasst hatten, aber sie tat sich viel schwerer damit als erwartet. Im Grunde hatte gerade die Unvereinbarkeit dieser zwei starken, eigenwilligen Menschen, die sie beide liebte, den Reiz ihrer Beziehung ausgemacht. Sie hatten sich aneinander gerieben, hatten einander verstört und verletzt, aber sie hatten einander auch bereichert, hatten voneinander gelernt und waren daran gewachsen.

Viktor hatte ohne Zweifel Carlo innig geliebt, auch wenn er kein überschwängliches Kind war. Bei der Familie auf Neu-Mahlen hatte er Halt gefunden. »Er kommt darüber hinweg«, hatte Darius kurz nach der Trennung auf eine Frage von Nina geantwortet. »Er ist ja sein Leben lang gewohnt, über alles hinwegzukommen, aber ob bei all den Narben, die er in seinem Herzen verschließt, am Ende noch viel Herz übrig bleiben wird, sollte sich vielleicht einmal jemand fragen.«

Für gewöhnlich enthielt sich Darius jedes wertenden Urteils über Jennys Art, ihr Leben zu gestalten. Carlo aber hatte auch ihm etwas bedeutet, und es war unübersehbar, dass er dieses Mal mit Jennys Entscheidung ganz und gar nicht einverstanden war.

Nina selbst wusste, dass sie sich jede Einmischung in ihr Liebesleben verbeten hätte. Also ließ auch sie selbst sich zu keiner Äußerung hinreißen, so schwer ihr das Schweigen fiel. Es blieb ja nun einmal kein Mensch bei einem Liebhaber, weil dessen Schwester ihm ins Gewissen redete, und was hätte Nina auch reden sollen? Sie wusste schließlich, dass Jenny ein wilder Vogel war, der hinter Käfigstangen Platzangst bekam, und Carlo hatte es auch gewusst.

»Sie hätte in der Uckermark, als Gutsherrin von Neu-Mahlen, nie und nimmer leben können«, hatte sie zu ihrem Bruder gesagt.

»Ich hätte sie nicht dazu gezwungen«, hatte Carlo erwidert. »Ich wäre mit ihr auf den Mond gezogen, wenn sie ausgerechnet dort mit mir hätte leben können. Aber sie ist zu dem Schluss gekommen, dass sie überhaupt nirgendwo mit mir leben kann. Sie hat mir nicht genug vertraut, um das Risiko einzugehen und mich das Gegenteil beweisen zu lassen.«

Carlo war Ninas Gegenstück. Wo sie rastlos, voller Zweifel und leicht zu erschüttern war, hatte sie ihn stets ausgeglichen und standfest erlebt. Er hielt seine Gefühle im Zaum wie das Gespann vor dem alten Landauer, machte seine Ängste und Enttäuschungen mit sich selbst ab und freute sich auf seine stille Weise. Ihn jetzt so untröstlich zu sehen, so vollkommen verzweifelt und unfähig, sich in seinem Leben wieder zurechtzufinden, erschreckte sie. Carlo war kein Mann, der andere im Stich ließ oder ihnen die Last seines Kummers aufbürdete. Wie gewohnt kümmerte er sich um das Gut und die Pferde, brachte Zweijährige zu Verkaufsrennen und besuchte die Sitzungen des Landrats. Doch er zeigte kein Zeichen von Lebensfreude mehr. Er war immer beliebt gewesen und hatte ein offenes Haus geführt, doch ihre Mutter erzählte, dass er sich mit keinem seiner Freunde traf.

»Mir kommt es vor, als wäre in meinem Jungen etwas erloschen«, hatte sie zu Nina gesagt.

»Carlo ist fast dreißig und kein Junge mehr«, hatte sie entgegengehalten.

»Das weiß ich«, hatte ihre Mutter erwidert. »Aber du wirst jetzt selbst bald Mutter und wirst erleben: Wenn jemand deinem Kind das Herz bricht, wünschst du dir sehnlichst die Zeit zurück, in der du es nur in die Arme schließen, mit ein paar Stücken Blockzucker füttern und eine Spieldose aufziehen musstest, damit alles wieder gut war.«

Nina hatte Blockzucker besorgt und Carlo über das Wochenende eingeladen. »Na komm schon, sei kein Frosch. Anton ist jetzt schließlich so etwas wie dein Schwager und freut sich darauf, ein bisschen Zeit mit dir zu verbringen. Und ich mich auch. Wir können um die Häuser ziehen oder daheimsitzen und Schlesische Lotterie spielen – wonach immer dir der Sinn steht. In jedem Fall ist es vielleicht auf lange Zeit das letzte Mal, dass wir friedlich beisammenhocken können, ohne dass im Zimmer nebenan ein kleiner Tyrann nach mir schreit.«

Carlo hatte schließlich eingewilligt und würde heute Abend eintreffen.

Was Jenny in diesen Monaten seit der Trennung empfunden hatte, hatte Nina nicht gewusst, denn Jenny sprach nicht darüber. Stattdessen stürzte sie sich ins Leben, als hätte es einen Carlo von Veltheim in ihrem Leben nie gegeben. Wenn Nina aber einen Beweis wollte, dass es ihn gegeben hatte, so bekam sie ihn jetzt. Jenny stand still, als hätte sie ein Gespenst gesehen. Alle Blicke waren in kaum verhohlener Neugier auf sie gerichtet, aber sie schien nichts davon zu bemerken, sondern war allein unter dem künstlichen Himmel voller Sterne.

»Ach, Carlo kommt«, murmelte sie endlich. »Dann will ich natürlich nicht stören. Einen netten Abend euch. Ich werde wohl ein bisschen in Familie machen und mich dann früh in die Falle legen. Ich hab's in letzter Zeit ein bisschen zu doll getrieben.«

Dass Jenny Alomis ihren Freunden einen »netten Abend« wünschte, kam praktisch nicht vor. Dass sie anschließend loszog, um sich »früh in die Falle zu legen«, kam noch viel weniger vor. Aber genau das tat sie. Sie schnappte sich ihren grün-goldenen, zuvor abgeworfenen Morgenmantel vom Boden, winkte allen zu und ging.

Nina sah ihr nach und hatte das Gefühl, sie sollte sie nicht allein gehen lassen. Dabei war Jenny der unabhängigste, eigenständigste Mensch, den man sich vorstellen konnte, und außerdem hatte sie selbst ihre Termine mit den Artisten für das Rahmenprogramm.

»Ich gehe mit ihr.« Das war Sonia, von der Nina zuweilen dachte, sie könne Gedanken lesen. »Vielleicht mag sie bei ihrem Abend in Familie ja noch ein bisschen Gesellschaft haben, und wenn nicht, kann ich ja wieder gehen.«

Sie war ein Segen, diese Sonia Spielmann aus Lemberg. Sie fragte nie nach Erklärungen oder Hintergründen, sondern sah selbst, was getan werden musste, und tat es ohne Federlesens.

»Danke.« Die Blicke der Freundinnen trafen sich.

»Keine Ursache.«

Sonia ging, stieß sich die Schulter am Türrahmen, weil sie wohl tief in Gedanken war, und verschwand. Gleich darauf packten auch die übrigen Wunderweiber unter Murmeln und Raunen ihre Sachen.

9

Das Schwesternpaar, das mit nichts als einer aufgesprühten Schicht Goldfarbe am Leib pantomimisch die Liebe zweier Statuen darstellte, konnte Nina nicht gebrauchen. Sie waren gut und professionell, aber zu glatt und zu wenig urwüchsig für die Wunderweiber. In denen wollte der Berliner sich selbst erkennen – seine Chuzpe, seine Gewitztheit, seine Schönheit auf den zweiten oder dritten Blick. Und der Zugereiste wollte sich einbilden, er habe den Berliner durchschaut, auch wenn »der Berliner« ein Phantom war, das er sich selbst zurechtbastelte.

»Es tut mir leid«, sagte Nina. »Mein Ensemble ist recht speziell, da wäre Ihr Akt nicht gut aufgehoben – aber warum versuchen Sie es nicht an der *Scala?*«

»Weil man uns dort gesagt hat: Warum versuchen Sie es nicht im *Wintergarten?*«, erwiderte die Ältere der beiden missmutig. »Noch vor zwei Jahren konnten wir uns vor Engagements kaum retten, aber inzwischen schicken die Intendanten uns von einem Haus zum anderen, um uns lästige Bittsteller loszuwerden.«

Die ältliche Diseuse, die sich als Nächstes vorstellte, konnte Nina noch weniger gebrauchen. Wenn sie einen Diseur einsetzte, der mit kurzen, schmissigen Texten durchs Programm führte, hielt sie sich an Darius, der samt Ypsilantis ein Markenzeichen ihrer Inszenierungen war. Und wenn sie jemanden wollte, der an passender Stelle ein Chanson vortrug, hatte sie Franz Podiebrad, einen Prager mit einer Tenorstimme wie ein gewaltiger roher Diamant. Podie lebte mit Sonia zusammen und liebte sie heiß und innig, doch von ihrer Seite schien die Liebe seit Langem versiegt. Wenn sie überhaupt je eine Liebe für ihn empfunden hatte, die allgemeinen Maßstäben entsprach. Sonia war eine Frau, die den größten Teil ihrer Zeit mit sich allein verbrachte, oft sogar dann, wenn sie sich in Gesellschaft befand. Sie war jedoch keine Frau, die einen anderen mitleidlos aus ihrem Leben schmiss, weil sie seine Nähe nicht mehr brauchte.

»Er stört mich doch nicht«, hatte sie Jenny und Nina erklärt. »Er ist ein freundlicher, umgänglicher Mann, und wir haben beide genug Platz, warum soll er also nicht bleiben, solange es ihm selbst gefällt?«

Ein freundlicher Mann war Podie tatsächlich, und ihm etwas abzuschlagen, wäre auch Nina schwergefallen. Außerdem liebte ihr Publikum die hemmungslos herausgeschmetterte Sentimentalität seines Gesangs. Das dünne Stimmchen der Diseuse konnte da nicht mithalten. Deren wasserblaue Augen füllten sich mit Tränen, als Nina ihr Bedauern erklärte.

»Warum versuchen Sie es nicht an der *Scala?*«, rutschte es ihr heraus, ehe sie sich zurückhalten konnte.

»Dort hat man mir bereits einen Korb gegeben und mich an Sie verwiesen«, erwiderte die Diseuse so hoheitsvoll, wie es ihr in Tränen aufgelöst möglich war, und ging.

Es war tatsächlich eine harte Zeit für Artisten. »Wir können von Jlück sajen, dat wa dir haben, die uns unsere Schäfchen ins Trockene bringt«, hatte sich kürzlich erst Else bei Nina bedankt. »Dit machste ooch weiter, stimmt's? Uff dir könn' wa bauen, von deine Wunderweiber, da bringt dich ooch dit Kleene nich' ab.«

Es war keine Frage für Nina. Sie war schließlich nicht die einzige Frau, der es gelingen würde, Beruf und Mutterschaft zu jonglieren, und auch Anton wusste, dass sie für das Ensemble, das sie aufgebaut hatte, unter allen Umständen Sorge tragen würde.

Der letzte Bewerber war ein schmächtiger Mann mit schwerem, pechschwarzem Haar und dunklen Schatten um die Augen. Er trug einen Korb mit Verschlussklappe, aus dem ein brauner Tierkopf auf schmalem Hals ragte. Im ersten Augenblick glaubte Nina, es handle sich um eine Schlange. Naja-Naja, die Brillenschlange, war eine Zeit lang eine Attraktion ihres Ensembles gewesen. Aber von einer Brillenschlange konnte niemand verlangen, dass sie fortwährend neue Tricks zum Besten gab, und so waren sie und ihre Beschwörerin Devyani, die eigentlich Evelyn hieß, eines Tages weitergezogen.

»Ich hatte mich angemeldet«, sagte der Mann. »Friedhelm Lehwald. Und Pandora.«

In diesem Augenblick erkannte Nina, dass der schmale, wippende Kopf zu einer Ente gehörte. So wie er scheinbar unbeteiligt aus dem Korb herausragte, hatte er etwas geradezu Majestätisches, das sie ausgerechnet an einer Ente nicht erwartet hätte.

Als kleines Mädchen auf Neu-Mahlen hatte Nina selbst versucht, die gutseigenen Laufenten als Darsteller abzurichten, hatte jedoch erleben müssen, dass diese nicht mehr artistische Begabung aufbrachten als Stallkaninchen, Erdkröten oder ihr Bruder Carlo.

»Ich fürchte, wir haben leider keine Verwendung …«, begann sie, doch der Mann namens Lehwald hob beide Hände und schüttelte den Kopf.

»Nicht für mich. Das ist mir bewusst. Ich habe kein bühnentaugliches Auftreten und bin überhaupt ganz lichtscheu, aber daran wird niemand sich stören. Ich trete praktisch nicht in Erscheinung. Pandora macht alles allein.«

»Pandora ist …?«

»Meine Ente«, antwortete Lehwald. »Eine deutsche Stockente aus holsteinischer Zucht.«

»Ich fürchte, wir haben leider auch keine Verwendung für eine Ente«, sagte Nina.

»Für meine schon«, erwiderte Lehwald. »Sie quakt Walzer. Ich finde es eigentlich traurig, wenn eine Ente das tun muss, denn es entspricht ja nicht ihren natürlichen Instinkten. Aber es muss ja nun einmal Geld verdient werden, und wie Sie selbst schon festgestellt haben, fehlt mir für die Bühne jegliches Charisma.«

Das ist nicht wahr, durchfuhr es Nina, die es überraschend schwierig fand, sich dem eigentümlichen Charme des Mannes zu entziehen. Entfernt erinnerte er sie an jemanden. Sie kam nicht darauf, an wen, aber die Erinnerung war angenehm. »Und Sie meinen, Ihre Ente besitzt dieses Charisma?«, fragte sie.

»Sie ist eine Herzensbrecherin«, sagte Lehwald.

»Hier war neulich schon einmal jemand mit einer Gans«, versuchte Nina, sich zur Wehr zu setzen. »Es ist wirklich beachtlich, was man einem solchen Tier beibringen kann, aber geeignet ist so eine Nummer doch eher für die Kleinkunstbühne als für ein Haus mit internationalem Publikum.«

»Eine Gans ist keine Ente«, sagte Lehwald. »Und Pandora quakt international.«

Nina stöhnte innerlich. Der Mann machte nicht den Eindruck, als habe er vor, sich abschütteln zu lassen. »Die Gans des anderen Bewerbers quakte angeblich Bachs ›Kunst der Fuge‹«, erklärte sie mit wachsender Verzweiflung. »Trotzdem ist das nicht die Art von Attraktion, auf die sich ausländische Geschäftsleute nach einer anstrengenden Tagung freuen.«

»Nach Bach kann man nicht tanzen«, sagte der Mann ungerührt. »Pandora quakt und tanzt gleichzeitig.«

Ehe Nina noch etwas erwidern konnte, stellte er den Korb auf den Tisch, auf dem am Freitagabend wieder edle Kanapees zu Cocktails und Champagner serviert werden würden, griff mit beiden Händen hinein und holte behutsam die Ente heraus.

Sie hatte etwas Anrührendes, das vermochte Nina nicht zu leugnen. Eine Art Enten-Eleganz auf Watschelfüßen und eine traurige Sanftmut in den runden braunen Augen. Friedhelm Lehwald griff noch einmal in den Korb und förderte eine hölzerne Schachtel zutage, der Spieldose ähnlich, die Anton bei einem Antiquitätenhändler für ihr Kind gekauft hatte.

Auf der Spieldose war die zierliche Figur einer Tänzerin befestigt. Wenn man die Dose an einem Schlüssel aufzog, spielte sie eine kleine Melodie, und die Tänzerin drehte sich dazu.

Friedhelm Lehwald schloss wiederum seine schlanken Hände um den Leib der Ente und stellte sie auf die hölzerne Schachtel, was die Ente stoisch mit sich geschehen ließ. Dann betätigte er an der Seite einen Schlüssel, wie er sich auch an der Spieluhr mit der Tänzerin befand, und sehr leise, wie hingetupft, erklang eine Melodie.

Nina erkannte sie. Es war Chopins »Minutenwalzer«, von dem ihr Vater ihr einmal erzählt hatte, der polnische Komponist habe ihn für einen kleinen Hund geschrieben. Was aber dann geschah, war so unglaublich, so geradezu grotesk, dass Nina mit offenem Mund darauf starrte, ohne ein Wort herauszubringen. Die Ente drehte sich wie die Tänzerin im Kreis und gab dazu quakende Laute von sich, in denen sich mit ein wenig gutem Willen die Melodie des Walzers erkennen ließ. So klein, wie die Schachtel war, stand für Nina fest, dass das Tier mit seinen breiten Füßen im nächsten Schritt abgleiten musste, doch es setzte trittsicher einen Fuß vor den anderen und trat kein einziges Mal über den Rand.

Es war umwerfend. Magisch. Eine dieser Darbietungen, die sich in Ninas Kopf sofort zu einer kompletten Nummer formten. Sie sah die winzige Dose vor sich auf der Mitte ihrer Bühne, sah einen einzigen Lichtstrahl aus dem Sternenhimmel brechen, um den Tanz der Ente zu beleuchten, und spürte, wie ihr Herz klopfte. Gleich darauf würde der Lichtkegel um die Ente erlöschen, daneben würde ein weit größerer aufblitzen und eine Spieldose beleuchten, auf der die in ein Federkleid gehüllte Jenny zur selben Melodie tänzerisch ihre Glieder bog.

Sie brauchte diesen Akt. Nicht für den Rahmen ihres Weihnachtsprogramms, sondern als leises, poetisches Vorspiel, das überraschen, berühren und damit Herzen und Augen öffnen würde. Vielleicht war es die Schwangerschaft, die sie für die sonderbare, tapsige Zärtlichkeit besonders empfänglich machte, doch sie war sicher, es würde nicht ihr allein so ergehen.

»Das ist unglaublich schön«, wisperte sie, als der letzte Ton verklang und die Ente zum Stillstand kam.

»Ich weiß«, sagte Friedhelm Lehwald. »Pandora ist als Künstlerin zur Welt gekommen. Nur weiß sie es nicht, und in einem gewöhnlichen Entenleben würde es ihr nichts nützen.«

»Und Sie?«, fragte Nina.

»Ich bin Dichter«, sagte Lehwald. »Das nützt mir in einem gewöhnlichen Menschenleben nichts, denn wer gibt schon sein Geld für Gedichte aus, wenn er dafür einen ganzen Sack voll Sensationen haben kann. Also mache ich Gebrauch von den Talenten einer Ente. Nicht wirklich fair. Aber Mensch und Tier müssen essen.«

»Darf ich Sie noch etwas fragen?«

Lehwald nickte. »Fragen darf man ja immer. Ob man eine Antwort erhält, ist ein anderes Thema, aber da ich mich bei Ihnen lieb Kind machen möchte, können Sie wohl damit rechnen, eine zu bekommen.«

»Warum kommen Sie ausgerechnet zu mir?«, fragte Nina. Sie hatte keinen Zweifel daran, dass man ihn auch an der *Scala* mit Kusshand genommen hätte.

Unter schweren, schräg gestellten Lidern sandte er ihr einen Blick. »Sie bestehen auf der Antwort, nicht wahr?«

»Ich wüsste es gern«, sagte Nina. »Von den Leuten, mit denen ich arbeite, muss ich mir ein Bild machen können.«

»Pandora und ich waren seit Beginn des Jahres an verschiedenen Häusern«, sagte Lehwald. »Zuletzt an der *Scala*. Wir sind dort aber untergegangen. Sehr viel Lautes, sehr viel Spektakuläres, und dazwischen eine kleine, tanzende Ente, da verpufft die Wirkung. Ich kam zu dem Schluss, ich müsse uns jemanden suchen, der uns in Szene setzt, der entdeckt, was mit uns möglich ist, und ein Programm um uns herum gestaltet.«

»Und bei der Suche sind Sie auf mich gestoßen?«

Lehwald nickte. »Sie haben einen Blick für das Verborgene. Sie zeigen Menschen Dinge, nach denen sie sich sehnen, ohne dass es ihnen bewusst ist.«

Nina konnte nicht leugnen, dass sie sich geschmeichelt fühlte, doch sie war sich nicht sicher, ob sie ihm traute. Als Frau in einem Geschäft, das von Männern beherrscht wurde, war sie derart intensive Komplimente ohne Hintergedanken nicht gewohnt. »Ist das alles?«, fragte sie harsch.

»Es ist viel«, antwortete er. »Sehen Sie, wir Menschen des zwanzigsten Jahrhunderts sind ja von diesem Krieg, der uns zerrissen hat, noch immer verwundet. Wir sind Kriegskrüppel, auch wenn wir auf zwei gesunden Beinen stehen und unsere Arme und Augen noch haben. Wir brauchen viel Heilsames. Kein Geschrei, kein Säbelgerassel, sondern Dinge, die uns zum Lächeln bringen, dazu, unseren

Nachbarn anzustoßen und ihm in die Augen zu sehen. Wenn uns das nicht gelingt, wenn wir uns nicht trösten, einander nicht heilen, sondern das Getöse des Krieges in uns siegen lassen, wird es schlimm. Dann kehrt der Krieg zurück, und diesmal wird er uns nichts übrig lassen.«

Wer war dieser Mann? Eine Art Wanderprediger? Weshalb war er wirklich hier, und an wen erinnerte er sie? Ein ungutes Gefühl beschlich sie. Vor ein paar Tagen hatte sie sich eingebildet, Rudolf Kante im Publikum einer Matinee entdeckt zu haben, und dann wieder glaubte sie, er sei im Verwaltungstrakt hinter einer Tür verschwunden. Sie hatte das verdrängt. In der Seifenblase aus Glück, in der sie schwebte, war das nicht schwierig. Jetzt aber drängte es sich wieder in ihr Bewusstsein, und sooft ihr Kante in den Sinn kam, sträubte sich ihr Magen. Dass er ihr die verwunderliche Empfehlung ausgesprochen hatte, war nicht vergessen. Hatte er ihr auch diesen seltsamen Mann samt Ente geschickt, mit welcher obskuren Absicht auch immer?

»Mir ist nicht klar, was das mit mir und meinem Ensemble *Wunderweiber* zu tun hat«, sagte sie.

»Doch, ich glaube, das ist Ihnen klar«, erwiderte er ruhig. »Sie wollen das auch: die Ödnis, die Leere, die der Krieg hinterlassen hat, wieder auffüllen. Mit Kunst, mit Magie, mit der Kraft der Liebe und mit dem Lachen von Menschen.«

Nina sah auf die Standuhr, die neben dem Durchgang zur Küche stand. Sie hätte längst aufbrechen müssen, um ihren Bruder zu empfangen, aber das hier konnte nicht warten. Es durfte auch nicht an ihren skurrilen Verdächtigungen, Kante betreffend, scheitern, die vermutlich irgendeiner Schwangerschaftsfantasie entsprangen.

»Kommen Sie mit in mein Büro«, sagte sie. »Ich nehme Sie für den Rest der Saison unter Vertrag.« Sie wäre verpflichtet gewesen, zunächst Direktor Schuch, der für die Finanzen zuständig war, um seine Genehmigung zu bitten, doch sie würde ihn vor vollendete Tatsachen stellen. Was das zur Folge hatte, wusste sie nicht und dachte auch nicht darüber nach. Sie hatte sich noch nie einen guten

Artisten entgehen lassen, ein Großteil ihrer Reputation beruhte auf ihrem Auge für gute Artisten, und dieser hier war viel mehr als nur gut.

Sie brauchte ihn.

Sie würde ihn bekommen.

Lehwald nahm geradezu zärtlich seine Ente in die Hände und hob sie wieder in den Korb. »Wir danken und fühlen uns geehrt«, sagte er. »Darf ich Ihnen versichern, dass Sie es nicht bereuen werden?«

»Das ist wie mit dem Fragen«, antwortete Nina und ging ihm voran in Richtung der Tür, die den Bühnenraum vom Verwaltungstrakt trennte. »Versichern dürfen Sie mir alles, aber ob ich es glaube, ist ein anderes Thema.«

»Sie brauchen gar nichts zu glauben«, sagte Lehwald, der wie einen zerbrechlichen Schatz seine Ente trug. »Sie werden es eines Tages wissen. Dann, wenn es wichtig ist.«

Nina schloss die Tür zu ihrem Büro auf und ließ ihn eintreten. »Setzen Sie sich einen Moment. Ich habe ein Vertragsformular in der Schublade, ich muss nur die Bedingungen und Ihre Personalien einfügen.«

Er betrat den Raum, setzte sich aber nicht, sondern sah sich um. »Nur weil Sie gefragt haben, woher ich weiß, dass Sie für Pandora und mich die Richtige sind«, sagte er. »Sie haben das Mädchen, das zeichnet, entdeckt. Die leise Zauberin mit dem Bleistift. Sie sehen die Schätze, die hinter der Oberfläche verborgen liegen.«

In diesem Augenblick fiel es Nina wie Schuppen von den Augen. Sie wusste jetzt, an wen er sie erinnerte.

Nicht an irgendwelche herbeifantasierten Begegnungen mit Rudolf Kante.

Sondern an Sonia Spielmann.

10

ANTON

Friedel Rottenheimer und Guste Brenneisen standen nebeneinander in der Küche und trugen eine Art Kampf um den Rührlöffel aus, als Anton nach Hause kam. Dabei konnte Friedel Rottenheimer so gut wie überhaupt nicht kochen, und Guste Brenneisen, seine Haushälterin, riss sich nicht darum. Heute aber, wo der Besuch aus Brandenburg erwartet wurde, wetteiferten beide darum, zu beweisen, »dass bei uns in Berlin ganz und gar nich' schlechter aufgetischt wird als bei der hohen Herrschaft aufm Land.«

Das mochte ein Grund für den plötzlichen gemeinschaftlichen Eifer sein. Der zweite aber bestand zweifellos darin, dass Carlo, ohne es zu beabsichtigen, diese Wirkung ausübte: Antons Fast-Schwager war dermaßen liebenswert und hatte trotz seiner kräftigen Statur und seiner Kompetenz etwas derart Hilfloses an sich, dass Scharen von Frauen sich darauf stürzten, ihn zu bemuttern.

Und für einen Carlo, von dem sich herumgesprochen hatte, dass er an gebrochenem Herzen litt, galt das umso mehr.

Anton lachte, wählte aus dem Weinregal einen tiefdunklen norditalienischen Rotwein und holte einen spritzigen, aus dem Rhône-Tal stammenden Weißwein herein, der draußen auf dem Fensterbrett zum Kühlen gestanden hatte, und überließ die Frauen ihrer Beschäftigung. Er trug die Flaschen in das Vorderzimmer mit den hohen Fenstern, aus dem er und Nina ihren Salon gemacht hatten, entkorkte sie, damit der Wein sein Bukett entfalten konnte, und setzte sich in seinen Lieblingssessel am Kachelofen, um im gedämpften, dunkelgoldenen Licht der Wandlampen auf Carlos Ankunft zu warten.

Ein wenig musste er über sich selbst lachen, weil so viel Häuslichkeit weder zu ihm noch zu Nina zu passen schien. Seine Verehrerinnen, die ihm schmachtende Briefchen und anzügliche Geschenke ins Theater sandten, wären vermutlich entsetzt gewesen. Vielleicht sollte er sich obendrein noch Filzpantoffeln und eine Nachtmütze zulegen, um das Bild vom unwiderstehlichen Frauenhelden endgültig zu zerstören.

Im Grunde hatte dieses Bild nie zu ihm gepasst. Die Aufmerksamkeit der Kolleginnen, die ihm bereits an Max Reinhardts Schauspielschule zuteilgeworden war, hatte ihn eher verwundert als begeistert. Er selbst hatte sich immer als das betrachtet, was die Amerikaner einen *one-girl's-guy* nannten. Der begabten, heißblütigen Liesa Sentis, in die er sich als knapp zwanzigjähriger Eleve unsterblich verliebt hatte, war er treu geblieben, und sie war es auch gewesen, die er schließlich geheiratet hatte.

Nur hatten zwischen jenem Verlieben und der Heirat vier Jahre eines Krieges gelegen, der alles veränderte.

Seine Beziehung zu Liesa.

Seine Freundschaft zu Rudi.

Und ihn selbst.

Eine Zeit lang hatte er sich verloren, war haltlos durch die Trümmer seiner Welt getaumelt und hatte sich an so gut wie jede Frau geklammert, die es ihm eine Nacht lang ersparte, mit seinem Entsetzen allein zu sein. Katharina, eine Schauspielkollegin, war eine jener Frauen gewesen, mit denen er es sogar eine Weile ausgehalten hatte. Sobald sie ihm jedoch zu verstehen gegeben hatte, dass sie sich mehr und etwas Festeres wünschte, war er geflohen. Dass er noch einmal in der Lage sein würde, jemanden zu lieben, dass er den Mut aufbringen, sich selbst vergeben und einen neuen Anfang zugestehen würde, hatte er für unmöglich gehalten. Bis Nina aufgetaucht war.

Nina von Veltheim, an der nichts zynisch, zerbrochen oder menschenverachtend war, die nach Berlin gekommen war, um sich ihren Traum zu erfüllen, und die sich in alles, was sie tat, ohne Rückhalt stürzte. Sie hatte einen besseren, einen heileren Mann verdient als ihn. An ihrer Seite war er sich bis ins Innerste verdorben vorgekommen, doch sooft er versucht hatte, sie zu ihrem eigenen Besten fortzuschicken, hatte seine Sehnsucht ihn gezwungen, ihr nachzulaufen.

Irgendwann hatte er begriffen, dass eine zerrüttete Vergangenheit ihn nicht zwang, sich auch die Zukunft zu zerrütten. Ein wenig stand es um ihn und die unzähligen anderen Männer, die im Krieg Unvorstellbares getan hatten, wie um die deutsche Republik: Sie war aus Trümmern errichtet worden, sie hatte eine Schuld auf sich geladen, die nicht zu tilgen war, aber nicht, indem sie alles hinwarf, machte sie etwas besser, sondern indem sie weiterkämpfte und darum rang, das Richtige zu tun.

Die deutsche Republik hatte Krisen überwunden, Erfahrungen gesammelt und sich stabilisiert. Er und Nina, fand Anton, hatten das Gleiche getan. Dass sie erst jetzt ihr ersehntes Kind erwarteten, mochte seinen tieferen Sinn haben, denn ihre Beziehung war gereift. Wenn Anton in dieser noch so ungewohnten häuslichen Stille in sich hineinlauschte, vernahm er nichts als Harmonie. Flüchtig bedauerte er, dass Nina noch nicht zu Hause war und er das, was er empfand, nicht mit ihr teilen konnte. Gewiss hatte die Besprechung des neuen Programms im *Wintergarten* jedoch wieder einmal länger gedauert, und letzten Endes hatte das auch sein Gutes: Wenn er allein Carlo willkommen hieß, fand sich dieser nicht sofort dem strahlenden Glück eines werdenden Elternpaares ausgesetzt. Stattdessen blieb ihnen Zeit, einen Aperitif zu sich zu nehmen und sich von Mann zu Mann zu unterhalten, was Carlo in seiner Lage guttun mochte.

Sich ausgerechnet in Jenny Alomis zu verlieben, war wie ein Rezept zum Unglücklichsein. Anton kannte wenige Menschen, die er so gerne mochte wie Jenny, aber sie gehörte zu den letzten Frauen, an die er sein Herz hätte verlieren wollen. Er spürte etwas in ihr, das ihn warnte, weil er es von sich selbst kannte: Jenny, die so offenherzig daherkam und keine Hemmungen hatte, in aller Öffentlichkeit ihre politische Meinung, die körperlichen Eigenheiten ihrer Liebhaber oder den neuesten Tratsch über Berlins Theaterleiter auszuposaunen, verschloss etwas so tief in sich, dass kein Mensch es zu fassen bekam.

Nina, ihre vertrauteste Freundin, beließ es dabei und stellte ihr keine Fragen. »Sie will eben an diese Dinge, die sie in Riga erlebt hat, nicht mehr denken, und warum sollte sie auch?«, hatte sie gesagt. »Ich will an den Tod meines Vaters nicht denken und du nicht an den Tod deiner Frau, an all die Traurigkeit. Wer weiß, wie viele Menschen Jenny verloren hat und was für gute Gründe es gibt, daran nicht zu rühren?«

Anton verstand, was sie meinte. Er selbst hatte einmal ähnlich gedacht, doch er hatte erlebt, dass eine vertrauensvolle Beziehung zwischen zwei Menschen nicht möglich war, wenn einer von beiden seine dunkelste Seite verschloss. Es war ein Leben am Vulkanschlund, in ständiger Habachtstellung, weil das Verborgene sich jederzeit seinen Weg bahnen konnte. Außerdem wusste Anton, dass es bei einer derart verzweifelten Anstrengung, etwas zu verbergen, nicht um Traurigkeit ging.

Es ging um Schuld.

Bei Jenny Alomis genauso wie damals bei ihm selbst.

In den Strom seiner Gedanken hinein schrillte die Türglocke. Wer war es, Carlo oder Nina? Sie hatten an der Vordertür ein Schild befestigt und darum gebeten, den Durchgang offen zu lassen, damit ihr Gast nicht vor verschlossener Pforte stand. Carlo musste bald hier sein, doch ebenso gut konnte Nina vor der Tür stehen. Ihr fehlte es oft an Geduld, ihren Schlüssel aus einer ihrer diversen Taschen zu kramen, und Anton liebte das an ihr.

Gab es etwas an ihr, das er nicht liebte?

Er wäre ein Trottel gewesen, der es nicht verdiente, ein solcher Glückspilz zu sein.

»Ich gehe schon«, rief er den geschäftigen Frauen in der Küche zu, schlenderte durch den Korridor und warf im Vorbeigehen einen Blick in das Kinderzimmer, das so gut wie fertig eingerichtet war. Sie hatten die hohen Wände weiß gestrichen und dann Sonia eingeladen, die den gesamten Raum mit ihren märchenhaften Figuren, ihren gemalten Geschichten geschmückt hatte. Wenn ihr Kind in diesem Raum einschlief, würden tanzende Bären, singende Frösche, freundliche Riesen und sanft schaukelnde, lächelnde Mondsicheln durch seine Träume wirbeln, keine Dämonen und Geister aus einer unheilvollen Vergangenheit.

Auf dem Regal reihte sich ein Zoo von kuscheligen Plüschtieren, die Hieronymus Haase und Fridolin Pätznick vom *Wintergarten* angeschleppt hatten, und in der Wiege lagen von Tante Sperling bestickte Kissen und eine Decke, die in den Probepausen von den Wunderfrauen aus unzähligen bunten, gehäkelten Quadraten zusammengenäht worden war. Die Wiege selbst hatte Ulrike von Veltheim aus Neu-Mahlen geschickt. Es war die, in der die Zwillinge Nina und Carlo gelegen hatten, und ihre mit Sonne, Mond und Sternen verzierten Namenszüge hatte ihr Vater eigenhändig dort aufgemalt.

Wenn ihr Kind auf der Welt war, würde Anton seinen Namen in derselben Schrift hinzufügen. Vorausgesetzt, dass er und Nina sich je auf einen Namen würden einigen können!

Er selbst liebte Pippa, wie Nina von ihrem Vater genannt worden war, oder Gundula nach ihrer reizenden Tante, die die ganze Familie Sperling nannte. Nina hingegen schwärmte für einen der modernen Namen wie John oder Harry, »und wenn es partout ein Mädchen werden muss, plädiere ich für Josephine«.

Anton musste lächeln. Wie auch immer ihr Kind heißen und egal, ob es ein Junge oder ein Mädchen werden würde – es würde in einen Kokon aus Liebe hineingeboren werden, umgeben von Menschen, die sich nichts sehnlicher wünschten, als es glücklich zu machen.

Er selbst war das einzige Kind seiner Eltern gewesen, die ihn ebenfalls mit ihrer Liebe überschüttet und manchmal um ein Haar erdrückt hatten. Als er sich jedoch entschlossen hatte, die Banklehre, in die sein Vater ihn voller Stolz geschleust hatte, hinzuwerfen und Schauspieler zu werden, hatten sie ihn im Zorn aus dem Haus geworfen.

Ein Gaukler, ein Bohemien, gar ein brotloser Künstler, das war nichts, was die ehrwürdigen, kaisertreuen Eheleute Wendland verkraften konnten. Anton hatte seine Verletztheit und die Sehnsucht nach den beiden unterdrückt und seinen Traum unbeirrt weiterverfolgt, bis der Krieg dazwischengekommen war. Er war eingezogen worden, hatte im belgischen Passchendaele um ein Haar sein Leben verloren und war als anderer Mensch nach Hause zurückgekehrt. Den Stapel liebevoller Briefe, in denen seine Mutter um ihn gebangt und sein Vater um eine Versöhnung gebeten hatte, hatte er erst erhalten, als es zu spät war. Die beiden waren kurz nacheinander an der Spanischen Grippe gestorben.

Anton hatte die Trauer tief in sich vergraben und lange Zeit nicht daran rühren können. Jetzt konnte er es. Er würde seinem Kind von seinen Großeltern erzählen und sich bemühen, ihm von ihrer Liebe etwas weiterzugeben. War es nicht das, was Eltern sich wünschten? Dass sie in der Liebe weiterlebten, die ihre Kinder ihren Enkelkindern schenkten, im Erbe von Liebe von Generation zu Generation?

Er jedenfalls wünschte es sich.

Und ob sein Kind Schauspieler, Sportfliegerin, Bierkutscher oder Polarforscherin werden wollte, war ihm von Herzen gleichgültig, solange seine Tochter oder sein Sohn dabei glücklich war.

Mit Schwung öffnete er die Tür und breitete die Arme aus, um entweder seine Liebste oder seinen Schwager darin willkommen zu heißen.

Im Dunkel des Hausflurs, wo wohl wieder einmal das Licht nicht funktionierte, stand ein Mann, aber es war nicht Carlo. Es war Rudolf Kante.

Anton umklammerte die Türklinke, um nicht zurückzuweichen. Ein lahmes »Rudi«, war alles, was er herausbrachte.

»In der Tat, der bin ich immer noch«, kam es von dem Mann, der einst sein bester Freund gewesen war und dem er gewissermaßen seinen Weg zum Theater verdankte. »Willst du mich nicht hereinbitten?«

»Wir erwarten Besuch«, wehrte Anton wie aus der Pistole geschossen ab. »Ninas Bruder kommt aus der Uckermark. Er muss jeden Augenblick hier sein.«

»Ach, sieh einer an.« Noch immer war Rudis Gesicht alterslos, glich in seiner bleichen Haarlosigkeit einer Maske und ließ sich nicht lesen. »Wie war das noch, wie hat man uns einst in Berlins Theaterwelt genannt? Toni Pech und Rudi Schwefel, der eine nicht ohne den andern zu bekommen. Aber das ist lange her, habe ich recht? Es gefiel dir, es zu vergessen, und jetzt bist du der Schwefel, und der Rudi hat eben Pech gehabt, den lässt du auf der Fußmatte stehen.«

»Quatsch«, sagte Anton und gab den Weg frei, auch wenn seine sämtlichen Instinkte sich dagegen sträubten. »Komm rein.«

»Na also.«

Rudi trat in den Korridor. Er trug über seinem schwarzen Abendanzug einen langen Mantel, der so weiß wie seine Gesichtshaut war. Mit einer geschmeidigen Bewegung schälte er sich aus dem fließenden Stoff und übergab Anton Mantel und Schal sorgfältig zusammengelegt wie einem Garderobier. Während Anton die Kleidungsstücke an einen Haken hängte, war Rudi ihm bereits in den Salon vorausgegangen, als wäre er in ihrem Haushalt Dauergast.

»Nett habt ihr es hier, würde ich ja gern sagen«, erklärte er, während er sich in Antons abgewetzten Lieblingssessel fallen ließ. »Aber um ehrlich zu sein, habe ich dieser Hinterhofromantik, wie unsere expressionistischen Pleite-Filmemacher sie heraufbeschwören, nie viel abgewinnen können. Ich gehe schließlich zum Flanieren auch nicht ins Scheunenviertel oder verbringe meinen Urlaub im galizischen Judengetto.«

Anton musste schlucken. »Uns gefällt es.«

»Sicher doch.« Rudi zuckte mit den nicht vorhandenen Brauen. »Sonst würdet ihr hier ja nicht hausen. Es ist ja schließlich nicht so, dass ihr euch nichts Besseres leisten könntet.«

Es ist das Beste, was ich je gehabt habe, dachte Anton. Ein Zuhause, in dem wir sein können, was wir sind, in dem wir uns fetzen, uns Beleidigungen um die Ohren schleudern, uns wieder versöhnen, uns lieben, Suppe aus Konservendosen löffeln, zu jeder Tages- und Nachtzeit unsere Freunde empfangen. »Was soll das, Rudi?«, fragte er. »Bist du gekommen, um meine Kreuzberger Hinterhofwohnung mit deiner Gründerzeitvilla am Wannsee zu vergleichen? Dann dürfte der Vergleich hiermit abgeschlossen und zu deinen Gunsten ausgefallen sein.«

»Danke, für mich keinen Wein«, sagte Rudi, ohne dass ihm welcher angeboten worden war. »Ein Tropfen von einem ordentlichen Cognac wäre mir lieber. Allzu klein braucht der Tropfen nicht zu sein, und der Cognac bitte weder zu jung noch zu blass.«

Anton hätte sich ohrfeigen wollen, doch er ging tatsächlich zum Beistelltisch und schenkte einen guten Fingerbreit von seinem *Très Vieille Réserve* aus dem Haus Augier in einen Schwenker. Mit Sorgfalt anerzogene gute Manieren ließen sich eben nicht so einfach abschütteln.

Er selbst nahm sich ein Glas von dem Piemonteser Rotwein, den er geöffnet hatte, setzte sich in den Sessel am anderen Ende des Tisches und wünschte sich, Carlo möge kommen.

Carlo, nicht Nina.

Wenn überhaupt ein Mensch seiner beherzten Nina Furcht einflößen konnte, dann war es der, der ihm gegenübersaß. Er war ihr unheimlich, weil ihn etwas antrieb, das sie nicht verstand. Hass. Der Leichnam von Liebe.

»Bist du dann so freundlich, mir zu sagen, was dich hertreibt?«, rang er sich ab. »Wie gesagt, erwarten wir über das Wochenende Besuch. Sobald Nina und ihr Bruder eintreffen, essen wir zu Abend.«

»Und zu eurem köstlichen Abendmahl einladen wollt ihr mich natürlich nicht, sehe ich das richtig?« Mit gespitzten Lippen trank Rudi von seinem Cognac. »Ich könnte das traute Familienidyll stören, die kleine Nina und ihren Bruder, der dir sicher schon durch und durch ein Brudersatz geworden ist. Wenn es so etwas überhaupt geben kann, einen Ersatz für einen Bruder. Aber wie solltest du das beurteilen können? Du hast ja nie einen Bruder gehabt.«

»Rudi …«, setzte Anton an, brach aber ab, weil es dazu nichts zu sagen gab.

»Ich könnte das traute Familienidyll stören, indem ich die traute Dreieinigkeit daran erinnere, dass *ich* allerdings einmal einen Bruder hatte«, fuhr Rudi fort. »Das ist lange her, willst du jetzt einwenden, habe ich recht? Was du nicht weißt, ist, dass für einen Menschen, der das Beste in seinem Leben verloren hat, die Zeit sehr langsam vergeht. Tatsächlich vergeht sie überhaupt nicht mehr, weshalb für dich das alles Schnee von gestern sein mag, während dieser Schnee für mich noch genauso frisch ist, als wäre er gerade erst gefallen.«

»Verdammt, ich habe sie auch verloren«, entfuhr es Anton. »Reinhold und Liesa. Er war dein Bruder, aber er war mein Freund. Und Liesa war meine Frau.«

»Das habe ich nie bestritten«, erwiderte Rudi und leckte sich die glänzende Spur Cognac von der Oberlippe. »Ich war dein Trauzeuge, falls dir das noch dunkel im Gedächtnis ist. Ansonsten hast du ja ganze Arbeit geleistet bei deinen Bemühungen, deine Frau zu vergessen. Arme Liesa. Weißt du, dass sie einmal, nachdem wir uns geliebt hatten, in meinen Armen geweint und gesagt hat, sie kann in manchen Nächten aus Angst vor dem Tod nicht schlafen, weil sie den Gedanken nicht erträgt, vergessen zu sein?«

Anton saß da, horchte in sich hinein und spürte nichts als Mitleid. Mitleid mit Liesa, die solche Angst vor dem Tod und dem Vergessensein gehabt und dennoch nicht den Mut aufgebracht hatte, den Rest ihres Lebens zu nutzen. Mitleid mit Rudi, dem sein Erfolg am Revuetheater, seine Villa, sein Geld nicht geholfen hatten, sich aus dem Gefängnis der Vergangenheit zu befreien.

Jahrelang hatte ihn der Gedanke an seine Frau in den Armen seines besten Freundes mit einer ganzen Kanonade von Empfindungen erfüllt – Zorn, Kränkung, verletzter Stolz und Trauer –, aber all das lag hinter ihm. Mit Ninas Hilfe hatte er sich hindurchgekämpft, bis er eines Tages gespürt hatte, wie die Last der dunklen Gefühle von ihm abfiel.

»Ich habe Liesa nicht vergessen«, sagte er friedlich. »Und Reinhold auch nicht. Die beiden gehören zu mir und meinem Leben, aber dorthin, wo sie hingegangen sind, kann ich ihnen nun einmal nicht folgen. Ich muss mein Leben hier weiterführen – mit neuen

Menschen, neuen Zielen und auch mit einem neuen Glück. Für dich gilt das Gleiche, Rudi. Du bist es den Toten nicht schuldig, dass du selbst tot bist.«

»Ach nein?« Rudi legte den Kopf schräg und wollte Cognac trinken. Als er bemerkte, dass der Schwenker leer war, ging er zum Beistelltisch und bediente sich selbst. »Stell dir vor, das habe ich auch schon bemerkt. Falls es dir entgangen sein sollte – auch ich habe mein Leben weitergeführt. Nicht ganz erfolglos, glaube ich, sagen zu dürfen.«

»Das ist untertrieben. Für deine neue Revue im *Admiralspalast* ist auf Monate hinaus keine Karte zu bekommen.«

»Hast du es etwa versucht? Du hättest mich anrufen sollen. Ich hätte dir nicht nur eine, sondern gleich zwei von meiner Sekretärin zustellen lassen.«

Anton hatte es nicht versucht, sondern in der *Lichtspiel-Bühne* davon gelesen. Er machte sich nichts aus Revuen, wie Rudi sie inszenierte, und was schlimmer war: Er wusste, dass Rudi sich auch nichts aus ihnen machte. Was er den Leuten vorsetzte, war zynisch, leblos und ausschließlich auf kommerziellen Erfolg ausgerichtet. Rudi machte daraus keinen Hehl. Im Gegenteil, er schien auf eine Weise, die in Antons Augen an Selbsthass grenzte, darauf stolz zu sein.

»Ich freue mich, dass du so viel erreicht hast«, brachte er wenig überzeugend heraus.

»Tatsächlich? Habe ich das?«, fragte Rudi. »Und woran misst du das? In so einem Leben ist ja im Grunde alles ein Wettbewerb, oder nicht? Auch ein Krieg ist letzten Endes nichts anderes als ein Wettbewerb, bei dem die Verlierer die Rechnung bezahlen und sich obendrein von aller Welt beschimpfen lassen müssen.«

»Was redest du denn da?«, fuhr Anton auf. Sosehr sich Rudi auch von ihm entfernt hatte und so fremd er ihm geworden war – dass er sich politisch auf die Seite derer schlagen würde, die den verlorenen Krieg zur ungerechten Schmach erklärten, hätte er bis eben für unmöglich gehalten.

»Verschreckt das, was ich rede, deine zartfühlende Seele?«, fragte Rudi. »Hast du dich nie gefragt, wie es mir bei dem Gedanken geht, dass mein kleiner Bruder, die schauspielerische Jahrhundertbegabung, völlig sinnlos in einem Schlammfeld irgendwo in Belgien abgekratzt ist? Unter den Augen meines sogenannten Freundes, der ihn mir hüten sollte. Und am Ende wird mir auch noch gesagt, dass ich mich für meinen Bruder zu schämen habe, dass ich mich für den ganzen Krieg zu schämen habe, den ja wir angeblich angefangen und obendrein verloren haben, weshalb wir künftig Dreck unter Europas Schuhsohlen sind.«

»Hör damit auf«, fuhr ihm Anton ins Wort. »Ich respektiere deine Trauer, das habe ich immer getan, aber ich werde nicht dulden, dass du in meinem Haus politischen Kräften das Wort redest, von denen ich glaubte, sie wären für uns beide tabu. Für Reinhold wären sie auch tabu gewesen, daran hege ich nicht den geringsten Zweifel.«

»Ja, natürlich«, sagte Rudi mit einem dünnen Lächeln auf den blassen Lippen. »Du hast ganz sicher sogar meinen eigenen Bruder besser gekannt als ich. Ich sage es ja, im Grunde ist alles ein Wettbewerb – wie bei den Olympischen Spielen, bei denen wir dreckigen Deutschen nur eben leider nicht mitmachen dürfen.«

»Wir werden mitmachen dürfen! Wir sind in den Völkerbund aufgenommen worden, und wenn niemand diesen Weg mit seiner Hetze sabotiert, wird die Versöhnung weiter voranschreiten. Die Wunden, die der Krieg gerissen hat, sind im Begriff, zu heilen, Rudi.«

»Wie schön. Und mein kleiner Bruder steht von den Toten auf.« Rudi spuckte allen Ernstes in sein Glas mit Cognac. »Aber lassen wir das. Über Völkerbund, Krieg und all das habe ich gar nicht reden wollen, sondern über dich und mich, mein Guter. Über unseren eigenen, ganz persönlichen Wettbewerb. Dass du darin immer die Nase vorn hast, wissen wir ja beide. Und auch, dass es dabei nicht immer mit rechten Dingen und den Regeln gemäß zugegangen ist. Erst hast du mir die Frau gestohlen, die ich liebte, dann hast du sie achtlos weggeworfen. Meinen Bruder, von dem du wusstest, was er mir bedeutet, hast du benutzt, bezirzt und sterben lassen, damit du dich auf der Bühne an seine Stelle setzen konntest. Du bist der große Anton Wendland geworden, der Held des modernen Dramas, und ich, der dir die Tür dazu geöffnet hat, bin der kleine Rudi geblieben, der Schmierentheater macht und über den du dich mit deinen Freunden vom Feuilleton mokieren kannst.«

»Ich mokiere mich nicht über dich.« Anton sprang auf. »Und dass du dich für das Revuetheater entschieden hast, hat mit mir nichts zu tun.«

»Ach nein?«, rief Rudi, blieb jedoch sitzen. »Hast du dich vielleicht bei deinem Busenfreund Jessner für mich eingesetzt? Als er die Schauspielbühnen des Staatstheaters übernahm, hast du da zu ihm gesagt: Lass uns doch den Rudi Kante holen, das ist ein begabter Hund von einem Regisseur? Hast du an den Reinhardt-Bühnen ein Wort für mich eingelegt wie ich seinerzeit für dich? Aber nicht doch. Dass er seinem alten Kumpel Rudi womöglich den einen oder anderen Gefallen schuldet, das ist Toni Pechs Gedächtnis höchst praktisch entfallen. Er hat schließlich seine eigene Karriere, auf die er sich konzentrieren muss, und dazu die von seiner Gespielin, der kleinen Nina aus Brandenburg, die er den *Wintergarten*-Leuten regelrecht aufs Auge gedrückt hat.«

»Das ist nicht wahr! Nina hätte nie auch nur die geringste Hilfe von mir angenommen. Sie hat sich seinerzeit sogar von mir getrennt, weil ich ihr angeboten hatte, mich für sie einzusetzen …«

»Ach, du Ärmster.« Rudi ließ die wimpernlosen Augen rollen. »Ich hätte ja gerne die Probe aufs Exempel gemacht. Also habe ich dem Aschinger, der auf mich hört, weil ich seiner Meinung nach Stroh in Gold verwandeln kann, erzählt, er soll die kleine Miss Brandenburg zur Intendantin machen. Damit die gesamte Berliner Unterhaltungswelt zu sehen bekommt, dass sie nichts taugt, dass sie nicht mehr ist als das minderbegabte Flittchen von Toni Wendland. Aber was macht das Ding? Es kriegt kalte Füße und lehnt ab. Und als wäre es damit nicht genug, hat sie obendrein von dir ein Kind im Bauch.«

Anton spürte, wie ihm im Nacken der Schweiß ausbrach. Er musste seine Hände zu Fäusten ballen, die Nägel in die Haut bohren, um nicht auf den anderen loszugehen. »Was immer du mit mir auszutragen hast – lass Nina und mein Kind aus dem Spiel«, stieß er heraus, aber Rudi schien ihn gar nicht zu hören.

Er stand jetzt auch auf und machte einen Schritt auf Anton zu. »Damit du es weißt – das mit dem Kind geht zu weit«, sagte er. »Ich habe die ganze gottverfluchte Chose geschluckt, habe hingenommen, dass du alles hattest, was ich hätte haben wollen, aber dass dir jetzt auch noch ein Kind in den Schoß fällt, schlucke ich nicht. Liesa hat ein Kind erwartet, als sie das verdammte Veronal genommen hat. Ein Kind von mir, und du hast das gewusst.«

Die Türglocke schrillte.

Bitte lass es Carlo sein und nicht Nina, sandte Anton als stummes Stoßgebet zum Himmel.

Schritte auf den Dielen verrieten ihm, dass eine der beiden Frauen unterwegs war, um zu öffnen. Gleich darauf näherten die Schritte sich dem Salon, und dann füllte die breite, beruhigende Gestalt seines Schwagers den Türrahmen.

»Guten Abend. Ich hoffe, ich störe nicht?«

»Aber nicht doch. Ich wollte mich gerade auf die Socken machen«, sagte Rudi, ehe Anton ein Wort herausbrachte. »Einen angenehmen Aufenthalt in der Hauptstadt wünsche ich Ihnen. Genießen Sie den Cognac. Mein alter Freund Toni Pech ist zwar zu geizig, um sich einen wirklich guten zu leisten, aber unter den mittleren ist seiner zumindest nicht die schlechteste Wahl.«

Carlo trat zur Seite, stammelte überrumpelt eine höfliche Begrüßung.

Im Vorbeigehen tippte Rudi Anton gegen den Arm. »Vergiss nicht, was ich dir gesagt habe, mein Guter. Dieses Letzte ist zu viel. Das sackst du dir nicht auch noch ein. Mach dir nicht die Mühe, mich zur Tür zu begleiten, ich finde meinen Weg selbst.«

11

NINA

OKTOBER

Nina war keine Beleuchterin. Aber wenn sie eine Idee hatte, probierte sie gern erst einmal selbst aus, wie sie funktionierte, ehe sie die Leute von der Technik einbezog. Dabei kamen ihr die Kenntnisse in allen erdenklichen Bereichen des Theaters zugute, die sie sich seit der Kinderzeit auf ihrer Dachbodenbühne angeeignet hatte. Für die *Büchse der Pandora,* das Vorprogramm mit Friedhelm Lehwalds Ente, hatte sie sich am Ruhetag des Varietés ein paar Stunden für sich allein auserbeten. Bevor sie mit der Arbeit anfing, verriegelte sie sämtliche Türen des Bühnenraums, denn einen neuen Plan hielt sie grundsätzlich geheim, bis er spruchreif war. Um mit den beiden Lichtkegeln, die ihr vorschwebten, zu experimentieren, hatte sie sich eine sehr große und eine sehr kleine Taschenlampe gekauft, wie sie im Krieg an Soldaten ausgegeben worden waren. Diese würden als Scheinwerfer fungieren.

Eine ganze Weile schob sie die große und die kleine Holzkiste, die sie mitgebracht hatte, auf der Bühne hin und her und lief an verschiedene Plätze im Zuschauerraum, um zu prüfen, wie sie sich machten. Verwundert stellte sie fest, wie beschwerlich rasches Laufen inzwischen für sie war.

»Was willst du werden? Schwergewichtsboxer?«, fragte sie mit einem Lachen ihren Sohn, der ihren Leib zu einer wahren Riesenmelone aufwölbte. Dass es ein Sohn war, stand für Nina inzwischen fest. Wenn sie nachts in Antons Armen wach lag, weil ihr das Einschlafen mit dem Kugelbauch nicht mehr so leichtfiel, wenn sie sich rundum geborgen fühlte und die Augen schloss, sah sie sich mit einem kleinen Jungen. Sie sah, wie sie ihn vor sich auf den Rücken ihres Pferdes

Palü setzte, wie sie mit ihm in den Armen zwischen den Wunderweibern umhertanzte, wie sie durch Berlin mit ihm streifte, vorbei an den Schaufenstern, in denen die neuen Modelleisenbahnen durch Miniaturlandschaften sausten, und wie sie ihm die Sterne am Himmel des *Wintergarten* zeigte: all die winzigen, leuchtenden Glühbirnen, von denen eine jede für einen Traum stand, der hier geträumt und zumindest eine Nacht lang auch erfüllt worden war.

Anton glaubte nach wie vor an ein Mädchen, doch er beharrte nicht mehr so vehement darauf. Überhaupt hatte sich Antons Verhalten verändert. Er wirkte fahrig, zerstreut, nicht länger mit Haut und Haar in den Zustand versunken, den Nina »blödsinnig vor Glück« genannt hatte. Beinahe war sie versucht, zu glauben, die nun so rasch sich nähernde Vaterschaft mache ihn nervös. Als sie ihn darauf ansprach, stritt er das nicht ab.

»Das ist schon möglich«, sagte er und legte wie zum Schutz eine Hand auf ihren Leib. »Es wird einem auf einmal bewusst, wie vollkommen abhängig dieses kleine Menschenwesen ist. Es hat sich nicht aussuchen können, an was für Eltern es gerät, es muss nehmen, was es bekommt, und wir können nur unser Bestes geben, um es zu hüten und dafür zu sorgen, dass nichts und niemand ihm Schaden zufügt.«

»Und warum macht dich das so schwermütig?« Sie hatte gelacht und ihn geküsst. »Kopf hoch, Papi! Wir werden die lustigsten Eltern aller Zeiten sein, denn was kann unser Kind von uns Wichtigeres lernen, als dass das Leben schön ist, dass es herrlich ist, im zwanzigsten Jahrhundert und im Frieden zu leben, und dass die Welt vor wunderbaren Menschen wimmelt? Und wenn es mal Tage gibt, an denen uns vor lauter Müdigkeit das Lachen vergeht, haben wir unsere Freunde, die für unser Kind das Kasperle machen.«

Ein Kasperletheater würde sie ihrem Kind selbst bauen. Sie hatte bereits damit angefangen und ihre eigenen kaputt gespielten und kaputt geliebten Puppen aus Neu-Mahlen geholt, um sie zu restaurieren.

»Du hast ja recht, meine liebste Alleswisserin«, hatte Anton gesagt und Nina in die Arme geschlossen. »Ich will auch ganz bestimmt weder Trübsinn noch Bierernst in unsere Kinderstube lassen, davon hatte unsere eigene Generation schließlich mehr als genug. Ich glaube, mir ist nur Carlos Besuch ein wenig an die Nieren gegangen. Seine Traurigkeit und seine Überzeugung, er trage an der Trennung von Jenny alle Schuld. Es ist schwer, selbst so glücklich zu sein, wenn es einem Menschen, der einem nahesteht, so elend geht.«

Darin hatte sie ihm zustimmen müssen. Sie hatte gehofft, Carlo an jenem Wochenende im September ein wenig aufrichten zu können, und er hatte sich, wie es seine Art war, dafür dankbar gezeigt. Hatte das Essen gelobt, alle Unternehmungen, die Nina und Anton ihm vorgeschlagen hatten, mit tapferem Lächeln mitgemacht und ihnen geholfen, ein zauberhaftes Schaukelpferd vom Trödler im Hof abzuschleifen und neu anzumalen. Aber mit dem Herzen war er bei alledem nicht dabei gewesen, das hatte Nina, die den Bruder schließlich ihr Leben lang kannte, überdeutlich gespürt. Carlo war ihr immer wie das personifizierte Vertrauen ins Leben vorgekommen, ein Mensch, der an das Gute glaubte und sich auf ruhige Art am Kleinsten freute. Von jener Freude war nichts mehr zu bemerken.

»Pass auf dich und meinen Neffen oder meine Nichte gut auf«, hatte er beim Abschied auf dem Bahnhof gesagt und Nina so vorsichtig an sich gedrückt, als wäre sie aus Porzellan. »Ich habe ihn oder sie jetzt schon lieb, und er oder sie wird schließlich eines Tages Neu-Mahlen erben.«

Damit hatte er ihr zu verstehen gegeben, dass er es für ausgeschlossen hielt, selbst eines Tages ein Kind zu haben. Ausgerechnet Carlo, der dafür geboren schien und sowohl bei Otta als auch bei Viktor in der Rolle des Ersatzvaters geradezu aufgegangen war. Wenn er in voller Länge ausgestreckt auf dem Boden des Morgenzimmers gelegen und mit den zwei Kindern Ritterburg gespielt hatte, hatte Nina ihn ganz in seinem Element erlebt. Er wäre ein großartiger Vater geworden, und Nina wünschte ihm, dass ihn dieses Glück irgendwann einfach überrumpelte, ohne sich darum zu scheren, ob er dafür bereit war.

Sooft sie allerdings ihre Busenfreundin Jenny sah, wurde ihr klar, wie schwierig das war. Jenny Alomis war einfach keine Frau, die man hinter sich ließ und der eine andere das Wasser reichen konnte.

Der Versuch, mit ihr darüber ein Gespräch anzufangen, war vergebliche Liebesmüh. »Du kennst mich doch«, unterbrach sie Nina bereits nach den ersten Worten. »Sobald's mir zu eng wird, mach ich die große Flatter. Mit deinem Bruder war's mir vom ersten Tag an zu eng, aber du weißt ja selbst, wie reizend er ist und wie schwer es ist, Nein zu ihm zu sagen.«

Dazu lachte sie ihr dunkles, gutturales Jenny-Lachen, wirbelte herum und schlug hintereinander fünf Räder schräg über die Probebühne. Unglaublich, was sie mit ihrem Körper Tag für Tag anstellen konnte, obwohl sie ungehemmt Raubbau an ihm betrieb. Unglaublich vielleicht auch, was sie mit ihrer Seele anstellen konnte, denn zuweilen kam es Nina vor, als verbiege sie diese ebenso wie ihre Glieder.

»Denk du lieber an unseren Johnny«, hatte Jenny gerufen, nachdem sie wieder auf die Füße gesprungen war und Nina auf den Bauch geklopft hatte. »Ausgesprochen schlau von dir, dass du dich für ein männliches Modell entschieden hast. Mädchen sind Zimtzicken, die ihren Müttern das Leben zur Hölle machen. Ich muss es wissen, ich war darin nämlich Weltmeisterin. Aber so ein Kleining wie mein Viktor? Als er fünf Jahre alt war und im Grunde gerade erst angefangen hatte, zu sprechen, hat er zu mir gesagt: ›Ich hab dich so lieb, Maminka, das reicht dreieinhalb Mal um die ganze Welt.‹ – ›Warum denn dreieinhalb Mal?‹, habe ich ihn gefragt, und dieses kleine große Menschenwunder hat mir geantwortet: ›Ach, das weiß man doch nie, wozu man das letzte halbe Mal noch braucht.‹«

Viktor war in der Tat ein Wunder. Er würde einen prachtvollen großen Freund für ihren eigenen kleinen Jungen abgeben, aber dass Carlo vom Leben dieser beiden Menschen, die er liebte, ausgeschlossen blieb, tat Nina im Herzen weh.

Sie versuchte, nicht mehr daran zu denken. Hier und heute ging es um die beste Beleuchtung für die Enten-Nummer, die sie sich wieder und wieder angesehen hatte, um sie bis ins Detail zu erfassen. Friedhelm Lehwald war tatsächlich ein Poet, der nicht nur mit Worten, sondern auch mit Bildern dichtete. Noch einmal betrachtete sie die beiden Kisten, die sie im spitzen Winkel zueinander aufgestellt hatte, und war schließlich zufrieden. Nun galt es, mit den zwei Taschenlampen auszuprobieren, wie das Licht der Scheinwerfer am günstigsten fiel.

Hätte Anton erlebt, wie seine hochschwangere Geliebte sich daranmachte, das Gerüst hinter dem samtenen Vorhang zu erklimmen, wäre er losgestürmt wie ein wütender Stier und hätte sie zurück auf den Boden geholt. Am liebsten wäre es ihm ohnehin gewesen, wenn sie in diesen letzten Wochen vor der Geburt überhaupt nicht mehr gearbeitet, sondern ihm gestattet hätte, sie daheim in Watte zu packen. Da er aber wusste, dass er mit diesem Wunsch bei ihr auf taube Ohren gestoßen wäre, brachte er es gar nicht erst vor, sondern ermahnte sie nur Morgen für Morgen, sich zu schonen und vorsichtig zu sein.

Anton selbst spielte zurzeit am Lessingtheater die Hauptrolle in dem skandalumwitterten neuen Drama *Cyankali* von Friedrich Wolf. In dem Stück, das sowohl begeisterte Kritiken des linksgerichteten Feuilletons als auch geifernde Schmähreden der konservativen Presse auf sich zog, ging es um ein Paar aus der Arbeiterklasse, das ein Kind erwartete, es aber nicht ernähren konnte. Es war in der Tat harter Tobak: Auf offener Bühne stürzte sich eine schwangere Frau aus dem Fenster, und die Hauptdarstellerin starb qualvoll, als sie mit Zyankali eine verbotene Abtreibung an sich vornehmen wollte.

»Es ist ein wichtiges Stück«, hatte Anton gesagt. »Ehe Wolf es geschrieben hat, hat er ermittelt, dass jedes Jahr an die zehntausend Frauen an einer solchen dilettantischen Abtreibung sterben. Ich weiß, wir müssen das Gesetz ändern, damit Ärzte diese Schwangerschaften abbrechen dürfen und das Leben der Frauen gerettet wird. Im Augenblick aber, wo unser eigenes Kind unterwegs ist, wünsche ich mir einfach nur, wir könnten auch die Kinder retten, und es gäbe eines Tages niemanden mehr, der kein Geld hat, um seine Familie zu ernähren.«

Nina wusste nur zu gut, wovon er sprach. Sine, eine ihrer Tänzerinnen, die in bitterster Armut aufgewachsen war, hatte mit sechzehn Jahren bei einem Quacksalber ein Kind abtreiben lassen. Gestorben war sie nicht, auch nicht von der Polizei verhaftet worden wie die Hete in Wolfs Drama, aber wegen der Vernarbungen, die die unsachgemäße Behandlung in ihrem Unterleib verursacht hatte, war sie zu einem Leben mit ständigen Schmerzen verurteilt.

»Der hat an meiner Kleenen rumjewütet wie 'n Fleischer an 'nem Schlachtschwein«, hatte Felice, Sines Mutter, Nina erzählt. »Hätten wir damals schon die Piepen gehabt, die wir bei dir verdienen, hätten wir das Dingelchen leben lassen, und ich wär heut die Oma von 'nem Wurm von acht.«

Eine Oma wie Ninas Mutter, die sich voller Ungeduld darauf freute, würde sie nun vermutlich nie werden. »Meine Kleene kann doch keen' Kerl mehr in sich rin lassen«, hatte Felice gesagt. »Die geht vor Schmerzen die Wände hoch, wenn sie bloß dran denkt.«

Nina dachte darüber nach, während sie am Gerüst für die Beleuchter emporkletterte. Sie war keine Politikerin und konnte nichts tun, um die langsamen Fortschritte, die bei den Lebensbedingungen von Deutschlands Arbeiterschicht erzielt wurden, zu beschleunigen. Sie konnte nur für ihre kleine Schar sorgen, sicherstellen, dass sich keiner von ihnen um das Morgen sorgen musste, sondern imstande war, das Leben nach eigenem Gutdünken zu gestalten.

Und genau das würde sie auch weiterhin tun. Sie erklomm die nächste Sprosse, prüfte, dass sie sicher stand, und richtete den Lichtkegel der kleineren Taschenlampe nach unten auf die Bühne, während sie sich mit der freien Hand festhielt. Angst hatte sie keine. Schließlich war sie oft genug hier heraufgestiegen, um die Wirkung von Beleuchtungsideen zu prüfen, und das Gerüst war solide, es bot ihr auch mit Kind im Bauch genug Sicherheit.

Sie schob die kleine Taschenlampe in ihren Gürtel und zog dafür die andere heraus, um den Lichtstrahl auf die größere Kiste zu richten, auf der Jenny tanzen würde. Sie sah sie geradezu vor sich und freute sich, dass sie offensichtlich exakt die richtige Position gefunden hatte, um dem Licht aus der Höhe einen magischen, geheimnisvollen Effekt zu verleihen. Der Widerspruch, den dies zu einem so bodenständigen Tier wie der watschelnden Ente bildete, war genau das, was ihr gefiel. Er bildete das Leben ab. Den Zauber im Banalen. Die Sensation an einem Ort, wo kein Mensch mit ihr rechnete.

Sie wollte nur noch rasch die beiden Positionen für die Scheinwerfer markieren, dann würde sie hinuntersteigen, eine kurze Besprechung mit Friedhelm Lehwald hinter sich bringen und zu ihrem Liebsten nach Hause gehen. Das Wetter war trübe und regnerisch, Anton hatte einen aufführungsfreien Abend, und Nina war in genau der richtigen Stimmung, um früh mit ihm in ihr riesiges Bett zu kriechen und sich so sanft und beschaulich, wie sie es nie gekannt hatte, von ihm lieben zu lassen. Einander mit Käse und Obst zu füttern, eine der letzten Nächte zu zweit auszukosten und dabei doch zu spüren, dass ihr Kind schon bei ihnen war, dass es, wenn auch noch unsichtbar, zwischen ihnen schlief.

Was dann geschah, ging so schnell, dass es ihr später nie mehr gelang, die Fetzen der Erinnerung zusammenzusetzen. Das Gerüst, das eben noch fest auf seinen metallenen Halterungen gestanden hatte und problemlos drei oder vier Beleuchter gleichzeitig tragen konnte, geriet unvermittelt ins Schwanken. Die Streben klirrten gegeneinander, und das Metall unter Ninas Sohlen rutschte weg. In der Rechten hielt sie die Taschenlampe, klammerte sich allein mit der Linken an einer Stange fest und konnte so ihr Gewicht nicht länger als einen Atemzug lang halten. Die Lampe entglitt ihr. Ehe ihr bewusst wurde, dass sie tatsächlich in die Tiefe stürzte, schlug sie auch schon auf dem Bühnenboden auf.

Instinktiv krümmte sie kurz vor dem Aufprall ihren Körper zur Kugel und versuchte, mit den Armen ihren Leib zu schützen. Seitlich streifte sie jedoch die scharfe Kante der Kiste, wurde vornübergeschleudert und landete auf Bauch und Brust, wobei sie den rechten Arm unter sich begrub. Neben dem unsäglichen Laut, wenn ein menschlicher Körper auf Bretter knallt, glaubte sie, ein Knacken zu hören, und ein Schmerz, bei dem ihr Hören und Sehen verging, schoss ihr in die Schulter.

Mein Arm, durchfuhr es sie, und flüchtig war sie beinahe erleichtert. Ich habe mir den Arm gebrochen, das kommt beim Reiten alle naselang vor und heilt auch wieder zusammen, versuchte sie sich zu beruhigen. Dem Kind schadet es nicht. Bis der kleine Johnny da ist, ist der Knochen wieder ganz, und ich kann ihn in die Arme nehmen.

Den gewaltigen Schwall Flüssigkeit, der aus ihr herausschwemmte und ihre Beine überspülte, spürte sie erst danach. Zugleich wurde ihr Bauch so hart wie ein Brett, und der Schmerz, der durch sie hindurchschnitt, war so scharf, dass sie den in ihrem Arm nicht mehr fühlte. Er raubte ihr den Atem. Gleich darauf raubte er ihr auch das Bewusstsein.

12

JENNY

Es kam nicht oft vor, dass Jenny Zeit hatte, Viktor von der Schule abzuholen. Schon seit der ersten Klasse ging ihr Sohn den Weg nach Hause alleine, während Darius ihm am häuslichen Herd das Mittagessen kochte. Sie hätten eine Köchin einstellen können, die vermutlich Besseres zustande gebracht hätte als Darius. Als jedoch Jenny dies einmal vorgeschlagen hatte, hatten beide Männer entschieden protestiert.

»Das Essen für den *Poulaki* koche ich, keine Fremde«, hatte Darius seiner Empörung Luft gemacht.

»Aber du kannst doch gar nicht kochen«, hatte Jenny wiederholt, was er ihr zu Beginn ihrer Bekanntschaft höchstpersönlich erklärt hatte.

Darius hatte den Einwand ignoriert und sich wieder dem Kochtopf auf dem Herd zugewandt. »Wie soll jemand, der diese Arbeit gegen Bezahlung verrichtet, dem *Poulaki* das Gefühl vermitteln, umsorgt zu werden?«, fragte er und schnippelte Salatgurken in den heftig köchelnden und nach etwas Scharfem, Exotischem riechenden Eintopf. »Außerdem bin ich es, der weiß, was Viktor schmeckt und was ihm bekommt. Er hat weder den Appetit noch den Pferdemagen seiner Mutter geerbt, sondern ist empfindlich. Ihm kann man nicht einfach irgendetwas vorsetzen, wie es einer Wildfremden in den Sinn kommt.«

Viktor selbst hatte sich kürzer gefasst: »Ich ess das Essen von Darius.«

»Und es schmeckt dir?«, hatte Jenny ungläubig ausgerufen.

»Nein«, hatte Viktor erwidert. »Aber es ist von Darius.«

Es bestand also kein Zweifel daran, dass die beiden nach der Schule ausgezeichnet ohne sie zurechtkamen, und an den meisten Tagen war ihre Zeit auch viel zu knapp, um ihnen von Nutzen zu sein. Heute aber hatte der *Wintergarten* aufführungsfrei, und Nina hatte keine Probe angesetzt, weil sie sich um irgendeine Neuerung bei der Ausleuchtung kümmern wollte. Jenny hatte geplant, nach ihrer Matinee nach Hause zu gehen und ein paar vertrackte Figuren für das neue Programm zu trainieren. Als sie schon auf dem Weg war, packte sie jedoch eine plötzliche Sehnsucht nach ihrem Kind. Auf einmal wollte sie ihn um jeden Preis gleich bei sich haben und den Nachmittag mit keinem verbringen als mit ihm.

Sie würde ihn von der Schule abholen.

Das allerdings erwies sich als leichter beschlossen als getan.

In der Innenstadt herrschte heute ein Trubel, der etwas Nervöses, Ungesundes an sich hatte, und Jenny hatte alle Mühe, sich zwischen den in alle Richtungen strebenden Passanten und den brüllenden Zeitungsjungen die Friedrichstraße hinunter zu drängeln. Das Realgymnasium, das Viktor seit dem Ende der Ferien besuchte, lag an der Kreuzung zur Oranienburger Straße, und für den kurzen Weg bis dorthin brauchte sie eine Ewigkeit. Es schienen doppelt so viele Menschen wie gewöhnlich unterwegs zu sein. Viele von ihnen blieben in Gruppen mitten auf der Straße stehen und redeten erregt aufeinander ein.

»Extrablatt, Extrablatt!«

Die Horden von Jungen, die in dicken Trauben vom Zeitungsviertel herüberströmten und unentwegt neue Ausgaben ihrer Presseerzeugnisse anpriesen, machten nichts leichter. Jenny versuchte eine Zeit lang, sie zu ignorieren. Wenn die Zeitungsredaktionen es für lohnend hielten, ein oder sogar mehrere Extrablätter am Tag herauszugeben, hatte das so gut wie nie einen erfreulichen Grund, und Jenny wollte sich heute von Unerfreulichem nicht aufhalten lassen. Sie wollte bei Viktor sein. Wollte vor der Schule auf ihn warten. Auf einmal kam es ihr unendlich wichtig vor, ihn gerade an diesem Tag nicht zu verpassen.

Er würde bald kein Kind mehr sein. Manchmal kam es Jenny vor, als wäre er schon jetzt keines mehr, sondern rutschte gemeinsam mit Darius zuweilen ihr gegenüber in eine Art Elternrolle. Er erklärte ihr, sie müsse mehr schlafen, und trug ihr die Treppe hinunter ihren Schal hinterher, wenn sie ihn am Haken vergessen hatte. Zu ihrem Geburtstag hatte er ihr einen Regenschirm geschenkt, weil sie keinen besaß.

Eine Art Rollentausch, wie man ihn frischgebackenen oder gar werdenden Eltern schwerlich erklären konnte.

Neulich, als Jenny mit Nina und Anton in der *Bodega* im *Haus Vaterland* zu Abend gegessen hatte, hatte Anton voll Inbrunst erklärt, er wünsche sich, sein Kind vor allem Übel zu behüten.

»Ich bin dankbar, dass es in einer Zeit zur Welt kommt, in der das möglich ist und hoffentlich auch weiterhin möglich bleibt«, hatte er gesagt.

Jennys Sohn war nicht in einer solchen Zeit zur Welt gekommen. Sie hatte ihn in ihrer Not rasch Viktor genannt, weil sie vor Angst, ihn nicht behüten zu können, schier verrückt geworden war und wider alle Vernunft gehofft hatte, sein starker Name werde es für ihn tun.

Aber sie hatte ihn durchaus behütet. Nicht vor allem Übel, aber vor den apokalyptischen Reitern, die hinter ihr hergejagt waren. So hatte sie es damals empfunden, hatte ihren brennenden Atem im Nacken gespürt. Es hatte eine Zeit gegeben, in der sie all ihre Kräfte auf nichts anderes hatte konzentrieren können als darauf, ihren Sohn zu behüten, ihn lebend durch den Sturm zu bringen.

Als sie es mit den letzten Reserven nach Berlin geschafft hatten, war sie zu Tode erschöpft gewesen, und von dieser Erschöpfung hatte sie sich nie wieder erholt. Sie wusste, dass niemand es ihr anmerkte. Schließlich war sie ohne Unterlass auf Achse, und Ninas Frau Rottenheimer vertrat die Ansicht, sie komme gänzlich ohne Schlaf zurecht. Verkapselt in ihrem Innern aber war eine Erschöpfung, die sie vor jeglicher Komplikation flüchten ließ, und zugleich eine Gewissheit, die ständig auf der Hut war: Sie war gewiss nie eine besonders vorbildliche, besonders konventionelle oder dem allgemeinen Kindeswohl besonders zuträgliche Mutter gewesen, und in ihrem gewöhnlichen Alltag beschäftigte sie etliches, das mit ihrer Mutterschaft nichts zu tun hatte. Hätte aber ihrem Kind noch einmal eine Gefahr gedroht wie jene, aus der sie es gerettet hatte, so hätte sie noch einmal auf dieselbe Weise all ihre Kräfte darauf konzentriert, es zu behüten.

So waren Menschen noch immer ausgerichtet, auch wenn sie sich von Kühen, Karnickeln und Waldameisen ansonsten erheblich unterschieden: Sie waren bereit, bis zum Äußersten zu gehen, damit ihr Nachwuchs überlebte.

Warum ihr das gerade heute durch den Kopf ging, war nicht leicht zu erklären. Noch vor einigen Jahren war es ihr praktisch unentwegt durch den Kopf gegangen. Dann war ihr Leben in ein zwar nicht ruhigeres, aber sichereres Fahrwasser geraten, und die Gedanken waren seltener geworden, ja sie hatten manchmal für Monate vollkommen aufgehört. Seit ihrem letzten Besuch auf Neu-Mahlen waren sie jedoch von Neuem aufgeflammt und suchten sie nun wieder ständig heim.

Heute besonders.

Etwas lag in der Luft, befeuert vom Geschrei der Zeitungsjungen.

Sie rannte im Slalom um Menschentrauben herum und am *Großen Schauspielhaus* vorbei, ehe sie schließlich klein beigab. »Gib schon her«, sagte sie und riss einem der Jungen die dünne, in aller Hast gedruckte Ausgabe des *Berliner Tageblatts* aus der Hand. Statt des abgezählten Preises von zehn Pfennigen gab sie ihm eine willkürliche Handvoll Münzen und las im Weiterlaufen die fett gedruckte Schlagzeile:

Zusammenbruch an der New Yorker Börse!
Panik in der Wall Street!

Vermutlich gehörte auch das unvermeidlich zur Elternschaft: dass einen ein Instinkt selbst vor Dingen warnte, von denen man kaum etwas verstand. Jenny war geübt darin, alles Unliebsame beiseite zu wischen. Die Mutter in ihr konnte sich jedoch nicht damit beruhigen, dass New York und die Wall Street weit weg waren und dass es nicht sonderlich besorgniserregend schien, wenn irgendwelche Aktienhändler bei einem Kurssturz einen Teil ihrer exorbitanten Vermögen verloren.

Jennys Vater hatte mit Aktien gehandelt und am heimischen Schreibtisch, zwischen den Wandmalereien seines Arbeitszimmers, Briefe an seinen Händler mit seinem Siegelring in Wachs gesiegelt. Es war eine Art Steckenpferd von ihm gewesen, ein Nervenkitzel für die Freizeit, wie andere Männer Karten spielten oder bei Rennen wetteten.

»Die Börse ist keine Wohltätigkeitsveranstaltung«, hatte er seine Söhne gewarnt, wobei vermutlich nur seine Tochter ihm zugehört hatte. »Einsetzen darf man nie mehr, als man sich schmerzlos leisten könnte, zu verlieren. Wer es dennoch tut, darf hinterher nicht klagen, wenn er sich den Hals bricht.«

Wie aber konnte die New Yorker Börse denn zusammenbrechen? Hieß es nicht, seit fünf Jahren ginge es dort ununterbrochen bergauf, weshalb die USA die Flut von Krediten, die sie Deutschland für seinen Neuaufbau gewährten, leichthändig aus der Portokasse bestritten? Waren nicht im Sommer bombastische Kursanstiege gemeldet worden, was Spekulanten, die hinter dem großen Teich Aktien besaßen, in ein rauschhaftes Hochgefühl versetzte? Jenny hatte einen Verehrer, von dem sie sich ab und an ins *Kakadu* zu Champagner und einer winzigen Prise Koks einladen ließ, einen Industriellen, der Papiere von *General Electric* hortete. Der hatte den gesamten glutheißen August hindurch die Spendierhosen angehabt und ihr erzählt, er könne sich demnächst zur Ruhe setzen: »Dann arbeitet nur noch mein Geld da drüben bei den Amis für mich. So schnell wie heute ist man im Leben noch nie reich geworden.«

Fridolin Pätznick, die Seele von Mensch, die dem *Wintergarten* seit Jahr und Tag als Türsteher diente, hatte sich sogar zusätzliches Geld gepumpt, um zusammen mit Hieronymus Haase und dessen »Lieblingsmann« Christoph – Christa genannt – ein amerikanisches Aktienpaket zu erwerben. »Aber sagen Sie's nicht dem Fräulein Nina«, hatte er Jenny beschworen. »Soll nämlich für das Kleine sein. Was für die Zukunft. Na ja, und wenn für unsere Dreieinigkeit obendrein noch ein Zuschuss fürs Alter rausspringt, sagen wir nicht Nein.«

Sorgen hatte sich, soweit Jenny wusste, niemand gemacht. Höchstens dieser überdrehte Hellseher, einer der unzähligen Paradiesvögel, die das sensationshungrige Berlin hofierte. Seit geraumer Zeit verdiente der sich eine goldene Nase, die länger war als die von Pinocchio, indem er angeblich die Kurse an der Börse prophezeite. Vor ein paar Wochen hatte er tatsächlich vorausgesagt, dass ein Absturz ins Bodenlose drohte, aber Jenny hatte das genau wie die übrigen Voraussagen des Menschen für nicht mehr als werbewirksame Augenwischerei gehalten. Alles, was sie an dem Kerl interessierte, war die Tatsache, dass er an der *Scala* auftrat, nicht im *Wintergarten*, und dort zuverlässig Säle füllte.

Sie eilte weiter. Das hohe, strenge Gebäude des Friedrich-Realgymnasiums, in dem Viktor seine Schultage verbrachte, kam endlich in Sicht. Jenny wollte sich auf ihren Jungen freuen, wie sie es eben noch getan hatte. Weshalb ließ sie sich von dieser Zeitungsmeldung kirre machen? Sie besaß doch gar keine Aktien, und falls Hiero, Christa und Fridolin bei diesem Schlamassel Geld verloren, würden sich schon Wege finden, ihnen auszuhelfen. Ansonsten gab es ja wohl keinen Grund, einer Krise in Amerika wegen hier in Deutschland in Panik auszubrechen.

Übel war ihr trotzdem. Sie kam sich vor wie ein Tier, dem sich das Nackenfell sträubte, während es weiterrannte, als wäre es möglich, vor der Nachricht zu fliehen.

Es war nicht möglich.

Und es gab einen Grund.

Während Hinz und Kunz, vom Politiker bis zum Straßenkehrer, dem Wahn des Nationalismus verfielen und nach mehr und mehr Grenzen schrien, agierte das Kapital schon immer international. Alles hing mit allem zusammen. Ohne die Kredite aus Amerika hätte die marode deutsche Wirtschaft sich überhaupt nicht wieder auf die Füße rappeln können, das begriff selbst Jenny, die vorgab, sich um derlei Dinge einen feuchten Kehricht zu scheren. Wenn diese Kredite jetzt ausblieben – würde sich der behutsame Aufschwung, den Deutschlands Wirtschaft in den letzten Jahren genommen hatte, halten lassen?

Und wenn nicht?

Jenny fröstelte. Wie abscheulich das Wetter war, der böige Wind und der von Neuem einsetzende Regen, bemerkte sie erst jetzt. Vor ein paar Monaten hatte es in Berlin wieder Straßenschlachten gegeben, bei denen Menschen umgekommen waren. Die rechtsgerichteten Parteien gaben nicht auf, auch wenn ihre Wahlergebnisse lächerlich waren, sondern verbreiteten ihre widerliche Hetze gegen Juden, Kommunisten, Männer, die Männer liebten, Frauen, die es nicht mit der Treue hielten, Schriftsteller, die für straffreie Abtreibung plädierten, und Tänzerinnen, die mehr zeigten als verbargen. Sie hetzten gegen so gut wie alles, was Jennys Leben in diesen Jahren hell und lebenswert gemacht hatte, und wie es war, wenn man auf einen Schlag alles, was man für sicher gehalten hatte, verlor, wusste sie nur zu gut.

Die Demokratie in Deutschland war jung und zerbrechlich. Wenn jetzt Scharen von Menschen von Neuem um ihre Existenz fürchten mussten, würden ihre Feinde an allen Ecken und Enden auf offene Ohren stoßen.

Hör auf, den Teufel an die Wand zu malen, herrschte sie sich selbst an. Überlass das Sonia. Die malt besser als du. Sie hatte das Schultor fast erreicht und rannte, um bei den anderen Müttern zu stehen, wenn die zwei Flügel sich öffneten. Vor den Schulen, die Arbeiterkinder besuchten, warteten keine Mütter. Arbeitermütter standen den Tag an Fließbändern oder hinter Ladentheken, und ihre Kinder spielten nach der Schule auf der Straße, einerlei, wie übel das Wetter war. Vor dem vornehmen Realgymnasium aber versammelten sie sich: die sorgfältig in ihre Pelzkragenmäntel gehüllten, perfekt ondulierten und von Regenschirmen geschützten Mütter des gehobenen Bürgertums, deren Kinder nachts sicher in ihren Betten schliefen und tagsüber an fürsorglichen Händen zur Schule und zurück geleitet wurden.

Würden sie auch weiterhin so unbekümmert schlafen dürfen, und würden ihre Mütter sich um nichts zu sorgen haben als um Lerneifer, Appetit und Verdauung des hoffnungsvollen Nachwuchses?

Das gellende Läuten der Schulglocke übertönte den Lärm der Straße. Die Flügel des Tores schwangen auf, und heraus quoll wie ein Bienenschwarm eine Horde kleiner Jungen. Die größeren, die lange Hosen und flache, elegante Kappen trugen, schlenderten lässig mit den Händen in den Taschen hinterdrein, als interessiere sie der Schulschluss ebenso wie der Rest der Welt herzlich wenig. Jüngere wie Ältere bewegten sich in Gruppen, führten wort- und gestenreich letzte Gespräche und Rangeleien. Mütter langten mitten ins Getümmel und zogen die eigenen Sprösslinge zu sich heran. Schirme wurden über sie gehalten, damit kein einziger Tropfen sie traf, während sie Katzenköpfe für schlechte Noten kassierten.

Viktor kam fast als Letzter und allein. Als Einziger unter allen Schülern trug er eine blau und gelb gemusterte Fliege, und in seinem Mund steckte ein Bleistiftstummel, auf dem er herumkaute. Freunde oder Kameraden, die sich von ihm verabschiedet hätten, waren weit und breit nicht in Sicht.

Es versetzte Jenny einen Stich. Urplötzlich sah sie das Mädchen vor sich, das sie in einem anderen Leben gewesen war. Es hatte Kleider getragen, die es von den Übrigen ausschlossen, und es hatte in einer Welt gelebt, in der für Freunde kein Platz gewesen war.

Für keinen, bis auf einen.

Sie schüttelte sich und breitete automatisch die Arme aus, auch wenn ihr Sohn nicht länger zur Volksschule ging und sich zweifellos dafür schämte. Er blieb vor ihr stehen, das dichte, sandblonde Haar von Darius sorgsam gekämmt und auf der Wange ein Kratzer, der am Morgen noch nicht dort gewesen war. »Mami«, stellte er verwundert fest. »Was machst du denn hier?«

Jenny schloss die Arme um ihn und zog ihn sachte zu sich. Er reichte ihr bis ans Kinn. Sogar ein bisschen darüber. Leichter Regen traf sie beide, und keiner von ihnen hatte einen Schirm. »Ich hole dich ab«, sagte sie. »Wir gehen ins *Café Bauer*. So viel Rührei mit Schnittlauch und Schwarzbrot essen, wie du vertragen kannst. Ich würde auch Eis mit Sahne anbieten, aber aus Süßem machst du dir ja nichts.«

»Ich habe nicht Geburtstag«, sagte Viktor, während sie nebeneinander den Schulhof verließen. »Du auch nicht. Was feiern wir sonst?«

»Dass wir leben«, sagte Jenny. »Dass wir uns haben.«

13

Eine Zeit lang gingen sie schweigend nebeneinanderher. Dann fiel Jenny ein, dass die anderen Mütter ihre Söhne bestimmt fragten, wie es in der Schule gewesen sei.

»Wie war es in der Schule?«, brachte sie heraus.

»Das fragst du mich doch nie«, sagte Viktor.

»Stört dich das?«

»Nein.«

»Fragt es dich Darius?«

»Mami«, sagte Viktor. »Kannst du bitte nicht versuchen, so zu sein wie Darius? Du bist gar nicht gut darin. Sei lieber so wie du.«

Jenny musste lachen. »Du hast recht. Ich hab aber gar nicht versucht, so zu sein wie Darius, sondern so wie die anderen Mütter.«

»Willst du dann, dass ich so bin wie die anderen Jungen?«, fragte Viktor.

»Nein!«, rief Jenny so laut, dass ein Mann, der im Gehen Zeitung las, den Kopf nach ihr drehte. »Ich will dich kein bisschen anders. Nur so, wie du bist.«

»Das ist gut«, sagte Viktor. »Anders kann ich nämlich nicht sein.«

»Ich auch nicht«, sagte Jenny und erkannte, wie schön und wie leicht es war, dass sie so miteinander leben konnten. Sich nicht verbiegen mussten, wie sie es schließlich im Rest ihres Lebens unentwegt tat. Ihr schmerzten die Glieder und die Seele, sie fürchtete manchmal, sie würde beides nach all der Verbiegerei nicht mehr gerade bekommen, aber jetzt, wo sie mit ihrem Sohn im Regen die von Menschen wimmelnde Straße entlangging, spürte sie ihren starken Rücken, der sich trotz allem streckte und aufrecht hielt.

Das *Café Bauer,* vermutlich Berlins beliebtestes und zugleich teuerstes Café, befand sich gegenüber vom *Wintergarten,* nur durch die breite Straße mit ihren drei Fahrbahnen getrennt. Jenny wollte schon die Hand heben, um Fridolin zuzuwinken, als ihr einfiel, dass der Türsteher heute ja auch seinen freien Tag hatte. Fast war sie enttäuscht. Die unerschütterliche Heiterkeit des Mannes in Glitzerfrack und Sternenzylinder, die Begeisterung, mit der er auch nach zwanzig Jahren noch jede einzelne Nummer des Varietés anpries, half selbst der düstersten Stimmung auf. Gleich darauf musste sie wieder an die Sache in den USA denken, an die Zeitungsmeldung, die noch immer durch die Straßen gebrüllt wurde.

Hoffentlich hatten Fridolin und Hiero dabei nicht wirklich Geld verloren. Wenn überhaupt jemand ein bisschen Glück bei solchen Vabanque-Spielen verdiente, dann diese beiden, die sich Geld doch überhaupt nur wünschten, um die, die sie liebten, mit Geschenken zu überhäufen.

Zumindest war es Jenny immer so vorgekommen. Die Nebendarsteller in der Geschichte seines Lebens kannte man ja kaum je gut genug, um zu wissen, was sie umtrieb und womöglich quälte, wenn sie auf ihre eigene Bühne zurückkehrten.

»Am New Yorker *stock market* war ein *crash*«, sagte Viktor, als lese er Gedanken. Er lernte Englisch. Kaum hatte Jenny angefangen, mit den Wunderweibern ordentlich Geld zu verdienen, hatte Darius darauf bestanden, für ihn einen Englischlehrer einzustellen.

»Und wozu?«, hatte Jenny gefragt. »Er ist erst fünf, er kann kaum Deutsch.«

»Gerade deshalb«, hatte Darius erwidert. »Man weiß ja nie, ob man bleiben kann, wo man ist, und er sollte nicht wieder irgendwo landen, wo er die Sprache kaum kann.«

Er wusste, dass Jenny verstand, was er meinte, und ihm seinen Wunsch nicht abschlagen würde. Er war der Einzige, der es wusste. Als sie einander in Berlin begegnet waren, zwei Gestrandete, die vor Einsamkeit in den Nächten heulten, hatten sie einander mehr anvertraut als später je einem anderen Menschen. Um nicht den Verstand zu verlieren. Um sich nicht länger zu fühlen wie der letzte Überlebende ihrer Art.

Sie hatten Glück gehabt. Beide. Bei ihm wie bei ihr waren Geheimnisse gut aufgehoben, und die allerletzten, die unaussprechlichen hatten sie ohnehin für sich behalten.

»Mach dir um diese Sache mit der Börse keine Sorgen«, sagte Jenny automatisch zu Viktor und war sich im nächsten Augenblick bewusst, dass es sinnlos war. »Ich bin schon froh, dass wenigstens hier keine Zeitungsjungs im Weg stehen.«

»Im *Café Bauer* gibt's achthundert Zeitungen umsonst«, sagte Viktor. »Was sollen die hier verkaufen?«

»Wo du recht hast, hast du recht«, sagte Jenny und fragte sich einmal mehr, worüber ihr Sohn und Darius den ganzen Tag redeten. Sie zog die Tür des Cafés auf. Auf den ersten Blick schien es brechend voll, jeder Platz bis auf den letzten besetzt. Aber mit ihrem Gesicht, das rund um die Friedrichstraße bekannt war, und einem so hübschen Kind wie Viktor würde sich schon ein Kellner erweichen lassen, für sie etwas zu finden.

Genau so kam es. Ein Kellner im schmal geschnittenen Frack strebte auf sie zu und lotste sie nach ein paar Bettelblicken von Jenny in einen Winkel, wo er sie einer älteren Dame vor einem leeren Eiskaffee-Glas regelrecht vor die Nase setzte. Die Dame brauchte keine zwei Minuten, um aufzubrechen. Jenny schämte sich ein bisschen, aber der Tag mit ihrem Sohn war zu kostbar, um sich lange damit aufzuhalten. Während rings um sie wuchtige Tortenstücke, üppige Eisbecher und in Vanillesauce schwimmende Strudel aufgetragen wurden, bestellte Viktor sich Rühreier ohne Speck und Jenny Tatarbeefsteak, vorsichtshalber gleich die doppelte Portion.

Sie hatte immer Hunger. Die meisten Leute nahmen schlicht an, dass ihr Körper für die Leistungen, die er erbrachte, Unmengen von Nahrung brauchte. Sie selbst fragte sich: Wenn man einmal um ein Haar verhungert war – wie konnte man es wagen, mit dem Essen aufzuhören?

»Ich mach mir um den New Yorker *stock market* keine Sorgen«, sagte Viktor und linste über seinen Teller hinweg zum Nebentisch, wo ein Mann eine an einem hölzernen Halter befestigte Ausgabe der

New York Times las. »*Stocks collapse in severest breakdown*«, las Jenny und war froh, dass sie nur das Englisch verstand, das in Jazz-Nummern vorkam. »Ich find's bloß interessant.«

»Das ist in Ordnung«, sagte Jenny. »So was erlebt man schließlich nicht alle Tage.«

»Ich mach mir über gar nichts Sorgen«, sagte Viktor. »Weil davon ja nix besser wird.«

Erstaunlich, dachte Jenny. Woher lernen unsere Kinder Dinge, die wir ihnen unmöglich beigebracht haben können, weil wir selbst dazu nicht in der Lage sind?

»Das ist sehr schlau«, sagte sie und trank einen großen Schluck von dem Wein, den sie sich bestellt hatte, weil sie Vermouth nur bei Alfred trank. »Ist es in Ordnung, wenn ich dir erzähle, worüber ich mir Sorgen mache?«

»Klar. Warum nicht?«

»Ich mache mir Sorgen, weil du in der Schule so allein bist«, sprudelte Jenny heraus. »Ich mache mir Sorgen, weil du keinen Freund hast und weil ich denke, dass du vielleicht gern einen hättest.«

»Was soll ich in der Schule mit einem Freund?«, fragte Viktor. »Die anderen sind dümmer als ich. Da lern ich ja nix.«

Jenny, die eben noch tief in Gedanken versunken gewesen war, musste laut lachen. »Das ist ein Argument. Und ich glaube, mir wird jetzt auch klar, warum von den anderen keiner sich darum reißt, dein Freund zu sein.« Dass seine Behauptung ins Schwarze traf, glaubte sie außerdem. Er war unglaublich klug und hatte mit den Söhnchen der Großbürgermütter vermutlich wenig gemein.

»Und nach der Schule?«, hakte sie nach. »Hättest du da vielleicht gern einen Freund?«

»Da hab ich doch welche«, sagte Viktor. »Ich hab Darius und Ypsilantis, Fridolin, Hiero, Anton und Podie. Carlo hatte ich auch. Carlo hätte ich gerne noch als meinen Freund behalten.«

Einen Herzschlag lang klang er nicht mehr wie der kleine Herr Weltklug, für den die Mitschüler zu dumm waren, sondern wie ein Kind von bald zehn Jahren, das mit den Tränen kämpfte. Jenny streckte die Hand aus, um nach seiner zu greifen, erkannte aber, dass er diese mütterliche Zärtlichkeit jetzt nicht wollte.

»Ich hätte Carlo auch gerne als meinen Freund behalten«, sagte sie und verspürte den scharfen Stich in der Brust, der alle Gedanken an Carlo begleitete. »Und ich kann dir nicht einmal erklären, warum das nicht geht. Das ist immer blöd, wenn jemand einen vor vollendete Tatsachen stellt und einem nicht wenigstens eine Erklärung dafür gibt, nicht wahr?«

Ihr Sohn sah sie an. Als er klein gewesen war, hatte sie es kaum fassen können, dass dieser winzige und noch dazu männliche Mensch genau die gleichen Augen hatte wie sie. Jetzt fand sie sie verändert. Sie hatten die gleiche Form und wirkten in seinem Gesicht, das bleicher als sonst war, genauso dunkel und groß wie die ihren, aber sie waren Viktors Augen und niemandes sonst.

»Ich möchte jetzt doch gern einen Eisbecher mit Sahne«, sagte er.

»Aber du isst doch nie Süßes«, rief Jenny.

»Ich finde, man sollte immer mal was machen, was man sonst nie macht«, sagte Viktor. »Sonst wird es zu langweilig.«

Jenny bestellte zwei große Hausbecher mit Sahne, Waffeln und kandierten Früchten und beschloss, sich in Zukunft häufiger einen Tag zu stehlen, um ihn mit ihrem Sohn zu verbringen. Es gab kaum etwas, das ihr besser bekam. Ihre Beklommenheit wegen des Börsenkrachs in Amerika hatte sie so gut wie vergessen.

Ihr Eis wurde gebracht, sie löffelten vor sich hin, unterhielten sich über das, was ihnen schmeckte oder nicht, und lauschten ansonsten schweigend der leisen Kaffeehausmusik und dem geschäftigen Summen und Brummen, das sie umgab. Jenny sah aus dem Fenster. Draußen gingen allmählich die Leuchtreklamen an und nahmen dem trüben, bedrückenden Wetter seine Düsternis. Noch immer ließ sich die Aufregung, die allenthalben herrschte, beinahe mit den Händen greifen. Die ersten Rudel von Nachtschwärmern begaben sich jedoch bereits auf die Jagd nach Vergnügen, und binnen Kurzem würden Nervosität und Anspannung dem Glitzern und den Verheißungen der Berliner Amüsiermeile weichen.

Und dann entdeckte sie jemanden, den sie kannte.

Anton Wendland. Er stand vor dem heute mit bunt bedruckten Rouleaus verrammelten Eingang des *Wintergarten* und sprach mit einem anderen Mann.

Das war nicht weiter verwunderlich, denn er wohnte ja keine zehn Minuten von hier entfernt, und seine Geliebte war beim *Wintergarten* unter Vertrag. Aber die Art, wie er händefuchtelnd auf den anderen einredete, hatte etwas so Erregtes, gar Panisches, dass Jenny erschrak.

Anton war kein Mann, der sich leicht aus der Ruhe bringen ließ.

Besaß er etwa Aktien von *General Electric?,* durchfuhr es sie. Sie war selbst schon ganz besessen. Kurzerhand sprang sie auf. »Viktor, meinst du, du könntest eine kleine Weile hier sitzen bleiben und auf mich warten? Ich habe da drüben gerade Anton gesehen, ich glaube, er braucht irgendetwas aus dem *Wintergarten,* und ich will ihm rasch den Schlüssel vom Bühneneingang bringen.«

»Ich komme mit«, sagte Viktor. »Das mit dem Eis habe ich jetzt lange genug ausprobiert.«

Für gewöhnlich hätte nichts dagegengesprochen. Viktor mochte Anton, und Anton mochte Viktor, doch dieser rätselhafte Mutterinstinkt, der ihr Kind um jeden Preis behüten wollte, begehrte auf. Auch wenn sie nicht die geringste Ahnung hatte, was es dabei zu behüten gab. »Bitte warte trotzdem«, sagte sie. »Mir schmeckt das Eis nämlich klasse, und wenn ich zurückkomme, esse ich den Rest von beiden Bechern.«

Viktor zuckte mit den Achseln und drehte sich um, um sich einen der Zeitungshalter von dem Haken an der Wand zu schnappen. Jenny rannte ohne Schal und Mantel nach draußen, wo es noch immer leicht regnete.

»Anton!«, rief sie quer über die Straße, auf der Busse, Bahnen, Limousinen, Taxen und Transportwagen hupend und ratternd durcheinanderbrausten.

Er fuhr herum. »Jenny!«, brüllte er. »Gott sei Dank. Ist Nina bei dir?«

Keine Aktien von *General Electric*. Etwas Schlimmeres!, rief alles in ihr, obwohl es zu der Annahme nicht den geringsten Grund gab.

Jenny schlängelte sich durch den tosenden Verkehr. Im Näherkommen erkannte sie den zweiten Mann, der Anton gegenüberstand. Es war der seltsame kleine Geselle mit der Ente, Friedhelm Lehmann oder so ähnlich, an dem Nina einen Narren gefressen hatte.

»Bei mir ist sie nicht!«, rief sie noch im Laufen. »Was ist denn passiert?«

»Sie wollte nur eine Beleuchtungsprobe durchführen und dann früh nach Hause«, rief Anton, dem die Angst ins Gesicht geschrieben stand. »Aber sie ist nicht daheim angekommen. Ich warte seit Stunden auf sie.«

»Ach, das ist typisch Nina«, wollte Jenny ihn und sich selbst beruhigen. »Wenn sie sich in ihre Arbeit verbeißt, vergisst sie die Zeit, die Welt und ihren eigenen Namen. Sie glaubt dann vermutlich, sie heißt Gertrude Schmidt.«

»Nein«, kam es sehr leise von dem Entenmann, der sich seinen Hut mit dünn gewetzter Krempe tief in die Stirn gezogen hatte.

»Nein?«, fragte Jenny. »Na schön, vielleicht nicht gerade Gertrude Schmidt, aber irgendwas in der Art.«

»Das meinte ich nicht«, sagte der Entenmann. »Ich wollte sagen, dass sie nicht über ihrer Arbeit Zeit, Welt und Namen vergessen hat, sondern dass sie höchstwahrscheinlich gar nicht im Gebäude ist. Sie hat mich für halb fünf Uhr herbestellt, um die Beleuchtung für Pandora mit mir zu besprechen. Ich sollte am Bühneneingang klingeln, aber Frau von Veltheim hat nicht aufgemacht. Danach bin ich ins Hotel gegangen und habe gefragt, ob ich von dort aus vielleicht in den Bühnenraum komme. Am Empfang wurde mir jedoch gesagt, wenn niemand mir aufgemacht habe, dann sei auch niemand drinnen. Die Person, die den Raum heute genutzt habe, sei schon gegangen und habe ihren Schlüssel abgegeben.«

»Schlüssel abgegeben?«, platzte Jenny heraus. »Das kann nie und nimmer Nina gewesen sein, die trägt doch ihren Schlüssel mit sich herum.«

»Das hat Herr von Veltheim, den ich gerade hier getroffen habe, auch gesagt«, erwiderte der Entenmann.

Anton korrigierte ihn hinsichtlich des Namens nicht, sondern wandte sich mit Verzweiflung in der Stimme an Jenny. »Ich weiß nicht, was ich denken soll«, sagte er. »Nina ist doch kein Mensch, der sich Leute einbestellt und sie dann versetzt. Und wenn sie nicht bei dir ist – wo soll sie dann sein? Bei Sonia?«

»Nein«, sagte der Entenmann und blickte zu Boden. »Mit Verlaub. Dort war ich.«

Jennys Gedanken rasten, ohne ein Ziel zu finden. »Wir müssen da rein«, sagte sie.

Sie musste noch einmal zurück ins Café, um aus ihrer Manteltasche den Schlüssel zu holen, und bat den Entenmann, bei Viktor zu bleiben und das schmelzende Eis aufzuessen. Dann lief sie mit Anton die Straße hinunter zum Bühneneingang. Inzwischen strahlten sämtliche Lampen und Schriftzüge, und aus jeder geöffneten Lokaltür drang Musik. Jennys Finger zitterten, als sie die metallene Tür aufschloss. Anton voran, stürmte sie in den dunklen Gang, der sich teilte und nach links in den Trakt mit den Garderoben und nach rechts in den Bühnenraum führte.

»Nina!«, rief sie viel lauter als beabsichtigt, und Anton fiel ein: »Nina? Bist du noch hier?«

Es kam keine Antwort. Sie hätten umkehren und anderswo suchen sollen. Vermutlich hatten sie Nina einfach verpasst, und sie war längst zu Hause. Keiner von beiden kam jedoch auf den Gedanken. Stattdessen rannten sie weiter durch den Gang auf den Bühnenraum zu. Jennys Herz schlug so laut, dass sie sicher war, sein Echo halle von den Wänden wider.

»Nina!« In der Tür drängte Anton sich an ihr vorbei und stürmte in den weiten, dunklen Raum. Die einzige Lichtquelle kam von der Bühne, wo eine kleine Lampe einen schwachen Schein verbreitete. Dicht daneben lag eine menschliche Gestalt auf dem Boden zusammengekrümmt.

»Nina!«

Anton fiel auf die Knie und warf sich über sie. Jenny kam zu spät, konnte ihn nicht zurückreißen, ihm nicht einmal die Augen zuhalten, damit er nicht sehen musste, was in der Blutlache neben Ninas Beinen lag.

Der kleine Johnny. Der arme kleine Johnny.

Sie hätte Nina sagen müssen, dass sie ihrem Kind nicht diesen Namen geben durfte, dass er Johann zu ähnlich war und Unglück brachte.

Armer Johann. Armer kleiner Johnny.

Als Anton ihn entdeckte, heulte er auf wie ein Tier.

Jenny hatte schon einmal gehört, wie ein Vater um sein Kind heulte, und würde es niemals vergessen. Sie hatte auch schon einmal erlebt, wie eine Frau, die gestürzt war und wie zerbrochen am Boden lag, ein Kind hatte gebären müssen.

Aber damals war es gut gegangen und würde weiter gut gehen.

Damals hatte das Kind gelebt.

ZWEITE NUMMER

In der die Schatten an der Wand
zum Tanz auflaufen.

Vorwiegend Berlin
September 1930

14

KYRILL

EINTAUSENDZWEIHUNDERTFÜNFZIG KILOMETER VON BERLIN ENTFERNT

Er hatte gelernt, sich so leise zu bewegen, dass der Wind seine Schritte verschluckte. In einem Regensturm wie diesem war das nicht weiter schwierig. Es war ein Kinderspiel.

Umso mehr, als kein Mensch auf ihn achtete.

Sie sahen ihn nicht. Sie drehten sich nicht nach ihm um. Er selbst sah zwar ihre Körper, wie sie zum Wall gruppiert um die offene Grabstelle standen, doch ihre Gesichter konnte er nicht erkennen. Sie waren unter einem Dach aus schwarzen Schirmen verborgen.

Der Stamm der Weißbirke bot ihm kein Versteck, die Zweige mit ihrer lichten Belaubung keinen Schutz vor dem Regen. Aber die Birke war der Baum der Heimat. Was den Russen ihre Vogelbeere und den Deutschen ihre Eiche war, war den Menschen aus Lettland die Birke – ihre Schlankheit, Biegsamkeit, ihr weißes Glänzen, mit dem sie der Legende nach einst die Achse der Welt markiert hatte. Er lehnte sich gegen das nasse Holz, dessen Rinde sie jedes Jahr im Frühling eingeritzt hatten, um aus der Wunde den frischen, sprudelnden Saft zu trinken, der belebend und berauschend wirkte wie Alkohol.

Jungbrunnen, Heilquelle, Krafttrunk des Dievs, des lettischen Gottes des Himmels.

Wie seltsam das war. Von der einen Seite wie von der anderen, der russischen wie der deutschen, waren diese komischen kleinen Mythen, festgehalten in primitiven Volksliedern, die die Letten *Dainas* nannten, veralbert worden.

Etwas anderes habt ihr nicht zu bieten?

Nennt ihr das euer Nationalepos, diese Sammlung von Quatschliedchen, die ihr nicht mal aufschreiben könnt?

Die Letten waren kein Volk, geschweige denn eine Nation, hatte sein Lehrer am Gymnasium erklärt und diese mündlich überlieferten Liedstrophen zum Beweis herangezogen. »Wer keine eigene Kultur ausbildet, der hat eine Untertanen-, keine Herrschernatur. Und sehen Sie sich doch nur diese traurige Schar von sogenannten Göttern an, meine Herren. Was ist dieser Himmelsgott Dievs denn? Ein Bauer, der seinen Kuhstall ausmistet und sich danach am hausgebrauten Bier besäuft.«

Dass die Letten Bauern zu Göttern ernannten, schien ausreichend Beweis dafür, dass sie Untermenschen waren und natürlich niemals die Geschicke einer Stadt von Rigas Pracht und Größe aus dem Boden hätten stampfen können. Schweden, Polen, Deutsche und Russen hatten die Stadt, die um ihrer Schönheit willen zu einem Dasein als Zankapfel verurteilt war, umkämpft und erobert, besessen und bereichert. Jetzt aber, ganz zuletzt, war sie doch noch in die Hände dieses geduckten, bäuerlichen Volkes gefallen. Und er, der hierher zurückgekommen war, wünschte sich auf einmal nichts so sehr, wie ein Lette zu sein, hierbleiben zu dürfen und im Frühling von dem Saft dieser Birke zu trinken.

Sie sahen ihn nicht. Sie drehten sich nicht nach ihm um. Schwarz trugen sie, wie es bei den Lutheranern üblich war, keine helle Kleidung, wie seine eigene Kirche sie als Zeichen des Lichts vorschrieb.

Seine eigene Kirche.

Er hatte ja gar keine Kirche mehr, war sich nicht einmal sicher, ob er je eine gehabt hatte. Solange er ganz selbstverständlich an all ihren Riten teilgenommen hatte, hatten sie ihm nichts bedeutet, aber jetzt überfiel ihn auf einmal eine wilde, geradezu panische Sehnsucht nach irgendeiner Tradition, zu der er gehörte.

Ganz gleich, zu welcher.

Er hätte zu den Menschen unter den schwarzen Schirmen gehören wollen, die hier, auf dem Großen Friedhof der Livländischen Vorstadt, am geschlossenen Sarg von ihrem Toten Abschied nahmen. Nicht am offenen, wie es bei den Orthodoxen vorgeschrieben war. Aber das war ausgeschlossen. Er gehörte zu ihnen so wenig, wie er zu seinen eigenen Leuten gehört hatte, die nicht mehr seine Leute waren.

Nur zu dir habe ich immer gehört.

Nur zu Riga und dir.

Was der Priester, der bei den Lutheranern nicht Priester hieß, redete, hörte er nicht. Als er mit der Aussegnung fertig war, setzte der Lindwurm aus schwarzen Schirmen sich in Bewegung. Einer nach dem anderen löste sich aus dem Pulk, trat vor das Grab und warf mit der Hand, die nicht den Schirm hielt, ein wenig Sand auf den Sarg im Grab.

Rigaer Sand.

Es überraschte ihn, dass so viele gekommen waren. Von der Familie mit ihren unzähligen Onkeln, Tanten und Cousinen konnte kaum noch jemand übrig sein. Ein so starker Baum mit so vielen verzweigten Ästen – ausgelöscht bis zum letzten Trieb. Nun war auch noch der Stamm gestorben, und eigentlich war daran nichts Trauriges, denn was für einen Sinn hatte ein Leben, wenn einem kein Mensch mehr blieb?

Ihm selbst blieb auch keiner mehr. Wenn es keinen Menschen gab, der von einem wusste, nach einem fragte oder suchte, war es, als wäre man gar nicht mehr da.

Im Grunde hätte es ihn jedoch nicht wundern sollen, dass man den alten Edu, das Urgestein der Bärentötergasse, nicht allein die letzte Ruhe antreten ließ: Die Deutschen von Riga hielten zusammen, sie hatten immer zusammengehalten, und jetzt, wo nur noch eine Handvoll von ihnen nicht in sämtliche Winde verstreut war, würden sie davon nicht abrücken.

Im Gegenteil.

Weinen hörte er niemanden, doch das musste nichts heißen. Die Deutschen von Riga waren seit jeher Meister darin gewesen, den Rücken und die Oberlippe steif zu halten.

Er selbst hätte gern geweint. Der Regen, der ihm in Rinnsalen über das Gesicht lief, rief ihm in Erinnerung, wie erlösend sich Tränen anfühlen konnten. Er hätte gern um den alten Edu geweint und um die Menschen, die Edu geliebt hatte und deren Überreste um ihn verteilt in der Erde lagen.

Konnte man einem Mann etwas Härteres antun, als ihm sein Kind zu rauben?

Er hätte zu ihm laufen, vor dem offenen Sarg auf die Knie fallen und den Toten beschwören wollen: Ich wollte das nicht! Ich werde verrückt an dem Schmerz, den ich verursacht habe, wie Sie an dem, den Sie erlitten haben, und ich habe Ihren kleinen Jungen auch geliebt.

Aber der Sarg war ja nicht offen. Es war kein orthodoxes Begräbnis. Und ob offen oder geschlossen – wenn man vor einem Sarg stand, war es zu spät.

Wäre es nicht zu spät gewesen, hätte er es gewagt, den alten Mann aufzusuchen und mit ihm zu sprechen? War er deshalb gekommen?

Nein, dachte er, denn ich weiß ja, was er gerufen hätte, sobald er mich erkannt hätte:

Da steht der Mörder! Haltet ihn! Bringt ihn um!

Warum war er dann zurückgekommen? Hier gab es doch nichts mehr für ihn, so wenig wie für den alten Mann, der gestorben war.

Der Pulk der Trauernden löste sich auf, teilte sich in Gruppen und Paare, die irgendwohin zum Leichenschmaus fahren würden.

Ins rote Haus?

Stand noch etwas davon, war es wieder aufgebaut worden?

In Riga war man so unendlich stolz darauf, mit Holz zu bauen, mit dem Rohstoff der Rigaer Erde, aber Feuer und Zerfall liebten Rigas Holz mindestens ebenso wie die Bürger der Stadt. Das rote Haus war im Grunde ein klobiger Klotz gewesen, der trotz der hübschen Schnitzereien äußerlich wenig hermachte, aber es bot unglaublich viel Platz. Wie oft hatte sie von den großen Festen – Weihnachten, Ostern, Kindstaufen, Hochzeiten, Leichenbegängnissen – erzählt, wenn alle sechs Onkel mit ihren Familien zu Besuch kamen und alle Räume des Hauses vor Menschen überquollen und vor Leben hallten.

Wohin war das alles verweht?

Er wünschte, er hätte den schwarzen Schirmen, die tröpfelnd den Friedhof verließen, folgen und es herausfinden dürfen.

Aber das durfte er nicht.

Er war der Mörder, der einem Mann sein Kind geraubt hatte, und das Schicksal hatte ihn dafür zu einem Menschen gemacht, der kein Kind hatte, der wie ein Blatt im Wind war und zu niemandem gehörte.

Er war Bolschewik gewesen. Bolschewiken glaubten an kein Schicksal, sondern an die Kraft der Arbeiterklasse, alles zu verändern. Bolschewiken trieben sich auch nicht auf kirchlichen Begräbnissen herum und beklagten, dass sie nicht weinen konnten. Er hatte auch zu den Bolschewiken nie wirklich gehört.

Nur zu ihr.

Nur zu Riga und ihr.

Deshalb war er zurückgekommen.

»Kann ich Ihnen helfen?«

Kyrill fuhr herum und fand sich dem Priester oder Pfarrer gegenüber, einem kleinen, rundgesichtigen Mann im vom Regen durchnässten Talar. Er hatte Lettisch gesprochen. Es verblüffte ihn, dass er ihn auch nach zehn Jahren, in denen er diese Sprache nicht benutzt hatte, noch problemlos verstand. Und dass die stolzen Deutschen von Riga keinen Geistlichen mehr hatten, der ihnen ihre Toten zu Grabe trug.

»Sind Sie ein Verwandter? Ein Freund? Finden Sie die Gaststätte, wo das Begängnis stattfindet, oder soll ich Ihnen den Weg weisen?«

»Nein, vielen Dank«, stammelte Kyrill hastig und suchte die Brocken der vergessenen Sprache zusammen wie die Scherben eines Kleinods. »Ich bin durch Zufall geschäftlich in Riga und dachte, ich erweise ihm die letzte Ehre. Wir hatten uns lange aus den Augen verloren. Ich habe nicht viel Zeit.«

Wann hast du eigentlich gelernt, wie gedruckt zu lügen?, fragte er sich. Als Junge konntest du es nur, wenn es um Liebe ging. Aus Liebe konntest du alles. Lügen, kämpfen, töten.

»Wie bedauerlich, dass Sie ihn nicht mehr lebend angetroffen haben«, sagte der Pfarrer. »Er war sehr allein, es hätte ihm sicher etwas bedeutet. Waren Ihre Familien bekannt, waren Sie ein Freund der Söhne?«

»Ein Freund der Tochter«, entfuhr es Kyrill, ehe er nachdenken konnte.

»Oh weh.« Der Pfarrer verschränkte die Hände, als wolle er für ihn beten. »Eine schlimme Geschichte. Ohne Zweifel schmerzlich für alle, auch wenn mir nichts Genaueres bekannt ist. Ich bin aus Jurmala, erst seit drei Jahren hier an der Gemeinde, ich weiß nur das, was die Leute reden.«

»Man weiß immer nur das, was die Leute reden«, murmelte Kyrill. »Alles andere wird darunter begraben.« Dann hob er den Kopf und sah den Pfarrer an. Er konnte nicht anders: »Wissen Sie, ob sie noch lebt?«

Der kleine Mann schauderte vor Kälte. »Ob die Tochter noch lebt? Ich glaube, niemand ist sich sicher. Ein paar deutsche Gemeindemitglieder in unserem Hauskreis sagen, sie ist irgendwo im Litauischen untergekommen und lebt dort mit dem Kind.«

»Mit dem Kind?« Kyrill glaubte zu spüren, wie der Stamm der Birke sich unter einer Windböe bog und ihm den Halt raubte. »Mit welchem Kind?«

»Oh, das wissen Sie nicht?« Der Pfarrer schlang die Arme um den Leib. »Es heißt unter den Deutschen, der Mörder hätte ihr ein Kind gemacht. Aber Gesichertes weiß ja niemand, und die Leute, die noch hier sind, sind sehr alt. Was sie erzählen, ist wie das Garn, das sie spinnen, um Wirkwaren für unsere Waisen herzustellen. Es wird immer länger. Die einen sagen, sie lebt irgendwo mit dem Kind in Saus und Braus, die anderen sagen, das Kind ist umgekommen oder nie geboren worden, und nicht wenige nehmen an, sie ist an ihrer Schuld zerbrochen und hat sich selbst gerichtet.«

Sich selbst gerichtet? Wie deine Mutter?

Nicht du.

Was immer auch geschehen ist, du hättest es nicht fertiggebracht. Du hast vor Gier auf dein Leben an allen Gliedern gebebt.

Kyrill stand wie erstarrt.

Was der junge Pfarrer ihm gerade offenbart hatte, begriff er auf einen Schlag.

Das Schicksal, an das die Bolschewiken nicht glaubten, hatte ihn noch weit härter bestraft, als er angenommen hatte: Er hatte einem Mann sein Kind geraubt und war zu einem Mann geworden, dem man sein Kind geraubt hatte.

»Ist Ihnen nicht wohl?«, fragte der Pfarrer. »Wollen Sie mit mir in die Küsterei kommen? Ich kann Ihnen ein Glas Wasser geben.«

»Danke, es geht schon«, murmelte Kyrill. »Ich will Sie nicht länger aufhalten. Wenn Sie mich nur noch eine kleine Weile hier allein lassen würden, damit ich meinen Abschied nehmen kann?«

»Sind Sie sich sicher?«

Kyrill nickte.

»Dann alles Gute und Gottes Segen.«

»Ihnen ebenfalls«, antwortete Kyrill, aber in ihm war kein Segen mehr, sondern nur noch Fluch.

Du bist zu weit gegangen, Schenja.

Ich habe mit den Bolschewiken gekämpft, und im Grunde glaube auch ich an kein Schicksal.

Das sogenannte Schicksal ist immer ein Mensch, der sich dazu aufschwingt.

Das Schicksal bist du.

15

CARLO

SEPTEMBER

Anfangs hatten sie alle versucht, sich einzureden, der Kollaps der Börse in den Vereinigten Staaten werde auf Deutschland schon keine allzu heftige Auswirkung haben. Ein paar kleinere Erschütterungen würde es sicherlich geben, sodass man den Gürtel noch einmal enger schnallen musste. Dann aber würde rasch wieder Kapital aus dem Ausland ins Land fließen. Mehr sogar als zuvor, wie selbst ernannte Wirtschaftsexperten versprachen, weil sich Geld nach einem Zusammenbruch immer neue Märkte suchte.

Ein paar Monate lang hatte es so ausgesehen, als würde diese Hoffnung sich bewahrheiten und sie wären tatsächlich mit einem blauen Auge davongekommen. Dann aber hatten die ersten amerikanischen Banken damit begonnen, die Kredite, die kurzfristig gewährt, aber immer wieder verlängert worden waren, zurückzufordern, um sich selbst den Bankrott zu ersparen. Deutsche Unternehmen gerieten in Zugzwang und wussten sich nicht anders zu helfen, als in Scharen Arbeiter zu entlassen. Die Abwärtsspirale, die damit in Gang gesetzt wurde, drehte sich so schnell, dass es den Leuten den Atem verschlug. Die Entlassenen hatten kein Geld mehr, um es in die Geschäfte zu tragen, demzufolge mussten immer mehr Läden schließen und ihren Angestellten die Kündigung aussprechen. Das Ergebnis war noch weniger Kaufkraft, und am Ende standen weitere Geschäftsaufgaben und noch mehr Arbeitslose.

Bei seinem letzten Besuch in Berlin hatte Carlo auf der Friedrichstraße, die noch immer Amüsierwillige aus dem In- und Ausland anzog, einen Mann gesehen, der sich ein Schild um den Hals gehängt hatte. »*Suche Arbeit, nehme alles*«, hatte er in schwarzen Blockbuchstaben darauf geschrieben.

Rein theoretisch hätte zumindest niemand, der seine Arbeit verlor, mit seiner Familie Hunger leiden sollen. Knapp drei Jahre zuvor war ein neues Gesetz zur Arbeitslosenversicherung in Kraft getreten, und diese hätte nun greifen und Not lindern sollen. In der kurzen Zeit waren jedoch noch viel zu wenig Beiträge eingezahlt worden, als dass die neue Versicherung Rücklagen hätte bilden können. Mit einer solchen Flut von Menschen, die plötzlich auf Zahlungen angewiesen waren, hatte außerdem niemand gerechnet.

Über die Frage, wie die Unterstützung des ständig wachsenden Heeres von Erwerbslosen finanziert werden sollte, zerbrach die Regierungskoalition aus demokratischen Parteien. Kanzler Müller von der SPD trat zurück, und an der Minderheitsregierung unter dem Zentrumskandidaten Heinrich Brüning war die SPD nicht länger beteiligt. Von Anfang an stand fest, dass sich diese Regierung nicht lange halten würde, zumal sich die Krise schneller verschärfte, als man zusehen konnte.

Im Juli blieb keine andere Wahl mehr, als den Reichstag aufzulösen und Neuwahlen anzusetzen. Diese standen am kommenden Sonntag bevor. In den sieben Wochen des Wahlkampfs hatten die Parteien sich wahre Schlachten geliefert. Selbst im verschlafenen Templin waren Veranstaltungen gestürmt, Plakate von den Wänden gerissen und Schlägereien ausgetragen worden. Auf einmal wurde politische Gesinnung zu einem Schwert, das klaffende Risse quer durch Familien schlug. Es gab kaum noch ein anderes Gesprächsthema als die elende Lage und die Frage, welche Partei in der Lage sein würde, Deutschland aus der Talsohle herauszuführen.

Einerseits wollte Carlo nur noch, dass der Sonntag kam und dieser ganze bizarre Zirkus vorbei war. Andererseits jedoch wurde ihm immer mulmiger, je näher der Wahlsonntag rückte. Wenn er die Männer reden hörte, mit denen er wie seit Jahr und Tag freitagabends im *Alten Dorfkrug* am Stammtisch saß, wurde ihm angst und bange vor dem Ergebnis der Wahl.

Carlo hatte sich aus diesen Stammtischsitzungen nie viel gemacht. Er ging nur hin, weil nun einmal von ihm erwartet wurde, dass er sich dort zumindest auf ein Bier und einen Korn, wenn schon nicht auf Kloppschinken mit Nudlstampf, blicken ließ. Er war der Herr von Neu-Mahlen, und als solcher hatte er sich freitags mit den anderen Gutsherren am Stammtisch zu treffen. Sein Vater hatte auf diesem Platz schon gesessen und sein Großvater vor ihm, also wäre es als Affront empfunden worden, wenn er selbst diese Treffen gemieden hätte.

Für gewöhnlich waren die ein, zwei Stunden auch durchaus zu ertragen. Zwar ging es ihm auf die Nerven, dass Ludwig von Schweinsberg, Arndt von Quadt oder Meinhardt Lampe grundsätzlich bei seiner Ankunft über ihn herfielen und anzügliche Witze darüber rissen, dass er noch immer nicht verlobt war, doch letzten Endes war das nichts weiter als gutmütiges Geplänkel unter Nachbarn. Die drei kannten ihn schließlich, seit er in der Wiege gelegen hatte, sie waren Freunde seines Vaters gewesen und interessierten sich für den Fortbestand des größten Gutes im Umkreis. Herren von den kleineren Gütern klagten ihr Leid über ihre eigenen Söhne, die nicht »aus dem Quark« kamen, und binnen Kurzem wechselte das Thema von Carlo fort zu anderen Dingen.

Dass solche Traditionen fortbestanden, half, den Frieden und das Gleichgewicht in der Gegend zu bewahren. Bei den Zusammenkünften erfuhr Carlo, wie es den Leuten ging, wo sich Probleme anbahnten und ob jemand Hilfe benötigte. Es war keine verschwendete Zeit, auch wenn es sich häufig so anfühlte, und gelegentlich hatte es sogar etwas Heimeliges, mit den zum größten Teil älteren Gutsbesitzern in aller Freundlichkeit ein Glas zu leeren und ihre guten Wünsche mit auf den Weg nach Hause zu nehmen.

Jetzt aber, wo die Krise auch Templin erreicht hatte, war die Zeit der freundlichen Gespräche und Neckereien vorüber. Seit der Wahlkampf begonnen hatte, hätte man glauben können, man sitze unter verfeindeten Kandidaten, und Carlo ertappte sich dabei, dass er die Abende im *Dorfkrug* fürchtete.

Dennoch drückte er sich nicht. Die Stammtischbrüder sich selbst zu überlassen, schien bei Weitem gefährlicher. Im Februar war er zwei Wochen lang nicht hier gewesen, weil er drei Jungpferde des Gestüts zu Verkaufsrennen in Berlin und München begleitet hatte, und zu seiner Erleichterung hatte er für alle drei einen erfreulichen Preis erzielt. Zu dieser Zeit hatte er wie die meisten Leute noch Hoffnung gehegt, die Wellen, die hochschlugen, würden sich auch wieder legen. Als er jedoch nach Hause gekommen war, hatte er erfahren müssen, dass Heinrich von Metzler, der Herr des Gutes Bochin, durch Spekulationen seinen gesamten Besitz verloren und sich auf dem Dachboden seines Hauses erhängt hatte.

»Der arme Mann war ja schon seit Kriegsende völlig verzweifelt«, hatte Ludwig von Schweinsberg gewettert. »Den haben die in Berlin im Dreck sitzen lassen, genau wie uns alle. Ein Sohn bei Verdun gefallen, der andere abgehauen übern großen Teich, und am Ende wollten sie ihm auch noch sein ererbtes Land wegnehmen. Mit den Geldgeschäften hat er sich über Wasser halten wollen, wieder was anschaffen für sein Mädel, die Greta. Dass ihm das nun auch um die Ohren fliegt, hat ja kein Mensch ahnen können.«

Für Heinrich von Metzler, der zu Lebzeiten von Carlos Vater ein gern gesehener Gast in seinem Elternhaus gewesen war, kam jede Hilfe zu spät. Sein Besitz wurde versteigert, nicht nur die Felder, Wiesen und der Nutzwald, sondern ebenso Haus und Hausrat bis zum letzten Stück Porzellan. Zurück blieben seine Frau Luise, die vollkommen gebrochen war und die Welt nicht mehr verstand, und Greta, die Tochter, ein hübsches, liebenswürdiges Mädchen von zwanzig Jahren.

Für Carlo und seine Familie war es selbstverständlich, die beiden Frauen auf Neu-Mahlen aufzunehmen. Beide schämten sich zutiefst, über Nacht zu Almosenempfängerinnen geworden und auf den guten Willen ihrer Nachbarn angewiesen zu sein. Während die Mutter jedoch eine Mauer um sich errichtete, die nicht einmal die unermüdliche Tante Sperling zu durchdringen vermochte, war Greta trotz ihrer Trauer ein Sonnenschein und bemühte sich nach Kräften, sich nützlich zu machen.

Von der Traberzucht verstand sie naturgemäß wenig, doch so zierlich sie war, lenkte sie den Landauer mit den beiden Schwarzwäldern mit sicherer Hand. Sie fuhr Waren zum Markt, kümmerte sich um Geflügel und Fischteich und half Fritzi in der Küche. Als Carlo sich an diesem Abend umgezogen hatte, um zum letzten Stammtisch vor den Wahlen aufzubrechen, bot sie ihm an, ihn zu fahren.

»Vielleicht ist es ratsam, eine Zeit lang kein Fuhrwerk mehr bei der Wirtschaft stehen zu lassen«, sagte sie. »Es gibt so viele Arme, so viele, die auf der Suche nach Arbeit von Ort zu Ort ziehen, und wir beten schließlich jeden Sonntag in der Kirche: ›Und führe uns nicht in Versuchung.‹«

Carlo musste lächeln, auch wenn ihm die Aussicht auf den Abend schwer im Magen lag. Der Name Greta passte zu ihr. In ihrer Unschuld, ihrer Aufrichtigkeit, ihrer Blondheit erinnerte sie ihn an die lieblich lächelnde Figur der Gretel aus Ninas Kasperletheater. »Jetzt hast du mir ein schlechtes Gewissen gemacht«, sagte er. »Wie du weißt, habe ich schon ziemlich lange in der Kirche überhaupt nicht mehr gebetet.«

»Das macht nichts«, erwiderte Greta. »Ich lasse Gott wissen, dass du viel zu tun hast, und bin sicher, er glaubt noch an dich. Was ist jetzt? Soll ich dich rasch fahren?«

»Das ist nett gemeint, aber Meinhardt holt mich ab«, sagte Carlo. Selbst wenn der Nachbar dies nicht angeboten hätte, wäre ihm nicht wohl dabei gewesen, sich von Greta zum *Dorfkrug* kutschieren zu lassen. Ihr Vater hatte schließlich ebenfalls Freitag für Freitag an dem runden Tisch in der Ecke gesessen, hatte ganz gern mal einen über den Durst getrunken, und nicht selten hatte seine Tochter ihn dann abgeholt.

Greta beklagte sich nie, doch Carlo wusste selbst nur zu gut, wie schmerzlich Erinnerung sein konnte.

»Dann sorge ich dafür, dass Fritzi dir vom Kalbsfrikassee etwas warm stellt«, sagte Greta. »Das isst du doch so gern, und im *Krug* ist dir das Essen sowieso zu fett, da gibt es nichts, was dir schmeckt.«

Carlo wunderte sich. Offenbar hatte sie sich die Mühe gemacht, ihn zu beobachten und sich seine Essgewohnheiten zu merken. »Bitte macht euch keine Mühe«, sagte er. »Ein Stück von Fritzis Graubrot und etwas Käse und Wurst genügen mir, wenn ich nach Hause komme.«

»Es wird alles gerichtet sein«, versprach sie. »Schau, da kommt schon Meinhardt Lampe mit dem Wagen. Ich hoffe, der Abend wird erträglicher, als du befürchtest.«

Das hoffte Carlo auch, doch als er zu Meinhardt auf den Kutschbock stieg, schwand seine Hoffnung. Von sämtlichen Nachbarn mochte er den vierschrötigen Mann mit der eisengrauen Borstenfrisur am liebsten. Er hatte einen Humor, der auf Fremde leicht boshaft oder zumindest taktlos wirken konnte, aber in seiner bodenständigen Gradlinigkeit und Gemütsruhe verfügte er über die besten Eigenschaften, die den Menschenschlag der Gegend ausmachten.

Heute allerdings war von der Gemütsruhe nicht viel zu spüren.

»Mir rennen die Städter die Bude ein«, empfing er Carlo gleich nach der Begrüßung. »Nicht bloß aus Prenzlau oder Angermünde, nein, geradewegs aus Berlin kommen die jetzt zu uns und betteln mich um Arbeit an. Bei dir auch so schlimm, Carlchen?«

»Darum kümmert sich Max«, antwortete Carlo. »Aber ja, er hat auch erzählt, dass ganze Züge voller Leute sich am Tor versammeln und sich als Erntearbeiter verdingen wollen.«

»Manche in Schlips und Anzug!«, ereiferte sich Meinhardt. »Und stell dir vor, heute steht in der Schlange eine Frau, auf jedem Arm ein greinendes Balg und ein drittes im Bauch. Sie kann arbeiten wie ein Mann, hat sie gesagt, ist Witwe und bringt mir ohne Bezahlung das Heu ein, wenn ich ihr bloß für sie und die Kleinen ein Kalit mit ein bisschen Speck und Brot und Trockenfisch gebe. Wo soll denn das noch enden? Das ist doch nicht mehr feierlich!«

Ein Kalit war ein verschließbares Körbchen, in dem die Landarbeiter der Uckermark ihren Proviant mit auf die Felder nahmen. Meist waren es Reste von den Tischen der Herrschaft – und damit mussten jetzt Witwen aus den Städten ihre Kinder ernähren?

»Ich kann die ganze Bagage nicht durchfüttern«, schimpfte Meinhardt schon weiter und trieb seine Pferde unnötig heftig an. »Mit der Arbeit ist bei uns in ein paar Wochen doch sowieso Sense. Roggen, Raps und Weizen sind durch, und wenn Heu und Kohl im Schober sind, kann ich keinen Städter, der Däumchen dreht, mehr brauchen. Ist auch nicht meine Aufgabe, denen Lohn und Brot zu verschaffen, darum haben sich die feinen Herrschaften in Berlin zu kümmern. Und wenn die hier bei uns nicht bald was zubuttern, wie sie's seit einer Ewigkeit versprochen haben, wird's auch auf dem Land mehr als brenzlig.«

Eine Regierung nach der anderen hatte zugesagt, die Hilfen für die Landwirtschaft aufzustocken, damit die alteingesessenen Gutsbesitzer sich halten konnten. Woher aber nahm man Geld, das man nicht hatte, wenn einem niemand Kredite gewährte? Der zurückgetretene Kanzler Brüning hatte den Importhandel stark beschränkt, um deutsche Produkte zu schützen, doch der erhoffte Nutzen hatte sich nicht eingestellt, weil die anderen Länder das Gleiche taten.

Der Strudel der Krise, in den die Wirtschaft geraten war, beschränkte sich nicht auf einen Ort, sondern erfasste die ganze Welt und riss alles mit.

»Wenn du gerade nicht flüssig bist, kann ich dir aushelfen«, sagte Carlo zu Meinhardt. »Meine Zweijährigen haben sich gut verkauft, und der neue Jahrgang ist vielversprechend.«

»Klar, dein Geschäft ist sozusagen krisensicher«, sagte Meinhardt. »Je tiefer die Leute in der Jauche sitzen, desto versessener sind sie aufs Glücksspiel. Und Pferdewetten gelten ja obendrein noch als halbwegs salonfähig.«

Ähnliche Gedanken hatte Carlos Mutter sich gemacht, als sie damals, nach Kriegsende, die Zucht edler Reitpferde für die Kavallerie auf Traber umgestellt hatte. Jeder – allen voran Oma Hulda – hatte Ulrike von Veltheim für ein lebensuntüchtiges Püppchen gehalten. Sie aber war bereit gewesen, sich den Herausforderungen einer neuen Zeit zu stellen, und genau darin bestand bei den meisten Landwirten hier das Problem: Sie waren zu tief im Althergebrachten verhaftet, saßen seit Generationen auf ihrer Scholle und fürchteten Veränderungen wie der Teufel das Weihwasser. Eine Krise wie diese erforderte geistige Beweglichkeit, doch Carlo bezweifelte, dass einer seiner Nachbarn darüber mit sich reden ließe.

Der hohe Himmel rötete sich, als sie nach Templin einfuhren. Meinhardt musste die Pferde zügeln, wenn er keine der Frauen, die in einen Schwatz vertieft mit ihren Kiepen vom Markt kamen, niederrollen wollte. Wie schön es hier war, durchfuhr es Carlo, wie beschaulich, erfüllt von sanfter Melancholie. Nina, an die er nicht denken konnte, ohne dass ihm das Herz wehtat, hatte es mit aller Kraft von hier fortgezogen, und er hatte sie unterstützt, weil dies für ihre Neugier und ihren Lebenshunger kein Ort gewesen war. Hier hatte sich seit Generationen kaum ein Ablauf verändert, und die Ruhe, die davon ausging, vermittelte Vertrautheit und Geborgenheit. Carlo konnte nicht leugnen, dass er Meinhardt und die Übrigen verstand.

Ein solcher Trott verleitete jedoch dazu, allen Fortschritt auszuschließen, und darin bestand die Gefahr. Fortschritt ließ sich nicht ausschließen. Wenn man ihm die Tür zuschlug, fand er andere Wege, um ins Haus zu gelangen, und riss dabei womöglich sämtliche Wände ein.

»Mein Angebot steht«, sagte Carlo zu Meinhardt, als dieser den Wagen auf dem Vorhof der Gastwirtschaft zum Stillstand brachte. »Ich helfe dir gerne aus, wie du mir ja auch helfen würdest.«

Meinhardt verknotete die Zügel am Knauf zwischen den Sitzen, hob den Kopf und sah Carlo an. Seine Augen waren blutunterlaufen, bemerkte Carlo, und sein Blick hatte etwas von einem traurigen Hund.

»Du bist ein guter Junge, Carlchen«, sagte er. »Einer von unseren wohlgeratenen Uckermarker Jungen, auf den dein Vater verdammt stolz wäre. Ich kann nur hoffen, dass du die Gelegenheit, die sich dir auf dem Silberteller bietet, nicht verstreichen lässt, sondern zugreifst und dir ein wohlgeratenes Uckermarker Mädchen schnappst. Aber dein Geld, Carlchen, dein Geld kann ich nicht nehmen. Eh' ich vor dem Sohn von meinem Freund Guntram zum Bettler werde, werf ich das Handtuch. Dann mach ich's lieber wie der Heinrich: Kurzer Prozess.«

»Das darfst du nicht einmal denken!«, herrschte Carlo ihn an. »Wir sind doch Nachbarn, Meinhardt. Freunde. Ich habe nicht gewusst, dass es so schlecht bei euch steht, sonst hätte ich dir längst schon meine Hilfe angeboten.«

»Wenn bis zum Jahresende aus Berlin nichts kommt, muss ich verkaufen«, sagte Meinhardt. »Dann steh ich in meinem Alter auf der Straße – mit meiner Ilse, die mir dabei draufgehen würde, und mit meinem Jungen, dem sie im Krieg das Knie zerschossen haben. Das darf nicht passieren, Carlchen. Aber deine Aufgabe ist's nicht, das abzuwenden. Das müssen wir selber tun, indem wir dafür sorgen, dass diesmal in den Reichstag in Berlin die Richtigen einziehen.«

»Die Richtigen?«

»Die, die's ernst meinen, wenn sie sagen, dass sie sich um uns Deutsche zuerst kümmern«, sagte Meinhardt und sah von ihm fort in das sich verdunkelnde Abendrot über dem Wald. »Ich weiß, was du vom Hitler und seinem Haufen hältst, und du weißt, dass ich auch nichts von den Schreihälsen mit ihren miesen Manieren gehalten hab. Aber jetzt, Carlchen, jetzt, wo uns hier alles wie unser Brandenburger Sand unter den Händen zerrinnt, da brauchen wir keinen feinen Herrn im Zwirn, sondern einen, der weiß, was eine Harke ist. Der auf den Tisch haut. Der das Geld, das er seinen Leuten verspricht, auch besorgt, egal, woher er's nimmt.«

»Das ist nicht dein Ernst!«, fuhr Carlo auf. »Was immer dich umtreibt, Meinhardt, lass uns darüber reden und andere Lösungen finden. Wege gibt es immer, aber du kannst nicht die Hitler-Partei wählen. Diese Leute sind Feinde der Demokratie, sie wollen alles, was in zehn Jahren aufgebaut worden ist, in Scherben schlagen.«

»Demokratie ist nichts, was man essen kann«, erwiderte Meinhardt. »Demokratie ist kein Haken, an den man seinen Hut hängt, wenn man nach einem langen Tag zurück in sein Haus kommt. Unter dem Dach von meinem Haus bin ich zur Welt gekommen. Mein Vater ist auch dort zur Welt gekommen, und mein Großvater vor ihm. Glaubst du wirklich, aus diesem Haus lasse ich mich vertreiben für irgendein großes, hohles Wort, das Leute meilenweit weg von hier zum Schlüssel zur Seligkeit erklären?«

Carlo war zu erschrocken, um auf eine Antwort zu sinnen. Als Meinhardt vom Bock stieg, tat er es ihm gleich und folgte ihm wie benommen in die verqualmte, nach Geräuchertem miefende Dunkelheit des Lokals. Vielleicht müssen wir von Zeit zu Zeit nachschauen, ob das Dach von unserem Haus nicht morsch ist und ob es uns noch passt, hätte die Antwort gelautet, die Nina ihm gegeben hätte. Aber Nina war vor den morschen Dächern und der Unveränderlichkeit in die Stadt geflüchtet, und was ihr dort zugestoßen war, ließ sich nicht einmal in Worte fassen.

Um seinen kleinen Neffen, der jetzt in Ruhleben unter der Erde lag, ohne je gelebt zu haben, hätte Carlo weinen wollen, wann immer er an ihn dachte.

Um den Tisch in der Ecke saßen bereits sieben Männer versammelt. Ludwig von Schweinsberg, Arndt von Quadt, dessen Sohn, der Arndt junior hieß, und drei Nachbarn von kleineren Gütern. Einer von ihnen trug eine rote Hakenkreuzbinde am rechten Arm.

Ich sollte mich dort nicht hinsetzen, dachte Carlo. Ich sollte klar und deutlich erklären, dass es mit mir über diese Partei kein Reden gibt und dass ich jemanden, der sich mit dieser Partei gemein macht, nicht länger meinen Freund nennen kann.

Aber wie sollte das gehen? Er konnte vielleicht Dietrich Schultz, dem Mann mit der Binde, mit dem er wenig zu tun hatte, die Freundschaft kündigen, aber doch nicht Meinhardt oder gar dem alten Arndt, der sein Taufpate war? Er setzte sich hin und sagte auch nichts, als Dietrich Schultz dem Wirt winkte und für die Neuankömmlinge Bier und Korn bestellte.

»Die erste Runde geht auf mich«, verkündete er mit einem offenen, strahlenden Lächeln. »War ein guter Tag heute. Ich habe einen prächtigen Abschluss gemacht, den ganzen eingelagerten Weizen auf einen Schlag verkauft. Und im Radio haben sie Hitlers Rede aus dem Sportpalast übertragen. Zwanzigtausend Leute sollen dort gewesen sein, und Hitler hat geschworen, er wird nicht nur den Wohlstand einer einzigen Klasse mehren, sondern der ganzen deutschen Nation wieder zu Kraft verhelfen. Er hat großartig gesprochen. Ihr hättet ihn hören sollen.«

»In Wahrheit will Didi dich nur wissen lassen, dass er jetzt stolzer Besitzer eines Rundfunkempfängers ist«, sagte Arndt lachend und klopfte Carlo auf den Rücken. »Er weiß ja, dass er dir mit Hitler nicht kommen darf.«

»Dir hoffentlich auch nicht«, sagte Carlo.

Arndt räusperte sich, trank einen Schluck Bier und räusperte sich noch einmal. »Nein. Mir unter normalen Umständen natürlich auch nicht«, sagte er dann. »Wir als Brandenburger Landadel sind mit unserer Verträglichkeit und dem guten Einvernehmen mit unseren Nachbarn immer gut gefahren. Geschrei und Hetze sind keine Mittel, zu denen wir uns hinreißen lassen, und von großen Klappen lassen wir uns nicht blenden. Für mich bleibt dieser Untergefreite Hitler ein unappetitlicher Mensch, das ist gar keine Frage. Selbst du musst aber eingestehen, dass die richtige Wahl für uns Herren von den großen Gütern schwierig geworden ist.«

»Die Sozialdemokraten haben nichts dagegen, uns über die Klinge springen zu lassen«, fiel ihm Ludwig von Schweinsberg ins Wort. »Das Zentrum kann ich nicht wählen, ich bin schließlich Protestant, und wer immer mir erzählen will, der Krieg war ein Verbrechen und mein Jüngster ist für eine schlechte Sache gestorben, hat sich's mit mir verscherzt.«

»Den Hugenberg von den Deutschnationalen hätte man in Erwägung ziehen können«, sagte einer der jüngeren Männer, der mit Vornamen Ulrich hieß. »Aber wenn der nicht mal in seiner eigenen Partei Ordnung halten kann, was will er dann in diesem Saustall von einem Staat ausrichten?«

Alfred Hugenberg war der Industrielle, der nicht nur ein komplettes Zeitungsimperium, sondern außerdem den Filmkonzern

UFA aufgekauft hatte, um ihn für seine Propagandazwecke zu missbrauchen. Der Mann war ein Kriegstreiber vor dem Herrn und ein Antisemit obendrein, doch ein geschickter Taktierer war er nicht. Querelen innerhalb seiner Deutschnationalen Partei hatten im Sommer zu deren Spaltung geführt, was ihre Chancen bei der Wahl zunichtemachte. Carlo hätte sich darüber freuen sollen. Dass er es nicht konnte, war der Befürchtung geschuldet, dass der Zerfall der DNVP Hitler in die Hände spielen würde.

»Wenn ich mir dagegen die Nationalsozialisten anschaue, sieht die Sache anders aus«, schwatzte Ulrich unbekümmert weiter. »Da herrscht Ordnung, da herrscht Disziplin, und die Sache hat Schwung. Nicht wie bei den saftlosen alten Männern, die Hugenberg um sich schart.«

Arndt junior klopfte mit seiner Gabel, an der ein Fetzen Kloppschinken hing, gegen sein Glas. »Sauber, Ulli. Sauber. Warum nicht mal einen neuen Mann ans Steuer lassen, wenn die alten den Karren in den Dreck gefahren haben?«

Ohne es zu wollen, sprang Carlo auf. »Keiner von euch scheint zu begreifen, wie gefährlich dieser Hitler ist!«, rief er lauter, als die anderen es von ihm kannten. Er kannte sich selbst so nicht, doch im Gegensatz zu seinen Nachbarn hatte er das Programm der NSDAP gelesen. Diese Leute machten keinen Hehl aus dem, was sie wollten, und jeder Gedanke daran schnürte Carlo die Kehle zu. »Ihr mögt ihn für einen harmlosen Fantasten halten, der ruhig mal ein bisschen herumprobieren kann, weil er über kurz oder lang sowieso von der Bildfläche verschwindet. So ist er jahrelang aufgetreten, das ist richtig. Aber er hat seinen Wahlkampf so straff organisiert wie eine Heereseinheit, und er hat deutlich gesagt, dass er vor nichts zurückschreckt.«

Kurz herrschte Schweigen. Dann nahm Arndt senior ihn beim Handgelenk. »Nun, nun, Carlo. So heiß, wie's gekocht wird, wird ja das alles nicht gegessen. Besser, du setzt dich hin und beruhigst dich, solche Aufregung passt nicht zu dir. Wir haben nun einmal unsere Meinung, die wir dir auch begründet haben, und indem du versuchst, uns Angst zu machen, wirst du nichts ändern. Ihr Jungen glaubt immer, ihr wisst alles besser, weil ihr die neue Welt versteht. Aber wir Alten haben unsere Erfahrung, und die sagt uns, dass dieser Ansatz des Herrn Hitler in der jetzigen Lage vielleicht doch einen Versuch wert ist.«

»Er ist ein Verbrecher!«, rief Carlo. »Und mit skrupellosen Verbrechern umgibt er sich. Auf den Plakaten, mit denen er in Berlin die Hauswände pflastern lässt, hetzt er nicht nur gegen Juden, Polen, Russen und die Westmächte. Er rechnet auch vor, was ein erbkranker Mensch die sogenannte Volksgemeinschaft angeblich kostet, und wagt offen zu fragen, ob man solche Menschen nicht lieber ›erlösen‹ sollte. Er hetzt gegen Frauen, die nicht heiraten, sondern ihr Leben selbst bestimmen wollen, gegen Künstler, die das freie Denken propagieren, gegen jeden, der eine andere Meinung vertritt als er!«

Außer Atem blieb Carlo stehen. Arndt senior hatte sein Handgelenk losgelassen, und die Übrigen blickten zu ihm auf.

»Und darf ich dich fragen, was das uns angeht?«, kam es von Dietrich mit der Hakenkreuzbinde. »Sind wir vielleicht Juden? Sind wir Russen, Franzosen oder erbkrank? Was scheren uns hier auf dem Land irgendwelche verdrehten Künstler in den Städten, deren Gekrakel sowieso kein Mensch versteht. Und Frauen, die ihr Leben selbst bestimmen wollen? Ach komm, Carlo – das kann doch wohl keiner von uns wollen, dass dieser Unfug aus Berlin zu uns herüberschwappt.«

»Davon gibt's selbst hier schon genug!«, rief Ulrich. »Wer zieht denn künftig die Kinder auf, die Männer vielleicht?«

»Und warum nicht?«, gab Carlo wütend zurück und fühlte sich nicht wie ein Mann von dreißig, sondern albern und kindisch wie ein Schuljunge, der sich auf dem Pausenhof zankte. Er konnte nicht fassen, dass Tränen des Zorns ihm die Sicht zu rauben drohten.

Ihm gegenüber erhob sich Meinhardt Lampe. »Jetzt mal die Ruhe, Junge. Denk an deinen Vater. Der hat seine Meinung gehabt, war ganz bestimmt kein Duckmäuser, aber er hat anderen auch die ihre gelassen, und seinen Gleichmut hat er immer bewahrt.«

»Mein Vater ist tot«, blaffte Carlo ihn an. »In einem vollkommen sinnlosen Krieg gestorben wie eure Brüder und Söhne, und mit genau so einem Krieg oder einem, der noch viel verheerender ist, will euer Freund Hitler uns überziehen. Das verschweigt er nicht. Er schreibt es in unmissverständlichen Worten in all seinen Machwerken. Aber die seht ihr euch ja nicht an. Ihr hört nur, wie er euch in die Ohren säuselt, dass ihr eure Pfründe behalten dürft, weiter Herr im eigenen Haus bleibt und von eurer Macht nichts abgeben müsst – weder an die Nachbarn in Polen noch an die Arbeiter auf den Feldern, oder an die Frauen unter euren Dächern.«

Schwer atmend verstummte er. Augenblicklich packte ihn Scham. Was war nur in ihn gefahren? Sich so gehen zu lassen, entsprach nicht seiner Art, und ihm war klar, dass er damit nicht das Geringste erreichte.

»Geht's dir jetzt besser?«, fragte Meinhardt. »Dann setz dich mal wieder hin und trink dein Bier, bevor das ein Grog wird. Ist gut für die Nerven, Carlchen. Und fürs Gemüt.«

Carlo ließ sich auf seinen Stuhl sinken. »Es tut mir leid«, murmelte er, obwohl er von den Worten, die er ausgesprochen hatte, keines hätte zurücknehmen wollen.

»Wenn es dir leidtut, Schwamm drüber«, sagte Ludwig von Schweinsberg. »Aber auf die Entschuldigung hab ich bestehen müssen. Dass der Krieg, der meinen Willy sein Leben gekostet hat, sinnlos war, lass ich mir von niemandem sagen. Von keinem aufgeblasenen Politiker im Reichstag und auch nicht von Guntram von Veltheims Sohn.«

Erschrocken sah Carlo, dass auch der viel Ältere mit den Tränen kämpfte. Klarer denn je erkannte er, dass sich über dieses Thema kaum mit Vernunft und Umsicht diskutieren ließ, weil es mit so vielen Gefühlen überladen war. Trauer, Schrecken, Reue, Enttäuschung, Zorn und Fassungslosigkeit. Das machte es so gefährlich. Das verschaffte den Volksverhetzern, die mit diesen Gefühlen spielten, freie Bahn.

»Es tut mir leid«, wiederholte Carlo. »Was ich gesagt habe, hatte nichts mit Willy oder den anderen Gefallenen aus unseren Reihen zu tun. Ich hatte kein Recht, sie hineinzuziehen.«

Aber eure Nazis tun genau das ständig, dachte er. Sie benutzen eure Toten, damit ihr euren Verstand ausschaltet und sie dort angreifen können, wo ihr wehrlos seid.

In euren Herzen.

Er griff nach dem Bier, doch es schmeckte so schal, dass er es kaum schlucken konnte.

»Bertram, eine neue Runde für alle«, rief Meinhardt Lampe, dem das Wasser bis zum Hals stand, dem Wirt zu. »Schreib's an, ich bezahl's nächste Woche. Und dir, Junge, will ich mal was sagen, und nimm's mir nicht krumm. Ich könnte schließlich dein Vater sein, und wo nun Guntram nicht mehr unter uns weilt, fühle ich mich auch ein bisschen in der Pflicht. Dieses Mädel, die Rassige, Schwarzhaarige aus Berlin, die hat dir nicht gutgetan. Klar lässt einen so ein Frauenzimmer nicht kalt, das kann hier wohl jeder verstehen, wir sind letztlich alle nur Männer. Aber bei dir ist das ein bisschen zu tief gegangen. Die hat dir den Verstand geraubt, hat dir ihre verquasten Ansichten aufgeschwatzt, und seitdem bist du nicht mehr du selbst. Was die denkt und tut, mag ja für so ein Varieté-Dämchen aus Berlin angehen, aber du bist ein Landwirt in der Uckermark, zu dir passt das nicht.«

Jenny.

Ach, Jenny.

Die Sehnsucht, die ihn packte, war eine Welle, die ihn mit sich zu reißen drohte. Warum kam sie nicht jetzt durch die Tür, brachte einen Schwall frischen Wind in diese miefige Stube und holte ihn hier weg?

Fast glaubte er, ihre Stimme zu hören und zu sehen, wie sie die Brauen hoch in die Stirn zog: Erbarmen, Herzing – was machst du denn *hier?*

»Sie ist kein Dämchen«, sagte er sinnlos, weil er es ihr schuldete. »Und was immer sie und mich betrifft, geht hier niemanden was an.«

»Klar doch«, beschwichtigte ihn Meinhardt. »Das hab ich ja auch nicht sagen wollen. Nur dich dran erinnern, dass das nicht gut geht, wenn man einen braven Ackergaul neben ein tänzelndes Zirkuspferd spannt. Oder wenn der Ackergaul gar versucht, ein Zirkuspferd zu sein. Für deine Schwester, das arme Ding, ist es auch nicht gut gegangen. Die war schon immer anders, und unser schlichtes Leben hier draußen war ihr nicht genug.«

»Wie meine Schwester ihr Leben führt, geht ebenfalls niemanden etwas an«, sagte Carlo, ohne noch einmal die Stimme zu erheben. Berti, der Wirt, stellte ein frisches Bier vor ihn hin, dessen Schaum über den Glasrand quoll.

»Ich hätt sie genommen, die Nina«, sagte Dietrich. »Blitzsauberes Mädel. Hat sich aber leider von den Roten und ihren entarteten Ideen den Kopf verdrehen lassen und sich alles versaut. Das ist es doch, was diese Leute machen. Uns die Frauen verderben, und was aus den Frauen wird, die nachher keiner mehr will, das schert die nicht.«

Sie hätte aber dich nicht genommen, dachte Carlo und fragte sich einen Herzschlag lang, ob in dem verquasten Gerede des andern nicht ein Funke Wahrheit steckte. Waren sie nicht vielleicht wirklich Ackergäule, die versuchten, im Zirkus zu tanzen, und sich dann wunderten, wenn sie sich das Genick brachen?

»Lass meine Schwester aus dem Spiel«, sagte er zu Dietrich, aber ohne viel Nachdruck. Sie tranken alle ihr Bier, bestellten sich herzhafte Gerichte, begannen wieder, von Frauen, Feldern, Geld und Politik zu reden. Carlo sagte nicht mehr als hin und wieder ein Wort, ohne richtig hinzuhören. Irgendwann schwang die Tür auf, wie er es sich ausgemalt hatte, und ein Schwall frischer Luft drang in den stickigen Raum. Über das Gewirr der Stimmen und das Klappern von Geschirr und Besteck hinweg war er sicher, Jennys Stimme zu hören, ihr dunkles Lachen, zärtlich und ein bisschen unanständig zugleich.

Er drehte sich nicht um. Er wagte es nicht. Die Illusion, denn eine solche musste es ja sein, sollte noch einen Atemzug lang währen, ehe sie zerplatzte.

»Na, was sagt man denn dazu, Carlchen?«, bemerkte schließlich

Meinhardt Lampe. »Da ist aber ein junger Mann ein Glückspilz, oder etwa nicht?«

Er beugte sich über den Tisch mit seinen Pfützen von Bier und Bratensauce und raunte zu Carlo hinüber: »Das ist es, was ich vorhin gemeint hab. Hör auf einen alten Zausel, der's gut mit dir meint, und schnapp dir dieses feine Mädel, wo du's sowieso schon daheim hast. Die bekommt dir besser als die schwarze Zigeunerin, oder was immer sie ist. So eine geht ins Blut. Aber bei der andern kannst du zu Hause sein.«

Carlo drehte sich um. Bei der Tür stand Greta in ihrem hübschen, blau gemusterten Kleid mit weit ausgestelltem Rock und Rüschen am hochgeschlossenen Kragen. Sie trug ihr Haar geflochten, sodass es bei der Arbeit nicht störte, und ihr Gesicht war rosig, wie frisch geschrubbt. Den großen Kummer, der ihr zugefügt worden war, ließ sie sich nicht anmerken, weil sie niemanden damit belasten wollte. Die Männer, die derbe Scherze mit ihr trieben und ihr Komplimente zuriefen, wehrte sie freundlich und verlegen ab.

Offenbar hatte sie nicht vorgehabt, ihn anzusprechen, aber jetzt, wo sie sah, dass er sich zu ihr umgewandt hatte, lächelte sie. »Ich dachte, ich komme mit dem Wagen, um dich abzuholen«, sagte sie. »Dann bist du unabhängig, falls einer von euch beiden länger bleiben will. Du musst dich aber von mir nicht gedrängt fühlen. Bleib, solange du willst, ich warte bei den Pferden. So habe ich's bei meinem Vater auch gemacht.«

Carlo kam sich ein wenig vor wie der Hölle entronnen. Er murmelte hastig Abschiedsgrüße, ignorierte anzügliche Witze, stieg mit Greta auf den Bock und fuhr heim. Unterwegs war er ihr dankbar, weil sie ihn schweigen ließ, wie es Jenny nie getan hätte, und daheim war er ihr dankbar, weil sie erkannte, dass er eine Umarmung brauchte. Sie stellte keinerlei Forderungen, aber natürlich war ihm klar, dass er ihr gerade deshalb etwas schuldig war.

Am darauffolgenden Sonntag fanden in ganz Deutschland die Wahlen zum Reichstag statt. Bereits am Tag darauf war das Ergebnis bekannt: Hitlers NSDAP hatte mehr als achtzehn Prozent der Stimmen erzielt und war damit nach der SPD, die herbe Verluste erlitten hatte, zur zweitstärksten politischen Kraft in Deutschland geworden.

16

JENNY

DEZEMBER

Verglichen mit dem, was die Wunderweiber sonst boten, war das Programm ein wenig gepfuscht und zusammengeschustert, doch zu ihrem Glück kam es wie in jedem Jahr hervorragend an. Am Ende musste Jenny, die eine Mischung aus Weihnachtsengel und Springteufel darstellte, hoch oben in ihrem Spanischen Netz ein Dutzend Saltos rückwärts vollführen, ehe die wild applaudierenden Zuschauer ihr endlich gestatteten, an dem unsichtbaren Seil hinunterzugleiten, wobei sie sich wie eine Schlange darum wand.

Kaum landete sie auf ihren Füßen, formte sie aus ihren Armen über dem Kopf ein Herz, hob ein schlankes Bein und verdrehte den Fuß so, dass ihr der als Knecht Ruprecht gewandete Darius ein Glas Champagner auf die Sohle stellen konnte. Der Rest der Wunderweiber gruppierte sich um sie, und gemeinsam nahmen sie die *Standing Ovations* entgegen.

Sie war noch immer ein Publikumsliebling. Ihr Name war es, den das begeisterte Publikum johlte, und Ludwig Schuch von der Verwaltung, der neuerdings in so gut wie jeder Vorstellung saß, konnte ihn unmöglich überhören.

»Schlangen-Jenny, Schlangen-Jenny, Schlangen-Jenny!«

Neuerdings wurde dieser illustre Name sogar fett und an prominentester Stelle auf die Plakate gedruckt:

Heute Abend exklusiv nur im Wintergarten –
Das Weihnachtsprogramm der Wunderweiber!
Mit ihren Stars: der schnellen Sonia,
Paolo Podiebrad aus Prag und
SCHLANGEN-JENNY!

Sie konnte heilfroh darüber sein. Paolo Podiebrad, der in Wirklichkeit Franz oder Gott-weiß-wie hieß, wurde bereits zum Schnee von gestern, und etliche andere, die noch im Frühjahr mit ihnen aufgetreten waren, hatten für die neue Saison keine Verträge mehr erhalten. Immer schneller wechselten die Programme, wurden Nummern, die nicht sensationell genug schienen, abgesetzt, und Artisten, die Anzeichen von Alter oder Müdigkeit zeigten, gegen neue ausgetauscht. Ensembles wie das ihre, die seit Jahr und Tag ihr Publikum fanden, gab es immer seltener. Stattdessen formierten sich ständig neue, die so schnell, wie sie aufgetaucht waren, auch wieder verschwanden. Berlin war noch immer süchtig nach Vergnügen, es war danach vielleicht süchtiger denn je, doch die Gesellschaftsschicht, die es sich leisten konnte, wurde dünner und war sich ihrer Macht bewusst.

Jenny nannte sie insgeheim die Unersättlichen. Sie betrachteten das Varieté als ihr ureigenes Schlaraffenland, in dem sie sich allabendlich mit nie da gewesenen Delikatessen vollstopften. Was ihnen schmeckte, verschlangen sie bevorzugt gleich mit Haut und Haar, und was ihnen nicht schmeckte, wurde ausgespuckt und durfte nie wieder serviert werden.

Ihr tat der Rücken weh, und ihre Füße musste sie nachts, wenn sie nach Hause kam, in eine Schüssel mit stinkendem Essig stellen, wie ihre Großmutter Trude es getan hatte. Viel jünger fühlte sie sich oft auch nicht, wenn sie sich endlich in ihr Bett fallen ließ, und manchmal fragte sie sich, wie lange sie noch durchhalten würde, und was geschehen sollte, wenn sie es nicht mehr tat.

Aber solche Fragen waren dem bisschen kostbaren Nachtschlaf abträglich, schadeten dem ohnehin strapazierten Teint und verdarben ihr den Abend. Jenny schnappte sich das Champagnerglas von ihrer Fußsohle, leerte es und verbeugte sich. Dann gab sie Direktor Neugebauer mit einem Handzeichen reichlich unwirsch zu verstehen, er möge den Vorhang fallen lassen.

»Ja, meine Damen und Herren, mein hochverehrtestes Publikum!«, rief der unvermeidliche Ernst-Egon, während er im Glanz seines Sternenmantels von der Seite auf die Bühne stiefelte. »Das war es also wieder einmal für heute hier in Ihrem *Wintergarten!* Wir hoffen, unter unserem Sternenhimmel konnten wir Ihnen heute Nacht Ihre wildesten Träume erfüllen, und wie immer präsentierten wir Ihnen vom Guten nur das Beste!«

Jenny atmete auf. Kaum senkte sich der ebenfalls von Sternen übersäte Vorhang, schwang sie herum und flitzte allen voran von der Bühne.

Gleich dahinter empfing sie Nina mit dem größten Handtuch, das sie bei den Weißen Wochen im Kaufhaus Hermann Tietz hatte ergattern können. Jenny liebte es, sich in das flauschige Material zu hüllen und aus tiefster Brust durchzuatmen. Die Umarmungen von Liebhabern wurden im Grunde überschätzt. Wenn man so erschöpft war wie sie neuerdings nach einer Aufführung, ging nichts über die Umarmung einer Freundin mit einem auf dem Heizrohr angewärmten Handtuch.

»Du warst grandios.«

»Ich weiß. Bin ich doch immer.«

»Aber heute warst du noch grandioser.«

»Das muss an meinem Hexenschuss liegen, der mir bei diesem Hundewetter zusetzt und mich zu den bizarrsten Verrenkungen treibt.«

»Ach, du Aufschneiderin. Du hast doch überhaupt keine Ahnung, was Hexenschuss ist.«

Kurz lehnten sie sich aneinander und ruhten sich beieinander aus. »Wo ist Sonni?«, fragte Jenny, als sie den Kopf wieder hob. »Gehen wir drei noch auf einen Absacker zu Alfred? Ich glaub, ich brauch heute einen.«

»Heute?«

Sie grinsten sich an.

»Immer«, sagte Jenny. »Aber heute brauche ich zwei.«

»Du brauchst immer zwei«, sagte Nina. »Dem Himmel sei Dank, denn ich brauche mindestens drei. Wirf dich in deinen Fummel, ich warte am Ausgang auf dich. Sonia ist mit Friedhelm schon vorgegangen.«

»Verstehe.« Jenny verzog das Gesicht. »Eigentlich hätte ich es schön gefunden, mir mal wieder ohne Friedhelm mit euch beiden einen hinter die Binde zu gießen.«

»Ich auch«, sagte Nina, und ihre Blicke trafen sich. Mehr Worte brauchten sie nicht zu wechseln, um einander zu verstehen, und es gab ja auch nichts weiter dazu zu sagen. Sie hatten Friedhelm, dem Enten-Mann, nichts vorzuwerfen. Er war der freundlichste, leiseste, unaufdringlichste Mensch, den man sich denken konnte, er war als Künstler einzigartig, ein Poet, der ohne Worte dichtete, und er war der Mann, den ihre verschlossene, einsame Freundin Sonia liebte.

Sie liebte ihn wirklich, auch wenn sie nicht zu den Frauen gehörte, die sich mit ihren Freundinnen darüber in sämtlichen Einzelheiten austauschte. Während sie mit dem armen Franz Podiebrad immer wie eine fürsorgliche Mutter gewirkt hatte, die ihrem Jungen einen Halswickel anlegte, wirkte sie mit Friedhelm Lehwald wie eine schöne, von der Liebe berauschte junge Frau.

Ihr störrisches rotes Haar glänzte neuerdings wie Seide, ihr Gang hatte auf einmal etwas Tänzerisches, und die weißen, altmodischen Kleider, die sie immer trug, brachten ihre seegrünen Augen zum Leuchten. Sie war wie eine Auster, die ihre eigene Perle entdeckt hatte, und nun, wo sie für alle Augen sichtbar war, fragte sich Jenny, wie sie so lange hatte verborgen bleiben können.

Friedhelm war nicht zu ihr in die Kellerwohnung gezogen, weil dort noch immer Podie wohnte, den keiner von beiden seines Zuhauses berauben wollte. Aber wann immer sie sich trafen, waren sie unzertrennlich, eine stille Einheit, die kein Aufhebens machte, sich nicht in Liebesbezeugungen erging, sondern einfach für jeden unverkennbar zusammengehörte.

Es war schön, es mit anzusehen.

Weder Nina noch Jenny konnten bestreiten, dass die genügsame Sonia, die für sich selbst nie viel forderte, so glücklich war, wie niemand sie zuvor erlebt hatte.

Friedhelm Lehwald tat ihr gut, er holte sie aus ihrem Schneckenhaus und brachte sie zum Lachen, zum Singen und zum Tanzen. Jenny ertappte sich immer wieder dabei, dass sie den Mann gern mögen wollte, und sie wusste, dass es Nina genauso ging.

Trotz allem aber trauten sie ihm nicht über den Weg, und das hatte womöglich nur einen einzigen Grund: Er war damals dabei gewesen. Er war in der Lage, sich lautlos zu bewegen, und hatte nie bis zur letzten Zufriedenheit erklären können, warum er überhaupt samt seiner Ente in ihrem Leben aufgetaucht war. Der Verdacht war so ungeheuerlich, dass keine der Freundinnen ihn jemals ausgesprochen hätte, doch sie wussten beide, dass sie ihn tief in ihrem Innersten hegten.

Sooft die anderen – allen voran Anton – wiederholt hatten, dass die Strebe des Gerüsts, auf der Nina gestanden hatte, abgenutzt und rutschig gewesen sein musste, dass sie aufgrund ihres Gewichts das Gleichgewicht verloren hatte und der Tod des kleinen Johnny nichts anderes war als ein tragisches Unglück, hatten Nina und Jenny ihnen zugestimmt. Nur sie beide wussten, dass sie an das sogenannte Unglück nicht glauben konnten. Dies hier war kein Wanderzirkus. Es war der *Wintergarten,* Deutschlands renommiertestes Varieté in Berlins vornehmstem Hotel. Das Gerüst wie die gesamte Bühnenanlage wurde ständig von erfahrenen Technikern überprüft, und noch am Abend zuvor hatte es vier Beleuchter getragen, ohne auch nur in einer einzigen Niete zu ächzen.

Nina war lediglich ein einziges Mal in der Lage gewesen, Anton und Jenny stammelnd und stockend zu schildern, was sie von dem sogenannten Unfall in Erinnerung hatte. Auch wenn sie nicht mehr als Fetzen wiedergeben konnte, war sie sich eines Umstands sicher gewesen: Sie war nicht auf einer schadhaften Strebe ausgeglitten. Das Gerüst war ihr unter den Füßen weggestoßen worden.

»Aber das kann doch gar nicht sein, Liebste«, hatte Anton sie beschworen, als sie versucht hatte, mit ihm darüber zu sprechen. »Du warst allein im Raum, du hast alles verriegelt, und das gesamte Personal vom *Wintergarten* liebt dich. Wer um alles in der Welt sollte dir so etwas antun wollen?«

Jenny sah, wie Nina sich innerlich krümmte, wenn er so mit ihr sprach. Er war ihr aufregender Geliebter gewesen, vielleicht der sinnlichste Mann der deutschen Theaterwelt, und wie sehr die beiden einander begehrt hatten, hatte man ihnen fünf Meilen gegen den Wind angemerkt. »Habt ihr kein Bett zu Hause?«, war noch der harmloseste Spruch, mit dem Kollegen sie bedacht hatten, wenn sie ineinander versunken und meilenweit vom Rest der Welt entfernt von einer Tanzfläche getaumelt kamen.

Jetzt hingegen sprach er mit ihr, als wäre er ihr Großvater oder ihr Arzt. Besorgt. Liebevoll. Frei von jeder Erotik.

Er tat Jenny von Herzen leid. Er tat sein Bestes, aber er machte nichts besser. In den Tagen nach dem Unfall hatte er wie ein Löwe darum gekämpft, seinem Kind ein ordentliches Begräbnis ausrichten zu dürfen, auch wenn es den Behörden zufolge nie gelebt hatte und daher auch nicht gestorben war. Ein Kind, das sein Leben verlor, ehe die Welt es zu Gesicht bekam, war in den Spalten der amtlichen Register ein Nichts, und Anton rang mit Klauen und Zähnen darum, dass sein kleiner Sohn kein Nichts war. Nachdem er diesen Kampf jedoch gewonnen hatte, war er umgeschwenkt und setzte seither für Nina die Maske des freundlichen Krankenpflegers auf. Seinen eigenen Kummer vergrub er in sich, um ihr in ihrem beizustehen. Für Nina aber wäre es womöglich besser gewesen, wenn er wie an jenem Abend auf der Bühne geheult, geschrien und mit ihr zusammen gegen die Ungerechtigkeit des Schicksals gewütet hätte.

Vielleicht hätte Nina sich dann auch überzeugen lassen, dass tatsächlich nur ein grausamer Zufall und nicht etwa ein grausamer Verbrecher am Werk gewesen war. Und Jenny mit ihr. Es konnte doch nicht sein, dass sie recht hatte und ihr wirklich jemand etwas derart Entsetzliches hätte antun wollen?

In jener Nacht hatte Jenny sich von ihrer bewusstlosen Freundin losreißen müssen, war hinüber zum *Café Bauer* gerannt und hatte Viktor und dem Enten-Mann zugeschrien, sie sollten so schnell wie nur irgend möglich einen Krankenkraftwagen besorgen. Jennys patentem Sohn, der einfach zum Alexianer St. Hedwig-Krankenhaus gerannt war und dort Alarm geschlagen hatte, verdankte es Nina, dass sie nicht innerlich verblutet war.

Auch der doppelte Armbruch hatte sich richten lassen und war wieder zusammengewachsen. »Sie sind ja noch jung«, hatte der behandelnde Arzt gesagt. »Da steckt der Körper das weg.«

Lediglich Ninas ebenfalls noch junge Fortpflanzungsorgane steckten die viel zu frühe Sturzgeburt durch das Platzen der Fruchtblase nicht weg. Eine Gebärmutter mit einem Riss war kein Automobil, das sich mit der neuesten Technik reparieren ließ. »Aber damit können Sie leben«, hatte der Arzt ihr jovial versichert, als hätte er Erfahrung damit. »Und für eine Frau gibt es ja zahlreiche Gelegenheiten, am Leben von Kindern Anteil zu nehmen, auch wenn sie selbst nicht Mutter werden kann. Ich beispielsweise hatte eine Tante …«

»Ich auch«, hatte Nina ihn unterbrochen und war gegangen.

»Kannst du gefälligst Viktor sagen, er soll mich künftig Tante Nina nennen?«, hatte sie mit beißendem Sarkasmus zu Jenny gesagt. »Dann kann er später auch den Leuten erzählen, dass er beispielsweise eine Tante hatte.«

Der kleine Johnny würde nie jemandem erzählen, dass er eine Tante hatte. Seine Tanten wären Jenny und Sonia gewesen, aber der kleine Johnny war tot. Wenn es zutraf, dass jemand das Gerüst mit Nina darauf umgestoßen hatte, dann war derjenige ein Mörder.

»Das ist doch nicht möglich, Jenny«, hatte Anton zu ihr gesagt. »Du musst ihr das ausreden, sie darf zu allem Überfluss nicht auch noch glauben, dass jemand fähig ist, ihr so etwas anzutun.«

Jenny versuchte, es ihr auszureden. Dabei hinderlich war nur, dass sie es sich zugleich selbst ausreden musste und dass sie darin nicht gut war. Sie hatte sich das Gerüst angesehen, ehe es abgebaut und durch ein neues ersetzt worden war. Es war weder alt noch baufällig gewesen, hatte nirgendwo Roststellen aufgewiesen, und Fritz Giese, der altgediente Bühnenmeister, hatte verzweifelt versichert, es sei regelmäßig gewartet worden und ganz bestimmt nicht schadhaft gewesen.

Irgendetwas war nicht mit rechten Dingen zugegangen, und solange sich nicht herausfinden ließ, was das war, würde sie sich in Friedhelm Lehwalds Gegenwart unbehaglich fühlen, so unfair das wahrscheinlich auch war.

So oder so war der Mann nun einmal nicht abzuschütteln und würde heute Nacht mit ihnen im *Salamander* sitzen. Immer noch besser ein *night cap* in seiner Gesellschaft als gar keiner, entschied Jenny, küsste Nina auf den Kopf und lief los, um sich umzuziehen. Keine fünf Minuten später machten sie sich untergehakt auf den Weg ins *Salamander*. Die Nacht war verhangen und sternenlos, doch im überfrorenen Schneematsch auf dem Pflaster spiegelte sich das Glitzern der Leuchtreklamen. Vor der Tür stand Fridolin und verabschiedete die letzten Zuschauer. Seine unerschütterliche Heiterkeit hatte er verloren wie sein Geld und sein Zuhause, doch noch immer machte er in Frack und Zylinder eine fabelhafte Figur und verbeugte sich vor jedem einzelnen Gast mit vollendeter Höflichkeit.

»Es war uns eine Ehre, mein Herr, gnädige Dame. Wir hoffen, Sie beehren uns bald wieder. Ab nächsten Freitag bekommen Sie dann exklusiv nur hier bei uns die *Kuban-Kosaken* zu sehen und dazu die formidable Claire Waldoff mit einer Auswahl brandneuer Chansons.«

»Und die Wunderweiber? Die Schlangen-Jenny?«

»Selbstredend, meine Gnädigste, selbstredend. Einzig und allein hier bei uns, und wie immer vom Guten nur das Beste.«

Die Leute stiegen in eine wartende Limousine. Nina und Jenny blieben bei Fridolin stehen und schlangen jede einen Arm um ihn.

»Geh heim, Frido«, sagte Nina. »Du bist seit vier Uhr morgens auf den Beinen.«

Zusätzlich zu seinem Posten im *Wintergarten* fuhr Fridolin, der im Sommer sechzig geworden war, auf einem uralten Fahrrad Schrippen aus. Er tat alles, nutzte jede Möglichkeit, ein wenig zusätzliches Geld aufzutreiben, um irgendwie die Summe zurückzuzahlen, die er sich geliehen und im Börsenkrach verloren hatte. Bei Hiero und Christa, die etwas glimpflicher davongekommen waren, schlief er auf dem Sofa in der Küche, während sie das zusätzliche Bett an einen Schlafgänger vermieteten. So viele Menschen hatten die bürgerliche Existenz, die sie sich aufgebaut und für sicher gehalten hatten, verloren, und etliche von ihnen trieb ihre Not in die Arme der Nazis.

Aber nicht Fridolin, Hiero und Christa!

Sie waren verarmt, sie hatten zu kämpfen, aber sie hatten immer noch ihre Freunde, die ihnen aushalfen, wie sie selbst vor Jahren jedem, der es brauchte, ausgeholfen hatten. Jenny ließ einen Schein in die Tasche von Fridolins Frack gleiten und sah, dass Nina es auf der anderen Seite ebenso tat. Fridolin würde schimpfen, wenn er ihnen das nächste Mal begegnete, aber er würde in den paar Stunden der Nacht ein wenig ruhiger schlafen, und Nina und Jenny würden so tun, als wüssten sie von nichts.

Es war alles zu ertragen, solange man Freunde hatte, dachte Jenny. Nur wenn man allein war, wurden Sorgen und Angst so groß wie Gebirge und man selbst so klein, als würde man von ihnen erdrückt.

Sie gingen weiter. Als sie die Tür des *Salamander* öffneten und in die vertraute abgestandene Luft und die funzelige Beleuchtung traten, atmete Jenny erleichtert auf. Eckkneipen wie diese, auch Budiken genannt, gab es unzählige in Berlin, aber das *Salamander* zu betreten, war wie nach Hause kommen. In ihrer Anfangszeit war die dünne Kartoffelsuppe, die der Wirt Alfred auf seinem Feldkocher zusammenpanschte, oft die einzige Mahlzeit gewesen, die sie am Tag zu sich genommen hatten. Jenny hatte auf dem Tresen ihre Schlangentänze aufgeführt, um die Rechnung zu bezahlen, Sonia hatte auf Bierfilzen Gäste porträtiert, und Nina hatte sie beide engagiert, noch ehe sie wusste, wofür.

Alfred war hinter dem Tresen damit beschäftigt, Biergläser an die Haken über seinem Kopf zu hängen, und etliche Stammgäste winkten ihnen zu. Brotlose Künstler, wie sie selbst es gewesen waren, manche begabt, andere findig, alle vereint in der Hoffnung, im Hexenkessel Berlin ihren Weg zu machen, wie auch immer der aussehen mochte. Die Stimmung war nicht mehr so ausgelassen wie noch vor einem Jahr, als sie in der Illusion geschwelgt hatten, der Aufschwung wäre nicht zu bremsen, und die gute Zeit hielte für immer an. Aber auch hier, im *Salamander,* war niemand allein. Alfred ließ die, die nicht einmal eine Hand im Mund hatten, um davon zu leben, anschreiben, und wer immer ein paar Mark in der Tasche hatte, gab seinen weniger glücklichen Gefährten Bockwürste aus.

Dass Nina, Jenny und Sonia, die berühmten *Wintergarten*-Frauen, noch immer hierherkamen, um ihre Abende zu beschließen, rechneten die übrigen Gäste ihnen hoch an. Applaus und fröhliche Rufe begrüßten sie.

»Schönen Abend, alle miteinander.«

Das Geld für die Lokalrunde, die sie grundsätzlich schmissen, legte Jenny Alfred auf den Tresen, und unter allgemeinem Gejohle verzogen sie sich in die Ecke, in der Sonia mit Friedhelm wartete. Sie saßen nebeneinander, und in der wie absichtslosen Berührung ihrer Arme lag eine solche Verbundenheit, dass Jenny flüchtig von einer Sehnsucht erfasst wurde, die sie abwürgen musste. Auf einem dritten Stuhl stand der Korb für die Ente, die darin offenbar schlief, und zwei weitere standen für Jenny und Nina bereit. Ihren Vermouth trug ihnen Alfred mit schlurfenden Schritten an den Tisch, ohne auf eine Bestellung zu warten.

»Herr Aschinger hat heute vor der Vorstellung mit Friedhelm geredet«, sagte Sonia, die nie Umschweife machte. »Er hat gesagt, er und Pandora müssen gehen, er bezahlt sie nicht länger.«

»Aber Friedhelm und Pandora sind doch Teil von unserem Ensemble!«, platzte Jenny heraus. »Er bezahlt die Wunderweiber als Ganzes, und Nina gibt das Geld an uns weiter. Aschinger hat kein Recht, zu entscheiden, wer zu unserem Ensemble gehört und wer nicht.«

»Ich habe mir so etwas schon gedacht«, sagte Nina. »Deshalb sitzt

Direktor Schuch jeden Abend im Publikum und studiert mit Argusaugen, wer welche Wirkung erzielt. Die Zeiten, in denen Aschinger mir freie Hand gelassen hat, sind vorbei. Der Konkurrenzkampf wird gnadenloser, und künftig wird er sehr wohl versuchen, mir vorzuschreiben, wen ich engagieren kann und wen nicht.«

»Pandora und ich möchten niemandem schaden«, sagte Friedhelm auf seine übliche stille Art. »Dass eine kleine Ente mit ihrem Tanz nur die Liebhaber der leisen Töne zu berühren vermag, ist ja nicht weiter verwunderlich, und die Jahre der leisen Töne scheinen vorerst vorbei. Es war reizend von Ihnen, Nina, uns aufzunehmen, und wenn es sich jetzt nicht länger rentiert, ist das Ihnen nicht anzulasten. Wir kommen anderswo unter, das habe ich Sonia auch gesagt. Es wird weniger Geld und viel weniger Erfüllung geben, aber wir werden nicht hungern.«

»Das kommt nicht infrage«, sagte Nina. »Aschinger kann mein komplettes Ensemble haben oder keinen von uns.«

»Aber wie willst du das denn machen?«, rief Jenny erschrocken. »Wir sind ja so leicht nicht zu verpflanzen, brauchen die große Bühne und den ganzen Schnickschnack. Wenn uns die *Scala* nicht nimmt, die kein Ensemble so lange im Programm behält – wo sollen wir dann hin?«

»Eben das meine ich«, sagte Friedhelm. »Ich möchte Ihnen allen keine Probleme verursachen, nachdem Sie mir so viel Glück geschenkt haben. Wie schon gesagt, Pandora und ich werden gewiss künftig nicht auf der Straße sitzen …«

»Hängen lassen wir dich nicht«, unterbrach ihn Jenny. »Und das alberne Siezen kannst du dir jetzt langsam mal schenken. Wir müssen uns eben etwas überlegen.« Sie wandte sich Nina zu. »Warum bieten wir Aschinger nicht an, Friedhelms Gage selbst zu bezahlen?«, fragte sie. »Wenn wir alle von unserem Geld ein paar Groschen in einen Topf schmeißen, dürfte das ja so schwierig nicht sein. Und die Enten-Nummer behalten will er sicher gerne, solange sie ihn nichts kostet. Sie füllt ihm zwar nicht den Saal, aber die Kritiker sind reihenweise hingerissen.«

»Das könnte ich nicht von Ihnen annehmen, Jenny«, begann Friedhelm, doch diesmal war es Nina, die ihm das Wort abschnitt.

»Darum geht es nicht«, sagte sie. »Ein paar Bockwürste und Kleingeld für dich in einen Eimer zu werfen, wäre kein Problem, aber ich kann mir nicht von Aschinger vorschreiben lassen, wie ich mein Ensemble zusammensetze. Ansonsten bin ich als eure Agentin erledigt. Und wer weiß, was er als Nächstes von mir verlangt?«

»Mich auszusondern«, sagte Sonia. In ihr schmales Gesicht stand eine Furcht geschrieben, die über die Sorge um Geld weit hinausging. »Juden sind ihm ein Gräuel, und Bilder wie meine findet Hitler entartet.«

»Hitler regiert uns aber nicht«, schnauzte Jenny sie an. Seit dem verheerenden Wahlausgang verfiel Sonia immer häufiger in eine Panik, die Jenny nur zu gut verstand. Gerade deshalb aber durfte sie ihr nicht erlauben, sich diesen Gefühlen hinzugeben, weil sie sie andernfalls überrollten. Ja, das Wahlergebnis der Nazis war beschämend und beängstigend, ja, es musste schleunigst etwas dagegen getan werden, und ja, guter Rat war mehr als teuer. Nach der Eröffnung des Reichstags waren am Kaufhaus Wertheim, das ganz Berlin liebte, die Scheiben eingeworfen worden, und im Scheunenviertel hatten Schlägertrupps der SA auf offener Straße jüdische Männer verprügelt.

Aber die deutsche Republik war noch immer ein Rechtsstaat, und an der Minderheitsregierung unter Brüning vom Zentrum waren die Nazis nicht beteiligt. Lange würde diese sich ohnehin nicht halten, und die nächsten Wahlen *mussten* einfach anders ausgehen.

Sie mussten daran glauben. Der Demokratie vertrauen. Jenny fand das verteufelt schwierig, denn wie konnte man auf etwas vertrauen, das von Menschen gemacht war? Aber sowohl ihr selbst als auch Sonia würde nichts anderes helfen, als sich ständig zu sagen: Wir haben 1930. Nicht 1919. Wir haben zehn Jahre lang in einer Gesellschaft gelebt, die sich zum Guten verändert hat, und in einem Staat, auf den wir uns trotz aller Krisen und Schwierigkeiten verlassen konnten.

Friedhelms Hand legte sich auf die von Sonia. Gut, dass er da war, dachte Jenny. Was immer mit ihm nicht ganz koscher war, er ließ Sonia nicht allein.

Die starrte noch immer mit Panik in den Augen ins Leere. »Aschinger teilt Hitlers Ansichten, ob der uns regiert oder nicht«, sagte sie. »Wenn ich irgendwann die Kasse nicht mehr zum Klingeln bringe, weist er Nina an, mich in die Wüste zu schicken. Und Bockwürste kann ich nicht essen. Genauso wenig wie Friedhelm.«

»Ich schicke gar keinen von euch in die Wüste«, sagte Nina. »Keinen Einzigen, nicht mal Jettchen, die bei der Anprobe die Stecknadeln hält. Und ich führe mit Aschinger darüber auch keine Diskussionen. Vergesst das, hört ihr? Bestellt euch auf meine Rechnung noch was zu trinken und dann geht nach Hause und schlaft euch aus, damit ihr mir morgen bei der Probe nicht schlappmacht. Ihr seid Künstler. Das Geschäftliche ist nicht eure Angelegenheit, das könnt ihr getrost mir überlassen. Wozu bekomme ich schließlich zehn Prozent von eurer Gage?«

»Ich hatte gehofft, dass du so entscheiden würdest«, sagte Sonia. »Ich habe zu Friedhelm gesagt, wenn jemand zu uns hält, dann ist es Nina, weil sie von ihren Wunderweibern keines im Stich lässt.«

»Ich habe versucht, ihr zu erklären, dass ich gewisse Schwierigkeiten habe, mich als Wunderweib zu betrachten«, behauptete Friedhelm, doch die Stimmung hellte der kleine Scherz nicht auf. Sie schien Jenny dunkel, schwer und belastet, von viel mehr als Aschingers Forderung, die Nina ihm mit ihrem Verhandlungsgeschick und ihren Trümpfen im Ärmel vermutlich noch einmal würde ausreden können.

Aschinger in seiner Geldgier war schließlich erpressbar. Keine Ente, keine Jenny, lautete die Formel, aber wie lange würde das noch ziehen?

»Ich habe Rückenschmerzen«, platzte sie heraus. »Nicht nur die normalen, die eben vorkommen, wenn mir eine Verrenkung missglückt ist oder ich zu lange trainiert habe, sondern dauerhafte, schon seit geraumer Zeit. Es kann sein, dass ich das demnächst mal von einem Arzt in Ordnung bringen lassen muss und dann für eine ganze Weile ausfalle. Wie euch ja bekannt ist, bin ich ein Kaktus mit Ableger. Und wie euch auch bekannt ist, bin ich allergisch gegen Geld und muss es zum Fenster rausschmeißen, sobald es mir in die Hände fällt. Rücklagen gibt's bei mir nicht, höchstens ausgemusterte Unterhosen, die ich als Souvenir verscherbeln könnte. Ich wüsste gern, wo der Kleining und ich stehen, wenn ich eine Zeit lang nicht über euren Köpfen von der Decke hängen kann.«

Sie hatte nicht geglaubt, dass sie in der Lage sein würde, es auszusprechen. Alles hatte sie nicht gesagt und würde es auch nicht tun, ehe es unvermeidlich wurde, aber das wenige war explosiv genug. Erst jetzt, wo es offen auf dem Tisch lag, spürte sie, wie bleiern das Gewicht der Worte auf ihr gelastet hatte. Als erhole sich ihr verspannter Rücken bereits bei dem Gedanken, dass sie nicht länger allein damit war.

Nicht länger allein.

Eine Zauberformel, die besser wirkte als das angebliche Wundermittel Togal, das bei ihren Schmerzen versagte.

»Dass du das fragen musst, tut mir weh«, sagte Sonia. »Ich hätte mir gewünscht, dass du weißt: Wenn es um dich und Viktor geht, gibt gern jede von uns die Hälfte ihrer Gage oder mehr.«

»Na prima«, brummte Jenny verlegen. »Ich denke, dann setze ich mich zur Ruhe und lebe von dem Batzen, den ihr mir in den Rachen schmeißt, in Saus und Braus.«

»Du hast recht«, übernahm Nina das Wort. »Saus und Braus klingen immer gut, aber du brauchst etwas Verlässliches. Ihr alle. Eine Art Versicherung, für die ich einen Fonds bilden muss. Ich überlege mir etwas und nehme es dann in eure Verträge auf. Wer mit den Wunderfrauen auftritt, soll sich nicht mit Sorgen abschleppen, sondern schweben.«

»Tanzen mit Sorgen«, murmelte Sonia. »Tanzen mit Rückenschmerzen. Arme Jenny.«

»Ich tanze ja gar nicht«, sagte Jenny. »Ich verbiege mich. Dass das Tanzen ist, glaubt ihr nur, weil ihr nicht wisst, wie richtiges Tanzen aussieht.«

»Ich glaube, ich weiß es schon«, sagte Sonia, zog sich einen Bierfilz heran und beugte sich vor, um Jenny aus nächster Nähe zu betrachten. Sie tat das schon immer, wenn sie vorhatte, etwas zu zeichnen, ging so nahe wie möglich an ihr Subjekt heran. Neu war nur, dass Friedhelm eilig Gläser aus dem Weg schob, damit sie Jenny ungehindert sehen konnte. Jenny war von jeher gleichermaßen fasziniert und verunsichert von diesen durchdringenden Blicken. Was sah Sonia, das andere nicht sahen? Die Künstlerin war seit bald zehn Jahren ihre Freundin und blieb dennoch ein wandelndes Geheimnis.

Hinter dem Ohr, unter ihren dichten, roten Locken zog sie ihren Bleistift hervor und bedeckte den Bierfilz mit raschen Strichen. Als sie den Filz schließlich zu ihnen herüberschob, zierte ihn eine Tänzerin, die auf der Spitze, in Retiré-Pose und vom Standbein weg, eine Pirouette drehte. Das nur angedeutete Gesicht wies eindeutig Jennys Züge auf. Dass die Figur jedoch auch Jennys Haltung hatte, eine Haltung, an die sich ihr Körper noch immer erinnerte, auch wenn er sie nicht mehr einnehmen konnte, sandte ihr einen Schauer über den schmerzenden Rücken.

»Du bist ein Genie, Sonni«, sagte Nina. »Aber das weißt du ja selbst.«

»Ach nein«, sagte Sonia und fuhr fort, als hätte sie die Frage, die Jenny nicht zu stellen wagte, dennoch gehört. »Ich war nur als Kind ein paar Mal in der damals noch neuen Lemberger Oper. Das Ballett hat mir gefallen. Vor allem das Kinder-Ensemble von der Waganowa-Ballettakademie, das für ein Gastspiel mit Tschaikowskis *Nussknacker* kam.«

Jennys Herz begann zu hämmern. Für gewöhnlich schwieg Sonia über Lemberg, wo sie zur Welt gekommen war, ebenso eisern wie sie selbst über Riga. Dieses Meer des Schweigens, über das sie im selben Boot trieben, gehörte zu den Dingen, die sie wie unsichtbare Seile verbanden.

Ihre Blicke trafen sich. In Sonias hellen Augen fand Jenny, was sie befürchtet hatte: Erkennen. Europa war groß, doch seine Wege waren verschlungen, und Jennys Großmutter hatte mit den Füßen im

Essig vor sich hingemurmelt: »Man begegnet sich immer zweimal im Leben.« Jenny wurde kalt. Sonia würde das gemeinsame Schweigen nicht verletzen, doch ein anderer mochte es tun. Wir tanzen alle am Abgrund, dachte sie, und so viele Versicherungen, wie wir brauchen, wenn wir stürzen, kann uns nicht einmal die unbezahlbare Nina schaffen.

»Noch einen Vermouth, Alfred«, rief sie quer durch den Raum. »Aber einen kleinen.«

Irgendwer lachte.

Gegen die Angst vor der Nacht half nichts besser, als noch eine Weile weiterzutrinken und nicht allein zu sein.

17

NINA

In seinem Büro hatte Aschinger sie nicht treffen wollen. Stattdessen bat er sie am letzten Adventssonntag nachmittags in die *Diana-Bar* des *Hotel Central.* Im Vergleich zu den zahlreichen Bars im amerikanischen Stil, die Berlin zu bieten hatte, war diese mit ihren großen Tischen, den weißen Damastdecken und der Weihnachtsdekoration aus Tanne und roten Wachskerzen ein wenig bieder. Ihr fehlte die lauschige Intimität, das verbotene Prickeln, das die Leute ins *Kakadu* oder ins *Casanova* neben der *Scala* zog, aber die *Diana-Bar* war zweifellos elegant. Aschinger wirkte an seinem Erkertisch ein wenig wie ein Fürst, der eine Audienz gewährte.

Ein Fürst im Glencheckanzug, das gewellte Haar pomadiert und vor sich ein Glas mit sehr blassem Wein.

»Fräulein von Veltheim. Bitte nehmen Sie Platz. Was darf ich Ihnen servieren lassen?«

»Was trinken Sie selbst?«, fragte sie aus purer Neugier.

»Oh, einen Riesling von der Mosel«, antwortete er. »Gegen die Traube ist nichts zu sagen. Mit dem Jahrgang haben sich die Einkäufer allerdings vertan. Kein Blut, kein Charakter. Ich trinke mich, wann immer ich im Hotel logiere, ein wenig durch die Weinkarte, um die Qualität zu prüfen.«

Er war wie eine riesige Spinne, die sich mit ihren Qualitätsprüfungen in jedes Netz setzte und die Fliegen in Angst und Schrecken versetzte.

»Ich nehme einen *Mojito*«, sagte Nina aus dem Wunsch heraus, den Unterkiefer der Spinne herunterklappen zu sehen. *Mojito* trank sie sonst nur im *Wintergarten* und nur mit Anton, wie in der Nacht, in der sie sich ineinander verliebt hatten. Sie waren seit einer Ewigkeit nicht mehr zusammen zum *Mojito*-Trinken im *Wintergarten* gewesen. Wenn Anton keine Aufführung hatte, bot er oft an, sie zu begleiten, doch Nina fand jedes Mal Gründe, um abzulehnen.

»Einen *was?*« Der Kiefer der Spinne hielt sich tapfer.

»Einen kubanischen Cocktail aus Soda, Rum und Saft von Limetten«, sagte Nina. »Sehr in Mode. Im KaDeWe verkaufen sie neuerdings die typischen Gläser dazu.«

»Oh, was das ist, weiß ich schon«, sagte Aschinger. »Ich bin nicht von gestern. Mich überrascht nur, dass eine Dame sich so etwas in einem Lokal bestellt. Meiner persönlichen Ansicht nach tun Damen gut daran, sich an feine, leichte Weine zu halten.«

»Muss ich mir meinen *Mojito* also selbst bestellen?«, fragte Nina.

»Selbstverständlich nicht«, erwiderte er leicht düpiert und winkte umso lässiger dem Kellner.

»Sie wollten mich sprechen«, sagte er, nachdem ihre Getränke gebracht worden waren, und formte ein Dach aus seinen manikürten Händen. »Womit kann ich denn dienen?«

»Es geht um ein Mitglied meines Ensembles«, fiel Nina mit der Tür ins Haus. »Um Herrn Lehwald, der unser Vorprogramm gestaltet. Sie haben sich über meinen Kopf hinweg an ihn gewandt und ihm mitgeteilt, Sie würden ihn nicht länger bezahlen. Dazu haben

Sie laut Vertrag kein Recht. Sie bezahlen mich dafür, dass mein Ensemble in Ihrem Varieté auftritt. Wen ich engagiere, um dieses Ensemble zu bilden, liegt bei mir, nicht bei Ihnen.«

»Ich verstehe«, sagte Aschinger gedehnt. »Ihnen ist aber schon bewusst, dass die Verhältnisse in diesem Land dabei sind, sich zu ändern, oder nicht?«

Unwillkürlich wanderte Ninas Blick zu seinem Revers. Immer häufiger sah man jetzt Männer, die das Parteiabzeichen der NSDAP an ihren Anzügen trugen, das Hakenkreuz, das ebenfalls etwas von einer Spinne hatte. An Aschingers kariertem Jackettaufschlag prangte jedoch keines.

»Mich interessieren nicht die Verhältnisse in diesem Land, mich interessieren die Verhältnisse in meinem Ensemble«, sagte sie. »Wenn Ihnen dessen Zusammensetzung nicht mehr gefällt, müssen unsere Wege sich eben trennen.«

Sie schaffte es, den Satz auszusprechen, ohne dass ihre Stimme zitterte. Wie viel Angst sie vor seiner Antwort hatte, würde sie ihn nicht spüren lassen, denn dann hätte sie schon verloren.

An dem, was dieser geckenhaft aufgemachte Mann, der keinen Deut vom Theater verstand, in den nächsten Augenblicken entschied, hingen die Existenzen von Menschen, die sie neben ihren Leuten auf Neu-Mahlen am meisten liebte. Sie waren ihre zweite Familie, Jenny, Sonia, Darius, Viktor und auch Frido und Hiero, ihr Zuhause, in dem sie sich angenommen fühlte. Ihre eigene Existenz hing ebenfalls daran, auch wenn ihre Ersparnisse und Antons Gagen sie vor materieller Not bewahren würden. Der *Wintergarten,* das Ensemble, das sie aufgebaut hatte, war ihr Leben. Einmal, vor einer halben Ewigkeit, hatte sie zu Anton gesagt, sie fürchte, kein Kind zu bekommen, weil der *Wintergarten* ihr Kind war. Wenig später hatten sie gemeinsam darüber gelacht, weil sie erlebt hatten, dass man mit der Freude auf sein eigenes Kind nichts, aber auch gar nichts vergleichen konnte.

Jetzt aber hatte sich diese dahingesagte Phrase auf die tückischste denkbare Art bewahrheitet.

Der *Wintergarten* war ihr Kind.

Ihr einziges.

Ihr Traum war er auch.

»Eine wie du muss Träume haben, die ihr vor Angst den Atem rauben, Pippa«, hatte ihr Vater zu ihr gesagt, ehe er zum letzten Mal an die Front zurückgekehrt war. »Ansonsten sind sie für dich nicht groß genug.«

Wenn man ihr dieses Kind, diesen Traum, nun auch noch aus den Händen riss – was blieb ihr dann?

»Zumindest kann niemand leugnen, dass Sie eine mutige Frau sind«, sagte Aschinger. »Oder sollte ich sagen, eine tollkühne Frau? Eine leichtsinnige und wenig besonnene? Dass wir die schwerste Wirtschaftskrise der Menschheitsgeschichte durchleben, ist Ihnen nicht entgangen, oder? Solche Krisen machen Menschen noch ersetzbarer, als sie es ohnehin schon sind. Für jeden, den Sie oben entlassen, finden Sie unten auf der Straße zehn neue, die Ihnen für weniger Geld dieselbe Arbeit erledigen.«

»Sie finden keine zehn Wunderweiber«, versetzte Nina wütend. »Kein einziges. Auf keiner Straße.«

»An Selbstbewusstsein mangelt es Ihnen ebenfalls nicht«, erwiderte Aschinger und lehnte sich in seinem Stuhl zurück. »Mir persönlich missfällt das durchaus nicht. Allerdings nur, solange das Selbstbewusstsein nicht in Selbstüberschätzung übergeht. Ihre Wunderweiber kommen in die Jahre, meine Liebe. Der Mann, der heute Geld für einen Sitzplatz in Deutschlands teuerstem Varieté ausgibt, will etwas Junges, Frisches geboten bekommen. Glatte Haut ohne Sorgenfalten. Hübsche Rundungen, keine Hungerhaken. Natürliches Haar ohne Grau.«

Ninas Kehle wurde eng. Dass sie selbst von solchen Gedanken heimgesucht wurde, dass sie in zahllosen Nächten deswegen wach lag, durfte er auf keinen Fall merken. »Ihr Haus ist Abend für Abend voll, weil die Leute ihr Geld ausgeben, um meine Wunderweiber zu sehen«, stieß sie heraus. »Moderne Frauen, deren Schönheit sich nicht auf das Äußere beschränkt und die mit Geist und Erotik zugleich aufwarten können. Frauen wie Jenny Alomis. Wenn Sie auf die künftig verzichten wollen, brauchen Sie es mich nur wissen zu lassen.«

»Alomis«, murmelte Aschinger und drehte den Stiel seines Glases in den Fingern. »Interessanter Name, oder? Können Sie mich darüber aufklären, woher der stammt?«

»Vom Baltikum«, fauchte Nina.

»Jaja, das habe ich gelesen«, sagte Aschinger. »Die einzigartige Schlangen-Jenny ist Balten-Deutsche. Ein besonderer Menschenschlag. Zäh und biegsam wie Birkenstämme, und das mussten sie schließlich auch sein, um sich über acht Jahrhunderte in dieser von allen möglichen Eindringlingen heimgesuchten Gegend zu halten. Aber Alomis ist meines Wissens kein deutscher Name. Nun ja. Wie auch immer. Sie waren ja hergekommen, um mit mir über den Menschen mit dieser quakenden Ente zu sprechen.«

»Die Enten-Nummer ist der pure Zauber«, sagte Nina, erinnerte sich aber sofort daran, dass sie damit bei ihm auf taube Ohren stieß. Du bist Agentin, rief sie sich zur Ordnung. Knallhart in Verhandlungen, der eiserne Schutzschild für deine Leute. Mit diesem Kerl Sentimentalitäten zu tauschen, bringt dir nichts ein. Sie trank von ihrem *Mojito*. Er schmeckte nicht. »Dass Sie Herrn Lehwalds Darbietung nichts abgewinnen können, ist bedauerlich«, fuhr sie trocken fort. »Aber was Sie oder ich davon halten, ist nicht unser Thema. In jedem Fall gehört er zu meiner Kompanie, und darüber gibt es keine Debatte mit mir.«

»Ich verstehe«, erwiderte Aschinger. »Mir persönlich ist Ihr Verhalten gegenüber dem Mann, von dem Sie Ihr Geld beziehen, eine Spur zu unwirsch und zu wenig kulant. Aber nun gut. Eigenschaften, die mir den Umgang mit Ihnen unerfreulich machen, können an anderer Stelle ja durchaus ihren Nutzen haben. Und nur das ist mein Ziel. Mir, das heißt meinem Geschäft, Ihre speziellen Eigenschaften zunutze zu machen. Ansonsten würde ich auf dieses Gespräch nicht meine Zeit verschwenden.«

»Wenn Sie es als Zeitverschwendung empfinden …« Nina stand auf. Was sie tun und wie es weitergehen würde, wusste sie nicht, aber dies hier konnte sie sich nicht länger gefallen lassen. Es würde sich ein Weg finden, solange ihre Wunderweiber noch ihren Ruf besaßen und sie sich vor niemandem geduckt hatte.

»Das habe ich ja nicht gesagt«, erwiderte Aschinger. »Gesagt habe ich, dass ich mir Ihre im Umgang etwas weniger erfreulichen Eigenschaften zunutze machen möchte. Sie stammen zwar nicht aus dem Baltikum, aber dafür aus der Uckermark, wo die Leute als unbeugsam wie deutsches Eichenholz gelten. Außerdem wissen Sie ja selbst, dass man Ihnen einen untrüglichen Riecher für das, was die Leute sehen wollen, nachsagt. Deshalb bitte ich Sie, sich noch einmal zu setzen. Manchmal mag es sich selbst für eine von euch modernen Frauen lohnen, abzuwarten, was der Geschäftspartner zu sagen hat.«

Es kostete Nina alle Überwindung, sich noch einmal ihm gegenüber auf dem Stuhl niederzulassen. Sie musste dazu an Frido und Hiero denken, an Sonia, die die Angst vor den Nazis quälte, an all die Leute, die von diesem Mann abhängig waren und für die sie eintrat. »Ich warte«, sagte sie kühl.

»Ich habe Ihnen vor einiger Zeit ein Angebot unterbreitet«, sagte er. »Sie erinnern sich? Damals hielten Sie es für richtig, mir einen Korb zu geben, wovon ich mich, offen gestanden, einigermaßen brüskiert gefühlt habe. Ich bin jedoch kein Mann, der sich sein Geschäftsgebaren von seinen persönlichen Gefühlen diktieren lässt. Wenn ich eine Entscheidung für sinnvoll halte, dann treffe ich sie, ohne meinen Befindlichkeiten Beachtung zu schenken.«

Er stützte den Kopf in eine Hand und sah sie an, während er in der anderen sein Weinglas drehte. »Ich werde also dieses allzu dünne Weinchen von der Karte streichen lassen, auch wenn ich den Weinbauern, dessen Familie die meine seit Jahrzehnten beliefert, persönlich schätze. Und Ihnen werde ich dasselbe Angebot noch einmal unterbreiten, auch wenn wir beide uns persönlich eher weniger schätzen. Zu verbesserten Bedingungen, versteht sich. Zwar habe ich kein Geld zu verschenken, aber meine Leute bezahle ich so, dass es sich lohnt, für Aschinger zu arbeiten, und die Zeiten haben sich schließlich geändert.«

Nina war dermaßen überrumpelt, dass sie mehrere Atemzüge brauchte, um sich zu fassen. »Sie wollen immer noch, dass ich die Intendanz des *Wintergarten* übernehme?«, brachte sie heraus und gab sich alle Mühe, nicht zu stammeln, sondern so geschäftsmäßig zu klingen wie er.

»Sagte ich das nicht? Nun, dann sage ich es eben jetzt. Den seinerzeit bereits aufgesetzten Vertrag habe ich entsprechend bearbeiten lassen. Natürlich wäre im Zweifelsfall der eine oder andere Punkt verhandelbar. Allerdings sage ich Ihnen in aller Aufrichtigkeit, dass es sich um einen ausgezeichneten Vertrag handelt. Umso mehr im Angesicht der Lage. Allzu viel Bedenkzeit kann ich Ihnen leider nicht zugestehen, da ich Herrn Direktor Schuch zugesagt habe, dass ich das schnellstens mit Ihnen kläre. Nehmen Sie sich in Gottes Namen zwei Tage, aber bitte nicht länger.«

Ninas Gedanken flogen. Sie hätte weiterhin in allen künstlerischen Fragen freie Hand, bräuchte sich kein Engagement von irgendwem absegnen zu lassen und könnte Künstlern, die ums Überleben kämpften, zumindest vorübergehend ein Einkommen verschaffen. Sie wäre berechtigt, eine Klausel einzuführen, die ihre Artisten im Krankheitsfall absicherte, ein Thema, das sie seit Tagen beschäftigte.

Jennys Erklärung im *Salamander* hatte sie in Schrecken versetzt. Sie waren schon so lange im Geschäft, sie hatten in vollen Zügen gelebt und genossen, und daran, dass sie älter wurden und die Dinge so einfach nicht bleiben würden, hatten sie nie gedacht. Jenny am allerwenigsten. Sie war Nina nicht nur wie eine Kerze, die an beiden Seiten brannte, vorgekommen, sondern wie ein Feuerwerkskörper, der rundum in Flammen stand und sich dabei ständig zu erneuern schien.

Dass auch Jenny, ihre Jenny, die sie aus jedem Sumpf, jeder Flaute wieder herausgerissen hatte, nur ein Mensch war, machte ihr auf einmal in beklemmender Schärfe ihre eigene Sterblichkeit bewusst.

Jenny, die über Rückenschmerzen klagte?

Noch vor zwei Jahren hätte sie bei dem Gedanken vermutlich vor Lachen eine Salve von ihrem mit Brandy versetzten Kaffee über den

Tisch versprüht. Aber seit der Trennung von Carlo schien Jenny seltsam geschwächt. Es ließ sich nicht leugnen: Sie hatten als Frauen ihren eigenen Weg gehen wollen, sie waren durch keine Eheschließung abgesichert, und sie würden allein dafür sorgen müssen, dass sie in einem Notfall über die Runden kamen.

Obendrein würde Nina als Intendantin sicherstellen können, dass die politische Entwicklung unter keinen Umständen Einfluss auf die künstlerische Ausrichtung des *Wintergarten* nahm. Das Varieté musste frei bleiben und durfte sich von niemandem vor seinen Karren spannen lassen.

»Ich persönlich bin der Ansicht, Sie schulden mir zumindest eine Antwort«, rief sich Aschinger in Erinnerung.

»Ja, das tue ich«, sagte Nina. »Ich war in Gedanken und bitte Sie um Entschuldigung.«

»Oho, das sind ja ganz neue Töne.« Flüchtig verzog er den Mund. »Darf ich Ihren Gedanken einen kleinen Anstoß geben? Falls Ihre eigenartige Abneigung gegen Herrn Kante eine Rolle bei Ihrer damaligen Entscheidung gespielt hat, so kann ich Ihnen versichern, dass ich den nämlichen Herrn dieses Mal nicht wieder zurate gezogen habe. Inzwischen bin ich firm genug im Geschäft, um meine Entschlüsse allein zu fällen.«

Nina hatte an Kante überhaupt nicht gedacht. Warum er sie damals empfohlen hatte, war ihr inzwischen von Herzen gleichgültig. So vieles war seither geschehen und hatte den Vorfall mit Antons früherem Freund bedeutungslos gemacht. Gedacht hatte sie vielmehr an Anton, mit dem sie seinerzeit über Aschingers Angebot diskutiert hatte. Sie hatten sich gestritten, hatten sich im Schlafzimmer wieder versöhnt, wie es ihre Art war, und waren am nächsten Morgen bei einem weiteren Gespräch übereingekommen, dass sie die Stellung ablehnen würde.

Vermutlich lag es nahe, auch diesmal über ihre Entscheidung mit Anton zu sprechen, aber Nina konnte sich nicht dazu durchringen. Dies hier war ihre Arbeit. Er hatte seine. Vieles konnte er nicht beurteilen, auch wenn er es zweifellos gut meinte.

Er meinte alles gut. Er war eine Seele von Mann, ein Glücksfall, geradezu ein Heiliger, der ihr schon etliche Male unaufgefordert beteuert hatte, dass er sie liebte und dass es für ihn keine andere gab, selbst wenn jene ihm ein Dutzend Kinder hätte schenken können.

Nina wusste, dass sie ungerecht war, aber sie war auf einmal sicher, nichts gut Gemeintes mehr zu ertragen. Zumindest nicht, was ihre Arbeit betraf, ihr ureigenes Feld, in dem sie keine Ratschläge brauchte.

Schon gar keine gut gemeinten.

»Ich benötige keine Bedenkzeit«, sagte sie zu Fritz Aschinger. »Die Entscheidung, die ich seinerzeit getroffen habe, war damals die richtige für mich, aber jetzt stehen die Dinge anders. Ich nehme Ihr Angebot dankend an. Wenn Sie wollen, können wir uns sofort an die Durchsicht und Unterzeichnung der Verträge machen.«

18

ANTON

APRIL 1931

Nina hatte zu Weihnachten nicht nach Neu-Mahlen fahren wollen, und Anton hatte nicht versucht, sie zu überreden. Er hatte mit Ulrike von Veltheim telefoniert, und diese hatte ihm recht gegeben: »Natürlich werden Sie uns fehlen, Anton, natürlich werden wir am Heiligen Abend weinen, denn das ist es, was sentimentale alte Frauen, die ihre Kinder vermissen, eben tun, nicht wahr? Aber davon sollten Sie sich nicht beeinflussen lassen. Ninchen muss tun, was das Beste für sie ist und wozu sie sich in der Lage fühlt. Und wenn es Berlin ist, wo sie sich aufgehoben und ein wenig abgelenkt fühlt, während ihr hier in ihrem Elternhaus vor Augen steht, was sie nie wird haben können, dann ist es sogar mir als ihrer Mutter lieber, dass sie mit Ihnen in Berlin bleibt.«

Natürlich hatte Nina das Kind mit keinem Wort erwähnt, sondern zu viel Arbeit als Grund für ihre Absage vorgeschoben. Sie erwähnte es überhaupt nicht mehr, und Anton ließ sie gewähren. Einen Weihnachtsbaum kauften sie nicht, sondern gingen am Heiligen Abend zu Jenny, Darius und Viktor, wo eine von Jennys berauschenden Partys stattfand. Nina behauptete, sie habe eigentlich auch dazu keine Zeit, ginge jedoch Viktors wegen, von dem sie sich neuerdings Tante nennen ließ.

Es war schön. Zu viel Alkohol, zu viel Zigarettenqualm, zu viel Gerede, das man vermutlich am nächsten Tag bereute, aber die überschwängliche Wärme des Wunderweiber-Kreises, ein bisschen Vergessen und ein Überrest der alten Fröhlichkeit taten ihre Wirkung.

Anton endete Arm in Arm mit Jenny auf dem Küchenfußboden, in einem Winkel neben dem Kachelofen. Sie heulten beide ein bisschen ohne ersichtlichen Grund und brachten nicht mehr als »ach, Jenny«, und »ach, schöner Anton« heraus, was sie zum Ausgleich alle paar Minuten wiederholten. Sie hatte Lametta im Haar, und er trug eine Reihe von Champagnerkorken, auf Geschenkband aufgefädelt, als Kette um den Hals.

»Tut mir verdammt noch mal den Gefallen, schöner Anton, und trennt euch nicht«, lallte Jenny, kurz bevor sie in der Morgendämmerung einschliefen. »Ich weiß, ich bin eine zynische Ziege, die nicht an die Liebe glaubt. Aber sooft ich euch beide erlebt hab, damals, bevor der ganze beschissene Mist passiert ist, hab ich für mich gedacht: Ach Gotting. Vielleicht ist ja doch was dran an dem ganzen romantischen Schmus. Sag nicht, dass das kaputt ist, Süßing. Nicht das auch noch. Alles, aber nicht das.«

»Nur über meine Leiche«, hatte Anton zurückgelallt. »Die ganze Welt kann sich trennen, wenn sie Lust dazu hat, aber meine Nina und ich, das ist für die Ewigkeit.«

Und du und Carlo, ihr hättet auch für die Ewigkeit sein sollen, obwohl ihr so ganz und gar nicht zusammengepasst habt, hätte er hinzufügen wollen. Ehe er dazu jedoch kam, war er höchstwahrscheinlich eingeschlafen. Anderntags schämte er sich, wie man es immer tat, und rührte tagelang keinen Alkohol an.

Dass er verstimmt war, weil Nina ihren Vertrag mit Aschinger unterzeichnet hatte, ohne ihn auch nur nach seiner Meinung zu fragen, hatte er Jenny nicht gesagt. Bei ihr wäre er damit auf Granit gestoßen, und das war auch gut so, denn schließlich war es Ninas Recht, über ihre Arbeit zu entscheiden, wie es ihr richtig erschien. Sie verdiente ihr eigenes Geld. Nur weil sie eine Frau war, erklärte er sich selbst, war sie noch lange nicht verpflichtet, einen Mann zu fragen, was sie tun und lassen durfte.

Aber ich frage sie doch auch nach ihrer Meinung, bevor ich einen Part annehme, begehrte es in ihm auf. Als ihm in dem neuen Drama von Ferdinand Bruckner, *Krankheit der Jugend,* das als destruktiv und hoffnungslos galt, die Hauptrolle angeboten wurde, war er sich seiner Sache nicht sicher gewesen und hatte mit Nina darüber diskutiert. Er hatte sie gefragt, ob es nicht angebracht sei, in einer Zeit, in der gerade die jungen Leute an der aussichtslosen Lage verzweifelten, mehr Stücke auf die Bühne zu bringen, die ein wenig Mut und Frohsinn verbreiteten. Sie aber hatte ihn daran erinnert, dass es beides geben musste: die Illusion und den Zauber des Varietés, in die die Menschen eintauchen und neue Kraft schöpfen konnten, und ein Theater, das die Wirklichkeit abbildete und ihnen das Gefühl gab, verstanden zu werden.

Anton hatte die Rolle angenommen und war Nina dankbar für ihren Rat.

War es nicht das, was Partnerschaft ausmachte? Dass der eine teilte, was den anderen beschäftigte, dass ein jeder wissen wollte, was sein Gegenüber dachte, und dass beide vom Austausch profitierten?

Er war verletzt, nicht weil er als Mann seine Geliebte hatte beeinflussen wollen, sondern weil diese Geliebte offenbar nicht mehr wünschte, dass er an ihrem Leben teilhatte. Dass er übertrieb, war ihm bewusst. Aber wenn man Angst davor hatte, die Liebe seines Lebens zu verlieren, und zugleich in tiefer Sorge war, weil es dieser Liebe nicht gut ging, war Maßhalten keine leichte Aufgabe.

Mit Nina sprach er nicht mehr darüber. Er tat seine Arbeit, und sie tat die ihre, beide arbeiteten sie mehr denn je, und wenn sie doch einmal einen freien Abend miteinander verbrachten, behandelten sie einander höflich und gingen meist aus. Ins Kino oder in Bars, wo die Musik so laut war, dass man nicht zum Reden gezwungen war. Nur beim Tanzen waren sie einander manchmal noch so nah, wie sie es in all den Jahren gewesen waren. Für die Dauer eines *Slowfox* schien dann alles wieder möglich: die alte Vertrautheit, die alten Schauer des Begehrens, die alte Einheit aus zweien, zwischen die nichts kommen konnte. Umso schmerzlicher war der Augenblick, wenn die Musik verstummte und das Gefühl, alles könne doch noch einmal gut werden, sich in Luft auflöste wie ein Spiegeltrick.

Einmal sprach er Nina darauf an, und sie erwiderte: »Aber es ist doch alles gut, Liebling. Die Straßen sind voll von Menschen, die ihre Arbeit, ihr Einkommen, das Dach über ihrem Kopf verloren haben. Wir dagegen haben Berlins schönste Wohnung mit viel zu vielen Zimmern, unsere Schränke sind voller Vorräte, unsere Regale voller Wein, und unsere Freunde sind die besten, die es gibt.«

Natürlich hatte sie recht, und er fühlte sich beschämt.

Da sie zu Weihnachten nicht in der Uckermark gewesen waren und Carlo beteuerte, vor allem Ninas Mutter und Tante Sperling hätten Sehnsucht, fuhren sie über Ostern. Sie nahmen den Zug am Gründonnerstag, besetzten ein behagliches Abteil der ersten Klasse, in der sich an diesem schönen Frühlingsabend herrlich reisen ließ, und wollten bis zum Ostermontag bleiben.

Die Familie empfing sie mit solcher Freude und solchem Aufwand, dass Anton Nina zuraunte: »Wir hätten eher kommen sollen. Sie haben uns wirklich vermisst.«

»Ich habe sie auch vermisst«, erwiderte Nina. »Aber was nicht geht, geht nicht, und das wissen sie.«

Die Tage waren schön. Fritzi hatte nach Neu-Mahlener Art gekocht, um eine komplette Kompanie zu verköstigen, und dazu wurde köstlicher Wein aus verstaubten, feierlich entkorkten Flaschen aufgetischt. Sie gingen tagsüber viel spazieren, spielten nach dem Essen Karten und Scharaden, und Carlo hatte eines der neuen Koffergrammofone angeschafft, das sie von Zimmer zu Zimmer tragen konnten, um überall Platten abzuspielen.

»Ihr jungen Leute, tanzt nur und amüsiert euch«, forderte Tante Sperling sie allabendlich auf. »Für uns Alte ist es schön, euch zuzusehen.«

»Ich bin vielleicht alt, aber davon, mir von dir erzählen zu lassen, was für mich schön ist, bin ich noch weit entfernt«, beschied sie Oma Hulda. »Für meinen Teil finde ich auch mit achtzig keine Spur Schönes daran, anderen beim Tanzen zusehen zu müssen.«

Also tanzte Anton mit Oma Hulda, die in ihren Reitstiefeln flott durch den Walzer führte, und danach tanzte er mit Otta, die fast vierzehn war und die meiste Zeit schmollte. Carlo tanzte mit seiner Mutter und Tante Sperling, und wenn Anton zu Nina wechselte, tanzte Carlo mit der jungen Frau namens Greta, die trotz der Tragödie, die sie erlebt hatte, heiter und freundlich war und allen wohltat. Eine Zeit lang tanzten die beiden Paare in dem hübschen kleinen Salon zu langsamen, schmeichelnden Jazznummern, und auf den zwei Sofas, die im Winkel um sie standen, saßen die Frauen samt Otta und sahen ihnen zu. Der Cognac als Digestif war gediegen, die Stimmung liebevoll, und sie gingen alle früh schlafen.

»Ich bin gern hier«, sagte Anton zu Nina, als sie nebeneinander in dem Ungetüm von Himmelbett in einem der Gästezimmer lagen. »Ich wünschte, wir könnten öfter herfahren und länger bleiben.«

»Ich bin auch gern hier«, sagte Nina. »Ich liebe meine Familie und bin froh, sie zu sehen. Aber ich bin auch froh, dass wir am Montag wieder abreisen und nicht allzu oft herfahren, denn diese Welt kommt mir so unwirklich vor, weil ich nicht mehr dazugehöre.«

Am Ostersonntag gingen sie alle zusammen in Templin in die Kirche, und anschließend nahmen sie ein spätes Frühstück mit von Fritzi gefärbten, hart gekochten Eiern auf der hinteren Veranda ein.

Es war noch kühl, aber wunderbar sonnig, und der hölzerne Vorbau war umringt von Beeten voller Primeln, Tulpen, letzten Krokussen und Osterglocken. Greta hatte eine mit Buttercreme gefüllte Torte gebacken und sie mit einem aus Marzipan geformten Hasen verziert.

»Für so was bin ich zu groß«, murrte Otta, die offensichtlich gehofft hatte, zu der Feier würden sich ein paar Gleichaltrige aus der Umgebung einfinden.

»Und ob du das bist«, rief Greta und lachte. »Deshalb ist der Hase ja auch nicht für dich, sondern für deinen Bruder.« Sie pflückte ihr niedliches Kunstwerk von der Torte und setzte es vor Carlo auf seinen Teller.

Nach dem Frühstück gingen die Frauen ins Haus, um irgendwelche Einkäufe zu besprechen, und Carlo bat Anton, ihn auf einen Inspektionsgang entlang der Koppeln zu begleiten. Mehrere Zäune mussten erneuert werden, Carlo machte sich deswegen Notizen, und Anton genoss es, mehr oder minder schweigend neben ihm herzugehen und seinen Gedanken nachhängen zu dürfen.

Als sie die letzte Umzäunung erreicht hatten, sich dem Waldrand näherten und hätten umkehren können, blieb Carlo stehen und wandte sich Anton zu. »Am Ostersonntag ist es hier Brauch, dass die Männer einer Familie gemeinsam auf ein Bier in die Gastwirtschaft gehen«, sagte er. »Ich habe mit dem Gedanken gespielt, dich dazu einzuladen, denn du bist ja der einzige Mann, der außer mir zu meiner Familie gehört.«

»Ich wünschte, ich täte es mit Brief und Siegel«, sagte Anton, der sich davon weit geschmeichelter fühlte, als es angemessen war.

»Das weiß ich«, sagte Carlo. »Aber für mich macht es keinen Unterschied. Auch wenn mich Jenny nicht verlassen hätte und wir weiter ohne Trauschein, Ring und Segen miteinander gelebt hätten, hätte es für mich keinen Unterschied gemacht.«

Anton sandte Carlo schweigend seine Bewunderung. Die wenigsten Männer hätten den Mut besessen, in solcher Offenheit auszusprechen, dass sie von einer Frau verlassen worden waren.

»Mir hätte diese Sache mit dem Bier nicht schlecht gepasst, denn natürlich habe ich dich auf diesen Gang gebeten, weil ich gern über etwas mit dir sprechen möchte«, fuhr Carlo fort. »Seit aber der politische Wind in dieser Gegend sich gedreht hat, meide ich den *Dorfkrug,* wo ich kann. Wenn es dir also recht ist, würde ich lieber hier draußen reden.«

»Natürlich ist es mir recht«, sagte Anton. Es kam ihm vor, als spüre er zum ersten Mal in diesem Jahr die Sonne im Gesicht, und er genoss es, dem Wind zuzusehen, der das lange Gras der Pferdeweide wiegte. »Wie kann ich dir behilflich sein, Carlo?«

Der Mann, den er seinen Schwager nannte und von Herzen gernhatte, sah ihn nicht an, sondern blickte in dieselbe Richtung wie er, über das Grün der Koppel hinweg in Richtung Wald. Vor dessen Saum erstreckte sich ein schmaler Tümpel, Schilf spross am Ufer in die Höhe, und ein Reiher, der mit seiner Eleganz auf einem Bein an Jenny erinnerte, lauerte halb verborgen auf Fische. Die Welt war voller Schönheit. Wann immer ihm ein solcher Gedanke kam, zog Antons Herz sich zusammen, weil er seinem Kind von alledem nichts würde zeigen können.

»Mit Jenny bin ich hier auch oft gewesen«, sagte Carlo, als spreche er nicht zu ihm, sondern zu sich selbst. »An allen Orten, die ich auf meinem Land am meisten liebe. Dabei habe ich jede Menge verbotene Träume gehegt, von denen ich Jenny nie ein Wort gesagt habe, weil ich wusste: Sobald sie davon Wind bekommt, ist sie auf und davon. In diesen Träumen habe ich uns zu viert hier am Zaun stehen sehen, Jenny im langen Kleid einer Gutsherrin, wie sie es im Leben nie tragen würde, ich mit Viktor an der Hand, und Jenny mit unserem Kind in den Armen. Ich war nach diesen Träumen geradezu süchtig. Aber jedes Mal, wenn ich dann die echte Jenny neben mir angesehen habe, habe ich gedacht: Es macht überhaupt nichts aus, wenn es niemals so kommt. Es ist alles gut so, wie es ist, solange diese unvergleichliche Frau mit mir zusammen ist.«

Anton ließ sich die Worte durch den Kopf gehen. »Ich verstehe dich«, sagte er dann. »Es geht mir mit deiner Schwester nicht viel anders. Seit ich sie kenne, habe ich mir auf einmal den ganzen Zinnober einer bürgerlichen Existenz gewünscht, samt Hochzeit in Weiß und einem halben Dutzend Kinder. Dass es aber so niemals kommen wird, kann ich hinnehmen, solange ich nur Nina nicht verliere.«

»Du findest es also nicht falsch?«, fragte Carlo und wandte sich ihm nun doch zu. Er war dreißig Jahre alt und in allem, was er tat, reif und verantwortungsbewusst, doch auf einmal wirkte er unsicher und jung.

»Nein«, sagte Anton. »Nicht im Geringsten.«

Carlo atmete hörbar auf, stützte die Unterarme auf den Zaun und blickte wieder hinüber zum Wald. »Ich glaube auch nicht, dass es falsch war. Es hat ja niemandem Schaden zugefügt. Aber nun, wo Jenny nicht mehr da ist …«

Anton wartete.

»Ich kann schließlich nicht mein Leben lang hier stehen und darauf hoffen, dass sie eines Tages wiederkommt«, murmelte Carlo. »Vom Verstand her bin ich mir ziemlich sicher, dass sie das nicht tun wird. Sie ist nicht wankelmütig, und sie spielt keine Spiele. Und selbst wenn sie es täte – nach all der Zeit wäre das Spiel ihr längst langweilig geworden.«

»Es tut mir so leid, Carlo«, sagte Anton. »Ich liebe Jenny wie die Schwester, die ich gern gehabt hätte, ich glaube, dass ich eine ganze Menge von dem, was sie umtreibt, verstehe, aber ihr Liebesleben ist mir ein Buch mit sieben Siegeln. Vielleicht ist es einfach so, dass ein Mensch, der sich sehr früh und sehr heftig das Herz bricht, nicht mehr in der Lage ist, eine enge Bindung zu ertragen. Jenny kommt mir vor wie ständig auf der Flucht, und mit dir hat das nichts zu tun, das darfst du nicht denken. Ich bin sicher, innerhalb ihrer Grenzen hat sie dich sehr geliebt.«

»Ich glaube, ich weiß das«, sagte Carlo. »Und ich weiß auch, dass es an der Zeit ist, sie gehen zu lassen. Nicht nur körperlich, sondern genauso in meinen Gedanken. Darf ich dich etwas fragen, Anton?«

»Alles, was du willst.«

»Wäre es unehrenhaft, einem Mädchen einen Antrag zu machen, obwohl man eine andere liebt? Wenn man das Mädchen von Herzen gernhat, wenn man entschlossen ist, ihm die Treue zu halten, und wenn man weiß, dass jene andere unerreichbar ist und bleibt?«

Anton begriff. »Du sprichst von Greta?«

Carlo nickte, ohne ihn anzusehen. »Sie ist ein sehr feiner Kamerad, weißt du? Es tut mir gut, mit ihr zusammen zu sein, einfach zu lachen, über Alltagsdinge zu reden und all die Arbeiten zu erledigen, die auf einem Gut wie diesem anfallen. Sie ist zur Gutsherrin geboren und erzogen worden, sie fügt sich ganz natürlich überall ein und ist sich für nichts zu gut. Die Leute mögen sie gern, und Tante Sperling und meine Mutter haben sie ins Herz geschlossen. Otta ist eifersüchtig, aber das liegt wohl am Alter, und außerdem vermisst sie Viktor.«

»Und Oma Hulda?« Anton musste lächeln.

»Ach – du kennst sie ja. Wenn sie nichts zu mäkeln hat, ist das schon beinahe als Lob zu werten. ›Eine wie sie haben wir früher eine sichere Wette genannt‹, hat sie einmal gesagt.«

»Sehr schmeichelhaft.«

Carlo grinste flüchtig. »Von Oma Hulda auf jeden Fall. So oder so gibt sich Greta jede erdenkliche Mühe. Mit uns allen. Und sie steht ja ohne jede Sicherheit da, ohne Mitgift, ohne Versorgung. Ihre Mutter ist vor Kummer krank und wird wohl auch nicht mehr gesund werden. Je länger ich darüber nachdenke, desto richtiger scheint es mir, sie zu heiraten und ihr ein Zuhause zu bieten. Alles andere ist im Grunde nicht fair, findest du nicht auch?«

»Carlo«, sagte Anton, »ich werde dir bestimmt nicht raten, jemanden zu heiraten, weil es fair ist. Du hast Greta nicht in ihre missliche Lage gebracht, und es ist nicht deine Pflicht, dich zu opfern, um sie daraus zu retten. Dafür gibt es andere Wege, und du hast genau wie jeder andere Mensch das Recht, in deiner Ehe glücklich zu sein.«

»Vielleicht wäre ich es ja«, sagte Carlo. »Ich muss auch an Neu-Mahlen denken, weißt du? Wenn euer Kind gelebt hätte, wäre es etwas anderes gewesen, aber so …« Er hielt inne und fuhr zu Anton herum. »Lieber Himmel, was bin ich nur für ein Idiot? Es tut mir leid, Anton. Ich hätte das nicht sagen dürfen, nicht auch noch mit dem Finger in der Wunde bohren.«

»He, beruhige dich.« Anton legte ihm die Hand auf den Arm. »Das geht in Ordnung, hörst du? Unter uns gesagt, tut es mir viel mehr weh, dass kein Mensch mehr unser Kind erwähnt, dass der kleine Bursche totgeschwiegen wird, als hätte er nie existiert. Für die meisten Leute hat er das ja auch nicht, aber für mich bleibt mein Johnny eben das einzige Kind, das ich je haben werde.« Er spürte, wie sich der vertraute Klumpen in seiner Kehle formte, doch er zwang sich, weiterzusprechen. »Mir ist gleichgültig, was andere denken, ich weigere mich einfach, ihn zu vergessen. Und dass du es auch nicht tust, rechne ich dir hoch an.«

»Ich habe ihn schon hier herumlaufen sehen«, murmelte Carlo. »Mit den Fohlen spielen, auf einem Pony reiten, kaum dass er auf seinen zwei Beinchen stehen kann, wie seine Mutter es getan hat. Es tut mir so leid, Anton. Es wird mir für immer leidtun, auch wenn das euch beiden nichts nützt. Euer Kind, eine neue Generation, wäre ein Segen für meine Familie gewesen, aber diesen Segen wird es nun nicht geben. Die Zeiten werden rauer, es gibt etliches, um das meine Mutter sich Sorgen macht, und im Alter steht sie ohne einen Enkel da. Natürlich könnte ich abwarten und auf Otta hoffen …«

»Aber du könntest dir auch selbst das Glück gönnen, eine Familie zu gründen und Vater zu werden«, unterbrach ihn Anton. »Wie schon gesagt, bin ich der Meinung, du solltest nicht heiraten, um fair, sondern um glücklich zu sein. Wenn du mich allerdings fragst, ob ich es für möglich halte, dass du mit Greta glücklich wirst, dann lautet meine Antwort: Ja. Sie ist ein reizendes Mädchen, ein Kamerad zum Pferdestehlen, und ihr scheint euch wunderbar zu verstehen. In der Generation unserer Eltern hätte kein Mensch gezögert, auf einer solchen Grundlage zu heiraten, und wer weiß – vielleicht sind solche Ehen ja solider gebaut als die, die aus feuriger Leidenschaft geschlossen werden, auf die wir uns heutzutage so versteifen.«

Carlo richtete sich zu voller Größe auf und sah nun Anton wieder geradewegs ins Gesicht. Er wirkte regelrecht erleichtert. »Du meinst also, ich sollte sie bitten, meine Frau zu werden? Und dass ich Jenny noch immer nicht vergessen habe, ist kein Hinderungsgrund?«

»Wer weiß denn, wen Greta nicht vergessen hat?«, erwiderte Anton. »Falls es da jemanden gäbe, von dem du sicher sein könntest, dass sie ihn nicht mehr sieht – würde es dir etwas ausmachen?«

»Auf keinen Fall«, sagte Carlo. »Im Gegenteil. Ich hätte das Gefühl, wir wären quitt.« Kurz zögerte er. »Bei Jenny hat es mir etwas ausgemacht«, gestand er dann. »Ich wusste über Viktors Vater überhaupt nichts, nicht einmal seinen Namen oder ob Jenny ihn jemals geliebt hat, und trotzdem war ich verrückt vor Eifersucht auf ihn. Wenn sie auf einmal so abwesend wirkte und in die Weite starrte, als würde sie dort etwas sehen, was ich nicht sah, war ich immer sicher: Jetzt denkt sie an ihn.«

Eine Wolke schob sich vor die Sonne, und in der plötzlichen Kühle sträubten sich die Haare auf Antons Armen. Er krempelte die Hemdsärmel, die er bis auf die Ellenbogen hochgeschoben hatte, wieder herunter und schloss die Manschetten. Nie zuvor hatte er darüber nachgedacht, aber jetzt auf einmal kam ihm die strahlende Jenny, die so beliebt war und sich vor Freunden und Verehrern nicht retten konnte, unsäglich einsam vor.

»An wen auch immer sie denkt, sie wird es uns nicht sagen«, brachte er schließlich heraus, legte den Arm um Carlos breite Schultern, und die beiden Männer machten sich auf den Heimweg, ehe der eben noch strahlende Himmel sich vollkommen zuzog und ein Wolkenbruch sich über sie ergoss. Es war eben April, es würde noch einige Wochen dauern, ehe das Wetter sich stabilisierte. »Sie ist ein Rätsel, Carlo, und Rätsel üben nun einmal eine Faszination aus, der sich niemand leicht entziehen kann. Aber mit einem solchen Rätsel zu leben, ist haarig. Nicht nur für uns, sondern sicher noch weit mehr für unsere rätselhafte Jenny selbst. Wenn du mich fragst, hast du die richtige Entscheidung getroffen. Das Leben geht weiter. Und ich freue mich, weil wir uns nun wohl bald wiedersehen. Zu eurer Verlobungsfeier müssen wir schließlich anreisen, ob deine Schwester sich sträubt oder nicht.«

Am folgenden Nachmittag fuhr Carlo die Gäste im Landauer zum Bahnhof nach Templin, und Anton und Nina nahmen den Zug zurück nach Berlin. Ulrike von Veltheim hatte beim Abschied geweint. »Kümmert euch nicht um mich«, hatte sie abgewehrt. »Ich weiß ja, dass ihr's auf dem Land nicht lange aushaltet, und bin glücklich, dass es euch in der Stadt so gut geht. Ich werde einfach alt, und alte Frauen sind nun einmal Heulsusen.«

»Soweit es mir bekannt ist, bin ich älter als du«, hatte Oma Hulda trockenen Auges bemerkt. »Aber wer weiß, vielleicht überholt ihr mich auch alle. Muss von dem vielen Geheule kommen.«

Anton hätte es ohne Probleme noch eine ganze Weile auf dem Land ausgehalten, und je näher sie Berlin kamen, desto heftiger verkrampfte sich sein Magen. Einen Grund dafür hatte er nicht. Er liebte Berlin, liebte ihr Zuhause, liebte an den meisten Tagen seine Arbeit. Vor allem liebte er es, mit Nina zusammenzuleben, und Nina gehörte nun einmal nirgendwo anders hin als nach Berlin.

Auf dem Schlesischen Bahnhof herrschte lärmendes Treiben, weil kurz zuvor der Nord-Express, der mit Zwischenhalt in Warschau aus dem Baltikum kam, auf dem Nebengleis eingetroffen war. Hektisch eilten Reisende, Gepäckträger, Dienstleute und Abholer durcheinander, und Nina und Anton mussten schreien, um sich zu verständigen.

»Ich nehme mir gleich eine Taxe und fahre in die Lutherstraße«, rief Nina. »Ich habe einen Termin in der *Scala*.«

»Ach«, entfuhr es Anton glücklicherweise so leise, dass sie ihn nicht hörte. »Ich dachte, ich könnte dich zum Abschluss unseres Kurzurlaubs in die *Bodega* zum Essen einladen.«

»Ein andermal!« Nina warf ihm eine Kusshand zu und tauchte gleich darauf im Gewimmel unter. Von Menschen umtost, blieb Anton mit ihren Koffern stehen und ignorierte die Gepäckträger, von denen alle paar Minuten einer fragte, ob er seine Dienste anbieten dürfe.

Drüben am anderen Gleis glaubte Anton, so etwas wie sein eigenes Spiegelbild zu entdecken. Sein Blick blieb an einem Mann haften, der ebenfalls allein und wie benommen mit seinem Koffer vor dem eingefahrenen Zug stand, während davoneilende Reisende gegen ihn prallten und sich lautstark empörten. Der Mann schien fremd. Verloren. Anton fühlte sich ihm verwandt, auch wenn er ihm auf den zweiten Blick natürlich keineswegs wie ein Spiegelbild glich. Wären sie nicht durch die Schienen voneinander getrennt gewesen, wäre er zu ihm gegangen, um zu fragen, ob er ihm behilflich sein könne.

Der Mann war groß und schmal und trug auf dem blonden Haar einen grauen Hut mit scharfem Kniff. Hatte trotz seiner wenig modischen und abgewetzt wirkenden Kleidung etwas Elegantes an sich. Sein Koffer war viel kleiner als Antons, nicht mehr als ein eingesunkenes Bündel. Was fesselte ihn nur an dem Fremden? Kannte er ihn, war er ihm schon einmal begegnet? An irgendwen schien er ihn zu erinnern, doch er kam nicht darauf, an wen.

Anton riss sich los und ging zu Fuß mit beiden Koffern nach Hause. Als er das Haus in der Jerusalemer Straße erreichte, setzte gerade die Dämmerung ein, und in den Hinterhof fiel kaum noch Licht. Dafür brannte die Beleuchtung im Treppenhaus. Ehe er den ersten Absatz erreichte, erlosch sie, wurde jedoch sofort wieder eingeschaltet. Jemand musste sich vor ihm auf der Treppe befinden, aber er vernahm keine Schritte.

Dafür sah er jemanden vor seiner Haustür stehen, sobald er auf der letzten Stufe ankam. Einen kahlköpfigen Mann ohne Brauen, Bart und Wimpern im weißen, wie geschminkten Gesicht.

Rudolf Kante.

»Ich wünschte, du würdest solche Besuche unterlassen«, platzte Anton heraus. »Ich war der Meinung, du und ich hätten das letzte Mal zur Genüge festgestellt, dass wir miteinander nichts mehr zu schaffen haben.«

»Oh, ich bitte um Entschuldigung!« Rudi hob die Hände. »Allerdings bin ich heute nicht hergekommen, um einen belanglosen Freundschaftsbesuch zu machen. Ich bin gekommen, um dir mein Beileid auszusprechen.«

»Dein Beileid?«

Um alles in der Welt nicht Nina!, durchfuhr es Anton, und sein Herz begann zu rasen. Dass sein Verstand ihm zu erklären versuchte, er habe sich von Nina gerade erst auf dem Bahnhof getrennt und von einem Unfall könne nicht ausgerechnet Rudi etwas wissen, nützte ihm nichts.

Seit das Kind gestorben war, erging es ihm so. Etwas in ihm befand sich in ständiger Angst vor der nächsten Katastrophe.

»Kathi Lange«, sagte Rudi mit Grabesstimme. »Du erinnerst dich? Vor dem Krieg, bei Max Reinhardt, waren wir beide mit ihr befreundet, und hinterher war sie – ja, was? Deine Gespielin? Dein G'spusi, wie die Österreicher sagen?«

Dass Anton nichts davon zutreffend fand, spielte jetzt keine Rolle. Vielleicht waren die Ausdrücke ja nicht so falsch. Er und Kathi hatten einen frostklirrenden Winter lang beieinander Trost gesucht, und anders als andere war sie hinterher seine Freundin geblieben. Zumindest eine Zeit lang, bis sie sich aus den Augen verloren. Er hatte Nina kennengelernt, und als diese sich in einem Streit von ihm getrennt hatte, hatte er noch einmal – betrunken und vor Liebeskummer krank – eine Nacht mit Katharina verbracht. Später war sie an irgendein Provinztheater gegangen, und wenn er ehrlich war, hatte er seit damals nicht mehr an sie gedacht.

»Katharina ist tot?«, fragte er jetzt fassungslos.

»Kokain«, sagte Rudi und zuckte mit den Schultern. »Noch eine, die diese Krise zugrunde gerichtet hat. Obwohl es ihr schon vorher reichlich mies gegangen sein soll. Eine Zeit lang war sie wohl in Meißen am Stadttheater, ist aber immer tiefer gesunken und hat schließlich gar keine Engagements mehr bekommen. Was sie in Berlin gewollt hat, weiß der Polizei zufolge kein Mensch.«

»Die Polizei?«

Rudi nickte. »Ihre Leiche ist hinter der Joachimsthaler Straße im Rinnstein gefunden worden. Morgens früh um vier, von der Müllabfuhr. Da muss die grüne Minna natürlich kommen. Offenbar hat sich die arme Kathi in einer von den billigen Absteigen am Zoologischen Garten vollgekokst und ist aus dem Fenster gekippt.«

Fetzen von Bildern wirbelten Anton durch den Kopf. Auf einmal wünschte er sich nur noch, sich in seiner Wohnung zu verkriechen und sich die Bettdecke über den Kopf zu ziehen. Nina, dachte er, verdammt noch mal, Nina, warum bist du denn nicht da? Aber wenn sie da gewesen wäre, hätte er ihr von Kathi, seiner einstigen Geliebten, erzählen wollen? Jene Innigkeit, dieses tiefe Vertrauen, das ihre Beziehung einst ausgemacht hatte, war nicht mehr zu spüren. In den Monaten seit dem Verlust ihres Kindes waren sie umeinander herumgeschlichen, als gingen sie auf Eiern und hätten Angst, mit einem falschen Schritt alles zu zerbrechen.

»Danke, dass du mich informiert hast«, sagte er zu Rudi. »Allerdings wäre ich dir dankbar, wenn du dich dann auf den Weg machen könntest. Ich komme von einer Reise nach Hause und wäre jetzt gern allein.«

»Oh, so einfach kommst du leider nicht weg, mein Guter«, rief Rudi und klang nun beinahe vergnügt. »Die Polizei hat nämlich ein ziemlich großes Interesse daran, mit dir zu sprechen, und ich habe versprochen, ›meinen Freund, den werten Herrn Wendland‹, herbeizuschaffen.«

»Was will denn die Polizei von mir?«, fragte Anton. »Ich habe Katharina doch seit Jahren nicht gesehen.«

»Das mag schon stimmen«, erwiderte Rudi. »Es gibt da allerdings eine Kleinigkeit, bei der einzig du behilflich sein kannst. Am besten kommst du also gleich mit mir mit aufs Revier. Solche Kleinigkeiten haben nämlich die Neigung, immer größer zu werden, je länger man sie ignoriert.«

19

JENNY

SEPTEMBER 1931

Die Marinelli-Beuge gehörte zu den Figuren, die Jenny schon seit mehr als einem Jahrzehnt regelmäßig ausführte. Dabei stützte sie ihr gesamtes Körpergewicht auf die Mundhalterung an einer aufrecht stehenden Stange und bog die Beine über ihren Kopf so weit zurück, dass ihre Füße beinahe den Boden berührten. Die Figur war kompliziert und erforderte jede Menge Übung, doch für Jenny gehörte sie zum Repertoire.

Nina hatte sie für die Herbstsaison wiederum in das Vorprogramm mit der Ente Pandora eingebaut. Die Stange, auf der Jenny mit dem Mund balancierte, wuchs zur Musik des »Valse triste« und zum Quaken des Federviehs aus der überdimensionalen Spieldose, und sobald sie hoch genug schwebte, begann sie, sich hintüberzubiegen. Etwa drei Minuten lang vermochte sie in dieser Stellung zu verharren, und die Enten-Nummer war sogar etwas kürzer. Es war anstrengend. Aber solange sie sich darauf konzentrierte, die Spannung ihres Körpers zu halten, und nicht ins Publikum blickte, war es keine Hexerei. Dafür, dass ihr auf einmal vor der lange zu haltenden Figur graute und sie sich wünschte, sie hätte sich an diesem einen Abend drücken können, gab es keinen Grund.

An diesem Freitag wurde das neue Programm bereits zum zwölften Mal aufgeführt und war mehr oder minder schon Routine geworden. Tagsüber war es Jenny jedoch nicht gut gegangen. In der Nacht hatten Gliederschmerzen ihr den Schlaf geraubt, und am Morgen hatte sie sich wie gerädert aus dem Bett gequält. »Ich glaube, ich habe mir irgendetwas eingefangen«, sagte sie zu Darius. »Vermutlich von dem Menschen in der Straßenbahn, der unbedingt ein Autogramm haben wollte und mir dabei mitten ins Gesicht geniest hat.«

»Seit wann fährst du mit der Straßenbahn?«, fragte Darius und musterte sie mit jenem skeptischen Blick, unter dem sie zu schrumpfen schien.

»Es war keine Taxe zu bekommen«, erklärte sie lahm. Nicht einmal der Kaffee schmeckte. Sie kippte ihn samt Brandy in die Spüle.

»Vielleicht wird es ja doch Zeit, dass du Autofahren lernst«, schlug Darius vor.

»Eher gehe ich zu Fuß«, erklärte Jenny. »Lern lieber du es. Dann kaufe ich dir ein Auto, und du kutschierst mich als mein Privatchauffeur durch die Stadt.«

In Wirklichkeit hätte sie gerade jetzt Mühe gehabt, das Geld für ein Auto zusammenzukratzen. Natürlich würden die Händler ihr, ohne lange zu fackeln, Kredit einräumen. Was für andere ihr guter Name war, war für Jenny ihr stadtbekanntes Gesicht, und für gewöhnlich hätte sie dabei keine Skrupel gehabt. In Lokalen ließ sie anschreiben, solange sie denken konnte, vergaß meistens, die Rechnung irgendwann zu begleichen, und niemand nahm es ihr krumm.

Aber die Zeiten hatten sich geändert.

Langsam. Schleichend. Zuerst hatten die Banken Pleite gemacht, dann die Geschäfte, die bei ihnen Konten unterhielten. Die wie Pilze aus dem Boden gewachsenen Bühnen, auf denen Jenny ihre Matinee-Vorstellungen gab, hatten eine nach der anderen aufgeben oder auf billigere Nummern umsteigen müssen. An Einkommen blieb ihr ihre Gage aus dem *Wintergarten,* die ihnen allen dreien auch weiterhin ein luxuriöses Leben finanzierte. Trotzdem kam es Jenny vor, als fingen die Stützpfeiler ihrer Welt an, wegzubrechen.

Der Erste war Ypsilantis. Der Immerwährende. Er währte auch jetzt noch, thronte auf der Ofenbank und blickte mit Todesverachtung auf seine Untertanen herab. Darius zufolge war er jedoch bereits sechzehn Jahre alt, stocktaub und nicht mehr in der Lage, aufzutreten.

»Er hat mit mir den gesamten Weg von Istanbul bis hierher

durchgestanden«, hatte Darius erklärt. »Damals hieß es noch Konstantinopel, so ein Methusalem ist dieser Kater. Er hat Reiche zu Staub zerfallen sehen. Wenn jemand sich seinen Ruhestand verdient hat, dann er.«

Ohne Löwen kein Löwenbändiger.

Darius hatte weiterhin ab und an Auftritte als Diseur, doch er zog sich mehr und mehr ins häusliche Leben zurück und trug immer weniger zum Einkommen der Familie bei. Jenny gönnte es ihm. Er stand ihrem Haushalt vor und sorgte dafür, dass sie und ihr Sohn ein Heim hatten, dass die Speisekammer mit Brot und Butter, Brandy und Kaffee gefüllt war, die Handtücher duftig und die Betten frisch bezogen waren. Es war nur recht und billig, dass sie ihn unterhielt. Sie hatte lediglich Angst, dass sie es sich irgendwann nicht mehr würde leisten können.

Viktor war immer ein bescheidenes Kind gewesen, hatte sich, ohne zu klagen, mit wässrigem Haferbrei ernähren lassen und war später, als Geld im Überfluss im Haus war, weiterhin zur Bezirksbücherei getrabt, um sich seine drei wöchentlich erlaubten Bücher auszuleihen. Von Darius hatte er die Vorliebe für exzentrische, elegante Kleidung übernommen, aber beide stöberten gerne bei Altkleiderhändlern und arbeiteten ihre Fundstücke eigenhändig auf. In diesem Sommer hatte sich Viktor allerdings noch einmal gestreckt, war größer und schlaksiger geworden, und seinem markanten Gesicht war anzusehen, dass das Ende seiner Kindheit nicht mehr weit war. Zu Beginn des neuen Schuljahrs hatte der Direktor Jenny einbestellt, um ihr mitzuteilen, dass ihr Sohn zu den Besten der Klasse gehörte.

»Wir legen Ihnen nahe, Ihrem Sohn das Abitur und anschließend den Besuch der Universität zu ermöglichen«, hatte eine Frau mit Dutt, die dem Direktor offenbar als eine Art Sprachrohr diente, mitgeteilt. »Uns ist bekannt, dass auf eine akademische Ausbildung in Ihren Kreisen wenig Wert gelegt wird. Im Fall Ihres Sohnes wäre es jedoch eine himmelschreiende Verschwendung, wenn er darauf verzichten müsste.«

Wie schön, dass du über meine Kreise so gut Bescheid weißt, hatte Jenny gedacht. Wenn es dich auch nur im Mindesten etwas anginge, würde ich dich wissen lassen, dass mein Sohn auf nichts, aber auch auf gar nichts, was er zu seinem Glück braucht, verzichten muss. Wenn er einen lebenden Elefanten will, dann bekommt er den, und wenn er Reichskanzler werden oder zum Mond fliegen will, dann sorgen meine sogenannten Kreise und ich dafür, dass er es kann.

Sie war dazu felsenfest entschlossen, hatte es immer so gehalten und würde es auch in Zukunft tun. Die alberne kleine Verkühlung, die sie sich eingefangen hatte, würde sie daran nicht hindern, und die Wirtschaftskrise, die immer weiter um sich griff, würde irgendwann vorbeigehen.

Der Krieg war ebenfalls vorbeigegangen, auch wenn Jenny damals geglaubt hatte, eher ginge ihr eigenes kleines Leben vorbei.

Die Inflationszeit, in der sie sich die Geldscheinbündel ihres kümmerlichen Lohns aus dem *Salamander* mit dem Leiterwagen abgeholt und dafür gerade einmal einen Laib Brot und ein bisschen Fett hatten kaufen können, war vorbeigegangen. Und auch das Riesenheer der sechs Millionen Arbeitslosen würde nicht endlos weiterwachsen, sondern irgendwann wieder schrumpfen.

Jenny schob sich eine Handvoll von ihren Pillen gegen die Schmerzen in den Mund, wünschte Darius, der heute nicht auftrat, einen schönen Abend und wollte sich auf den Weg in den *Wintergarten* machen.

»Darf ich fragen, was du da eigentlich einwirfst wie die Sahnebonbons, die Viktor und ich gekocht haben?«, fragte Darius.

Jenny zuckte die Schultern. »Nur ein Mittel gegen meine Verkühlung. Hat mir Harry gegeben.« Harry Tetzlaff war der Inhaber der Löwen-Apotheke am Ende der Mohrenstraße und gehörte auf väterliche Weise zu den Männern, die Jenny nichts abschlagen konnten. Er hatte ihr Togal gegeben. Aber es war längst kein Togal mehr in dem Fläschchen, und das hätte gegen die Schmerzen in Jennys Rücken sowieso nichts ausrichten können.

Was sie statt der Tabletten gegen harmlose Wehwehchen hineingefüllt hatte, hatte sie einem Chirurgen, einem Stammgast aus dem *Wintergarten,* abgeschwatzt. Es hieß Eukodal, verschaffte ihr zumindest für die Dauer einer Aufführung Erleichterung und vertrieb zugleich ein paar düstere Gedanken. Billiger als Vermouth, Absinth und Kokain und vermutlich auch weniger gefährlich, wobei Jenny sich darüber keine Gedanken machte. Das meiste im Leben war gefährlich, und die größte Gefahr lauerte so gut wie nie dort, wo alle Welt sie vermutete.

»Diese sogenannte Verkühlung hast du doch angeblich erst seit deiner dubiosen Fahrt mit der Straßenbahn«, sagte Darius. »Aber diese Pillen nimmst du nicht erst seit Neuestem, oder hättest du gern, dass ich das glaube?«

»Zum Teufel, zumindest ab und an hätte ich gern, dass du überhaupt nichts glaubst, sondern dich um deinen eigenen Käse scherst«, blaffte Jenny.

»Du und Viktor, ihr seid mein Käse«, erwiderte Darius ungerührt. »Ich habe sonst keinen.«

Jenny ließ sich noch einmal auf ihren Küchenhocker fallen und steckte sich eine Zigarette an. Ohne Filter. Zu dem Gefummel mit der Spitze hatte sie jetzt keine Zeit. »Mein Rücken macht in letzter Zeit Zicken«, sagte sie. »Wenn es hart auf hart kommt, brauche ich im Winter vielleicht eine Pause. Wir könnten verreisen. Irgendwohin, wo es warm ist und nicht ständig dunkel. Nur wir drei. Wäre das nicht hübsch?«

»Es wäre hübsch, aber es wird nicht stattfinden«, entgegnete Darius. »Solche Traumreisen versprichst du uns seit dem Anbeginn der Alomis'schen Zeitrechnung, aber sobald es ernst wird, wirst du auch diesmal feststellen, dass diese Stadt dem Untergang geweiht ist, wenn du dich länger als drei Tage von ihr entfernst. Mir soll es recht sein. Aber du pass auf dich auf. Ich habe keine Lust, irgendwann zuzusehen, wie du als Morphinistin zugrunde gehst, und ich bin sicher, Viktor noch viel weniger.«

»Unkraut vergeht nicht«, sagte Jenny, doch es klang nicht zuversichtlich, sondern hohl. »Wenn du gestattest, mache ich mich dann mal auf die Socken. Einer muss schließlich für diesen Haushalt die Brötchen verdienen.«

Die meisten Männer hätten auf diese Bemerkung hin beleidigt ihre Entrüstung bekundet, aber Darius gehörte nicht zu den meisten Männern. »Da ist noch etwas, Eugenie«, sagte er, als Jenny schon im Begriff war, aus der Küchentür zu schlüpfen.

Niemand außer ihm nannte sie jemals Eugenie, und er wusste, wie sehr sie es hasste. Er tat es nur, wenn es ihm ernster als ernst war. Todernst.

»Was denn?«

»Ein Mann war hier und hat nach dir gefragt. Von uns war niemand zu Hause. Er hat bei Frau Kellermann im dritten Stock geklingelt. Sie war ziemlich erregt.«

Jenny stöhnte. Dass Männer nach ihr fragten, kam alle naselang vor und gehörte zu den Nebenwirkungen ihres Berufs. Der überwiegende Teil von ihnen war lästig, aber harmlos. Nur dass jemand ausgerechnet bei der größten Klatschbase des Wohnblocks klingeln musste, ärgerte sie. »Die Kellermann ist immer ziemlich erregt, aber die regt sich auch wieder ab«, sagte sie.

»Es war kein Deutscher, hat sie gesagt.«

»Ja, und? Ist es neuerdings verboten, etwas anderes als deutsch zu sein?«

»Und er hatte einen stechenden Blick, der ihr durch und durch gegangen ist.«

»Verdammt noch mal, Darius, hast du zu wenig zu tun, dass du dir den gequirlten Mist anhören musst, den die Kellermann von sich gibt? Sag ihr, wenn der Mann mit dem stechenden Blick das nächste Mal vorbeikommt, soll sie ihn mit in ihr Bett nehmen, das ist gut gegen Knitterfalten. Und du solltest vielleicht auch überlegen, ob du dir auf deine alten Tage nicht vielleicht was fürs Herz zulegst. Immer nur eine stocktaube Katze unter der Decke scheint auf Dauer deiner Laune nicht aufzuhelfen.«

Damit ging sie. Und hätte sich im selben Moment einen Tritt verpassen und ihre Worte zurücknehmen wollen. Darius war aus Istanbul geflohen, nachdem er hatte mit ansehen müssen, wie sein armenischer Liebster auf offener Straße abgeschlachtet worden war. Er hatte überlebt, war froh, nur noch Kinder und Katzen zu lieben, und keinem Menschen außer ihr hatte er je davon erzählt.

Dass sie beide nie wieder ein Wort davon erwähnten, war seit elf Jahren ein ungeschriebenes Gesetz zwischen ihnen, das sie nicht hätte brechen dürfen. Was hatte sie dazu getrieben? Sein Gerede, ihre Schmerzen, ihre alberne Angst davor, heute Abend auf der Spieldose die Marinelli-Beuge vorführen zu müssen, wie sie es doch unzählige Male zuvor getan hatte? Sie würde sich entschuldigen, würde es mit ihm klären müssen, aber dazu war jetzt keine Zeit. Als sie die Treppe hinuntereilte, hörte sie, wie oben die Wohnungstür noch einmal geöffnet wurde.

»Frau Kellermann hat mit mir nicht gesprochen«, rief Darius ihr hinterher. »Sondern mit dem *Poulaki.* Es hat ihn verstört, und ihn verstört in letzter Zeit zu viel. Er hat sich zusammengereimt, der Mann muss aus Riga stammen. Die Kellermann hat gesagt, er sprach wie du, nur mit stärkerem Akzent.«

20

Wie konnte man es ausgerechnet einem Finnen übertragen, Musik zum Tanzen zu schreiben? Der »Valse triste«, Jean Sibelius' trauriger Walzer, war überhaupt keine Musik zum Tanzen, sondern so schwer, dass er sich einem wie mit Bleigewichten an die Fesseln heftete. Schlimmer war, dass er sich obendrein aufs Gemüt legte wie eine dieser undurchdringlichen Wolkendecken, die nicht den winzigsten Ausblick auf den Himmel frei ließen. Jenny hatte es zuvor nicht bemerkt, aber jetzt, wo sie für niemanden sichtbar im Dunkeln wartete, bis die Ente mit ihren Drehungen fertig war, fiel ihr auf, dass sie den »Valse triste« hasste.

Sie würde Nina sagen, dass sie ihn augenblicklich ersetzen mussten. Die schleppende Schwermut raubte ihr den letzten Nerv.

Die Ente war tapfer. Vermutlich konnte man sich als Ente einfach keine Überempfindlichkeit gegen Walzer leisten.

Als Mensch auch nicht, dachte Jenny, während der Lichtkegel über der Ente erlosch und sehr zarter, verhaltener Applaus aufklang. Nina hatte gut daran getan, diesen leisen Auftakt gegen Aschingers Widerstand im Programm zu behalten. Er machte die Zuschauer still und aufmerksam, er rief ihnen in Erinnerung, dass das Leben öde wurde, wenn man nicht mehr staunen konnte. Und auf all das, was sie an Großem erwartete, wenn sie sich für die kleine Sensation geöffnet hatten, würde nun Jenny ihnen einen Vorgeschmack geben. Wenn es nicht anders ging, dann eben im Takt eines traurigen finnischen Walzers.

Es gab Schlimmeres.

Und sie konnte von Glück sagen, dass das Schlimmere weit weg und vorbei war und sie nie mehr einholen würde.

Der breitere Lichtkegel fiel nun auf sie, die Musik setzte kräftiger und energetischer von Neuem ein, und aus der Holzkiste schob sich die Stange mit der Halterung heraus, auf die sie sich mit ihrem Oberkiefer stützte. Aus dem Stand gab sie sich Schwung, wie es ihr in Fleisch und Blut übergegangen war, stemmte sich vom Boden in die Höhe und bog ihren Körper hintüber, als wären ihre Knochen aus geschmeidigem Draht. Für gewöhnlich lauschte sie längst nicht mehr auf die Reaktion des Publikums, aber heute vernahm sie, der Musik zum Trotz, wie der gesamte Saal den Atem anhielt.

»Ist es nicht berauschend?«, hatte die dreißig Jahre Ältere, die ihr beigebracht hatte, aus sich eine Kontorsionistin zu machen, sie nach ihrem einzigen gemeinsamen Auftritt gefragt. Jenny hatte nichts Berauschendes daran finden können, wohl weil sie mit diesem Atem-Anhalten des Publikums aufgewachsen war. Sie hatte es im *Deutschen Theater zu Riga* gehört, am *Mariinski-Theater* in Petersburg, an der *Lemberger Oper* und am Moskauer *Bolschoi.* Sie hatte keinen Rausch verspürt, sondern Angst, etwas falsch zu machen,

Müdigkeit bis zu völliger Erschöpfung, Schmerzen in den Füßen und den Wunsch, sich irgendwo verstecken und schlafen zu dürfen.

Nur wenn *er* mit ihr getanzt hatte, wenn sie zusammen gewesen waren und sich gegenseitig geschützt und gehalten hatten, war all die Angst, waren die Schmerzen und sogar ein Teil der Müdigkeit von ihr abgefallen. Dass das Publikum den Atem angehalten hatte, war ihr gleichgültig gewesen, denn in der Welt, die sie mit ihm teilte, in der Glaskugel, in der sie sicher war, gab es kein Publikum.

Es gab nur ihn und sie.

Nachbarskinder, die die Straße zwischen ihren Häusern, den unsichtbaren Graben, leichthin übersprangen.

Schicksalsgenossen, die anders waren als die anderen, die allein gewesen wären, hätten sie einander nicht gehabt.

Warum heute?, schrie sie sich stimmlos an, während sie über die Schmerzgrenze hinweg ihren Rücken nach hinten krümmte, das Gewicht auf die Mundhalterung stützte und die Beine streckte, bis sie den Ansatz der Oberschenkel über ihrem Kopf spürte. Warum verlor sie sich ausgerechnet heute in sinnlosen, längst begrabenen Gedanken? Die Wirkung des Eukodal schien schon nachzulassen. Sie hätte besser noch zwei Tabletten nachschieben sollen, doch ihr Vorrat ging zur Neige. Waren etwa die Schmerzen schuld an ihren verqueren Gedanken? Es ist gleich vorbei, versicherte sie sich. Die Stange, auf die sie sich stützte, begann sich zu den langsamen Klängen des Walzers zu drehen, und Jenny schwang ihre Beine im Takt. Im oberen Rücken zuckte ein Muskel, doch im nächsten Augenblick hatte sie ihn wieder unter Kontrolle.

Es ist gleich vorbei, dumme Trine.

Mach kein solches Theater, es ist doch immer gleich vorbei.

Jemand im Publikum sog laut hörbar Luft ein. So etwas geschah ständig, es gehörte zum Reiz des Varietés, dass Artisten und Zuschauer sich dicht beieinander den Raum teilten und mitbekamen, wie der jeweils andere keuchte, schnaufte, schwitzte. Für gewöhnlich gab Jenny keinen Pfifferling darum. Heute aber schnellte ihr Kopf wie von selbst so hoch, wie es in der Beuge möglich war. Automatisch spreizten sich ihre Beine, die wie zusammengeklebt hätten verharren sollen, und durch den Spalt erhaschte sie einen Blick in die Menge, sobald sie ihr das Gesicht zuwandte.

Es war der schwerste Fehler, den eine Kontorsionistin begehen konnte. Ihr Körper war es, auf den sie sich einzig und allein zu konzentrieren hatte, die Spannung ihrer Muskeln, die präzise zu haltenden Winkel ihrer Gliedmaßen. Nur für den Bruchteil eines Herzschlags blitzte das Gesicht des Mannes vor ihr auf, sah sie sandhelles Haar im von künstlichem Sternenschein gemilderten Dunkel.

Der Bruchteil eines Herzschlags genügte. Ein Schmerz fuhr in ihren Rücken, als würde ihr vom Steiß an ein Schwert hineingetrieben. Sie konnte nicht einmal schreien, denn die Halterung steckte noch in ihrem Mund. Ihre Beine schlugen zurück nach vorne, und nur der Geistesgegenwart, die sie in jahrelangem Training erlangt hatte, verdankte sie es, dass sie von der Halterung loskam, ohne sich die Zähne auszubrechen. Ohne Eleganz, aber auch ohne sich zu verletzen, landete sie auf den Füßen.

Den Lärm, der aufbrandete, hörte sie wie durch Watte. Schwindel und Schwäche erfassten sie, und sie fiel auf die Knie. Alles in Ordnung, beschwor sie sich gegen den rasenden Schmerz in ihrem Rücken. So was passiert, es gehört zum Nervenkitzel, und der Schlangen-Jenny werden es nicht einmal die Kritiker übel nehmen. In Wahrheit wusste sie jedoch, was ein solcher Sturz und das Misslingen einer Figur bewirkten: Die Illusion zerplatzte, der Zauber löste sich in Luft auf, und mit einem Schlag wurde sichtbar, dass der Kaiser keine Kleider trug. Oder in diesem Fall, dass auch Jenny Alomis nur aus Fleisch und Blut und damit fehlbar und sterblich war.

Ein Artist, dem ein so schwerwiegender Fehler zum ersten Mal auf der Bühne unterlief, verlor dadurch das Vertrauen in den eigenen Körper, das er brauchte, um sich in eine Figur ganz hineinzugeben. Was danach geschah, stand buchstäblich in den Sternen. Jenny, Nina und Sonia hatten Künstler erlebt, die darüber hinwegkamen, indem sie sofort auf die Bühne zurückkehrten und sich bewiesen, dass der Ausrutscher einmalig war und sie sich weiterhin auf sich verlassen konnten. Sie hatten aber mindestens ebenso viele erlebt, für die dieses Versagen der Anfang vom Ende gewesen war. Vormals umjubelte Darsteller schreckten auf einmal vor jeder schwierigen Übung zurück und mussten über kurz oder lang von der Bühne Abschied nehmen.

Ich gehöre zur ersten Gruppe, sagte sich Jenny und zwang sich, aufzustehen und dem Publikum ihr wölfisches Grinsen zu zeigen. Der Schmerz war so heftig, dass die Gesichter der Leute vor ihr auf und ab waberten, ohne dass sie klare Konturen erkennen konnte.

»Ich fürchte, ich bin heute nicht ganz saftig in den Knien«, rief sie in die Menge und ließ ihren Blick schweifen, auch wenn sie nur Schemen sah. »Der Champagner vorhin war wohl nicht mehr taufrisch, und diese langsam vor sich hin walzende finnische Schwermut hat mir den Rest gegeben. Morgen tanzen wir hier wieder nach Rhythmen, bei denen man sich die Sorgen aus dem Leib schüttelt! Und für heute bitte ich Sie vielmals um Entschuldigung.«

Sie verbeugte sich vornüber, wie es üblich war, dann verbeugte sie sich hintüber, wie es nicht üblich war, und gleich darauf wirbelte sie Räder schlagend über die Bühne. Dass man Rad schlagen konnte, auch wenn man glaubte, der Rücken stünde in Flammen, hatte sie sich frühzeitig beigebracht.

Du kannst alles, wenn du es musst.

Denk an Viktor. Denk an den Kleining, und sag nicht, du kannst nicht.

Du kannst dir sehr wohl den Rücken brechen und trotzdem wieder in den Sattel steigen.

Du kannst es, weil du leben musst, weil leben besser ist als sterben. Weil der Kleining leben muss. Weil er ein Recht auf sein Leben hat, das noch brandneu und blitzsauber ist, von nichts beschmutzt und von niemandem beschädigt.

Als sie wieder auf die Füße sprang, vernahm sie den Beifall und die Zurufe des Publikums. Es ist alles in Ordnung, versicherte sie sich und warf Kusshände zu den Applaudierenden. Sie saß schon wieder im Sattel, sie würde morgen wieder auftreten, und zu einer anderen Musik würde sie auch wieder in die Marinelli-Beuge gehen wie Hunderte von Malen zuvor. Hinter sich verspürte sie eine Bewegung und wusste, dass es Nina war, die aus dem Seitenaufgang geschlüpft war.

»Zum Teufel, Jenny, was war das denn?«, zischte sie ihr zu, während sie zweifellos ebenso breit grinste und Kusshände verteilte wie Jenny selbst. Irgendein unbezahlbarer Mensch hatte außerdem den Dirigenten in seinem Graben angewiesen, sein Orchester in voller Lautstärke »Das ist die Berliner Luft« spielen zu lassen.

»Nichts«, raunte Jenny zu Nina hinüber. »Ich hab bloß schlecht geschlafen und mir in der Straßenbahn eine Erkältung eingefangen, ich hätte heute lieber krankfeiern sollen.«

»In der Tat, das hättest du«, zischte Nina zurück. »Und ich bin mir nicht sicher, ob ich dir glauben soll.«

»So blöd, mir zu glauben, bin ich ja nicht mal selber«, erwiderte Jenny. »Aber einen Grund, in Hysterie auszubrechen, gibt es nicht. Ich lasse euch für heute Abend hängen, lege mich in mein Himmelbettchen und borge mir obendrein Ypsilantis als Wärmflasche aus. Wenn das nicht dafür sorgt, dass ich morgen wieder wie neu bin, ist der Papst mein Onkel, und dann können wir immer noch den Notstand ausrufen.«

»Du bist dir sicher, dass das alles ist, was du brauchst?«

»Ja, in drei Teufels Namen, ich bin mir sicher. Und jetzt verzieh dich und lass mich noch ein Minütchen mit meinen Anbetern flirten, ehe ich dir das Feld überlasse.«

Nina zog sich zurück, und Jenny verbeugte sich unter Salven von Applaus ein weiteres Mal. Noch immer konnte sie von den Gesichtern, die sich zum Greifen nah vor ihr bewegten, keines deutlich erkennen, aber etwas erkannte sie:

Der Mann mit dem sandhellen Haar saß nicht mehr auf seinem Platz.

Er hatte den Saal verlassen.

Oder er war in Wirklichkeit nie dort gewesen.

21

CARLO

NOVEMBER

Die Sitzung des Landrats war noch unerfreulicher verlaufen, als Carlo befürchtet hatte. Inzwischen war das Gremium nicht nur zu mehr als zwei Dritteln mit bekennenden Hitler-Wählern besetzt, sondern unter den Delegierten befanden sich neben Dietrich Schultz auch noch zwei weitere Mitglieder der NSDAP, mit denen jede Diskussion zu denselben Schlüssen führte: Die Sozialdemokraten und Kommunisten waren schuld daran, dass Deutschland den Krieg verloren hatte, und die Demokraten und Juden waren schuld daran, dass Deutschlands Wirtschaft elendig zugrunde ging.

Gegenargumente stießen auf taube Ohren. Carlo war klar, aus welchem Grund, und er ärgerte sich über sich selbst, weil er sich die Mühe machte, überhaupt welche vorzubringen. Die Männer, die an den in Hufeisenform aufgestellten Tischen im alten Ratssaal saßen, hatten ja nicht einmal die Argumente verstanden, die sie selbst vortrugen. Sie plapperten Parolen nach, weil ihnen die Männer, die die Parolen verbreiteten, Hoffnung versprachen. Hoffnung war es, wonach sie verzweifelt hungerten, und wer immer ihnen Hoffnung anbot, kam ihnen wie ein Lebensretter vor.

Meinhardt Lampe gehörte dem Rat nicht mehr an. Er hatte die Medaille mit dem Adler, die die Mitglieder an einem rot-weißen Band, den Farben Brandenburgs, um den Hals trugen, auf den Tisch geworfen und war ohne ein Wort gegangen. Sein Haus und sein Land, auf dem seine Familie seit sechs Jahrhunderten ihr Zuhause gehabt hatte, war vor zwei Wochen unter den Hammer gekommen, weil er seine Verbindlichkeiten nicht mehr begleichen konnte. Carlo, der ihm unter die Arme hatte greifen wollen, hätte die gigantische Summe, die benötigt wurde, nicht aufbringen können, zumal auch er beim Konkurs der Danatbank nicht ganz ungeschoren davongekommen war.

Meinhardt hätte seine Hilfe aber auch gar nicht angenommen. Er zog mit seiner Frau und seinem Sohn, der sich auf Krücken dahinschleppte, vom Hof, ohne ein Erinnerungsstück mitzunehmen. Alles, was ihm blieb, war seine Bitterkeit.

Carlo brach auf, sobald die quälende, ergebnislose Sitzung beendet war, und lehnte jede Einladung zu einem anschließenden Umtrunk ab. Dass dies keine Lösung war, wusste er selbst. Er hätte sich mit den Männern hinsetzen, hätte an die Freundschaft ihrer Familien appellieren und sie dazu bewegen müssen, ihm zuzuhören, aber er fühlte sich zu erschöpft. Alles, was er wollte, war nach Hause zu fahren, mit seiner Familie einen friedlichen Abend zu verbringen und zu Bett zu gehen.

Als er jedoch Gespann und Wagen Ferdi übergeben hatte, den Weg zum Haus hinaufging und Greta in der Tür stehen sah, begann seine Hoffnung auf einen friedlichen Abend zu schrumpfen. Greta sah mindestens ebenso besorgt aus wie die Männer im Landrat. Für ihre Verhältnisse wirkte sie sogar ein wenig verärgert, obwohl Carlo noch immer überzeugt war, dass Greta jede Fähigkeit zu Ärger oder Zorn fehlte.

»Deine Oma steht auf der Leiter«, rief sie ihm statt einer Begrüßung entgegen. »Ich bin weiß Gott froh, dass du kommst, denn von mir lässt sie sich ja nichts sagen.«

Mit zwei Sätzen sprang Carlo die Stufen zum Haus hoch, zog Greta in eine flüchtige Umarmung und eilte weiter bis in den kleinen Salon, aus dem hallende Hammerschläge erklangen. Vor Erleichterung hätte er laut auflachen wollen.

»Was treibst du denn da oben, Oma Hulda?«

Seine Großmutter stand auf der obersten Sprosse der höchst wackligen Küchenleiter und widmete sich konzentriert der Aufgabe, eine Reihe von Nägeln in die Wand zu schlagen. Zu ihren Füßen lag ein Stapel gerahmter Fotografien.

»Wonach sieht es denn aus?«, fragte Oma Hulda, ohne ihre Tätigkeit zu unterbrechen. »Ich würde ja glatt behaupten, ich koche Blaubeermarmelade ein, aber bei unserer letzten Begegnung hattest du noch Augen im Kopf.«

»Ich bin schuld!«, rief Carlos Mutter, die mit Tante Sperling am Sofatisch saß und mit Näharbeiten beschäftigt war. »Ich habe gesagt, wie schade es doch ist, dass diese schönen Familienbilder, die wir haben rahmen lassen, nun nicht aufgehängt werden können, weil Max sich den Arm gebrochen hat. Und ehe ich wusste, wie mir geschah, kam sie mit der Leiter aus der Küche anmarschiert.«

»Ich kenne euch schließlich, dich und Sperling«, bemerkte Oma Hulda trocken. »Wenn ihr euch solchen Firlefanz in den Kopf gesetzt habt, gebt ihr keine Ruhe, bis er erledigt ist.«

Carlo lachte jetzt lauthals, und etwas von der Anspannung des Abends fiel von ihm ab. Leibdiener Max, das »Mäxchen für alles«, hatte sich den Armbruch bei einem Sturz vom Heuboden zugezogen und fiel für mehrere Wochen aus. Allem Anschein nach war Oma Hulda entschlossen, ihn würdig zu vertreten. Sie hatte die Arbeit mit dem Hammer beendet, bückte sich erstaunlich behände nach den Fotografien, die sie während des Besuchs von Nina und Anton zu Ostern geschossen hatten, und begann sie versuchsweise an den Nägeln aufzuhängen. Sonderlich sicher sahen die Verrenkungen der bald achtzigjährigen Frau auf der schmalen Leitersprosse nicht aus, aber Carlo kannte seine Oma. Wenn sie sich etwas zutraute, bewältigte sie es auch. Sie machte nicht immer den Eindruck, doch im Kern war ihre Vernunft nicht viel kleiner als ihre Entschlossenheit.

Dennoch stellte er sich wie zufällig an den Fuß der Leiter, um im Notfall zugreifen zu können, und erntete dankbare Blicke der Frauen. Auch von Greta, die in der Tür stehen geblieben war.

»Warum wir dieses Bild von mir und Sperling überhaupt aufhängen, ist mir ein Rätsel«, brummte Oma Hulda. »Wer hat schon Lust, in seiner guten Stube ständig zwei alte Schachteln zu betrachten? Aber da deine Mutter wünscht, die sollen alle an die Wand, wird es so gemacht. Schließlich ist ja deine Mutter die Gutsherrin, nicht ich.«

»Ich finde eben, die ganze Familie sollte vertreten sein«, verteidigte sich Carlos Mutter. »Und du und Sperling seid keine alten Schachteln, sondern zwei der großartigsten Frauen, die ich kenne.«

»Wie viele kennst du denn?«, kam es prompt von Oma Hulda. »Sperling, mich, Fritzi, die formidable Nina und Frau Krause vom Kurzwarenladen?«

Ehe Carlos Mutter zu einer Erwiderung kam, läutete das Telefon, das auf einer Truhe in der Empfangshalle stand.

»Ich gehe schon«, rief Greta und bedeutete Carlo mit einem Nicken, sich nur ja nicht von der schwankenden Leiter zu entfernen.

»Nichts gegen das Fräulein von Metzler«, sagte Oma Hulda, kaum dass Greta verschwunden war, obwohl sie sie ebenso wie alle anderen duzte und beim Vornamen ansprach. »Dass sie sich aber neuerdings im Haus unserer Familie am Fernsprecher meldet, erscheint mir doch ein wenig … nun, zumindest eigen. Oder sehe ich das falsch?«

Ich muss es endlich offiziell machen, schalt sich Carlo wie schon so oft. Er war es Greta schuldig, ihr nach all dem Hinhalten zu einer offiziellen Stellung innerhalb der Familie zu verhelfen. Und zwar zu der seiner Verlobten. Inoffiziell hatte er sich nach etlichem Zögern und Zaudern am Ende des Sommers schließlich dazu durchgerungen, sie zu fragen, ob sie ihm die Ehre erweisen würde, seine Frau zu werden. Sie war ihm um den Hals gefallen und hatte vor Freude geweint.

»Du weißt, dass du mir nichts schuldest, nicht wahr, Carlo?«, hatte sie ihn gefragt. »Du hast für Mutti und mich schon so viel getan und tust es immer noch. Wenn du dir wirklich wünschst, mich zu heiraten, machst du mich damit zur glücklichsten Frau auf der Welt. Wenn du diesen Wunsch aber nicht verspürst, hast du keinen Grund, dich verpflichtet zu fühlen. Ich wäre auch zufrieden damit, deine … deine Freundin zu bleiben.«

Ihre Bescheidenheit gehörte zu den Eigenschaften an ihr, die ihn beschämten. Um ein Haar wäre er damit herausgeplatzt, wie es um ihn stand, doch im letzten Moment beherrschte er sich. Stattdessen erklärte er ihr, dass er sich sehr wohl wünsche, sie zu seiner Frau zu machen, dass er nur noch einen geeigneten Moment abwarten wolle, ehe er es seiner Familie mitteilte.

Der geeignete Moment schien nie zu kommen. Hätte Greta nachgefragt, hätte Carlo nicht einmal sagen können, worauf genau er eigentlich wartete. Seine Mutter und Sperling würden sich freuen, dessen war er sich sicher. Sie verteidigten auch jetzt Gretas Eifer, sich um das Telefon zu kümmern, als einen ihrer zahllosen Akte von Hilfsbereitschaft. Carlo wollte ebenfalls etwas dazu sagen, doch in diesem Moment kehrte Greta schon zurück.

»Es ist für dich«, sagte sie zu Carlo und warf ihm einen Blick zu, den er zu seiner Verblüffung nicht zu deuten wusste. »Ein Kind ist am Apparat. Ein Junge. Seinen Namen wollte er mir nicht verraten, aber er sagt, er ruft aus Berlin an und muss dich unbedingt sprechen. Vielleicht ist es ja auch nur jemand, der sich einen Scherz erlaubt.«

»Nein, ist es nicht«, rief Carlo, packte Oma Hulda, die mit dem Aufhängen fertig war, wenig sanft bei der Hand und half ihr von der Leiter. Gleich darauf stürmte er hinüber in die Empfangshalle und ans Telefon.

»Viktor?«

Es musste ja Viktor sein, denn einen anderen Jungen aus Berlin kannte er nicht, an keinen anderen Jungen aus Berlin konnte er denken. Jäh wurde ihm bewusst, wie sehr Viktor ihm fehlte und wie sehr er sich monatelang gewünscht hatte, Jennys Sohn möge sich bei ihm melden, oder er selbst habe das Recht, es zu tun. Es hatte ihm wehgetan, Viktor in dem Glauben zu lassen, er wäre ihm gleichgültig, all die Spiele, Gespräche, die Spaziergänge »unter Männern« und die Erlebnisse zu dritt wären nur Getue gewesen, um seine Mutter zu beeindrucken. Allzu hart kam es ihm vor, dass ein so junger Mensch einen solchen Schlag hinnehmen musste, und er hätte Viktor unendlich gern das Gegenteil davon gegeben:

Wärme, Beständigkeit, väterlichen Schutz.

»Ja, ich bin es«, sagte Viktor mit seiner noch kindlich hohen

Stimme und doch erschreckend erwachsen. »Viktor Alomis. Ich habe meinen Namen nicht genannt, weil ich nicht wollte, dass die Frau gleich wieder auflegt.«

»Warum hätte sie das tun sollen, Viktor?«, fragte Carlo.

»Weil sie vielleicht deine Braut ist«, erwiderte der Junge in einer Unverblümtheit, die schmerzlich an Jenny erinnerte.

»Wenn sie es wäre, würde sie mich trotzdem ans Telefon holen, sooft meine Freunde anrufen«, erwiderte Carlo und konnte nicht glauben, was er gerade gesagt hatte.

Wenn sie es wäre.

Es war ihm herausgerutscht, ehe er hätte nachdenken können, aber das machte nichts besser.

»Bist du das noch?«, fragte Viktor. »Unser Freund?«

»Der werde ich immer sein«, sagte Carlo. »Ich freue mich sehr, dass du mich anrufst, und ich hätte dich auch anrufen wollen. Viele Male. Ich habe so oft an dich gedacht und wollte dir erzählen, dass *Brindisi,* den du damals mit Herrn Wackermann so gut trainiert hast, das Derby gewonnen hat.«

»Aber du hast mich nicht angerufen«, hielt Viktor gnadenlos fest. »Deshalb war ich nicht sicher, ob du uns helfen wirst. Angerufen habe ich aber trotzdem, weil ich nicht weiß, wer uns sonst helfen könnte. Tante Nina und die anderen Leute, mit denen Mama arbeitet, dürfen ja nichts davon wissen, weil sie sonst vielleicht Mama keine Arbeit und kein Geld mehr geben.«

»Um Gottes willen«, platzte Carlo heraus. »Was ist mit deiner Mama, Viktor?«

»Sie weint«, sagte Viktor. »Jede Nacht. Sie glaubt, ich höre sie nicht, aber dann müsste ich taub sein. Darius hört sie auch, aber er sagt, wir dürfen uns nicht einmischen.«

Carlo hatte Jenny auch des Nachts weinen hören. Seine starke, unerschrockene, dauervergnügte Jenny hatte sich schluchzend gekrümmt, und er hatte geglaubt, es zerreiße ihm das Herz. Er hatte sie in die Arme geschlossen und gewiegt wie ein Kind, hatte sie bis zum Morgen nicht losgelassen und gehofft, sie möge in ihrem Meer aus

Verzweiflung und Einsamkeit spüren, dass ein Mensch bei ihr war, der keinen größeren Wunsch hatte, als ihren Kummer zu lindern.

»Weißt du, warum sie weint, Viktor?«, fragte er so behutsam, wie es bei den knirschenden Geräuschen aus der Telefonleitung möglich war.

»Weil ihr der Rücken wehtut«, sagte Viktor. »Wenn sie glaubt, keiner sieht sie, geht sie krummer als Frau Kellermann, und manchmal wimmert sie – so wie die kleinen Katzen, die Leute in einer Pappschachtel bei den Mülltonnen ausgesetzt haben. Im *Wintergarten* ist sie von der Stange gefallen. Gesagt hat sie nichts, aber ich hab's in der Zeitung gelesen. Von Alfred Kerr im *Tageblatt.* Varieté bespricht Alfred Kerr sonst nicht, aber Mama bespricht er, weil er findet, sie ist eine Jahrhundertbegabung. Er hat geschrieben, er macht sich Sorgen um sie, weil sie sich völlig verausgabt hat und das mit dem Verbiegen nicht mehr machen soll.«

»Hat sie sich verletzt, als sie gestürzt ist?«, fragte Carlo. »Weißt du das, Viktor?«

»Ich glaub nicht«, sagte Viktor. »Sie war beim Arzt, aber der hat ihr bloß Pillen gegeben. Darius sagt, die isst sie, als wenn's Bonbons wären.«

In Carlos Erinnerung blitzten Bilder aus der Zeit auf, in der er Jenny kennengelernt hatte. Buchstäblich bettelarm war sie damals gewesen, hatte mit Darius, Kind und Katze in Ninas möbliertem Zimmer geschlafen, doch ihre Energie und Lebenskraft hatten ihn vom ersten Moment an überwältigt. Ihre Darbietungen als Kontorsionistin, die sie damals lediglich auf dem Kneipentresen im *Salamander* zum Besten geben konnte, hatten ihm den Atem verschlagen, und er war sicher gewesen, etwas Schöneres niemals gesehen zu haben. Dennoch hatte er sich bereits damals gefragt, wie lange ihr Körper die Strapazen, die sie ihm abverlangte, durchhalten würde.

Er hatte sich mehr als einmal gewünscht, zu ihr zu sagen: »Mach etwas anderes, Jenny. Du bist so begabt, du hast eine solche Präsenz auf der Bühne, du bekommst sofort ein Engagement als Tänzerin.«

Als er es in einer Nacht voll Verliebtheit, in einer Bar Unter den

Linden, jedoch ein einziges Mal versucht hatte, hatte sie ihn derb wie ein Bierkutscher angeschnauzt, er solle sich um seinen eigenen Dreck kümmern. Sie war nach Hause gefahren, und er hatte sie erst bei seinem nächsten Besuch in Berlin wiedergesehen.

Ihr Freiheitsdrang war unbändig. Wenn sie nur im Geringsten befürchtete, jemand wolle ihr seinen Willen aufzwingen, stieß sie den Schuldigen von sich und war auf und davon. Kein Wunder, dass Darius Viktor beschwor, sich nicht einzumischen. Was aber konnten sie tun? Es drängte Carlo danach, dem Jungen zu versprechen, er werde in der Frühe den ersten Zug nach Berlin nehmen und zu ihm kommen, um seiner Mutter zu helfen. Tatsächlich hatte Jenny aber seine Hilfe schon von sich gewiesen, als sie noch ein Paar gewesen waren, und seitdem waren zwei Jahre vergangen. Es erschien ihm unglaublich, dass er sie in all der Zeit nicht gesehen hatte.

In seinen Gedanken war sie immer gewesen. Jeden einzelnen Tag.

Es gab nur eines, was er tun konnte. Er musste mit Nina sprechen und in Erfahrung bringen, was los war. Natürlich war die Befürchtung, seine Schwester würde Jenny um Lohn und Brot bringen, wenn sie von ihren Schmerzen erfuhr, völlig haltlos. So etwas konnte nur Jenny glauben, die im Grunde ihres Herzens niemandem vertraute.

Höchstens Darius, von dem sie wusste, dass er nur tat, was sie ihm sagte. Aber selbst vor ihm schien sie verbergen zu wollen, wie elend es ihr ging.

»Hör zu, Viktor«, sagte Carlo schließlich und kam sich entsetzlich unzulänglich vor. »Ich will dir und deiner Mutter wirklich helfen, ich würde auch gern zu euch nach Berlin kommen, aber ich bin mir nicht sicher, ob das eine gute Idee ist.«

»Nein«, sagte Viktor nach einer Weile ebenso einsichtig wie hörbar enttäuscht. »Das ist es wohl nicht. Es war sicher auch keine gute Idee, dass ich bei dir angerufen habe.«

»Doch, das war es!«, rief Carlo. »Du weißt ja nicht, wie sehr ich mich freue, mit dir zu sprechen, Viktor, und wenn du willst, komme ich so oder so nach Berlin, und wir beide könnten zusammen etwas unternehmen. Früher bist du gerne in den Zoo gegangen, aber dafür bist du inzwischen schon zu groß, oder?«

»Es gibt im Zoo ja auch große Tiere«, sagte Viktor in einer Mischung aus unkindlichem Sarkasmus und Sehnsucht.

»Wo du recht hast, hast du recht.« Carlo zwang sich, zu lachen. »Also abgemacht. Sobald ich kann, komme ich nach Berlin, und wir beide gehen in den Zoo. Ich bringe mein Fernglas mit, und in den *Zoo-Terrassen* essen wir Spinat mit Ei wie früher. Ich rufe dich an – oder du rufst mich wieder an, wann immer du willst. Bis ich komme, überlege ich mir, was wir tun können, um deiner Mutter zu helfen, das verspreche ich dir. Hast du mich gehört, Viktor?« Das Rauschen in der Leitung wurde immer stärker. »Ich verspreche es dir.«

»Ich hör dich nur noch ganz schlecht«, sagte Viktor. »Kannst du trotzdem noch nicht gleich auflegen?«

»Ich bleibe so lange am Apparat, wie du willst«, rief Carlo in die Sprechmuschel. »Bist du allein zu Hause? Sind deine Mutter und Darius nicht da?«

»Sie haben beide Auftritte«, sagte Viktor. »Das ist ja oft so, und mir macht es nichts aus. Ich lerne für die Schule, ich hab sowieso keine Zeit, und Ypsilantis ist ja da. Aber heute …«

»Was ist heute, Viktor?«

»Der Mann war wieder da«, hörte Carlo ihn wie von weit her und war nicht sicher, ob die Leitung noch schlechter geworden war, oder ob der Junge allzu leise sprach.

»Was für ein Mann?«, rief er erschrocken. »War ein fremder Mann bei dir in der Wohnung? Wollte er etwas von dir?«

»Nein, in die Wohnung kommt er nicht«, sagte Viktor jetzt wieder lauter. »Überhaupt nicht hier rauf. Aber bei Frau Kellermann klingelt er und stellt Fragen, und vor unserer Haustür steht er an der Laterne. An der, die kaputt ist. Vor meiner Schule hab ich ihn auch gesehen. Frau Kellermann hat gesagt, er hat einen stechenden Blick, aber ob das stimmt, weiß ich nicht.«

»Viktor«, sagte Carlo, der spürte, wie sein Herz schlug. »Ist der

Mann jetzt noch da? Wenn du aus dem Fenster schaust – kannst du ihn da sehen?«

»Vom Telefon aus kann ich nicht aus dem Fenster sehen«, antwortete Viktor.

»Leg den Hörer neben den Apparat und geh nachschauen«, bat ihn Carlo. »Ich warte, bis du wiederkommst.«

Eine Weile blieb die Leitung still und erinnerte Carlo daran, wie weit er von Berlin entfernt war und wie vollkommen hilflos, falls dieser Mann für Viktor tatsächlich eine Gefahr darstellte. Zu seiner Erleichterung kam der Junge jedoch gleich zurück.

»Er ist noch da«, sagte er mit winzig kleiner Stimme. »An der Laterne lehnt er. An der ohne Licht.«

»Und du weißt nicht, wer er sein könnte? Vielleicht jemand, der deine Mutter im Theater gesehen hat und ihr Blumen oder Konfekt bringen will?«

»Ein Verehrer«, präzisierte Viktor. »Das hat Frau Kellermann auch gedacht, weil die ja immer hierherkommen und weil viele auch unten bei ihr klingeln. Aber der ist keiner, hat sie gesagt. Er hat ja auch Mama nichts gebracht und nicht mal mit ihr gesprochen. Er hat einen uralten Mantel an und einen Hut mit Kniff, und Frau Kellermann sagt, er spricht wie Mama, mit all diesen Worten, die sie auf der letzten Silbe betont.«

Der Dialekt der Baltendeutschen. Carlo hätte Jenny stundenlang zuhören können und hätte geschworen, dass es keine charmantere Weise gab, die deutsche Sprache zu sprechen.

»Bloß noch viel stärker«, fuhr Viktor fort. »Und so, als wenn er eigentlich kein Deutscher wär. Er muss aus Riga sein so wie Mama, er muss sie von dort kennen, und sie will doch nie jemanden treffen, der sie von dort kennt.«

Er machte eine Pause, doch ehe Carlo dazu etwas sagen konnte, fügte er mit erstickter Stimme hinzu: »Wenn damals bei euch nicht die Leute gewesen wären, die Mama aus Riga gekannt haben, wären wir nicht abgereist. Dann könnten wir vielleicht noch Freunde sein. Und manchmal zu euch kommen.«

»Wir sind Freunde, Viktor«, rief Carlo und hatte ebenfalls das Gefühl, als ersticke ihm die Stimme. »Wir werden immer Freunde sein, und ihr könnt zu uns kommen, sooft und solange ihr wollt. Ich würde mich freuen, das hätte ich dir längst sagen sollen. Aber diese Damen, die damals bei uns waren – die haben doch deine Mama gar nicht gekannt.«

»Sie haben sie nicht *er*kannt«, berichtigte Viktor. »Aber sie hat Angst gehabt, dass sie sie erkennen *könnten,* deshalb ist sie weggerannt. Ich weiß, dass es so ist, weil es schon früher passiert ist. Ich seh's an ihrem Gesicht und daran, dass ihre Finger anfangen zu klopfen, als ob sie Klavier spielt. Aber sie spielt nicht Klavier. Sie hat bloß Angst.«

Auf einmal war Carlo sicher, sich ebenfalls zu erinnern. An einen wundervollen Abend in einem Waldrestaurant am Grunewaldsee, wo Jenny sich eine gewaltige Rehkeule hatte schmecken lassen. An einem Tisch im Erker hatten sie ihre Zweisamkeit genossen, bis ein rundlicher, unscheinbarer Mann an ihren Tisch getreten war und sich höflich erkundigt hatte, ob Jenny wie er selbst aus Riga stamme. Er habe sie sprechen hören und glaube, ihren Akzent erkannt zu haben. In Berlin kam so etwas ständig vor. Es gab ja so viele aus aller Welt Hereingeschneite, und für die meisten war es wie ein Stück Heimat, wenn sie in der Fremde auf einen Landsmann stießen. Jenny aber hatte den Mann rüde abserviert, hatte anschließend Carlo aufgefordert, die Rechnung zu begleichen, und hatte das üppige Dessert, das sie sich mit so viel Begeisterung ausgesucht hatte, nicht angerührt.

Bei alledem hatte sie mit den Fingern geklopft, als spiele sie Klavier, wie es ungeduldige Menschen tun. Carlo hatte geglaubt, sie habe den Mann aufdringlich gefunden und sich geärgert. Jetzt aber begriff er: Sie hatte Angst gehabt.

»Viktor«, sagte er. »Du hast eure Wohnungstür verriegelt, nicht wahr?«

»Nein«, antwortete Viktor. »Nur zugezogen wie immer. Sonst kommen ja Mama und Darius nachher nicht rein.«

»Schieb die Riegel vor«, sagte Carlo. »Und mach niemandem auf, es sei denn, es ist jemand, den du kennst. Ich werde versuchen, Tante Nina oder jemand anderen zu erreichen, der zu dir kommen und mit dir auf Darius und deine Mutter warten kann.«

»Tante Nina ist doch im *Wintergarten*«, sagte Viktor.

»Ich weiß«, erwiderte Carlo, der Mühe hatte, seine wachsende Furcht im Zaum und seine Stimme ruhig zu halten. »Aber ich werde schon jemanden erreichen. Mach dir keine Sorgen, verriegle nur fest die Tür. Ich sorge dafür, dass schnell jemand kommt.«

»Ist gut«, sagte Viktor. »Und … und das mit dem Zoo? Dass du kommst und wir zusammen dorthin gehen, mein ich – war das dein Ernst?«

»Und ob, Viktor«, sagte Carlo und konnte sich nicht erinnern, wann zuletzt etwas so sehr sein Ernst gewesen war. »Sobald wir diese Sache mit dem seltsamen Mann geklärt haben, rufe ich dich wieder an, und wir machen etwas aus.«

22

Weder im *Wintergarten* noch im *Hotel Central* hatte Carlo jemanden erreicht, der bereit war, ihm Nina an den Apparat zu holen. Auch Hieronymus Haase oder Fridolin Pätznick, nach denen er schließlich verlangt hatte, waren angeblich nicht aufzutreiben. In seiner Not hatte er schließlich in Ninas Wohnung angerufen. Anton, so hatte er angenommen, würde um diese Uhrzeit im Theater sein, aber mit etwas Glück konnte er vielleicht Frau Brenneisen oder Frau Rottenheimer bewegen, etwas zu unternehmen. Stattdessen hatte Anton sich gemeldet, sobald das Amt die Verbindung hergestellt hatte. Er sei nicht ganz auf dem Posten, hatte er Carlo auf dessen Frage hin erklärt, deshalb habe er seine Vorstellung heute Abend abgesagt.

In aller Eile hatte Carlo ihm geschildert, was er von Viktor wusste. »Kannst du rasch hinüberlaufen und nachsehen, was los ist?«, hatte er seinen Nenn-Schwager gefragt. »Von euch aus sind es doch nicht mehr als zehn Minuten Weg.«

»Warte einen Augenblick«, hatte Anton erwidert und den Hörer beiseitegelegt. Gedämpft durch das Rauschen hörte Carlo ihn sprechen und glaubte, eine helle Stimme antworten zu hören. »Ich bringe dich nach Hause«, vernahm er wiederum Anton, ehe dieser an den Apparat zurückkehrte.

»Entschuldige bitte.«

»Hast du Besuch?«, fragte Carlo.

»Nein, das Radio war an«, antwortete Anton. »Das mit Viktor geht in Ordnung. Ich laufe schnell rüber zu Jenny und nehme ihn zur Not mit zu uns.«

»Wenn du kannst, ruf mich nachher noch an«, sagte Carlo. »Egal, wie spät es ist. Ich muss wissen, dass es Viktor gut geht.«

Anton versprach es, und sie legten auf.

Tief in Gedanken und mit schleppenden Schritten kehrte Carlo in den Salon zurück. Zu der Angst um Viktor kamen die seltsamen Gesprächsfetzen, die er mit angehört hatte, und Antons eindeutige Lüge mit dem Radio.

Hatte er eine Frau bei sich gehabt? War es möglich, dass er Nina betrog?

So undenkbar, wie es Carlo vorkam, war es im Grunde nicht. Anton war ein Frauenschwarm. Hätte er sich einer anderen zugewandt, hätte er längst eine Familie mit den Kindern, die er sich wünschte, haben können.

Aber er liebte doch Nina, begehrte es in Carlo auf.

Gleich darauf meldete sich eine mahnende Stimme in seinem Hinterkopf: Und was ist mit dir? Willst du etwa leugnen, dass du noch immer, selbst nach zwei Jahren Schweigen zwischen euch, Jenny Alomis liebst? Und stehst du nicht im Begriff, eine andere zu heiraten, weil du dir trotzdem ein Heim, eine Familie und Kinder wünschst?

Er ließ die Stimme ohne Antwort, öffnete die Tür und betrat den Raum. Die Leiter war weggeräumt worden, und seine Familie hatte sich zurückgezogen. Einzig Greta saß noch mit einem Stopfpilz auf dem Sofa und wartete auf ihn. Schlagartig wurde Carlo bewusst, wie lange er fort gewesen sein musste.

»Es tut mir leid«, murmelte er. »Der Sohn einer Freundin von Nina brauchte dringend Hilfe. Ich musste meinen Schwager benachrichtigen, und das alles hat länger gedauert, als ich annahm.«

»Das macht ja nichts«, sagte Greta, klang jedoch so, als ob es durchaus etwas machte. »Nur die anderen haben sich ohne uns zu Tisch gesetzt und gehen dann wohl zu Bett. Otta kam von den Schultzens und behauptete, vor Hunger zu sterben. Du kennst sie ja.«

»Was macht denn Otta bei den Schultzens?«, fragte Carlo. Bestand das Leben seiner Familie auf einmal aus einer Kette von besorgniserregenden Dingen, von denen er hätte wissen müssen?

»Nun«, begann Greta, »dass du mich das jetzt fragst, wundert mich ein bisschen, denn sie ist schon seit Monaten ständig dort. Genauer gesagt, seit Schultzens die Verwandten aus Westpreußen aufgenommen haben. Die haben Zwillinge, die nicht viel älter sind als Otta.«

»Zwillinge?«, fragte Carlo, der ja selbst ein Zwillingsbruder war und sofort wieder an Nina denken musste. »Jungen oder Mädchen?«

»Beides«, antwortete Greta. »Margarete und Richard. Und ehe du fragst: Ja, ich denke, die ganze Familie ist politisch der Richtung zugeneigt, die dir und deiner Oma nicht behagt.«

»Meiner Oma?«

»Es wird dir ja wohl nicht neu sein, dass deine Oma den lieben langen Tag auf ›diese Schreihälse von dem Untergefreiten‹ schimpft«, sagte Greta.

Carlo kam es vor, als hätte er etwas Entscheidendes verpasst. Widmete er seiner Familie zu wenig Zeit, und war er bei den gemeinsamen Mahlzeiten nur körperlich anwesend, aber nicht im Geist? Greta schien besser zu wissen, was die einzelnen Mitglieder umtrieb, als er.

Dementsprechend fuhr sie fort: »Du weißt, ich bin ein altmodisches Mädchen und kenne mich mit Politik nicht aus. Ich denke aber, es hätte keinen Sinn und wäre auch nicht fair, Otta den Umgang mit den Schultz-Zwillingen zu verbieten. Die Auswahl an Gleichaltrigen in der Nähe ist nicht eben groß, die meisten ihrer Klassenkameradinnen wohnen in Templin, und in diesem Alter will ein junges Mädchen eben auch schon einmal erleben, wie das andere Geschlecht die Köpfe nach ihm dreht. Da sind die modernen Backfische nicht so viel anders, als wir es waren.«

Sie sprach, als wäre sie mindestens in Tante Sperlings Alter, fand Carlo. Aber das war sie nicht. Sie war dreiundzwanzig. Kaum weiter von Otta entfernt als von ihm.

»Ich spreche mit Otta«, sagte er. »Verbieten werde ich ihr den Umgang sicher nicht, aber ich muss mich vergewissern, dass die Leute, mit denen sie verkehrt, ihr nicht schaden. Sie hat keinen Vater. Ich bin für sie verantwortlich. Es tut mir leid, dass ich mich in letzter Zeit so wenig um sie gekümmert habe.«

»Überlass das doch uns«, sagte Greta. »Du hast mehr als genug auf deinen Schultern lasten. Die Zukunft des Guts, die Sorgen ums Geld, die politische Lage, die dir Kopfzerbrechen macht. Wir Frauen sind dankbar, dass das alles bei dir in guten Händen ist und du uns davor abschirmst.«

So hatte es sein Vater gehalten, dachte Carlo. Und dann war der Krieg gekommen und hatte alles überrannt. Hätten die Frauen kein abgeschirmtes Leben geführt, sondern sich informieren und einmischen können wie heute – hätte die Weltgeschichte einen anderen Verlauf genommen?

»Lass uns für unseren Teil sorgen«, sprach Greta weiter. »Wir tun es gerne. Ich tu es gerne. Da ist nur eines, Carlo …«

Er sah sie an, zwang sich, sich auf sie zu konzentrieren, doch seine Gedanken waren wie Pferde, die aus Geschirr und Deichsel ausbrechen wollten.

»Was ist es, Greta?«

»Natürlich lässt Otta sich von mir nichts sagen, da ich im Haus ja nur ein geduldeter Gast bin«, begann sie. »Und deine Oma erst recht nicht …«

»Oma Hulda lässt sich von niemandem etwas sagen«, unterbrach Carlo. »Und warum sollte sie auch? Sie war Herrin auf Neu-Mahlen und hat als Witwe die Geschäfte praktisch allein geführt. Sie ist es nicht gewohnt, dass jemand ihr Vorschriften macht.«

So wie Jenny, dachte er. Zwischen Jenny und Oma Hulda hatte eine unleugbare Verbundenheit bestanden, beinahe so etwas wie Liebe auf den ersten Blick.

»Darum geht es doch nicht, Lieber«, sagte Greta. »Ich will ihr keine Vorschriften machen, sondern dafür sorgen, dass sie nichts tut, was ihr schadet.«

Jenny würde sagen: Das sind auch Vorschriften, dachte Carlo und wünschte, er hätte ein Mittel gewusst, um nicht länger bei jedem Satz von Greta an Jenny zu denken.

»Sie sollte in ihrem Alter auf keine Leiter mehr steigen«, sagte Greta. »Und ich wäre auch dankbar, wenn sie mich nicht jedes Mal mit einem scheelen Blick bedächte, sobald ich mit Fritzi über Speisepläne und Vorratslisten spreche oder gar wage, das Telefon abzunehmen.«

Carlo begriff, worauf das hinauslief. Vermutlich hatte er es die ganze Zeit schon begriffen.

»Ich habe dir versprochen, dich nicht zu drängen«, fuhr sie fort. »Und ich verstehe, dass du den Kopf voll mit anderen Dingen hast. Aber wenn du willst, dass ich die Frau sein soll, die deinem Haushalt vorsteht, dann wirst du es deiner Familie sagen müssen. Weil ich sonst eben nicht befugt bin, mich in die Aufgaben dieser Frau einzufinden. Weil ich sonst weniger Rechte habe als Fritzi. Und nicht weiß, wo ich stehe, was ich falsch mache und was eigentlich von mir erwartet wird.«

Während des letzten Satzes verlor sich ihre zuvor so entschlossene Stimme. Beinahe klang es so, als wollte sie in Tränen ausbrechen, wie sie es sich die ganze Zeit kein einziges Mal erlaubt hatte.

»Greta«, begann er, doch in diesem Augenblick klingelte vorn in der Halle von Neuem das Telefon.

Ihre Blicke trafen sich. Greta wollte aufstehen, aber Carlo war schneller. »Ich gehe schon. Sicher ist es mein Schwager. Es wird nicht lange dauern.«

In der Tat war es Anton.

»Alles in Ordnung«, sagte er. »Ich war drüben bei Jenny, habe ihr eine Nachricht hinterlassen und habe Viktor und den Kater jetzt hier bei uns. Es war gut, dass du dich gemeldet hast. Er war ziemlich verstört und außerdem erschöpft, hat sich sofort ins Bett verkrochen. So kenne ich ihn gar nicht.«

»Und den Mann?«, fragte Carlo. »Hast du den auch gesehen?«

»Er stand unter der kaputten Laterne, wie Viktor es dir beschrieben hat«, antwortete Anton. »Ich habe ihn angesprochen und gefragt, warum er dort herumlungert und ob ich ihm behilflich sein kann. Er ist regelrecht erschrocken, rief: ›Nein, nein, ich habe nur auf jemanden gewartet‹, und eilte davon. Um ehrlich zu sein, machte er keinen sonderlich gefährlichen Eindruck auf mich, sondern wirkte wie einer der Unzähligen, die diese Krise zu Bettlern macht. Außerdem hatte ich den Eindruck, ich hätte ihn schon einmal gesehen.«

»Vor Jennys Haus?«

»Nein. Nicht dort. Im Frühling, an einem Bahngleis, aber vielleicht bilde ich mir das auch nur ein. Ein wenig merkwürdig ist diese Sache allemal. Ich werde Nina bitten, ein ernsthaftes Wort mit Jenny zu reden. So spät in der Nacht kann sie Viktor nicht allein lassen. Ich weiß, es gibt Scharen von Eltern, denen nichts anderes übrig bleibt, und Viktor ist es gewohnt. Aber die Zeiten sind unsicher, und der kleine Kerl hat ohne jeden Zweifel Angst.«

»Ich bin froh, dass er mich angerufen hat«, sagte Carlo. »Und ich komme so schnell wie möglich nach Berlin, um dieser Sache auf den Grund zu gehen.«

»Sei mir nicht böse, Carlo«, sagte Anton. »Aber mir ist nicht recht klar, was du dabei ausrichten willst. Jenny und du, ihr seid seit Langem getrennt, und soweit mir bekannt ist, bist du so gut wie verlobt mit einer anderen Frau.«

Ich kann das nicht tun, dachte Carlo. Es ist eine Lüge, alles daran ist falsch.

»Ich bleibe Viktors Freund«, sagte er vage. »Und ich werde mir überlegen, wie ich ihm helfen kann, ohne Jenny zu brüskieren. Danke, dass du heute Nacht eingesprungen bist, Anton. Darf ich dich auch etwas fragen, ohne dass du mir böse bist?«

»Du darfst mich fragen, was immer du willst.«

»Ich weiß, es geht mich nichts an, und es liegt mir fern, ein Urteil zu fällen«, sagte Carlo. »Aber vorhin, als ich dich angerufen habe – war da doch jemand bei dir? Du hast gesagt, es war das Radio, aber ich habe dich mit jemandem sprechen hören.«

Schweigen als Antwort. Eine Leitung, die stumm blieb, als wäre das Telefon nie erfunden worden.

Er wollte auflegen. Greta wartete auf ihn und verdiente eine Antwort. Aber er konnte es nicht.

»Anton«, sagte er, »ich habe das Gefühl, um mich bricht von Neuem meine Welt zusammen. Die Kameraden, mit denen ich als Junge gespielt habe, ihre Väter, die ich Onkel genannt habe und die mir nach dem Tod meines Vaters beigestanden haben, laufen in Scharen zu den Nazis über und verwandeln meine Heimat in einen Ort, den ich nicht wiedererkenne. Ich mache mir Sorgen um Jenny und Viktor, um meine Schwestern, ich mache mir Sorgen um so vieles, und nichts scheint mehr sicher. Dir habe ich immer vertraut. Du warst wie ein Bruder für mich, und ich will, dass dieses Vertrauen zwischen uns noch immer verlässlich ist. Bitte lüg mich nicht an. Wenn zwischen dir und Nina die Dinge nicht zum Besten stehen, wenn es eine andere Frau für dich gibt, wird mich das aus der Fassung bringen, und ich kann dir nicht versprechen, nicht wütend zu werden. Aber ich werde mich bemühen, zu verstehen. Und kein Urteil zu fällen.«

»Um alles in der Welt, Carlo.« Aus tiefer Kehle stöhnte Anton auf. »Es gibt keine andere Frau. Es wird nie eine geben. Dass es für Nina einen anderen Mann gibt, kann ich nicht länger ausschließen, denn mich lässt sie im besten Fall noch so nah an sich heran wie einen freundlichen, etwas lästigen Onkel. Für mich aber gibt es immer nur Nina. Ja, du hast recht. Ich habe gelogen, weil ich zu feige bin, die Wahrheit zu sagen. Ich bin seit einem halben Jahr zu feige dazu, obwohl mir klar ist, dass ich mit meiner Feigheit alles schlimmer mache, als es ohnehin schon ist. Ja, es war jemand hier. Es ist ständig jemand hier, wenn Nina unterwegs ist, aber es ist keine Frau.«

»Wer sonst?«, fragte Carlo.

»Ein Kind von neun Jahren«, sagte Anton.

In kurzen, stockenden Worten erzählte er Carlo, was geschehen war. Er gestand ihm, dass er sich Urlaub von seinem Engagement genommen hatte, ohne es Nina zu sagen, dass er vor Frau Rottenheimer und Frau Brenneisen die Türen verschloss und dass er sich in immer mehr Lügen und Geheimnisse verstrickte, um mit der Zwickmühle, in der er steckte, fertigzuwerden.

»Wenn du mich jetzt hasst oder verachtest, kann ich es dir nicht verübeln«, sagte er, als er fertig war. »Ich kann dir nicht einmal verübeln, wenn du es Nina erzählst. Du bist Nina immer ein guter Bruder gewesen, und ginge es um meine Schwester, würde ich es vermutlich tun.«

Carlo war, als hätte er einen Schlag vor den Kopf erhalten. Er kämpfte gegen Benommenheit und Überrumpelung und wusste doch, wie wichtig es war, dass er mit klarem Kopf dachte und entschied.

»Nein, Anton«, sagte er endlich. »Ich werde Nina nichts erzählen, und ich werde mich deswegen auch nicht für einen schlechten Bruder halten. Aber *du* musst es ihr erzählen. Du und Nina, ihr müsst in euer Leben wieder Ordnung bekommen. Wir alle müssen das. Wenn ich kann, helfe ich dir, so wie ich vielleicht auch deine Hilfe brauchen werde. Ich komme nach Berlin. Wir reden darüber. Aber mit Nina sprechen musst du selbst.«

»Du hast recht«, sagte Anton wie zuvor. »Danke, Carlo. Gute Nacht.«

Er wünschte Anton ebenfalls eine gute Nacht und kehrte in den

Salon zurück. Greta saß noch auf dem kleineren der beiden Sofas, hatte aber den Stopfpilz beiseitegelegt und blickte zu ihm auf, als er den Raum betrat.

»Es tut mir leid«, sagte er schon wieder und hatte das gleiche Gefühl wie Anton: Er schämte sich für seine Feigheit. »Meine Familie kommt mir ein wenig vor wie dieses Land: Nach dem Krieg haben wir uns so sehr danach gesehnt, neu anzufangen. Wir haben das schwere Erbe, all die alten Lasten – Trauer, Zorn, Angst und Schuld – unter den Tisch gekehrt und so getan, als bekämen wir ein brandneues Leben. Aber wer so handelt, nimmt sich die Chance, über alte Fehler nachzudenken, und riskiert, dass sie ihn eines Tages einholen.«

»Carlo«, sagte Greta in seine Atempause hinein. »Ich mag ein dummes Mädchen sein, das von dem, was du mir da erklärst, kein Wort versteht. Das ist sicher enttäuschend für dich, aber dennoch bitte ich dich: Spanne mich nicht noch länger auf die Folter, denn ich bin nicht so stark, wie ich gern wäre. Ich möchte nicht weinend zusammenbrechen oder Dinge sagen, um die es uns beiden später leidtun würde.«

»Oh, Greta.« Er ging zu ihr und setzte sich an ihre Seite, wollte nach ihrer Hand greifen, zog sich aber zurück, weil er fand, er hätte dazu kein Recht. Dafür, dass sie so klar in Worte fassen konnte, was sie empfand und was sie von ihm brauchte, zollte er ihr Bewunderung. »Du hättest viel Besseres von mir verdient, aber ich kann es dir in meiner jetzigen Lage nicht geben«, sagte er. »Ich kann nicht mit meiner Familie über unsere Verlobung sprechen, ehe ich in Berlin war und einige Dinge geklärt habe. Sie betreffen meine Schwester und Anton, aber sie betreffen auch eine Frau, die ich sehr geliebt habe, und ihren Sohn. Erst wenn ich das Leben all dieser Menschen wieder im Gleis weiß, kann ich wieder über mein eigenes Leben nachdenken.«

Greta sah ihn an, und über ihre hellen blauen Augen zog sich ein glasiger Schimmer. »Es ist gut«, sagte sie gepresst. »Wenn du diese Zeit brauchst, um dir über die Zukunft klar zu werden, musst du sie dir nehmen. Nur um eines bitte ich dich: Behandle mich nicht wie ein Eintopfgericht, das du dir auf kleiner Flamme warm hältst für den Fall, dass das viel köstlichere Festmahl doch nicht zu haben ist.«

Seine Bewunderung für sie nahm noch zu, und wie eine Ironie des Schicksals erschien es ihm, dass er vielleicht nie so viel für sie empfunden hatte wie in diesem Moment. Ob es aber genügte, blieb fraglich. Er wusste es einfach nicht.

»Ich muss die Entscheidung dir überlassen«, sagte er. »Wenn du dich von mir wie ein solches Gericht behandelt fühlst und nicht warten willst, werde ich es verstehen, Greta. Ich will, dass du weißt, du hast auch dann, und solange du willst, hier ein Zuhause.«

Ohne jeden Frohsinn lachte sie auf. »Als was soll ich denn bitte hier ein Zuhause haben, wenn nicht als deine Frau? Als eure Bedienstete? Ihr habt ein Mäxchen für alles und in Fritzi ein Mädchen für alles, und mit allem, was die beiden nicht schaffen, kommt ihr selbst zurecht.«

»Als unsere Freundin«, sagte Carlo. »Du hast gesagt, du bleibst meine Freundin.«

»Man sagt ziemlich viel und meint weit weniger«, erwiderte Greta. »Ich werde warten, weil eine wie ich es sich nicht leisten kann, das bisschen Hoffnung, das sie noch übrig hat, aufzugeben. Und weil ich dich liebe. Deshalb wohl vor allem. Halt mich nicht länger hin als nötig, darum bitte ich dich. Und pass auf dich auf. Du bist ein guter Mann, und in der Zeit, in der wir leben, scheinen es die Guten zu sein, die als Verlierer enden.«

23

NINA

DEZEMBER

Nina war müde. Ihre Müdigkeit war dermaßen allumfassend und bleiern, dass sie sich schon am Morgen, wenn sie sich aus dem Bett quälte, wünschte, sie könne sich wieder darin verkriechen.

Während sie im letzten Jahr die Vorstellung nicht ertragen hatte, über die Feiertage nach Neu-Mahlen zu fahren und im Familienkreis Weihnachten zu feiern, konnte sie es in diesem Jahr kaum erwarten, in den Zug zu steigen und Berlin bis nach Neujahr den Rücken zu kehren. Aschinger hatte sich über ihren Wunsch, Urlaub zu nehmen, nicht begeistert gezeigt, doch dem großzügigen Vertrag zufolge, den er selbst aufgesetzt hatte, standen ihr die Tage zu. Sie hatte die Auftritte ihres eigenen Ensembles bis ins Kleinste vorbereitet und dafür gesorgt, dass die Programme, besonders das der großen Silvestergala, exzellent bestückt waren. Vom Guten nur das Beste. Zumindest das Beste, was mit dem zur Verfügung stehenden Budget und menschenmöglichen Mitteln zu bekommen war.

Dass das nicht genügte, war ihr selbst klar.

Die Gangart wurde täglich härter, die Krise verschärfte sich, und die Zahl der Arbeitslosen stieg unaufhaltsam weiter. Überall in Berlin öffneten Suppenküchen, die eine dünne, aber immerhin warme Mahlzeit an Bedürftige ausgaben. Vor dem Tresen standen die Leute bereits Stunden vor der Öffnungszeit um den gesamten Block herum Schlange.

Unter den Scharen, denen der Boden unter den Füßen wegbrach, befanden sich reihenweise Künstler, Artisten, Darsteller, die noch vor einem Jahr gefeiert und gefragt gewesen waren. Der Existenzkampf war gnadenlos: Wer sein Geld nicht mehr einspielte, wer zu alt, zu unbeweglich, zu wenig taufrisch oder schön war, wurde aussortiert. Bisher war es Nina gelungen, ihre Wunderweiber vor dem Verlust ihres Engagements zu bewahren, doch um das möglich zu machen, musste sie unablässig kämpfen, verhandeln, sich Ideen aus den Fingern saugen und auf Reklamemaßnahmen sinnen. Zuweilen kam sie sich vor, als wäre sie gezwungen, sich wie Jenny in alle Richtungen zu verbiegen, um vorne, hinten und an beiden Seiten Katastrophen zu verhindern.

Und ausgerechnet Jenny, ihr bestes Pferd im Stall, ihr Trumpf-Ass, das Pfund, mit dem sie wuchern konnte, bereitete ihr seit Wochen Sorgen.

Es war schwierig genug, Sonias Ängste vor den Nazis in Schach zu halten. Der Inhaber des Geschäftshauses für Damenkonfektion, in dessen Keller in der Charlottenstraße Sonia seit ihrer Ankunft in Berlin ihre Wohnung hatte, war in die NSDAP eingetreten und hatte ihr sang- und klanglos gekündigt. Es war eine Schande, dass kein Gesetz eine Mieterin davor schützte. Aber es war nicht leicht zu verstehen, weshalb Sonia deswegen in solche Verzweiflung stürzte.

Die Kellerwohnung war klamm und so dunkel gewesen, dass Nina sich seit jeher gefragt hatte, wie jemand in dieser Düsterheit hausen, geschweige denn malen konnte. Sonia verdiente gutes Geld und hätte sich leicht etwas Wohnlicheres leisten können, auch wenn sie völlig außerstande war, ihr erstaunliches Talent zu vermarkten. Dafür hatte sie schließlich Nina, die ihr ein ums andere Mal nahegelegt hatte, aus dem Kellerloch auszuziehen, zumal der unglückliche Franz Podiebrad jene Stätte, seine verlorene Liebe und Berlin mittlerweile verlassen hatte.

Sonia aber hing an der unwirtlichen Behausung wie ein Tier an seiner Höhle, in die es flüchten und sich verstecken konnte. Jenny drückte es wie üblich noch drastischer aus: »Sie ist eine Krabbe, die sie aus der Schale gepellt und mit nackter Haut auf die Straße geschmissen haben. Und das ist eine gottverdammte Schweinerei, denn das hat sie schon einmal erlebt.«

Weder Jenny noch Nina wussten Genaueres über Sonias Leben im galizischen Lemberg und über ihre Flucht nach Berlin. Sie wussten allerdings, dass es im letzten Kriegsjahr in der Stadt zu Pogromen gegen die jüdischen Bewohner gekommen war, während Polen und Ukrainer um die Herrschaft in der vormals österreichischen Stadt kämpften.

»Wo immer es Elend und Not und Überfälle und Plünderungen gibt, ist es gut, wenn Juden in der Stadt sind«, hatte Sonia einmal gesagt. »So hat man immer jemanden, der an all dem Schlechten schuld sein muss.«

Die Juden in der Stadt Lemberg, die jetzt polnisch war und Lwiw hieß, hatten ein Viertel der gesamten Bevölkerung ausgemacht. Da Sonia ihre Familie nie erwähnte und mit niemandem Kontakt hielt, gingen ihre Freundinnen davon aus, dass niemand, den sie liebte, überlebt hatte. Sie war alleine und mit leeren Händen nach Berlin gekommen, ihre Kellerhöhle hatte ihr Zuflucht geboten, und nun war sie dieser Höhle beraubt. Nina wollte ihr beileibe nicht vorwerfen, dass sie körperlich krank davon wurde. Für Ersatz zu sorgen, wenn Sonia tagelang nicht auftreten konnte, stellte sie jedoch vor eine unüberwindliche Schwierigkeit. Die schnelle Sonia, die Erinnerungen und Wunschträume auf Postkarten zauberte, war nicht zu ersetzen. Für jede Vorstellung, in der ihr Sonia ausfiel, musste sie das Publikum mit einer neuen Sensation trösten, und Sensationen kosteten Geld.

Wenn sie Aschinger um eine Erhöhung des Budgets bat, um die Konkurrenz überbieten zu können, erklärte der ihr lapidar: »Ich bezahle Ihnen ein Vermögen, damit Sie es mir anderswo einsparen, nicht damit Sie ein zweites aus dem Fenster werfen. Sehen Sie zu, wo Sie einen Lückenfüller aus dem Boden stampfen – aber bitte vom Guten nur das Beste.«

Wenigstens war sie mit ihrer Sorge um Sonia nicht auf sich allein gestellt, sondern konnte auf Friedhelm bauen, der die Künstlerin mit seiner Liebe regelrecht einhüllte. Wenn Sonia sich tatsächlich fühlte wie eine Krabbe ohne Schale, so schuf ihr Friedhelm mit seiner Fürsorge eine neue. Er ließ sie nicht aus den Augen. Er erlaubte ihr nicht, auch nur einen Schritt allein zurückzulegen, aus Furcht, sie könne Schlägern der SA über den Weg laufen oder auf die widerlichen antisemitischen Parolen stoßen, die in der gesamten Innenstadt an Häuserwände geschmiert wurden. Mit seiner sanften, kaum merklichen Art, Druck auszuüben, brachte er sie schließlich dazu, zu ihm und der Ente in seine Wohnung am Innsbrucker Platz zu ziehen.

Es war Nina nie gelungen, zu Friedhelm das gleiche Vertrauen aufzubauen, das sie für die übrigen Mitglieder ihres Ensembles empfand. Sie wusste, woran es lag, wusste, dass es nicht fair war, und versuchte, nicht darüber nachzudenken, wahrte zu Friedhelm jedoch eine gewisse Distanz. Wie er aber Sonia umsorgte, konnte sie ihm nicht hoch genug anrechnen. Welche Motive ihn auch immer zu den Wunderweibern geführt hatten und was für Geheimnisse er vor ihnen verbarg, an einem bestand nicht der geringste Zweifel: Er liebte Sonia. Es konnte unmöglich etwas geben, das er nicht für sie getan hätte.

Sonia erholte sich ein wenig, wurde allmählich wieder stabiler, aber diejenige, die gleichzeitig an Stabilität verlor, war die unverwüstliche Jenny.

Erschrocken hatte Nina sich schon, als sie im September auf der Bühne in der Marinelli-Beuge gestürzt war. Letzten Endes war es aber nicht mehr als eine einzige missglückte Figur, während andere Kontorsionistinnen in ihrer Laufbahn Dutzende verpatzten. Der Fehler wiederholte sich nicht, weder die Zuschauer noch die Kritiker nahmen den einmaligen Patzer übel, und Jenny hatte das Ganze mit dem Charme ihrer Großstadtschnauze gelöst, den die Leute anhimmelten.

Warum also konnte Nina seither regelrecht zusehen, wie ihre Freundin verfiel? Nein, sie hatte in den folgenden Wochen nicht noch einmal einen Fehler gemacht, doch ihrem Körper schien die Spannkraft zu fehlen und ihrer Seele die Lust. Ihre Auftritte waren artistisch noch immer erstaunlich, doch sie versprühten keine Funken mehr und versetzten keinen Saal mehr in Ekstase, indem sie versprachen, dass das Unmögliche möglich war.

Jenny leistete ihre Figuren ab wie eine Fließbandarbeiterin ihre Schicht. Hinter der Bühne, wo sie aus jeder Wartezeit eine Party gemacht hatte, kauerte sie jetzt brütend auf ihrem Schemel, wirkte abwesend und gab einsilbige Antworten. Sie hatte aufgehört, ständig alle zu irgendeinem Umtrunk zu überreden, und wenn sie selbst dazu aufgefordert wurde, schob sie Viktor vor.

»Ich muss nach Hause zu meinem Sohn«, lautete ihre Standardausrede, obwohl an den meisten Abenden Darius daheim war. Nach einem unschönen Vorfall mit einem herumlungernden Fremden, der Viktor Angst eingejagt hatte, hatte Anton angeboten, ihm Frau Brenneisen und Frau Rottenheimer zu schicken, wenn sowohl Jenny als auch Darius Auftritte hatten. Anton war an jenem Abend glücklicherweise zu Hause gewesen, weil das Theater aufgrund von Brandgefahr evakuiert worden war, und hatte Viktor zu sich geholt. Was genau vorgefallen war, hatte Nina nicht recht verstanden, zumal auch noch Carlo darin verwickelt und drei Tage später angereist war, um mit Viktor in den Zoo zu gehen. Jenny hatte jedes Gespräch darüber verweigert und Antons Vorschlag abgelehnt.

»Das ist sehr nett von euch, aber ich stelle lieber selbst jemanden ein, den ich verlässlich zur Verfügung habe«, hatte sie erklärt. Also war für den zwölfjährigen Viktor, der sein Leben lang von Darius betreut worden war, ein Kindermädchen ins Haus gekommen, eine Frau namens Helene, die nicht nur äußerlich, sondern auch im Wesen einem weiblichen Preisboxer glich. Nach allem, was Nina aus Viktor herausbekam, bestanden ihre Aufgaben im Wesentlichen darin, die Tür zu verriegeln und darauf zu achten, dass sie verriegelt blieb.

Hatte Jenny vor irgendetwas Angst?

Carlo zumindest hatte das behauptet und Nina gebeten, ein Auge auf sie zu haben.

Wie sollte man ein Auge auf jemanden haben, der einem ständig auswich?

Obendrein wich Carlo ihr ebenfalls aus und wollte für seine plötzlichen Zoobesuche und nächtlichen Anrufe bei Anton keine Erklärungen abgeben. Und Anton wusste sowieso von nichts und beharrte darauf, er sei nur zufällig in diese ganze Verwirrung geraten.

»Viktor hat sich vor einer Gestalt im Dunkeln erschrocken, wie Kinder es eben manchmal tun.«

Viktor war aber kein Kind, das vor den Schatten an der Wand erschrak. Unterdessen verfiel seine Mutter immer weiter, erschien zu Auftritten mit dunklen Ringen um die Augen, die sich nicht mehr überschminken ließen, und was Nina die größte Sorge bereitete: Sie hörte auf, zu essen.

Solange Nina Jenny kannte, hatte sie maßlos, wahllos und mit diebischem Vergnügen Lebensmittel in sich hineingestopft, ohne je ein Gramm Fett anzusetzen. Wenn ihre Anbeter ihr Präsentkörbe, Pralinenschachteln und gefüllte Torten in die Garderobe sandten, waren Stunden später höchstens noch ein paar Krümel davon übrig. Seit Neuestem hingegen verschenkte sie die Präsente an die Garderobenfrauen, die Bühnenarbeiter, die Beleuchter, von denen sie wusste, dass sie Kinder hatten.

»Nehmen Sie das Ihrer Familie mit«, sagte sie und drehte sich weg, als bereite der Anblick der Delikatessen ihr Übelkeit. Ausgerechnet Jenny, die einst im Brustton der Überzeugung versichert hatte, wo es ums Essen gehe, kenne sie weder Moral noch Nächstenliebe.

Sie verlor an Gewicht. Ihr starkes, schönes Amazonengesicht, das auf Werbeplakaten und den Titelseiten von Zeitschriften geprangt hatte, wurde hager, die Wangen fielen ein, und das herrliche, wie ein Helm geschnittene Haar verlor seinen Glanz.

»Was ist mit dir los, verdammt?«, hatte Nina sie zur Rede gestellt. »Wenn es um diese Sache mit deinem Rücken geht, wenn es jetzt so weit ist, dass du dich behandeln lassen musst, dann lass uns überlegen, wie wir das zeitlich am besten planen. Aber rede mit mir! Verschwinde nicht einfach nach der Vorstellung im Nirgendwo – und das Telefon hast du dir ja wohl auch nicht angeschafft, um es zu ignorieren.«

»Es ist kaputt«, behauptete Jenny. »Als ich neulich besoffen nach Hause gekommen bin, ist es mir runtergefallen, und seitdem klingelt es nicht mehr.«

»Zum Teufel, dann lass es reparieren«, schnauzte Nina sie an. »Du bist Künstlerin, du musst erreichbar sein.«

Jenny zuckte die Schultern. »Ich habe doch eine Agentin, die erreichbar ist.«

»Und überhaupt, wann willst du denn besoffen nach Hause gekommen sein?«, hakte Nina nach. »Im *Salamander* weiß inzwischen schon kaum noch einer, wie du aussiehst.«

»Es gibt ja noch andere Lokale, in denen man sich besaufen kann.«

»Ja, die gibt es«, erwiderte Nina. »Aber in denen bist du in diesen Wochen nicht gewesen. Erzähl mir keine Räuberpistolen, Jenny, sondern sag mir endlich, was dir auf der Seele liegt. Wir sind verdammt noch mal Freundinnen. So nah wie du ist mir auf der Welt kein Mensch, nicht mal mein Zwillingsbruder.«

»Und was ist mit dem schönen Anton?«, fragte Jenny.

Nina stockte, war um eine Antwort verlegen, und den winzigen Augenblick der Verwirrung nutzte Jenny, um ihr zu entwischen. Sie versuchte es noch zwei weitere Male, lief jedoch gegen dieselbe Mauer aus Schwindeleien und Ausflüchten. Inzwischen war sie so ausgelaugt, dass sie die Klärung der Angelegenheit am liebsten bis ins neue Jahr verschoben hätte. Vielleicht ergab sich über die Feiertage ja Gelegenheit, mit Carlo oder Anton doch noch darüber zu sprechen, was in dieser seltsamen Nacht mit Viktor eigentlich geschehen war. Und vielleicht ging es Jenny ja auch ganz von selbst wieder besser, wenn sie sich zumindest ein paar Tage lang ausruhte.

Leider saß Nina aber obendrein Aschinger im Nacken, und der war nicht bereit, auf das neue Jahr zu warten.

»Ihre Schlangen-Jenny verliert an Zugkraft.« Mit diesen Worten hatte er sie gestern auf dem Gang vor ihrem Büro überfallen, ohne sich mit einer Begrüßungsfloskel aufzuhalten. »Für heute Abend sind die Terrassenplätze nicht ausverkauft. Dass ich mir das nicht leisten kann, brauche ich Ihnen ja wohl nicht zu sagen, das wissen Sie selbst.«

»Es ist kurz vor Weihnachten«, versuchte Nina, sich herauszureden. »Die Leute sparen ihr Geld für die Feiertage.«

»Aha«, ließ Fritz Aschinger selbstgefällig fallen. »Und warum haben wir dann letztes Jahr von diesen angeblichen Sparbemühungen nichts gespürt, wenn ich fragen darf?«

Weil wir letztes Jahr noch keine sechseinhalb Millionen Arbeitslose und keine knapp hunderttausend Firmen in Konkurs hatten, wäre es Nina um ein Haar herausgerutscht, aber sie wusste, dass Aschinger sie damit hätte abblitzen lassen. Und er hätte nicht einmal unrecht gehabt, denn die Gäste, die im letzten Jahr die teuren Terrassenplätze des *Wintergarten* gekauft hatten, waren mit größter Wahrscheinlichkeit von der Wirtschaftskrise nicht betroffen. Die Reichen und Schönen der Stadt würden auch in diesem Jahr wieder ein Vermögen für ihr Amüsement springen und den Champagner in Strömen fließen lassen.

»Ich bin sicher, die Einnahmen zu Silvester machen diesen kleinen Einbruch wieder wett«, sagte sie stattdessen, denn das war das Einzige, was Aschinger zu besänftigen vermochte: die Gewissheit, dass seine Kassen schon bald wieder ohne Unterlass klingeln würden.

»Ich wünschte, ich hätte Ihr Gottvertrauen«, entgegnete er ihr jedoch ganz und gar nicht besänftigt. »Oder nein, ich wünsche es mir nicht, denn dann wäre ich vermutlich schneller pleite als der Jude Goldschmidt mit seiner Danatbank. Es tut mir leid, Ihnen mitteilen zu müssen, dass wir auch für Silvester nicht ausgebucht sind. Buchungen für das Galadinner mit ›Champagner ohne Grenzen‹ sind sogar so wenige eingegangen, dass es sich womöglich gar nicht lohnen wird, dafür eigens einen teuren Patissier zu engagieren.«

Nina war ehrlich erschrocken. Karten für die Silvestergala des *Wintergarten* waren in den Vorjahren bereits Monate zuvor ausverkauft und höchstens noch zu Wucherpreisen auf dem Schwarzmarkt erhältlich gewesen.

»Die Herren Juden von der *Scala* haben solche Probleme nicht«, bemerkte Aschinger spitz. »Zwar haben sie sich mit ihrem *Plaza*, diesem tot geborenen Kind, bis über beide Ohren verschuldet, aber dergleichen bringt ja keinen Juden um den Schlaf. Und für ihre Feiertagsvorstellungen ist nicht mal mehr der kleinste Klappsitz im Hinterzimmer zu bekommen.«

Nina hatte es befürchtet. Sie wusste auch, was die Leute mit den prallen Geldbörsen in die *Scala* zog, so wie ihre Jenny sie all die Jahre in den *Wintergarten* gezogen hatte. Schönheit, Eleganz und Sinnlichkeit waren nicht länger genug. Menschen, die das Gefühl hatten, die Welt um sie geriete ins Schwanken, wollten etwas anderes:

Den Blick in die Zukunft, von dem sie sich die verlorene Gewissheit erhofften, und den einen Schritt Vorsprung, der nötig sein mochte, um mit heiler Haut zu überleben.

»Ich möchte Ihnen nicht die Freude auf Ihren Weihnachtsurlaub verleiden«, sagte Aschinger. »Aber wenn Sie nicht rasch noch ein paar gut gewürzte Kaninchen aus dem Hut zaubern, um meinem Silvesterprogramm ein bisschen Pfeffer zu verleihen, werden wir uns im neuen Jahr leider über die Verkleinerung Ihres kostspieligen Ensembles unterhalten müssen. Wer mit seinen müden Knochen nichts mehr einspielt, hat im *Wintergarten* nichts verloren. Hier gibt es keine Müdigkeit, sondern nur Frische, Esprit und Glanz, damit der Rubel rollt. Sie kennen mich ja: Ich bin unsentimental. Ob ich einen Rollenden Rodolfo, eine Claire Waldoff oder auch eine Schlangen-Jenny rausschmeiße, ist mir gleichgültig, solange ich am Ende weiß, dass alle Pferde in meinem Stall den Hafer wert sind, den ich an sie verfüttere.«

Der Zorn, der in Nina aufwallte, nützte ihr nichts. Sie würde Aschinger seine Sensation beschaffen müssen, wenn sie ihre Wunderweiber auch weiterhin beschützen wollte, obwohl sie nicht annahm, dass er wirklich vorhatte, Jenny zu feuern. Jenny würde sich im neuen Jahr zusammenreißen, dafür würde Nina sorgen. Aber es ging ja auch um Sine, Felice, Berthe, Else und all die anderen, von denen sie selbst wusste, dass ihre besten Jahre sich dem Ende zuneigten. Es war an der Zeit, das ganze Programm umzustellen, junge Tänzerinnen zu finden und das Charisma der alten in Sprechrollen zu nutzen. Aber um sich dieser Herkulesaufgabe stellen zu können, brauchte sie Ruhe, einen freien Rücken und Kraft.

Sie war so unendlich müde. Statt mit dem Auto zu fahren, das sie sich angeschafft hatte und das ihr für gewöhnlich Freude machte, hielt sie eine Taxe an, um sich in die Martin-Luther-Straße fahren zu lassen. Was sie vorhatte, hätte sie längst in Angriff nehmen müssen, doch irgendwie musste es ihr auch jetzt noch, in letzter Sekunde, gelingen. Notfalls würde sie es aus eigener Tasche bezahlen. Die Ersparnisse, die für die Zukunft ihrer kleinen Familie gedacht gewesen waren, würden schließlich nicht benötigt werden, und sie selbst und Anton waren nach wie vor gefragt.

Benommen vor Müdigkeit, blickte sie aus dem Fenster der Taxe in das Grau des Wintertages, sah die Leute, die mit Tüten voller Weihnachtseinkäufe aus den eleganten Geschäften um den Kurfürstendamm hasteten, und dazwischen die Bettler mit ihren Schildern, die in Schneematsch und Nässe an Hauswänden lehnten. Wie glücklich konnte sie sich schätzen, dass ein warmes Zuhause und ein frisch bezogenes Bett auf sie warteten, dass es ihr und ihrem Liebsten an nichts fehlte, dass keine Geldsorgen sie um den Schlaf brachten.

Wie glücklich konnte sie sich schätzen, dass sie ihren Liebsten hatte, dass ihre Familie auf Neu-Mahlen sich auf ihren Besuch freute, dass sie nicht allein auf der Welt war.

War sie sich dieses Glücks in letzter Zeit einmal bewusst gewesen, oder hatte sie so viel an das gedacht, was sie verloren hatte, dass für das, was sie noch immer besaß, kein Raum geblieben war?

Wann hatte sie das letzte Mal Kerzenleuchter auf den Tisch im Berliner Zimmer gestellt, um mit Anton zu Abend zu essen, wann war sie das letzte Mal mit ihm ausgegangen, wann waren sie zuletzt so gierig aufeinander nach Hause gekommen, dass sie es in ihren Kleidern kaum bis ins Schlafzimmer geschafft hatten?

Sie konnte sich nicht erinnern. Gefangen in ihrer Trauer, hatten sie und Anton einander aus dem Blick verloren.

Aber das würde sich ändern. Sie würde diese Varieté-Sensation für Silvester besorgen, und dann würde sie mit ihrem geliebten Mann nach Neu-Mahlen fahren, um sich zu erholen, um zu reden, spazieren zu gehen, sich zu lieben und sich wiederzufinden. Der Schmerz, der tief in ihr Wurzeln geschlagen hatte, würde nie mehr vergehen. Aber nicht ihr ganzes Leben war Schmerz. Es wurde Zeit, an die Zukunft zu denken, ohne dabei an einem Klumpen in der Kehle zu würgen.

24

Der Mann, der Nina an dem schmalen Tisch in der *Bar Casanova* gegenübersaß, hatte etwas Unwirkliches an sich. Das rührte daher, dass er genauso aussah, wie man ihn sich vorstellte und von den wenigen, hochstilisierten Fotos kannte, die er von sich in Umlauf brachte. Er trug ein schneeweißes Hemd mit offenem Kragen zum schwarzen Jackett eines Abendanzugs, das wie lackiert glänzte. Sein Haar glänzte ebenso tintenschwarz, ohne einen Schimmer von Grau, obwohl er, soweit Nina wusste, die vierzig bereits überschritten hatte. Es musste gefärbt sein, wie womöglich auch die balkenhaften Brauen, was aber der Wirkung keinen Abbruch tat. Seine flackernden Augen blieben die ganze Zeit über auf Nina gerichtet. Sie hätte sich abwenden wollen, fühlte sich unter diesem fiebrigen Blick wie nackt und aus der Ruhe gebracht.

Aber natürlich wandte sie sich nicht ab. Seit wann benahm sie sich in einem wichtigen Verhandlungsgespräch wie eine verschüchterte Oberschülerin? Entschlossen straffte sie die Schultern, trank einen Schluck von dem französischen Rotwein, den sie sich bestellt hatte, und erwiderte den Fieberblick mit einem verbindlichen Lächeln.

»Ich danke Ihnen, dass Sie sich so kurzfristig für mich Zeit genommen haben«, sagte sie. »Wenn man um die Vielzahl Ihrer Tätigkeiten weiß, kann man sich kaum vorstellen, dass Ihnen eine freie Minute bleibt.«

»Oh, Nahrung zu mir nehmen muss ich wie jeder andere Mensch«, erwiderte er und lachte seltsam gekünstelt auf. »Warum also nicht das Notwendige mit dem Angenehmen verbinden und dem Wunsch einer Dame, die mich um ein Treffen bittet, stattgeben?«

In dieser Bar, die gleich neben der *Scala* untergebracht war und zu den beliebtesten Nachtlokalen der Gegend gehörte, wurde für gewöhnlich kein Essen serviert. Für ihn machte man jedoch eine Ausnahme. Ein Kellner trug ihm eine Platte mit in mundgerechte Stücke geschnittenem kalten Fleisch an den Tisch, die er mit spitzen Fingern aufnahm und sich zwischen die tiefroten Lippen schob. Etwas an dem Anblick war Nina zutiefst zuwider. Sie schalt sich albern, zwang sich zu einer geschäftsmäßigen Haltung. Dennoch kam sie nicht umhin, zu erkennen, dass sie zum ersten Mal eine Verhandlung mit einem Künstler führte, gegen dessen Engagement sich alles in ihr sträubte.

Warum aber löste er einen solchen Widerwillen in ihr aus?

Er war der begehrteste Akt, den Berlin zu bieten hatte, sein Name war es, der der *Scala* Abend für Abend den Saal füllte. Über die astronomische Gage, die er dafür erzielte, kreisten ständig neue Gerüchte. Erst kürzlich hatte er unweit der *Scala* ein mehrstöckiges Gebäude erworben, das er sich zu einem Palast ausbauen ließ, und eine Jacht nannte er ebenfalls sein Eigen. Nebenbei gab er seine eigene Zeitung heraus, die ähnliche Auflagen wie das *Tageblatt* und die *Tante Voss* erzielte, und erteilte Börsentipps, die angeblich auf Astrologie beruhten. Er war einer, an dem man nicht vorbeikam, an dem auch sie nicht so lange hätte versuchen dürfen, vorbeizukommen.

Was also brachte sie gegen ihn auf?

Dass er ein Betrüger, ein Blender, ein Scharlatan war?

Aber waren sie das nicht alle? Beruhte ihre ganze Kunst nicht auf Illusion, auf Taschenspielertricks, doppeltem Boden und ein wenig Augenwischerei?

Er zumindest machte keinen Hehl daraus, sondern hatte in einem Prozess, in den man ihn wegen Betrugs gezerrt hatte, offen eingestanden, sein Publikum zu täuschen und keineswegs über echte übernatürliche Kräfte zu verfügen.

»Die Leute wollen betrogen werden, also betrüge ich sie, und es bereitet ihnen Vergnügen. Sie werden mir doch nicht erzählen wollen, es gäbe auch Hellseher, die *nicht* betrügen.«

Er war freigesprochen worden und durfte weiter seinen Geschäften nachgehen. Ihrer Bitte, sich schnellstmöglich mit ihr zu treffen, war er nachgekommen, und sie brauchte ihn.

Nina räusperte sich. »Sie können sich sicher denken, warum ich Sie um diese Zusammenkunft gebeten habe, Herr Hanussen«, sagte sie.

Wieder lachte er auf diese seltsam gekünstelte Weise. »Sie meinen, ich muss es mir denken können, weil ich ein Hellseher bin? Nein, keine Sorge. Ich bin ja sozusagen außer Dienst, und in meiner freien Zeit überlasse ich die Zukunft sich selbst.«

»Das habe ich nicht gemeint«, entfuhr es Nina so unwirsch, wie sie sonst niemals mit Geschäftspartnern sprach. »Ich bin Intendantin des *Wintergarten*, wie Ihnen ja sicher bekannt ist, und Sie sind einer der begehrtesten Darsteller, die derzeit in Berlin zu haben sind. Da liegt es wohl nahe, dass ich Sie eines Engagements wegen sprechen will.«

Was war nur mit ihr los?

Ihr Verhandlungsgeschick hatte ihr die Angebote zahlreicher Bühnen eingebracht, die versuchten, sie abzuwerben, und jetzt, in einem der wichtigsten Gespräche, die sie seit Langem zu führen hatte, betrug sie sich wie die blutigste Anfängerin?

Sie zwang sich wieder, zu lächeln, erwiderte den Blick des Hellsehers mit ausgesuchter Freundlichkeit. »Ich weiß, Sie sind bei der *Scala* langfristig unter Vertrag, aber finden Sie nicht, die Gäste des *Wintergarten* sollten endlich auch einmal in den Genuss kommen, sich von Erik Jan Hanussen die Zukunft voraussagen zu lassen? Gerade jetzt, wo ein neues Jahr bevorsteht und die Zukunft sozusagen Hochkonjunktur hat?«

Er nahm seine weiße Damastserviette und wischte sich damit die glänzende Fettschicht von den roten Lippen. Dann erwiderte er ihr Lächeln. »Wie charmant das ausgedrückt ist, meine Gnädigste. Ich bin ja gebürtiger Österreicher, Wiener sogar, auch wenn meine Vorfahren aus anderer Himmelsrichtung stammen. Aber das ist in diesem Schmelztiegel von einer Stadt ja gang und gäbe. Sagen wollte ich: Wir Österreicher haben eine Schwäche für charmante Frauen. Wir können ihnen im Grunde nichts abschlagen, und wenn wir es noch so gern wollen.«

»Mir ist es ganz recht, wenn Sie mir nichts abschlagen können«, sagte Nina und bemerkte, wie die Anspannung von ihr wich und sie ein wenig leichter zurechtkam. »Natürlich habe ich nicht das geringste Interesse daran, dass Sie mir mein Anliegen abschlagen. Im Gegenteil. Ich will, dass Sie es mit Begeisterung annehmen. Ich kann Ihnen versichern: Das Publikum, das Sie erwartet, wird Ihnen einen Empfang bereiten, wie Sie ihn nie zuvor erlebt haben. Davon, dass unser *Wintergarten* einzigartig ist, haben Sie ja zweifellos gehört, und damit ist beileibe nicht nur das Programm gemeint. Nein, auch unser Publikum ist einzigartig. Ein Publikum, wie es der größte Hellseher unserer Zeit verdient.«

»Wie schmeichelhaft, liebes Fräulein von Veltheim.«

»Ehre, wem Ehre gebührt.«

»Ich darf also davon ausgehen, dass die renommierte Nina von Veltheim zu meinen Anhängern gehört?«

Nina stockte. Ihr war bewusst, dass ihre Ehrlichkeit zu ihren Trumpfkarten gehörte. Sie war keine, die mit Komplimenten um sich warf, doch von denen, die sie machte, spürte der Empfänger, dass sie ehrlich gemeint waren. Erik Jan Hanussen lebte davon, dass er Menschen durchschaute. Würde es ihm nicht kinderleicht fallen, zu erkennen, wenn sie ihn belog?

»Und ob Sie davon ausgehen dürfen«, rang sie sich schließlich ab und trank gleich darauf einen Schluck von ihrem Wein. »Seit ich Sie zum ersten Mal in der *Scala* gesehen habe, bin ich geradezu besessen von dem Wunsch, Sie zu uns in die Friedrichstraße zu holen.«

Das erste Zeichen der Lüge: Sie besaß nicht das Gewicht einer ehrlichen Aussage, weshalb der Lügner versuchte, es ihr durch Übertreibung zu verschaffen. Man brauchte wahrlich kein Hellseher zu sein, um das zu durchschauen.

Und wenn er sie fragte, wann sie ihn zum ersten Mal in der *Scala* gesehen habe?

Es war im April gewesen, als sie aus Neu-Mahlen gekommen war. Sie hatte sich das ganze Osterwochenende hindurch gequält, hatte an kaum etwas anderes als ihre Trauer denken können und hatte auf einmal die Nähe Antons, der offenbar mit allem so viel besser zurechtkam, nicht mehr ertragen. Sich selbst hatte sie eingeredet, sie ginge in die *Scala,* um sich über das Programm der Konkurrenz zu informieren, wie es in regelmäßigen Abständen ratsam war, doch in Wahrheit hatte sie nur von Anton fortgewollt.

Es war nicht nur das erste, sondern auch das einzige Mal gewesen, dass sie Erik Jan Hanussen gesehen hatte.

»Ich wünschte, Sie hätten sich zu erkennen gegeben, als Sie in meiner Vorstellung waren«, sagte er. »Ich hätte mich nicht nur geehrt gefühlt, sondern auch mit Freude etwas für Sie arrangiert. Nur zu gern hätte ich Ihnen beispielsweise eine persönliche Frage beantwortet, auf die Sie gerne die Antwort wüssten.«

»Was für eine Frage?«, entfuhr es Nina, die sich bei ihrer Neugier gepackt fühlte.

»Nun, vielleicht wüssten Sie ja gern, wie es um die Zukunft Ihrer Liebe beschieden ist«, antwortete er in seinem leicht singenden Tonfall. »Steht eine Hochzeit ins Haus, oder folgen Trauer und Neuanfang, weil Ihre Wege sich trennen? Macht sich gar ein Kind zu Ihnen auf den Weg?«

Nina zuckte zusammen, und Hanussen unterbrach sich. »Ach nein, das wollen Sie nicht wissen. Sie wollen nicht einmal, dass von diesen schmerzlichen Dingen gesprochen wird, und ich bitte vielmals um Entschuldigung.«

Es war keine Hexerei. Er war einfach nur ein ungewöhnlich guter Beobachter, und sie wollte nicht weiter von ihm beobachtet werden.

»Ich wusste nicht, dass Sie auch derart private Dinge vorhersagen«, sagte sie.

»Aber gewiss doch«, erwiderte er. »In meinen Anfangsjahren habe ich ja kaum etwas anderes getan. Meine Gabe, wenn wir es denn eine Gabe nennen wollen, habe ich während des Krieges entdeckt, und was die Kameraden damals von mir wissen wollten, drehte sich grundsätzlich um das Privateste im Leben eines Menschen: um die Liebe und den Tod. ›Werde ich überleben, werde ich die Heimat wiedersehen, ist mein vermisster kleiner Bruder gefangen oder tot?‹, lauteten die Fragen, mit denen man mich bedrängte. Und natürlich: ›Ist meine Liebste daheim mir treu, wartet sie auf meine Heimkehr, wie wir es einander versprochen haben, oder tröstet sie sich mit meinem Freund mit dem *Heimatschuss*?‹«

Unwillkürlich musste Nina an Anton denken. Seine Liebste war ihm nicht treu gewesen, sondern hatte sich mit seinem Freund Rudolf Kante getröstet, der mit einem *Heimatschuss* zurücktransportiert worden war. Kante seinerseits hatte sich mit den Ängsten um seinen geliebten kleinen Bruder gequält, den hochbegabten Reinhold, der in Antons Kompanie gewesen und an seiner Seite umgekommen war.

Konnte Hanussen das wissen? Oder erzählte er nur von Dingen, die während des Krieges den meisten Familien widerfahren waren? Wer hatte keinen gefallenen Bruder oder eine zerbrochene Liebe zu beklagen? Mit solchen Geschichten hatte er die besten Chancen, ins Schwarze zu treffen, und mit seiner rätselhaften, halb singenden

Art, sie vorzubringen, rührte er bei den Leuten vermutlich an einen Nerv.

»Und, liebes Fräulein von Veltheim?«, wandte er sich liebenswürdig wieder an sie. »Haben Sie eine solche Frage, auf die Sie gern von mir eine Antwort möchten? Nur zu, zögern Sie nicht, sie zu stellen. Ich habe zwar vorhin erklärt, ich ließe in meiner Freizeit die Zukunft auf sich beruhen, aber für Sie mache ich nur allzu gern eine Ausnahme.«

Jenny, durchfuhr es sie. Er soll mir sagen, was mit Jenny los ist und wie es für sie weitergeht. Scharf rief sie sich zur Ordnung. Verlor sie vor lauter Müdigkeit den Verstand? Sie musste hier weg, bevor dieser Mann mit der eigenartigen Ausstrahlung sie, die nüchterne Brandenburgerin, dazu brachte, ernsthaft an Hellseherei zu glauben.

»Ich habe nur eine Frage, auf die ich mir von Ihnen eine Antwort wünsche«, sagte sie. »Werden Sie mir und unseren Zuschauern die Freude machen und in der großen Silvestergala des *Wintergarten* für uns auftreten?«

Sie trank den Rest Wein aus ihrem Glas und atmete leise auf. Es war heraus, sie würden nach ein bisschen Ziererei zum Verhandlungsteil kommen, und dann hatte sie dies hier überstanden und konnte endlich nach Hause fahren.

Zu Anton.

Auf einmal kam es ihr vor, als wäre sie seit einer Ewigkeit von ihm fort gewesen und müsste den Weg zu ihm zurück erst finden.

»Möchten Sie noch etwas trinken, verehrtes Fräulein von Veltheim?«, fragte Hanussen galant und fischte den letzten Fleischbrocken von seiner Platte. »Ein wenig Zeit hätte ich noch, und ich verbringe sie gerne in charmanter Gesellschaft.«

Nina bedeckte ihr Glas mit der Hand. Sie hatte seit dem Frühstück nichts gegessen, und der Wein war ihr bereits zu Kopf gestiegen. »Für mich nichts mehr, danke. Aber in Ihrer Gesellschaft verbringe ich gerne noch etwas Zeit. Beantworten Sie mir dann meine Frage?«

»Als Hellseher, Gnädigste? Oder als schlichter Darsteller, dem Sie ein Engagement anbieten?«

»Letzteres«, sagte Nina und langte unter dem Tisch nach der Aktenmappe, die ihre Vertragsentwürfe enthielt. »Was die *Scala* Ihnen zahlt, werden wir womöglich nicht überbieten können, aber in der Silvestergala des *Wintergarten* aufzutreten, ist schließlich eine Ehre, die sich alle großen Varieté-Künstler zumindest einmal in ihrer Laufbahn ans Revers heften sollten. Und soweit es im Rahmen des Möglichen liegt, kommen wir Ihren Vorstellungen natürlich gern entgegen. Also – wie steht es?«

Hanussen lächelte. »Nein«, sagte er.

»Wie bitte?«

»Ich bin kein Mann, der eine Dame hinhält«, sagte er. »Schon gar nicht, nachdem ich mir mit ihr auf derart angenehme Weise die Zeit vertrieben habe. Also gebe ich Ihnen Ihre Antwort lieber kurz und knapp: Als Hellseher haben Sie mich nicht befragt, daher brauche ich Ihnen nichts von den verschlungenen Wegen des Schicksals vorzusäuseln, die uns zu einem anderen Zeitpunkt wieder zusammenführen mögen. Stattdessen kann ich als Künstler sprechen, der mit diesen Auftritten sein täglich Brot verdient. Dessen Antwort lautet: Nein. Ich bin bei Jules Marx von der *Scala* zu äußerst großzügigen Bedingungen unter Vertrag und weiß, es würde diesen freigiebigen Mann verletzen, wenn ich ihm ausgerechnet zu Silvester fremdginge. Auch habe ich derzeit keinen Bedarf an einem weiteren Engagement, sondern empfinde mich als reichlich ausgebucht. Selbstredend kann sich das ändern. Aber den Hellseher in mir haben Sie ja nicht gefragt.«

Nina verspürte eine jähe Übelkeit, die mit dem Wunsch einherging, den Wein von sich zu geben. Die Zeit, in der sie Niederlagen gewohnt gewesen war, lag viele Jahre zurück. Auch damals hatte ihr Traum von der Bühne ihr unendlich viel bedeutet, und nach jedem Sturz hatte es Kraft gekostet, sich wieder aufzurappeln und weiterzukämpfen. Aber sie war blutjung und voller Elan gewesen, schien die Ewigkeit gepachtet zu haben und hatte die weltbesten Freunde an der Seite. Ihr Leben hatte aus so viel mehr als nur Arbeit bestanden, und von ihrer Arbeit waren nicht die Existenzen ganzer Familien abhängig gewesen.

Dies hier war anders.

Es war niederschmetternd.

Beim Gedanken an die Demütigung, die es bedeuten würde, Fritz Aschinger in sein süffisant grinsendes Gesicht zu sagen, dass sie von Hanussen einen Korb kassiert hatte, drehte sich ihr der Magen um.

Und ihre Leute? Die Wunderweiber, deren Zahl Aschinger im neuen Jahr dezimieren wollte? Was sollte sie denen sagen? Sine lebte seit Neuestem mit einer Frau zusammen, die zwei Kinder und kein Einkommen hatte, Berthe hatte ihre schwangere Tochter aufgenommen, weil deren arbeitsloser Mann sie schlug.

»Ist Ihnen nicht wohl?«, fragte Hanussen. »Sie sind auf einmal so blass.«

»Oh, es ist nichts. Nur eine Verstimmung.« Ihre Stimme klang unnatürlich hoch.

»Dem Himmel sei Dank. Ich fürchtete schon, ich hätte Sie mit meiner Absage gekränkt. Aber ich denke, dafür besitzt eine Erfolg gewohnte Frau in Ihrer Stellung zu viel Routine und Souveränität. Und wie Sie ja selbst anführten: Um die Ehre, im *Wintergarten* gastieren zu dürfen, reißt sich unsere Zunft. Auf einen kleinen Hellseher aus Wien-Ottakring sind Sie also keineswegs angewiesen.«

»Sie sagen es«, erwiderte Nina, warf ihr Haar zurück und stand auf, um ihren Stolz zu retten. »Leider muss ich Sie in diesem Fall doch gleich verlassen. Um auf Nummer sicher zu gehen, hatte ich noch einen Termin mit einem zweiten Kandidaten vereinbart, den ich nun also wahrnehmen werde. Sie kennen ja unser Motto: Vom Guten nur das Beste. Und wenn der Gute nicht will, kommt eben der Beste zum Zug.«

»*Bravissima*«, sagte Hanussen. »Da haben Sie mir wirklich einen prächtigen Konter verpasst, was Ihnen meine Bewunderung einträgt. Ich bin sicher, Ihr bester Kandidat macht Ihnen mehr Freude als der gute. Ich empfehle mich. Es war mir ein Vergnügen.«

Er erhob sich ebenfalls, ergriff Ninas Hand und verbeugte sich.

Seine Hand war weich und gepflegt und glitt wie ein Stück Seife aus der ihren, als sie sie zurückzog. Sie fuhr herum und floh viel zu schnell, um souverän zu wirken, aus dem Lokal. Draußen war es inzwischen dunkel, leichter Schneefall hatte eingesetzt. Ein Mann spielte »Fröhliche Weihnacht überall« auf seinem Leierkasten. Nina lehnte sich mit dem Rücken an eine Litfaßsäule, um sich zu sammeln, und wünschte sich eine von Jennys Zigaretten.

Sie hatte versagt.

Sie hatte ihre Leute im Stich gelassen.

Und was das Schlimmste war: Sie allein war schuld daran, dass Hanussen ihr Angebot abgelehnt hatte. Hatte sie je zuvor eine wichtige Verhandlung derart amateurhaft geführt, sich so von ihren Gefühlen steuern lassen? Sie konnte ihre Müdigkeit ins Feld führen, die Tatsache, dass sie nach einem harten Jahr ohne Pause ausgelaugt war und erst wieder Kraft und Ideen sammeln musste, doch zu einem solchen Selbstbetrug fehlte ihr das Talent. Es war ihre grundlose Abneigung gewesen, mit der sie in das Gespräch gegangen war und die sie die ganze Zeit nicht hatte abschütteln können. Die Gegenwart des Mannes hatte ihr Schauder über den Rücken gejagt, und als wäre das Etablissement ihr Eigentum, nicht das von Fritz Aschinger, hatte alles in ihr gerufen: Ich will ihn nicht in unserem *Wintergarten,* nicht unter unseren Sternen!

Dabei hatte sie ihn doch so sehr gewollt und wollte ihn immer noch. Dabei brauchte sie ihn doch, um zu retten, was sie aufgebaut hatte.

Ihr einziges Kind, den Ersatz für das Kind, das sie nie haben konnte.

Ihre Wunderweiber vom *Wintergarten.*

Keine fünf Schritte von ihr entfernt hielten zwei schwarze Limousinen am Rinnstein, dass das dreckige Schmelzwasser aufspritzte. Auf beiden Fahrerseiten sprangen die Chauffeure heraus und öffneten ihren Fahrgästen den Schlag. Jedem der luxuriösen Wagen entstiegen zwei Männer in Abendgarderobe – schwarze offene Mäntel über schwarzen Anzügen und weißen Seidenschals.

Nina hielt den Atem an. Sie war ganz sicher, die Gesichter dieser Männer zu kennen, sie bereits mehrmals gesehen zu haben – auf Zeitungsfotos und Wahlplakaten, in Werbebroschüren der Nazi-Partei. Im Pulk blieben sie mitten auf der Straße stehen und schienen auf jemanden zu warten.

Unwillkürlich flog ihr Blick zurück zur Tür der *Bar Casanova*. Wie ein Instinkt in ihr vermutet hatte, verließ Erik Jan Hanussen genau in diesem Augenblick das Lokal. Der Instinkt behielt auch weiterhin recht: Hanussen steuerte geradewegs auf die Gruppe der Männer zu und wurde von ihnen mit Handschlag begrüßt.

Die Gruppe war allerdings in der Zwischenzeit auf fünf Männer angewachsen, und um den hinzugekommenen Fünften zu erkennen, brauchte Nina keine Zeitungsfotos. Sie hätte ihn unter Hunderten und auf jede Entfernung erkannt. Er trug einen wallenden Mantel und keinen Hut auf seinem kahlen Schädel. Es war Rudolf Kante.

Nina winkte die nächste Taxe, die vorbeikam, zu sich und sprang hinein, ehe die Gefahr bestand, dass sie gesehen wurde. Also war ihre Abneigung doch nicht grundlos gewesen. Für gewöhnlich war es Jenny, die wie ein Tier witterte, wenn mit jemandem etwas nicht stimmte, wenn er nicht das war, was er zu sein vorgab, und man ihm besser nicht über den Weg traute. Wie es aussah, hatte Nina nun, wo Jenny ausfiel, diese Fähigkeit von ihr übernommen. Sie wollte nur weg, all das hinter sich lassen, nicht darüber nachdenken, was Hanussen, Kante und die Nazi-Funktionäre miteinander zu beschwatzen hatten.

Dass sie immer noch keine Sensation, kein Zugpferd für die unterverkaufte Silvestergala hatte, war ein Problem, für das sie eine Lösung finden musste. Vielleicht konnte Anton ihr dabei helfen. Er hatte schließlich jede Menge Kontakte, war mit der halben Filmbranche per Du. Zur Not mussten sie eben irgendeinen umschwärmten Leinwandhelden auf die Bühne stellen und Liebeslieder singen oder Anekdoten aus seiner Kindheit vortragen lassen. Der Einsatz solcher billigen Attraktionen verstieß zwar gegen die Ehre des Varietés und war ganz sicher nicht vom Guten nur das Beste. Aber als einmalige Ausnahme war es akzeptabel, und es war allemal besser, als Erik Jan Hanussen anzuheuern, der womöglich eine sich rasch ausbreitende Seuche einschleppte.

Letzten Endes war sie auch Intendantin geworden, um den *Wintergarten* vor solchen Einflüssen zu schützen.

Als sie vor dem geliebten Häuserblock in der Jerusalemer Straße aus der Taxe stieg, fühlte Nina sich zwar noch ein wenig müder, aber nicht mehr so elend wie gerade eben. Sie würde aufbleiben, bis Anton aus dem Theater kam, würde noch ein Glas Wein mit ihm trinken und mit ihm zusammen eine Idee ausbrüten, die sie morgen Aschinger unterbreiten konnte. Gleich darauf würden sie sich in ihr Bett verkriechen und von ihrem Weihnachtsurlaub träumen.

Als sie den Schlüssel ins Schloss schob, spürte sie einen Widerstand. Jemand hatte seinen Schlüssel auf der Innenseite stecken lassen. Sie taten das nie, weil ja nie sicher feststand, wann einer von ihnen nach Hause kam, und dass Frau Brenneisen oder Frau Rottenheimer es vergessen hatten, war unwahrscheinlich. Während Nina noch versuchte, den anderen Schlüssel hinauszuschieben, wurde die Tür aufgezogen, und Anton stand vor ihr.

»Nina«, sagte er.

»Hast du jemand anderen erwartet?«, entfuhr es ihr.

»Nein«, sagte er in einem Ton, als wäre jemand gestorben. »Nur dich noch nicht. Bist du heute Abend nicht in der Vorstellung?«

»Ich war müde«, sagte Nina, »und ich hatte einen Termin. Aber was ist denn mit dir? Warum bist du nicht im Theater?«

»Vielleicht ist es ganz gut so«, sagte Anton, ohne ihre Frage zu beantworten. »Mit der Lügerei kann keiner von uns länger leben. Sie macht alles noch schlimmer. *Ich* mache alles noch schlimmer.«

Ninas Herz setzte einen Schlag lang aus. »Was ist los, Anton? Was geht hier vor?«

Er machte einen Schritt zur Seite, sodass sie die Wohnung betreten konnte. »Bitte komm mit«, sagte er und ging ihr voran durch den langen Gang, an den Zimmern von Frau Brenneisen und Frau

Rottenheimer vorbei und durchs Berliner Zimmer. Schließlich öffnete er die Tür des kleineren Raums, den Frau Rottenheimer das Herrenzimmer nannte und den er benutzte, um Texte zu lernen, Kritiken zu lesen und Papierkram zu erledigen. Seinem Schreibtisch gegenüber, in der Ecke beim Fenster, stand ein Rauchtisch mit zwei Sesseln. Die ganze Garnitur stammte angeblich von Frau Rottenheimers Seligem und war, soweit Nina sich erinnerte, von ihnen nie benutzt worden.

Jetzt allerdings befand sich auf dem Tisch eine Platte, auf der zwei einsame Viertel Butterbrot offenbar von einer Mahlzeit übrig geblieben waren. Die große Tasse, die danebenstand, enthielt den Rest eines Getränks, das nach heißem Kakao aussah, und der letzte Gegenstand dieses Arrangements war ein Nikolaus aus Stollwerck-Schokolade. Das kleine Menschlein, das am Tisch saß, wirkte in dem hohen Sessel wie verloren. Ein schmächtiges, blasses Mädchen mit dunklen, geflochtenen Zöpfen.

»Selma«, sagte Anton, trat zu ihr und legte eine Hand auf die Sessellehne, ohne jedoch das Mädchen zu berühren. »Das ist Nina von Veltheim.«

»Deine Frau?«

»Ja«, sagte Anton. »Wir sind nicht verheiratet, aber für mich ist sie meine Frau.«

Das Mädchen, das Selma hieß, starrte Nina an. Ihre Augen waren riesig und beinahe so dunkel wie ihr Haar.

»Nina, das ist Selma«, sagte Anton. »Ihre Mutter ist im Frühling gestorben, und bei der entfernten Verwandten, bei der sie fürs Erste untergekommen ist, kann sie nicht länger bleiben. Ich möchte, dass sie zu uns kommt. Sie hat nur noch mich. Sie ist meine Tochter.«

25

JENNY

SILVESTER 1931

Sie hätte die Galavorstellung gern abgesagt, hätte sich am liebsten krankgemeldet und wäre daheimgeblieben. Krank fühlte sie sich wirklich. Zermürbt und bis auf die Knochen erschöpft.

Von der UFA kamen irgendwelche Stars, die Nina in letzter Sekunde engagiert hatte, um einen Sketch aufzuführen. Ausverkauft war der Saal trotzdem nicht, und natürlich würden dieselben Zeitungen, die im letzten Jahr Lobeshymnen auf ihr atemberaubendes »Finale eines Jahrzehnts« gesungen hatten, mit ätzender Häme über den halb leeren Saal berichten. Jenny konnte es Nina nicht antun, die Wunderweiber ausgerechnet in dieser Nacht im Stich zu lassen, auch wenn sie selbst sich auf schwer erklärbare Weise von Nina im Stich gelassen fühlte. Natürlich hatte auch eine Intendantin das Recht, über die Feiertage Urlaub zu nehmen, und Nina hatte ihre Absicht rechtzeitig angekündigt.

Dann aber war sie auf einmal zwei Tage früher als geplant abgereist, ohne sich zu verabschieden. Noch am Tag zuvor hätte Jenny dergleichen für undenkbar gehalten. Wenn eine von ihnen der Stadt eine Zeit lang den Rücken kehrte, lud sie die anderen zuvor zu einem veritablen Abschieds-Besäufnis ein, und außerdem ließ Nina kein Weihnachtsfest vergehen, ohne unter ihren Wunderweibern üppige, selbst gepackte Präsentkörbe zu verteilen. Sooft sie die Aufführungen für eine Weile nicht persönlich beaufsichtigen konnte, versah sie jedes einzelne Mitglied des Ensembles mit ausführlichen Instruktionen und guten Wünschen. Dass sie einfach fortfuhr, ohne dass irgendwer auch nur davon wusste, war nicht vorstellbar.

Es war nicht Nina.

Aber es war geschehen.

Statt einer feuchtfröhlichen Besprechung im *Salamander* hatte sie einen Stapel gekritzelter Notizen hinterlassen, nach denen das Ensemble sich richten sollte.

Das Unglaublichste an dem ganzen Vorgehen war jedoch: Sie hatte von Jenny und Sonia nicht Abschied genommen, hatte ihnen weder frohe Feiertage noch einen guten Rutsch gewünscht und auch kein Weihnachtsgeschenk für Viktor vorbeigebracht.

Vermutlich hatte sie sich mit Anton gestritten und war Hals über Kopf in einen Zug gesprungen. Gerüchten zufolge war Anton nicht mitgefahren, sondern befand sich noch in Berlin. Jenny hatte versucht, ihn anzurufen, aber er ging nicht ans Telefon, und sie konnte es ihm nicht verdenken. Sie selbst ging auch nicht ans Telefon, wollte niemanden sprechen. Sie besuchte keine Weihnachtsfeiern, lud niemanden ein, brachte niemandem Geschenke. Genau genommen konnte sie also auch Nina nichts nachtragen, aber ums Nachtragen ging es ja gar nicht. Sie hatte sich sicherer gefühlt, solange sie ihre omnipräsente Nina um sich herum gewusst hatte, und jetzt, wo sie fort war, fühlte sie sich auf einmal so allein wie seit einem vollen Jahrzehnt nicht mehr.

So allein, wie sie es in Wirklichkeit war.

Es war ja nicht nur Nina, die fort war.

Darius hatte ebenfalls Urlaub genommen und war zur Erholung bis nach Neujahr »aufs Land« gefahren. Ypsilantis hatte er mitgenommen. Ihr Darius, von dem sie geglaubt hatte, er sei außerstande, Berlin zu verlassen. Vor allem aber außerstande, sie und Viktor zu verlassen. Sie hatten sich gestritten.

»Muss das ausgerechnet jetzt sein?«, hatte Jenny ihn angefahren, weil sie bei der Vorstellung, ohne ihn in der Wohnung zu bleiben, blinde Panik ergriff.

»Ja, es muss ausgerechnet jetzt sein«, hatte er erwidert. »Ausgerechnet jetzt, wo du mir ein sogenanntes Kindermädchen vor die Nase gesetzt hast, das aussieht wie die Rausschmeißerin einer Kokain-Bar. Ausgerechnet jetzt, wo du mit mir als Hüter deines Sohnes offenbar nicht mehr zufrieden bist, wo du auf meine Fragen diesbezüglich keine Antwort gibst und es auch ansonsten nicht für nötig hältst, mich in Entwicklungen, die das Leben in diesem Haushalt betreffen, einzuweihen. Ausgerechnet jetzt, wo ich also hier nicht länger benötigt werde, kann ich tun, wovon ich seit Jahren träume: dieser Stadt den Rücken kehren und mir anschauen, wie ein überfrorener See und ein stilles, verschneites Feld aussehen.«

»Tu, was du nicht lassen kannst, du verdammter Spießer!«, hatte sie ihm hinterhergerufen, während er mit Koffer und Katzenkorb die Wohnung verließ. Im nächsten Augenblick war sie am ganzen Körper zitternd zu Boden gesackt.

Sie war allein. Ohne Darius, ohne Nina.

Allein mit der Verantwortung für ihren Sohn, der längst begriffen hatte, dass er nicht länger in Sicherheit war. An manchen Tagen behauptete er, er habe Leibschmerzen, und ging nicht zur Schule. Viktor, der sich in all diesen Jahren betragen hatte, als wäre die Schule der Heilige Gral. Er verkroch sich, und sie verkroch sich genauso. Sie waren allein mit der Angst.

Helene, die in der Mädchenkammer wohnte, wusste von nichts und würde auch nichts erfahren.

»Alles, was Sie wissen müssen, ist, dass diese Riegel unter allen Umständen verschlossen zu bleiben haben«, hatte Jenny sie unterwiesen. »Und dass niemand hier hereinkommt, es sei denn, er kennt das Klopfzeichen.«

Menschen wie Helene waren dermaßen froh, wieder Arbeit und ein Dach überm Kopf zu haben, dass sie keine Fragen stellten. Ohnehin wäre Helene, die mit einem Schatz an Geistesgaben nicht gesegnet war, vermutlich keine Frage eingefallen. Das sprach für sie, beschwor sich Jenny, sooft sie damit haderte, ob es klug gewesen war, für Viktor jemanden einzustellen, der weder lesen noch schreiben und auch keinen komplexeren Zusammenhang erklären konnte. Immerhin hatte sie mit Helene geübt, das Telefon zu bedienen, und außerdem mochte gerade das von Vorteil sein: Helenes Einfalt, mit der sie hinnahm und tat, was man ihr sagte. Hinzu kam ihre bemerkenswerte körperliche Kraft.

Dennoch fühlte es sich falsch an, Viktor mit ihr allein in der Wohnung zu lassen. Falsch, falsch, falsch. An drei Abenden hatte Jenny ihn mit in den *Wintergarten* genommen, wo er hinter der Bühne auf einem Stuhl kauerte und im Sitzen schlief. Am Heiligen Abend hatte sie sich mit ihm in der Wohnung eingeschlossen, hatte alberne, viel zu kindliche Geschenke für ihn besorgt und aus einem nahen Restaurant ein Menü bestellt, das bereits am Vormittag angeliefert wurde. Sie aßen es kalt, weil Jenny vergessen hatte, es aufzuwärmen. Es schmeckte scheußlich. Sie hatte auch vergessen, den Weihnachtsbaum zu schmücken, was Viktor angeblich aber nichts ausmachte.

»Ich finde es eher komisch, dass du einen gekauft hast«, sagte er. »Warum feiern wir nicht so wie sonst, mit unseren Freunden?«

»Sie sind in diesem Jahr eben alle nicht da«, wand sich Jenny heraus. »Es muss ja nicht Weihnachten sein. Warum feiern wir nicht im neuen Jahr eine riesige Wiedersehensparty und lassen es so richtig krachen?«

»Du hast es schon lange nicht mehr richtig krachen lassen«, sagte Viktor, der nie zu verstehen gegeben hatte, dass ihm an ihren Partys etwas lag.

Aber an der Sicherheit lag uns beiden etwas, erkannte Jenny. An dem Ring aus lärmenden, die Nacht zum Tag machenden Menschen um uns. Jetzt sind wir allein mit der Angst. Und der arme Kleining weiß nicht einmal, wovor wir solche Angst haben.

Es ging so nicht weiter. Das war Jenny spätestens klar geworden, seit erst Anton und dann obendrein noch Carlo mit ihr gesprochen hatten. Anton hatte sie abgewimmelt. »Tu mir einen Gefallen und sag Nina nichts davon«, hatte sie ihm eingeschärft. »Der Kerl ist ein Verehrer, vor dem sie mich gewarnt hat, er tickt nicht ganz sauber, aber er ist harmlos. Ich will nicht, dass sie davon weiß, in Ordnung?«

Glücklicherweise schien Anton so tief in eigenen Problemen versunken, dass er keinen Protest anmeldete.

Carlo abzuwimmeln, war weit schwieriger gewesen. Er hatte Viktor von der Schule abgeholt, um mit ihm in den Zoo zu gehen, ohne dass Jenny davon gewusst hatte.

»Wenn ich dich gefragt hätte, hättest du es mir verboten«, sagte er, als er am Abend mit dem Jungen vor ihrer Tür stand.

Ihn wiederzusehen, war ein Schlag in die Magengrube. Monatelang hatte sie sich eingetrichtert, dass es einen Carlo von Veltheim in der Welt, in der sie lebte, nicht mehr gab. Irgendwann schien sie es endlich geglaubt zu haben, hörte auf, ihn an jeder Straßenecke zu sehen, und dann stand er auf einmal vor ihr. Der leibhaftige Carlo, mit den Schultern, auf denen man jegliche Last, mit der man sich abschleppte, hätte abladen können, mit dem Löwenhaar, das ihm in die Stirn fiel, und mit diesen Augen, deren Blick nie etwas zurückhielt.

»Wenn ich es dir verboten hätte, hättest du dich gefälligst danach zu richten gehabt«, blaffte sie.

»Warum?«, fragte er.

»Weil Viktor mein Kind ist, hörst du? Meines.«

»Die Jenny, die ich gekannt habe, hätte dir zur Antwort gegeben: Dein Kind. Aber nicht dein Besitz.«

Damit lag er so verblüffend richtig, dass sie für einen Augenblick entwaffnet war und seiner dringenden Bitte, mit ihr zu reden, nachgab. Sie schickte Viktor in die Wohnung und gestand Carlo fünf Minuten im Hausflur zu.

»Also – was willst du?«

»Dich und Viktor in Sicherheit wissen«, sagte er. »Dieser Mann, der deinen mutigen kleinen Jungen bis ins Mark erschreckt hat – wer ist das?«

Jennys Magen krampfte sich zusammen.

Er war nicht der Erste, der »diesen Mann« erwähnte. Nicht einmal Anton war der Erste gewesen. Fridolin hatte sie auch schon beiseitegenommen und erzählt, es habe sich jemand nach ihr erkundigt. »Nicht der übliche Typ deiner Verehrer, Jenny, auch nicht das, was wir sonst unter unserem Publikum erwarten.«

»Aber ein schöner Mann«, hatte Hieronymus ergänzt. »Nur auf den Hund gekommen. Wie heute leider so viele.«

»Er sah aus, als hätte er Hunger«, hatte Fridolin noch gesagt, ehe Jenny das Gespräch über den Mann recht resolut abgewürgt hatte.

Berlins Straßen waren voll von Männern, die aussahen, als hätten sie Hunger, und doch hatte Jenny bei dieser Beschreibung sofort ein Bild vor Augen gehabt. Es war das eine Bild, das sie nie wieder hatte sehen wollen. Ihr war zumute, als ziehe sich um ihren Hals eine Schlinge zu, und wohin sie sich auch wandte, sie konnte der Schlinge nicht entkommen. Ihr Appetit schwand, und in den Nächten fand sie keinen Schlaf. Wann immer Viktor nicht bei ihr war, war sie zu keinem klaren Gedanken in der Lage. Die Abende, an denen sie Auftritte hatte, wurden ihr zur Qual, selbst wenn die Schmerzen in ihrem Rücken sich ausnahmsweise in Grenzen hielten.

Es ging so nicht weiter.

Die Schlinge um ihren Hals raubte ihr den Atem, und wenn sie nach Hause kam, drückte sie den schlafenden Viktor so fest an sich, dass sie ihm den Atem raubte.

»Das hast du doch sonst nie gemacht«, sagte er, aus dem Tiefschlaf geschreckt und verwirrt.

Oh doch, dachte Jenny. Ich habe es bei Tag und bei Nacht gemacht und so fest, als hoffte ich, wir beide würden wieder zusammenwachsen, so eng verbunden sein, wie wir es waren, als du in meinem Bauch gewesen bist. Du weißt es nur nicht mehr. Als wir nach Berlin kamen, als wir Darius und eine Wohnung fanden, deren Tür wir hinter uns abschließen konnten, habe ich allmählich damit aufgehört. Habe dich und mich freigelassen. So getan, als wären wir außer Gefahr, und dann, als Nina und schließlich Carlo kamen, sogar ab und zu daran geglaubt.

In meinen Gedanken aber waren meine Arme immer so fest um dich geschlossen wie in jenen ersten Tagen, Wochen und Monaten deines Lebens. Sie sind es auch heute noch. Ich habe Leute – Männer, die mit mir ins Bett wollten, und Frauen, die vor Neid auf mich geplatzt sind – sagen hören, man könne sich mich nicht als

Mutter vorstellen, aber in meinen Gedanken bin ich in diesen letzten zwölf Jahren ununterbrochen eine Mutter gewesen. Deine Mutter. Und du bist mein Kind. Ich habe dich nicht dreieinhalb Mal um die Welt lieb, sondern unendlich viele Male. Sooft wir die Welt auch umkreisen müssen, Viktor, meine Arme werden immer um dich sein.

Jenny hatte das Gefühl, nicht noch eine dieser qualvollen Nächte durchzustehen. Sie hätte die Galavorstellung absagen wollen, denn krank war sie wirklich. Schüttelfrost quälte sie, und sie hatte sogar Fieber. Nina und die anderen verließen sich auf sie, sie hatten zehn Jahre lang miteinander gearbeitet und dabei das stumme Gesetz befolgt, einander nicht zu enttäuschen. Vielleicht war jedoch der Zeitpunkt gekommen, an dem dieses Gesetz für sie ihre Gültigkeit verlieren musste, weil ein stärkeres in Kraft trat. Das Gesetz, das festlegte, dass eine Mutter ihr Kind zu schützen hatte, was immer es sie kostete.

Die Stimme des Blutes.

Sie beschloss schließlich, doch aufzutreten. Diese eine wichtige Nacht noch durchzustehen und sich dann an den zwei freien Tagen zu erholen. Sich Essen liefern zu lassen, mit Viktor Schach zu spielen, die Wohnung nicht zu verlassen. Vielleicht würde sich die Schlinge dadurch so weit lockern, dass sie durchatmen und überlegen konnte, was sie zu tun hatte.

»Heute Abend kommst du wieder mit mir«, sagte sie zu Viktor. »Es ist Silvester. Wenn du willst, kannst du deinen ersten Champagner probieren.«

»Ich will nicht«, sagte Viktor.

»Was willst du nicht? Champagner probieren? Dein Schaden. Bleibt mehr für mich.«

»Mit dir mitkommen«, sagte Viktor. »Ich bin müde. Ich fühle mich nicht ganz gesund, und im *Wintergarten* war ich in letzter Zeit oft genug. Ich will mich ins Bett legen und mein Buch lesen.«

Das Buch hieß *Emil und die Detektive.* Jenny konnte nicht fassen, dass ihr an Wissenschaft, Archäologie und alten Sprachen interessierter Sohn sich für diese erdachte Kindergeschichte derart begeisterte. Carlo hatte ihm das Buch gekauft. Vielleicht lag es daran. Viktor trug es in der ganzen Wohnung mit sich herum und steckte beim Lesen die Nase hinein, wie um darin zu versinken.

»Hör zu, du kannst das Buch über diesen Emil morgen zu Ende lesen«, sagte sie zu Viktor. »Wir bleiben den ganzen Tag im Bett, essen nur belegte Brote, du liest, und ich glotze stinkfaul an die Decke. Was hältst du davon? Das Radio können wir auch anmachen, wenn du Lust hast.«

»Ich will heute Abend nicht mit in den *Wintergarten*«, beharrte Viktor. »Morgen können wir machen, was du willst.«

Er schniefte durch die Nase, was er sonst nie tat. Tatsächlich hatten sie sich beide eine Erkältung eingefangen, das Wetter war scheußlich, und den Raum hinter der Bühne würde der geizige Aschinger nicht beheizen. Was sollte sie tun? Viktor zwingen, obwohl es ihm nicht gut ging?

Sie hatte ihn nie zu etwas gezwungen. Wenn er als kleiner Junge nicht hatte schlafen wollen, hatte sie ihn aufbleiben lassen, und wenn er bei den Erwachsenen sitzen wollte, die tranken, rauchten und von Sex redeten, hatte sie ihn nicht fortgeschickt. Sollte sie jetzt damit anfangen, ihren Willen über seinen zu stellen, ihre Karte als Mutter auszuspielen und nicht länger sein Kamerad zu sein?

Sie konnte es nicht.

Nicht, solange ihr eine Wahl blieb.

Also würde er mit Helene, die sich vermutlich nicht bis nach Mitternacht wach halten konnte, allein in der Wohnung sein. Wie sollte sie das ertragen und dabei mit verbogenen Gliedern ins Publikum grinsen? Bei dem bloßen Gedanken daran spürte sie den Druck der Schlinge um den Hals, und die Angst entfaltete ihre dunkle Macht in ihr.

»Sie lassen die Riegel verschlossen«, sagte sie zu Helene. »Ob jemand schreit oder Ihnen erzählt, man will ihm ans Leben – Sie machen diese Tür nicht auf, bis ich nach Hause komme.«

»Und wenn's brennt?«, fragte Helene.

»Es brennt nicht«, sagte Jenny. »Wenn jemand das behauptet, dann lügt er, verstehen Sie? Er lügt, weil er in diese Wohnung will, aber Sie lassen ihn nicht herein. Versprechen Sie mir das?«

Helene nickte. »Wenn Sie's sagen, dann mach ich's so. Ich mach alles so, wie Sie's wollen.«

Jenny kam noch eine Idee. Sie lief in die Küche und kehrte mit dem schweren, armlangen Nudelholz zurück, das Darius manchmal benutzte, um irgendwelche misslungenen orientalischen Strudel zu backen. »Tragen Sie das immer bei sich, wenn Sie zur Tür gehen«, sagte sie und drückte es Helene in die Hand. »Sicher ist sicher.«

Wieder nickte die Frau, die mit ihrem massigen Körperbau den Flur der Wohnung auszufüllen schien. »So wie Sie's sagen, so mach ich's. Ich leg's nicht aus der Hand.«

Als Jenny sich auf den Weg machte, war ihr Herz so schwer wie ein Bleiklumpen, der im Gehen gegen ihren Brustkorb schlug. Es ist doch alles nur Unsinn, versuchte sie, sich zu beruhigen, alles nur meiner überreizten Einbildung entsprungen. Dieser Mann, den sie alle gesehen haben wollen, ist irgendein Obdachloser, ein armes Schwein, dem auf der Welt nichts bleibt, als eine alternde Schlangenfrau anzuhimmeln. Dass ich ihn auch gesehen habe, bedeutet nichts, denn es war nur ein Herzschlag lang, in dem ich dachte, mir zerreißt es den Rücken. Ich habe es mir eingebildet. Ich brauche Urlaub und stärkere Pillen für die Schmerzen. Der Mann, den ich glaube, gesehen zu haben, lebt nicht mehr, und wenn er doch noch lebt, dann kommt er hier nicht her.

Er hat ja keinen Grund.

Er weiß von nichts.

Sie schaffte es bis an die große Kreuzung, wo Berlins Flanierboulevard Unter den Linden auf die wilde Vergnügungsmeile der Friedrichstraße traf. Durch das Gewimmel der Massen, die aufgebrochen waren, um im Glanz der Neonreklamen und zum Swing der Jazzkapellen das neue Jahr und eine neue Hoffnung zu begrüßen, war nur mit Einsatz rigoroser Ellenbogen noch ein Durchkommen möglich. Jenny schlug Haken wie ein Hase, wollte ausbrechen, sich nur irgendwie bis zum Bühneneingang des *Wintergarten* durchkämpfen und im nach Rauch und Schminke stinkenden Halbdunkel des Zugangs untertauchen. Sie wünschte, sie wäre nicht losgegangen, wünschte, sie hätte Viktor doch gezwungen, mitzukommen, wünschte, die Nacht wäre schon überstanden.

Der Mann ragte vor ihr auf wie aus dem Boden gewachsen. Er versperrte ihr den Weg, trat nach links, wenn sie es tat, und war schon nach rechts gewichen, ehe sie es auch nur versuchte. Passanten, die angerempelt wurden und wütend schimpften, ignorierte er.

»Schenja.«

Es gab keinen Zweifel mehr, hätte auch keinen gegeben, wenn er kein Wort gesagt hätte. Ihre Vergangenheit stand auf. Menschen, solange sie nicht gestorben waren, ließen nicht zu, dass man sie begrub.

»Ich muss weiter«, stammelte sie. »Ich habe einen Auftritt, jemand wartet auf mich.«

Sie wollte vorbei. Er hinderte sie. »Wo du deinen Auftritt hast, weiß ich. Ich habe dir zugesehen. Nur ein einziges Mal, weil ich mir dich nicht länger leisten kann und euer Türsteher sich nicht erweichen ließ. An den anderen Abenden habe ich vor der Tür gestanden und mir vorgestellt, wie du dich dort drinnen auf der Bühne verrenkst, damit niemand dich zu fassen bekommt. Das hast du immer getan, nicht wahr, Schenja? Und ich habe mir einmal eingebildet, nur bei mir bist du echt.«

Seine Stimme war noch dieselbe. Nur war sie hart geworden, alle Zärtlichkeit daraus verschwunden. Der Mantel, den er um seinen abgemagerten Körper trug, war alt, verschlissen, konnte ihn unmöglich warm halten. Sein Gesicht sah so ähnlich aus. Verschlissen, über die Jahre hinaus gealtert, nicht mehr warm.

»Ich muss gehen.«

»Nicht jetzt«, sagte er. »Erst wirst du mit mir reden müssen, Schenja. Ich habe mehr als ein halbes Jahr gewartet, habe in einem Loch ohne Feuer und Fenster gehaust und von weniger als nichts gelebt, ohne mich entscheiden zu können, was ich tun wollte. Dich zur Rede stellen, dich zurückgewinnen, dir den Hals umdrehen? Wochenlang war ich zu nichts in der Lage, als dir zuzusehen, fassungslos zu erkennen, dass du dir ein völlig neues Leben zurechtgebastelt hattest, in dem nicht der kleinste Funke Erinnerung an mich mehr vorkam. Wie der verrückte, unterwürfige Hund, der ich immer war, habe ich mich danach gesehnt, auch nur die allerkleinste Rolle in diesem Leben wieder einnehmen zu dürfen, und habe gedacht, meine Sehnsucht verbrennt mich inmitten dieser kalten, seelenlosen Stadt.«

Einen winzigen, wahnsinnigen Augenblick lang glaubte sie, er mache einen Witz. Dann erinnerte sie sich. Er hatte schon immer so gesprochen, es war die Literatur seines Volkes, mit der er aufgewachsen war, und wenn sie ihn liebevoll deswegen verspottet hatte, hatte er mühsam sein Gekränktsein verborgen.

»Wenn ein Russe am Biertisch einen Witz erzählt, fällt die Kneipe in Dornröschenschlaf«, hatte ihr Bruder Georg behauptet.

Der Mann, der ihr gegenüberstand, erzählte keine Witze.

Er meinte es ernst.

Er meinte alles ernst.

»Humor musst du für uns beide zusammen haben«, hatte er gesagt, und sie hatte ihn in die Arme gezogen, ihn auf die Augenlider geküsst und gerufen: »Wenn ich dich anschaue, du vernagelter Schrat, kann ich mich vor lauter Humor gar nicht retten.«

Er war immer da gewesen. Ihr Leben ohne seines hatte es nie gegeben, und sie beide waren sicher gewesen, dass es so etwas nicht geben könnte. Jetzt aber hatte sie mehr als zwölf Jahre ohne ihn verbracht, und dass er einmal in ihr Leben gehört hatte, war nicht mehr vorstellbar.

»Es tut mir leid, dass es dir nicht gut ergangen ist«, murmelte sie und konnte nicht glauben, dass sie diesen Unsinn von sich gab.

»Nicht gut ergangen?« Hart lachte er auf. »Es ist mir zum Teufel noch mal so elend und dreckig ergangen, dass ich Tag für Tag aufs Neue gehofft habe, ich dürfte endlich daran krepieren. In all den Jahren habe ich das gehofft, seit du dich mir nichts, dir nichts verdrückt hast und mich weggeworfen hast wie ein Paar Schuhe, wenn sie durchgetanzt waren und du sie nicht mehr brauchtest. Aber so leicht stirbt es sich leider nicht. Es stirbt sich schwer.«

Oh nein, dachte Jenny, es stirbt sich allzu leicht. An allen Ecken und hinter jeder Biegung lauert eine Gefahr, die einem ans Leben will, wenn man ein Kind zu beschützen hat und nicht sterben darf. In dieser Zeit habe ich nichts anderes denken können als: Wie immer das Leben ist, es ist besser als Sterben. Hätte mich jemand gefragt, wonach ich mich sehne, wovon ich träume, hätte ich ihm zur Antwort geben müssen: Nicht zu sterben. Tag für Tag zu überleben, war in jenen Wochen Traum genug.

»Hör zu«, sagte sie mühsam und wich einem Mann aus, der bereits betrunken war und »Prost Neujahr« johlte. »Ich habe jetzt wirklich keine Zeit, aber wenn es etwas gibt, womit ich dir helfen kann …«

»Liebe Güte, Schenja! Das ist nicht dein Ernst, oder doch?«, fuhr er auf. »Hast du das wirklich eben gesagt und gemeint? Willst du mir Geld anbieten? Ein paar Scheine in die Manteltasche stopfen, damit ich verschwinde? Vielleicht noch Zwieback, Tee und Büchsenfleisch dazu, um deine Schuld zu begleichen? Und mit meinem Namen ansprechen kannst du mich auch nicht, oder hast du ihn am Ende vergessen?«

»Nein.« Jenny senkte den Blick auf das nasse Pflaster, weil sie nicht fähig war, ihn anzusehen.

»Kirjuscha«, sagte er. »So hast du mich genannt. Als wir am Fluss bei den Buschwindröschen lagen und glatte weiße Kiesel hineingeworfen haben, dass das Wasser in Fontänen aufspritzte – weißt du das wirklich nicht mehr? Wir haben in Hauseingängen gesessen und uns die geschwollenen Knöchel massiert, die Blasen und Schürfwunden, haben zusammen geweint und uns versprochen, dass wir eines Tages heiraten und in ein kleines Haus ziehen. Nicht auf deiner Seite und nicht auf meiner und nicht aus Holz. Dann haben sie mich fortgeholt, weggeschickt in ein Russland, das keine Heimat, sondern ein fremdes Land für mich war. Ich habe geglaubt, mich gäbe es nicht mehr, und erst als sie ein Jahr später dich hinterhergeschickt haben, habe ich mich wiedergefunden. Kirjuscha, hast du gesagt, und ich war wieder ich selbst. Bei dir war ich es immer, und du warst es auch. Weißt du noch, wie du mir gesagt hast, dass du ohne mich gar nichts bist und ich nichts ohne dich?«

»Zum Teufel, Kyrill«, fuhr sie auf. »Wir waren Kinder. Kinder sind so weit vom Tod entfernt, dass sie glauben, alles, was sie tun, ist für die Ewigkeit.«

»Aber das war es nicht?«, fragte er. »Deine Liebe war nicht für die Ewigkeit?«

Eine Frau, die sich an ihm vorbeischieben musste, schlug ihm mit ihrem Schirm auf die Schulter, aber er schien es nicht zu bemerken.

»Meine war es, Schenja«, sagte er. »Weißt du wenigstens noch, wie ich dir gesagt habe, dass ich komme und dich zurückhole, wo immer du hingehst? Dass uns nichts trennen kann, weil ich es nicht erlaube?«

Sie hatte es nicht mehr gewusst. Es hatte in der bunten, schillernden Seifenblase, die ihr Leben war, keinen Platz gehabt, doch jetzt kehrte es unaufhaltsam und gegen jeden Widerstand zu ihr zurück. Die Blase war geplatzt, und die Schlinge um ihren Hals zog sich zu.

»Ich habe geglaubt, ich müsste das tun«, sagte er. »Entweder dich zu mir zurückholen oder dich umbringen, weil du mir all diese Jahre gestohlen hast. In meiner Einsamkeit habe ich Tag und Nacht darüber nachgesonnen, wie ich deiner habhaft werden und wo ich dich hinschaffen kann, damit du verdammte schlüpfrige Schlange mir nicht wieder entwischen kannst. Aber das ist vorbei, Schenja. Davor brauchst du dich nicht mehr zu fürchten. Du kannst tun, was dir gefällt. Ich will nur noch eines.«

»Was?«

»Meinen Sohn.«

26

In all den Tagen, die zu dem heutigen hinleiteten, hatte Jenny vor Angst kaum noch eine vernünftige Handlung verrichten können. Sie hatte gezittert, hatte ihr Herz bis in ihre Kehle schlagen gespürt und war sicher gewesen, dass sie irgendwann vor Angst den Verstand verlieren würde. Jetzt aber, wo ihre schlimmste Angst sich bewahrheitet hatte, war sie auf einen Schlag von einer tödlichen Ruhe erfüllt.

»Du kannst ihn jetzt nicht sehen«, sagte sie ohne Ausdruck. »Ich muss zu meinem Auftritt, und mein Kindermädchen macht niemandem die Tür auf, wenn sie mit ihm allein ist.«

»Sag deinen Auftritt ab. Geh mit mir in deine Wohnung, oder ich gehe allein und breche die Tür auf.«

»Dass du das gelernt hast, bezweifle ich nicht«, sagte Jenny. »Aber wir haben ein Telefon und wachsame Nachbarn. Die Polizei ist schneller da, als du glaubst.«

»Ich werde mich nicht abschütteln lassen, Schenja. Du weißt, dass nicht einmal eure Polizei und euer Gericht einer Frau recht geben werden, die einem Vater zwölf Jahre lang sein eigenes Kind entzogen hat.«

Und ob sie es wusste. Der Fall der Geheimratsgattin, die ihrem Ehemann ein Kind von ihrem Schuster untergeschoben hatte, war erst vor einem Jahr durch sämtliche Zeitungen gegangen. Der Schuster hatte Wind davon bekommen, der Geheimrat hatte die Frau verstoßen, und das Kind, ihr Sohn, den sie acht Jahre lang aufgezogen hatte, war ihr weggenommen und der Familie des Schusters übergeben worden, die ihn gar nicht kannte. Jenny verbot sich, sich Viktor vorzustellen, den Vollzugsbeamte aus ihrer Wohnung zerrten und diesem wildfremden Mann übergaben. Sie musste die Ruhe und innere Kälte bewahren, die ihre Rettung sein konnten.

»Hol mich nach meinem Auftritt ab«, sagte sie zu ihm. »Dann nehme ich dich mit in meine Wohnung, und wir reden.«

Er lachte auf. »Damit du mir wieder entwischst, so wie damals? Wer einer Schlange einmal glaubt, mag ein armer Hund sein, aber wer es zwei Mal tut, ist ein Idiot.«

»Du kannst mich zum Theater begleiten«, sagte Jenny. »Wenn du es unbedingt willst, kannst du am Bühneneingang auf mich warten.«

»Damit du durch einen anderen Eingang verschwindest?«

»Dann gehst du eben nach dem Feiertag zur Polizei und zeigst mich an.«

»Bilde dir nicht ein, dass ich davor zurückschrecke«, sagte er.

Jenny bildete sich nicht ein, dass er vor irgendetwas zurückschreckte. Sie bildete sich gar nichts ein und wusste noch weniger, wollte nur einen Weg finden, ihren Kopf aus der Schlinge zu ziehen, die wenigen Meter bis zu ihrer Wohnung zu überwinden und mit Viktor zu fliehen.

»Also schön«, sagte sie, weil es einen anderen Weg nicht gab. »Ich lasse meinen Auftritt sausen und gehe mit dir in meine Wohnung. Kannst du mir wenigstens ein paar Minuten Zeit geben, um meinen Sohn vorzubereiten? Er weiß nichts von dir. Wenn du nicht willst, dass er einen Schock davonträgt, sollte ich zuerst mit ihm reden.«

Sie sah, wie es in ihm arbeitete, wie er sich sträubte und schließlich nachgab. »Aber ich warte in deiner Wohnung«, sagte er. »Keine faulen Tricks.«

Jenny sagte nichts mehr, drehte sich um und ging ihm voraus den Weg zurück, den sie gekommen war. Aus der Tür eines jeden Lokals drangen Musik und Gelächter. Umschlungene Paare in schillernder Kleidung flüchteten aus der nasskalten Winternacht in Trubel und Heiterkeit. Jenny wünschte sich, sie hätte mit ihnen flüchten dürfen, hätte ihren Sohn bei sich gehabt und in irgendeinem dieser überquellenden Lokale, an einem überfüllten Tisch einen Teller Rührei mit Schwarzbrot mit ihm teilen können.

Stattdessen ging sie weiter. Stur geradeaus, einen forschen Schritt nach dem anderen. Sie wagte nicht, den Kopf zu drehen, und noch weniger wagte sie, zu hoffen, dass der Mann hinter ihr verschwunden sein könnte, dass ihre kranke, überreizte Fantasie ihn sich nur ausgedacht hatte. Aber sie hatte sich niemanden ausgedacht. Als sie außer Atem schließlich in ihre menschenleere Seitenstraße einbog und vor ihrer Haustür stehen blieb, blieb er einen Schritt hinter ihr ebenfalls stehen.

Sie schloss die Haustür auf, stieg die Treppe hinauf, ohne das Licht einzuschalten, weil es ihr Angst einjagen würde, wenn es wieder erlosch.

»So berühmt, wie du bist, hätte ich gedacht, dass du dir etwas Besseres leisten kannst«, sagte er. »Eine Villa oder eine Wohnung in den feineren Vierteln.«

»Das hier gefällt mir«, erwiderte sie.

»Tatsächlich? Dabei warst du doch ein höheres Töchterlein, ein verwöhnter Liebling unter Rigas deutschem Großbürgertum, eine kleine Made im Speck. Etwas in dir hat es genossen, oder nicht? Auch wenn du mir immer erzählt hast, wie verhasst dir all die Zwänge sind, das tanzende Püppchen auf der Spieldose, das deine Mutter aus dir gemacht hat. Aber das Leben auf großem Fuß, das Haus mit den vielen Zimmern, die Sommerfrische im Grandhotel von Majorenhof und die Besuche von den vielen Onkeln, die dich alle umschwänzelten – das hast du geliebt, gib es zu.«

»Ich habe meine Familie geliebt«, hörte Jenny sich sagen. »So wie die meisten Kinder ihre Familie lieben. Meine beiden Brüder. Ich habe es geliebt, mit ihnen auf der zugefrorenen Düna Schlittschuh zu laufen, ich zwischen ihnen und der eine wie der andere darauf bedacht, mich vor Stürzen zu bewahren, schon als Johann noch ganz klein war und selbst dauernd stürzte.«

Wie lange hatte sie seinen Namen nicht mehr ausgesprochen? Die Stimme versagte ihr. Zu ihrer Erleichterung hatten sie den Treppenabsatz im vierten Stock erreicht. Reiß dich zusammen, rief sie sich zur Ordnung. Wenn sie jetzt einen Fehler beging, war alles vorbei.

Sie drückte auf den Klingelknopf, und der leicht scheppernde Dreiklang schrillte auf.

»Warum benutzt du nicht deinen Schlüssel?«, fragte er und wurde sofort misstrauisch. »Du wohnst doch hier, oder nicht?«

»Du hast mich ausspioniert, also kannst du dir die Frage sparen«, sagte Jenny, darum bemüht, das Zittern in ihrer Stimme zu verbergen. »Ich klingle, weil die Tür von innen verriegelt ist. Das ist sie immer, wenn das Kindermädchen mit meinem Sohn allein ist.«

Sie vernahm Helenes Schritte, von denen Darius gesagt hatte, sie ließen ihn an einen Elefanten denken. »Wer ist da?«, rief die Frau barsch. »Ich darf niemanden reinlassen. Auch nicht, wenn's brennt.«

»Es brennt nicht«, sagte Jenny und machte das vereinbarte Klopfzeichen auf der Tür. »Ich bin es. Bitte mach die Tür auf.«

»Frau Alomis?«

»Richtig.«

»Und ich soll wirklich aufmachen?«

»Ja.«

Ratschen und Kratzen von Metall verrieten, dass die Riegel zurückgeschoben wurden. Jennys Körper spannte sich wie in den Momenten, ehe ihr Auftritt begann, jeder Muskel, jede Sehne zum Einsatz bereit. In dem Augenblick, in dem die Tür aufgezogen wurde und Helenes großflächiges Gesicht samt dem erhobenen Nudelholz auftauchte, sprang sie nach vorn und drängte sich an ihr vorbei in die Wohnung.

»Schlagen Sie ihn nieder!«, schrie sie der Frau zu. »Er hat mich überfallen, er will uns bestehlen! Schlagen Sie ihn auf den Kopf, Helene. Auf den Kopf!«

Die Konturen des Korridors verschwammen vor ihren Augen. Sie sah nur Viktor, der am Ende des Gangs aufgetaucht war, die wollene Decke, die er als kleines Kind geschenkt bekommen hatte, über einer Schulter und in der Hand sein geliebtes Buch über den Jungen Emil. »Komm mit, wir müssen hier weg«, schrie sie, rannte zu ihm, packte ihn bei den Armen und zerrte ihn mit sich. Während sie zwei, drei dumpfe Schläge und einen erstickten, zornigen Schrei hörte, schob sie sich schon mit Viktor durch die Tür und jagte die Treppe hinunter.

Im Hof lag schmelzender Schnee, und Viktor trug keine Schuhe. Er trug auch keinen Mantel, keine Mütze, keinen Schal um den Hals, sein schmaler Körper zitterte, und er wusste nicht, wie ihm geschah.

»Es wird alles gut, mein Kleining, mein Liebling, mein Herzing«, murmelte Jenny im Laufen und hob ihn auf ihre Arme, wie sie es damals getan hatte. Nur war er damals federleicht gewesen, und heute hatte sie Mühe, ihn so hoch zu stemmen, dass seine Füße in den Socken nicht nass wurden. Auch um ihn wie damals unter ihrem Mantel zu bergen, war er zu groß. Nur die zerschlissene Kinderdecke schützte seine Schultern vor dem Wind. Blindlings, ohne zu denken, rannte sie weiter, bog instinktiv in die Jerusalemer Straße ein, in der Nina wohnte, und erst als sie stehen bleiben musste, weil ihr der Atem ausging, wurde ihr klar, dass sie sich in Ninas Wohnung nicht verstecken konnte.

Er hatte sie ein halbes Jahr lang ausspioniert, er wusste gewiss, dass sie hierher als Erstes flüchten würde. Wenn niemand zu Hause war und er sie verfolgte, saß sie dort oben im Seitenflügel wie ein Tier in der Falle. Wenn hingegen Anton da war, würde er sich »unter vernünftigen Männern« mit ihm auseinandersetzen wollen und ihm Tür und Tor öffnen.

Viktor in ihren Armen wehrte sich und gab einen Laut von sich.

»Um alles in der Welt, bleib ruhig«, beschwor sie ihn und presste ihre Lippen flüchtig auf sein Haar.

In ihrer Not entdeckte sie das Telefonhäuschen. Immerhin war es trocken darin, sie wären vor dem eisigen Wind geschützt, und von außen war es nicht gut einsehbar.

»Dort hinein!«

Sie quetschte sich mit Viktor in die kleine Kabine und erlaubte ihm, sich zu befreien. Mit Entsetzen sah sie an ihm herunter. Er hatte nicht mehr am Leib als Hemd und Hose, und die dünne Decke, die von Darius unbeholfen gestopft worden war. Sie musste etwas unternehmen, und zwar auf der Stelle!

»Was machen wir jetzt?«, fragte Viktor und sah sie aus großen schwarzen Augen an. Seine Oberlippe bebte. Es war wie damals: Wenn sie ihn nicht rasch an einen sicheren Ort für die Nacht schaffte, würde er krank werden, und das durfte nicht sein.

»Mach dir keine Sorgen«, sagte sie. »Mir fällt etwas ein. Jetzt gleich. Ich verspreche es dir.«

In ihrer Handtasche fingerte sie nach ihrer Geldbörse, stellte zu ihrer Erleichterung fest, dass sich mehrere Groschen darin befanden und obendrein ein wenig mehr Geld, als sie sich für gewöhnlich einsteckte. Das half ihr fürs Erste – aber wie sollte sie danach weiterkommen?

»Wenn es jemals etwas gibt, bei dem du Hilfe brauchst – ruf mich an«, hatte Carlo zu ihr gesagt. »Du weißt, wie schnell ich bei euch in Berlin sein kann, und ich bin noch immer euer Freund. Ich würde nichts fordern, Jenny, und keine Fragen stellen. Nur euch helfen.«

»Ich rufe Carlo an«, sagte sie zu Viktor. »Danach suchen wir uns eine Taxe und fahren in eine Pension.« Sie würde sich in irgendeinen Außenbezirk bringen lassen, wo niemand nach ihnen suchte. Für zwei, drei Tage, bis sie das Allernötigste vorbereitet hatte, würde ihr Geld hoffentlich reichen.

»Und dann?«, fragte Viktor. »Redest du dann mit mir und sagst mir, was los ist?«

Sein Blick hielt ihren fest. Noch immer zitternd, verschränkte er die Arme vor der Brust.

»Ja«, sagte Jenny.

»Also gut.«

Sie hielt ihm ihren Mantel hin, doch er schüttelte den Kopf und hüllte sich in seine Decke. Ohne das Kleidungsstück wieder anzuziehen, warf sie Geld ein, wählte das Amt an und verlangte den Anschluss von Neu-Mahlen. Kaum einen Atemzug später meldete sich eine helle Frauenstimme, die sie nicht erkannte.

»Gut Neu-Mahlen hier. Familie von Veltheim.«

»Hier Siver«, sagte Jenny. »Ich muss Herrn von Veltheim sprechen. Es ist dringend.«

Kaum merklich zögerte die junge Frau. »Einen Augenblick, bitte«, sagte sie schließlich. »Wir haben eine Gesellschaft hier. Ich werde sehen, ob mein Verlobter Zeit hat, an den Apparat zu kommen. Wie war doch gleich der Name?«

Durch die trübe Scheibe, an der der Wind rüttelte, starrte Jenny nach draußen. Sie erkannte nur Schemen und in der Dunkelheit ein paar Lichter. »Eugenie von Siver«, sagte sie.

DRITTE NUMMER

In der die Zukunft sich glücklicherweise nicht voraussagen lässt.

Berlin
Juli 1932

27

CARLO

Dass das schwankende, ohne Minderheit regierende Kabinett unter Reichskanzler Brüning sich lange halten würde, war nicht zu erwarten gewesen. Die Sozialdemokraten hatten sich zwar widerstrebend entschieden, es zu tolerieren, doch um so gut wie jede Entscheidung gab es Streit. Brünings Bemühungen, bei den Westmächten einen Verzicht auf die ausstehenden Reparationszahlungen zu erreichen, die Deutschland bereits seit einem Jahr nicht mehr zahlen konnte, zogen sich in scheinbar endlosen Verhandlungen hin. Gleichzeitig versuchte der Kanzler, der krisengeschüttelten Wirtschaft auf die Beine zu helfen, indem er Steuern erhöhte, staatliche Hilfen einsparte und Senkungen von Löhnen und Gehältern durchsetzte.

Carlo erkannte in manchen dieser Schritte die vernünftige Absicht und hielt den gemäßigten Brüning, der beständig zur Ruhe mahnte, nach wie vor für einen der besten Männer, die in der Krise zu bekommen waren. Dennoch kam er nicht umhin zu erkennen, dass die Maßnahmen des Kanzlers hilflos und unkoordiniert wirkten und auf allen Seiten des politischen Spektrums die Wähler gegen ihn aufbrachten.

Die Leute hatten Hunger. Die Leute hatten Angst vor der Zukunft. Die Zahl der Arbeitslosen stieg weiter, und Hilfe vom Staat war nicht zu erwarten.

Es gab kein Vertrauen mehr in die Regierung.

Gab es überhaupt noch Vertrauen in die Demokratie?

An deren Schutz war Reichspräsident von Hindenburg ohnehin nie gelegen gewesen. Im Frühjahr hatte er sich einer Wahl gegen Adolf Hitler stellen müssen und nur mit knapper Not im zweiten Wahlgang die benötigte Mehrheit erzielt. Der Mann war weit über achtzig und wurde von den Gutsherren an Carlos Stammtisch »der

Tattergreis« genannt, doch an der Macht schien er mit unverbrüchlicher Begierde festzuhalten. Einen Kanzler Brüning, der ihm als Mann der Mitte sowieso suspekt war, würde er dafür, ohne mit der Wimper zu zucken, über die Klinge springen lassen.

Sobald bekannt wurde, dass Brüning vorhatte, die Osthilfe streichen zu lassen, die den Gutsbesitzern von Brandenburg bis Ostpreußen half, an ihren Ländereien festzuhalten, war er für Hindenburg ein toter Mann. Hindenburg war selbst Gutsbesitzer. Wenn Carlo hörte, wie seine Standesgenossen im *Dorfkrug* vom Leder zogen, konnte er unmöglich noch Zweifel daran hegen, dass Brünings Tage als Kanzler gezählt waren.

Die rechtsgerichteten Zeitungen beschimpften Brünings Vorgehen als bolschewistisch, und Präsident Hindenburg erklärte, er werde keine Verordnung des Kanzlers mehr unterzeichnen. Drei Tage später, am letzten Tag im Mai, trat Brüning zurück. Tags darauf ernannte Hindenburg den einstigen Berufsoffizier Franz von Papen zum neuen Reichskanzler. Papen gehörte ebenfalls dem Zentrum, jedoch dessen rechtem Flügel an, und trat am Morgen nach seiner Ernennung aus der Partei aus. Für Ende Juli wurden Neuwahlen zum Reichstag angesetzt.

Neu-Mahlen zeigte sich in diesem frühen Sommer in seiner ganzen Pracht. Es blühte und grünte, Felder und Obstbäume trugen üppig Früchte, und die Fohlen der letzten drei Jahrgänge, die auf den Koppeln herumtollten und auf der Bahn trainiert wurden, waren eine Bestätigung für Carlos Bemühungen, russische Orlow-Pferde, die durch Ausdauer und Schnelligkeit glänzten, in seinen eigenen Bestand einzukreuzen. Bereits jetzt, ehe die meisten von ihnen überhaupt auf einer Rennbahn vorgestellt worden waren, lagen ihm glänzende Angebote für sie vor.

Während die Berichterstattung zur Wirtschaftskrise in Deutschland immer pessimistischer wurde, ging es für seinen Betrieb stetig bergauf. Das Leben hätte schön sein können, und wann immer Carlo über sein blühendes Land ging, kam es ihm wie eine Sünde vor, dass er es viel zu selten als schön empfand.

Hätte sein Vater sich von Sorgen um die politische Lage einen sonnigen Tag verleiden lassen?

Wie so oft wünschte sich Carlo, sein Vater hätte lange genug gelebt, um ihm auf solche Fragen Antwort zu geben. Er hatte ihn Reiten und Schwimmen gelehrt, ihm auf väterlich spielerische Weise gezeigt, wie die Bücher des Gutes geführt wurden, und hatte an Winterabenden oft mit ihm im Herrenzimmer gesessen und ihm von der Geschichte der Uckermark erzählt.

Aber taugte ein Vater nicht auch dazu, seinem Sohn beizubringen, wie man lebte?

Carlo musste über die kindischen Gedanken, die er hegte, lachen, was immerhin besser war, als zu weinen, aber weiter brachte ihn das nicht.

Hätte der Vater Greta von Metzler geheiratet, statt sie immer weiter hinzuhalten?

»Die ganze Gegend betrachtet euch als Paar«, hatte Carlos Mutter neulich zu ihm gesagt. »Du weißt, ich will mich in dein Leben nicht einmischen, aber für Greta wird es unter diesen Umständen noch schwieriger, einen passenden Ehemann zu finden. Sie sollte nicht als die alte Jungfer gelten, die der Herr von Neu-Mahlen nicht gewollt hat, meinst du nicht auch? Ich sage dir nicht, welche Entscheidung du treffen sollst, Carlo. Aber vielleicht darf ich dir nahelegen, dass du überhaupt eine triffst?«

Carlo sagte sich das selbst wieder und wieder. Er wollte das Richtige tun und Greta heiraten, wie er es ihr schließlich versprochen hatte. Er wollte eine Familie gründen, Kinder haben, Frohsinn und Helligkeit in sein Leben bringen und mit Hoffnung in die Zukunft blicken. Gerade jetzt, wo ihn die politische Lage mit so vielen düsteren Befürchtungen erfüllte, wünschte er sich das mehr denn je.

Aber wie konnte er an eine Ehe mit Greta auch nur denken, solange er Tag für Tag dem Briefträger entgegenritt, weil er auf einen Brief von Jenny hoffte?

Nach ihrem verzweifelten Anruf in der Silvesternacht hatte er mit

Greta darüber gesprochen. Sie hatte ihn darum gebeten, und er hatte ihr den Wunsch nicht abschlagen können. Auf ihre Frage hatte er noch einmal eingestanden, dass er Jenny geliebt hatte, hatte erklärt, dass er versprochen hatte, ihr Freund zu bleiben, und dass sie und Viktor Hilfe brauchten.

»Ich werde ihr diese Hilfe nicht verweigern, Greta«, hatte er gesagt. »Ich habe ihr mein Wort gegeben.«

»Mir hast du auch dein Wort gegeben«, hatte sie erwidert.

»Das ist richtig, aber sie hat die älteren Rechte. Und sie und Viktor sind in Not. Ich würde auch dich in einer solchen Not nicht im Stich lassen.«

Von dem wenigen, was er aus Jenny herausbekommen hatte, gab er nichts an Greta weiter, sondern blieb bei seinem Standpunkt, das sei Jennys Angelegenheit und er werde ihr Vertrauen nicht brechen, indem er darüber mit jemandem sprach.

»Sie hat einen wirklich verlässlichen Gefährten in dir«, sagte Greta mit einem Anflug von Bitterkeit.

»Ich hoffe, dass den jeder meiner Freunde in mir hat«, erwiderte Carlo. »Auch du, Greta. Über meine Verpflichtung, Jenny und Viktor zu helfen, gibt es für mich kein Verhandeln. Aber ich werde immer versuchen, für dich da zu sein, wenn du mich brauchst – einerlei, ob du meine Haltung akzeptieren kannst oder nicht.«

Es war brutal, sie vor eine solche Entscheidung zu stellen, wohl wissend, dass sie überzeugt war, keine Wahl zu haben. Er aber fand, dass auch er keine hatte. Wie der rechtschaffene, anständige Mann, der er immer hatte sein wollen, mit einer solchen Situation umzugehen hatte, hatte ihn niemand gelehrt.

»Es ist schon gut, Carlo«, hatte Greta schließlich gesagt. »Du tust, was du tun musst, daran werde ich dich nicht zu hindern versuchen. Kannst du mir noch eine einzige Frage beantworten, damit ich begreife, wogegen ich eigentlich kämpfe?«

Verzichte auf die Frage!, hätte er ihr um ein Haar zugerufen. Verzichte um deinetwillen, und kämpfe gegen nichts mehr. Stattdessen schwieg er und nickte.

»Hältst du es überhaupt für möglich, dass du mich jemals so lieben könntest, wie du sie geliebt hast?«, fragte sie.

»Ich bin kein Hellseher.«

»Aber du bist auch kein Feigling, sondern ein ehrlicher Mann. Bitte sag es mir.«

Er hätte seine Lippen mit Wachs versiegeln wollen, damit die Antwort nicht herauskonnte, aber vielleicht hätte nicht einmal Wachs etwas bewirkt.

»Nein, Greta«, sagte er, ohne sie anzusehen. »Ich glaube nicht, dass ich irgendeine Frau jemals so lieben könnte, wie ich Jenny geliebt habe. Du hast Besseres verdient, und ich wünschte, ich könnte dir dieses Bessere geben, aber ich kann nur geben, was ich habe.«

Sie blieb lange stumm. Ihm war klar, dass sie mit den Tränen kämpfte, und er schämte sich. »Das, was du hast, ist mir genug«, sagte sie schließlich. »Ob ich es zum Wachsen bringe oder nicht, liegt schließlich bei mir selbst, falls ich die Gelegenheit dazu erhalte. Bitte versprich mir nur eines: Sei ehrlich zu mir. Wenn sie sich meldet, wenn etwas zwischen euch sich ändert – entwürdige uns nicht beide, indem du es mir verheimlichst.«

Carlo versprach es. Nicht nur Greta, sondern auch sich selbst.

Die Nächste, mit der er über Jenny hatte sprechen müssen, war Nina gewesen.

»Ich brauche drei Wochen Vorsprung«, hatte ihn Jenny in jener Nacht aus der Telefonzelle angefleht. »Nina ist schlau, und wenn sie weiß, was los ist, kommt sie mir nach und führt ihn womöglich auf meine Spur. Sag ihr, ich habe angerufen, weil ich krank bin, weil das mit meinem Rücken schlimmer geworden ist und ich mit Viktor irgendwohin in eine Klinik fahre. Sag ihr, die Behandlung dauert drei Wochen, und wenn sie danach sieht, dass ich nicht wiederkomme, kannst du ihr erzählen, was du weißt. Darius kannst du auch mit dieser Rückengeschichte beruhigen, aber er wird sich seinen Teil denken und keine Fragen stellen.«

Darius war der treueste Freund, den Jenny sich wünschen konnte. Er stellte tatsächlich keine Fragen, auch wenn er wie ein Tier darunter leiden musste, Viktor, den er von klein auf umsorgt hatte, verloren zu haben. In einer kurzen Nachricht an Carlo ließ er lediglich ausrichten: »Bitte lass sie wissen: Wenn es etwas gibt, das ich tun kann, bin ich da.«

Carlo bot an, ihm bei der Miete für die Wohnung zu helfen, aber Darius lehnte ab. »Besten Dank, aber Ypsilantis und ich kommen zurecht. Zur Not nehmen wir ein paar Schlafgänger auf, an Platz mangelt es ja nicht.«

Nina hingegen war im Handumdrehen wieder auf Neu-Mahlen, sobald ihr klar geworden war, dass Jenny keineswegs nach einer Wunderbehandlung in irgendeiner ominösen Klinik nach Berlin zurückkehren würde. Gleichzeitig musste sie erkennen, dass Carlo die ganze Zeit Bescheid gewusst hatte, und das war ein zusätzlicher Schlag.

»Wisst ihr, in was für eine Lage ihr beide mich mit eurer Heimlichtuerei bringt?«, hatte sie Carlo noch auf dem Bahnhof in Templin angefahren. »Und nicht nur mich, sondern jedes einzelne Mitglied des Ensembles. Aschinger droht mir ohnehin schon, uns rauszuschmeißen. Die Pleite mit der Silvestervorstellung war schlimm genug, aber dass ich jetzt nicht einmal in der Lage bin, ihm zu sagen, wohin mein bestes Pferd im Stall verschwunden ist, schlägt jedem Fass den Boden aus. Was für eine Idiotin bin ich eigentlich? Weshalb habe ich dir den zusammengeschusterten Unsinn mit dieser Klinik überhaupt abgekauft, statt auf eigene Faust nachzuforschen, was ihr da ausgekungelt habt?«

Carlo war die Geschichte mit der Klinik selbst reichlich fadenscheinig vorgekommen, und er hatte bezweifelt, dass Nina sich damit zufriedengeben würde. Dafür, dass sie es drei Wochen lang getan hatte, gab es jedoch einen naheliegenden Grund: Nina war verzweifelt. Sie war so tief in ihre eigenen Probleme und ihre eigene Traurigkeit verstrickt, dass sie froh um alles war, um das sie sich nicht obendrein noch kümmern musste.

Seit sie ihr Kind verloren hatte, war seine lebensfrohe, vor Kraft und Zuversicht strotzende Schwester nicht mehr sie selbst. Dem zum Trotz hatte sie sich mit allem, was sie aufbringen konnte, in die Aufgabe gestürzt, ihren *Wintergarten,* ihre Wunderweiber und etliche andere bedrohte Künstler so heil wie nur möglich durch die Krise zu steuern. Sie war für jeden da gewesen, hatte sich mit Aschinger und anderen unausstehlichen Personen angelegt, um die nötigen Verträge auszuhandeln, und hatte selbst Gestalten wie diesen Ernst-Egon Neugebauer geschützt, der ihr einst alles andere als wohlgesinnt gewesen war. Beinahe war es Carlo vorgekommen, als verlange sie nun, wo sie keine Mutter mehr sein konnte, von sich, für ihr gesamtes Umfeld zur Mutter zu werden. Dass sie sich dabei langsam, aber sicher aufrieb, hatte sie nicht abgehalten. Und dass sie und Anton sich weiter und weiter voneinander entfernten, hatte sie womöglich über lange Zeit nicht einmal bemerkt.

Als sie Carlo angerufen hatte, um ihn wissen zu lassen, dass sie und Anton über die Weihnachtsfeiertage kommen würden, hatte sie so etwas angedeutet: »Anton und ich haben für uns und unsere Liebe seit Langem viel zu wenig Zeit gehabt«, hatte sie gesagt. »Es wird schön sein, auf Neu-Mahlen endlich wieder einfach zusammen zu sein – ohne Verpflichtungen, ohne ständige Blicke auf die Uhr, ohne Druck. Und es wird schön sein, euch alle zu sehen.«

Stattdessen war Anton vor der geplanten Abreise mit der Bombe herausgeplatzt, dass er eine Tochter hatte. Dass er von einer anderen Frau bekommen hatte, was Nina ihm so gern hätte geben, was sie so gern mit ihm hätte teilen wollen.

Carlo hatte sich die Umstände, die Anton ihm anvertraut hatte, viele Male durch den Kopf gehen lassen, und war jedes Mal aufs Neue zu dem Schluss gekommen, dass seinen Schwager keine Schuld traf: Nach dem tragischen Tod seiner ersten Frau hatte er ein Verhältnis mit seiner Schauspielkollegin begonnen, und das alles hatte sich ereignet, ehe er und Nina einander begegnet waren. Die beiden hatten noch einmal eine Nacht miteinander verbracht, als Nina sich im Streit von ihm getrennt hatte, und in dieser Nacht war ein Kind entstanden. Da die Frau – Katharina Lange – Berlin verlassen hatte, ohne Anton etwas von ihrer Schwangerschaft zu erzählen, hatte dieser seiner Verantwortung auch nicht nachkommen können, sondern hatte reinen Gewissens seine Liebe zu Nina genossen.

Wäre Katharina Lange nicht unter verzweifelten Umständen ums Leben gekommen, hätte Anton von seiner Vaterschaft vermutlich nie erfahren. Genau genommen stand nicht einmal fest, dass er davon erfahren hätte, hätte nicht sein einstiger Freund Rudolf Kante die Polizei darauf aufmerksam gemacht. Katharina Lange hatte ihn nämlich nicht als Vater benannt. Kante aber musste eins und eins zusammengerechnet haben: Er wusste, in welcher Zeit die Affäre stattgefunden hatte, und obendrein war das kleine Mädchen Anton wie aus dem Gesicht geschnitten.

Dass Anton sein Kind, das allein in der Welt stand, nicht seinem Schicksal überlassen wollte, war ihm anzurechnen. Carlo war sicher: Kein Mann von Anstand – und schon gar nicht er selbst – hätte anders handeln können.

Seiner Schwester konnte er allerdings nicht verübeln, dass es für sie so einfach nicht war. Der Mann, mit dem sie ihr Leben teilte, hatte sie belogen. Er hatte die Existenz der kleinen Selma vor ihr verheimlicht, hatte sein Engagement gekündigt, um sich um seine Tochter kümmern zu können, und hatte schließlich mit ihrem Bruder über sein Dilemma gesprochen – nicht aber mit ihr.

Der Vertrauensbruch wog schwer und traf Nina ausgerechnet dort, wo sie am verwundbarsten war. Vielleicht hätte sie Anton seine Lügen und Heimlichkeiten verziehen, hätte verstehen können, wie hilflos und überrumpelt er selbst sich gefühlt hatte, wäre es nicht ausgerechnet um das eine gegangen, das ihr den größten Schmerz bereitete:

Um ein Kind.

Wie man es auch drehte und wendete, es blieb unter dem Strich dasselbe Ergebnis.

Er hatte eines.

Sie hatte keines.

Leben mussten sie beide damit.

Nina war Hals über Kopf in den Zug gestiegen und ohne Anton

nach Neu-Mahlen gefahren. »Wie es weitergeht, weiß ich nicht«, hatte sie zu Carlo gesagt. »Um darüber zu entscheiden, habe ich jetzt nicht die Kraft.«

Carlo hatte das akzeptiert, so gern er ein Wort für Anton eingelegt hätte. Nina aber hatte das Recht, auf ihre eigene Weise mit den Blitzschlägen, die ihr Leben getroffen hatten, umzugehen.

Sie war ihm so unsäglich einsam vorgekommen während dieser stillen, traurigen Feiertage.

Bis in der Silvesternacht Jenny angerufen hatte und ihm noch einsamer vorgekommen war.

Warum nur konnte er ihnen beiden nicht helfen, warum konnte er sie nicht unter sein Dach holen, in dieses große, behagliche Haus voller liebenswerter Menschen, und sie all ihren Schmerz, alle Verletzungen, alle Furcht aus sich herausweinen lassen, bis die Flut ganz allmählich verebbte?

Schäumend vor Zorn, stand Nina Ende Januar wieder vor der Tür und verlangte zu wissen, was mit Jenny war. Soweit Carlo berechtigt war, darüber zu sprechen, sagte er es ihr:

»Sie ist zu dem Schluss gekommen, sie muss fort, weil sie mit Viktor in Berlin nicht mehr sicher ist«, hatte er mühsam und sich windend zu erklären versucht. »Es hat nichts mit dir zu tun, Ninchen, mit uns allen nicht, sondern mit dem Leben, das Jenny geführt hat, ehe wir sie kannten. Du weißt selbst, dass sie nie jemandem erlauben wollte, daran zu rühren. Von mir hat sie sich vor allem aus diesem Grund getrennt.«

»Es tut mir leid, Carlo, aber hier geht es nicht um deine gescheiterte Liebesgeschichte«, hatte Nina ihn angeblafft. »Jenny steht bei mir unter Vertrag, sie ist unser Zugpferd, wir alle hängen von ihr ab.«

Sie mochte vor Zorn schäumen und versuchen, ihn zu kränken, aber Carlo kam sie noch einsamer vor als zu Weihnachten. Ihm tat das Herz weh. Auch wenn sie noch so sehr darauf beharrte, dass es ihr um Verträge und Verpflichtungen ging, war für ihn unverkennbar, dass sie in Wahrheit ihre Freundin vermisste und sich von ihr verlassen fühlte. Beide – ihr Geliebter und ihre liebste Gefährtin – hatten nicht genug Vertrauen zu ihr aufgebracht, um sie einzuweihen. Beide hatten sich stattdessen an Carlo gewandt, und hier stand sie nun mit leeren Händen und verstand die Welt nicht mehr.

Er behielt recht. Nachdem sie ihre Wut ausgetobt hatte, klang sie geradezu verzagt: »Kommt sie wieder, Carlo?«

»Ich weiß es nicht«, sagte er, unfähig, seine eigene Traurigkeit zu verbergen.

Er hatte Jenny dasselbe gefragt, in jener Nacht, in der sie zu allem Überfluss auch noch rasend schnell hatten reden müssen, weil die Groschen nur so durch den Telefonapparat rasselten und Jenny und Viktor vor Kälte die Zähne klapperten. Sie hatte ihn gebeten, ihr Geld zu leihen, ihre ausstehende Gage vom *Wintergarten,* die Nina ihm zurückzahlen würde. Unter dem Namen Eugenie von Siver sollte er es auf einem Postamt in Köpenick deponieren und zudem ein paar Dinge für sie besorgen und in einem Schließfach hinterlegen. Er hatte ihr alles versprochen, hatte ihre Panik und Verzweiflung gespürt und es nicht über sich gebracht, ihr etwas abzuschlagen.

»Kannst du mir wenigstens versprechen, dass du wiederkommst, wenn das, was dir solche Angst macht, vorbei ist?«, hatte er sie gefragt. »Und wirst du uns dann erlauben, dir und Viktor beizustehen, euch zu helfen, das, was geschehen ist, hinter euch zu lassen?«

Durch die rauschende Leitung hatte er ihr trauriges Lachen gehört und gedacht, dass ihr Lachen, das er so geliebt hatte, schon immer auch ein wenig traurig gewesen war. »Das klingt so hübsch, Carlo, Herzing. Das meiste, was du zu mir gesagt hast, hat immer so hübsch geklungen. Aber das hier geht nicht vorbei, und über manches, was geschieht, kommt man nicht hinweg. Ich höre mich an wie ein Russe, pathetisch und übersteigert. Wahr ist es leider trotzdem.«

Carlo wusste, das Gespräch konnte jeden Augenblick zu Ende sein, und in seiner Not sann er auf etwas anderes: »Dann versprich mir, dass du mir von Zeit zu Zeit eine Nachricht schickst«, sagte er. »Du brauchst mir nicht zu verraten, wo ihr steckt, kannst die Briefe von irgendwem absenden lassen, wenn ihr längst über alle Berge seid, aber lass mich bitte zumindest alle paar Wochen wissen, dass es euch gut geht. Dass ihr außer Gefahr seid. Und dass ihr meine Hilfe nicht braucht.«

Auch dagegen hatte sie sich gesträubt, doch weil die Zeit am Telefon ihr buchstäblich durch die Finger rann, hatte sie schließlich nachgegeben. Kaum hatte das Klicken in der Leitung Carlo verraten, dass sie aufgelegt hatte, war in ihm die Erkenntnis aufgeblitzt, dass sie ihr Versprechen nicht halten würde. Sie würde aus seinem Leben so vollständig verschwinden, wie sie an einem unvergesslichen Tag darin aufgetaucht war, und die Vorstellung, nie wieder von ihr zu hören, nie zu erfahren, wo sie lebte und wie es ihr und Viktor ergangen war, löste ein solches Schwächegefühl in ihm aus, dass er sich auf den Boden hatte setzen müssen. Irgendwann hatten sich Schritte genähert, und mit einer Spur Erleichterung hatte er festgestellt, dass es nicht Greta, sondern Oma Hulda war, die kam, um nach ihm zu sehen.

»Geht die Welt unter?«, hatte sie ihn gefragt. »Und das noch vor Mitternacht?«

Keinem anderen Menschen hätte er so gern anvertraut, was er gerade erlebt hatte, wie seiner Großmutter, die mit ihren beiden Beinen so fest im Leben stand wie die Pfeiler aus Eichenholz, die das Dach seines Hauses trugen. Aber er durfte es nicht. Er hatte sein Wort gegeben.

»Es fühlt sich so an«, hatte er stattdessen gesagt.

»Ich verstehe«, sagte Oma Hulda. »Weißt du, was hilft, wann immer es sich so anfühlt?«

»Was?«, fragte Carlo.

»Aus dem Fenster sehen«, sagte Oma Hulda. »Und sich fragen, wo die denn hinsoll, wenn sie untergeht – so groß, wie die ist.«

Carlo hatte sich auf die Füße gerappelt und seiner Oma gesagt, wie sehr er sie liebte. Seine Oma hatte ihm ebenfalls gesagt, dass sie ihn liebte, und hinzugefügt: »Reißt euch zusammen, du und deine Schwester, seht zu, dass ihr das mit eurem Leben hinbekommt. Das seid ihr mir schuldig, wisst ihr das? Ich habe bereits meinen Sohn an eine dieser Verwicklungen der Weltgeschichte verloren, die zu durchschauen wir kleinen Menschlein nicht ausgestattet sind, und ich werde nicht kampflos zusehen, wie ein weiterer meiner Nachkommen vor die Hunde geht.«

Es war das erste Mal, dass sie den Tod ihres Sohnes erwähnt hatte, und Carlo war sich sicher, es würde das einzige Mal bleiben.

28

Er hatte es Nina gesagt, in ihre Verzweiflung über Jenny hinein: »Wir müssen kämpfen, Ninchen. Die Köpfe über Wasser halten, das schulden wir Oma und den anderen. Auch den Toten. Wir dürfen uns das, was unser Leben ausmacht, nicht wegnehmen lassen.«

Sie hatte ihn angesehen, als wäre sie nicht sicher, welche Sprache er sprach. »Und wenn von dem, was unser Leben ausmacht, nichts mehr übrig ist?«, fragte sie. »Wenn wir zum Kämpfen keine Kraft mehr haben?«

Er hatte die Arme um sie geschlungen, und sie hatten beide geweint. Um Jenny. Um Viktor. Um Ninas Kind und um Anton. Hätten sie damals, als ihr Vater gestorben war, so miteinander gestanden, hätten sie sich womöglich vieles leichter gemacht. Damals aber hatten sie nicht gewusst, dass Weinen manchmal half, sondern hatten befürchtet, in ein Loch zu fallen, aus dem sie nicht mehr herauskamen.

»Ich fahre zurück nach Berlin und versuche, zu retten, was zu retten ist«, sagte Nina. »Du, sag mir Bescheid, falls du von Jenny hörst, ja? Sag ihr, sie ist eine idiotische Pute und soll gefälligst nach Hause kommen. Wir töten einen Drachen für sie, wenn einer es wagt, vor ihr das Maul aufzureißen.«

Dass es sich bei dem Drachen um Viktors Vater handelte, wussten sie beide, ohne es auszusprechen.

Zwei Wochen später bekam er einen Briefumschlag, auf dem kein

Absender, sondern lediglich ein unleserlich verschmierter Poststempel prangte. Darin steckte eine zerknitterte Weihnachtskarte.

»Lieber unglaublicher Carlo«, stand auf der Rückseite. *»Manchmal hält sogar Jenny A. ihre Versprechen und teilt Dir demzufolge mit, dass sie und der Kleining wohlauf und, soweit möglich, in Sicherheit sind. Schreiben kannst Du mir nicht. Aber wenn Du willst, eine Anzeige (bitte gerichtet an Frau Sch. Lang) in der guten alten* Tante Voss *aufgeben, die ich hier (wo immer das sein mag), kaufen (oder am Kiosk umsonst lesen) kann. Zumindest, solange wir hierbleiben. Wie lange das sein wird – wer weiß? J.«*

Carlo fuhr nach Templin aufs Telegrafenamt und telegrafierte eine sündhaft teure Anzeige an die Annahmestelle in Berlin:

»An Frau Sch. Lang & Sohn. Für Weihnachtsgrüße erstatten wir Dank und (vom Guten) nur das Beste zurück. Halten Sie uns über Befinden auf dem Laufenden und geben Nachricht im Fall eines Mangels. Die Sehnsucht brennt. Ihr ergebener Diener H. Erz-Ing.«

Er wollte den Schalterbeamten schon bitten, den letzten Satz wieder zu streichen, entschied sich dann aber um und ging. Nach sechs Wochen, als es bereits Frühling wurde, kam wieder eine Karte von ihr, diesmal mit einem Osterhasen samt Kiepe und bemalten Eiern:

»Die Frau Sch. Lang hat die Zeitung gar nicht kaufen wollen, aber dann hat sie's doch getan, und letzten Endes war sie froh. Unkraut vergeht zwar nicht, und auch der Kleining wächst weiter, aber es macht ja trotzdem so ein komisches, warmes Gefühl, gesagt zu bekommen, dass man da, wo man gewesen ist, nicht ganz entbehrlich und ersetzlich war. Habe mein Leben lang Angst vor zu kleinen Räumen gehabt und fürchte mich auf einmal vor zu großen. Falls gewünscht, bitte nächstes Mal Tageblatt *benutzen. Und nicht verbrennen. J.«*

»*Wo Frau Sch. Lang war, ist jetzt ein Loch*«, ließ Carlo in den Anzeigenteil des *Tageblatts* setzen. »*Dahinein stopfen wir tagtäglich mit sämtlichen Kräften alles, was wir haben, aber wenn wir am Morgen wiederkommen, ist das Loch wieder genauso groß, wie es war. So entbehrlich und ersetzlich sind Sie. C.*«

So kommunizierten sie weiter. Die Umschläge, in denen Jennys Karten ihn erreichten, hob Carlo sorgfältig auf, untersuchte sie jedoch nicht näher, weil er Jenny schließlich versprochen hatte, nichts zu unternehmen, um sie zu finden. Nach dem Eintreffen jeder Karte rief er Nina in Berlin an, um sie wissen zu lassen, dass Jenny und Viktor wohlauf waren.

Nina war tapfer, wie er es von ihr kannte. Sie hatte eine Zeit lang bei Sonia und deren ein wenig dubiosen Freund gewohnt und war dann in eine Suite im *Central-Hotel* gezogen.

»Ist dir das nicht zu unpersönlich?«, hatte Carlo gefragt. Soweit er sich erinnerte, liebte es seine Schwester, ihre gesamte Habe samt Andenken, Bildern und kuriosen Geschenken um sich herum zu verteilen und vor allem zu jeder Tages- und Nachtzeit ihre Freunde einzuladen.

»Es spart Geld«, erwiderte sie lapidar. »Das Hotel stellt mir die Räume umsonst zur Verfügung, und das Unpersönliche rettet mir im Augenblick vermutlich den Verstand.«

Carlo wusste, dass Anton mehrmals versucht hatte, mit Nina zu reden. Da sie ihn jedoch jedes Mal bat, ihr ihren Frieden zu lassen, gab er es schließlich auf. Er hatte auch angeboten, mit seiner Tochter in eine andere Wohnung zu ziehen, damit Nina in ihr geliebtes Refugium in der Jerusalemer Straße zurückkehren konnte, aber selbst das hatte Nina abgelehnt.

»Warum sollte ich einen vierköpfigen Haushalt aus der Wohnung werfen, um ganz alleine in sieben Zimmern zu hausen?«, hatte sie Carlo erklärt. »Anton wird ja Frau Brenneisen und Frau Rottenheimer brauchen, damit sie ihm auf das Mädchen achten, wenn er arbeitet. Und die beiden werden selig sein, sich um ein Kind kümmern zu dürfen. Sie haben sich damals so auf den kleinen Johnny gefreut.«

Carlo wusste, wie sehr Nina zu kämpfen hatte, um Direktor Aschinger bei Laune zu halten. Von morgens bis abends war sie auf der Jagd nach neuen Sensationen und trieb zugleich ihr eigenes Ensemble durch die härtesten Proben, um ein neues, mehr auf Humor und Sprache ausgerichtetes Konzept zu entwickeln. Jenny war unersetzlich, und wenn die Wunderweiber überleben wollten, mussten sie andere Wege finden, um bei den Berlinern einen Nerv zu treffen. Carlo war überzeugt: Wenn es jemanden gab, der dieses Kunststück fertigbrachte, dann war es seine Schwester Nina, die schon als Kind aus dem Nichts Theaterwelten gestampft hatte, in denen Menschen sich verlieren wollten.

Er sorgte sich dennoch um sie, denn wann immer sie sich sahen, wirkte sie müde und verbraucht. Sie kam häufig nach Neu-Mahlen, blieb aber nie länger als zwei Tage und brachte sich Berge von Arbeit mit. »Ich finde, du solltest nicht so allein sein«, sagte er. »Du bist noch immer jung, du bist schön und eine faszinierende Frau. Du weißt, dass Anton dich liebt, oder nicht? Man kann von einem Vater nicht verlangen, dass er sich zwischen seinem Kind und seiner Frau entscheidet, aber das heißt nicht …«

»Carlo«, unterbrach sie ihn scharf, »ich wüsste nicht, dass ich dich beauftragt hätte, mir einen Vortrag über die Optimierung meines Liebeslebens zu halten. Damit du's weißt: Ich habe an einem solchen Vortrag keinen Bedarf, und wenn ich einen hätte, würde ich nicht ausgerechnet jemanden beauftragen, dessen eigenes Liebesleben ein so heilloses Durcheinander ist wie das deine.«

»Das saß«, sagte er.

»Tut es immer, wenn es zutrifft«, erwiderte sie, warf ihm eine Kusshand zu und ging, um auf ihrem Rappen Palü, der keine Anzeichen von Alter zeigte, durch die duftenden Wälder zu sprengen.

Sie hatte recht.

Sein Liebesleben war heillos.

Er musste Greta heiraten.

Kaum war Nina wieder in Berlin, fand sich dafür ein weiterer Grund.

Der Wahlkampf wurde mit brutaler Härte geführt. Wer Plakate und Werbezettel las, konnte zu dem Schluss gelangen, die Parteien hätten keine Ziele, um Menschen von sich zu überzeugen, sondern wollten gewinnen, indem sie ihre Gegner in Grund und Boden schmähten. Die SPD zeigte auf ihrem Plakat ein Hakenkreuz, auf das ein gefolterter Arbeiter wie auf ein Rad geflochten war, beschimpften jedoch auch die Kommunisten als »Feinde der Demokratie«. Die KPD konterte mit einem Bild des Reichstags und dem Slogan *»Schluss mit diesem System«*. Eine Annäherung zwischen beiden, die dem Feind von rechts vielleicht Einhalt geboten hätte, schien nicht denkbar, jedes Gespräch war so sehr zum Scheitern verurteilt wie jene zwischen Nina und Anton. Die Nazis ihrerseits brachten ein Bild von verhungernden Kindern, auf dem die Schlagzeile *»Unsere letzte Hoffnung – Hitler«* prangte.

Bei den scheußlichen Plakaten blieb es jedoch nicht.

Abordnungen der SA, deren Verbot im April sofort wieder aufgehoben worden war, stürmten die Wahlveranstaltungen ihrer Gegner, zertrümmerten Lokale und prügelten reihenweise Menschen krankenhausreif. Längst hatten die Linksparteien begonnen, sich mit gleichen Mitteln zur Wehr zu setzen. In den Straßen lieferten sie sich erbarmungslose Schlachten, bei denen nicht nur Scheiben zu Bruch gingen. In einem Vorort von Hamburg kam es während eines Aufmarschs der SA zu einer Schießerei mit Kommunisten und der Polizei, bei der achtzehn Menschen ihr Leben verloren.

»Wie schrecklich und traurig das ist«, rief Tante Sperling, der die von Carlo auf dem Salontisch vergessene Zeitung in die Hände gefallen war. »All diese jungen Menschen. Ich wünschte, wir könnten unser Ninchen herholen. Ich weiß, sie würde sich zu Tode langweilen, aber zumindest geht es in unserem friedlichen Templin nicht so barbarisch zu wie in den großen Städten.«

Darin täuschte sie sich. Am folgenden Sonntag, dem letzten vor der Wahl, stand der Zeitungskiosk auf Templins Rathausplatz in

Flammen. Ringsum tobte eine Schlacht zwischen SA-Leuten und ihren linksgerichteten Gegnern, bei denen Knüppel, Zaunlatten und die Stühle, die vor dem alten Café in der Sonne gestanden hatten, zum Einsatz kamen. Polizei und Feuerwehrleute hatten Mühe, sich zum Einsatzort durchzukämpfen, und machten ihrerseits von Schlagstöcken und Gewehrkolben Gebrauch. Ob der Kiosk absichtlich in Brand gesteckt worden war, würde sich später gewiss nicht ermitteln lassen, doch der Inhaber, der alte Herr Jakob, war sowohl Jude als auch Mitglied der sozialdemokratischen Partei.

Carlo, der von einer Sitzung des Landrats kam, sah Blutflecken auf dem sonst blank gefegten Pflaster und zertrümmerte Zeitungsaufsteller in den gepflegten Blumenrabatten. Vor allem aber sah er einen Verletzten, der unter einem der jungen, im letzten Jahr erst gepflanzten und schützend umzäunten Kastanienbäumchen auf dem Rücken lag. Bei ihm knieten ein Mann und ein Mädchen, die sich über ihn beugten. Carlo wollte nach Hause, wollte mit alledem nichts zu tun haben, doch der Anblick ließ ihn erstarren.

Der Mann am Boden schien nicht gefährlich verletzt. Er hatte am Kopf eine Schürfwunde, blutete am Knie und hielt sich den rechten Arm. Er war auch noch kein Mann, sondern ein Junge in kurzer Lederhose und mit einer Hakenkreuzbinde am Arm. Der Mann, der sich über ihn beugte und ebenfalls die Binde trug, war Carlos Jugendfreund Dietrich Schultz. Das Mädchen, das neben ihm kniete und klagende Laute von sich gab, war seine Schwester Otta.

Mit wenigen Sätzen überquerte Carlo den Platz, stieß hemmungslos beiseite, wer immer sich ihm in den Weg stellte, und packte Otta grob an der Schulter.

»Damit ist jetzt Schluss! Du kommst mit mir nach Hause.«

Von dem Geschrei, in das Otta ausbrach, hörte er kaum etwas, sondern wandte sich Dietrich zu. »Meiner Schwester ist es künftig verboten, mit deinem sauberen Verwandten zu verkehren«, herrschte er ihn an und wies voller Grimm auf den Jungen, bei dem es sich zweifellos um jenen Richard aus Westpreußen handelte. »Sie kommt nicht mehr in euer Haus und trifft sich auch sonst nirgendwo mit euch, hast du mich verstanden?«

Eine Antwort wartete er nicht ab, sondern verließ den Platz und zerrte Otta hinter sich her. In seiner bodenlosen Wut war ihm gleichgültig, ob er ihr wehtat oder ob jemand ihn sah.

Erst als sie in die Seitenstraße einbogen, in der er den Landauer abgestellt hatte, kam er zur Besinnung, weil Otta lauthals jammerte: »Au, au, au, bist du verrückt geworden? Du reißt mir ja den Arm aus.«

Schuldbewusst ließ Carlo sie los. Gewalt hatte es in seiner Familie nicht gegeben, und dass ausgerechnet er dazu fähig sein sollte, seiner kleinen Schwester Schmerz zuzufügen, erschreckte ihn. Er hatte sich nicht einmal in der Schule geprügelt, und einen Zorn wie den, der jetzt erst langsam von ihm wich, kannte er an sich nicht.

Otta aber hatte sich blitzschnell wieder erholt und wollte den Augenblick nutzen, um zurück zum Platz zu flitzen. Carlo schaffte es gerade noch, sie von Neuem am Arm zu packen. »Hiergeblieben! Zu diesem Kerl gehst du nicht wieder – nicht heute und auch an keinem anderen Tag.«

»Was fällt dir denn ein?«, keifte Otta und bäumte sich in seinem Griff wie ein Fohlen. »Du hast mir gar nichts zu sagen – du bist nicht mein Vater!«

Ihren Vater hatte Otta nicht kennengelernt. Nach ihrer Geburt war er zwei Tage auf Fronturlaub heimgekommen und hatte versprochen, zu ihrer Taufe zurück zu sein. »Und dann ist der Krieg vorbei, ich bleibe bei euch und erlebe, wie mein zweites kleines Mädchen groß wird.«

Er war weder zur Taufe noch überhaupt je wiedergekommen, und Otta war als männlicher Halt nur ein Bruder geblieben, der mit seinen siebzehn Jahren selbst noch haltlos und mehr Kind als Mann gewesen war. Kein Wunder, dass sie außer Rand und Band geriet. Er musste mit den Frauen reden, musste ihnen einschärfen, wie wichtig es war, dass sie alle besser auf Otta achtgaben.

Und er musste Greta heiraten. Sie hatte es ihm einmal erklärt:

Wenn sie im Haus eine Stellung innehatte, konnte sie so etwas wie eine zweite Mutter für Otta sein und über sie wachen. Ottas richtige Mutter war eine wunderbare Frau, die ihre Kinder mit Liebe überhäufte, aber Autorität und Strenge waren nicht ihre Stärken.

Meine auch nicht, dachte Carlo, schob Otta hinauf auf den Kutschbock und trieb ohne viel Federlesens die Pferde in Trab. Aus dem Augenwinkel musterte er dabei seine Schwester, die ihr hübsches blondes Haar in Schnecken geflochten trug. Nina hätte sich eher den Kopf kahl geschoren, als mit einer solchen Frisur herumzulaufen, aber Greta trug ihr Haar nicht viel anders. In dem rot karierten Schürzenkleid, das Otta anhatte, zeichnete sich unverkennbar ihre volle Brust ab.

Carlo sah wieder geradeaus.

Seine kleine Schwester war kein Kind mehr, obwohl sie ihm mit ihren fünfzehn Jahren verwundbarer und schutzbedürftiger vorkam als mit vier, als sie in ihren Kinderreitstiefeln und dem langen Regenmantel forsch und fröhlich durch den Stallgang marschiert war.

»Du kannst mir nicht verbieten, mich mit Richard zu treffen«, stieß sie hervor. »Richard liebt mich, und ich liebe ihn. Er ist schon achtzehn. Wenn er großjährig ist, heiraten wir.«

»Bis dahin sind es noch drei Jahre«, sagte Carlo so nüchtern, wie er es vermochte. »Und wenn er großjährig ist, bist du es noch lange nicht, sondern brauchst, um zu heiraten, das Einverständnis deines Vormunds. Der bin ich, so leid es mir für dich tut. Damit wir uns richtig verstehen, Otta: Zur Heirat mit einem Nazi werde ich dir mein Einverständnis nicht geben, weder heute noch in weiß Gott wie vielen Jahren. Selbst wenn der Nazi nur ein dummer Junge ist, der nicht weiß, was er da eigentlich redet. Wer sich mit Verbrechern gemein macht, muss dafür die Konsequenzen tragen und hat in unserer Familie keinen Platz.«

»Richard ist kein dummer Junge!«, empörte sich Otta. »Und ein Verbrecher erst recht nicht. Richard und seine Freunde wollen, dass es Deutschland endlich wieder gut geht, dass nicht alles den Juden und den Polen und Franzosen hinterhergeschmissen wird, sondern dass man es uns Deutschen gibt, die schließlich nicht die Fußabtreter von Europa sind.«

»Ach Gottchen«, entfuhr es Carlo. »Wir hätten uns wirklich mehr um dich kümmern und für deine Bildung sorgen müssen. Ich hatte gehofft, dass du zu helle bist, um solchen hohlen Unsinn nachzuplappern.«

Es war das Falscheste, was er hätte sagen können, das war ihm selbst klar. Sie war jung, und junge Leute wollten dazugehören, wollten sich im Kreis von ihresgleichen aufgehoben fühlen. Er und Nina hatten immer einander gehabt, aber Otta war viel einsamer, als ihm bewusst gewesen war. Sie hatte ihr Herz damals nicht umsonst an Viktor gehängt.

Er hatte das Falsche gesagt, aber was war das Richtige? »Ich habe dich sehr lieb, Otta«, sagte er schließlich in ihr schmollendes Schweigen, während sie die Kastanienallee von Neu-Mahlen entlang auf den Vorhof einfuhren. »Wir alle haben dich sehr lieb, und wir wollen dich nicht unter dem Einfluss von Menschen wissen, die es nicht gut mit dir meinen.«

»Richard meint es gut mit mir!« Über Ottas Gesicht flossen Tränen. »Und Onkel Dietrich und Tante Käthe auch. Die Schultzens sind wenigstens eine richtige Familie. Von euch kümmert es doch keinen, wie's mir überhaupt geht.«

Carlo legte den Arm um sie, obwohl er wusste, dass sie ihn abschütteln würde. Er überließ Ferdi Pferde und Wagen, führte Otta ins Haus und verdonnerte sie dazu, beim Abendessen bis zum Schluss auf ihrem Platz sitzen zu bleiben. Eine Runde Schlesische Lotterie, die er hinterher vorschlug, lehnte sie ab und entfloh in ihr Zimmer. Also nutzte er die Gelegenheit, den anderen zu berichten, was geschehen war.

»Ach, unser Ottchen«, rief Tante Sperling. »Wie muss sie sich erschrocken haben. Aber ein so liebes Mädchen wird schon nichts Dummes und schon gar nichts Böses tun.«

»Herrgott, Sperling, die gesamte Menschheitsgeschichte ist wie ein Rehrücken gespickt mit lieben Mädchen, die Dummes tun«, wetterte Oma Hulda. »Und dass sie nichts Böses tun, halte ich auch für Stoff, aus dem Legenden sind. Das Problem liegt darin, dass die Menschheitsgeschichte noch nichts erfunden hat, womit man sie daran hindern kann.«

»Otta ist noch so jung«, mischte sich Carlos Mutter ein. »Von dem, was diese Nazis herumkrakeelen, versteht sie doch gar nichts. Sie ist einfach in diesen Richard verliebt, der ja kein schlechter Kerl sein muss, nur weil er in den falschen Kreisen verkehrt. Fanden wir nicht alle das Leben recht schwierig, als wir in diesem Alter waren? Und heutzutage bekommt man nicht einmal mehr zur Konfirmation ein Buch mit Benimmregeln geschenkt, weil kein Mensch mehr weiß, welche noch gelten.«

»Ich glaube nicht, dass es so harmlos ist«, begann Carlo vorsichtig, aber Greta schnitt ihm das Wort ab.

»Nein, es ist nicht harmlos«, sagte sie. »Aber das Problem liegt nicht in Ottas Freundschaft mit Richard Schultz. Sie ist verwirrt, sie hat niemanden, der ihr Grenzen setzt, und auch keinen, zu dem sie aufblickt und von dem sie lernt. Ich würde sie gern unter meine Fittiche nehmen und ihr ein wenig Führung geben. Nur weiß ich nicht, ob man mir in dieser Familie das Recht dazu zuspricht. Schließlich bin ich kein Mitglied, sondern im Grunde eine Fremde.«

»Aber liebes Gretchen«, rief Tante Sperling. »Du bist doch keine Fremde, und natürlich freuen wir uns, wenn du dich unseres Ottchens ein bisschen annimmst. Ihr beiden Mädchen könntet schließlich beinahe Schwestern sein.«

Carlos Mutter wollte sie offenbar unterstützen, aber Oma Hulda war schneller: »Oh doch, das Fräulein von Metzler hat recht«, sagte sie. »Sie ist kein Mitglied der Familie, und unsere Probleme müssen wir unter uns lösen. Ich schlage vor, wir setzen dieses Gespräch ein andermal fort. Ich bin recht müde und mache mir außerdem gern erst Gedanken, ehe ich zu allem und jedem meine Meinung in die Welt posaune.«

Sie trennten sich, zogen sich alle zurück. Carlo fing Gretas halb fragenden, halb vorwurfsvollen Blick auf, sah sich jedoch nicht in der Lage, an diesem Abend mit ihr zu sprechen. Ihm ging es wie Oma Hulda: Er musste sich Gedanken machen. Die Spannung im Haus gehörte offenbar auch zu den Dingen, die er unterschätzt hatte, und was Greta über Otta gesagt hatte, schien Hand und Fuß zu haben. Auch durfte er die junge Frau, die er um ihre Hand gebeten hatte, nicht länger Kränkungen aussetzen. Carlo liebte seine Oma über alle Maßen, aber er wusste auch, dass sie Menschen das Leben schwer machte, wenn sie sich entschlossen hatte, sie nicht zu mögen.

Sie hatte Greta gefälligst zu mögen, sie als Carlos künftige Frau zu akzeptieren. Er würde das endlich in Ordnung bringen, würde den unterschwelligen Streit im Haus schlichten und dafür sorgen, dass sie eine richtige Familie waren. Eine Familie, in der Otta den Halt fand, den sie brauchte.

Sie hatten geglaubt, ihre Liebe würde genügen, doch wie es aussah, sehnte sich ein junger Mensch nach Form, nach Struktur. Carlo würde diese Form, diese Struktur für seine Schwester und sie alle schaffen, aber er würde noch die paar Tage abwarten, bis die Wahlen überstanden waren.

Das Ergebnis der sechsten Wahlen zum Reichstag erfuhr Carlo am Abend darauf bei einem Festakt im *Dorfkrug,* zu dem der Landrat eingeladen hatte. Er hatte nicht hingehen wollen, war jedoch zu der Überzeugung gelangt, sich nicht entziehen zu dürfen, und immerhin würde er in der Gastwirtschaft am schnellsten an das Ergebnis gelangen. Um ihn herum herrschten Lärm und Trubel, er selbst aber brachte vor Anspannung kaum ein Wort heraus. Als das Telefon läutete, begann sein Herz, hart und dumpf zu hämmern.

»Hitler bei fast vierzig Prozent«, verkündete Berti, der Wirt, verdattert, ehe er den Hörer auflegte. Gleich darauf brach der gesamte Schankraum in Jubel aus.

Das Gesamtergebnis wurde wenig später von einem von Bertis Söhnen mit Kreide an eine Schiefertafel geschmiert. Die NSDAP hatte mehr als siebenunddreißig Prozent der Stimmen errungen und war damit stärkste politische Kraft im Land geworden, während die Sozialdemokraten mit einundzwanzig Prozent weit abgeschlagen auf dem zweiten Platz landeten. Nicht nur sie hatten verloren. Die Demokratie hatte verloren, und sie alle mit ihr.

Carlo saß wie versteinert, bis Dietrich Schultz ihm mit Wucht auf die Schulter haute. Der Mann war rot im Gesicht, schien wie in Ekstase.

»Jetzt wirst du deine Meinung noch ändern, was, Mann?«, grölte er. »Komm zu uns, Carlo. Du hast doch auch deinen Vater verloren, dir ist doch genauso unrecht geschehen, als die verdammten roten Schweine unseren kämpfenden Truppen den Dolch in den Rücken gestoßen haben. Denen haben wir den verlorenen Krieg zu verdanken! Aber damit räumt Hitler jetzt auf. Mit den Bolschewisten, den Juden, mit allem. Deutschland ist wieder wer!«

Carlo erwachte aus seiner Trance.

»Glaubst du das wirklich?«, fragte er.

»Was?« Nicht nur Dietrich, sondern mindestens drei weitere Männer starrten ihn an wie einen Gast von einem fremden Stern.

»Dass Deutschland den Krieg verloren hat, weil es eine Revolution gab? Dass wir andernfalls hätten gewinnen können?«

»Ja, wie bei den Russen«, rief einer.

»Rotfront, verrecke«, krakeelte ein anderer.

Carlo stand auf. »Kriege gewinnt niemand«, sagte er, ohne darauf zu achten, ob in dem Trubel jemand ihn hörte. »Aber selbst davon abgesehen, ist das, was man euch da eingeredet hat, eine Lüge, die neuen Schaden anrichten wird. Mehr Schaden, als wir im Augenblick ermessen können. Vielleicht wären wir andernfalls nicht so dumm. Gute Nacht.«

Damit verließ er das Lokal. Er war mit Arndt von Quadt im Wagen gekommen und würde nun den ganzen Weg nach Hause zu Fuß gehen müssen, doch das machte ihm nichts aus. Der Sommerabend hing mit seiner schweren, roten Schönheit tief über dem Land, und Carlo brauchte Zeit zum Nachdenken.

Lügen richteten immer Schaden an. Lügen, die die Vergangenheit verfälschten und eine Zukunft auf Unwahrheiten bauten, gaben keinen Halt, sondern schufen Unsicherheit und Argwohn. Auch seine eigene Lüge mochte ihm als der einfachere Weg erschienen sein, aber sie war es nicht.

Als er sein Haus erreichte, saßen dessen Bewohner – bis auf Gretas Mutter, die selten herunterkam – im Salon versammelt. Kaum dass sie ihn erblickte, ließ Tante Sperling ihren Stickrahmen fallen und eilte ihm entgegen. »Ach Carlchen, wir haben es gerade aus dem Radio erfahren! Es tut mir so leid, ich weiß ja, wie schwer du es nimmst. Aber es sind doch nur Wahlen, und es kommen doch auch wieder neue.«

»Machst du deinen Mund irgendwann wieder zu und lässt den Jungen auch mal etwas sagen?«, blaffte Oma Hulda. »Du weißt doch überhaupt nicht, was er uns mitzuteilen hat. Vielleicht brennt der Heuschober, oder unter den Stuten herrscht die Räude.«

Jene Art von Schweigen setzte ein, in dem man sich das Fallen einer Stecknadel vorstellen konnte. Carlo hätte warten, einen besseren Augenblick abpassen sollen, doch er schaffte es nicht mehr.

»Es tut mir leid, Greta«, sagte er. »Ich habe dir großes Unrecht getan, und ich werde mich nach Kräften bemühen, dafür geradezustehen, aber man macht einen Fehler nicht wett, indem man einen weiteren obendrauf häuft. Ich kann dich nicht heiraten, weil wir beide unser Leben mit einer Lüge verbringen müssten: ich mit der Lüge, dass ich die andere Frau nicht mehr liebe, und du mit der, dass du nichts davon merkst.«

Das Schweigen kehrte zurück, doch statt der Stecknadel hörte er seinen eigenen Atem. Dann sprach Oma Hulda. »Bravo«, sagte sie.

Greta sprang auf. »Dass du mich nie leiden konntest, weiß ich«, rief sie erstickt in Oma Huldas Richtung. »Aber das war nicht nötig.«

»Die Wahrheit auszusprechen, ist weit öfter nötig, als wir glauben«, erwiderte Oma Hulda ungerührt. »Ob ich dich leiden kann oder nicht, tut dabei nichts zur Sache, Kindchen. Dass mein Enkel die richtige Entscheidung getroffen hat, begrüße ich, weil es uns in die Lage versetzt, ebenfalls endlich die richtige zu treffen.«

»Ihr werft mich und meine Mutter aus dem Haus«, sagte Greta.

»Spart euch die Mühe. Wenn ihr so freundlich seid, mir bis morgen Zeit zu lassen, gehe ich von allein.«

»Den Teufel wirst du tun«, sagte Oma Hulda. »Und wir auch. Dass Carlo vernünftig genug ist, dich nicht zu heiraten, weil er nicht der richtige Mann für dich ist, heißt nicht, dass wir nicht für dich und deine Mutter sorgen. Um dich deiner Vorstellung gemäß verheiraten zu können, brauchst du eine entsprechende Stellung in einer der alten Familien, also werde ich dich adoptieren. Das macht Carlo zu deinem Verwandten, der dich von Rechts wegen mit einer Mitgift auszustatten hat. Die rechtlichen Schritte habe ich vorbereitet und hätte sie auch längst vollzogen, wenn ihr zwei mit eurer lächerlichen Turtelei nicht so viel Zeit verplempert hättet.«

Der Raum voller Menschen glich Dornröschens Schloss nach dem Stich mit der Spindel: Alles erstarrte. Bis Carlo grinsen musste.

»Wieso versuchen wir eigentlich, unsere Angelegenheiten selbst zu regeln?«, fragte er. »Wir wären besser dran, wenn wir gleich unsere Oma fragen würden. Kannst du das mit den Nazis bitte auch wieder in Ordnung bringen, Oma Hulda?«

»Werde mich bemühen«, brummte Oma Hulda. »Aber deine Angelegenheit, die musst du, genau wie unsere Nina, selber regeln, und das weißt du hoffentlich. Die bewusste Dame hat keine Oma verdient, sondern einen Mann.«

Ja, Carlo wusste es. Er würde sich über törichte Versprechungen und falsche Rücksichten hinwegsetzen und Jenny suchen. Er würde ihr sagen, dass man mit Lügen und Rätseln sein Spiel nicht gewinnen konnte, weil man sein eigenes Blatt nicht kannte. Dass aber mit der Wahrheit nichts unmöglich war, weil selbst ein schlechtes Blatt zum Sieg führen mochte, wenn man es endlich richtig ausspielen konnte.

Er würde ihr sagen, was die ganze Zeit über die Wahrheit gewesen war:

Dass er sie liebte. Und dass ihn an der Frau, die sie war, nichts schreckte. Nichts in ihrer Gegenwart, nichts in ihrer Zukunft und erst recht nichts in ihrer Vergangenheit.

29

JENNY

VON POZNAŃ BIS KLAIPĖDA
SEPTEMBER 1932

Wenn ich mit dir gehen soll, musst du mir erzählen, warum«, hatte Viktor gesagt.

»Dazu haben wir keine Zeit«, hatte Jenny erwidert, die zu Tode erschöpft und mit noch immer jagendem Herzen in dem schäbigen Köpenicker Pensionsbett neben ihm gelegen hatte. »Wir brauchen Schlaf, und morgen muss ich alles Mögliche für unsere Reise vorbereiten.«

»Nicht jetzt«, hatte Viktor in diesem ruhigen, bestimmten Ton gesagt, bei dem sie sich fragte, ob wirklich sie die Erwachsene war und er das Kind. »Aber wenn wir unterwegs sind, musst du es mir erzählen. Ich wollte hierbleiben, aber ich muss gehen und weiß nicht einmal, wohin. Du musst mir wenigstens sagen, woher ich komme.«

Jenny hatte es ihm versprochen.

Was er damit meinte, wie weit seine Forderung ging, erklärte er ihr erst, als sie Berlin bereits hinter sich gelassen hatten und auf dem Weg waren: auf sich allein gestellt, nur sie beide, in einer Welt, die nichts von ihnen wusste.

Am ersten Abend erreichten sie spät, nach einer Fahrt mit drei Zügen, die Stadt Posen, die jetzt Poznań hieß und in Polen lag. Die Grenze hatten sie in einem Ort namens Hindenburg zu Fuß überqueren müssen, weil ihr Zug im polnischen Korridor nicht halten durfte, und anschließend waren sie in einem polnischen Güterzug weitergefahren. Endlich am Ziel, fand Jenny mit knapper Not noch eine Pension, in der man ihnen ein Zimmer für die Nacht gab, ohne Fragen zu stellen. Nach ein wenig Bettelei verkaufte der Wirt ihr außerdem ein wenig vertrockneten Käse, zwei Zwiebeln, einen halben Laib Brot und je eine Halbliterflasche Milch und Schnaps. Als sie wiederum völlig entkräftet nach ihrer Mahlzeit im Dunkeln lagen, fragte Viktor: »Warum sind wir gerade hierher gefahren? Kennst du die Stadt, wartet hier jemand auf dich?«

»Um ehrlich zu sein – ich weiß es nicht«, antwortete Jenny. »Nur dass niemand hier auf mich wartet, weiß ich. Ich wollte wohl einfach nur in ein anderes Land, wollte eine Grenze zwischen uns und Berlin bringen. Bekannt kommt mir die Stadt nicht vor, aber ich mag wohl mal durchgereist sein, ohne auf sie zu achten.«

Das war nicht gelogen. Oder nur zum Teil. In dieser Nacht hörte sie mit dem Lügen auf.

»Erzähl mir«, sagte er, lag auf dem Rücken wie sie und starrte im Dunkeln an die Decke.

»Was willst du wissen?«

»Wer du warst«, sagte er.

Sie überlegte. Überschlug im Kopf die tausend Ausflüchte, die sie auf Variationen dieser Frage benutzt hatte, und die Abertausend, die ihr noch offenstanden. Sie verwarf sie alle. »Eine Tänzerin«, sagte sie.

»Immer?«, fragte Viktor. »Seit du klein warst?«

»Ich weiß nicht«, antwortete Jenny. »Das erzählt man von mir. Ich bin in einem großen, besonderen Haus zur Welt gekommen, in einer Familie, die von jeher der Ansicht war, etwas Besonderes zu sein. Baltendeutscher Adel, Abkömmlinge jener Männer, die einst der Deutsche Orden ins heidnische Land gebracht hatte, um es zu christianisieren, zu zivilisieren und ihm Segen zu bringen. ›*Am deutschen Wesen wird die Welt genesen.*‹ Das kennst du doch. Heute wirbt Hitler damit, aber geglaubt haben die Deutschen es womöglich schon immer.«

»Deine Familie auch?«, fragte Viktor.

»Meine Familie unbedingt«, sagte Jenny. »Mein Großvater, Waldemar von Siver, war Ältester der Gilde und damit in den Augen der Riga-Deutschen so etwas wie ein Gott. Er hatte sieben Söhne, und mein Vater, Eduard, war sein Liebling und durfte werden, was er wollte. Er wurde Arzt, damit an seinem Wesen noch mehr Menschen genesen konnten. Und er heiratete Ewa von Löwis, das schönste Mädchen der Livländischen Vorstadt und dazu aus einer Familie, die noch ein bisschen adelsstolzer war als wir. Alles an uns war überhaupt das Beste: Unser Haus war das größte, unser Vater der Beliebteste, mein großer Bruder Georg der Klügste und mein kleiner Bruder Johann das süßeste Kind auf der Welt. Letzteres traf sogar zu. Bis du auf die Welt gekommen bist.«

Sie hielt inne und lauschte auf ein Echo, doch es kam keines. Die Namen auszusprechen, war viel leichter gewesen, als sie erwartet hatte, und auf einmal erschien es ihr richtig so.

»Erzähl weiter«, sagte Viktor. »Von dir. Davon, wie du eine Tänzerin geworden bist.«

Jenny erzählte weiter, und eine versunkene Welt erstand noch einmal auf. Aus dem Dunkel des Pensionszimmers tauchte die lange Straße mit den Birken am Rinnstein auf, die hölzernen Häuser mit den hohen, verzierten Giebeln und die Schaufenster der Geschäfte voller Delikatessen, Zierrat, feinster Wäsche und der neuesten Mode aus Paris. Riga war eine Hansestadt am Eingang des Finnischen Meerbusens, eine reiche Metropole, die Verbindungen in alle Welt unterhielt. Wer hier lebte, konnte sich glücklich schätzen und sich für sein Geld kaufen, was immer er begehrte.

»Weil eben alle bei uns etwas Besonderes waren, musste ich auch etwas Besonderes sein«, fuhr Jenny fort. »Meine Mutter hat überall und immer erzählt, dass ich als kleines Kind ständig tanzte, und dass sie, schon als ich zwei Jahre alt war, erkannt hatte, dass ich eine Tänzerin werden musste. Also gab sie mich zu Tanzlehrern. Zu einem nach dem andern. Sobald sie der Meinung war, der eine könne mir nichts mehr beibringen, engagierte sie einen neuen, noch besseren und noch teureren. Mein Vater ließ sie gewähren. Ich ließ sie auch gewähren. Vielleicht habe ich es auch gern getan und war glücklich dabei, nur erinnere ich mich nicht mehr daran. In meiner Erinnerung taten mir meistens die Füße weh, ich hatte

Blasen und aufgeschürfte Knie, und wann immer ich konnte, flüchtete ich an den Fluss. Dort traf ich meinen Freund, der im anderen Viertel lebte und nicht zu uns gehörte, weil er kein Deutscher war. Zu mir gehörte er aber doch, fand ich, denn er war, was ich auch war: ein Tänzer.«

Auch der Fluss erstand vor ihren Augen, der die beiden voneinander getrennten Viertel verband. Das deutsche und das russische. Am Uferhang im langen Gras mit den wie Schneeflocken hingetupften Buschwindröschen lagen zwei Kinder und warfen Kiesel ins Wasser. Im Stehen hätten sie besser werfen können, doch ihre Füße waren schwer wie Blei, und nebeneinander in der Sonne zu liegen, fühlte sich an wie das Paradies.

»War er dein Freund, so wie Darius mein Freund war?«, fragte Viktor. »Dein ganzes Leben?«

»Meine ganze Kindheit«, sagte Jenny und sah nur die Bilder der hellen Stunden, gewann ihre Erinnerung zurück an all das Licht und die Hoffnung, ehe die Dunkelheit gekommen war. »Er war kaum älter als ich, aber ansonsten war es ein bisschen so wie bei dir und Darius: Wir waren zusammen, wann immer wir konnten.«

»Wie hat er geheißen?«

»Ich habe ihn Kirjuscha genannt«, sagte sie.

Sie erzählte noch ein wenig weiter von den Ballettmeistern, die sie beide schikaniert und über die sie sich aus Rache lustig gemacht hatten, über Madame Mireille, die Erbarmungslose, die mit dem Taktstock ausholte, wenn man sie bei ihrem richtigen Namen Miroslawa nannte. »Niemand hat es gewagt. Nur Kirjuscha und ich.«

Es war das erste Mal seit ihrem Aufbruch, dass sie beide lachten, Viktor und sie.

Kurz darauf beschlossen sie, zu schlafen und ein andermal weiterzureden. Nach zwei Tagen reisten sie mit der polnischen Bahn weiter nach Danzig, dann nach Königsberg und über die Grenze nach Litauen in die Stadt Kaunas. Als sie dort ankamen, war das Geld, das Jenny sich von Carlo geborgt hatte, so gut wie aufgebraucht, und sie war gezwungen, sich Arbeit zu suchen. Fürs Erste konnte sie in der Altstadt in einem Geschäft für Damenbekleidung aushelfen, weil sie noch immer gut aussah und selbst die hausbackenen Modelle, die der deutschstämmige Inhaber verkaufte, an ihr elegant wirkten. Viel bezahlte er ihr nicht, aber Viktor und sie durften in seiner Mädchenkammer schlafen und wurden mit dem, was seine Familie übrig ließ, verpflegt.

Eine Weile war es in Ordnung. Als aber der Sommer begann, glaubte Jenny, die Enge in der Stadt, in dem Geschäft und in ihrer Kammer nicht länger zu ertragen.

»Lass uns ans Meer fahren«, sagte sie zu Viktor. Zwei Tage später brachen sie auf und fuhren in die Hafenstadt Klaipėda am Kurischen Haff, die vor dem Krieg zum Deutschen Reich gehört und Memel geheißen hatte. Noch als sie das Haus des Kleiderhändlers verließen, hatte Jenny nicht gewusst, dass Klaipėda ihr Ziel sein würde, doch kaum standen sie auf dem Bahnhof und studierten den Fahrplan, wusste sie, dass sie bereit dafür war. Und mehr noch: Sie wusste, dass es von Anfang an Klaipėda gewesen war, auf das sie zugereist war, dass es sie in diese Stadt gezogen hatte, die erste, in der sie sich damals, in der schlimmsten Zeit ihres Lebens, ein wenig sicher gefühlt hatte.

Klaipėda war schön, fand sie. Das alte Postgebäude und die Börse ragten majestätisch über dem Fluss Dange auf, der hier, am Haff, in die Ostsee mündete, und in der Seitenstraße dahinter hatte sich Adomeits Raritätenkabinett versteckt, in dem in gewisser Weise ihr zweites Leben begonnen hatte. Die Luft war frischer und würziger als in Kaunas, und in dem Vorort Melnragė, der damals Mellneraggen geheißen hatte, wartete ein endloser schneeweißer Sandstrand darauf, dass Jenny und Viktor in der blassen baltischen Sonne Ball spielten, in die eisigen Wellen liefen und für ein paar Augenblicke vergaßen, dass sie nicht frei waren, nicht einfach Mutter und Sohn, die einen Sonnentag genossen.

Arbeit fand sie sofort. Für die Dauer des Sommers konnte sie in einer Pension als Zimmermädchen unterkommen und mit Viktor eines der Zimmer beziehen. Es hatte zwar keinen Meerblick und war nicht größer als die Kammer in Kaunas, aber in der Luft hing der wunderbare Duft von Weite.

In Klaipėda verstanden noch immer viele Menschen Deutsch, und zudem besann sich Jennys Gedächtnis auf das Litauische, von dem sie einst eine Menge aufgeschnappt hatte. Viktor ging zwar nicht mehr zur Schule, doch er lernte ununterbrochen, machte überall Orte ausfindig, an denen er sich Bücher ausleihen konnte, und eignete sich die litauische Sprache so rasch an wie zuvor die polnische. Vielleicht wäre es möglich, ihre Flucht hier zu unterbrechen und eine Weile zu bleiben, überlegte Jenny. So wie damals. Vielleicht ließe sich eine Schule finden, auf die Viktor eine Zeit lang gehen konnte.

Sie würde nicht mehr an Carlo schreiben, beschloss sie. Ihr Magen verkrampfte sich, ihr ganzer Körper wollte sich wehren und ihr zu verstehen geben, dass es Carlos Nachrichten waren, in denen sein Lächeln und seine Wärme lagen, die sie bei Verstand gehalten hatten. Aber sie hatte die ganze Zeit schon gewusst, dass es mit diesen Nachrichten ein Ende haben musste, und wenn sie tatsächlich vorhatte, fürs Erste hierzubleiben, war dieses Ende jetzt gekommen.

Sie musste es zumindest versuchen, die Tatsache ausnutzen, dass sie sich nicht mehr nur panisch und gehetzt fühlte, sondern ein wenig zur Ruhe kam.

»Dir geht es hier besser«, sagte Viktor. »Hat das einen Grund?«

Unterwegs hatte Jenny in kleinen Schritten, überall dort, wo sie in der Nacht ein Zimmer für sich hatten, und wann immer sie nicht zu müde waren, ihre Erzählung fortgesetzt. Sie hatte Viktor die großen Feste im Haus ihrer Eltern geschildert, die Besuche der sechs Onkel und sechs Tanten und all der Cousinen und Cousins. Auf seine Fragen hin hatte sie ihm erzählt, welchen der Onkel sie am liebsten gemocht hatte, welcher schlüpfrige Witze zum Besten gegeben hatte, und welche Tante dabei errötet war. Sie hatte ihm erzählt, wie erst Kirjuscha und dann sie selbst nach Sankt Petersburg geschafft worden waren, um an der Waganowa-Ballettakademie zu großen Tänzern gedrillt zu werden. Sie hatte nicht fortgewollt. Doch alles Weinen und Schreien hatte ihr nichts genützt.

»Wen hast du am meisten vermisst?«, hatte Viktor gefragt.

»Georg und Johann«, hatte Jenny gesagt. »Meine Brüder.« Dass sie sich verraten gefühlt hatte, weil die Brüder bleiben durften und ihr nicht beigestanden hatten, hatte sie für sich behalten. Stattdessen hatte sie ihm von dem Glück erzählt, Kirjuscha wiederzufinden, von ihrem Band, das in jenen Jahren, in denen sie nur einander gehabt hatten, noch enger geworden war.

Unzertrennlich.

Zumindest hatten sie das damals geglaubt.

Mit noch nicht ganz fünfzehn war sie als Primaballerina nach Hause zurückgekehrt, ans *Deutsche Theater von Riga,* und er im selben Jahr als Meistertänzer, der Primoballerino hätte heißen müssen, aber nicht so genannt wurde. Sie hatten getanzt und getanzt und getanzt, und wenn Jenny darüber nachgedacht hatte, hatte sie es ein wenig mit der Angst zu tun bekommen, weil sie beide gar nichts anderes konnten als tanzen. Wenn sie auf Gastspiele fuhren, wurden sie umsorgt wie kleine Kinder. In ihren Pausen vom Tanzen sprachen sie davon, dass sie heiraten, ein Haus kaufen und Kinder haben würden.

Nicht in Riga. Weil in Riga Deutsche und Russen einander nicht heirateten. Aber wo sonst?

»Theater, an denen wir tanzen können, gibt es überall«, hatte Kirjuscha gesagt, und Schenja hatte ausgerufen: »Aber wir wissen doch gar nicht, wie man außerhalb von Theatern lebt!«

Darüber hatte er gelacht. »Wir werden es schon lernen. Wir haben ja viel Zeit.«

Dann war der Krieg gekommen, aber an dem Punkt hatte Jenny aufgehört, ihrem Sohn ihre Geschichte zu erzählen. Sie würde es später tun. So wie bisher, in kleinen Schritten. Jetzt aber stand er vor ihr, so groß und schlaksig, dass schon gar nichts Kindliches mehr an ihm war, und wollte wissen, ob es einen Grund dafür gab, dass es ihr hier in Klaipėda besser ging als auf all den anderen Stationen ihrer Reise.

Jenny schluckte und schaute ihrem Sohn in die Augen. »Ja«, sagte sie. »Dafür gibt es den wichtigsten Grund in meinem ganzen Leben. Du bist hier zur Welt gekommen.«

An einem der folgenden Abende ging sie mit ihm durch das enge Gassengewirr hinter der Alten Post und der Börse, zeigte ihm, wo Adomeits Raritätenkabinett gewesen war und jetzt ein Trödler seine Ware anbot. Sie zeigte ihm die kleine Wirtschaft, über der sie gewohnt hatte, das *Jūrininkai – Bei den Seeleuten –*, und sie gingen hinein, um zu Abend zu essen. Etwas anderes als *Cepelinai*, mit Quark gefüllte Klöße aus Kartoffelteig, gab es nicht, aber damit waren sowohl Viktor als auch Jenny zufrieden. Viktor trank Kefir dazu und Jenny Quittenwein, der ihr zu süß war, dessen benebelnde Wirkung ihr aber willkommen war. In dieser Nacht erzählte sie Viktor von ihrer Flucht aus Riga.

»Ich saß auf einem Pferd, obwohl ich nicht reiten konnte. Mit meinen Brüdern bin ich geritten, mein Bruder Georg ist Kavallerist geworden, und Johann liebte sein lustiges Pony, aber ich sollte immer nur tanzen und habe das Reiten verlernt.«

»Warum bist du geritten?«

»Weil ich fortmusste. Mich in Sicherheit bringen, ehe du auf die Welt kamst. Es gab keine Züge, keine Wagen, und überall wurde noch gekämpft.«

Ihre Erinnerung lag unter Nebeln verborgen. Von der Angst und der Trauer wusste sie noch, doch sie spürte sie nicht mehr. Nur die Schuld. Und den Wunsch, fortzukommen, egal wohin. Irgendwann hatte sie die Kraft verlassen, und sie war gestürzt. Was genau mit ihrem Rücken dabei geschehen war, hatte sie nie erfahren. Ein Arzt hatte später zu ihr gesagt: »Dass Sie laufen können, ist ein medizinisches Wunder, aber tanzen werden Sie nach diesen Brüchen nie wieder.«

Um das zu wissen, hatte Jenny keinen Arzt gebraucht.

Als der Unfall geschehen war, hatte ihr Rücken sie nicht interessiert, auch wenn die Schmerzen sie um den letzten Rest Verstand brachten. Sie hatte nur eines interessiert: das Kind, das sich unaufhaltsam aus ihr herauskämpfte. Zu früh, hatte alles in ihr geschrien, es ist doch zu früh, und mein Körper ist zerbrochen, wie kann mein Kind denn überleben?

Aber es war gut gegangen. Nicht wie bei Nina. Ihr Kind hatte überlebt.

Die Frau, der sie das verdankte, die sie halb tot mit ihrem Säugling in den Armen gefunden und in die Stadt hineingeschleppt hatte, hieß Agnė Alomis. Eine alternde Artistin, eine Schlangenfrau, die sich in Adomeits Raritätenkabinett ein paar Pfennige verdiente, obwohl sie sich vor Schmerzen kaum noch auf den Beinen halten konnte. Sie hatte Jenny und ihr Kind gesund gepflegt und sie durchgefüttert, bis Jenny – das medizinische Wunder – auf ihren eigenen Beinen wieder laufen konnte.

»Was hast du in deinem früheren Leben gemacht, schöne Schwarze?«, hatte sie Jenny gefragt.

»Getanzt«, hatte Jenny gesagt. »Aber ich glaube, ich habe mir den Rücken gebrochen.«

Agnė hatte sich ihren Rücken angesehen und entschieden: »Ich bringe dir bei, was ich mache. Beim Biegen stört's vielleicht nicht, dass er gebrochen ist.«

Sie hatte ihr alles beigebracht, was sie konnte, und Jenny hatte ihren Rücken gebogen, weil sie irgendetwas eben tun musste, um für sich und ihr Kind zu sorgen. Ein einziges Mal waren sie in Adomeits Raritätenkabinett zusammen aufgetreten, und die Handvoll Zuschauer hatten den Atem angehalten. »Ist es nicht berauschend?«, hatte Agnė gefragt. Tags darauf hatte sie nicht mehr aus ihrem Bett aufstehen können, und Jenny hatte ihren Platz auf der Bühne eingenommen. Je gesünder sie sich fühlte, desto mehr wuchs ihre Angst, es drängte sie, weiterzuziehen. Sie blieb jedoch und sorgte für Viktor und Agnė fünf Monate lang, bis die alte Schlangenfrau starb. Dann nahm sie ihren Namen an, weil sie den, mit dem sie geboren war, nicht mehr tragen konnte, packte ihr Kind und ihre paar Habseligkeiten und machte sich wieder auf den Weg.

Zu ihrer Überraschung hatte Agnė in einer hölzernen Schmuckkassette einen ziemlichen Batzen Geld gehortet. Auf den Zettel, der dabeilag, hatte sie in ihrer spinnenhaften Handschrift geschrieben: »*Für dein neues Leben*«.

»Ich habe es nicht angerührt, bis wir nach Berlin kamen«, erzählte sie Viktor und fühlte eine gewaltige Welle von Müdigkeit über sich hinwegschwappen. »Gelebt haben wir von meinen Auftritten auf Jahrmärkten und beim Wanderzirkus. In Berlin aber hat es uns geholfen, uns eine richtige Wohnung zu nehmen und Darius einzustellen. Wenn man in Berlin Eugenie heißt, nennt alle Welt einen Jenny, und das gefiel mir deutlich besser. Viktor dagegen ist in Berlin so schön wie überall und konnte so bleiben. Und den Rest von unserer Geschichte kennst du – ich habe dir jetzt alles erzählt.«

»Bis auf den Teil, den du ausgelassen hast«, sagte Viktor.

Ja, dachte Jenny, bis auf den Teil, den ich ausgelassen habe.

Die Jahre, die zwischen unserer triumphalen Saison am *Deutschen Theater* und meiner Flucht aus meiner Heimatstadt lagen.

Die Jahre des Krieges.

Jenny war stolz darauf gewesen, dass sie die Kraft gefunden hatte, all die vergrabenen Jahre noch einmal in sich wachzurufen und ihm davon zu erzählen, dass sie kaum je gestockt und nichts ausgelassen hatte, aber jetzt verkrampften sich ihre Muskeln, und ihre Stimme wollte ihr den Dienst versagen.

»Kannst du darauf verzichten?«, fragte sie Viktor, der wie so oft neben ihr auf dem Rücken lag und hinauf zur Decke blickte.

»Das weißt du selbst, dass ich es nicht kann«, sagte er.

»Ich glaube nicht, dass ich die Kraft dazu aufbringe«, sagte Jenny. »Ich kann nicht einmal daran denken, geschweige denn mir vorstellen, dass du für den Rest deines Lebens daran denken musst.«

Die ganze Zeit über, in all diesen Nächten ihrer Flucht, hatte sie ihm die Wahrheit gesagt, doch in dieser einen verschwieg sie sie. Ich habe Angst, dass ich dich verliere, wenn ich es dir erzähle, lautete die Wahrheit. Ich habe aufgegeben, was ich hatte, kann ohne alles sein, sogar ohne Darius und Nina und auch ohne Carlo, aber nicht ohne dich.

»Ich werde für den Rest meines Lebens daran denken, wenn du es mir nicht erzählst«, sagte Viktor. »Darauf verzichten kann ich nicht. Aber wenn du willst, versuche ich, darauf zu warten.«

30

CARLO

BERLIN
SEPTEMBER

Den ganzen goldenen, glühenden Hochsommer hatten die Parteien in Berlin versucht, mit dem Ergebnis der Wahl eine Regierung zu bilden. Die Nationalsozialisten lehnten die Beteiligung an einer Koalition mit den bürgerlichen Parteien ab und weigerten sich auch, einen Reichskanzler von Papen zu tolerieren. Es kam zu Tumulten, die auch vor der Uckermark und dem Landrat in Templin nicht haltmachten, und Carlo hatte so viel zu tun, dass er kaum wusste, wo ihm der Kopf stand.

Wenn er Neu-Mahlen verließ, um nach Jenny zu suchen, wäre unklar, wann er wieder nach Hause kam. Deshalb war es ihm wichtig, alles in der bestmöglichen Ordnung zu hinterlassen, sodass die Frauen ohne ihn zurechtkommen würden.

Das politische Dilemma konnte er nicht lösen, doch er hatte sich vorgenommen, zumindest so lange zu bleiben, bis sich absehen ließ, was als Nächstes geschehen würde, und die Lage sich ein wenig beruhigte. Leicht fiel ihm das Abwarten nicht, und umso schwerer fiel es ihm, als nach einer letzten Karte Anfang Juni von Jenny keine Nachricht mehr kam.

»Es geht der Schlangenfrau und dem Schlangenkind gut, und es wird ihnen auch weiterhin gut gehen, denn wenn Schlangen leicht totzukriegen wären, gäbe es keine mehr«, hatte auf jener letzten Karte gestanden. *»Also lass das Sorgen, freu dich am Sommer und sieh zu, dass du dein nettes Mädchen heiratest, denn ein so netter Mann wie du muss sich einfach vermehren. Was soll aus diesem gottverdammten Land werden, wenn es nur die Nazis tun?«*

Es hatte nach Abschied geklungen, aber er hatte es nicht wahrhaben wollen. Auch dass sie ihm diesmal keine Zeitung für seine Antwort genannt hatte, wollte er nicht als Warnzeichen deuten, sondern setzte seine Anzeige sowohl in die *Vossische* als auch ins *Tageblatt*. Während der Sommer verstrich, ohne dass er von ihr hörte, gab er wieder und wieder Anzeigen auf, wurde deutlicher, schrieb: *»Melde dich!«*, und *»Ich werde dich nicht aufgeben«*, aber nichts geschah. Beinahe konnte er hören, wie seine Worte ins Leere hallten, und mit jedem Tag wuchs seine Ungeduld.

Am 12. September schließlich tagte der neue Reichstag zum ersten Mal. An seinem Auftrag, eine Regierung zu bilden, die die Zügel der verstörten Republik führen konnte, scheiterte er und wurde postwendend von Hindenburg aufgelöst. Damit gab es nur noch eine Lösung: Neuwahlen, die der Präsident für November ansetzte.

»Bis dahin bin ich zu Hause«, sagte Carlo zu Oma Hulda, erleichtert, dass er sich nun endlich berechtigt fühlte, seine Suche zu beginnen. Zwar musste er fürchten, dass die NSDAP bei der erneuten Wahl eine absolute Mehrheit erringen würde, aber zumindest im Landrat würde vorübergehend Ruhe einkehren, und dem Kampf gegen den Hitler-Wahn würde er sich stellen, wenn er Jenny wieder bei sich hatte.

»Wenn du es nicht bist, geht die Welt auch nicht unter«, erwiderte seine Oma. »Vergiss das nicht. Und komm nicht ohne deine beiden wieder.«

Carlo hatte den Umschlägen mit den verschmierten Poststempeln lediglich einen flüchtigen Blick gewidmet. Sie würden ihm im besten Fall helfen, die eine oder andere Station von Jennys Flucht zu rekonstruieren, doch in welche Richtung sie weitergereist war und wo sie seit Ende Juni steckte, würde er aus ihnen nicht ablesen können. Und selbst wenn er sie irgendwo in dem riesigen Ameisenhaufen Europas durch eine glückliche Fügung auftrieb, konnte er sie und Viktor ja nicht an den Armen nach Hause schleifen, sondern musste Jenny davon überzeugen, dass sie ohne Angst zurückkehren konnte. Er musste ihr glaubhaft versichern können, dass der Drache, den sie so sehr fürchtete, keine Gefahr mehr darstellte.

Alles zusammen ließ nur einen Schluss zu: Wenn er Jenny finden wollte, musste er den Mann finden, vor dem sie geflohen war.

Viktors Vater.

Und um für die Suche nach ihm zumindest den kleinsten Anhaltspunkt zu haben, musste er mit Anton reden, der ihn leibhaftig gesehen hatte. So oder so würde es guttun, sein Vorhaben mit Anton durchzusprechen. Möglicherweise fielen ihm noch Hinweise oder Andeutungen von Jenny ein, die Carlo weiterhelfen konnten. Und ganz nebenbei würde er vielleicht auch heraushören, wie die Dinge mit Nina standen und ob es etwas gab, das er für die beiden tun konnte.

Auch wenn Oma Hulda natürlich auch in diesem Fall recht hatte: Ebenso wie er und Jenny würden auch Anton und Nina ihre Angelegenheiten allein regeln müssen.

Er schrieb Anton einen Brief, in dem er ihn bat, sich für ein paar Tage bei ihm einquartieren zu dürfen, nannte den Zweck seines Besuchs und erhielt postwendend eine freundliche Antwort:

»Ich freue mich sehr darauf, Dich zu sehen, Carlo, und bin Dir gern so weit behilflich, wie ich irgend kann. Außerdem freue ich mich darauf, Dir meine Tochter Selma vorzustellen, und hoffe, Du hast nichts dagegen einzuwenden. Dein alter Anton, der noch immer nichts lieber wäre als Dein Schwager.«

In der letzten Septemberwoche reiste Carlo nach Berlin und kaufte an einem Kiosk auf dem Schlesischen Bahnhof eine Schlenkerpuppe für Selma. Kaum hatte er bezahlt, wurde ihm klar, dass das Mädchen mit seinen zehn Jahren viel zu groß dafür sein musste.

Sie freute sich trotzdem, und sie war reizend. Schüchtern, sichtlich froh, sich nach dem gemeinsamen Essen in ihr Zimmer flüchten zu dürfen, aber mit einem stillen, schiefen Lächeln, an dem unmöglich etwas Falsches, Einstudiertes sein konnte und bei dem ihr Carlos Herz zuflog.

Antons Lächeln.

»Ich wünschte, ich hätte ihr ein passenderes Geschenk mitgebracht«, sagte Carlo, nachdem Selma gegangen war und die beiden Männer bei einem Glas von Antons Cognac im Salon saßen.

»Dein Geschenk war goldrichtig«, sagte Anton. »Selma hat sich darüber gefreut, weil es das erste Mal ist, dass ihr außer mir und ihren beiden Betreuerinnen jemand etwas schenkt.«

»Ich wünschte, Nina wäre bereit, sie kennenzulernen«, sagte Carlo. »Vielleicht würde sie dann zu dem Schluss kommen, dass es so hart, wie sie glaubt, nicht ist, dass es für euch einen Weg gibt und ihr drei einander guttun könntet.«

»Du weißt nicht, wie oft und wie sehr ich mir das gewünscht habe«, sagte Anton. »Ich bin auch nicht gut darin, es zu verbergen, was für einen Schauspieler eine ziemliche Schande ist. Vor ein paar Wochen hat Selma eines Abends zu mir gesagt: ›Wenn ich nicht mehr da wäre, würde es dir besser gehen. Dann wäre deine Frau wieder bei dir.‹«

Carlo zuckte zusammen. Wie hart musste es für das Kind, das bereits seine Mutter verloren hatte, sein, zu dieser Erkenntnis zu gelangen.

»Natürlich gebe ich mir alle Mühe, ihr zu versichern, dass ich froh bin, sie bei mir zu haben, und dass ich sie nie wieder hergeben möchte. Aber gerade das ist es wohl, was Nina nicht ertragen kann: dass ich Selma liebe. Dass ein paar Wochen genügt haben, um sie lieben zu lassen, so wie allein der Gedanke genügt hat, um unseren Johnny zu lieben. In Ninas Augen liebe ich sie womöglich sogar mehr, weil Selma lebt und unser Johnny gestorben ist.«

»Es tut mir so weh um euch«, sagte Carlo. »Gibt es etwas, das ich für euch tun könnte?«

»Ich fürchte nicht«, sagte Anton bitter. »Nina lässt mich an sich und ihr Leben schon lange nicht mehr heran. Wenn wir uns begegnen, was selten geschieht, ist sie höflich wie mit einem nicht sonderlich wichtigen Geschäftsfreund. Von ihren Sorgen erzählt sie mir nichts. Ich weiß, wie verzweifelt sie um ihre Existenz kämpft. Aschinger macht ihr unaufhörlich Druck, verlangt Woche für Woche neue Attraktionen von ihr, die den Saal füllen, und Nina weiß einfach nicht mehr, woher sie sie noch nehmen soll. Vor Kurzem hat er ihr die Pistole auf die Brust gesetzt: Wenn sie ihm für das Herbstprogramm keine große Sensation liefert, mit der der *Wintergarten* der *Scala* den Rang abläuft, löst er ihren Vertrag auf. Und den für die Wunderweiber gleich mit.«

»Was für ein Dreckskerl«, entfuhr es Carlo. »Sie hätte sich auf diesen Vertrag mit ihm nie einlassen dürfen.« Er war entsetzt. Dass Nina sich mit Sorgen quälte, war ihm nicht entgangen, doch in welcher Bedrängnis sie sich tatsächlich befand, hatte er nicht gewusst. Eine von Oma Huldas Weisheiten fiel ihm ein: Wer mit dem Teufel Einkriegen spielt, darf sich nicht über Brandblasen wundern.

»Ich bin sicher, unter normalen Umständen hätte sie sich auch nicht darauf eingelassen«, sagte Anton. »Er hatte ihr den Posten ja schon einmal angeboten, und sie hat sich dagegen entschieden. Dann aber starb unser Kind, wenig später begann die Wirtschaftskrise, und die Luft für Varieté-Künstler wurde dünner und dünner. In Ninas Augen ist der *Wintergarten* alles, was ihr bleibt. Deshalb kämpft sie mit Klauen und Zähnen um ihn und glaubt, sie müsse sich mit einem Mann wie Aschinger gemein machen.«

»Aber der Mann ist ein Nazi!«, rief Carlo.

»Streng genommen ist er nicht einmal einer«, erwiderte Anton. »Nina hat ihn zu irgendeinem Anlass gefragt, ob er in die Partei eingetreten ist, und er hat ihr zur Antwort gegeben: Solange nicht feststeht, dass es sich finanziell lohnt, wird man mich im Mitgliedsregister einer Partei nicht finden.«

»Ich glaube, ich finde das noch ein bisschen widerlicher als die Nazis bei mir zu Hause«, sagte Carlo. »Die glauben wenigstens daran, das Gute und Richtige zu tun, auch wenn ich mich frage, wie viele Bretter man eigentlich vor dem Kopf haben muss, um das zu glauben. Gut ist aber, dass Nina mit dir über all das, was sie belastet, spricht. Es zeigt doch, dass sie dir auch jetzt noch vertraut und dass es einen Weg für euch gibt.«

»Sie spricht nicht mit mir darüber.« Anton stand auf und ging zum Fenster, sah hinaus in den nächtlichen Hof, in dem der Wind mit den Deckeln der Mülltonnen klapperte. »Ich spreche mit Friedhelm, und der bekommt einiges mit, weil Nina so oft bei Sonia ist. Friedhelm scheint überhaupt das meiste mitzubekommen. Bei deiner Suche nach Jenny wird er auch helfen können, und das ist ja der eigentliche Grund deines Besuchs. Das Problem ist nur …«

Er drehte sich wieder zu Carlo um, sprach jedoch nicht weiter.

»Was ist das Problem?«

»Nina traut Friedhelm nicht über den Weg«, brachte Anton zögerlich heraus. »Sie mag ihn. Man muss ihn ja mögen, alles, was er sagt und tut und an sich hat, ist liebenswert. Aber sie kommt nicht darüber hinweg, dass er aus dem Nichts in ihrem Leben aufgetaucht und dabei gewesen ist, als das Kind starb. Sie spricht nicht darüber, weil die Anschuldigung ja viel zu ungeheuerlich ist, um sie ohne Beweise vorzubringen. Aber man merkt es ihr an. Und Jenny ging es genauso.«

»Um Gottes willen.«

Anton nickte. »Ich weiß nicht, ob etwas dran ist. Aber wir sollten vorsichtig sein. Zumal du nicht umhinkommen wirst, mit Friedhelm zu sprechen.«

»Warum nicht?«, fragte Carlo.

»Weil er den Mann, nach dem du suchst, gesehen hat. Den Mann, den wir für Viktors Vater halten.«

»Woher weiß er denn von dem Mann?«, fuhr Carlo auf. »Hat Nina es ihm erzählt? Oder Sonia?«

Anton hob die Schultern und ließ sie wieder fallen. »Mir hat er gesagt, er hat den Mann vor dem Theater herumlungern sehen und ihn angesprochen, weil er sich Sorgen um Sonia machte. Friedhelm macht sich ununterbrochen Sorgen um Sonia. Wenn er mit ihr eine Straße entlanggeht, könnte man meinen, er führe eine Blinde.«

Etwas an diesen Worten ließ Carlo aufmerken, doch die Irritation verflog gleich wieder, und er konzentrierte sich von Neuem auf das, was ihn drängte: »Friedhelm hat also Viktors Vater angesprochen, weil er glaubte, es ginge ihm um Sonia«, konstatierte er. »Und der Mann hat ihm gesagt, er sei in Wahrheit wegen Jenny dort?«

Anton nickte. »Wie es Friedhelm gelungen ist, sein Vertrauen zu gewinnen, darfst du mich nicht fragen. Friedhelm gewinnt jedermanns Vertrauen. Der Mann hat ihm gesagt, er wird sich nicht vertreiben lassen, sondern warten, bis sie zurückkommt oder er herausfindet, wo sie ist. Schenja. Nicht Jenny. Friedhelm sagt, das ist die russische Koseform für Eugenie.«

»Der Mann ist Russe?«

Wieder nickte Anton. »Wir können wohl davon ausgehen, dass er aus der russischen Bevölkerung von Riga stammt. Sprich mit Friedhelm, er kann dir vermutlich noch mehr sagen, nur sei dabei auf der Hut. Du weißt nicht, wie froh ich wäre, wenn Jenny zurückkommt. Um deinetwillen und auch, weil ich sie und ihre galgenhumorige Unverwüstlichkeit selbst vermisse. Aber vor allem, damit Nina nicht länger mit dieser Riesenlast allein ist.«

Noch einmal wandte er sich zum Fenster und fragte hinaus in die Dunkelheit: »Was haben wir eigentlich falsch gemacht, dass uns alles, auf das wir so stolz waren, in so kurzer Zeit zerbrochen ist? Kannst du mir das sagen?«

Carlo überlegte. »Vielleicht nicht allzu viel«, sagte er langsam. »Wir waren gezwungen, auf einer Welle zu reiten, die einen Kontinent überrollt hat, und jemanden, der uns hätte sagen können, wie man das macht, gab es nicht. Nein, Anton. Allzu schlecht haben wir uns nicht geschlagen, und aufgeben dürfen wir nicht. Gerade deshalb habe ich mich entschieden, Jenny zu suchen und um sie zu kämpfen. Weil wir einander brauchen werden, wenn wir das, was wir aufgebaut haben, verteidigen wollen. Unsere Wärme. Unsere Liebe. Unsere Fröhlichkeit gegen den Hass.«

Anton kam zum Tisch zurück. Um seine Lippen spielte ein wenig scheu das Lächeln, das seine Tochter von ihm geerbt hatte. »Weißt du, dass du ein ziemlich grandioser Kerl bist?«, fragte er. »Ich bewundere dich, und ich verspreche dir in die Hand, dass ich dich unterstützen werde, wo immer ich kann.«

»Ich dich auch«, erwiderte Carlo. »Oma Hulda hat gesagt, Jenny verdient einen Mann. Und den will ich ihr jetzt endlich bieten. Nina verdient auch einen, Anton.«

Hilflos lachte sein Schwager auf. »Ich fürchte, das ist der Kern des Problems – dass wir keine Ahnung mehr haben, wie man das richtig macht: ein Mann zu sein.«

»Vielleicht indem wir aufhören, uns vor Angst, wir könnten es falsch machen, in die Hose zu pinkeln«, sagte Carlo und stieß mit ihm an. »Indem wir uns nicht verkriechen, sondern da sind, wenn unsere starken Frauen uns brauchen.«

31

OKTOBER

In dessen mit einem bemerkenswerten Sammelsurium knallbunter Ziergegenstände vollgestellten Wohnung am Innsbrucker Platz sprach Carlo mit Friedhelm Lehwald. Wie es seine Art war, reagierte der Mann, zu dessen Füßen wie ein Hund die Ente Pandora schlief, vollkommen offen und scheinbar ohne Arg:

»Oh ja, ich habe mit Herrn Lermantow gesprochen«, sagte er. »Ich habe sogar recht oft mit ihm gesprochen und werde es wieder tun, wenn wir uns noch einmal über den Weg laufen sollten.«

»Er hat Ihnen seinen Namen verraten?«, fragte Carlo perplex.

»Warum denn nicht?«, fragte Lehwald zurück. »Er hat ja nichts zu verbergen.«

»Er hat Jenny bedroht«, wandte Carlo ein.

»Das mag für die arme Jenny durchaus den Anschein haben«, sagte Lehwald. »Aber aus seiner Sicht ist er nichts anderes als ein Vater, der sich nach seinem Kind sehnt. Er ist in ihrer Wohnung niedergeschlagen worden, aber er hat nicht daran gedacht, sie anzuzeigen. Er will seinen Jungen. Sie will ihn nicht hergeben. Zu verstehen sind sie beide, finden Sie nicht auch?«

Zu seiner Verblüffung musste Carlo ihm recht geben. »Jenny hat Viktor aufgezogen«, sagte er dann. »Die beiden sind so eng verbunden, wie ich es bei einer Mutter und ihrem Kind kaum je erlebt habe, auch wenn es von außen nicht den Anschein haben mag. Es wäre grausam, sie auseinanderzureißen, aber die Richter in unserer Welt sind nun einmal Männer und sprechen den Vätern Recht zu, nicht den Müttern.«

»Ich weiß über die Geschichte der drei viel zu wenig, um mir ein Urteil zu erlauben«, sagte Friedhelm Lehwald. »Ich habe lediglich Mitleid mit dem Vater ebenso wie mit der Mutter und natürlich dem Jungen. Es ist furchtbar für alle Beteiligten, wenn das Schicksal Familien in Stücke schlägt.«

»Ich frage mich, wie Sie es geschafft haben, dass er sich Ihnen derart öffnet«, sagte Carlo.

»Oh, das war nicht weiter schwierig«, erwiderte Lehwald. »Stellen Sie sich vor, Sie wären vollkommen allein in einer fremden Stadt, in der niemand am Abend auf Sie wartet und kein Mensch mit Ihnen spricht. Herr Lermantow hätte nicht einmal die Mittel, Jenny und Viktor nachzureisen, wenn er wüsste, wohin er sich wenden müsste. Er ist ganz auf sich gestellt und hat nichts als die Hoffnung, dass irgendetwas Jenny zurückbringt. Wären Sie in solch einer Lage nicht auch froh, wenn jemand Sie einfach fragt, wie es Ihnen geht und ob er Ihnen behilflich sein kann?«

Carlo hatte Anton versprochen, auf der Hut zu sein, doch es fiel ihm schwerer als erwartet. Friedhelm Lehwald schien mehr Wärme auszustrahlen als ein Kachelofen. Er erzählte ihm noch, dass er Lermantow verschiedentlich vor dem *Wintergarten* und in der Nähe von Jennys Wohnung getroffen hatte und dass dieser irgendwo in Kreuzberg einen Abstellraum ohne Fenster bewohnte. Dann fuhren sie zusammen mit Sonia mit der Straßenbahn in die Friedrichstraße. Sonia und Friedhelm mussten zu ihrem Auftritt, und Carlo hatte sich mit Darius im *Salamander* verabredet.

Unterwegs beobachtete er, was Anton beschrieben hatte: Friedhelm führte und schützte seine Sonia wie eine Blinde. Die ganze Fahrt über hielt er sie am Arm, und sobald er die überall präsenten Mitglieder der SA entdeckte, schirmte er sie ab und geleitete sie um die Männer herum.

»Melden Sie sich jederzeit, wenn ich noch etwas tun kann«, sagte er, als sie sich verabschiedeten. »Sonia und ich sind froh, wenn wir helfen können.«

»Jenny fehlt uns«, sagte Sonia leise. »Wir sind ein Körper ohne Herz, seit sie nicht mehr da ist.«

Anton hatte Carlo anvertraut, dass Darius kaum Auftritte bekam und das Geld bei ihm immer knapper wurde. Deshalb hatte er ihn zu Bier und Bockwurst einladen wollen, doch der stolze Grieche lehnte ab und bezahlte das Glas Wasser, das er trank, und die Milch für den alten Ypsilantis selbst.

»Selbst wenn ich mir aus irgendetwas, das in dieser Kneipe angeboten wird, etwas machen würde, könnte ich dein Angebot nicht annehmen«, sagte er. »Ich kann dir schließlich nichts dafür geben. Was ich von Eugenie von Siver weiß, hat sie mir unter dem Siegel der Verschwiegenheit erzählt, und unter diesem Siegel wird es bleiben. So wie ich ihr vertraue, dass das, was sie von mir weiß, bei ihr unter sicherem Siegel bleibt.«

»Ich hatte nicht vor, dich auszuhorchen«, verteidigte sich Carlo. »Ich hatte nur gehofft, dass du eine Ahnung hast, wo ich sie finden kann.«

»Und wenn sie nicht gefunden werden will?«, fragte Darius.

»Jenny Gott-weiß-wie-Alomis?« Das war der Wirt Alfred, der an ihren Tisch trat und Carlo ein Bier auf die Platte knallte. »Oh doch, die will jefunden werden, da verwette ick meenen Hut druff. Die is' kein Tier, das Einsamkeit aushalten kann, aber wer aus diesem janzen Zoo is' dat schon? Wenn mich eener fragt, dann kricht die mit all ihrem Todesmut die Angst nich' aus sich raus – es sei denn, sie traut sich noch mal da hin, wo se sich diese Angst einjefangen hat.«

Darius und Carlo starrten Alfred an. Den Namen des Ortes, von dem er redete, brauchte keiner von ihnen auszusprechen.

Mit einem nicht sonderlich sauberen Lappen wischte Alfred eine Pfütze von der Tischplatte. »Bloß da alleine hinzujehen, wo't sie doch vor Angst schüttelt – dat schafft nich' mal die Schlangenfrau«, sagte er.

»Das braucht sie auch nicht«, sagte Carlo. »Ich gehe mit ihr. Nur muss ich sie erst einmal finden. Die leiseste Ahnung, wohin sie gegangen sein könnte, würde mir helfen, Alfred.«

»Ick würd's da versuchen, wo se sich zuletzt zu Hause jefühlt hat«, antwortete der Wirt, der sich sichtlich mehr Gedanken über seine Gäste machte, als Carlo jemals vermutet hätte. »Wenichstens so zu Hause, dat se sich dieset Unjetüm von Namen von da mitjebracht hat. Alomis. Alomis. So heißt doch keen Mensch. Jedenfalls nich' bei uns.«

»Wo denn dann?«, platzte Carlo heraus.

»Hängt hinter dem Tresen an der Wand«, sagte Darius, und Alfred wies vielsagend in die genannte Richtung.

Der winzige Zeitungsausschnitt, den außer ihnen gewiss noch nie jemand beachtet hatte, zeigte die verschwommene Fotografie einer Frau namens Agnė Alomis und berichtete in wenigen Zeilen über das Vergnügungsviertel in einem litauischen Seebad. Wo Alfred den uralten Artikel aufgetrieben und warum genau er ihn dort aufgehängt hatte, würden sie nie erfahren. Vermutlich, weil er sich mehr Gedanken um seine Gäste machte, als irgendwer vermutete. Und weil seine Kneipe eine von jenen Einrichtungen war, die den wie Treibgut in die Stadt gespülten Fremdlingen die Familie ersetzten.

Carlo war sich nun sicher, zu wissen, wo er nach Jenny zu suchen hatte. Er war sich aber auch sicher, dass sie ihr Problem an diesem Ort nicht lösen konnten und dass es nicht zwischen ihm und Jenny allein lösbar war, sondern dass es einen dritten Beteiligten dazu brauchte. Wenn Jenny ihre Angst überwinden und mit ihm hierher, wo sie zu Hause war, zurückkehren sollte, musste sie sicher sein können, dass die Quelle dieser Angst versiegt war und nicht wieder ausbrechen würde.

Sie musste wissen, dass niemand ihr ihr Kind nahm.

Deshalb gab es noch ein Gespräch, das Carlo zu führen hatte, ehe er die ersehnte Reise endlich antreten konnte.

Er brauchte drei Tage, in denen er sich an allen Orten, die er mit Jenny verband, herumtrieb und sich mit nie gekannter Wucht nach ihr sehnte, ehe der Mann ihm über den Weg lief.

Ihm hatte davor gegraut, er hatte vergeblich versucht, sich den Mann vorzustellen, und hatte sich gefragt, was er wohl denken würde, wenn er ihn – das Phantom so vieler Jahre – endlich leibhaftig sah.

Mit dem, was er tatsächlich dachte, hatte er nicht gerechnet. Vor ihm, in der feuchten Dunkelheit des Herbstabends, stand ein überschlanker, blonder Mann im abgewetzten Mantel, und er dachte: Wir haben etwas gemeinsam. Wir lieben dieselbe Frau.

Als Nächstes dachte er beinahe zärtlich: Er sieht Viktor ähnlich. Auf diese einzigartige, schwer zu beschreibende Art, auf die auch Anton und Selma sich ähnlich sahen.

»Guten Abend«, sagte er und erinnerte sich an das, was Friedhelm Lehwald ihm über die Einsamkeit des Mannes erklärt hatte. »Ich bin Carlo von Veltheim, ein Freund von Jenny Alomis, die Sie wohl unter anderem Namen kennen. Können wir irgendwo, wo es trocken ist, reden? Ich möchte Sie nämlich bitten, mir zu helfen, Jenny und Viktor nach Hause zu holen.«

Der Mann starrte ihn an. Seine Augen hatten die gleiche Form und Farbe wie die von Viktor, aber die wachen, glänzenden Augen des Jungen waren dennoch völlig anders als die erloschenen des Mannes. »Viktor«, murmelte er, »Viktor. Nicht einmal, wie sie meinen Sohn genannt hat, hat sie mir gesagt.«

»Sie hat Angst«, sagte Carlo.

»Das kann ich mir denken«, stieß der Mann heraus.

»Angst, dass Sie ihr ihren Jungen wegnehmen.«

»Und genau das werde ich tun«, rief der Mann. »Irgendwann muss sie zurückkommen. Wenn ihr das Geld ausgeht, wenn niemand ihre wahnwitzigen Verrenkungen mehr sehen will, wenn sie das Alleinsein ohne ewige Ablenkung nicht mehr erträgt, oder wann auch immer. Sie muss einfach kommen. Ich will mein Kind zurück, das sie mir gestohlen hat.«

»Denken Sie dabei auch an Viktor?«, fragte Carlo behutsam.

»Er ist alles, an das ich denken kann«, antwortete der Mann. »Manchmal wünsche ich mir, ich könnte genug Geld stehlen, um loszufahren und sie überall in der gottverdammten Welt zu suchen. Aber wenn ich eine Straftat begehe, verspiele ich mein Recht, meinen Sohn zu mir zu holen. Und ohnehin weiß ich ja nicht, wohin die gottverfluchte Schlange sich verkrochen hat.«

»Ich weiß, wo sie ist«, hörte Carlo sich sagen. »Und ich weiß auch, wo wir alle hinmüssen, um diesen Knoten, den die Weltgeschichte in unsere Leben geschlungen hat, aufzulösen. Ich gebe Ihnen das Geld, das Sie brauchen, um mich zu begleiten, Herr Lermantow. Ich habe nur zwei Bedingungen.«

»Was für Bedingungen?«, brach es aus dem anderen heraus. »Woher kennen Sie meinen Namen, und warum sollten Sie mir Geld geben?«

»Weil ich Sie brauche. Ihren Namen hat mir ein gemeinsamer Freund genannt.«

»Ich habe keine Freunde.«

»Vielleicht doch.«

Es war auf seltsame Weise erregend, ihn sprechen zu hören. Er rollte das R viel stärker und betonte eine Reihe von Wörtern falsch, doch ansonsten glich seine Sprachmelodie der von Jenny wie ein Lied aus einem vergessenen Buch einem anderen.

Der Regen wurde stärker. Der uralte Hut, den Lermantow auf seinem dichten, hellen Haar trug, war längst völlig durchnässt. Noch immer sah er Carlo unverwandt an. »Sie lieben sie«, stellte er fest. »Sie sind einer von denen, die sie zu dicht an sich herangelassen haben und denen sie ins Blut gekrochen ist, aus dem man sie nicht mehr entfernen kann.«

Seine Ausdrucksweise, fand Carlo, war ein wenig übertrieben, und in Blut konnte man streng genommen weder kriechen noch etwas daraus entfernen. Aber er glaubte zu wissen, was der andere meinte, und lächelte. »Nein, wer sich in Jenny verfängt, der kommt nicht wieder frei«, sagte er. »Aber ich bin froh darüber. Ich habe nie so intensiv gelebt wie in den Jahren, die ich mit ihr verbracht habe. Ich habe eigentlich in diesen Jahren erst leben gelernt. Und ich bin nie so glücklich gewesen.«

»Habe ich Sie danach gefragt?«

»Nein«, sagte Carlo. »Aber ich frage Sie.«

Der Mann wartete. Kämpfte mit sich. Sein Kehlkopf ruckte mehrmals, und seine Augen wurden glasig. »Ich auch«, sagte er heiser. »Nachdem sie mich weggeworfen hatte, war alles leer, und ich habe nie wieder etwas zustande gebracht. Ich habe mit den Roten lettischen Schützen gekämpft, ich habe mir eingeredet, ich glaube an den Bolschewismus, und als wir den Krieg um Lettland verloren hatten, bin ich nach Russland gegangen, weil ich dachte, ich gehöre dorthin. Ich müsse irgendwohin gehören, habe ich gedacht, aber in Russland und bei den Bolschewiken war ich so falsch wie überall. Letzten Endes habe ich außer Landes fliehen müssen, weil ich als Konterrevolutionär gesucht wurde. Ein Tänzer war ich, aber auch bei den Tänzern blieb ich fremd und werde nie wieder tanzen. Ich habe immer nur zu Schenja gehört. Sonst nirgendwohin.«

Er zitterte zum Gotterbarmen.

»Erlauben Sie mir, Sie zu einer Mahlzeit und einem warmen Getränk einzuladen«, sagte Carlo. »Irgendwo hier in einem Lokal, in dem niemand uns kennt. Ich könnte selbst etwas im Magen gebrauchen, und während wir essen, können wir unsere Pläne für die Reise besprechen.«

»Sie meinen das ernst?«

»Und ob«, sagte Carlo und nahm ihn am Arm. »Kommen Sie.«

Er führte den Mann die Straße hinunter auf eine Wirtschaft zu, aus deren Fenster Licht fiel.

»Sie haben mir noch nicht Ihre Bedingungen genannt«, sagte Viktors Vater im Gehen. »Was ist, wenn ich sie nicht akzeptieren kann?«

»Sie werden schon können«, erwiderte Carlo. »Es gibt für uns alle keinen anderen Weg.«

»Also los«, brummte der andere. »Nennen Sie sie.«

»Die erste Bedingung lautet: Sie beide werden einander anhören«, sagte Carlo. »Ich werde dabei sein, und wir werden keine Entscheidung treffen, ehe Ihrer beider Geschichte nicht zu Ende erzählt ist.«

»Und die zweite?«, fragte der Mann, während Carlo stehen blieb, um die Tür des Lokals aufzuziehen.

»Die Entscheidung wird auch nicht getroffen, ehe wir da sind, wo sie hingehört«, sagte Carlo.

»Und wo soll das sein?«

»Das wissen Sie so gut wie ich. Da, wo alles angefangen hat. In Riga.«

32

NINA

Das eine sage ich Ihnen: Wenn ich diesen affigen Kerl mit dem verfluchten Entengequake noch ein einziges Mal auf der Bühne meines Etablissements sehe, dann drehe ich der Ente persönlich den Hals um und übergebe sie meiner Köchin als Sonntagsbraten. Das Vieh und sein Dompteur sind hiermit gefeuert. Und als Nächstes fliegen Sie!«

Fritz Aschinger, der sich so gern gegeben hatte, als könne ihn nichts aus der Ruhe bringen, steigerte sich von Woche zu Woche in seinem Zorn, während die Zuschauerzahlen des *Wintergarten* weiter sanken. So erregt wie heute hatte Nina ihn allerdings noch nie erlebt. Sein Gesicht war tiefrot, wie es ihm früher oft geschehen war, wenn etwas ihn in Verlegenheit gebracht hatte. Seine vornehm manikürten Hände hielt er verkrampft zu Fäusten geballt, als wolle er auf Nina losgehen.

»Von den vier ›Buffet im Varieté‹-Vorstellungen ist keine einzige ausgebucht«, schimpfte er weiter. »Ich habe Ihnen gesagt: Sie bringen mir für die Premiere am Sonntag eine Sensation, dass die gesamte Rotte der *Scala*-Juden grün vor Neid wird, und was haben Sie mir gebracht? Einen Haufen Hupfdohlen auf einem Spinnennetz, die viel zu viel Stoff am Leib haben, um jemanden vom Hocker zu reißen.«

Die ungarischen Drahtseil-Balletteusen, die zart flimmernd auf einem hauchdünnen, über die Bühne gespannten Netz einen Glühwürmchen-Tanz darboten, waren großartig, doch in der Tat waren sie keine Nackttänzerinnen. Im *Wintergarten* war es immer das Ziel gewesen, das Publikum zum Staunen zu bringen und mit ein wenig mehr Poesie und Zauber im Herzen zurück ins Alltagsleben zu entlassen. Für flüchtige Erregung, die auch nur die männliche Hälfte der Zuschauer erfreute, fühlte Nina sich nicht zuständig. Recht hatte Aschinger auf seine Weise aber trotzdem: Die Geschäftsleute, die ihren betuchten Kunden etwas bieten wollten und beim Kartenkauf nicht auf den Preis achteten, bezahlten für nacktes Fleisch. Nicht für künstlerische Schönheit und Charme.

Sie hatte versagt.

Sie würde den *Wintergarten* ebenso verlieren, wie sie ihr Kind, ihre große Liebe und ihre Freundin verloren hatte, und ihre Wunderweiber würden ab November auf der Straße sitzen.

»Die Eintrittspreise sind einfach zu hoch«, wagte sie vorzubringen. »Die Leute, die in Scharen in unsere Vorstellungen strömen würden, können sie sich einfach nicht leisten. Wir sollten billigere Karten anbieten, mehr Stehplätze, eine reduzierte Abendkasse …«

»Das habe ich jetzt nicht gehört«, schnitt ihr Aschinger scharf das Wort ab. »Und das ist Ihr Glück. Um der alten Zeiten willen bin ich gnädig und gebe Ihnen eine letzte Chance. Bis Sonntag bleiben Ihnen noch drei Tage Zeit. Bringen Sie mir etwas, das mir den Laden doch noch füllt, und zwar nicht mit Billigheimern, sondern mit Herrschaften, die den Champagner flaschenweise springen lassen. Gelingt Ihnen das, sprechen wir am Montag über die Verlängerung Ihres Vertrags. Gelingt es Ihnen nicht, können Sie im Anschluss an die Vorstellung Ihre Sachen packen. Und Ihre Zigeunertruppe gleich mit.«

Damit war sie entlassen. Sie verließ das Büro mit schleppenden Schritten, nicht länger in der Lage, auch nur einen Fetzen ihres Stolzes zu bewahren. Der Kampf, den sie in den vergangenen zwei Jahren geführt hatte, hatte sie ihre Kraft, ihren Elan und ihre Zuversicht gekostet.

Nicht nur der Kampf, gestand sie sich ein. Sondern weit mehr noch der Verlust von allem, was ihr Wärme, Halt und Glück gegeben hatte.

Nein, nicht von allem. Ihre Familie war ihr geblieben, und es hatte gutgetan, ein paar Tage lang Carlo in Berlin zu wissen, mit ihm reden, sich einfach bei ihm anlehnen und in der Erinnerung an hellere Zeiten versinken zu können. Jetzt aber war Carlo abgereist, hatte sich auf seine sinnlose Suche nach Jenny begeben, und Nina musste ihre tiefste Niederlage allein bestehen.

Sie absolvierte die Probe mit ihrem Ensemble, wie sie es immer tat, ließ sich nichts anmerken, wirkte höchstens ein wenig abwesend.

»Du siehst so allein aus, Nina«, sagte Sonia, ehe sie ging. »Wenn du dich auch so fühlst, komm nachher noch zu uns, du weißt, wir freuen uns.«

Nina bedankte sich und ging in ihr Büro, um noch ein paar Stunden lang Arbeit zu verrichten, die am Montag sinnlos geworden sein würde. Sonias Angebot war verlockend, aber wie hätte sie in Friedhelms Wohnung sitzen und Friedhelms Aprikosensaft trinken können, um dann mit der Bombe herauszuplatzen, dass er ab sofort nicht mehr mit ihnen auftreten durfte?

Sie konnte sich das nicht gefallen lassen, sie musste Friedhelm am Sonntag auf die Bühne stellen wie immer. Aschinger würde nicht wirklich herbeistürzen und vor aller Augen Pandora töten, und wenn sie alle untergingen, würden sie es alle zusammen tun.

Sie wollte gerade die Lichter löschen und abschließen, um hinüber in ihre trostlose Hotelsuite zu wandern, als das Telefon auf ihrem Schreibtisch läutete.

»Fräulein von Veltheim? Haselsteng hier.« Direktor Neugebauers Sekretärin, die seit den letzten Entlassungen für die gesamte Verwaltung als Vorzimmerdame tätig war. Was wollte sie noch so spät? Die arme Frau hätte längst zu Hause sein und ihre geliebten Kinozeitschriften lesen sollen.

»Ich habe einen Herrn hier, der Sie dringend noch sprechen will«, sagte Fräulein Haselsteng.

»Was für einen Herrn?«

»Er hat mich ausdrücklich gebeten, seinen Namen nicht zu nennen«, antwortete Fräulein Haselsteng. »Es geht um eine Überraschung für Sie. Er sagt, er hat etwas für Sie, das Ihnen helfen kann.«

Im ersten Impuls wollte Nina dem sogenannten Herrn ausrichten lassen, dass sie für kindische Spielchen weder Zeit noch Lust hatte. Im zweiten siegte ihre unbezwingbare Neugier. »Schicken Sie ihn nach oben«, bat sie die Sekretärin. »Aber sagen Sie ihm, ich habe nicht viel Zeit.«

»Zu Ihnen nach oben kommen will er nicht. Er sagt, er wartet auf Sie vor dem Bühnenausgang bei der Litfaßsäule. Wenn Sie ihn treffen wollen, finden Sie sich dort ein, wenn nicht, dann nicht.«

Nina nahm es sich übel, dass sie sich von irgendeinem Spaßvogel derart am Gängelband führen ließ. Keine zehn Minuten später verließ sie aber dennoch das Gebäude durch den Bühnenausgang und sah sich im neonglitzernden Dunkel bei der Litfaßsäule nach ihrem seltsamen Besucher um.

»Einen wunderschönen guten Abend.« Eine Hand legte sich auf ihre Schulter, und Nina fuhr zusammen. Die Stimme jagte Schauder über ihren Rücken, und ihr ganzer Körper war starr, unfähig, sich zu befreien oder auch nur umzudrehen. »Ich habe nicht daran gezweifelt, dass du kommen würdest. Um dein komisches kleines Kasperletheater zu retten, würdest du selbst mit dem Teufel paktieren, habe ich recht? Nun, ganz so weit gehen musst du nicht. Du brauchst den Hellseher, oder etwa nicht? Tja – ich bin der Mann, der ihn dir beschaffen kann.«

Die Plakate wurden im Schnelldurchlauf gedruckt. So aufwendig gestaltet, wie Berlin es vom *Wintergarten* gewohnt war, waren sie nicht, doch bis Freitagabend wusste die ganze Stadt, dass am Sonntag Erik Jan Hanussen nicht wie gewohnt in der *Scala,* sondern bei einer Galaveranstaltung der Konkurrenz auftreten würde. Am Samstagmorgen war für die Vorstellung keine einzige Karte mehr zu bekommen, und Hieronymus Haase und seine Kellner-Flottille mussten zusätzliche Tische auf die Terrasse quetschen, weil mehr Buchungen getätigt worden waren, als sie für gewöhnlich Plätze hatten.

Die Kasse klingelte.

Menüs und Getränke wurden im Voraus bestellt, und was immer

das Etablissement in den letzten Wochen auch an Verlusten eingefahren hatte, mit dieser Gala würde sich das Blatt wenden. Über den plötzlichen Sinneswandel des umschwärmten Hellsehers, der erst vor Kurzem öffentlich erklärt hatte, er bliebe der *Scala* treu, berichteten sämtliche Zeitungen. In einem spontanen Interview mit der *Funkstunde* erklärte Hanussen, er habe das Gefühl, er werde seinem Publikum morgen Abend mit einer nie da gewesenen Sensation aufwarten.

Die Telefone im Verwaltungstrakt liefen heiß. Noch am Sonntagvormittag boten Leute atemberaubende Summen, um an Karten zu kommen. Nina bezweifelte nicht, dass Aschinger jede Menge unter der Hand verkaufte und Hiero beauftragte, noch mehr Stühle in irgendwelche Lücken zu quetschen. Auf dem Gang hatte er ihr wie ein Honigkuchenpferd zugegrinst und »Alle Achtung« gemurmelt. »Ich schulde Ihnen eine Dose Entenfutter.«

Ich habe das Richtige getan, beschwor sich Nina. Nicht alles, auf was man sich in diesem Geschäft einlassen muss, ist fein, schon gar nicht inmitten einer Krise. Es gab aber Anzeichen, hatte sie erst an diesem Morgen gelesen, dass die Wirtschaft sich ganz langsam wieder zu erholen begann. Wenn dem so war und wenn die Mehrheit für Hitlers Nazis abgewendet werden konnte, würde die Republik die Erschütterung abfangen wie damals nach der Inflation, und es würden wieder bessere Zeiten kommen. Die Zeiten damals waren die allerbesten ihres Lebens gewesen, und wenn sie durch diese Nacht-und-Nebel-Aktion mit dem Hellseher ihr Ensemble vor dem Untergang bewahrt hatte, dann sollte es ihr mehr als recht sein.

Es kamen wieder bessere Zeiten.

Einen Herzschlag lang wünschte sie sich, auch für Anton und sie kämen noch einmal bessere Zeiten, so wie es damals gewesen war, dann schob sie den Gedanken beiseite wie einen Stapel Papier. Das Leben hatte anders entschieden. Dass er daran so wenig Schuld trug wie sie, war ihr inzwischen wohl klar, doch das änderte nichts.

Eine Stunde vor Einlass ging sie hinüber zu den Garderoben ihres Ensembles, um sich zu vergewissern, dass es allen gut ging, wie es ihre Gewohnheit war. Die Wunderweiber würden direkt vor Hanussen auftreten und vermutlich im Trubel untergehen, aber für diesen einen Abend war das egal.

Sie fand Sonia, die als Schneeflocke gewandet auftreten würde und seit Jennys Verschwinden das Herz des Ensembles darstellte, allein in ihrer Doppelgarderobe.

»Wo ist denn Friedhelm?«, fragte Nina.

»Daheim«, sagte Sonia. »Er und Pandora treten nicht auf.«

»Warum denn nicht? Ist er krank?«

»Er ist gesund und guten Mutes«, sagte Sonia. »Aber er weiß, dass du seinetwegen mehr Ärger denn je hast, und das möchte er nicht. Seit Jenny weg ist, ist seine Nummer zu klein für euer Publikum, das weiß er selbst, und du sollst dir keine Sorgen machen.«

»Was für ein Unsinn«, blaffte Nina. »Wie oft soll ich euch eigentlich noch erklären, dass ich für ein komplettes Ensemble einstehe, nicht für dessen Einzelteile, die sich zufällig gerade größerer Beliebtheit erfreuen als andere. Ich stimme die Elemente unserer Choreografien aufeinander ab, und wenn eines entfernt wird, werden wir zu einem Mobile, das schiefgeht. Wie wir dann eiern, haben wir gesehen, als Jenny ging. Das brauche ich nicht noch mal.«

»Aber wir hören doch, wie Direktor Aschinger dich anschreit!«, rief Sonia. »Das tut uns weh, Nina. Das wollen wir nicht.«

»Mit Direktor Aschinger bin ich bisher ja wohl fertiggeworden, oder nicht?«, beschied Nina sie. »Wir haben jetzt keine Zeit, sondern müssen eben klarkommen. Aber morgen rupfe ich mit deinem Friedhelm ein Hühnchen. Richte ihm das aus.«

»Solange du mit ihm keine Ente rupfst …«

Dass Sonia einen Witz riss, geschah so selten, dass es Nina ohne jeden Zweifel verriet, wie glücklich ihre Freundin war.

So vollgestopft hatte Nina den weiten Zuschauersaal des *Wintergarten* noch nie erlebt. Wenn ein Feuer ausbrach, würden die viel zu vielen Menschen sämtliche Ausgänge verstopfen, aber weshalb sollte ausgerechnet heute ein Feuer ausbrechen? Die Spannung war atemberaubend. Jene beinahe fiebrige Erwartung, die die Luft im Raum zum Flimmern brachte, hatte sie seit Monaten vermisst. In einer solchen Stimmung zählte nichts mehr, kein Gestern, kein Morgen, nur noch die Darbietung auf der Bühne. Um dieser Magie willen hatte sie von klein auf keinen anderen Traum als den vom Theater geträumt.

Wie befürchtet wurden die Nummern vor dem Auftritt des Hellsehers, einschließlich der ihrer Wunderweiber, ein wenig wie Vorprogramm abgehandelt, etwas, das man hinter sich bringen musste, um sich dann ganz dem grandiosen Höhepunkt hinzugeben. Der Vorhang schloss sich kurz hinter Berthe und Else, die ein Schild in Form eines Entenschwanzes und der Aufschrift *Ende* trugen, und dann stiefelte Direktor Ernst-Egon Neugebauer in voller Pracht auf die Bühne.

»Meine gnädigsten Herren, meine allergnädigsten Damen, aufs Höchste verehrtes Publikum. Sie kennen uns ja. Sie wissen, was Sie bei uns erwartet. Vom Guten nur das Beste – ganz richtig. Heute Abend aber darf ich Ihnen reinen Gewissens versprechen, dass wir vom Besten das Beste für Sie aufgefahren haben. Ich will auch gar keine langen Worte mehr machen, denn genau wie Sie kann auch ich es kaum erwarten, ihn heute Abend hier bei uns unter dem Sternenhimmel zu begrüßen. Sein Name spricht für sich, wie es nur bei den Größten der Großen möglich ist. Meine Damen und Herren, Berlins einzigartiger *Wintergarten* präsentiert Ihnen – Erik Jan Hanussen!«

Er schwebte lautlos und mit ausgebreiteten Armen ein wie irgendein hochmoderner Flugkörper, trug ein weites Cape, dessen changierende Seide mit dem Blau des Sternenhimmels harmonierte, und lächelte, als freue er sich darauf, jemanden aus dem Publikum zu verspeisen. Der Applaus war ohrenbetäubend. Der Saal bebte.

In der Mitte der Bühne war ein Ständer aufgebaut, der mit einem Tuch zugedeckt war. Hanussen packte es mit zwei Fingerspitzen und entblößte eine schillernde, rotierende Kristallkugel, die Silhouetten von Berlins Straßen in Schattenspielen durch den Saal warf. Der Beifall ebbte nicht ab, obwohl Hanussen noch gar nichts getan hatte. Ein Erfolg, dachte Nina erleichtert, sie wollte sich in ihrer einsamen Intendantenloge zurücklehnen und an ihrem Glas Wein nippen, aber etwas an diesem rätselhaften Mann bannte sie.

Es dauerte lange, bis er schließlich mit seiner Vorstellung beginnen konnte. Mit seinen gespreizten, weiß behandschuhten Händen drehte er die Kugel, die auf einmal Schatten von Flammen an die Wände warf, und sagte Brände, Katastrophen, ein Erdbeben in einem »weit entfernten Reich« mit Tausenden von Toten voraus. Nina wäre es lieber gewesen, er hätte eine goldene Epoche des Aufschwungs und die Hochzeit von Johnny Weißmüller mit jemandem wie Lilian Harvey prophezeit, denn schließlich waren ihre Gäste ja zum Vergnügen hier. Dann aber besann sie sich. Diese Art von Grusel, das Sich-Weiden am Entsetzlichen gehörte für viele zum Vergnügen dazu.

Für mich nicht, dachte sie. Mir hat ein Krieg in meiner Vergangenheit genügt, und für meine Zukunft braucht mir keiner einen vorauszusagen.

Als Nächstes gab Hanussen Tipps für den Börsenhandel, die angeblich auf astrologischen Studien beruhten, las die Gedanken einer Zuschauerin im Parkett, die darüber in hysterisches Kreischen ausbrach, und zum krönenden Abschluss durften ihm die Zuschauer Fragen stellen.

»Sagen Sie mir, was Sie von Ihrer Zukunft gern erfahren wollen – und ich trotze Ihrer Zukunft für Sie ein Geheimnis ab.«

»Werde ich im neuen Jahr endlich die Liebe meines Lebens finden?«, rief eine Frau mittleren Alters von der Terrasse herunter.

»Aber sicher doch, meine Dame.« Hanussen verneigte sich. »Sofern Sie der Eitelkeit entsagen und sich eine Brille anschaffen.«

Der Saal brach in brüllendes Gelächter aus, während die Frau sich beschämt die Augen rieb und damit verriet, dass der Hellseher ins Schwarze getroffen hatte.

Ein Mann im Smoking wollte wissen, ob er in das Geschäft seines

Bruders in Ostafrika investieren solle, und ein anderer, wann der Onkel, dessen Erbe er war, das Zeitliche segnen würde. Fasziniert beobachtete Nina, wie geschickt der Hellseher die Fragenden studierte, um ihnen dann die Antwort zu geben, die er aus ihrem Verhalten erschloss. Bald hagelten von allen Seiten Fragen auf ihn ein, auf die er genauso schnell reagierte. Es hatte etwas von einem Tennisspiel, bei dem ihm kein Ball verloren ging, und auch das war geschickt: Die pure Schnelligkeit und Sicherheit verblüfften die Zuschauer, ohne dass jemand hätte prüfen können, ob eine Antwort anzuzweifeln war.

Schließlich hob er die Hände in den weißen Handschuhen. »Meine Damen und Herren – Erbarmen. Eine einzige Frage noch, dann müssen Sie mir und meiner Kugel Erholung gönnen. Dort drüben, bitte, der Herr in der zweiten Reihe. Was wollen Sie gern von der Zukunft erfahren?«

Der angesprochene Herr erhob sich von seinem Platz. »Wer wird der nächste Reichskanzler?«, fragte er, und das Gemurmel im Saal verstummte.

»Wer wird der nächste Reichskanzler?«, wiederholte Hanussen. »Nun, das ist einmal eine Frage, die uns alle interessiert, oder nicht? Lassen Sie mich sehen, mein Lieber, lassen Sie mich sehen.« Er begann, die Kugel zu drehen, beugte sich darüber und tat so, als würde er das schillernde Geflacker intensiv studieren. Dann richtete er sich mit einem Ruck auf und starrte geradewegs in die Menge.

»Reichskanzler – wird Adolf Hitler«, sagte er.

33

ANTON

Anton sprang auf.

Er hätte sich quer durch den Saal voller Menschen, die den Atem anhielten, drängen wollen und den Scharlatan von der Bühne zerren. »Ich weiß, wer dich schickt, wer dich bezahlt, wer mit dir gemeinsame Sache macht«, hätte er so laut auf ihn einbrüllen wollen, dass niemand es überhören konnte. Aber das durfte er nicht. Er musste schweigend stehen bleiben und abwarten, was Nina tat.

Friedhelm Lehwald war an seiner Seite ebenfalls aufgestanden. Der viel Kleinere blickte zu ihm auf, und Anton konnte sich nicht erinnern, je so dankbar für einen Mann an seiner Seite gewesen zu sein.

Nicht mehr seit Passchendaele.

Nicht mehr, seit er seinen Freund Reinhold verloren hatte. Betrauern hatte er ihn nie gedurft, weil die Trauer Rudi gehört hatte und Anton die Schuld. Aber er hatte keine Schuld. Er hatte den Krieg nicht gewollt, und er hatte nichts getan, um halbe Kinder wie Reinhold in den Krieg zu locken. Schuld waren Männer wie der auf der Bühne, die neuen Kriegen das Wort redeten oder sich als Werkzeug missbrauchen ließen.

Nicht seine Nina, dessen war er sicher, auch wenn sein Körper vor Anspannung zitterte.

Er hatte an diesem Abend nicht ausgehen, sondern mit Selma, die gerade erst eine Erkältung auskuriert hatte, zu Hause bleiben und Radio hören wollen. Selma liebte Hörspiele, und er entdeckte ebenfalls seine Leidenschaft dafür und würde demnächst einigen seine Stimme leihen. Dann aber hatte es auf einmal an seiner Tür Sturm geläutet, und auf der Matte hatte Friedhelm Lehwald gestanden.

»Sie müssen mit mir in den *Wintergarten* kommen, Anton, ich flehe Sie an. Ihre Frau braucht Sie. Nina. Ich bin sicher, sie ist einem Komplott aufgesessen.«

In Antons Kopf hatten verschiedene Stimmen durcheinandergerufen. Da waren die Stimmen von Nina und Jenny, die warnten, es sei besser, Friedhelm nicht über den Weg zu trauen. Zugleich aber war da ein Echo von Carlos Stimme, die zu ihm sagte: »Männer sind wir, indem wir aufhören, uns vor Angst, wir könnten es falsch machen, in die Hose zu pinkeln. Indem wir uns nicht verkriechen, sondern da sind, wenn unsere starken Frauen uns brauchen.«

Während der Widerstreit der Stimmen sich fortsetzte, erklärte Friedhelm ihm atemlos, was geschehen war. Obwohl im Grunde gar nichts geschehen war und es nichts zu erklären gab. Und zugleich alles. Anton brauchte nicht lange, um zu begreifen.

»Ich habe wieder diesen Mann im Theater herumschleichen sehen, und immer wenn dieser Mann dort herumschleicht, geschieht etwas Schreckliches.«

»Was für einen Mann?«

»Ich mag an jedem Menschen das, was er von einem Tier an sich hat«, sagte Friedhelm. »Weil es mir so viel leichter fällt, Tieren zu vertrauen. Der eine hat die haarigen Ohren einer Katze, die andere die Mähne eines schönen Pferdes, aber dieser Mann hat von keinem Tier etwas an sich, sondern sieht einzig aus wie ein Mensch. Ich meine den Mann, der die großen Revuen im *Admiralspalast* macht, für die sie jetzt sogar Sitzplätze anbauen mussten.«

»Rudolf Kante?«, entfuhr es Anton.

Friedhelm nickte. »Er ist im Theater gewesen, und er hat vor der Tür auf Nina gewartet. Und dann hieß es auf einmal, der große Hanussen kommt und tritt bei uns auf, obwohl der große Hanussen irgendwann einmal gesagt hat, dass er nur bei Jules Marx in der *Scala* auftritt. Marx ist Jude, und Erik Jan Hanussen mit seinem hübschen schwedischen Namen ist auch Jude …«

»Hanussen ist Jude?«

Friedhelm nickte. »Geboren ist er nicht als Erik Jan, sondern als Herschel Chajm, aber auf einmal will niemand mehr als Jude erkannt werden, und der Herr Hanussen hat sich andere Freunde gesucht. Das geht mich nichts an. Er soll tun, was er nicht lassen kann, solange er nicht meinen Freunden damit schadet. Aber ebendas tut er. Als ich den Herrn Kante im Theater gesehen und kurz darauf das von Hanussen gehört habe, wusste ich, dass Kante dahintersteckt und dass sein Plan sich wiederum gegen Nina richtet. Es war wie damals.«

»Damals?«

»Damals habe ich ihn auch im und um das Theater herumstreichen sehen. Ich kannte Sie alle noch kaum, aber ich war Ihnen so dankbar, weil Sie mich aufgenommen hatten. Ich habe versucht, in den Bühnenraum zu meiner Verabredung mit Nina zu kommen, aber es gab keinen Zugang, und überall sah ich den Herrn Kante. Und dann ist Nina vom Gerüst gestürzt. Und ihr armes kleines Kind ist gestorben.«

»An dem Tag, als Nina vom Gerüst gestürzt ist, haben Sie Kante im Theater gesehen?«

Friedhelm nickte. »Ich versuche, auf alles ein Auge zu haben. Ich will nicht, dass Sonia und unseren Freunden ein Leid geschieht.«

Es ergab alles ein Bild. In Sekundenschnelle, wie beim Fotografen, der eine Aufnahme aus dem Entwickler nahm. Rudi war im Theater gewesen. Rudi war auch bei ihm gewesen und hatte gedroht, er würde Anton sein Kind nicht lassen, weil sein eigenes Kind mit Liesa gestorben war. Der Idiot Anton Wendland aber hatte nicht eins und eins zusammengezählt, sondern hatte sich im Leben nicht vorstellen können, dass sein einstiger Freund zu einer solchen Tat in der Lage war.

Als gäbe es nicht längst Beweise genug, dass dieser Freund an seinem Schmerz wahnsinnig geworden war.

Lieber hatte er sich dem Verdacht der Frauen angeschlossen und das Verbrechen diesem Enten zähmenden Helden zugetraut, der in seinem Leben so viele Verluste erlitten haben musste, dass er seine neu gewonnenen Menschen hütete wie einen Schatz.

»Es tut mir leid, Friedhelm«, hatte Anton gesagt.

»Was tut Ihnen leid?«

»Lass uns Du sagen«, erwiderte Anton. »Dafür ist es höchste Zeit. Mir tut leid, dass ich dir gegenüber argwöhnisch war, dir nicht völlig vertraut habe. Es kam mir und den anderen eigenartig vor, dass du so plötzlich auftauchtest und um jeden Preis zu den Wunderweibern wolltest, obwohl es besser geeignete Engagèments für dich gegeben hätte.«

»Ach, das«, sagte Friedhelm freundlich und kein bisschen gekränkt. »Das war wegen Sonia. Ich habe sie über die Bühne schweben und dabei zeichnen sehen, ich habe gesehen, wie sie immer ganz nah an alles, was sie zeichnet, herangeht, und ich habe gedacht: Um sie muss ich werben. Sie ist die eine, die ich brauche, und dem Anschein nach könnte es sein, dass sie auch mich braucht.«

Sie hatte ihn gebraucht, und sie brauchte ihn noch immer. Die beiden hatten sich gesucht und gefunden, und Anton hatte Friedhelm umarmt und ihm alles Glück der Welt gewünscht. Dann hatten sie Selma gebeten, ihr Hörspiel mit Frau Brenneisen und Frau Rottenheimer zu Ende zu hören, und waren losgerannt, denn Nina brauchte ihn.

Unterwegs hatte Anton noch einmal das Ungeheuerliche überschlagen, das er gerade erfahren hatte. Rudi Kante hatte Nina vom Gerüst gestoßen! Er hatte ihm seinen kleinen Sohn geraubt, und er hatte in Kauf genommen, ihm auch Nina zu rauben. Einen Beweis dafür würde es nicht geben, und Rudi zu beschuldigen, würde zu nichts führen. Nicht einmal Rache führte zu etwas. Ihr Kind blieb tot, die Möglichkeit, sich noch einmal auf eines zu freuen, blieb verloren. Anton wollte keinen Funken Kraft auf den Hass auf Rudi Kante verschwenden, sondern alle Kraft auf seine Liebe zu Nina.

Vor allem wollte er verhindern, dass Nina durch Kante noch mehr Leid geschah.

Vor dem *Wintergarten* standen die Leute Schlange, die auf zurückgegebene Karten hofften wie damals, als die Wunderweiber brandneu gewesen waren und jeder sie hatte sehen wollen. Fridolin Pätznick schleuste Friedhelm und Anton an dem Ansturm vorbei und übergab sie an Hiero, der ihnen kurzerhand zwei Hocker in den Gang neben der letzten Parkettreihe stellte. Nur brennen durfte es nicht, aber warum hätte es ausgerechnet heute Abend brennen sollen?

Wenig später brannte es tatsächlich — gewissermaßen. Der von Kante und seinen Nazi-Freunden gekaufte Hanussen setzte den Saal in Brand:

»Reichskanzler – wird Adolf Hitler.«

Kein Ton war aus dem Publikum zu hören.

Anton und Friedhelm sprangen von ihren Hockern und standen still, wie gebannt. Voller Sorge wagte Anton einen Blick hinüber zu Nina, die allein in der Intendantenloge saß. Noch einen Moment konnte er warten und hoffen, dass sie etwas tat. Dann würde er selbst sprechen müssen, denn das, was gerade geschehen war, durfte nicht unwidersprochen bleiben.

Kaum merklich wandte Nina den Kopf. Anton sah in ihr von Entsetzen gezeichnetes Gesicht und glaubte zuerst, er müsse sich täuschen. Aber er täuschte sich nicht: Sie hatte ihn entdeckt, und ihre Blicke trafen sich. Anton hob die Hände und reckte die Daumen in die Höhe, um ihr zu signalisieren: Ich bin für dich da. Wir bekommen das hin. Leute wie Kante können uns wehtun, aber sie können uns nicht kleinkriegen, und dieser Hellseher ist nur ein Würstchen, wie deine Oma sagen würde, ein Jude, der sich ausgerechnet den Nazis andient.

»Nein!«, rief Nina laut über die Köpfe der Zuschauer hinweg. »Nein, nein, nein! Er ist gar kein Hellseher und kann natürlich nicht in die Zukunft sehen. Er ist nur ein Taschenspieler, das hat er mir selbst gestanden, und das wäre ja auch amüsant gewesen – aber unter unserem Sternenhimmel verkündet niemand einen Reichskanzler Hitler!«

»Bravo!«, rief Anton ebenso laut. »In unserem Land wird kein Hitler Kanzler, und in unserem Varieté glauben wir an keinen Scharlatan!«

Behände wie ein Äffchen kletterte Nina über die Brüstung der Loge, und Anton rannte den Gang hinunter. Vor der Bühne trafen sie zusammen.

»Josef!«, rief Nina dem Dirigenten in seinem Orchestergraben zu. »Spielen Sie, was das Zeug hält! Spielen Sie … ›Blue Skies‹ von Irving Berlin!«

Antons Herz zuckte. Der Song, der einem Broadway-Musical entstammte und mit dem ersten Tonfilm um die Welt gegangen war, hatte zu ihren Lieblingsstücken in ihren glücklichen Jahren gehört. Es konnte in ganz Berlin unmöglich ein Lokal geben, in dem sie nicht danach getanzt hatten.

Josef Reindl, der Dirigent, war sichtlich froh, etwas zu tun zu haben, hob seinen Stab, und seine Musiker brauchten offenbar nicht einmal nach den Noten zu suchen, sondern begannen auf der Stelle, die populäre Nummer zu spielen:

»Blue skies, smilin' at me.
Nothing but blue skies do I see.«

Nina lief zur Seite, sprang mit einem Satz auf die Bühne, und Anton folgte ihr.

Wie in unzähligen glücklichen Nächten öffnete er die Arme, fing sie darin ein und begann, mit ihr zu tanzen. Sie schmiegte sich in seine Umarmung, wie sie es immer getan hatte, ihre beiden Körper im Tanz füreinander gemacht.

»Noticin' the days hurryin' by
When you're in love, oh how they fly.«

Vorn an der Bühne entdeckte er Friedhelm, der besorgt zu ihnen aufblickte, und aus dem Aufgang, der hinter die Bühne führte, lugte Sonia. »Kommt tanzen!«, rief Nina.

Wie ein Reh hüpfte Sonia über die Bühne und hielt Friedhelm die Hand entgegen, der am Graben vorbei zu ihr hinaufstieg. Die zarte Sonia war keine geübte Tänzerin, aber Friedhelm führte sie mit fester Hand, so wie er sie durch die Wirren und Gefahren der Stadt führte. Als die beiden an ihnen vorbeiglitten, sah Nina, dass Sonias

Bauch unter dem Schneeflocken-Kleid sich wölbte. Zu ihrer Verblüffung verspürte sie keinen Neid, sondern reine Freude.

»Kommen Sie alle!«, rief Nina. »Tanzen Sie mit uns unter unseren *Blue Skies.* In unserem *Wintergarten* regiert kein Hass, sondern Liebe, wir hören nicht auf Hetze, sondern nur auf Musik, und unser Reichskanzler wird Irving Berlin oder vielleicht auch Bing Crosby!«

Tosender Jubel setzte ein, gefolgt vom Getrappel zahlloser Füße. Scharen von Paaren strebten auf die Bühne zu, verstopften die Gänge, halfen einer dem anderen nach oben und begannen zu tanzen. Der Ständer mit der Kugel fiel um. Wohin der Hellseher verschwunden war, hatte Anton nicht mitbekommen.

»Blue days, all of them gone.
Nothing but blue skies from now on.«

»Aschinger wird mich rausschmeißen«, sagte Nina.

»Er wäre schön blöd, das zu tun«, sagte Anton mit einem Nicken zu der Menschenmenge, die noch immer auf die Bühne strebte und sich augenblicklich dem Tanz hingab. »Aber du wirst ihm kündigen.«

»Ja, das muss ich wohl«, sagte Nina. »Ich hätte mich nie darauf einlassen dürfen, mich so eng an ihn zu binden.«

»Du hast das Beste gewollt«, sagte Anton. »Nicht das Beste vom Guten, sondern das Beste für deine Kunst und die Menschen, die dir am Herzen liegen. Je schwieriger die Entscheidungen sind, die uns abverlangt werden, desto größer ist nun einmal die Gefahr, dass wir Fehler begehen. Ich habe viel mehr davon begangen als du.«

»Die Frage ist, wovon ich in Zukunft lebe. Wovon meine Wunderweiber leben sollen. Und wie die Welt ohne *Wintergarten* aussieht.«

»Aschinger denkt nur ans Geld«, sagte Anton. »Er weiß, dass die Berliner dich lieben, dass zum *Wintergarten* Nina Veltheim und ihre Wunderweiber gehören. Er wird euch wieder engagieren, auch wenn du nicht länger als Intendantin nach seiner Pfeife tanzt. Und falls ich mich irre, kommst du auch durch. Du bist gut, Nina. Und du bist nicht allein.«

Sie sah auf, und durch den Wirbel der flackernden Lichter von der Sternendecke trafen sich ihre Blicke. Der ihre war fragend. Anton zog sie noch dichter an sich. Er wusste, dass in diesem Augenblick für die Zukunft kein Versprechen abgegeben, sondern nur eine Hoffnung geweckt werden konnte.

»Ich wäre gern für dich da«, sagte er.

»Wenn du nicht da gewesen wärst, wenn ich dich nicht dort unten neben Friedhelm hätte stehen sehen, hätte ich das hier nicht gewagt.«

»Das verdanke ich Friedhelm. Dem wir nie hätten misstrauen dürfen. Es ist meine Schuld. Ich hätte darauf kommen müssen, dass Rudi Kante hinter allem steckt. Wenn ich dir nicht verschwiegen hätte, dass er vor jenem schrecklichen Tag bei mir war und mich bedroht hat, wäre Johnny vielleicht nicht gestorben.«

»Rudolf Kante? Du meinst, er hat …?«

Anton nickte. Sie waren beide nicht in der Lage, es auszusprechen.

»Er muss wahnsinnig sein«, brach es aus Nina heraus. »Er schreckt nicht einmal vor Mord zurück.«

»Ich glaube, es gibt überhaupt nicht mehr viel, vor dem er zurückschreckt«, sagte Anton. »Der Verlust von Reinhold und Liesa hat ihn über eine Grenze geschickt, von der er nicht zurückkommt, und in seinen Augen trage ich die Schuld daran. Wir werden ihn nicht belangen können, aber wir müssen uns in Acht nehmen.«

Nina nickte, und sie tanzten ein paar Schritte weiter. In der Bewegung gab sie einen kleinen erschöpften Laut von sich und lehnte den Kopf an seine Schulter.

»Komm mit mir nach Hause, Nina«, sagte er. »Ich liebe dich.«

»Ich weiß noch immer nicht, ob ich es kann«, sagte sie. »Leben, mit dir und – deinem Kind.«

»Das brauchst du auch jetzt nicht zu wissen«, sagte er und berührte mit den Lippen ihr Haar. »Komm nur für heute Nacht und bleib, solange du willst. Wir versuchen es. Nehmen es Tag für Tag.«

»Und wenn es schiefgeht?«

»Dann versuchen wir etwas Neues.«

»Das klingt nach mir.«

»Nach mir auch.«

Sie blickte wieder zu ihm auf, und auf ihre Lippen wagte sich ein Lächeln.

»Nach uns«, sagte sie.

34

JENNY

KLAIPĖDA
OKTOBER

Sie waren eine gute Arbeiterin«, sagte Justina, die Wirtin der Pension, in der Jenny und Viktor seit drei Monaten lebten. »Es tut mir leid, Sie gehen lassen zu müssen, aber im Winter kommen nach Klaipėda kaum Gäste, und wir leben selbst von der Hand in den Mund.«

Jenny hätte es wissen müssen. Von Anfang an hatte Justina ihr gesagt, sie könne sie nur den Sommer über beschäftigen, und dennoch erschrak sie bis ins Mark. Wie sollte sie Viktor beibringen, dass sie wiederum ihre paar Sachen packen und weiterziehen mussten? Er hatte in eine Art Ruhe gefunden, liebte das Meer und ging zwar nicht zur Schule, aber täglich in die örtliche Bibliothek, um zu lesen. Litauisch sprach er, als hätte er nie etwas anderes getan, sie aßen gern *Cepelinai* in der kleinen Wirtschaft, und in ihrer winzigen Kammer hatten sie sich eingelebt. Was mehr konnte man tun, um sich so etwas wie ein Heim zu schaffen, wenn man nicht das Risiko eingehen durfte, sich an Menschen zu binden und Freundschaften zu schließen?

Hinzu kam, dass das Wetter umgeschlagen hatte. Über Nacht war der blasse, milde litauische Sommer vorbei, und es war nasskalt und unwirtlich geworden. Der Gedanke, im Dauerregen mit Viktor unterwegs zu sein, schreckte Jenny fast ebenso sehr wie die Erkenntnis, dass sie nicht wusste, wohin sie von hier aus gehen sollten.

»Könnten Sie uns nicht wenigstens das Zimmer lassen?«, fragte sie Justina. »Wir kosten Sie nichts. Ich suche mir Arbeit in der Stadt.«

Die Wirtin schüttelte den Kopf. »Leute, die im Winter in dieser Stadt Arbeit suchen, gibt's mehr als Sand an unserem Strand«, sagte sie. »Sie würden nichts finden, und wir könnten Sie mit Ihrem Jungen nicht hungern lassen, aber wir haben eben selbst nichts abzugeben. Mein Mann sagt, Sie müssen gehen. Es ist einem das Hemd nun einmal näher als die Jacke.«

Und wir sind nicht einmal die Jacke, dachte Jenny. Wieder traf sie die Tatsache, dass sie allein war, dass sie die Einzige war, die dafür sorgen konnte, dass Viktor nichts geschah. Sie ging, um ihn von der Bibliothek abzuholen, obwohl er an ihren Arbeitstagen sonst allein nach Hause ging. Justina wollte, dass sie das Zimmer bis morgen Abend geräumt hatten. Sie würde ein letztes Mal mit ihm am Meer entlangspazieren und es ihm dabei erklären. Er war ein starker, tapferer Junge. Keine Mutter wünschte sich, dass ihr Kind gezwungen war, stark und tapfer zu sein.

Mit seinem Bücherstapel unter dem Arm kam ihr Sohn aus dem windschiefen, zweistöckigen Häuschen, das die Bibliothek beherbergte.

»Mama!«

Dass ihr Kommen nichts Gutes bedeutete, spürte er sofort.

»Du musst die Bücher zurückbringen«, sagte sie. »Oder nein. Lass mich mit dir kommen. Ich kaufe sie für dich.«

Die Bibliothekarin überließ ihr die zerfledderten Exemplare für ein paar Pfennige, doch für ihren Geldbeutel bedeuteten selbst die ein Vermögen. Länger als ein paar Tage würden sie auf der Reise nicht durchhalten können, aber daran durfte sie jetzt nicht denken. Sie hatte es die ganze Zeit so gehalten, hatte versucht, einen Tag nach dem anderen zu nehmen, und die Wochen in Klaipėda waren nicht mehr gewesen als eine Atempause.

»Wir müssen weg?«, fragte Viktor, als sie mit den Büchern die Bibliothek verließen. »Jetzt gleich?«

»Morgen«, sagte Jenny. »Viktor, sage ich dir manchmal, wie lieb ich dich habe?«

»Nein, tust du nicht«, sagte Viktor. »Aber das brauchst du auch nicht. Ich bin ja nicht blöd.«

Nebeneinander gingen sie den leeren Strand entlang, hinter dem sich die Reihe der hohen Föhren im Wind bog. Aufgepeitscht tobte das Meer. Es würde bald wieder zu regnen beginnen.

In den Nächten, in denen sie neben ihrem Sohn gelegen und keinen Schlaf gefunden hatte, hatte Jenny sich häufig nicht vor Bildern wie dem retten können, das sie jetzt boten: Sie war mit Viktor allein, weit und breit keine Hilfe und kein Ort, an dem sie sich verstecken konnten – und jemand kam auf sie zu. Dass er aufgeben würde, sie nicht länger verfolgte, hatte sie nie wirklich zu hoffen gewagt.

Sie waren zu zweit. Noch waren sie so weit entfernt und im schwindenden Licht nicht gut zu erkennen, sodass sie einfach zwei Fremde hätten sein können, die wie sie selbst einen letzten Abendrundgang am Strand genossen.

Aber sie waren keine zwei Fremden. Jenny spürte es, lange bevor sie es sah und ihren Beinen den Befehl erteilen konnte, nicht weiterzugehen. Er war es. Er war gekommen, um zu tun, was er ihr angedroht hatte: Er würde ihr ihren Sohn wegnehmen.

Jenny erstarrte im Gehen. Die beiden Männer fielen in Laufschritt.

»Viktor!«, schrie sie. »Lauf weg!«

Viktor rannte, aber er rannte nicht weg. Statt von den Männern fort, rannte er auf sie zu, und wenn sie sich nicht von ihm trennen wollte, blieb Jenny nichts übrig, als mit ihm mitzurennen.

»Wir müssen weg!«, versuchte sie es noch einmal, aber ohne Erfolg. Viktor rannte einfach weiter, und auf seinem Gesicht lag ein Strahlen.

»Es ist Carlo!«, rief er.

Jenny stolperte, und ihr wurde schwarz vor Augen. Als sie sich mit den Händen im Sand abfing und wieder sehen konnte, hatten die Männer sie erreicht, und Carlo schlang seine Arme um sie.

Und sie schlang ihre um Viktor.

Jenny wollte zappeln, sich wehren, sich entwinden, doch die Kräfte verließen sie. Es war, als würde die ganze Erschöpfung, die sie während ihrer langen Reise niedergekämpft hatte, auf einmal ausbrechen und sie übermannen.

Carlo hielt sie. Er hielt Viktor in seinem anderen Arm und streichelte ihr mit seinem Kinn übers Haar. Viktor weinte. Carlo weinte auch. Ob sie selbst weinte, wusste sie nicht, und wo Kyrill steckte, konnte sie nicht sehen.

»Du bist in Sicherheit, Jenny«, sagte er. »Ihr seid beide in Sicherheit und braucht nicht länger wegzulaufen. Alles wird jetzt gut, meine Liebste. Meine arme, mutige, süße, viel zu tapfere Liebste. Meine Jenny.«

Sie wollte sich noch immer wehren. Sie wollte ihn anschreien, wie er ihr das antun konnte, wie ausgerechnet er ihren Feind auf ihre Fährte setzen und hierherbringen konnte, aber ihr Körper hing schlaff in seinem Arm, und aus ihrem Mund kam kein Wort, nur schluchzende, sinnlose Laute.

»Kyrill wird euch nichts tun«, sagte Carlo. »Er wird warten und dir zuhören, bis alles erzählt ist. Vorher gibt es keine Entscheidung. Und ich bleibe die ganze Zeit bei euch und gebe auf euch acht. Ich bleibe jetzt immer bei euch, liebste Jenny. Es sei denn, einer von euch sagt mir, ihr wollt mich in eurem Leben nicht haben und ich soll zusehen, dass ich Land gewinne.«

»Ich sag's dir nicht«, sagte Viktor.

Jenny wollte es ihm sagen, aber es kam nicht heraus.

»Fahren wir jetzt nach Hause?«, fragte Viktor mit einer Sehnsucht in der Stimme, bei der sich Jennys Herz zusammenzog.

»Noch nicht, Viktor, mein Freund«, sagte Carlo. »Erst müssen wir an den Ort, an dem die Geschichte, die ihr alle braucht, zu Hause ist.

Ohne die Geschichte kommt ihr nicht zur Ruhe und werdet immer wieder vor ihr davonlaufen müssen. Das weißt du, oder?«

Viktor nickte. »Ich glaub, Mama weiß es auch.«

Ja, dachte Jenny und begriff, dass sie es die ganze Zeit gewusst hatte: dass ihre Flucht zugleich eine Reise zurück gewesen war, weil sie vor ihrer Vergangenheit nicht fliehen konnte. Sie lebte in ihr, und ohne sie ging es für keinen von ihnen weiter. Sie musste sich ihr stellen, was immer danach auch geschah, und auf einmal fühlte sie sich schwach vor Dankbarkeit, weil Carlo dabei sein würde, wenn sie es tat.

Endlich gelang es ihr, sich aus seiner Umarmung zu lösen und sich aufzurappeln. Sie sah Kyrill an, der in seinem alten Mantel und mit dem geknifften Hut zwei Schritte von ihr entfernt stand. Er sah müde aus, als wäre er meilenweit gerannt. So müde wie sie.

»Ja«, sagte sie mit fester Stimme, »ich weiß es auch. Fahren wir nach Riga.«

35

RIGA
NOVEMBER 1932

Also standen sie wieder dort. Noch ein letztes Mal, auch wenn der vertraute Ort nicht länger derselbe, sondern fast nicht mehr zu erkennen war.

Riga war geschäftig und ständig bewegt gewesen, und die Menschen waren stolz auf alles gewesen, was die Stadt im Laufe ihrer fast achthundert Jahre Geschichte erreicht hatte. Nun blickten sie in die Zukunft als Hauptstadt von Lettland. Riga war immer ein Bienenhaus, ein Verschiebebahnhof von einer Stadt gewesen und war jetzt viel stiller, doch in die Geschäfte gingen Menschen hinein und kamen wieder heraus, entdeckten Bekannte, blieben stehen, stahlen sich Zeit für ein kurzes Gespräch.

Carlo hatte sie alle vier in ein brandneues, blitzsauberes Hotel auf der anderen Seite der Stadt eingemietet, das behaglich war und mit dem, was sie hier suchten, nichts zu tun zu haben schien. Es war eine Wohltat gewesen, dort die Nacht zu verbringen, doch dass sie heute Abend zu viert dorthin zurückkehren würden, vermochte Jenny sich nicht vorzustellen. Vom Hotel bis hierher waren sie zu Fuß gegangen, und unterwegs hatte sie der verzweifelte Wunsch gepackt, sie würden das Ufer des Flusses nie erreichen.

Aber sie hatten es erreicht.

Das Ufer des Flusses, wo ihr Treffpunkt gewesen war, wo der Lauf des Wassers sich teilte, sich aus den Wohngebieten hinausschlängelte und die Prachtstraßen der Vorstadt mit ihren malerischen Fassaden und schmiedeeisernen Toren hinter sich ließ. Verrückterweise war es ihrer beider Wunsch gewesen, ihrer und Kyrills, hierherzukommen, sich der feuchten Kälte zum Trotz noch einmal ans Ufer zu setzen, um zu Ende zu erzählen, was zu erzählen blieb.

Das, was sie ausgelassen hatte.

Zuvor hatten sie Viktor und Carlo das rote Haus gezeigt, in dem sie aufgewachsen war. Oder besser die Ruine, die davon übrig war und deren Überreste ein paar müde Arbeiter abtrugen.

»Dein Vater ist gestorben«, hatte Kyrill gesagt. »Vielleicht ist das Grundstück danach verkauft worden, wenn es nicht zuvor schon enteignet war. Du bist enterbt, also war wohl kein Erbe übrig, und verfallen ist das Haus ja ohnehin.«

Es war nie klug gewesen, Häuser aus Holz zu bauen, und das Erbe kümmerte Jenny nicht. Alles, was es für sie zu erben gab, trug sie in sich, und alles, was sie kümmerte, stand neben ihr.

»Hier haben wir die Feste gefeiert, von denen ich dir erzählt habe«, hatte sie zu Viktor gesagt. »Hier hat mein großer Bruder Georg mir das Schachspielen beigebracht, aber ich war eine Enttäuschung, matt in zehn Zügen, und bald war er es leid, mit mir zu spielen. Du kannst eben nur tanzen, hat er gesagt, mein Bruder

Georg, der so klug war, dass meine Mutter glaubte, er würde eines Tages ein Heilmittel gegen den Tod erfinden. Mein kleiner Bruder Johann war nicht ganz so klug und hat gern mit mir Schach gespielt, weil er da wenigstens auch einmal gewann. Mit der Zeit hat er sich eigene Regeln ausgedacht, damit wir beide zugleich gewinnen konnten, denn er wollte nicht, dass ›seine liebe Genie‹ traurig war. So war Johann. Wollte nie, dass jemand traurig war, und hätte eines Tages vielleicht ein Heilmittel gegen die Traurigkeit erfunden.«

Carlo hatte den Arm um sie legen wollen, als sie weitergingen, aber Jenny hatte ihn weggeschoben. »Jetzt nicht. Das hier muss ich allein tun, und wer weiß, ob du mich hinterher noch anfassen magst.«

»Darauf kannst du Gift nehmen«, hatte Carlo gesagt.

»Das lasse ich lieber«, hatte Jenny erwidert, und jetzt saßen sie zu viert hier im nassen Gras und starrten in das schnell treibende Grau des Flusses. Die Buschwindröschen blühten nicht, aber sie würden im Frühling wieder austreiben. Buschwindröschen sahen immer aus, als könnte sie der nächste Windstoß ausreißen, aber sie waren zäh. So wie Sonia, dachte sie.

Dann verbot sie sich das Denken. Sie wollte es hinter sich bringen, solange sie noch den Mut dazu fand. Sie wollte, dass die anderen, Viktor und Carlo, nicht noch länger darauf warten mussten. Dass es ihnen nicht erspart bleiben würde, war schlimm genug. Die Schuldigen waren Kyrill und sie. Nicht diese zwei durch und durch guten Menschen.

»Das hier war unser Platz«, kam es auf einmal von Kyrill. Er wies nach oben auf die Uferpromenade, auch wenn dort keine kaputte Laterne mehr stand. »Als Kinder haben wir hier gespielt, und als wir aus Sankt Petersburg kamen und keine Kinder mehr waren, haben wir uns hier getroffen, um uns zu küssen. Um uns zu sagen, wie sehr wir uns lieben. Und um uns zu versprechen, dass wir eines Tages heiraten.«

Zum ersten Mal wandte er sich direkt an Viktor, sah dem Jungen, den er ihr fortnehmen und in sein Leben holen wollte, ins Gesicht. »Die Eltern deiner Mutter waren von mir nicht angetan. In Riga heirateten Mädchen aus feinster baltendeutscher Familie keine Russen. Immerhin war meine Familie aber angesehen, es herrschte keine Feindschaft zwischen unseren Völkern, und ich galt als Tänzer mit glänzender Zukunft. Mehr oder weniger fand sich Eduard von Siver mit mir ab. Ewa von Siver zeterte länger, aber sie hatte schließlich noch ihren Sohn Georg, auf den sie stolz sein konnte, und ihren Sohn Johann, um ihn zu lieben.«

»Ja, so war sie«, hörte Jenny sich sagen. »Gekümmert hat sie sich um uns alle, uns gekleidet wie aus dem Ei gepellte Püppchen, hat unsere Ernährung überwacht, uns dressiert und vorgeführt, dass das ganze Viertel von der wunderbaren Ewa von Siver sprach, der besten Mutter von Riga, die sich für ihre Kinder aufopferte. Aber geliebt hat sie immer nur Johann.«

»Ihr alle hattet Johann am liebsten«, sagte Viktor. »Auch die vielen Onkel und Tanten und Cousinen. Du hast gesagt, sie haben alle immer am meisten Geschenke für Johann mitgebracht, aber Johann hat alles an euch weiterverschenkt, weil er so viel Glück in sich hatte und gar nichts brauchte.«

Jenny nickte. Es tat weh, sich auf diese Weise an Johann zu erinnern, aber zugleich tat es wohl.

Sie schwiegen alle. Jenny wusste, es war an ihr, den Faden aufzunehmen, einen Anfang zu finden, aber ihr Herz klopfte so heftig, dass sie kaum auf ein Wort sinnen konnte.

»Geheiratet habt ihr dann doch nicht«, kam es von Viktor. »Weil der Krieg gekommen ist, oder?«

Erstaunt sahen sie beide ihn an.

»Ja«, sagte Kyrill schließlich. »Der Krieg ist gekommen, und dass Deutsche und Russen sich liebten, war auf einmal ein Verbrechen. Deine Mutter und ich haben uns aber trotzdem geliebt. Wir hatten es schon unser ganzes Leben getan, wir hatten immer nur einander gehabt und wussten nicht, wie wir ohneeinander hätten auskommen sollen. Wir dachten, wir würden es überstehen. Irgendwann wäre der Krieg, der schließlich nichts mit uns zu tun hatte, vorbei, und bis dahin würden wir uns heimlich treffen.«

»Aber wir haben uns geirrt«, sagte Jenny. »Er hatte mit uns zu tun. Beide Seiten waren der Meinung, ihr Krieg hätte mit uns zu tun, denn mit welchen Bauern hätten sie sonst ihr Schachspiel spielen sollen?«

»Ich wurde eingezogen«, sagte Kyrill.

»Große Teile von meines Vaters Landbesitz in Kurland wurden eingezogen, um die zaristische Armee zu finanzieren«, sagte Jenny. »Riga wurde evakuiert, da die Gefahr bestand, dass es Frontstadt werden würde, aber mein Vater war Arzt, also blieben wir. ›Wenn wir gehen, zünden *die* uns am Ende noch das Haus an‹, sagte meine Mutter. *Die* waren die Russen. Ich hatte meine Familie zuvor nie hasserfüllt über Russen sprechen hören, aber in diesem ersten Kriegswinter wurden die Leute, die unsere Nachbarn gewesen waren, unsere Feinde. Auch Kyrill. Nicht mein Vater, sondern mein Bruder Georg verbot mir, ihn jemals wiederzusehen. Er studierte damals bereits Medizin in Dorpat, war natürlich der beste Student seines Jahrgangs, und das Motto seiner schlagenden Verbindung, der *Livonia,* lautete: ›Es bleibe beim Alten‹.«

»Ich habe Georg gemocht«, sagte Kyrill, »und ich dachte, er mag mich auch. Als ich auf Urlaub kam, wollte ich mit ihm sprechen, wollte ihm sagen, wie sehr ich Schenja liebe, aber er hörte mich nicht einmal an. Wenn ich seiner Schwester noch einmal bis auf fünfzig Schritt nahe käme, würde er mich erschießen, hat er gesagt, und der kleine Johann stand mit großen Augen dabei.«

»Er war nicht viel älter als du«, sagte Jenny. »Ein Jahr zuvor hatte Kyrill mit ihm mit seiner Dampfmaschine gespielt, und wir waren zu dritt Eis essen. In Jūrmala. Eis kannte damals kein Mensch, schon gar nicht mit Früchten und Sahne.«

»Es tut mir so leid«, sagte Carlo. »Es tut mir für euch beide so unendlich leid.«

»Was habt ihr gemacht?«, fragte Viktor. »Euch trotzdem getroffen?«

Jenny nickte. »Wann immer Kyrill auf Urlaub kam. Kyrill hatte von Anfang an große Zweifel am Krieg und schloss sich einem bolschewistischen Verband an, weil er glaubte, die Bolschewiken würden den Krieg beenden. Wir hofften, es würde schnell gehen, alles würde ins Lot kommen, und vielleicht hätte es das ja getan. Dann aber wurde mein Bruder Georg eingezogen, der bisher seines Studiums wegen zurückgestellt war.«

»Er musste für die Russen kämpfen?«, rief Viktor. »Die er so sehr gehasst hat?«

Jenny blickte auf den Fluss, dessen aufgewühltes Wasser aussah wie flüssiges Eisen. Im Frühling war es silbrig, und an den wenigen Tagen, an denen in Riga die Sonne schien, tanzten auf all den kleinen Wellenkuppen goldene Funken. Sie wünschte sich, sie hätte Viktor zeigen können, wie schön Riga im Frühling war.

»Er hat nicht für die Russen gekämpft«, erzählte sie ihm stattdessen. »Er hat versucht, zu desertieren, ist aber eingefangen worden, und was sie dann mit ihm gemacht haben, weiß ich nicht. Sein Rasiermesser müssen sie ihm aber gelassen haben, denn das hat er genommen und sich die Kehle durchgeschnitten.«

Ihre Mutter hatte das ertragen müssen, dachte Jenny. Sie hatte den Gedanken ertragen müssen, dass man ihr Kind hatte liegen und verbluten lassen, und wenn sie geglaubt hatte, sie hätte damit alles Leid der Welt schon durchlebt, dann hatte sie sich getäuscht.

Carlo tastete nach ihrer Hand, die auf der feuchten Erde im Gras lag. »Ich halte dich nicht fest«, sagte er. »Ich will nur, dass du weißt: Ich bin da.«

Nicht mehr lange, dachte Jenny. Denn was ich zu erzählen habe, folgt erst jetzt. Sie würde es kurz machen. So kurz wie irgend möglich. Dadurch, dass sie es aufschob, war niemandem geholfen.

»Georgs Tod veränderte meinen Bruder Johann«, sagte sie. »Er war jedermanns Sonnenschein gewesen, aber über der Sonne war der Himmel eingestürzt. ›Ich habe jetzt nur noch dich‹, sagte mein Vater zu ihm. ›Ich muss mich darauf verlassen können, dass du tust, was dein Bruder getan hätte.‹ Medizin studieren, dachte ich. Ein

Heilmittel gegen den Tod erfinden. Johann aber schloss sich der Baltischen Landeswehr an, die die Rote Armee an der Landung in Riga hindern sollte. Der Eisernen Division, die fast ausschließlich aus Baltendeutschen bestand. Riga war zu der Zeit von Deutschen besetzt, die es 1917 erobert hatten, kurz bevor Russland der Revolution wegen aus dem Krieg ausschied. Zumindest ist es mir so in Erinnerung. Die ganzen Jahre sind ein einziges Durcheinander aus einmarschierenden Armeen und Kämpfen.«

»Es ist nicht wichtig«, sagte Carlo. »Quäl dich nicht damit. Viktor und ich können uns den genauen Verlauf später in einem Geschichtsbuch anschauen. Erzähl das, was euch betrifft. Dich und Kyrill und – deine Familie.«

»Kyrill gehörte den Roten Lettischen Schützen an, die mit der Roten Armee nach Lettland marschierten, um eine lettische Sowjetrepublik zu errichten«, sagte Jenny. »Dass die Letten inzwischen eine eigene Republik ausgerufen hatten, interessierte, glaube ich, weder die eine noch die andere Seite. Die Baltendeutschen fürchteten die Roten mehr als die Hölle. Außerdem fürchteten sie, ihre eigenen Leute würden sie im Stich lassen und Riga aufgeben, weil sie schließlich bei sich zu Hause genug Probleme hatten. Kyrills Einheit lag schon vor der Stadt, aber wir beide waren noch immer nicht schlau genug, uns zu trennen, und nahmen Rücksicht auf niemanden. Er schlich sich nach Riga hinein, wann immer er konnte. Im Januar 1919 eroberten die Roten Schützen die Stadt. Entsetzliche Gräuel sollen sie an der Bevölkerung verübt haben, meine Familie sprach von ihnen wie vom Teufel, und ich fühlte mich wie in der Mitte auseinandergerissen. Aber Kyrill hatte keine Gräuel verübt. Er kam auf seinem Pferd Avgini an den Fluss, und ich lief ihm entgegen, war einfach nur froh, ihn wiederzuhaben.«

Vielleicht war es hier, dachte sie. An genau dieser Stelle. Vielleicht haben wir hier, in der Winterkälte, im verschneiten Gras das schönste Kind aller Zeiten gezeugt.

Ich liebe dich so sehr, Viktor.

Und wenn mich noch einmal einer fragt, wonach ich mich sehne, wovon ich träume, dann gebe ich ihm zur Antwort: Ich sehne mich danach, dass du, Viktor, das weißt und es nicht vergisst.

Den Rest wollte sie erzählen, ohne noch einmal zu unterbrechen und ohne einen von ihnen anzusehen.

»An irgendeinem dieser Tage erwischte uns mein Bruder Johann. Er war ein bewaffneter baltischer Schütze, einer von denen, die im Widerstand gegen die Roten kämpften, und er richtete sein Gewehr auf Kyrill. Der hatte neben mir im Gras gelegen, aber er war schneller und besser ausgebildet, und im Nu standen sich die beiden mit erhobenen Gewehren gegenüber. Ich stand an Kyrills Seite. ›Nicht schießen!‹, habe ich gerufen. Das höre ich noch immer. ›Nein!‹«

»Ich auch«, krächzte Kyrill. »Ich werde es immer hören. Und Johann, der ruft: ›Mein Bruder hat dir gesagt, was er mit dir macht, wenn du noch einmal deine dreckigen Finger an unsere Schwester legst, du russisches Schwein. Jetzt tue ich es für ihn.‹ Dann hat er den Finger um den Abzug gelegt. Es war Notwehr, Schenja. Notwehr. Ich habe den kleinen Johann nicht erschießen wollen.«

»Du hast ihn ja auch nicht erschossen«, sagte Jenny. »Ich habe es getan. Ich habe gesehen, dass Johann dabei war, zu schießen, und dass du es nicht konntest, weil ich ›Nein‹ geschrien hatte. Also habe ich dir in den Abzug gegriffen und ihn durchgezogen. Ich habe meinen Bruder getötet. Er war siebzehn Jahre alt. Deshalb darf ich dich nicht bei mir behalten, Viktor. Ich habe meiner Mutter ihr Kind weggenommen, und dafür ist es nur recht und billig, dass man mir meines wegnimmt. Meine Mutter hat sich drei Tage später aus dem Fenster gestürzt und ist gestorben. Aber du wirst leben, großer Kleining. Du wirst leben.«

Sie würde nie wieder ein Wort sagen können. Sie hatte alle verbraucht.

Eine kleine Ewigkeit verging, in der sie das Rauschen des Wassers und das Pfeifen des Windes hörte und ein Geräusch, als ob jemand weinte. An die Kälte von damals erinnerte sie sich, an Johanns Hand, die so kalt gewesen war. Und an den Gedanken: Ich muss mein Kind schützen. Sie hatte es Kyrill an diesem Tag sagen wollen, doch nach dem, was geschehen war, war ihr das unmöglich erschienen.

Die Kälte, die ihr jetzt durch den Leib fuhr, spürte sie erst, als ihr jemand eine warme Stoffbahn in den Rücken legte. Carlo. Er hatte sich den Mantel ausgezogen und breitete ihn mit aller Sorgfalt über ihre Schultern. Dabei streichelte er mit seinen kalten Fingern ihr Schlüsselbein, strich an ihrem Hals hinauf und über ihr Haar.

»Es tut mir so leid«, sagte er wie zuvor. »Es tut mir so leid, was euch beiden getan worden ist.«

Es war nicht Carlo. Es war Kyrill, der weinte.

Wie er es als kleines Kind getan hatte, in der Zeit, in der er nicht gesprochen hatte, kroch Viktor auf allen vieren zu ihr und rollte sich in ihren Schoß. So klein wie damals konnte er sich natürlich nicht mehr zusammenrollen, aber auf wundersame Weise passte er dennoch hin. Sie wagte nicht, die Arme um ihn zu schließen, aber ihre Arme hatten sich so oft um ihn geschlossen, dass sie es jetzt von allein taten.

»Danke«, flüsterte Kyrill und weinte. »Danke, Schenja. Ich habe das einmal von dir hören müssen, ich habe einmal hören müssen, wie du dieses Urteil von mir nimmst. Aber nicht du hast ihn erschossen. Ich konnte es genau wie du. Wenn man in einem solchen Irrsinn von Angst steckt, kann man alles. Wir haben es beide zusammen getan.«

»Keiner von euch«, sagte Carlo und küsste Jennys Haar. Dann packte er Kyrill bei seinem mageren Arm und zog ihn mit seiner unbezahlbaren Brandenburger Urwüchsigkeit näher zu ihnen heran. »Krieg bringt Kinder um. Krieg macht Kinder kaputt. Nur darum, dass uns nie wieder eins von unseren Kindern in einem Krieg verloren geht, müssen wir kämpfen. Darum, dass nicht Hitler gewinnt und noch einmal einen anzettelt. Ihr wart alle kaum zwanzig.«

Unfähig, sich zu fassen, tastete Jenny nach ihrem Gesicht und stellte fest, dass sie ebenfalls weinte. Zum ersten Mal nicht ihrer Schuld wegen, sondern um ihren Bruder Johann. Um Johann mit seinen Schachfiguren. Um Johann mit seinen Schlittschuhen. Um Kyrill und sich.

»Herr Lermantow«, sagte Viktor. »Ich will nicht, dass Sie mich meiner Mutter wegnehmen, ich will mit meiner Mutter zurück zu unseren Freunden nach Berlin. Sie könnten mich sowieso nicht festhalten. Ich bin schon dreizehn, ich würde Ihnen ausrücken und mich wieder zu ihr durchschlagen. Meine Mutter und ich, wir sind zwei Schlangen. Wir kommen überall durch.«

»Nein, Viktor«, sagte Kyrill erstickt. »Ich nehme keinen von euch dem anderen weg. Nur einen Platz in deinem Leben hätte ich gern. Ich glaube, ich werde in Riga bleiben, ich habe nie anderswo hingehört. Ich wünsche mir, dass du mich hier besuchen kommst.«

»Und jetzt bringe ich euch alle ins Warme, ehe das schwarze Wolkenungetüm da oben platzt und sich über uns ergießt«, sagte Carlo, wies in den Himmel und half Jenny auf. »Wir müssen etwas essen, wir werden vermutlich zu viel trinken, und dann ruhen wir uns ein paar Tage aus. Alles Weitere beschließen wir später.«

»Ich glaube, ich kann nicht gehen«, sagte Jenny und erinnerte sich mit einem letzten Schrecken, dass sie das damals auch gesagt und sich so gefühlt hatte: als gehörten ihr ihre Beine nicht mehr und sie wäre nicht imstande, sie zu bewegen.

Viktor war ebenfalls aufgestanden und hielt ihren Arm. »Vielleicht bist du zu lange gegangen, Maminka«, sagte er. »Aber das macht ja nichts. Wenn du nicht mehr gehen kannst, können ich und Carlo dich tragen. Dreieinhalb Mal um die ganze Welt.«

36

VIKTOR

RIGA
7. NOVEMBER 1932

Die Telefonnummer kannte er auswendig. Viktor kannte die Nummern aller seiner Freunde auswendig und dazu die von etlichen anderen Leuten, die er aber nie benutzte. Es fiel ihm leicht, sich Zahlen zu merken, auch wenn er Geschichten interessanter fand.

Die Gelegenheit zum Telefonieren war günstig. Seine Mutter, sein Vater und Carlo saßen in der Hotelbar und tranken Tee mit einem fast schwarzen Kräuterlikör, von dem seine Mutter behauptete, er schmecke so abscheulich, dass er einfach helfen müsse.

»Gegen Kälte?«, hatte sein Vater gefragt.

»Gegen alles«, hatte seine Mutter erwidert. »Zumindest hat das meine Oma behauptet. Gegen Kälte, Leibschmerzen, Bräune, Furunkel, Albträume, Hitler und Traurigkeit.«

»Gegen Hitler auch? Das ist gut«, sagte Carlo. »Der muss um jeden Preis wieder weg.« Selbst Carlo hatte nicht protestiert, als Viktors Mutter ihm von dem Likör, der »Schwarzer Balsam von Riga« hieß, noch einen Schuss in seine Tasse gegossen hatte.

Sie würden alle drei lange genug miteinander beschäftigt sein, ohne Viktor zu vermissen.

Er trat an den Empfangstisch des Hotels, das ihm gefiel, weil es hochmodern und mit der neuesten Technik ausgestattet war. »Ich bin Viktor Alomis von Zimmer sechzehn«, sagte er zu dem Herrn, der in einer in Weiß und Dunkelrot gehaltenen Livree an der Rezeption saß. »Ich möchte ein Telefongespräch nach Deutschland anmelden. Nach Berlin. Die Kosten schreiben Sie bitte auf die Rechnung für Herrn von Veltheim.«

Lettisch konnte Viktor nicht sprechen, was er so bald wie möglich zu ändern gedachte, aber der Herr sprach fehlerlos Deutsch. »Sehr wohl«, sagte er. »Haben Sie bitte den Namen und die Nummer des Anschlusses für mich?«

Es war das erste Mal, dass Viktor von jemandem gesiezt wurde.

Er teilte dem Herrn das Gewünschte mit, und dann wartete er, während dieser sich an seinem großen schwarzen Telefonapparat durch eine Reihe von Ämtern wählte.

»Bitte sehr«, sagte er schließlich und reichte Viktor den Hörer. »Eine Dame für Sie.«

Viktor hatte damit nicht gerechnet und daher alle Mühe, seine Freude im Zaum zu halten. »Guten Abend, ich bin es«, sagte er, so beiläufig er konnte.

Die Dame am anderen Ende hielt ihre Freude nicht im Zaum, sondern kreischte so laut auf, dass Viktor den Hörer von seinem Ohr weghalten musste. Nachdem das Freudengekreisch überstanden war, bombardierte sie ihn mit einer Salve von Fragen, die Viktor so knapp wie möglich beantwortete und ansonsten auf später verschob. »Wir sind ja bald wieder da«, versprach er. »Dann erzähle ich dir alles.«

Schließlich rief er doch an, weil er selbst eine eilige Frage hatte, und außerdem wusste er nicht, was so ein Telefongespräch ins Ausland womöglich kostete.

Er stellte ihr seine Frage, und sie stieß noch einen Freudenschrei aus. »Du rufst genau im richtigen Moment an! In der *Funkstunde* haben sie es gerade durchgegeben.«

Viktor ließ sich sämtliche Zahlen aufsagen und merkte sie sich. Zahlen waren leicht zu merken, und schließlich hatte man nicht immer einen Bleistift bei sich.

Er bedankte sich herzlich und verabschiedete sich.

»Pass auf dich auf, mein Schatz«, sagte sie. »Und auf den Rest von euch auch. Wenn du nach Hause kommst, habe ich eine Überraschung für dich, die dir hoffentlich gefällt.«

»Ich muss jetzt Schluss machen«, sagte Viktor, der Carlo durch die Tür des Empfangsbereichs kommen sah. »Es dauert ja nicht mehr lange, bis wir uns wiedersehen.«

»Gott sei Dank, hier steckst du!«, rief er und legte Viktor die Hände auf die Schultern. »Wir haben uns Sorgen gemacht. Mit wem hast du denn telefoniert?«

»Das war Tante Nina«, sagte Viktor stolz.

»Du hast einfach so Tante Nina angerufen?«

Carlo grinste, und Viktor grinste zurück. »Auf deine Rechnung. Ich dachte, du wolltest das wissen.«

»Was wollte ich wissen?«

»Dass das schwarze Balsam-Zeug gegen Hitler hilft«, antwortete Viktor. »Der hat bei der Wahl gestern fünf Prozent von seinen Stimmen verloren. Der zettelt keinen Krieg an, sondern kommt wieder weg.«

ENDE

GLOSSAR

Adagio-Akt. Akrobatischer Paartanz, bei dem ein Partner den anderen hebt und trägt, sodass dieser verschiedene Beweglichkeitsübungen vorführen kann.

Adlon. 1907 eröffnet und bis heute Berlins schönstes Hotel. Die Zeiten, in denen ich es mir leisten konnte, dort – strikt zur Recherche – eine Nacht zu verbringen, sind zwar lange vorbei, aber allein die Tatsache, dass ich's gemacht habe, ist viele *Wow!*s wert. Wer das Geld zusammenkratzen kann – nur zu, man gönnt sich ja sonst nichts.

Admiralspalast. 1923 aus einem Vergnügungspalast hervorgegangenes Revuetheater in der Berliner Friedrichstraße, das in der Weimarer Zeit ungeheuer erfolgreich war. 1930, in einer Zeit, in der viele Spielstätten zu kämpfen hatten, stockte der *Admiralspalast* seine Sitzplätze auf zweitausendzweihundert auf.

Alexianer St.-Hedwig-Krankenhaus. Das 1846 gegründete katholische Krankenhaus in Berlin-Mitte ist eines der ältesten städtischen Krankenhäuser Deutschlands.

Aschinger. 1892 gegründeter Berliner Gastronomiebetrieb, der zunächst mit Stehbierhallen ungeheuren Erfolg hatte und zu einer Kette preiswerter Restaurants anwuchs. Berühmt waren die Löffelerbsen und die Stände, an denen man Schrippen und Aufschnitt kaufen konnte. Am Alexanderplatz gab es unter anderem eine bekannte Filiale und in der Friedrichstraße derer gleich drei. *Aschinger* war zeitweise Europas größter Gastronomiekonzern. 1926 erwarb *Aschinger* von der *Hotelbetriebs-AG* das *Central-Hotel* und damit auch den *Wintergarten.*

Augier. Ältester Cognac-Hersteller der Welt, 1643 gegründet.

Backbending. Figur eines Kontorsionisten, in der der Körper – im Gegensatz zum *Frontbending* – in extremer Weise nach hinten gebogen wird. Es gibt nur wenige Kontorsionisten, die beides beherrschen.

Baltische Landeswehr. 1918 aufgestellter militärischer Verband, dessen erklärtes Ziel es war, die Rote Armee am Eindringen in Lettland zu hindern. Tatsächlich bestand der Verband aber vornehmlich aus deutschbaltischen Freiwilligen, die Lettland und vor allem Riga in deutscher Hand halten wollten.

Bauer, Café. 1877 gegründetes, berühmtes Berliner Kaffeehaus. Das beliebte Café, das sich zunächst hinter der Kreuzung Friedrichstraße/Unter den Linden befand, zog 1910 in ein neues Gebäude gegenüber dem *Central-Hotel* und dem *Wintergarten* um. Es wurde im Zweiten Weltkrieg zerstört.

Beletage. Schönstes, wohnlichstes Stockwerk eines Hauses, in Berliner Häusern der Gründerzeit häufig das sogenannte Hochparterre.

Berliner Luft. Dessertcreme aus Eiern und Gelatine, meist mit Himbeeren serviert.

Berliner Tageblatt. Im Verlag Rudolf Mosse – und dem berühmten Mossehaus – herausgegebene Tageszeitung, die von 1872 bis 1939 erschien. Während der Zeit der Weimarer Republik vertrat die Zeitung eine linksliberale Linie und galt als inoffizielles Blatt der DDP.

Berliner Zimmer. Wohnraum, der Vorderhaus und Seitenflügel oder aber Seitenflügel und Hinterhaus eines Gebäudes verbindet. Seit etwa 1800 in Berliner Häusern häufig zu finden.

Bleichröder, Bankhaus. 1803 von Samuel Bleichröder gegründete, sehr erfolgreiche Privatbank mit Sitz in Berlin, Unter den Linden.

Bolschoi-Theater. 1825 in Moskau neu eröffnetes Theater, nachdem das niedergebrannte erste *Bolschoi* bereits seit 1776 bestanden hatte. Die Ballettkompanie, die an dem Haus beheimatet ist, gehört zu den berühmtesten der Welt.

Budike. Typische Berliner Kneipe.

Central-Hotel. Luxuriöses Berliner Hotel, das 1881 nahe dem – später abgerissenen und umgebauten – Bahnhof Friedrichstraße errichtet wurde und mit den großen Hotels der Weltstädte Paris, Rom und London mithalten sollte. Es war Berlins größtes Hotel, besaß eine 100 Meter lange Fassade und beherbergte – ursprünglich in seinem gläsernen Vorbau – den berühmten *Wintergarten.*

Central-Theater. Im Bezirk Mitte (Luisenstadt) gelegenes Privattheater, das 1880 aus dem *Henne-Theater* hervorging und mit Unterbrechungen bis 1933 bestand.

Cepelinai. Mit Quark oder Hackfleisch gefüllte Kartoffelklöße, Spezialität der litauischen Küche.

Daglfing, Trabrennbahn. 1902 in München gebaute Trabrennbahn – streng genommen gehörte Daglfing bis in die Dreißigerjahre allerdings noch nicht zu München.

Dainas. Traditionelle, meist nur vier Zeilen umfassende lettische Volkslieder und Gedichte, in denen die Mythen des lettischen Volkes mündlich überliefert wurden. Jahrhundertelang gering geschätzt, bilden sie heute eine wichtige Quelle der lettischen kulturellen Identität.

Danatbank. Darmstädter und Nationalbank. Ein durch Fusion 1922 entstandenes Bankunternehmen, das 1931 die zweitgrößte Bank Deutschlands darstellte. Durch die Weltwirtschaftskrise, in der ausländische Anleger ihr Kapital abzogen und nationale Kreditnehmer zahlungsunfähig wurden, musste die Danatbank im Juli 1931 Konkurs anmelden. Zahllose Sparer verloren ihre Einlagen.

Deutschbaltische Landeswehr. 1918 gegründeter militärischer Verband, der sich dem Kampf gegen den Bolschewismus verschrieb und größtenteils aus deutschbaltischen Freiwilligen bestand.

Deutsches Theater, Berlin. 1850 – zunächst unter anderem Namen – im Berliner Ortsteil Mitte eröffnetes bedeutendes Theater, das sich lange vor allem der leichten Unterhaltung widmete, sich jedoch ab 1905 unter der Leitung von Max Reinhardt davon abwandte und neben Klassikern zunehmend Stücke der Moderne aufführte.

Deutsches Theater, Riga. Das 1860 erbaute Gebäude brannte 1882 nieder und wurde bis 1887 wieder aufgebaut. Es beherbergte Rigas führendes Theater, das zwischen dem deutschen und dem russischen Viertel der Stadt eingebettet lag. Seit 1919 befindet sich darin die *Lettische Nationaloper*.

Diana-Bar. Beliebte Bar im Restaurant des *Central-Hotel*.

Dievs. Himmelsgott der lettischen Mythologie. Dievs betreibt als himmlischer Bauernfürst einen Hof mit Vieh und Feldfrüchten und eine Brauerei.

Diseur/Diseuse. Künstler oder Künstlerin des Kabaretts, der/die Texte rezitiert oder im Sprechgesang wiedergibt. Dabei werden eigene Texte oder die von anderen Autoren verwendet.

DNVP. Die *Deutschnationale Volkspartei* war eine rechtsgerichtete, nationalistische Partei der Weimarer Republik, die 1918 gegründet wurde. Sie kooperierte später mit der NSDAP, verlor an Bedeutung und löste sich im Juni 1933 auf. Vorsitzender war ab 1928 Alfred Hugenberg.

Dom zu Riga. 1226 fertiggestellte Kathedrale von Riga und heute größte Kirche Lettlands. Seit dem Untergang des Erzbistums 1562 wird der Dom von Lutheranern benutzt.

Don-Pferd. Aus den Pferden der russischen Steppe entwickelte Pferderasse, deren klobiger Bau im neunzehnten Jahrhundert durch die Einkreuzung mongolischer und westlicher Rassen sowie Araber veredelt wurde.

Dorotheenstadt. Historischer Stadtteil von Berlin, zum heutigen Bezirk Mitte gehörend.

Eckstein. Seit 1854 hergestellte deutsche Zigarettenmarke, ursprünglich von dem jüdischen Tabakfabrikanten Abraham Eckstein auf den Markt gebracht. Die filterlose Marke wurde erst 2015 eingestellt und war damit die älteste deutsche Zigarettenmarke überhaupt.

Eiserne Division. Militärischer Verband aus deutschen Freiwilligen, der ab 1919 zusammen mit der deutschbaltischen Landeswehr gegen die Bolschewisten um die Vorherrschaft in Lettland kämpfte. 1920 weitgehend aufgelöst, während Teile des Freikorps bestehen blieben und sich am Kapp-Putsch beteiligten bzw. der Hitler-Bewegung beitraten.

Eukodal. Markenname des starken Schmerzmittels Oxycodon, das 1917 in Darmstadt auf den Markt kam. Eukodal ist ein semisynthetisches Opiat und kann zur Abhängigkeit führen.

Film-Kurier. Bedeutende deutsche Filmzeitschrift, die von 1919 bis 1945 erschien.

Frieden von Riga. Mit der Unterzeichnung des Friedensvertrags von Riga endete am 11. August 1920 der lettisch-russische Krieg. Die Sowjetunion erkannte darin die Unabhängigkeit Lettlands an, die bereits am 18. November 1918 im lettischen *Nationaltheater von Riga* ausgerufen worden war.

Funkstunde Berlin. Erster deutscher Hörfunksender. 1923 gegründet, 1934 in den Reichssender Berlin umgewandelt.

General Electrics. 1892 gegründeter amerikanischer Konzern, gehört bis heute zu den größten Mischkonzernen der Welt.

Großer Friedhof, Riga. Auf dem Großen Friedhof in der einstigen Livländischen Vorstadt wurden seit Mitte des achtzehnten Jahrhunderts Zehntausende von Bürgern der Stadt Riga begraben. Der Friedhof ist heute stillgelegt und dient mit seinen bemerkenswerten Grabmälern als Park.

Großes Schauspielhaus. Berlins *Großes Schauspielhaus* lag zwischen dem Schiffbauerdamm und der – heutigen – Reinhardtstraße und wurde 1919 unter Leitung von Max Reinhardt eröffnet. Nach dem Zweiten Weltkrieg wurde das Theater in *Friedrichstadtpalast* umbenannt und programmatisch neu ausgerichtet.

Grüne Minna. Spottname für einen Polizeiwagen, in der Regel zum Transport von Gefangenen benutzt.

Haus Vaterland. 1928 eröffneter gigantischer Vergnügungspalast am Potsdamer Platz, der zahllose unterschiedliche Restaurants – darunter eine Spanische *Bodega* – und Amüsierbetriebe beherbergte. Eine besondere Sensation war die Wettersimulation in der *Rheinterrasse,* wo ein regelrechtes Gewitter sich über den Köpfen der Gäste austobte. Nach dem Krieg weiterbestehend, gehörte das Gebäude erst zu Ost-, dann zu Westberlin, wurde schließlich stillgelegt und 1976 abgetragen.

Hermann Tietz. Gründer des Warenhausunternehmens, zu dem das gleichnamige große Kaufhaus am Alexanderplatz – eröffnet im Jahr 1900 – gehörte.

Hotelbetriebs-AG. Unternehmensgruppe für Luxus-Hotels, zu der bis 1926 neben den Berliner Hotels *Bristol* und *Bellevue* auch das *Central-Hotel* gehörte.

Kakadu. Berühmtes Lokal, das 1920 in der Berliner Joachimsthaler Straße eröffnete. Neben einem Cabaret und einem Tanzboden beherbergte das *Kakadu* auch ein vegetarisches Restaurant, zur damaligen Zeit eine Seltenheit. Über den Tischen der Bar befanden sich Käfige mit Kakadus, die darauf abgerichtet waren, nach der Rechnung zu schreien. Nach einem Umbau 1928 besaß das *Kakadu* die längste Bartheke der Welt.

Kalit. Geflochtene Korbtasche mit Deckel, in der die Landarbeiter der Uckermark sich Proviant – meist Brot, Käse und Speck – mit aufs Feld nahmen.

Kammerspiele. 1906 erwarb Max Reinhardt einen neben seinem *Deutschen Theater* gelegenen Ballsaal, den er zu einem weiteren Theater umbauen ließ. In der intimen Atmosphäre der *Kammerspiele* sollte modernes Theater einem breiteren Publikum zugänglich gemacht werden.

Kleining. Ungefähr: Kleinchen, häufig für ein Kind verwendet. Das Suffix -ing wird im baltendeutschen Dialekt häufig als Diminutiv verwendet. (Auch: *Kinding)*

Kloppschinken. Panierter Räucherschinken, in der Uckermark beliebt.

Kommmorgenwieder. Aus Lettland stammendes Gericht. Mit Rindfleisch und Gemüse gefüllte und in Brühe servierte Pfannkuchen.

Kontorsionist. Auch Schlangenmensch genannt. Akrobat, der seinen Körper dazu trainiert hat, sich auf extreme Weise zu verbiegen.

Kostgänger. Untermieter, der nicht nur ein Zimmer mietet, sondern darüber hinaus auch beköstigt wird.

Landauer. Große Kutsche mit vier einander gegenüber angeordneten Sitzen und vier Rädern.

Lemberger Oper. Die 1895 vom polnischen Architekten Zygmunt Gorgolewski entworfene *Nationaloper Lwiw* hieß einst *Lemberger Oper* und gehörte zur Zeit der Donaumonarchie zu den bekanntesten Opernhäusern außerhalb Österreichs.

Lessingtheater. Das 1888 gegründete Lessingtheater stand im Berliner Bezirk Mitte, am damaligen Friedrich-Karl-Ufer, dem heutigen Kapelle-Ufer. Es wurde 1945 bei einem Luftangriff zerstört.

Lichtbild-Bühne. Seit 1911 erscheinende, erste Film-Illustrierte Deutschlands. Der jüdische Verleger Karl Wolffsohn wurde 1933 von den Nationalsozialisten aus dem Verlag seiner Zeitschrift gedrängt.

Lunapark. Berliner Vergnügungspark am Halensee, der von 1909 bis 1933 bestand und in den Zwanzigerjahren zu einer der beliebtesten Attraktionen gehörte.

Lutter & Wegner. Lokal und Sektkellerei nahe der Spree und dem Gendarmenmarkt, im Berliner Ortsteil Mitte. 1811 gegründet, bewirtet die Gaststätte – nach Zerstörung im Zweiten Weltkrieg – heute wieder Gäste.

Majorenhof. Heute: Majori. Alter deutscher Name eines Ortsteils und touristischen Zentrums von Jūrmala, zehn Kilometer südöstlich von Riga. Seit dem Ende des neunzehnten Jahrhunderts gehörte Majorenhof zu den renommierten Ostseebädern.

Maria-Magdalenen-Kirche. Mitte des neunzehnten Jahrhunderts erbaute Stadtkirche von Templin.

Mariendorf, Trabrennbahn. 1913 eröffnete Trabrennbahn im Berliner Süden, die sich in den Zwanzigerjahren zur erfolgreichsten Trabrennbahn Deutschlands entwickelte und bis heute das Derby austrägt.

Mariinski-Theater. Opern- und Balletttheater am Sankt Petersburger Theaterplatz. 1860 erbaut, gilt es als eines der berühmtesten Balletttheater der Welt.

Marinelli-Beuge. Figur eines Kontorsionisten oder einer Kontorsionistin im sogenannten *Backbending.* Dabei stützt sich die Artistin lediglich mit dem Oberkiefer auf eine Halterung, während sie die Beine von hinten über den Kopf biegt.

Metropol-Theater. 1892 in der Berliner Behrenstraße eröffnetes Theater, das vor allem Operetten, Revuen und ähnliche Stücke der leichten Muse zur Aufführung brachte. Bedingt durch die Inflation, stand das Theater Ende 1921 vor dem Konkurs und musste an einen Konzern verkauft werden, wurde anschließend aber extrem erfolgreich und weltbekannt.

Mojito. Kubanischer Cocktail, der zu Beginn des zwanzigsten Jahrhunderts auch in Europa seinen Siegeszug antrat. Der *Mojito* besteht aus weißem Rum, Limettensaft, Rohrzucker, Minze und Soda.

Mossehaus. Gebäude des Zeitungsverlegers Mosse, in dem das auflagenstarke *Berliner Tageblatt* erschien. Das Gebäude wurde 1919 im Verlauf des Spartakusaufstands beschädigt und anschließend im Stil der Neuen Sachlichkeit umgebaut.

Nord-Express. Luxuriöser Fernzug zwischen Paris und Russland, der seit 1896 in Betrieb war und bis zum Ersten Weltkrieg Paris mit Russland verband. In den Zwanzigerjahren fuhr er über Berlin und Warschau nach Riga.

Nudlstampf. In der Uckermark werden Kartoffeln – aus der Autorin unerfindlichen Gründen – als »Nudln« bezeichnet. Nudlstampf ist also Kartoffelpüree.

Obelisk. Zigarettenmarke des Münchner Fabrikanten Zuban, die seit Ende des neunzehnten Jahrhunderts im Handel war.

Orlow-Traber. Seit dem Ende des achtzehnten Jahrhunderts ursprünglich im russischen Woronesch gezüchtete Pferderasse, die sich für Trabrennen eignet.

Passchendaele. Ort in Belgien, in der Nähe der flandrischen Stadt Ypern, die von deutschen Truppen 1914 in Brand gesteckt, umkämpft, jedoch für die Dauer des gesamten Krieges von britischen Truppen gehalten wurde. Die 1917 ausgetragene Schlacht von Passchendaele, die auf verschlammten Feldern stattfand, steht wegen der vielen Toten als Symbol für die Sinnlosigkeit des Kriegs und verlorene Menschenleben.

Patissier. Konditor innerhalb einer Küchenbrigade.

Phanar. Stadtteil von Istanbul, dessen meist adlige Oberschicht im Osmanischen Reich aus Griechen bestand. Häufig werden bis heute alle aus Istanbul stammenden Griechen als Phanarioten bezeichnet.

Plänterwald. Waldgebiet im Berliner Südosten (heute Treptow-Köpenick).

Plaza. 1929 im Berliner Bezirk Friedrichshain eröffnetes Varieté, das die Arbeiter als Publikum für diese Kunstform gewinnen sollte. Das Etablissement nutzte den ehemaligen Ostbahnhof, und Eigentümer waren die Anteilseigner der *Scala.* 1933 wurden die jüdischen Besitzer enteignet, 1944 wurde das Gebäude bei Luftangriffen zerstört.

Plinsen. In Brandenburg geliebte Eierkuchen.

Pontosgriechen. Nachfahren der Griechen aus der Landschaft Pontos, die die heute türkische Schwarzmeerküste bewohnten und eine eigene Sprache – Pontisch – sprachen. Sie wurden im zerfallenden Osmanischen Reich verfolgt und 1929 zwangsdeportiert. Der Name leitet sich vom griechischen Namen für das Schwarze Meer – *Pontos Euxeinos* – ab.

Poulaki. Griechisch: »Kleiner Vogel«, häufig als Kosename für kleine Kinder verwendet.

Preußisches Staatstheater. Unter diesem Namen wurde das heutige *Schauspielhaus* in Berlin seit 1918 geführt. (Es hatte zuvor *Königliches Schauspielhaus* geheißen und war 1821 eröffnet worden.) Unter seinem Intendanten Leopold Jessner wurde es in den Zwanzigerjahren zu einer Hochburg modernen expressionistischen, politischen Theaters. In den Jahren des Nationalsozialismus wurde es als Theater von Gustav Gründgens berühmt.

Raffke. Berliner Ausdruck für einen geldgierigen Menschen, auch Kriegsgewinnler.

Reinhardt-Bühnen. Seit 1902 und mit Unterbrechungen bis zur Machtergreifung der Nationalsozialisten im Jahr 1933 bestehendes Imperium von privat geführten Berliner Theatern Max Reinhardts. Dazu gehörten unter anderem das *Theater am Schiffbauerdamm,* die *Volksbühne* und das *Große Schauspielhaus.* Reinhardt leitete außerdem Theater in Wien.

Retiré. Pose beim Ballett, häufig bei der Pirouette eingenommen: Der Fuß des Spielbeins wird an das Knie des Standbeins gelegt.

Rigaer Stadttheater. Das *1. Rigaer Stadttheater* entstand 1863, wurde auch *Deutsches Theater* genannt und enthält heute die Oper Rigas. Das *2. Rigaer Stadttheater* wurde am Ufer des Kanals 1902 gegründet. Hier wurde 1918 die Republik Lettland ausgerufen. Bis 1917 war es auch *Russisches Theater* genannt worden und heißt heute *Lettisches Nationaltheater.*

Röddelinsee. Brandenburger See bei Templin.

Rote Lettische Schützen. Regimenter aus rund 35 000 lettischen Schützen, die sich nach der Februarrevolution von 1917 den Bolschewiken anschlossen. Versuchten 1919, eine lettische Sowjetrepublik zu errichten, wurden aber von der deutschbaltischen Landeswehr und ihrer Eisernen Division geschlagen.

Scala. Weltweit berühmtes Varieté, das von 1922 bis 1944 in einem ehemaligen Eispalast in der Berliner Martin-Luther-Straße untergebracht war.

Schillerlocken. Beliebtes Fischgericht. Geräucherte, aufgerollte Bauchlappen vom Dornhai.

Schlafgänger. Untermieter, der lediglich stundenweise ein Bett von einem Wohnungsinhaber mietete – oft sogar das, in dem dieser dann in den verbleibenden Stunden selbst schlief.

Schlesische Lotterie. Beliebtes einfaches Kartenspiel um geringe Geldeinsätze.

Schlesischer Bahnhof. Fern- und Regionalbahnhof im Berliner Bezirk Friedrichshain. Wurde als Frankfurter Bahnhof 1842 eröffnet und ist der heutige Ostbahnhof. Zur Zeit der Romanhandlung und bis einschließlich 1950 trug er den Namen *Schlesischer Bahnhof.* Von hier war es möglich, eine zwölftägige Zugreise bis nach Tokio anzutreten!

Schwarzwälder. Kaltblutrasse, die zwar für die Arbeit im Wald gezüchtet wurde, aber auch zum gemächlichen Reiten verwendet werden kann. Schwarzwälder kommen als Fuchs und Dunkelfuchs vor und haben weiße Mähnen.

Shimmy. Seit 1918 in den USA populärer Tanz, der 1920 nach Europa kam. Beim *Shimmy,* den Frauen auch häufig alleine tanzten, wird der gesamte Körper mithilfe der Bauchmuskulatur geschüttelt.

Spanisches Netz. Kontorsions-Akt, der über der Bühne ausgeführt wird. Dabei hält sich der Akrobat oder die Akrobatin an einer Schlaufe fest, die an einem Seil von der Decke hängt.

Split. Figur, in der die Beine in einem Winkel von hundertachtzig Grad in entgegengesetzte Richtungen gestreckt werden.

Stockwerkseigentum. Seit dem Spätmittelalter existierendes, im Grundbuch eingetragenes Eigentumsrecht am Stockwerk eines Gebäudes. Mit dem Inkrafttreten des Bürgerlichen Gesetzbuches 1900 war kein neu begründetes Stockwerkseigentum mehr möglich, doch die alten Rechte blieben bestehen.

Stollwerck. 1839 gegründete Firma zur Produktion von Hustenbonbons, die ab 1860 auch Schokolade herstellte. 1887 war *Stollwerck* das erste Unternehmen, das für seine Erzeugnisse Verkaufsautomaten aufstellte.

UFA. *Universum Film AG.* 1917 gegründetes Filmunternehmen mit Sitz in Babelsberg/Potsdam. Die UFA gehört zu den ältesten Filmunternehmen der Welt und entstammt Plänen der Heeresleitung im Ersten Weltkrieg, das massentaugliche neue Medium zu Propagandazwecken zu nutzen. Nach Kriegsende trat die UFA ihren Siegeszug an und wurde zur Säule des deutschen Films in der Weimarer Republik.

Valse triste. »Trauriger Walzer«. 1904 komponierter Walzer von Jean Sibelius.

Verkaufsrennen. Pferderennen, bei dem alle teilnehmenden Pferde zum Verkauf stehen.

Vossische Zeitung. Von den Berlinern auch »Tante Voss« genannt. In Vorläufern seit 1704 bestehende und damit älteste Tageszeitung der Hauptstadt, die nach Hitlers Machtergreifung gezwungen wurde, den Betrieb einzustellen.

Waganowa-Ballettakademie. 1738 von der Zarin Anna Iwanowna gegründete Ballettschule in Sankt Petersburg, die zum Mariinski-Ballett gehört. Bis die Balletteuse Agrippina Waganowa dort in den Zwanzigerjahren unterrichtete, hieß die Schule allerdings *Kaiserliche Theaterschule.* Ich benutze den heute berühmten Namen in meiner Romanreihe dennoch, um Verwirrung zu vermeiden.

Wall Street. In der Wall Street, Ecke Broad Street befindet sich die New Yorker Börse, an der am 24. Oktober 1929 ein Kurseinbruch die Weltwirtschaftskrise einleitete. Bereits seit 1792 wird hier mit Aktien gehandelt.

Weiße Maus. Stark erotisch geprägtes, geradezu berüchtigtes Varieté in der Berliner Jägerstraße.

Weiße Wochen. Werbeaktion des Kaufhauses Tietz, bei der Wäscheartikel mit Rabatt verkauft wurden. Der Ansturm glich in etwa dem beim modernen Schlussverkauf.

Wermut. Auch: *Vermouth.* Mit Kräutern – unter anderem dem bitteren Wermutkraut – aromatisierter Wein mit hohem Alkoholgehalt.

Zuchtrennen. Trab- oder Galopprennen für Pferde desselben Jahrgangs.

Zwerchhaus. An der Traufseite eines Schrägdachs angebrachter Aufbau, der über einen eigenen Giebel und ein Dach verfügt.